新白話

聊齋志異 下

作者 （清）蒲松齡　　譯者 孫通海等

木馬文化

新白話聊齋志異（下）

作　　者　(清)蒲松齡　原著
譯　　者　孫通海、王秀梅、王景桐、石旭紅
　　　　　侯　明、王　軍、王海燕、王　敏
總 編 輯　陳郁馨
副總編輯　李欣蓉
編　　輯　陳品潔
封面設計　謝捲子
行銷企畫　童敏瑋
社　　長　郭重興
發行人兼出版總監　曾大福
出　　版　木馬文化事業股份有限公司
發　　行　遠足文化事業股份有限公司
地　　址　231新北市新店區民權路108-3號8樓
電　　話　(02)2218-1417
傳　　眞　(02)8667-1891
Email　service@bookrep.com.tw
郵撥帳號　19588272木馬文化事業股份有限公司
客服專線　0800221029
法律顧問　華洋國際專利商標事務所　蘇文生律師
印　　刷　成陽印刷股份有限公司
二版一刷　2017年09月
定　　價　320元

國家圖書館出版品預行編目(CIP)資料

新白話聊齋志異 / 蒲松齡著 ; 孫通海等譯. -- 二版. --
新北市 : 木馬文化出版 : 遠足文化發行, 2017.09
冊 ;　公分
ISBN 978-986-359-440-6(下冊 : 平裝)
857.27　　106011444

新白話聊齋志異 下冊

目次

卷九

卷十

卷十一

卷十二

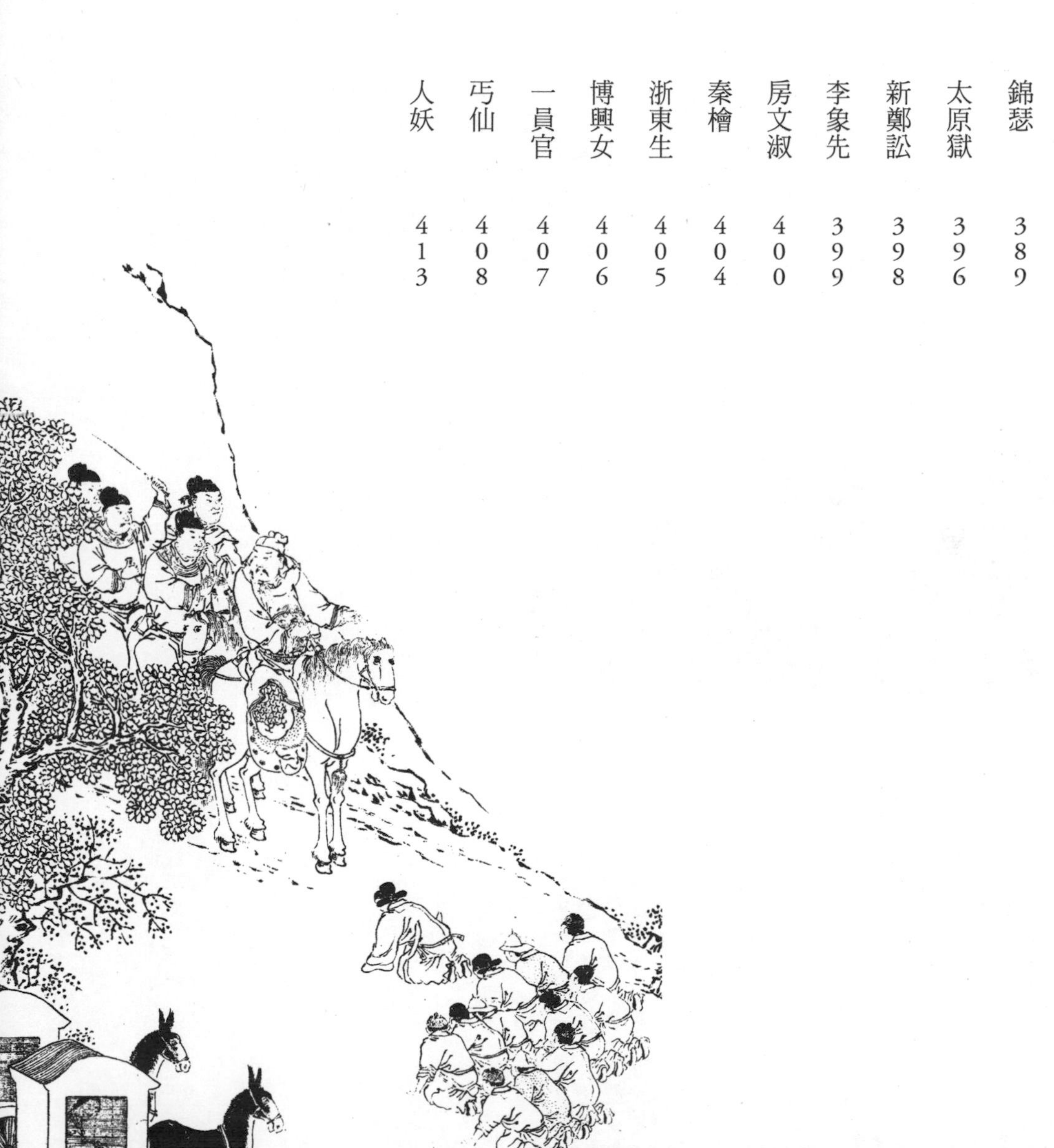

附錄

【卷九】

邵臨淄

臨淄某位老先生的女兒，是太學生李某的妻子，她未出嫁時，有個算命的推算她的生辰八字，斷定她一定會受到官府的刑罰。老先生聽了很生氣，轉而又笑著說：「你竟然這樣胡說八道！不要說大家世族的女兒不會到公堂上去，難道一個監生還不能保護一個女人嗎？」

她出嫁後，性情十分凶悍，打罵丈夫是家常便飯，李某受不了她的虐待，一氣之下告到了官府。縣令邵公批准了他的控告，發下捕人的簽牌，打發公差立即去捉拿她。老先生聽說了非常吃驚，便帶著家人到衙門，哀求邵公撤銷這個案子，邵公不同意。李某也感到後悔，請求撤訴。邵公生氣地說：「官府的公事怎麼能由著你們想告就告，想撤就撤？一定要捉來審訊！」她被帶到公堂後，邵公略略地審問了一兩句，便說：「真是個潑婦！」判定杖打三十下，臀部的肉都打掉了。

異史氏說，邵公難道是在女人方面受到過什麼傷害嗎？怎麼如此氣憤！然而縣裡有賢明的長官，鄉里就沒有潑婦了。記下這件事，來補史書〈循吏傳〉的不足吧！

于去惡

北平人陶聖俞，是個有名的讀書人。順治年間，他趕赴省裡參加科舉考試，寄居在城郊。一天，他偶然出門，看見一個人背著書箱，慌慌張張地好像在找住處。陶生問了幾句，他就把書箱放在道邊，與陶生聊了起來，言談之間很有名士風度。陶生大喜，邀請他和自己一起住。客人很高興，拿了行李走進來，於是兩人住在一起。客人自我介紹說：「我是順天人，姓于，字去惡。」陶生年紀略長，因此待以兄長之禮。

于生不喜歡交遊，常常獨自坐在屋裡，但書桌上卻沒放書本。陶生如果不和他說話，他就自己默默地躺在那裡。陶生對他的舉動心存疑慮，就查看他的包袱和箱子，除了筆墨硯臺之外，沒有什麼多餘的東西。陶生感到奇怪，就問他。于生笑著說：「我們讀書，難道是要渴了才去挖井嗎？」

一天，他從陶生那裡借了書，關上房門便飛快地抄起來，從早到晚抄了五十餘張紙，卻不見他折疊裝訂成冊。陶生偷偷去看，只見他每抄完一篇，就把它燒成灰吞到肚子裡去。陶生更加驚奇，就問他怎麼回事。于生說：「我用這個方法代替讀書。」於是背誦所抄的書，一會兒就背了好幾篇，一字不錯。陶生很高興，想要讓他傳授這種法術，于生不同意。陶生猜想他是不捨得傳授，話語中流露出不滿意。于生說：「兄長真是太不體諒我了，如果我不說，心意就無法表明；如果一下子說出來，又怕你受驚，以為我是妖怪，怎麼辦呢？」陶生堅持說：「沒關係。」於是，于生說：「我不是人，是鬼！現在陰間要以科舉考試授官，七月十四日奉命選考簾官，十五日參加考試的人進入考場，月底放榜。」陶生問：「什麼是考簾官？」于生答道：「這是天帝謹慎對待科考的意思，不管大官小官都得考試。能寫文章的用作內簾官，文墨不通的不能參與科舉監考。陰間有各種各樣的神，就像陽間有郡守、縣令一樣。現在那些考中做了官的人，就不再讀書了。書籍不過是他們少年時期獵取功名的敲門磚，門一打開，它就被扔到一邊去了。如果再掌管十幾年的公文簿籍，即使原來是文學士，胸中還能剩下多少墨水呢！陽世之所以不學無術的人得以僥倖晉升，而英才不得志，就是因為缺少這種先考簾官的辦法啊。」陶生深以為然，於是對他更加敬畏。

一天，于生從外面回來，一臉愁容，感嘆道：「我從生下來就貧窮卑賤，自以為死後可以擺脫，不料倒楣的命運一直跟著我到陰間。」陶生問他怎麼回事，他回答說：「文昌帝奉命到都羅國封王去了，簾官考試取消了。這樣，那些在陰間遊蕩數十年的遊神惡鬼來主持科舉考試，我們這些人怎麼會有考中的希望啊！」陶生問：「這些鬼神都是誰？」答道：「我就是說了，你也不認識，我只舉一兩個，你大概都知道：比如樂正師曠、司庫和嶠。我想自己的命運無所依靠，憑文章也不行，不如算了吧。」說完悶悶不樂，於是便打算收拾行李離開這裡，陶生拉住他勸慰一番，這才留下來。

到了七月十五中元節的晚上，于生對陶生說：「我要進考場了，麻煩你在天剛亮時，拿著點著的香在東郊，呼喚三聲『去惡』，我就會來。」說完就出門走了。陶生買了酒，煮了鮮魚、肉等著他。東方剛剛放亮，他便恭敬地按著于生的囑咐做了。不一會兒，于生便和一個少年一同來了，陶生問他的姓名，于生說：「這是方子晉，我的好朋友，剛才恰好在考場裡遇上了，他聽到兄長的大名，就很想來拜訪你。」三人一同回到住所，點上香燭以禮相見。少年亭亭而立，儀態謙恭可愛，陶生很喜歡他，便問：「子晉的佳作，一定是大快人意吧！」于生說：「說來可笑！考場中七道題，他已經做了一半多了；但仔細看了主考官的姓名，他便立刻收拾筆墨退出考場，真是個奇人！」陶生搧著爐火，送上酒，接著問道：「考場中出了些什麼題目？去惡高中了吧？」于生答道：「書藝、經論各一道，這些是人人都會的。策問是『自古以來奸邪之氣本來就多，而社會風氣敗壞到今天，奸邪醜態多得甚至叫不出名堂來，不僅十八層地獄不能囊括這些名目，而且也不是十八層地獄所能容得下的。這個問題有什麼辦法可解決呢？有人說可以增加一、兩層地獄，但是這樣太違背天帝的好生之心。那麼是應該增加呢，還是不應該增加？或者有別的辦法可以正本清源，你們大家都來說說，不要有所保留。』小弟這篇策問雖然寫得不好，卻說了個痛快。表的題目是，擬一道『天魔殄滅，群臣按功勞賜龍馬天衣』的表文，再就是『瑤臺應制詩』、『西池桃花賦』。這三種我自認為是場中無人可比。」說完後，高興得直鼓掌。方子晉笑著說：「這時是任憑你痛快高興，幾個時辰後，不痛哭流涕才算真正男子漢呢。」天亮時，方生準備告辭回去，陶生留他同住，他不答應，只是約定晚上再來。三天過去了，方生竟然沒有再來，陶生讓于生去找他，于生說：「不用找，子晉為人誠懇，不是沒有信用的人。」太陽偏西時，方生果然來了。他拿出一本冊子交給陶生，說：「三天失約，是因為我在認真抄錄過去作的百餘篇文章，請你一一給予品評。」陶生很高興地拿著讀起來，讀一句讚一句，大致看過一、兩篇之後，就把它收藏在竹箱裡。兩人暢談到深夜，方生就留下來和于生同床而睡。自此以後，常常如此，方生沒有一個晚上不來，陶生也是沒有方生就不愉快。

一天晚上，方生慌慌張張地走進來向陶生說：「陰間已經放榜，于五兄落榜了。」于生正躺在床上，聽到這話，吃驚地坐起來，傷心地流下淚來。兩人盡力勸解，于生才不哭了。可是三人你看我，我看你，都無話可說，很是難過。方生說：「剛才聽說大巡環張桓侯要來了，恐怕這話是落第的人編造出來的。如果是真的話，這場考試還會有翻轉的機會。」于生聽了臉上露出喜色。陶生問這是怎麼回事，他答道：「桓侯張翼德，三十年一巡視陰間，三十五年一巡視陽世，陰陽兩界的不平事，都等著這位老先生來解決。」于生於是起身，拉著方生一齊走了。過了兩天才回來，方生高興地對陶生說：「你不向五兄祝賀嗎？桓侯前天晚上到了陰間，撕碎了地榜，榜上的名字只剩了三分之一。又審閱了一遍落選的卷子，看到五兄的卷子非常高興，已經推薦五兄做交南巡海使了，很快就會有車馬來到。」陶生大喜，置辦了酒宴來慶賀。酒喝過了幾遍之後，于生問陶生：「你家裡有閒置的房子嗎？」陶生問：「你問這做什麼？」于生說：「子晉孤孤單單的，沒有歸宿，又不忍心隨意託付給兄長，小弟想借間房子給他住，也好和你相互依靠。」陶生高興地說：「如果這樣，我太榮幸了。即使沒有多餘的房子，和我同床住又有什麼關係？只是我有父母在，得先稟報他們。」于生說：「我知道你父母慈愛厚道，可以依靠。兄長臨近考試還有些日子，子晉如果不能等，先回家去怎麼樣？」陶生要留下他作伴，等待考完再一同回去。

第二天，天剛黑就有車馬來到門前，接于生去上任。于生起身握住陶生的手說：「從此我們分別了，有句話想告訴你，又恐怕影響了你上進之心。」陶生問：「是什麼話？」他答道：「你命中注定困頓，生不逢時。這次科考只有十分之一的希望；下一科桓侯到陽世來，公道開始伸張，有十分之三的希望；第三次科考，你才有希望考中。」陶生聽了，就不想參加考試了。于生說：「不要這樣，這都是天命，即使明知道不行，而注定的艱難困苦也都是要經歷的。」又回頭對方生說：「不要滯留了，今天的年、月、日、時辰都好，立刻用迎我的車馬送你回去吧，我騎馬自己去上任。」方生愉快地與他們告別。陶生心中迷亂，不知說什麼好，只是揮淚送他們走了。眼看著車馬各奔各的路，轉眼間都散了。這時他才後悔起來，子晉回家，他卻還沒給家中父母捎封信去，此時已經晚了。

三場考過，不太滿意，陶生就急忙趕回家去。進了家門就打聽子晉，家裡沒人知道這個人。於是他和父親講了這件事的經過，父親一聽便高興地問：「要是這樣的話，那麼客人已經到了很久啦！」原來，陶父白天躺在床上，夢見車馬傘蓋停在自家門前，一位英俊少年從車中出來，進了堂屋來拜見陶父。陶父驚訝地問他從哪裡來，回答說：「大哥答應借我一間房子，因為他要考試不能和我一道回來，我就先來了。」說完，就請求進去拜見母親。陶父正要謙讓謝絕，這時家中女僕進來說：「夫人生了一位公子。」陶父恍然夢醒，覺得非常奇怪。這天陶生所說的，正好與夢相符，才知道這孩子是子晉托生的。父子倆都非常高興，給孩子起名叫小晉。

這孩子剛生下時，愛在晚上哭鬧，陶母為此很煩惱。陶生說：「如果真的是子晉，我看看他，哭鬧就該止住。」當地的風俗忌諱剛生的孩子見生人受驚嚇，所以不讓陶生去看。母親忍受不了孩子的哭鬧，於是叫陶生進去。陶生撫慰他說：「子晉不要這樣，我來了。」孩子哭得正厲害，聽到陶生的聲音馬上不哭了，目不轉睛地看著陶生，好像是在仔細地端詳。陶生撫摸一下孩子的頭頂就出去了。從此以後，孩子竟然不再哭鬧了。幾個月後，陶生已經不敢見他了，一見，孩子就要他彎腰來抱；離開了，他就啼哭不止。陶生也非常喜愛他。四歲時，小晉就離開母親，和哥哥睡在一起。哥哥出門去，他就假裝睡覺，等著他回來。哥哥在枕席上教他讀《毛詩》，他也能咿咿呀呀地讀出來，一晚上能讀四十多行。陶生用子晉留下的文章教他，他非常愛讀，唸一遍就能背誦下來了，拿別的文章試一試，就背不下來。八、九歲的時候，已經長得眉清目秀，簡直又是一個子晉。

陶生兩次參加鄉試都沒考中。丁酉年間，考場作弊的事被揭發出來，許多考官被殺或被流放，科舉途徑得以肅清，這是桓侯張翼德的功勞。陶生在下科考試時考中副榜，不久成了貢生。這時陶生已對科舉之志漸漸失去興趣，就隱居在家教弟弟讀書。他曾對人說：「我有這樣的樂趣，就是給我個翰林官職，我也不換。」

異史氏說，我每次到張夫子的廟堂，看到他的鬚眉，凜然而有生氣。他一人叱吒如雷電，槍馬所到之處，無不大快人心，出人意料。世人因為將軍好武，於是把他和漢代絳侯周勃、灌嬰放在同列，哪裡知道文昌帝事務繁忙，需要張侯的時候本來就多啊。唉，三十五年來得太晚了。

【王士禎】數科來關節公行，非啖名即壟斷，脫有桓侯，亦無如何矣。悲哉！

【何守奇】張為朱鳥七宿正位離明，故文昌、桓侯皆張姓，文場事須大巡環何疑。

狂生

劉學師講，濟寧有個狂放的書生，非常喜歡喝酒。即使家中沒有糊口的米糧，得了錢也馬上買酒喝，一點也不把貧困放在心上。

恰好當時有位新刺史到任，也能喝酒，卻沒有陪酒的對手。聽說狂生很能喝酒，就把他叫來一起喝。刺史很喜歡他，時常和他一起談話宴飲。狂生仗著刺史對他的寵信，凡有小糾紛打官司求他幫助的，就收些小賄賂，替人向刺史求情，刺史每次都答應他的請求。狂生漸漸習以為常，刺史心中就有些討厭他。

一天，上早衙時，狂生拿著求情的名片走上公堂，刺史看過之後微微一笑，狂生一見便厲聲說：「您要嘛就答應我的請求，不然就算了，笑什麼！我聽說『士可殺不可辱。』別的事情沒法報復，難道一笑還不能報復嗎？」說完就放聲大笑，笑聲把公堂的四面牆壁都震動了。刺史生氣地說：「你怎敢這麼無禮！難道沒聽說有滅門令尹嗎？」狂生轉身就走下公堂，還大聲說：「我無門可滅！」刺史一聽更生氣，把他抓了起來。查訪他的住處，發現他並沒有田地房屋，只是帶著妻子在城牆上住。刺史聽到這種情況，就把他放了，但下令不許他居住在城牆上。朋友憐惜他的狂傲，給他買了一小塊地，買了一小間房。狂生住進這間小房裡，感嘆道：「從今以後，我怕令尹了。」

異史氏說，有教養的讀書人遵國法守禮節，不敢公然搶劫，皇帝對他也沒有辦法！然而，有怨恨還能夠實施報復，只是因為還有家門在罷了！到了無門可滅的地步，那麼被觸怒的人也就沒什麼處罰可以實施了。啊，這就是所謂的「貧賤驕人」吧！只是有教養的人即使貧困，也不輕易求人。這個人卻為了滿足口腹，而在公堂上吵鬧，品質可謂低下。即使如此，他的狂傲也不是一般人能比得上的。

澂俗

雲南澂江的人多能變化成其他動物出外求食。有一位客人住在旅店時，看見一群老鼠鑽進米缸裡，趕一下牠們就都逃了。這位客人等著老鼠再鑽進米缸時，突然把缸蓋上，用瓢向缸裡灌水，不一會兒，老鼠全都死了。同時，店主人全家暴死，只有一個兒子還活著。有人告到官府，官府的長官原諒這位客人不懂當地習俗而造成的過錯，赦免了他。

鳳仙

劉赤水，廣西平樂縣人，從小聰穎俊秀，十五歲入郡學讀書，後來因父母早亡，他就遊逛起來，因而荒廢了學業。他的家產遜於中等人家，卻生性喜愛修飾，被褥床鋪都十分講究。

一天晚上，劉赤水被人邀請去喝酒，走時忘了吹滅蠟燭。幾巡之後才想起來，急忙回到家。未進門就聽到屋裡有人小聲說話，走上前一看，只見一個年輕人抱著一個美麗的姑娘躺在床上。劉赤水的房子靠近名家大族荒棄的住宅，常常有些靈異現象。他一看，心裡知道他們是狐狸也不害怕，進屋喝斥道：「我的床鋪怎麼容許別人睡大覺！」兩人一見驚慌失措，抱起衣服，光著身子就跑了，留下一條紫色的褲子，帶子上還繫著針線包。劉赤水一看，很高興，怕被他們偷回去，就藏在被中抱著。

不一會兒，一個蓬頭散髮的小丫鬟，從門縫裡擠進來，向劉赤水討要丟下的褲子。劉赤水笑著要報酬，小丫鬟答應給他送酒喝，劉赤水不答應；又說給他錢，他也不同意，丫鬟笑著走了。不一會兒又回來說：「我家大姑娘說，如果能賜還，一定送你個好媳婦作為報答。」劉赤水問：「妳家大姑娘是誰？」答道：「我家姓皮，大姑娘小名叫八仙，和她睡在一起的是胡郎；二姑娘水仙，嫁給了富川的丁官人；三姑娘鳳仙，比兩位姑娘更美，沒人看了不喜歡的。」劉赤水恐怕她不守信用，要坐等好消息。丫鬟去了又回來說：「大姑娘讓我傳話給官人——好事哪能一下子就做成的呢？剛才把這事與三姑娘說，反遭到一頓痛罵；請你寬緩幾天，稍微等一下，我們家不是那種說話不算數、不守信用的人家。」劉赤水一聽這樣，就把東西還給了她。過了好幾天，卻一點消息也沒有。

一天，天剛黑，劉赤水從外面回來，關上門剛剛坐下，忽然兩扇門自動開了。只見兩個人用被抬著一位姑娘，手拉著被的四個角走進來，說：「送新娘子來了。」笑著放在床上就走了。劉赤水走近床前一看，姑娘正沉睡未醒，渾身還散發著醇香的酒氣，紅紅的臉帶著醉態，動人極了。劉赤水高興極了，握著她的腳替她脫襪子，抱著她替她脫衣服。這時姑娘已經微微醒過來，睜開眼睛看見劉赤水，四肢卻不聽使喚，只是恨恨地說：「八仙這個壞丫頭，竟把我給賣了！」劉赤水便抱著她親熱起來。姑娘嫌劉赤水身上冰涼，微笑著說：「今晚是什麼日子啊，遇上這麼冰涼的人。」劉赤水說：「妳啊妳，我這個涼人又怎麼樣呢？」於是，兩人便相親相愛起來。隨後，姑娘說：「八仙這丫頭真無恥，玷污了人家的床鋪，卻拿我來換褲子！多少一定要報復她一下。」從此以後，姑娘沒有一天晚上不來的，兩人愛得很深。

有一天，姑娘從袖子裡拿出一枚金釧，說：「這是八仙的。」又過了幾天，從懷裡又拿出一雙鑲珠繡金、做工精巧的繡鞋來，並且讓劉赤水張揚出去。劉赤水便拿著這些東西向親戚、朋友誇耀，想要看的人以錢酒作為禮物，由此，這些東西就成了珍稀寶物。

一天夜裡，姑娘說起了告別的話，劉赤水詫異地問她緣故。她答道：「姊姊因為繡鞋的事恨我，想帶著全家去很遠的地方，以此隔絕我們倆相好。」劉赤水一聽很害怕，願意把東西還給八仙。姑娘說：「不必，她正要用這個來要脅我，如果還了她，正中了她的計。」劉赤水問：「妳為什麼不單獨留下來呢？」姑娘說：「父母遠去，一家十餘口都托胡郎照應，若不跟著去，恐怕這個長舌女會造謠惹是非。」從此，姑娘沒再來過。

過了兩年，劉赤水非常思念鳳仙。一天，他偶然在路上遇見一位女郎騎著一匹馬，緩緩地向前走，一個老僕人拉著韁繩和他擦肩而過。女郎回頭掀起面紗偷偷看他，露出漂亮的面容。不一會兒，一位年輕人從後面走來，就問他：「那女郎是什麼人？相貌很美。」劉赤水極力稱讚她，年輕人向他行禮，笑著說：「太過獎了！是我的妻子。」劉赤水趕緊請他原諒，年輕人說：「沒關係。不過，南陽諸葛三兄弟，您已經得到了其中的龍，剩下的又有什麼值得提呢？」劉赤水不明白他的話，年輕人說：「您不認識偷睡在你床上的人了嗎？」劉赤水才明白他就是胡郎。於是他們互認了連襟，親熱地說笑起來，年輕人說：「岳父母剛回去，我們要去探望一下，你能一起去嗎？」劉赤水很高興，跟他們一起進了縈山。

山上有座城裡人過去避亂用的宅子，八仙下馬進了屋。不一會兒，有好幾個人出來看，嚷著：「劉官人也來了。」劉赤水進門拜見了岳父母。還有一位年輕人已經先到了，衣飾華美，光彩耀眼。岳父介紹說：「這是富川的丁姑爺。」兩人互相拜過就坐下了。不一會兒，酒菜紛紛擺上來，相互談笑，很是融洽。岳父說：「今天三位姑爺都來了，可稱得上是難得的聚會，又沒有外人，可以叫女兒們出來，大家團聚團聚。」

過了一會兒，三姊妹都出來了。老頭子命人擺上座椅，讓她們各挨著自己的夫婿坐下。八仙見到劉赤水，只是掩口而笑；鳳仙則與他互相嬉鬧；水仙容貌稍遜，但沉靜溫存，滿屋都在談笑，只有她只是握著酒杯微笑不語。於是賓客紛雜，屋內香氣襲人，大家都喝得很高興。劉赤水看見床頭各種樂器都有，就拿了一支玉笛，請求吹奏一曲為岳父祝壽。老頭很高興，讓會吹奏的都去拿一件，於是全都爭先恐後去拿，只有丁姑爺和鳳仙不拿。八仙說：「丁郎不會，可以不取，妳怎麼也不伸手去拿？」於是把拍板扔到鳳仙懷裡。各種樂器演奏起來，老頭歡喜地說：「家人之間的歡樂也就是這樣了！你們都能歌善舞，何不各盡所長呢？」八仙站起來，拉著水仙說：「鳳仙從來珍惜嗓音如珍惜金玉，不敢勞動人家。咱們倆可以唱一曲『洛妃』。」

兩人歌舞剛完，恰好婢女用金盤獻水果，大家都不知道這水果叫什麼名字。老頭說：「這是從真臘國帶來的，叫『田婆羅』。」於是雙手捧了幾枚送到丁姑爺面前。鳳仙不高興地說：「難道愛女婿也要以貧富論定嗎？」老頭笑笑不說話。八仙說：「爹爹因為丁郎是外縣人，是客人。如果論長幼，難道只有鳳妹妹有個拳頭大的窮酸女婿嗎？」鳳仙始終不高興，脫下鮮豔的衣飾，把拍板扔給婢女，唱了一折「破窯」，聲淚俱下。唱完拂袖而去，弄得滿屋人都很不愉快。八仙說：「這丫頭和從前一樣任性。」就去追她，卻不知道她去哪了。

劉赤水覺得很沒面子，便告辭回去。走到半路，看見鳳仙坐在路旁，叫他一起坐下。說：「你也是個男子漢，不能為枕邊人出口氣嗎？黃金屋本白在書中，希望你好自為之。」又舉起腳說：「出門時太急，荊棘刺破了鞋。我給你的東西有放在身邊嗎？」劉赤水拿出繡鞋，鳳仙拿過來穿在腳上。劉赤水想要她那雙舊鞋，鳳仙笑笑說：「你真是太沒用了！誰見過自己的被子枕頭之類物品也要藏在身上的？如果你真愛我，有一件東西可以送給你。」說完，拿出一面鏡子給劉赤水，說：「如果想見我，就到書卷中去找，不然，我們就沒有相見的時候了。」說完就不見了，劉赤水只好失望地回去了。

一看鏡子，鳳仙正背對著他站在鏡子裡，看上去好像人在百步之外。於是想起鳳仙的囑咐，便謝絕會客，關起門來專心讀書。一天，劉赤水看見鏡中人忽然現出正面，秀美的臉龐似笑非笑，於是對她更加珍愛。沒有人的時候，他就與鏡中人相對而視。一個月後，劉赤水發憤讀書的志向逐漸消減了，常常在外面玩到忘了回家。一天，他回家一看，鏡中人滿面愁容，好像要哭起來；過了一天再看，就又像最初那樣背對他站在那裡。劉赤水這才明白，鳳仙如此都是因為自己荒廢學業的緣故。於是，他開始閉門研讀，晝夜不停。一個月後，鏡中人又面向外了。從此得到驗證：每當有事荒廢學業，鏡中人就滿面悲傷；連日苦苦攻讀，鏡中人就滿面笑容。於是，他早晚把鏡子掛起來，如同對待老師一樣。這樣刻苦堅持了兩年，一舉考中。劉赤水高興地說：「今天我可以面對我的鳳仙了！」拿過鏡子一看，只見鳳仙彎著兩道烏黑的長眉，微微露出潔白的牙齒，滿臉喜色，好像就在眼前，劉赤水喜愛已極，目不轉睛地看著。忽然，鏡中人笑著說：「『影裡的情郎，畫中的愛寵』，說的就是今天這樣吧。」劉赤水驚喜地四下一看，鳳仙已經站在他的右邊了。劉赤水拉著她的手，問岳父母身體可好？鳳仙說：「我和你分別後，就不曾回家，自己住在山洞裡，以此來與你共同分擔清苦。」

劉赤水去郡中赴宴，鳳仙要求一起去。兩人乘一輛車去，人們對面都看不見她。後來要回家時，鳳仙暗中與他商量，假裝她是劉赤水在郡中娶的妻子。鳳仙回到家中，才開始出來見客人，經營家務。人們都驚異於她的美麗，而不知道她是狐狸。

劉赤水是富川縣令的學生，他去拜見縣令，途中遇到了丁郎。丁郎熱情地邀請他到家裡去，款待得很周到。丁郎告訴他，「岳父母最近又遷到別處去了。我妻子回娘家，人也快回來了。我一定會寫信把你高中的消息告訴他們，讓他們祝賀。」

劉赤水起先懷疑丁郎也是狐狸，後來詳細打聽他的家族，才知道他是富川縣大商人的兒子。當初，丁郎有一次晚上從別墅回家，遇到水仙一個人在路上。丁郎見她美麗，就偷偷斜眼看她。水仙請求跟他一起走，丁郎非常高興，把她帶到書房，便與她同居了。水仙能從窗格子中進出，丁郎才知道她是狐狸。水仙說：「請您不要起疑心，我是因為您的誠實厚道，才願意托身於您的。」丁郎非常愛她，竟然不再娶妻。

劉赤水回到家中，借富人家的大院子為客人準備食宿。院子打掃得非常乾淨，卻苦於沒有帳幔可用。隔天再去看，只見陳設煥然一新。過了幾天，果然有三十多人帶著禮品來到門前，車馬絡繹不絕，擠滿了街巷。劉赤水向岳父及丁郎、胡郎施禮，請進屋內。鳳仙則迎接母親及兩位姊姊進入內室。八仙說：「丫頭今天富貴了，不怨我這媒人了吧。金釧、繡鞋還在嗎？」鳳仙找出來還她，說：「鞋倒還是這雙鞋，只是被上千人看破了。」八仙用鞋打她的背，說：「打妳，把這帳記在劉官人身上。」於是把鞋扔到火裡，祝願說：「新時如花開，舊時如花謝；珍重不曾著，姮娥來相借。」水仙也代為祝願說：「曾經籠玉筍，著出萬人稱；若使姮娥見，應憐太瘦生。」鳳仙撥撥火說：「夜夜上青天，一朝去所歡；留得纖纖影，遍與世人看。」於是，鳳仙把灰拈在盤中，堆成十餘份。看見劉赤水過來，便托起來送給他，只見滿盤繡鞋，都和原來的一樣。八仙急忙走出來，把盤子推倒在地上，地上還有一、兩隻繡鞋，她又伏下身來吹，繡鞋的蹤跡才沒有了。

第二天，丁郎家因為路遠，夫婦倆先回去了。八仙貪圖和妹妹玩耍，父親和胡郎多次催促，過午，她才從房裡出來和眾人一起走了。

這些客人最初來時，氣派很大，圍觀的人多得如趕集。其中有兩個強盜看見這樣漂亮的女人，魂都飛了，於是商量要在途中劫持她們。察看他們離開村子了，就尾隨在後面；相距不到一尺，打馬極力追趕，卻怎麼也趕不上。到了一個地方，兩邊山崖夾道，車馬行進稍慢；強盜乘機追上來，舉刀大喊，人們都給嚇跑了。強盜下馬打開車簾一看，卻是一個老太婆坐在裡面。強盜剛懷疑是誤搶了美人的母親，才抬頭四顧就被兵器砍傷了右臂，立刻被綁了起來。強盜定睛一看，兩邊並不是山崖，而是平樂城門。車中是李進士的母親，從鄉下回來。另一個強盜後趕來，被砍斷了馬腿，綁了起來。守城的士兵抓了他們去見太守，一審便招認了。當時正好有名大盜沒抓著，一問，正好是他。

第二年春天，劉赤水中了進士，鳳仙怕招惹禍事，一概推辭了親戚的祝賀。劉赤水也不再娶別人，後來做了郎官，納了一個妾，生了兩個兒子。

異史氏說，唉！人情的冷暖，仙界和人間原來並無區別呀！「少壯不努力，老大徒傷悲」，只可惜沒有美好可愛的女人做出鏡中的悲歡罷了！我願有許許多多仙人，都把他們可愛的女兒嫁到人間，那麼貧窮的苦海中，就會少了許多痛苦的人了。

【何守奇】銳志攻苦，皆由於鏡中悲笑，豈好色之心，重於好名乎？然天下有志者少，無志者多，季子簡煉揣摩，亦由於妻不下機一激之力，則閨中之人，正自不可少耳。

佟客

有位姓董的書生，徐州人，喜歡劍術，常常自以為很了不起。一次，他在路上偶然遇到一位客人，騎著蹇馬和他同行。他與客人交談，覺得他談吐有豪氣，問他姓名，答道：「遼陽人，姓佟。」又問：「到哪裡去？」答說：「我出門二十年，剛從海外回來。」董生說：「您遨遊四海，見識的人一定很多，曾見過異人嗎？」佟客問：「什麼樣的異人？」董生於是說出自己愛好劍術，恨不得有異人傳授。佟客說：「異人什麼地方沒有？但對方必須是忠臣孝子，異人才能夠把法術傳給他。」董生便堅稱自己是忠臣孝子，馬上拿出佩劍，用手彈劍高聲歌唱；又斬斷路邊小樹，以炫耀佩劍的鋒利。佟客捋著鬍子微笑，又借劍來觀看。董生把劍交給他，佟客接過來瞧了幾眼說：「這是鎧甲鐵鑄成的，被汗臭熏染，最為下品。我雖然不知曉劍術，但有一柄劍很好用。」於是從衣襟下拿出一柄一尺左右長的短劍，用它來削董生的劍，脆如瓜瓠，順手斜削，像削馬蹄一樣。董生非常吃驚，也請借劍一看，便摸來摸去

好久才還給佟客。於是，董生邀佟客到家裡做客，強留他住了兩宿，請教劍術。佟客說他不懂，董生撫膝侃侃而談，佟客只是恭敬地聽著罷了。

夜已深了，忽然聽見鄰院裡人聲嘈雜，鄰院是董生父親的居所，董生心中驚疑，站起來靠牆細聽，只聽有人怒聲喝道：「叫你兒子快快出來受刑，就饒了你！」不一會兒，好像又加上了拷打，呻吟聲不斷傳來，聽聲音真是他的父親。董生拿起兵器想要過去，佟客阻止他說：「你這樣去恐怕就活不成了，還是想個萬全的辦法吧。」董生惶然請教，佟客說：「強盜指名道姓叫你出去，不見到你，他們不會甘心，您沒有其他至親骨肉，應該向妻子囑咐後事；我去打開門，替你防備他們。」董生答應著，進去告訴妻子，妻子拉著他的衣襟哭泣，董生的勇氣頓時沒了。於是兩人上了樓尋找弓箭，以防備強盜進攻，慌慌張張地還沒找到，就聽佟客在樓簷上笑著說：「幸好強盜走啦。」用燈一照，佟客已經不見了。董生猶猶豫豫地走出來，就見到父親到鄰居家赴酒宴，打著燈籠才回來，只有院子裡有些草稈、草灰，才知道佟客就是異人。

異史氏說，忠孝是人的血性，自古以來，臣下、兒子不能為國君、父親死的，起初難道是沒有提著兵刃慷慨前往的嗎？說起來都是一念之差而做錯了事啊。過去，明代解縉和方孝孺相約為君王而死，而解縉後來自食其言；怎能知道他們約定誓言後回到家裡，是否都聽到妻子的哭泣聲呢？

縣裡有一位捕快，往往幾天不回家，妻子便與鄉里的閒人通姦。一天，捕快回家，恰好這年輕人從房中出來，他非常懷疑，苦苦盤問妻子，妻子不承認此事。後來，在床頭找到了年輕人丟下的東西，妻子一見羞得無話可說，只好長跪在地哀求他原諒。捕快非常生氣，扔給她一條繩子，逼她上吊。妻子請求整理一下衣妝再死，捕快同意了。妻子於是進房中梳理；捕快自己在外面喝著酒等著，一面不停地催促叫罵著。一會兒，妻子身著漂亮衣服出來了，含著淚對他行禮說：「您真地忍心叫我死嗎？」捕快氣勢逼人，叫她去死。妻子返回房中，剛要把繩子打結，捕快扔掉酒杯喊道：「咳，回來吧！一頂綠帽子也許壓不死人。」於是夫婦和好如初。這也是解縉一類的人物，講來博君一笑。

【馮鎮巒】己為妄人，將以善人為惡人；己為俗人，將以聖人為凡人。先哲詩云：「英雄見慣只常人。」

【何守奇】忠臣孝子，出於血性，是乃仁術也。乃人自有之，而自朱之，更於何處求異術哉？

遼陽軍

沂水有個人，明朝末年被充軍到遼陽，正趕上遼陽城被攻陷，他被亂兵殺了，頭雖然砍斷了，但還沒死。到了晚上，有一個人拿著簿冊來，按冊上的名字清點群鬼。點到這個人時，說他不應該死，便叫左右隨從把他的頭接上，再把他送走。於是他們一起拿著頭安在他的脖子上，一起扶著，只聽風聲簌簌，不久，就把他放下離開了。那人看看周圍，認出是自己的故鄉。

沂水縣令聽說這件事，懷疑他是私自逃回來的，便把他抓起來審訊，聽到他講這件事，並不相信；又察看他的脖子，也沒有斷痕，就準備處死他。這人說：「我說的話沒什麼證據，但請大人暫且把我關在牢裡。斷頭可能是假的，但遼陽城陷落不可能是假的。如果遼陽城完好無損，我再受刑也不晚。」縣令接受了他的請求。過了數天，遼陽消息傳來，時間與這人所說的一樣，於是縣令便把他釋放了。

張貢士

安丘人張貢士，患病在床。一天，他仰臥在床頭，忽然看見胸口有一個小人走出來，只有半尺高。身穿儒士的衣服，頭戴儒士的帽子，做演員演戲的動作。唱的是崑山曲，音調清澈，說白、自道姓名，和自己一模一樣。所唱的內容都是自己平生的遭遇，四齣戲唱完，吟著詩就無影無蹤了。張貢士還能記住戲的梗概，便向人講述。高西園、晤杞園兩位先生曾詳細地詢問過這件事，還能講述戲文，可惜記不全了。

高西園說，從前讀王士禎先生的《池北偶談》，見到有記心頭小人的，是安丘張某事。我一向和安丘張卯君很好，心想應當是他家的事。一天，談話間問及，才知道確實是他的故事。詢問事情經過，他說，當病好時，所記的昆山曲沒有一字遺漏，都記錄成冊了。後來他夫人認為是不吉祥的話，就燒了。每次喝茶飲酒閒談，還能記起一些，常背誦給客人聽。現在一併記下，以增加奇聞。曲詞說：「詩云子曰都休講，不過是都都平丈（相傳某村學堂的老師，教小孩讀《論語》時，常讀錯字。其中尤其可笑的是，讀『郁郁乎文哉』為『都都平丈我』），全憑著佛留一百二十行（村中學堂有教育孩童的書，叫《莊農雜學》。書中首章寫道：『佛留一百二十行，唯有莊農打頭強。』最鄙俗）。」玩味戲文的語意，好像是自己說自己生平寥落，晚年在農家做學堂老師，主人輕慢他，於是做了這個曲子。我心裡忖度，這個前世的老儒生，是張卯君的前身嗎？卯君的名字叫在辛，善於治漢隸篆印。

【何守奇】此疑是貢士心神。

【但明倫】人之一生，不過一場戲耳。只要問心，自己是何腳色，生平是何節末。要作鬚眉畢現，毋為巾幗貽羞；要認本來面目，毋作粉臉逢迎；要求百世留芳，毋致當場出醜。能令人共看有好下場。

愛奴

河間人徐生，在恩縣教書。臘月初回家，路上遇到一個老頭，仔細地端詳他後，說：「徐先生停課了吧？明年要到哪裡去教書啊？」徐生說：「還是在老地方。」老頭說：「我叫施敬業，有個外甥想要聘請一位好老師，正托我到東　去請呂子廉先生，但他已經接受了稷門某人的聘金。先生您如果肯屈就，酬金會比恩縣多一倍。」徐生以已接受恩縣聘請來推辭。老頭說：「您真是守信用的人。然而，離新年還有一段時間，我誠心地以一兩黃金作為聘金，請您暫時留下來教他，明年再另行商議，怎麼樣？」徐生同意了。老頭下馬呈上禮盒，並說：「我們村子距此不遠，只是宅院狹小，餵養牲口有困難，請讓僕人和馬先回家去，我們慢慢走回去也行。」徐生依他所說，把行李放在老頭的馬上。走了約三、四里路，天已經黑了才到他家。

門上嵌著門鈸，安著獸環，儼然大族世家。

老頭叫外甥出來拜見，是一個十三、四歲的孩子。老頭說：「我妹夫蔣南川，做過指揮使，只留下這一個兒子，不是很笨，只是嬌生慣養罷了。能夠得到先生一個月的精心教導，一定會勝過十年。」不久，擺上酒宴，菜飯十分豐盛精美；斟酒送菜，都是丫鬟來做。有一個丫鬟拿著壺站在旁邊，年紀約十五、六，風流標緻，徐生暗自心動。酒宴結束，老頭命人給徐生安排床鋪，然後才告辭離開。

第二天，天還沒亮，孩子就出來跟老師學習。徐生剛起床，就有丫鬟捧著毛巾來侍候梳洗，就是那個端壺的丫鬟。一日三餐，都是這個丫鬟送來。

到了晚上，丫鬟又來打掃床鋪，徐生問：「怎麼沒有男僕？」丫鬟笑著不答，鋪好了被褥就走了。第二天晚上又來，徐生與她調笑，她只笑卻不拒絕，徐生便與她親熱起來。丫鬟告訴他：「我們家沒有男子，外面的事都託付給施舅舅。我叫愛奴，夫人敬重先生，恐怕別的丫鬟不乾淨，所以讓我來侍候。今天的事一定要保密，恐怕被人發覺了，我們倆都沒面子。」

一到晚上，他們睡在一起，結果天亮還沒起床，被公子看見了，徐生非常慚愧不安。到了晚上，愛奴來說：「幸好夫人敬重先生，不然就壞了；公子進去告狀，夫人急忙掩住了他的嘴，好像怕你聽見。只是告誡我不要在書房久留而已。」說完就走了。徐生心裡很感激夫人。

然而公子不用心讀書，徐生喝斥責備他，夫人就為他求情。最初還派丫鬟來傳話，漸漸地親自出來，隔著門和先生說話，往往說著說著就流淚，並且每晚必問公子白天的功課。徐生很難忍受，變臉道：「既然放縱孩子懶惰，又責備孩子不用功，這樣的老師我當不了，請讓我走吧。」夫人派丫鬟來認錯，徐生才沒走。

自從來此教書，徐生常想出去登高遠望，卻因為宅門緊鎖不能出去。一天，他喝醉後心中煩悶，叫來愛奴詢問，愛奴說：「沒什麼，是怕公子荒廢學業，如果您一定要出去，只好請您晚上出去。」徐生生氣地說：「我受人家金錢，就應當在這裡憋死？叫我晚上要上哪去？我早就以白吃白喝不做事為恥，酬金還在包袱裡。」於是拿出黃金放在桌上，收拾行李要走。夫人從屋裡出來，默不作聲，只是捂著臉哭泣，讓丫鬟送回黃金，打開門送他走。徐生覺得房門很窄，走了幾步，陽光射進來，才發現自己身陷墳墓中，四面望去，一片荒涼，原來這裡是一座古墓。徐生非常害怕，然而心中感激他們的情誼，於是賣了所贈的黃金，把墳培了土、植了樹才離開。

過了一年，又經過那個地方，祭拜了墳墓向前走，遠遠地看見施老頭，笑著向他問候，並熱情地邀請他。徐生心知他是鬼，但很想問一問夫人的近況，就和他一起進了村，買酒一起喝起來。不覺天色已經黑了，老頭起身付了酒錢，便說：「我家離這不遠，我妹妹正好回娘家來了，希望您能光臨，為我祓除不祥之氣。」出村走了幾步，又有一處院落，叩門而入，為客人點上蠟燭。不久，蔣夫人從裡面出來，徐生才細細看她，是一位大約四十歲的美貌女子。夫人拜謝道：「我們是衰落的家族，門戶蕭條，先生施恩於泉下之人，真是無法報答。」說完哭了起來，隨後又叫來愛奴。對徐生說：「這個丫鬟我很喜愛她，今天把她送給你，姑且給你在客居中做個伴，一解寂寞。只要你有什麼需要，她大致也會知道的。」徐生連連答應。過了一陣，兄妹一塊離開了，留下愛奴侍候徐生休息。

第二天，第一聲雞啼，老頭就來催促徐生整理行裝上路；夫人也出來了，囑咐愛奴好好服侍先生。又對徐生說：「從此以後，你要更謹慎，我們的交往在人們看來很詭異，恐怕好事的人會造謠生事。」徐生答應著告別了他們，與愛奴同騎一匹馬走了。

到了教書的地方，兩人單獨住一間屋子，一同生活。有時客人來，愛奴也不躲避，別人也看不見她。徐生偶有什麼願望，念頭剛滋生，愛奴就替他辦好了。愛奴又會巫術，一拍擊，疾病就能痊癒。

清明時節，徐生回家，到了墓地，愛奴告辭下馬。徐生囑咐她代為感謝夫人，愛奴說：「好。」就隱入地下了。幾天以後，徐生回來，剛準備省視墳墓，只見愛奴打扮得很漂亮坐在樹下，於是一起出發。這樣一年到頭來來往往，習以為常。徐生想帶愛奴一同回家，愛奴執意不肯。年底，徐生辭了課館回家，相約以後再見。愛奴送他到以前坐過的地方，指著石堆說：「這是我的墓，夫人沒出嫁時，我就服侍她，死後葬在這裡。如果你再經過這裡，燒炷香悼念我，咱們就能相見。」

辭別愛奴回到家後，徐生十分想念她，就誠心誠意地到墳上去祝告，卻毫無反應。於是，徐生買了棺材，挖開墳墓，想把愛奴的屍骨帶回家去安葬，以寄託自己的眷戀之情。墳墓打開後，徐生進去，見愛奴面容與活著一般，肌膚雖然沒有腐爛，衣服卻化成了灰，頭上的首飾金釧，都像新製的一樣。又看她腰間，纏著幾錠黃金，便都捲了放在懷中，這才脫下身上的衣服蓋在屍體上，抱著放在棺材裡，租了車載回家去。

徐生把棺材停放在一所單獨的房子裡，蓋上繡花的衣裳。自己睡在旁邊，希望能靈驗。一天，愛奴忽然從外面進來，笑著說：「盜墓賊在這裡！」徐生驚喜地慰問她。愛奴說：「近來隨夫人去東昌，幾天後回來一看，房舍已空。過去承蒙您多次邀請我，之所以不肯相從，是因為從小受夫人大恩，不忍遠離她。現在你既然把我劫來了，就趕快安葬吧，這就是你的恩德了。」徐生問：「有百年之後又復生的，如今你的身體還和以前一樣，為什麼不效仿別人再生呢？」愛奴嘆道：「這都是有定數的，世間傳說的靈跡，多半是人幻想出來的，想要再起來走動，又有什麼難？只是不能像活人一樣，所以也不必那樣做了。」於是打開棺材進去，屍體馬上自己起來了，亭亭玉立，十分可愛。伸手向她懷中探摸，則冷若冰霜。於是，愛奴還要入棺再躺下，徐生竭力阻止。愛奴說：「我從前蒙夫人寵愛，主人從西域回來，得黃金數萬，我偷偷拿了，她也不怎麼追問。後來臨死時，沒有什麼親屬，就藏在身上殉葬。夫人痛惜我早死，又拿了些寶物入殮。我的身體之所以不腐爛，不過是得了黃金珠寶的餘氣而已。如果在人世，這哪能保持長久呢？如果你一定要我這樣，那麼切記不要強迫我吃喝；倘若靈氣一散，遊魂也就消失了。」徐生於是建了一所好房子，與愛奴一同居住。愛奴言談笑語與從前一樣，只是不吃喝不休息，不見生人。一年多，徐生飲酒微有些醉，拿起剩酒強行灌她；愛奴立刻倒在地上，口中流出血水。過了一天，屍體已經腐化。徐生悲悔不及，隆重地安葬了愛奴。

異史氏說，夫人教育兒子，與人世無異；而她對待老師卻非常周到，真是個賢明的人啊！我覺得美豔的屍首不如風雅的鬼，卻因為窮酸秀才的庸俗莽撞，致使靈物不能享受她的天年，真是可惜！

章丘朱生，一向剛毅耿直，在某貢生家開館授課，每責備弟子，內眷就派婢女替孩子開脫，朱生不聽。一天，貢生內眷親自到窗外，與朱生說情。朱生十分生氣，拿起界尺大罵著出來，婦人害怕便跑，朱生追她，從後面橫擊臀部，啪啪有皮肉聲，令人笑倒。

長山有一個人，每請老師，一定要以一年酬金核實一年之中真正的課時，計算出每一天該得多少錢；又把老師離開書房、回到書房的日子詳細記錄下來，到了年末，則一塊按日子計算。馬生在他家教書，開始見這人拿著算盤來，知道了緣故很害怕，轉而暗生一計，轉怒為喜，聽任他反覆計算而不和他計較。東家很高興，堅持請馬生訂第二年的契約。馬生託辭拒絕後，有意推薦一位脾氣古怪的人來代替自己。等到這位先生來教書時，動輒破口大罵，東家沒辦法，只好忍受著。年底，東家拿出算盤來，先生勃然大怒，暫且聽他計算。東家又把路上花去的時間，全算給先生，先生不接受，撥算珠算給東家看，兩人爭執不清，動手打了起來，打得頭破臉腫，只好對簿公堂了。

【何守奇】待師之厚，人不如鬼，豈不以世家故耶？彼雖覥然人面，曾不知師之為何物也者，而又何怪焉？

單父宰

青州有個人五十多歲了，續娶了一個年輕妻子，他的兩個兒子怕他再生兒子，趁他酒醉，偷偷地把他的睾丸割了去，再用藥敷上。父親酒醒後，藉口有病不提此事。過了很久，傷口漸漸癒合了。有一天，他與妻子同寢，刀口裂開，血流不止，不久就死了。妻子知道了其中的緣故，告到官府，官府捉拿了他的兩個兒子，一審果然招認了。長官驚異地說：「我今天真的成了『單父宰』了！」隨後，把那兩個兒子處死了。

城中有個王生，娶妻一個多月就休妻，妻子的父親告到官府，當時淄川縣令是辛公，審問王生，「為什麼要休妻？」答道：「原因不好說。」辛公再三催問，王生回答：「因為她不能生育。」辛公說：「真荒唐！過門一個多月的新媳婦，怎麼知道她不能生育？」王生忸怩了很久，才告訴辛公，「她的陰戶長得很偏。」辛公聽後笑道：「這就是偏之為害，而家之所以不齊啊。」

此則可與〈單父宰〉並傳，付之一笑。

孫必振

孫必振渡江，正巧碰上狂風暴雨，渡船搖盪不停，同船人萬分恐懼。忽然看見一位身穿金甲的神人立在雲中，手持金字牌給下面的眾人看，大家都抬頭看去，上寫「孫必振」三字，非常真切。眾人對孫必振說：「一定是你有罪要遭上天懲罰，請你自己上一條船去，別連累了大家。」不等他答應，看見旁邊有一條小船，就一齊把孫必振推到小船上去。孫必振登上小船，回首一看，前面那條船已經翻沉在江中了。

邑人

城外有個鄉下人，一向無賴成性。一天早晨起來，有兩個人把他捉了去。一直來到集市前，看見一個屠夫把半頭豬懸掛在架子上，兩人便用力推擠他，他感到自己的身體和豬肉合在了一起，那兩人就逕自離開了。不久，屠夫開始賣肉，操起刀來切割，他便感覺切一刀痛一下，直痛到骨頭裡。後來，有位鄰居老人來買肉，與屠夫苦苦爭講價錢高低，一會兒添油一會兒搭肉，一片片碎著割，更是苦不堪言。肉賣完了，他才找到路回家。到家時，已經快上午七、八點了。家人認為他起床晚了，他就詳細地敘述了自己的遭遇。叫了鄰居來問，老人買肉剛回來，說到他買肉的片數、斤數，絲毫不差。僅僅一個早晨時間，這人已經受了一次凌遲的處罰，這事不是很奇異嗎？

【何守奇】奇刑。

【但明倫】碎割之慘，令於生前受之，自口述之。鬼神或予以自新之路耶？抑借其言以警世耶？不然，恐他時再割地獄中，再無人證其片數、斤數矣。

元寶

廣東臨江的山崖巉岩，常有元寶嵌在石頭上。崖下波濤洶湧，舟船無法停靠。有人划著槳靠過去摘元寶，元寶卻牢牢嵌著，拿不下來；如果有人命該得到元寶，則一摘就能摘下，回頭再看，那個地方又會生出一個元寶。

研石

王仲超講：「洞庭湖君山中有座石洞，洞高可以容船進出，洞裡黑暗，深不可測，湖水從這裡流進流出。我曾經帶著燈燭乘舟入洞，看到兩壁都是黑色的石頭，顏色如漆一般，按上去很柔軟；用刀割下去，像切豆腐乾，可以隨意製成墨石。出了洞，石頭見了風就凝固得比其他石頭都硬。試著用它來研墨，效果非常好。商船、遊船從這裡往來的很多，洞中有上好的石頭，卻不知拿來用，也只好由探勝好奇的人來欣賞享用了。」

武夷

武夷山有一處千尺高的峭壁，人們常在那下面拾到沉香木、玉塊。太守聽說了這件事，率領數百人製作雲梯，準備登上山頂，去看看這個奇異的事情。經過三年，雲梯才製成。太守登上去，快要到頂時，只見一隻大腳伸下來，腳上的拇指比擣衣棒還粗，聽到上面大聲說：「不下去，就要墜下去了！」太守大吃一驚，急忙下去，才到地上，雲梯的架子像朽了一樣折斷了，從上到下全部墜落下來。

【劉瀛珍】人無私欲，均可造極；無如利心一萌，自必為神靈所叱逐耳。

大鼠

明朝萬曆年間，宮中發現一隻大老鼠，長得和貓一樣大，鬧得很厲害。宮中遍求民間好貓捕捉制服牠，卻反被老鼠吃了。

恰好外國進貢來一隻獅貓，這隻貓周身潔白如雪。宮人抱著貓放進大老鼠的房間裡，關上門，暗暗地觀察牠。貓蹲了很久，鼠逡巡著從洞穴中出來，見到貓，怒氣沖沖地向貓奔來，貓避開牠跳到桌子上，老鼠也跳到桌子上，貓又跳下去。如此跳上跳下，不下百次。大家都認為獅貓膽小，沒有什麼能耐。不久，大老鼠的跳動漸漸慢下來，大肚子一鼓一鼓地好像在喘息，牠蹲在地上剛剛休息，獅貓立刻飛快地跳下來，爪子抓住大老鼠的頭上的毛，一口咬在牠的脖子上。牠們翻來覆去地爭鬥，獅貓嗚嗚地吼著，老鼠吱吱地叫著。宮人趕快開門去看，只見大老鼠的頭已經被獅貓咬碎了。

至此，人們才明白：獅貓避開老鼠，並不是因為膽怯，而是等待大老鼠鬥志鬆懈下來。「你出來我就回去，你回去我就出來」，獅貓用的是當年伍子胥伐楚的計謀啊。啊，粗莽的人遇事便一手按劍，滿腔怒氣，和這隻大老鼠有什麼區別呢？

【但明倫】大勇若怯，大智若愚。伺其懈也，一擊而覆之，啾啾者勇不足恃矣，嗚嗚者智誠可用矣。

張不量

有一個商人，一天來到直隸地界時，忽然下起了大雨冰雹，他便趴在莊稼地裡避雨，聽到空中有人說：「這是張不量的田，不要傷了他的莊稼。」商人心想，張氏既然「不良」，為什麼反倒要護佑他呢？冰雹停了，商人進了村子，查訪那個姓張的人，並問他取名的含義。原來張不量一向富裕，積存了很多糧食。每到春天農民都來借貸，秋天還糧時，張家不計較還回多少，

都照樣收進，從來不用斗斛來量。因此，人們稱他為「不量」，不是「不良」，大家趕到田裡察看，只見田裡的莊稼被冰雹打得如亂麻一般，只有張家田裡的莊稼完好無損。

牧豎

有兩個放牧的孩子，走進一座山裡，到了一個狼洞前面，發現洞裡有兩隻小狼，他們說好計謀，就一人抓了一隻，然後兩人各爬上一棵樹，兩樹相距約有幾十步遠。

不久，大狼回來了，進洞一看，小狼不見了，立即顯出焦急的樣子。這時，一個小孩在樹上扭小狼的爪子、耳朵，故意讓牠嗥叫。大狼聽到聲音抬頭一看，就發瘋地直奔到樹下，一邊嗥叫一邊抓樹想爬上去；另外一個小孩又在另一棵樹上弄得小狼叫得厲害。大狼停下嗥叫，四下觀望，才發現另一棵樹上的小狼。於是丟下這裡，奔到那棵樹下，像剛才一樣奔跑嗥叫。這時，先頭那棵樹上的小狼又叫，大狼又轉身奔回來，口中不停地嗥叫，腳下不停地奔跑，往返幾十次以後，奔跑速度漸漸慢下來，叫聲也漸漸小了，最後奄奄一息地趴在地上，久久不動。小孩下樹一看，大狼已經斷氣了。

現今有種強橫的漢子，瞪著眼睛，怒氣沖沖地按著劍，好像要與人搏鬥，把人吞掉。觸怒他的人，卻關上門自己走開了。漢子聲嘶力竭，卻沒有對手，豈不心中暢快自以為英雄？卻不知這只是一種禽獸的威風，人們故意戲弄他，為了好玩而已。

【馮鎮巒】老子云：「弱勝強，柔勝剛。」勾踐之於夫差，漢高之於項羽，大概如此。即春秋，戰國亦往往有用之者。

【何守奇】咆哮如狼，卒致斃於豎子，其故可思。

富翁

有位富翁，生意人多向他借錢。一天他外出，有一個年輕人跟在他的馬後面，問他有什麼事，結果也是來借本錢的。富翁答應了。到了富翁家裡，正好桌上有幾十枚銅錢，年輕人就用手抓著錢玩，能把錢疊得高高的。富翁謝絕了年輕人的請求，終於沒有借錢給他。有人問富翁是什麼緣故，富翁說：「這個人一定善賭博，不是正經人。他熟悉的技能，一見到錢就不自覺地從手上表現出來了。」查訪了一下這個年輕人，果然愛賭博。

王司馬

新城王霽宇大司馬鎮守北部邊關時，曾經讓匠人鑄造了一把大刀，刀寬超過一尺，重三百斤。王司馬每次巡察邊防，就派四個人扛著這把大刀，行仗走到哪裡，就放在地上，故意讓北方人來拿刀，但他們用盡力氣也移動不了這把刀。王司馬又暗地裡讓人用桐木照大刀樣子做了一把，寬窄大小沒有不同，刀上貼上銀箔，他拿著，時常在馬上揮舞，北方各部落看見，沒有不震驚、害怕的。

王司馬又在防區邊界移栽蘆葦作為界牆，橫向延伸十多里，形狀如同籬笆。王司馬揚言說：「這是我的長城。」北方兵馬一到，就全拔了燒掉，過後司馬又重新栽上。這樣燒了三次，就用火藥埋在蘆葦下面，北方兵一燒蘆葦，火藥立刻爆炸，北方兵死傷很多。北方兵逃走以後，王司馬又像從前一樣設置葦牆，北方兵遠遠望見葦牆就馬上退走。從此，北方兵對王司馬折服得猶如對待神靈一般。

後來，王司馬因年老辭職回家，邊塞又傳來敵人侵犯的警報，朝廷又召他去鎮守，王司馬當時已經八十三歲，便到皇帝面前極力推辭此事。皇上安慰他說：「只是麻煩你躺在那裡治理就行了。」於是，王司馬又到了邊塞。每到一處防地，他就躺在軍帳中。北方兵聽說王司馬來了，都不相信，於是假裝來講和，以驗證消息真偽。北方兵打開軍帳的簾子，見王司馬鬆散著衣服躺在床上，都立刻拜倒，退兵而去。

嶽神

揚州一位姓提的同知，晚上夢見嶽神召見他，言辭神色都十分憤怒。他抬頭見一個人侍候在神的旁邊，臉色稍微好些。醒來之後，他對這個夢很厭惡，便一早就來到東嶽廟，在神像前默默祈禱，希望消災。出了廟門，看到藥店裡有個人，很像夢裡見到的那個人。一問，知道他是醫生。提同知回到家裡，突然得了病，特地派人去請那個醫生。醫生到了之後就開方抓藥，晚上吃了藥，半夜就死了。有人說：閻羅王和東嶽天子，每天派男女侍者十萬八千人，分散到天下做巫士、醫生，叫做「勾魂使者」。用藥的人，不能不考察一下啊。

小梅

山東蒙陰的王慕貞，是世家大族的子弟。有一次，他偶然到江浙一帶遊歷，遇見一個老太婆在路上哭，就上前問她怎麼回事。老太婆說：「先夫只留下一個兒子，如今他犯了死罪，誰能把他救出來呢？」王慕貞一向大方、好義氣，就記下老太婆兒子的姓名，拿出口袋中的錢替他疏通，最終為他開脫了罪責。這個人出獄後，聽說是王慕貞救了自己，茫然不解其中的緣故。他打聽到王慕貞住的旅館，感激涕零地向他道謝，並問為什麼救他。王慕貞說：「沒什麼，是可憐你母親年老罷了。」那人一聽大驚說：「我母親去世很久了。」王慕貞也覺得奇怪。到了晚上，老太婆來道謝，王慕貞責怪她說謊。老太婆說：「實不相瞞，我是東山的老狐狸，二十年前曾與這孩子的父親有過一夕之好，因此不忍他絕後，在陰間挨餓。」王慕貞聽了肅然起敬，再想問她幾句話，她已經無影無蹤了。

　先前，王慕貞的妻子賢淑好佛，不食葷酒。她收拾了一間乾淨屋子懸掛佛像，因為沒有兒子，所以天天在裡面焚香禱告。那觀音又很靈驗，托夢告訴她，教人趨利避害，因此家中大小事都由她決定。後來王妻生病，病重時讓人把床鋪移到那間屋中，又另外鋪設了繡花被褥在內室，關上門，好像在等待什麼人。王慕貞因此很疑惑，又見她病得迷迷糊糊，不忍違背她的意思，傷她的心。王妻臥病兩年，厭惡嘈雜的聲音，常把人趕走，獨自睡覺。王慕貞暗中去聽，好像她在和人說話，打開門看時，又沒聲音了。

　王妻在病中沒有別的顧慮，只是有個十四歲的女兒。她天天催人準備嫁妝，要把女兒嫁出去。女兒出嫁後，妻子把王慕貞叫到床邊，拉著他的手說：「今天要永別了！我剛病的時候，菩薩告訴我，我命中注定是要早點死的，放不下的是，女兒還沒出嫁。因此，菩薩賜給我一些藥，讓我拖些時日等著。去年，菩薩要回南海，把案前侍女小梅留下來侍候我。現在我快死了，我這薄命人又沒生兒子。保兒是我疼愛的，恐怕你再娶了妒悍的女人，使他們母子無人依靠。小梅姿容秀美，性情溫和，就把她娶過來做填房吧。」原來王慕貞有一個妾，生了一個兒子，名叫保兒。王慕貞因妻子言談荒唐，就說：「妳一向敬重菩薩，現在說出這樣的話來，不是褻瀆了菩薩嗎？」王妻說：「小梅服侍我一年多，我們已經不分彼此，我已經央求她答應這件事了。」王慕貞問：「小梅在哪？」答：「就在屋裡，不是嗎？」王慕貞剛想再問，妻子已經閉上眼睛死去了。

　王慕貞夜裡守靈，聽見屋裡隱隱約約有哭泣聲，非常害怕，懷疑是鬼。叫來幾個婢女侍妾，打開鎖一看，

只見一位十五、六歲的漂亮女郎，穿著孝服坐在屋裡。眾人以為她是神，一起圍著叩拜。女郎止住淚水，扶起大家。王慕貞目不轉睛地盯著她，她只是低著頭而已。王慕貞說：「如果亡妻的話是真的，就請妳走上廳堂，受兒女的叩拜；如果不行，我也不敢妄想，使自身招來罪過。」女郎羞答答地走出房門，登上北面的廳堂。王慕貞叫使女擺了一個朝南的座位讓她坐下，王慕貞先拜，女郎也回拜了他；下面就按長幼尊卑的次序伏下叩拜，女郎神色端莊地接受拜見；只有小妾出來拜見時，她才起來扶起她。

自從王妻患病在床，丫鬟偷懶，僕人盜竊，家政廢棄已久。眾人參拜完了，都恭恭敬敬地站在一邊。小梅說：「我感激夫人的盛情，決定留在人間。夫人又把大事託付給我，你們各人應當洗心革面，為主人效力。從前的過錯一概不再追究。否則，不要以為家中沒人管事！」大家一起望著座上的小梅，真如懸掛的觀音像一樣，時時被微風吹動。聽到她的話，心裡更害怕，便齊聲答應。於是小梅吩咐安排喪事，一切都井井有條，從此家中大小奴僕沒有敢偷懶的。小梅整日忙著照管家裡內外各種事務，王慕貞做什麼，也先問過她然後再去辦。然而他們雖然一天見幾次面，卻並不談一句私房話。妻子殯葬以後，王慕貞想履行以前的約定，卻不敢直接和小梅說，就囑咐小妾暗中傳話。小梅說：「我答應了夫人的懇切囑託，從情理上講，是不能推辭的，但是婚姻大禮不能草率。年伯黃先生，位尊德重，能求他來主持婚禮，那我一定唯命是從。」

當時，沂水的黃太僕正辭官閒居在家。他是王慕貞父親的朋友，兩家交往密切。王慕貞馬上親自去見黃老先生，把實情告訴了他。黃先生覺得很奇怪，當即與王慕貞一同來到王家。小梅知道後，立刻出來拜見。黃先生一見十分驚訝，認為小梅是天上人，謙遜地不敢答應主持婚禮；隨即送來一份厚厚的賀禮，婚禮完畢才回家去。小梅送給他枕頭、鞋，如同孝敬公婆一樣。從此，兩家交往更加親密。

結婚以後，王慕貞總因為小梅是神女，親熱中也帶著拘束，還時常打聽菩薩的起居。小梅笑著說：「你也太愚迂了，哪有真正的神仙下嫁到塵世的呢？」王慕貞再三追問她的來歷，小梅說：「不必問那麼多，既然認為我是神仙，那就早晚供奉，自然沒有災禍。」

小梅對待下人很寬宏大量，不笑不說話。但是下人們戲耍時，遠遠見到她，便馬上不出聲了。小梅笑著告訴他們：「難道你們大家還以為我是神嗎？我是什麼神仙！我其實是夫人的姨表妹，從小相好，姊姊病中想念我，暗中叫南村王姥姥接我來。但因天天接近姊夫，有男女之嫌，所以假託為菩薩的侍女，關在屋裡，其實哪裡是什麼神仙。」眾人還是不相信，但天天侍候在她身邊，見她的舉動和平常人沒有什麼不同，謠言就漸漸平息了。即使如此，頑劣的僕人、懶惰的丫鬟，王慕貞一向用鞭子打也改不了的，小梅一說，沒有不樂於遵從改正的。都說：「我們自己也不明白，也不是怕她，只是一看她的樣子，心就自然而然軟下來了，所以也不忍心違背她的吩咐。」因此，家中各種事情都重新興辦起來，幾年時間，田地擴大，倉庫裡堆了萬石糧食。

又過了幾年，小妾生了個女兒，小梅生了個兒子。兒子生下時，左胳膊上有個紅點，因此叫小紅。滿月時，小梅讓王慕貞擺上豐盛的酒席，邀請黃先生赴宴。黃先生託人送了很厚重的賀禮來，推辭自己年紀大了，不能出遠門。小梅派了兩個老婆子強去邀請，黃先生這才到來。小梅抱著孩子出來，露出左胳膊給黃先生看，請他起個名字，又再三問這孩子的吉凶禍福。黃先生笑著說：「這是喜紅，可以增加一個字，名字就叫喜紅吧。」小梅很高興，便出來叩謝。那天，鼓樂聲充滿庭院，親戚、貴客紛至遝來，黃先生住了三天才回去。

一天，忽然門外有車馬來，迎小梅回娘家去。十多年來，與小梅娘家並沒有來往。人們紛紛議論，而小梅好像沒有聽到一樣，她梳洗打扮完，把孩子抱在懷裡，要王慕貞送她，王慕貞只好依她。大約走了二、三十里路，路上寂靜無人，小梅停下車，叫王慕貞下馬，避開別人對他說：「王郎啊王郎，我們相聚短離別長，這就叫作悲傷嗎？」王慕貞吃驚地問怎麼回事？小梅說：「你以為我是什麼人？」答：「不知道。」小梅說：「你在江南曾救過一個死刑犯，有這回事嗎？」說：「有。」小梅說：「在路上哭的人是我母親，為感謝你的恩情，一心要報答你。於是，借夫人好佛的機會，假託是神仙，實際是用我來報答你。如今幸好生了這個孩子，心願了了。我看你的厄運要來了，這個孩子在家恐怕不能養大，所以藉口回娘家，來解救孩子的危難。你要記住，家中有人死時，一定要在早晨公雞叫第一遍時，到西河柳堤上，看見有挑著葵花燈來的人，就攔在路上苦苦求他，可以免去災禍。」王慕貞說：「好。」又問她什麼時候回來？小梅說：「不能預先定下來，你要牢記我的話，再見面的日子也不會太遠。」臨別時，互相拉著手，傷心地流下淚來。一會兒小梅上了車，車子走得快如風；王慕貞望著望著就不見了，這才返回家中。

過了六、七年，小梅音信全無。忽然，鄉里流行瘟疫，死了很多人，家中一個丫鬟病了三日後死了。王慕貞想起小梅往日的囑咐，很留心此事。當日和客人飲酒，大醉後睡著了。醒來時聽到雞叫，急忙起來趕到堤頭，見燈光閃爍，那人恰好已經過去了。王慕貞急忙去追，只隔百步左右，卻愈追愈遠，漸漸就看不見了。他懊悔地回到家，幾天後，突然生病，不久就死了。

王氏家族裡有些無賴之徒，一起欺侮王家孤兒寡母，公然伐取莊稼、樹木。王家一天比一天敗落。過了一年，保兒又死去，一家更沒有人主持。族裡人更加橫行霸道，他們瓜分田產，圈裡牛馬也被搶掠一空；接著，又想瓜分宅院。因為王慕貞的妾住在這裡，於是便有幾個人來，強行要把她賣掉。母親捨不得自己的小女兒，母女相擁痛哭，慘狀驚動四鄰。正在危急之時，忽聽門外有轎子抬進來，大家一看，卻是小梅拉著一個小男孩從車中出來。小梅看了看周遭，人亂紛紛猶如集市，就問：「這是些什麼人？」妾哭著說了所發生的一切。小梅立刻慘然變色，便叫跟來的僕人關門下鎖。眾人想反抗，手腳卻不聽使喚。小梅叫人把他們一個個都綁了，拴在廊下的柱子上，一天只給三碗稀粥。小梅馬上打發老僕人跑去告訴黃先生，然後走進內室痛哭，哭完，對妾說：「這都是天數，本想上個月回來，恰好母親病了，耽誤了些時間，直到今天才到，不料轉眼間這裡已是人去屋空。」問到原來的僕人丫鬟，已經都被族人搶去了，又哭了一場。

過了一天，僕人、丫鬟聽說小梅回來了，都自己偷跑回來，相見之下又痛哭流涕。被綁的族人，都說小梅的孩子不是王慕貞的親生骨肉，小梅也不辯解。不久，黃先生來到了，小梅領著兒子出來迎接。黃先生握著孩子的手臂，便捋起左袖，見紅痣清清楚楚，便袒露給大家看，以證明確是王慕貞的兒子。於是，黃先生便仔細審查丟失的東西，登記在簿冊上，親自去拜見縣令，請縣令拘捕無賴族人，各打四十大板，枷起手腳關押起來，並嚴命追回失物。沒幾天，田地牛馬統統物歸了原主。黃先生要回家了，小梅拉著孩子哭拜說：「我不是世間人，叔叔是知道的。現在我把這個孩子託付給叔叔了。」黃先生說：「我老頭子只要還有一口氣，就不會不為他做主。」黃先生回去後，小梅安排完家事，便把兒子託付給妾，準備祭品去為丈夫掃墓。過了半天時間，還不見回來，派人去看，祭品還擺在那裡，人卻不知去向了。

異史氏說，不斷絕人家後嗣的人，人家也不斷絕他的後嗣，這是人事，實際也是天事。至於座中有好友，友情好到車馬、皮衣可以共用；等到墳上長了隔年的草，妻子兒女遭受凌侮，原本同車的朋友卻無情地離開。不忍忘卻死去的朋友，感激亡友的恩德而一心圖報的是什麼人呢？是狐狸呀！假若你有錢，我願做你的家臣，為你理財。

【何守奇】王之施德，本不望報，而感其義者卒委屈以相報。人不務行其德者，抑獨何也？

藥僧

濟寧有個人，偶然在野寺外，見到一個遊方的僧人，向著陽光在捉蝨子，手杖上掛著一個葫蘆，好像個賣藥的。於是，這個人開玩笑說：「和尚也賣房中春藥嗎？」僧人回答：「有。弱的可以變強，細小的可以變粗壯。服後立即見效，不必等上一宿。」這人一聽很高興，立刻向僧人求買此藥。僧人解開袍子一角，拿出一丸藥，如同小米般大小，讓這人吞吃了。過了約半頓飯時間，這人的下部暴長；過了一刻，自己一摸，比原來大了三分之一。此人心中還不滿足，偷偷看和尚起身上廁所，私自解開僧袍，抓了兩、三粒藥丸一起吞下去。過不多久覺得皮膚像要裂開，不斷抽搐著，脖子縮了，腰也彎了，而陰莖卻不停地長。他非常害怕，卻沒有辦法停止。僧人回來後，看到他的樣子，吃驚地說：「你一定偷吃了我的藥！」急忙給他一粒丸藥，吃後才覺得下部不再長了。他解開衣服一看，下部幾乎和兩腿呈三足鼎立之勢了。這個人縮著脖子，蹣跚著走回家去，父母都認不出他來了。從此以後，他成了個廢人，每天躺在街上，許多人都見過他。

于中丞

于成龍中丞，巡查部屬到了高郵。恰好一家豪紳將要嫁女兒，嫁妝豐厚，夜裡卻被強盜賊人全部偷光了，高郵刺史無計可施。于中丞命令把各城門都關上，只留一個門放行人出入，派吏目守門，嚴密搜查進出人所帶的東西。又貼出告示，讓全城人各自回家，等候第二天查點搜尋，一定要找到贓物所在。于公又暗中囑咐守城的人，如果有人由城門再三出入，就抓起來。過了中午，抓到兩人。除了一身衣服之外，並沒有帶任何東西。于公說：「這是真正的盜賊。」兩人不住狡辯。于公叫人解開他們的衣服搜查，見他們的衣服裡又穿著兩套女人衣服，都是嫁妝裡的東西。原來，盜賊害怕第二天的大搜查，急於轉移贓物，而東西太多難於一下帶出，因此偷偷地帶在身上而頻頻出入城門。

還有一次，于成龍做縣令時到鄰縣去。一大早經過城外，見兩個人用床抬著病人，上面蓋著大被；枕上露出頭髮，髮上插著一支鳳釵，側臥在床上。有三、四個健壯的男人左右隨行，不時輪番用手去塞被子，壓在病人身下，好像是怕風吹進去。不一會兒，就放在路邊休息，又換兩個人再抬。于公走過後，派差人回去問他們，他們說是妹妹病危，要送回妹夫家去。于公走了二、三里，又派公差回去，看他們進了什麼村子。公差尾隨著他們，到了一個村子的房舍前，見兩個男子迎接他們進去了。公差回來報告給于公。于公對那個縣的縣令說：「城中有沒有發現盜劫案？」縣令說：「沒有。」當時官吏考核很嚴，官員和老百姓都不敢提到盜賊。因此，即使被盜賊劫殺了，也忍痛不敢報官。于公住進賓館後，囑咐隨身家人仔細查訪，果然有一家富人被強盜闖入家中，用鐵烙折磨死了。于公叫那富人的兒子來，盤問事情的經過。被害人的兒子怎麼也不承認有此事。于公說：「我已經在這裡替你抓到了強盜，沒有別的意思。」死者的兒子才叩頭痛哭，請求于公為死者報仇雪恨。于公入關求見縣令，派強壯的差人在四更出城，直至那家村舍，捕到八個人，一審便招認了。問那病婦是誰，盜賊供認：「那夜一起在妓院，因此與妓女合謀，把贓金放在床上，再讓她躺在床上抱到藏身處去瓜分。」

人們都佩服于公的英明。有人問他是怎麼識破這樁案件的？于公說：「這很容易，只是人們不留心罷了。哪裡有少婦躺在床上，卻容許別人時時把手伸到被底的？而且時常換人來抬，樣子很沉；又在兩邊保護著，就知道其中一定藏著東西。如果真是病婦昏迷不醒地回來了，一定會有婦人在門口迎接；可卻只見到男人，並且毫不吃驚，也不問一聲。因此斷定他們是盜賊。」

皂隸

明朝萬曆年間，山東歷城縣令夢見城隍要人去服役，就把八個差人的姓名書寫在簡牒上，在廟中焚化。到了晚上，八個差人都死了。

廟東有個酒店，店主本與一個差人有些交情。正好那夜差人來買酒，店主問：「招待什麼客人呀？」答道：「都是些一同工作的朋友，買一瓶酒作個見面禮而已。」第二天天明，見了其他的差人，才知道那人已經死了。店主進到城隍廟，打開廟門，見到酒瓶還在，酒還是那麼多，回家看差人給的錢，都是紙灰。

縣令塑了八個差人的像放在廟裡。其他差人每得到差遣，都要先來酬謝他們才行，否則一定會受到縣令的責罰。

績女

浙江紹興有位老寡婦，夜裡紡線，忽然一個年輕女子推門進來，笑著說：「老媽媽不累嗎？」看這女子，十八九歲的樣子，容貌秀美，衣著絢麗。老太婆吃驚地問：「姑娘從哪來的？」女子說：「我可憐您一個人孤單，來陪伴您。」老太婆懷疑她是從侯門大家逃出來的，便再三追問。姑娘說：「老媽媽別害怕，我

和您一樣，都是孤身一人。我喜歡您潔淨，所以來了。免得兩人都孤孤單單的，這不好嗎？」老太婆又疑心她是狐狸，猶疑著不作聲。女子竟然自己上床，替老太婆紡起線來，說：「老媽媽不用擔心，這些活計我也很會做，一定不會增加您的負擔。」老太婆見她溫存可愛，也就安下心來。

夜深了，姑娘對老太婆說：「我帶來的被褥還在門外，麻煩您出去上廁所時，順便拿進來。」老太婆出去，果然拿回一包被褥。女子解開被褥放在床上，不知是什麼質地的綢緞，香滑無比。老太婆也鋪開自己的布被褥，與姑娘同床。姑娘剛解開衣服，一股奇特的香氣充滿房中。睡下後，老太婆暗想：「遇到這樣漂亮的女子，可惜自己不是個男人。」女子在枕邊笑著說：「老媽媽七十歲了，還想入非非嗎？」老太婆說：「沒有呀。」女子說：「既不是想入非非，怎麼想做男子呢？」老太婆更明白她是狐狸，非常害怕。女子又笑著說：「想做個男人，心裡怎麼又怕我了？」老太婆更害怕，兩腿抖得床都跟著搖起來了。姑娘說：「哎呀，就這麼大的膽子，還想做男人呢？實不相瞞，我是仙女，但不是來害您的，只要您不亂說，保您衣食不愁。」老太婆早上起來便跪拜在床下。女子伸出手臂扶她起來，她手臂皮肉細膩如潔白的香脂，散發著香氣；手臂一碰到，立刻覺得身體輕鬆愉快。老太婆心動，又想入非非。姑娘嘲笑她說：「老婆子戰慄才止住，心又想到哪去了呢！如果你是個男人，一定會為情而死的。」老太婆說：「我若真是個男人，今晚哪能不死呢！」從此，兩人相處十分融洽，每天一同紡線織布。看看姑娘紡出的線，又勻又細又光亮；織成布，光潔如同錦緞，賣價比平常的布高三倍。

事。

老太婆每次出門，就從外面關緊門；有來探訪她的，都在別的屋子裡應酬。過了半年，沒有人知道這件事。

後來，老太婆漸漸把這事透露給親戚朋友知道，同村的姊妹們都托老太婆引見。姑娘責怪她說：「您說話不謹慎，我不能再在這裡長住了。」老太婆後悔失言，深深自責。但是要求見姑娘的人一天比一天多，甚至還有以權勢逼迫老太婆的。老太婆哭著向姑娘說明。姑娘說：「如果是一些姊妹，見也無妨；只恐怕有不正派的人，難免會受到侮辱。」老太婆又一再哀求，姑娘才答應了。

第二天一些老太婆、小姑娘都拿著香燭來拜見，一路絡繹不絕。姑娘感到厭煩，不論貴賤，都不與她們交談，只是默默地端坐在那裡，聽任她們參拜。鄉中一些年輕人聽說她的美貌，都神魂顛倒，老太婆則一律拒絕他們求見。

有位姓費的書生是城裡名士，聽說了這件事，使傾盡家產，用重金買通老太婆。老太婆答應了他，替他請求姑娘接見。姑娘已經知道了這件事，責備她說：「您把我賣了？」老太婆立刻伏在地上說了經過。姑娘說：「您貪圖他的錢財，我感念他的癡情，可以見他一面，但是您我之間的緣分已經盡了。」老太婆又伏地叩頭。姑娘約定第二天見面。費生聽了，非常歡喜，拿著香燭前來，進門先施大禮，姑娘在簾子裡和他說話，問：「你破費家產來見我，有什麼話要對我說嗎？」費生說：「實在不敢有什麼非分之想。只是像王嬙、西施那樣的美女，徒有傳聞，若妳不因我愚頑而嫌棄我，使我得以開闊一下眼界，看一下妳的美貌，我就滿足了。至於禍福吉凶自有定數，我並不想知道。」

忽然，只見布簾之中出現姑娘的面容，光彩四射，翠眉朱唇，清清楚楚，好像沒有布簾相隔一樣。費生神魂飄蕩，不覺俯身下拜。拜完起身，只見布簾沉沉，只能聽見聲音，再也見不到人了。費生暗自惆悵，恨自己沒能見到姑娘的下半身體。忽然看見布簾下面翹著一雙穿著繡鞋的小腳，瘦小不足一掌長，費生又拜下去。簾中說：「你回去吧，我覺得累了。」老太婆把費生請到別的屋裡，烹茶招待他。費生題了一首〈南鄉子〉在牆上——

隱約畫簾前，三寸凌波玉筍尖；點地分明蓮瓣落，纖纖，再著重臺更可憐。

花襯鳳頭彎，入握應知軟似綿；但願化為蝴蝶去，裙邊，一嗅餘香死亦甜。

題完就走了。姑娘看過費生的題詞後，很不高興，對老太婆說：「我說我們的緣分已經盡了，今天看來，果然如此。」老太婆趴在地上叩頭，請求原諒。姑娘說：「錯不全在您身上，我一時不慎墮入情障，把容貌讓人看了，才遭到淫詞的褻瀆，這都是我自找的，您又有什麼過錯？如果我不趕快離開這裡，恐怕會身陷情網之中，歷劫難出了。」於是把衣被打包好就走了。老太婆追上去挽留她，但是一轉眼她就不見了。

【何守奇】偶現色相，遽爾翻身，庶幾由戒生定者。

【但明倫】「此皆自取，于汝何尤」八字，實實從情竅中轉劫出來，使前此無數豔語情詞，遂如風掃塵霾，一時都盡。

紅毛氈

紅毛國，過去朝廷准許他們和中國貿易往來。邊界官吏見他們人多，不許他們上岸。紅毛國人堅持請求上岸，說：「只要賞我們一塊氈子大小的地方就足夠

了。」邊官想，一條氈子容不下幾個人，就同意了。他們就把氈子放到岸上，只能容下兩個人；拉一下，就容下四、五個人；一邊拉一邊登，轉眼間毛氈擴大到一畝地大小，已能容納數百人。這時，他們抽出短刀一齊進攻，邊官大出意料，被掠走數里地，只好退卻了。

抽腸

山東萊陽有個人，白天躺在床上休息，看見一男一女手拉著手進來，女人一身黃腫，腰粗得好像要仰過去了，滿臉愁苦的樣子。男子催促她說：「來，來！」那人以為他們是有私情的，於是假裝睡覺想偷偷看他們幹什麼。兩人進門後，好像沒看見床上有人，男人又催道：「快點。」女人便把自己的胸坦露出來，露著肚皮，肚子大得像一面鼓。男人拿出一把屠刀，用刀刺入肚皮，從心中往下直剖至肚臍，發出哧哧的聲音。這人非常害怕，不敢大聲喘氣。那婦人皺著眉頭忍受著，沒哼過幾聲。男子用嘴叼著刀，把手伸進肚子裡，抓住腸子拉出來，掛在胳膊肘上，一邊掛一邊抽，一會兒手臂就掛滿了。於是用刀切斷，舉著放到桌子上，回來再抽。桌子滿了，又掛椅子上；椅子也滿了，就在肘子上纏了幾十盤，好像漁人撒網一樣，向那人頭邊一丟。那人只覺得一陣腥熱，臉上、脖子都蓋得滿滿的。他再也忍耐不住，就用手推開腸子，大叫著起來，跑了出去。腸子掉在床邊，兩隻腳被絆住，昏昏沉沉地倒在了地上。家人跑來看，只見他滿身纏著豬內臟；再仔細一看，卻都不見了，大家都說自己眼花了，對此並不驚奇。等到那人講述了所見，大家才一起感到詫異，但是屋內沒有任何痕跡，只有血腥味幾天不散。

張鴻漸

張鴻漸，河北永平人，十八歲，是郡裡有名的讀書人。

當時，盧龍的趙縣令又貪婪又凶殘，老百姓深受其苦。有個姓范的秀才被他用棍棒活活打死了，范秀才的同學為他鳴不平，準備到巡撫那裡去告趙知縣，求張鴻漸幫忙寫張狀紙，並邀他一同來打這場官司。張鴻漸同意了。張妻方氏，美貌又賢慧，聽說了這件事，便勸告張鴻漸說：「大凡秀才做事，可以一塊成功，但不能一起失敗。成功了則人人都要爭頭功，失敗了就紛紛逃避，不能團結起來。如今是個權勢的世界，是非曲直難以用公理定論。你又孤單一人，沒有兄弟，一旦有翻覆，急難時誰來救你？」張鴻漸信服她的話，感到後悔，於是婉言謝絕了這件事，只是給他們寫了狀子的草稿。

秀才們告上去，巡撫審訊了一回，判斷不出誰是誰非。趙知縣拿出一大筆錢賄賂了審案的長官，給這些秀才加了個結黨的罪名，把他們抓了起來，又追查寫狀子的人。

張鴻漸聽到這個消息很害怕，就從家裡逃了出來。到了陝西鳳翔境內，路費花光了。天已經黑了，他在曠野裡走來走去，不知道去哪裡好。正在為難，突然看見前邊有一個小村子，便快跑了過去。有個老太太正出來關門，看見張鴻漸，問他想幹什麼。張鴻漸把實情告訴了她。老太太說：「留你吃飯、住宿都是小事，只是家裡沒有男人，不便留你。」張鴻漸說：「我也不敢有什麼奢望，只求允許我在門後借住一宿，能夠躲避虎狼也就足夠了。」老太太才讓他進來，關了門，給了他一個草墊子，囑咐道：「我可憐你無處可去，私自留你住在這裡，天亮前你就得趕快離開，否則怕我家小姐聽說了要怪罪我。」老太太走了，張鴻漸靠著牆壁打盹。忽然一陣燈籠光閃亮，只見老太太引著一位女郎出來。張鴻漸急忙躲到暗處，偷偷看去，女郎是一位二十歲左右的美人。女郎走到門口，看見草墊子，問老太太是怎麼回事？老太太如實回答了。女郎生氣地說：「一家子都是柔弱女子，怎麼能收留來歷不明的男人？」隨即問：「那人去哪了？」張鴻漸害怕了，出來跪伏在臺階下。女郎仔細地盤問了他的姓名和家世，臉色稍稍緩和了，說：「幸虧是知書識禮的人，留下也沒關係。可是這老奴竟然不來報告一聲，這樣隨隨便便，哪裡是招待君子的禮節。」於是叫老太太引客人進屋。不一會兒，便擺上了精美潔淨的酒食，飯後又拿出繡花錦被，鋪好床。張鴻漸心中十分感激，於是私下打聽姑娘的姓氏。老太太說：「我家姓施，老爺、太太都去世了，只剩下三個女兒，剛才見到的，是大小姐舜華。」

老太太走了，張鴻漸看見桌上有部《南華經注》，就拿來放在枕頭上，趴在床上翻閱。忽然，舜華推門進來。張鴻漸放下書，慌忙找鞋帽，準備迎接。舜華走到床邊按他坐下，說：「不用起來，不用起來。」於是靠著床坐下來，羞澀地說：「我看你是個風流才子，想把終身託付給你，所以才不避嫌，自己向你提出來。你不會因此看不起我、拒絕我吧？」張鴻漸驚慌得不知說什麼好，只是說：「實不相瞞，我家裡已經有妻子了。」舜華笑著說：「這也看出你是個老實人。不過沒關係，既然你不嫌棄我，明天我就請媒人來。」說完就要走，張鴻漸探起身拉住她，她也就留下了。

第二天天未亮，舜華就起來了，送給張鴻漸一些銀子，說：「你拿去做遊玩的費用吧。到了晚上，你要晚點來，免得被別人看見。」張鴻漸按照她的吩咐，每天早出晚歸，這樣過了半年。

一天，張鴻漸回來得很早，到了那個地方，村莊、房屋全都沒有了，他十分驚異。正徘徊不定時，聽到老太太說：「怎麼回來得這麼早？」一轉眼間，院落就出來了，和往常一樣，自己也已經在屋中了，於是，他更加驚異。舜華從裡間走出來，笑著說：「你懷疑我了吧？實話對你說，我是狐仙，與你有前世的姻緣。如果你一定要見怪，那麼我們馬上分手吧。」張鴻漸貪戀她的美貌，也就安心地留了下來。

晚上，張鴻漸對舜華說：「妳既是仙人，千里路程也能一口氣走到吧。我離開家三年了，一直惦念我的妻子和孩子，妳能帶我回家一趟嗎？」舜華聽了好像不太高興，說：「從夫妻之情來說，我自信對你一往情深。可是你守著我卻想著別人，可見你對我的恩愛都是假的！」張鴻漸道歉說：「妳怎麼這樣說。俗話說：『一日夫妻，百日恩義。』以後，我回了家，想念妳的時候，也會像今天我想念她一樣啊。如果我是個得新忘舊的人，妳愛我什麼呢？」舜華才笑著說：「我的心很狹窄。於我，希望你永遠不忘；於別人，希望你忘了她。然而你想暫時回家一趟，又有什麼難的，你家就在眼前啊。」於是拉起他的袖子走出門去，只見道路昏暗，張鴻漸畏畏縮縮地不敢往前走。舜華拉著他走，不一會兒，說：「到了，你回去吧，我先走了。」張鴻漸停下來細細辨認，果然看見家門，他從毀壞的園牆跳進去，見屋中燈燭還亮著，就走上前用兩個手指彈叩窗戶。裡面人問是誰？張鴻漸說自己回來了，屋裡人拿著燈燭打開門，真是妻子方氏。兩人相見，又驚又喜，手拉著手走進床帷，看見兒子睡在床上，感嘆道：「我離開時，兒子只有我膝頭那麼高，如今長這麼大了！」夫婦依偎在一起，恍如在夢中。

張鴻漸從頭至尾說了出逃後的遭遇。又問到那件官司，才知道那些秀才，有的在獄中病死，有的流放遠方。於是，更加佩服妻子的遠見。方氏撲到他懷裡說：「你有了漂亮的新夫人，想來不會再惦記我這個終日哭泣、孤苦零丁的人了吧？」張鴻漸說：「不惦記著妳，怎麼會回來呢？我和她雖說感情很好，但終究不是同類，只是她的恩義難忘罷了。」方氏說：「你以為我是誰？」張鴻漸仔細一看，竟然不是方氏，而是舜華。用手去摸兒子，卻是一個消暑用的竹夫人。張鴻漸非常慚愧，說不出一句話。舜華說：「你的心我算知道了！咱們的緣分已經沒了，所幸你還未忘掉我的恩情，勉強還可以贖你的罪。」

過了兩、三天，舜華忽然說：「我想我一廂情願地癡戀著你這個人，終究沒什麼意思，你天天抱怨我不送你，今天正好我要去京城，順便可以送你回去。」於是從床頭上拿過竹夫人，兩人一起跨上去，讓張鴻漸閉上眼睛。張鴻漸只覺離地不遠，風聲颼颼。不多時，就落到了地面，舜華說：「我們從此分別吧。」張鴻漸剛要和她約定再見的日子，舜華就已經走得看不見了。

張鴻漸失望地站了一會兒，就聽見村中有狗叫聲，模模糊糊看見樹木房屋，都是故鄉的景物，便順著路向家走。跳過院牆，再敲門，一切和上次一樣。方氏驚醒了爬起來，卻不相信是丈夫回來了。隔門盤問確實，才點上燈，嗚咽著出來迎接。一見面，方氏便止不住哭起來，張鴻漸還在懷疑是舜華戲弄他；又看見床上躺著一個孩子，像那天一樣，於是笑著說：「妳把『竹夫人』又帶來了？」方氏一聽莫名其妙，生氣地說：「我盼望你回來，度日如年，枕頭上的淚痕還在。剛剛相見，你卻沒有一點悲傷之情，真不知你長的是一副什麼心腸。」張鴻漸看出她是真的方氏，才拉起她的手流下淚來，詳詳細細地向她說明了一切，又問官司的結果，和舜華說的一樣。

兩人正相對感慨，忽然聽見門外有腳步聲，問是誰，卻沒人應。原來鄉里有個惡少甲，一直覬覦方氏的美貌。這天晚上，他從別的村子回來，遠遠地看見一個人跳牆過去，以為一定是來和方氏來約會的，就尾隨著進來了。甲本來不太認識張鴻漸，只是趴在外面聽。等到方氏連連問外面是誰，他才說：「屋裡是誰？」方氏騙他，「屋裡沒人。」甲說：「我已經聽了半天了，我是來捉姦的。」方氏不得已，告訴他是丈夫回來了。甲說：「張鴻漸這樁大案還沒了結呢，即便是他回來了，也該綁了送官。」方氏苦苦哀求他，甲卻乘機逼迫她，話說得愈來愈不堪入耳。張鴻漸怒火中燒，拿著刀直衝出去，一刀剁在甲的頭上。甲倒在地上還在叫喊，張鴻漸又連剁幾刀，殺死了他。方氏說：「事已至此，你的罪更加重了。你快逃吧，我來頂罪。」張鴻漸說：「大丈夫死就死，怎麼能連累妻兒，而求自己活命！妳不要管我了，只要讓這個孩子接續了我們張家讀書門第的香火，我死也瞑目了。」

天亮後，張鴻漸到縣裡去自首。趙知縣因為他是朝廷追查的犯人，所以只微微用了用刑。不久，就由郡縣押解到京城。一路上枷重銬緊，受盡折磨。一天，他們在路上遇到一個女子騎馬而過，一個老太太拉著馬韁繩，一看卻是舜華。張鴻漸叫住老太太想說話，一開口眼淚就流下來了。女子勒馬回來，用手撩開面紗，驚訝地說：「表兄，你怎麼變成這樣了？」張鴻漸把事情經過大致說了一遍。女子說：「如果按表兄往日的作為，我應當掉頭不理你；但我還是不忍心。我家離這不遠，也請兩位差官一起過去，我也好多少幫助一點盤纏。」幾個人跟著她走了二、三里路，看見一座山村，樓閣高大整齊。女子下馬走進去，讓老太太開門請客人進去。一會兒擺上豐美的酒菜，好像早就準備好似的。又派老太太出去說：「家裡剛好沒有男人，張官人就多勸差官喝幾杯吧，今後路上還要二位多關照呢。已經打發人去張羅幾十兩銀子給張官人做路費，並一起酬謝兩位差官，現在還沒回來呢。」兩個差官暗自高興，縱情喝酒，不再想趕路的事。天漸晚了，兩個差官全都喝醉了，舜華走出來，用手一指枷鎖，鎖立即開了。拉著張鴻漸共跨一匹馬，像龍一樣飛騰而去。不一會兒，舜華讓他下馬，說：「你就在這下吧。我和妹妹約好在青海見面，又因為你而耽誤了一會兒，恐怕她已經等久了。」張鴻漸問：「我們什麼時候再見面？」舜華不答，再問她，她就把張鴻漸推下馬走了。

天亮後，張鴻漸打聽這裡是什麼地方，原來是太原，於是他到了城裡，租了間屋子開課教學為生，化名宮子遷。

他在太原住了十年，打聽到官府追捕他的事漸漸鬆了，才又慢慢往家裡走。走到村口，不敢馬上進村，等到夜深後才進去。到了家門口，只見院牆又高又厚，再也爬不進去了，只好用馬鞭敲門。過了很久，妻子才出來問是誰，張鴻漸低聲告訴她。方氏高興極了，連忙開門讓他進來，卻大聲喝斥說：「少爺在京城裡錢不夠用，就該早些回來，為什麼打發你三更半夜地跑回來？」進了屋，兩人互相說了分別後的情況，才知道那兩個差官逃亡在外一直沒回來。他們說話的時候，門簾外面有一個少婦不斷的徘徊張望，張鴻漸問是誰，方氏答：「是兒媳。」問：「兒子呢？」答道：「到省裡趕考還沒回來。」張鴻漸流著淚說：「我在外面顛簸了這麼多年，兒子已經長大成人了，想不到能接續我們家的香火了，妳也真是熬盡了心血啊！」話沒說完，兒媳已經燙好了酒，做好了飯，滿滿地擺了一桌子，張鴻漸真是喜出望外。

張鴻漸在家住了幾天，都是藏在屋裡不敢出門，唯恐別人知道。一天夜裡，他們剛剛躺下，忽然聽見外面人聲嘈雜，有人用力捶打。兩人嚇壞了，一齊起來。聽見有人說：「有後門嗎？」他們更加害怕，急忙用門板代替梯子，送張鴻漸跳牆逃了出去。然後到門口問是幹什麼的，才知道是兒子中舉了，來報告的。方氏大喜，卻非常後悔讓張鴻漸逃跑了，可是再追也來不及了。

這天夜裡，張鴻漸在亂樹荒林中奔逃，急不擇路，天亮時，已經困乏到了極點。一開始他本來想往西走，問路上的行人才知道，離去京城的大路不遠了，於是進了一座村子想要賣了衣服換碗飯吃。看到一所大宅門，牆上貼著報喜的條子，近前一看，知道這家姓許，是新中的孝廉。不一會兒，一個老翁從裡面出來，張鴻漸迎上去行禮，說明自己想換碗飯吃。老翁見他文質彬彬，知道他不是那種來騙飯吃的，就請他進去招待他吃飯。老翁又問他要去哪裡，張鴻漸隨口編道：「在京城教書，回家路上遇到了強盜。」老翁就把他留下教自己的小兒子，張鴻漸略略問了老翁的情況，原來是曾在京城做官的，現在告老還鄉了，新舉的孝廉是他的侄子。

住了一個多月，孝廉帶了一位和他同榜的舉人回家，說是永平人，姓張，是個十八、九歲的年輕人。張鴻漸因他的家鄉、姓氏都和自己一樣，暗裡懷疑他是自己的兒子，然而縣裡張姓的人很多，他就暫且保持沉默。到了晚上，許孝廉打開行李，拿出一本記載同科舉人的《同年錄》。張鴻漸急忙借過來仔細翻讀，發現果然是自己的兒子，不由得流下淚來。大家都很吃驚，問他怎麼回事，他才指著上面的名字說：「張鴻漸就是我。」接著，他詳細地講述了自己的經歷。張孝廉抱著父親大哭。許家叔侄在一旁勸慰，兩人才轉悲為喜。許翁便給幾位大官寫信，為張鴻漸的官司疏通，父子倆才得以一同回家。

方氏自從得了兒子的喜報後，整天因張鴻漸逃亡在外而悲傷。忽然有人說孝廉回來了，她心中更加難過。不一會兒，卻見父子兩人一同走進來，驚奇不已，好像丈夫是從天上掉下來的一般。她問清了事情的經過，才同大家一樣悲喜交集。甲的父親看到張鴻漸的兒子中了舉人，也不敢再有報復之心。張鴻漸格外優厚地照顧他，又從頭到尾講述這件事當時的情況，甲父感到很慚愧，於是兩家成了好朋友。

【何守奇】身為名士，流離坎數十年，皆由於捉刀書詞，不可不戒。

【但明倫】雖則賢妻用盡心血，令子能繼書香；而十數載流離，百千番磨折，至是而始服床頭之遠見，亦已晚矣。捉刀之自貽伊戚也，可勝道哉。

太醫

明朝萬曆年間，孫評事從小就失去了父親，母親十九歲開始守寡。孫評事中進士時，母親已去世。他曾對別人說：「我一定要為母親得到朝廷的封誥，使母親在地下也感到榮耀，這才不辜負母親一生守寡的清苦。」可是他突然得了暴病，十分嚴重。他平時與太醫很好，就讓人叫太醫來，派出的人剛出門，他的病就更重了。他睜著眼睛說：「活著不能揚名，使親人榮耀，死後怎麼見地下的老母親啊！」說完就死了，雙目不閉。

不久太醫來了，聽到哭聲，就進門弔唁死者。他看到死者睜著雙眼，覺得很奇怪，家人就告訴他原因。太醫說：「想得到朝廷的封誥並不難。今天皇后即將臨產，只要他能再活上十幾天，封誥就可以得到。」說完，太醫命人馬上拿來艾草，用來灸屍體的十八個穴位。艾炷要燒盡時，床上的孫評事已經開始呻吟，急忙給他灌藥，居然又甦醒過來了。太醫囑咐說：「記住，一定不要讓他吃熊肉和虎肉。」全家都記著太醫的囑咐，但因為這兩種肉也不常見，所以也不是很在意。三天後，孫評事就恢復了健康，仍和同僚一同上朝。

過了六、七天，皇后果然生了一位太子。皇帝召見大家，賜宴群臣。席中使者捧出一盤不尋常的東西，賜給文武朝臣。這東西白片紅絲，鮮美無比。孫評事吃了，不知是什麼。第二天，訪問各同僚，有人說：「是熊掌。」孫評事大驚失色，馬上病倒，回到家後就死了。

【何守奇】良醫也。至評事食熊膰而死，則命也。無亦命不可強，符延須臾之死，使博誥命，以遂人子之志歟？

牛飛

縣裡有一個人，買了一頭很健壯的牛。夜裡，他夢見牛生了兩個翅膀飛走了，他認為這個夢是不祥之兆，懷疑牛會丟，就把牛牽到市場上折價賣了。他用頭巾包著賣牛的錢，纏在胳膊上。在回家的路上，他看見有一隻鷹正在叼食兔子，走過去鷹也不飛走，很馴服。於是，他用巾頭綁鷹的腳，把牠搭在臂上。鷹不斷地撲騰，他抓著稍一鬆勁，鷹就帶著包錢的頭巾飛走了。

這件事雖然是命中注定的，但是如果這個人不相信夢兆，不貪圖便宜去撿東西，那麼即使是想跑掉的東西又怎能飛走呢？

王子安

王子安，是東昌縣的名士，但是在科場中卻很不得意。這一次考試，他抱著很大的希望。臨近放榜時，他喝得大醉，回家以後躺在臥室裡，忽然有人說：「報喜的人來了。」王子安踉蹌著起來，說：「賞錢十千。」一家人趁他醉了，騙他說：「你只管睡吧，已經賞過了。」王子安才睡下了。不一會兒，又有人進來說：「你中進士了。」王子安自言自語說：「還沒去京城，哪裡會中進士？」那人說：「你忘了嗎？三場考試都已經結束了。」王子安大喜，起來喊道：「賞錢十千！」一家人又像剛才那樣誑他。又過了一陣兒，一個人急急忙忙地進來，說：「你殿試中了翰林，隨從們在此。」果然見有兩個人在床下拜見他，穿戴都很整潔華麗。王子安叫家人賞賜他們酒飯，家人又騙他，暗笑他喝醉了。

後來，王子安想，不能不去鄉里間炫耀一番。就大喊跟班隨從，喊了幾十聲，也沒人答應。家人笑著說：「你先躺著等一會兒，我們去找他們。」又過了很久，跟班的果然又來了。王子安捶床跺腳，大罵：「蠢奴才，去哪兒了？」跟班的生氣地說：「你這窮酸無賴，這是和你鬧著玩呢，你還真罵呀？」王子安非常生氣，突然站起來撲過去，一下子打掉了那人的帽子，自己也跌倒了。王妻走進來，扶起他說：「怎麼醉成這樣？」王子安說：「跟班的太可惡了，我才懲罰他們，哪裡是醉了？」妻子笑著說：「家中只有一個老媽子，白天給你做飯，晚上給你暖腳，哪裡有什麼跟班伺候你這窮骨頭！」孩子們都笑了。王子安的醉意也稍稍退了，忽然像夢醒了一樣，才明白剛才那些都是假的。然而還記得跟班的帽子被打落在地上，他找到門後，發現一個像小杯子大小的纓帽。大家都覺得很奇怪，王子安自我解嘲地笑著說：「從前有人被鬼戲弄，今天我卻被狐狸給耍弄了。」

異史氏說，秀才入考場有七種樣子。剛進去時光著腳，提著籃子，像乞丐。點名時，考官喝斥，差人責罵，像囚犯。進入考場號房子，每個洞都露出一個頭，每一房都露出一雙腳，像秋末冷風中的蜂子。出了考場，一個個失魂落魄，天地變色，像出籠的病鳥。等待傳報時，草木皆驚，白天晚上，夢想不斷。一想到考中得志，則頃刻間樓臺亭閣都在眼前；一想到落榜，則瞬間骸骨都腐爛了。這段時間，人坐立不安，像被拴住的猴子。忽然有騎快馬傳報的人來到，報單上沒有自己的名字，馬上神色大變，一下子像死了似的，就像吃了毒藥的蒼蠅，弄他也不覺得有什麼了。初次考場失意，心灰意懶，大罵考官沒長眼睛，筆墨沒有靈氣，勢必把案頭的東西全都燒掉；燒不完的，就踩碎，踩不了的，就扔到髒水溝裡去，從此要披髮入山，面向石壁，再有說要以「且夫」、「嘗謂」之文來推薦自己的，一定要操戈趕他走。過了一段時間，失敗的日子漸漸遠去，氣也漸漸平了，想做文章的心漸漸癢起來。於是，像個破殼而出的鳩鳥，只好銜樹枝造新巢，從頭開始了。

這樣的情形，當局者痛哭欲死，而旁觀的人看來，卻是非常好笑。王子安心中突然間湧出萬般思緒，想到鬼狐一定是暗笑了很久了，因此趁他醉了來耍弄他。醉臥床頭的人醒了，哪裡不會啞然失笑呢？看一看得意時的情景、滋味，不過是一時罷了。翰林院的各位，也不過是經歷了兩、三個瞬間罷了。王子安一下子便都嘗到了，那麼狐狸的恩惠與舉薦的考官的恩惠是一樣的。

【何守奇】子安弋獲心切，故狐戲之。然當其心滿意足時，何知為戲？齊量等觀，則詞林諸公，安非出於造物之戲也？世事種種色色，不必認真。

【但明倫】幻想所結，得意齊來，報馬長班，無妨以不甚愛惜之虛名，暫令措大醉中一快心耳。乃欲出耀鄉里，認假作真，狐亦怒而去之矣。纓帽如盞，留與窮骨子自笑耳。

刁姓

有個姓刁的人，家中沒有什麼生計，常常出外兜售許負（漢代一位女算命師）相面之術，實際上沒什麼技能。幾個月一回家，常常裝回滿袋子的錢財，大家都感到奇怪。

正好，鄉里有一個人在外面做客，遠遠看見一座高門大院裡有個人，頭戴華陽巾，正輕聲說著些什麼，一些婦人前後左右圍著他。到近處一看，是姓刁的那個人。於是，就偷偷地看他在做什麼，只見有人問道：

「我們這些人中，有一位是夫人，你能認出來嗎？」大概是有一個貴婦人微服混在裡面，想要測試一下他的法術，同鄉聽後很為姓刁的發窘。只見姓刁的從容地望著空中，橫手一指，說：「這有什麼難辨別的，你們看那貴婦人的頭頂上，自會有雲氣環繞。」眾人不覺一塊去看其中一個人，以察看她的雲氣。姓刁的於是指著那人說：「這位就是真正的貴夫人。」眾人都很驚訝，認為他是神仙。

鄉人回到家裡，講述了姓刁的欺人的小把戲。從這件事才知道，即使是小把戲，也一定要有過人的才能；否則怎麼能騙得了人，賺得了錢，無本而萬利呢！

【胡泉】是技也，施之素不相識之人則可；若不去其鄉，而公然冠華陽巾，立於家門內，指天畫地，啁噍向人，人即可欺，而回顧妻子，未有不以面向壁者。顧世人訪求藝術，猶往往輕鄉里而重遠人，亦獨何歟？

農婦

縣城西邊磁窯塢，有一個農人的妻子，她非常健壯勇敢，像男子一樣，因此常常替鄉里排解糾紛。她與丈夫分居在兩縣，夫家在高苑，距淄川縣有一百多里。丈夫偶爾來一次，住上兩宿就回去。農婦自己到顏山去，以販賣陶器為生，做生意掙到了錢，就施捨給要飯的。

一天晚上，她正和鄰居的女人說話，忽然站起來說：「我肚子有些痛，想來是這孽障要離開我的身子了。」於是就走了。天亮後，鄰居女人去看她，見她肩上挑著兩個釀酒用的大罐子，剛要進門。跟著她進了屋，只見有個嬰兒包裹著躺在那裡，鄰婦吃驚地問她怎麼回事？原來她分娩後已經背著重擔走了上百里路了。

她原來與北庵的尼姑很好，兩人認為姊妹。後來聽說尼姑行為不檢點，便生氣地拿著木棒要去打她，大家苦苦勸阻才沒去成。一天，農婦在路上遇到了尼姑，立刻上前打了她。尼姑說：「我有什麼過錯？」她也不回答，拳頭和石塊一起打，一直打到尼姑叫不出聲來，才放了她，自己走了。

異史氏說，世人說「女中丈夫」的時候，是知道自己不是「丈夫」，婦人也忘了自己是巾幗女子了。農婦的豪放、直爽與古代劍仙沒什麼區別，她的丈夫不也是娶了劍客聶隱娘的磨鏡少年之類的人物嗎？

金陵乙

金陵有一個叫乙的賣酒人，每當酒釀成時，他便在兌水的同時放一些烈性的麻藥。因此，即使是很能喝酒的人，幾杯過後，也是爛醉如泥。因此，他得了個「中山」之名（傳說中山人狄希能造千日酒，飲後醉千日），發了大財。

一天，他早晨起床後，看見一隻狐狸醉倒在酒槽邊，他用繩子綁了狐狸的四隻腿，剛要找刀，狐狸已經醒了，向他哀求說：「請不要殺我，你有什麼要求，我都答應。」於是，乙放了它。狐狸一轉身，變成了人。當時，胡同中有一個姓孫的人家，家中的大媳婦被狐狸迷住了。於是，乙問牠是怎麼回事，狐狸答道：「那就是我。」乙暗中偷看，覺得孫家二媳婦更美，就求狐狸帶他去，狐狸很為難，乙堅持要牠答應。狐狸邀請乙和牠一塊去，進了一個洞，拿出一件褐色衣服給他，說：「這是我過世的兄長留下來的，你穿上牠就可以去了。」乙穿上衣服回家，家裡人都看不見他；換了自己的衣裳出來，家人才看見他。乙大喜，與狐狸一同去孫家。

他們看見孫家的牆壁上貼著一道巨大的符，蜿蜒著像一條龍，狐狸很害怕，說：「和尚太可惡了，我不去了！」於是牠就跑了。乙慢慢地湊過去，看見一條真龍盤在牆壁上，昂著頭要飛騰而去。乙嚇了一大跳，也跑出來了。

原來，孫家找了一個外地和尚，為他家驅魔降鬼。和尚給了孫家人一張符，讓他先回去，和尚則還沒來呢。第二天，和尚來了，設壇做法。鄰居們一起來看，乙也夾雜在人群裡。忽然，乙臉色大變，急忙跑了出來，好像被抓住的樣子。到了門外，乙倒在地上變成了一隻狐狸，身上還穿著人的衣服，和尚準備殺了他，乙的妻子向和尚叩頭請求饒恕。和尚讓她牽走，每天給他飯吃，過了幾個月，他就死了。

【何守奇】釀酒置毒，已為致富不仁，更欲垂涎鄰婦，貪財好色，不死何待？

郭安

孫五粒有個小僮獨自睡在一間屋子裡，恍惚間被人捉了去，到了一處宮殿，只見閻王爺坐在上面，看了看他，說：「錯了，不是他。」於是把他送了回來。小僮回來以後，非常害怕，就搬到另一個地方去住了。於是，有個叫郭安的僕人，見床空著，就在那睡下。又有一個叫李祿的僕人，與小僮一向有仇，早就想報復。這天晚上，他拿著刀進了這間屋子，摸了一下，以為是小僮，就把他殺了。郭安的父親告到官府，當時陳其善是縣令，很不以為意。郭父痛哭著，說：「我半輩子就只有這一個兒子，今後我該怎麼活啊！」陳縣令就判李祿做郭父的兒子，郭父含冤回去了。

這段故事不奇在小僮見鬼，而奇在陳縣令如此斷案。

濟南的西城有個人殺了人，被殺者的妻子告到了官府，縣令十分生氣，立刻把凶犯抓來，拍著桌子罵道：「人家好好的夫妻，你竟讓人當了寡婦！那就把你配給她做丈夫，也讓你的妻子守寡。」於是就這樣判了。這種明瞭快速的判案，都是進士所為，其他出身做官的人是辦不到的。陳縣令也是這樣，怎麼說沒有才能呢？

【但明倫】或援經據典，或取懷而予，或如分相償，未嘗不自信曰：「此真顛撲不破矣。」不是科甲，如何有此見解？

折獄

縣城西崖莊，有個商人在路上被人殺死了；過了一夜，他妻子也上吊死了。商人的弟弟告到官裡。當時，浙江人費禕祉在臨川做縣令，親自去驗屍，發現包袱裡裹著五錢多銀子，還在死者腰中，斷定不是謀財害命。費公傳來兩村地保和死者鄰居，審問一番，也沒有什麼頭緒。他並沒用刑，就都放了回去。只是讓地保們仔細偵察，每十天報告一次。過了半年，事情漸漸鬆懈下來，商人的弟弟抱怨費公心慈手軟，多次上公堂來吵鬧。費公大怒，說：「你既然不能指出凶手的姓名，難道想讓我用枷鎖傷害好人嗎？」把他轟出了衙門，商人的弟弟無處申訴，只好氣憤地安葬了兄嫂。

一天，衙門因為催交賦稅的事，抓來了幾個人。其中有個叫周成的，因為害怕受到刑罰，便上前說，我的錢糧已經籌備夠了。就從腰中拿出一個布錢袋，呈上去請費公驗看。費公驗完，便問：「你家在哪？」答道：「某村。」又問：「離西崖幾里？」答道：「五、六里。」「去年被殺的那個商人，是你的什麼人？」答道：「不認識。」費公勃然大怒，說：「你殺了他，還說不認識！」周成極力辯解，費公不聽，對他進行嚴刑拷打，他果然招認了。

原來，商人的妻子王氏準備去親戚家，因為沒有首飾，覺得沒面子，就嘮嘮叨叨讓丈夫去鄰居家借，丈夫不肯去，妻子就自己去借了來，並且很珍惜它。回家路上，她把首飾摘下來包在錢袋裡，放在袖子中，到了家，發現首飾丟了。她不敢告訴丈夫，自己又賠償不起，後悔得要死。那天，周成恰好在路上撿了這個錢袋，知道是商人妻子丟的，就暗中趁商人外出，半夜跳牆到商人家，準備拿首飾逼商人妻子與他通姦。當時天很熱。王氏睡在庭院裡，周成悄悄過去姦污了她。王氏醒過來大喊，周成急忙制止她，留下錢袋，還了她首飾。完事後，王氏叮囑他說：「以後不要來了，我家男人很厲害，被他發現，恐怕我們都活不成！」周成生氣地說：「我拿著夠在妓院玩幾宿的錢，怎麼能玩一次就行了呢？」王氏安慰他說：「我不是不願意和你相好，我丈夫常患病，不如慢慢等他死後再說。」周成一聽便走了，於是殺了商人，當夜又來到王氏那裡，說：「現在妳丈夫已經被人殺了，請妳履行妳的話。」王氏聽了大哭，周成害怕地跑了。天亮後，王氏也死了。

費公查清了此案的前後經過，就要周成抵罪，大家都很佩服費公的英明，卻不知道他是怎麼查清的。費公說：「這不難辦，只要時時處處留心就行。當時驗屍時，我看見錢袋上繡著萬字紋，周成的錢袋也一樣，是出於同一人之手。等我審問周成時，他又說不認識死者，他言語支吾，神情多變，因此判定他就是真正的凶手。」

異史氏說，世上斷案的人，對待案件，不是漠然不顧，就是一下抓來數十個人來用刑折磨。公堂上拷打聲不斷，喧鬧紛雜。斷案人於是皺著眉說：「我是盡心辦事啊。」只聽見衙門前告狀的雲板敲打三下，就會厲聲厲氣地出現在公堂上。對於難以決斷的案件，不去細想，專等升堂時，把無辜的百姓屈打成招。唉！民情又從哪裡瞭解呢？我常說：「智者不一定仁，而仁者一定要智。」大概盡心竭力才能找到解決的辦法。「處處留心」這句話，可以教導天下所有治理百姓的官員。

縣裡有一個叫胡成的，和馮安是同鄉，兩家世代不和。胡成父子強硬，馮安曲意與他們交好，但胡成始終不信任他。一天，兩個人在一起喝酒，微有醉意時，互相說了些心裡話。胡成吹牛說：「不用怕窮，百兩銀子的錢財不難弄到。」馮安知道胡家並不富裕，因此嘲笑他。胡成一本正經地說：「實話告訴你，昨天路上遇見了一個大商人，帶了很多行李，我把他推到南山的枯井裡了。」馮安又嘲笑他。當時，胡成有個妹夫鄭倫，托他說合購買田產，寄存了幾百兩銀子在胡家，胡成於是拿出來向馮安炫耀。馮安就相信了。酒席一散，馮安便暗中寫了狀子告到官府。縣令費公把胡安抓去對證，胡安說了實情，問鄭倫和賣田產的人，都這樣說。於是，一塊去枯井那裡檢查。放一名差役下去看，果然有一具無頭屍體在裡面。胡成嚇壞了，沒有話辯解，只說冤枉。費公大怒，打了胡成幾十個嘴巴，說：「證據確鑿，還有冤嗎？」命令用死囚刑具拘禁他。又吩咐不要把屍體弄出來，只發告示到各村，讓死者家屬來認領。

過了一天，有一個婦人遞上狀子，自稱是死者的妻子。說：「丈夫何甲，帶了幾百兩銀子做買賣，被胡成殺死了。」費公說：「井中是有死人，恐怕未必就是妳丈夫。」婦人堅持說是。費公才命人將屍體弄出井，一看，果然是。婦人不敢走近，只站在那裡號哭。費公說：「凶犯已經抓住了，但屍體不全，妳暫時先回去，等找到了死者的頭，就立刻告訴妳，要他抵命。」於是從獄中把胡成傳喚出來，向他喝道：「明天不拿頭來，一定打斷你的腿！」派人押著胡成去找，轉了一天回來，問他，只是號哭。於是費公把刑具擺在前面，做出要動刑的樣子，卻又不動，說：「想你當天夜裡扛著屍體很匆忙，不知頭掉到哪裡了，怎的不仔細找找？」胡成哀求寬限些時候好好找。費公於是問婦人，「妳有幾個子女？」答：「沒有。」問：「何甲有什麼親戚？」「只有一個堂叔。」費公感嘆道：「妳年輕喪夫，孤苦伶仃地要怎麼生活啊！」婦人於是哭起來，叩頭請求憐憫。費公說：「殺人已經定下來了，只等得到全屍，這個案子就結了。結案後，妳可以馬上再嫁。妳一個年輕婦人，以後不要再拋頭露面出入公門了。」婦人感動得哭了起來，叩了頭便走下堂去。

費公馬上簽發文書，讓鄉里人代為尋找屍體的頭，過了一天，就有同村王五，報告說已經找到了。費公訊問，驗看清楚後，賞了他一吊錢，又傳喚何甲的堂叔到公堂，說：「這個大案已經查清了，然而人命重大，不經過一些年月是不能結案的。你侄子既然沒有兒子，你侄媳婦年輕，獨身難以生活，不如早點讓她嫁人吧。此後也沒有其他事，如果有上級長官來複查，只須你來應付就行了。」何甲的叔叔不肯答應，費公立即發下兩支動刑的竹籤，何甲的叔叔還是不答應，費公又發下一籤。何甲的叔叔害怕了，答應後就出來了。婦人聽說了，便來向費公謝恩。費公極力安慰她，又宣布：「有要娶這個婦人的，可以當堂說明。」這話傳下去後，馬上有要求婚娶的，就是那個報告找到人頭的王五。費公傳婦人上堂，說：「殺人的真凶，妳知道是誰嗎？」婦人回答說：「胡成。」費公說：「不對，妳和王五才是真凶。」兩人大驚，極力說冤枉。費公說：「我早就知道案子的真相，之所以遲遲不揭發出來，是怕冤枉了好人。屍體還未出井，妳憑什麼確信是妳的丈夫？一定是事先知道他死了。而且何甲死的時候還穿得破破爛爛，哪裡來的幾百兩銀子？」又對王五說：「頭在什麼地方，你是最熟悉的。之所以這麼著急地找出來，就是希望兩人能快點在一起。」兩人嚇得面如土色，不能狡辯。於是，對他倆一塊用刑，果然都說了實話。原來王五與婦人私通很久了，兩人謀殺了她的丈夫，恰好胡成開了這樣的玩笑。於是放了胡成，馮安以誣告罪重重打了一頓，判刑三年。案子了結，沒有對一個人亂用刑罰。

異史氏說，我先生有仁愛的名聲，只此一件事，也可以看出仁人的用心良苦。費公剛任淄川縣令時，松裁剛剛成人，費公對他過分器重了，而他卻愚鈍沒有才能，竟使費公因此遭受了舉薦不良的恥辱。這是我先生不明智的一件事，這實際上是由松裁引起的，令人惋惜！

【馮鎮巒】聊齋不如人，只甲乙兩科耳。為問當時兩科中人至今有一存者否？而聊齋名在千古。費公知人之名，轉借聊齋以傳，嗚呼幸哉！

【但明倫】果仁愛，則無時無處而不用心。心之所在，如鏡高懸，物來自照；而又衡其輕重，發以周詳，使之自投，無可復遁，至犯人斯得，傳為美談。不知遲遲而發之時，費無限心思，費無限籌畫。伊古以來，豈有全不用心之神明哉！

義犬

周村有個商人，到安徽蕪湖做買賣，賺了一大筆錢。他租了船準備回家，看到江堤上有個屠夫正在綁一隻狗，他便出了一倍多的價錢把狗買下來，養在船上。

這船家本來是個慣匪，暗地裡看見商人的行李很重，就把船划到深草叢裡，強盜就用毯子裹起他扔到了江裡。那條狗見了，哀號著跳進水裡，用嘴叼著毛毯，與商人一起在江中漂流，漂了不知幾里，直到江水淺處才停住。

這隻狗浮出水面後，跑到有人的地方，汪汪地哀號著。有人覺得奇怪，就跟著牠過來，看見有條毯子擱在江裡，就拉出來割斷上面綁的繩子。商人還沒有死，就把自己遭搶劫的遭遇告訴了大家，又哀求一位船家，把他載回蕪湖，以便守在那裡等著強盜船回來。商人上了船，卻不見狗的蹤影，心中十分痛惜。

商人到了蕪湖，找了三、四天，商船如林，卻不見那條強盜船。恰好有個同鄉做買賣的，準備帶商人一同回家時，那條狗忽然獨自來了，看見商人就大聲吠叫，商人一叫牠，牠就跑開。商人下了船跟著牠，只見那條狗躥上一條船，一口咬住一個人的小腿，打牠也不鬆口。商人走上前去吆喝牠，一看，狗咬住的就是那個強盜。這個強盜把原來穿的衣服和船都換了，所以不容易認出來。商人把他綁起來搜查，發現那天被搶去的銀子還在。

唉，一隻狗尚且能夠這樣報答恩人。世人忘恩負義沒有心肝的人，看到這條狗的行為大概也會感到慚愧吧！

楊大洪

楊漣，號大洪。他還沒有發達的時候，已經是楚地很有名的讀書人，因此自以為很了不起。參加科舉考試後，聽到有人傳報考取者名單，當時他正在吃飯，口中含著飯出去問：「有我楊某人嗎？」答：「沒有。」他不覺感到非常沮喪，咽下口中飯時，便噎了一下，於是成了一塊病，噎得他很是痛苦。朋友們勸他去參加錄遺才考試，楊大洪擔心沒錢去考，大家就湊了十兩銀子送給他，他才勉強啟程了。

一天夜裡，他夢見有人告訴他說：「前面路上有人能治好你的病，你最好苦苦求他。」臨別，那人又贈他一首詩，詩中有「江邊柳下三弄笛，拋向江心莫嘆息」一句。第二天，在路上，果然看見一位道士坐在柳樹下，楊大洪便上前拜見，請求他治病。道士笑著說：「先生誤會了，我哪裡能治病呢？請我吹一曲『梅花三弄』倒可以。」於是拿出笛子吹起來，楊大洪想起夢中的情景，更加懇切地求道士為他治病，且把身上的錢都拿出來給了道士。道士接過銀子，便扔到江裡面去了，楊大洪因為這些銀子來之不易，吃了一驚，覺得很可惜。道士說：「你對此不能釋懷嗎？銀子在江邊，請你自己去拿吧。」楊大洪到江邊一看，銀子果然在那裡，越發覺得神奇，便稱呼道士為神仙。道士隨便一指，說：「我不是神仙，那邊神仙來了。」騙得楊大洪回頭去看時，道士用力一拍楊大洪的脖子說：「真俗！」楊大洪被這麼一拍，張口出聲，喉嚨裡吐出一個東西，叭地一聲落在地上，俯下身把它弄破，見紅血絲裡包著的飯還沒消化，病好像消失了，回頭一看，道士也已經無影無蹤了。

異史氏說，楊公「生為河嶽，沒為日星」，既然這樣，又何必要長生不死呢？有的人因為他不能免俗，沒能做天上的神仙，而感到惋惜。我說，天上多一個仙人，不如世上多一個賢人。理解我的人一定不會認為我的說法是偏執的。

【何守奇】楊公忠義，足維持名教綱常；縱復成仙，究亦何益人世？世上多一神仙，不如多一聖賢，我亦云然。

查牙山洞

章丘的查牙山中，有一個石洞像一口井一樣，有幾尺深。山洞北牆上有個洞門，人趴在地上伸著脖子就能看見。恰好附近村子裡有幾個人，九月九日登高那天，坐在洞邊喝酒，一塊商量著要進洞去看看。於是，三個人帶著燈火，順著放下來的繩子到了洞裡。

洞的高低大小如同一座大房子，走進去幾步後，稍窄一些，就忽然發現了洞底。洞底還有一個洞，爬著可以進去。用燈燭照著，漆黑一片，昏暗不明，深淺難測。其中兩個人膽怯了，想退回去。另一個人奪過燈火，嘲笑他們，一邊大著膽子把身子塞著擠了進去。幸虧狹窄處只有一堵牆厚，擠過後馬上又高又寬起來，於是，這個人站起來往前走，石洞頂部岩石參差聳立，搖搖欲墜，兩壁岩石高高低低，很像寺廟中的雕塑，都是些鳥獸人鬼的形象——鳥好像在飛，獸在跑，人似坐似立，鬼怪則顯示出憤怒的樣子。奇奇怪怪的，其中醜陋的多，美麗的少。這人覺得心裡毛毛的，感到可怕，可喜的是路很平，很少有坡。慢慢地走了幾百步後，西邊洞壁上開了一個石室，門左邊有一個怪石鬼，面對著人站在那裡，瞪著眼，張著畚箕般的嘴，牙齒和舌頭猙獰可怕；左手握成拳，放在腰間。右手叉開五指，好像要抓人。這人心裡非常害怕，毛骨悚然。遠遠地望見石門裡面有些燒過的灰，知道有人曾到過這裡，膽子才稍壯了些，勉強走進去，只見地上放著一些碗和杯子，裡面積滿了塵垢。但是能看出來這些東西都是現代的，而非古代的。旁邊放著四個錫酒壺，這人想拿走，便解開帶子繫在壺頸上，掛在腰間。隨後又向旁邊看，有一具屍體躺在西邊牆角上，四肢叉開橫放著。這人一見怕極了，慢慢細看，只見屍體腳穿尖鞋，鞋底梅花還在，知道是個年輕婦女，也不知道她是哪裡人，也不知道是什麼時候死的。衣服的顏色都褪了，分不清青紅，頭髮亂蓬蓬的，像筐裡裝的亂絲，黏在頭骨上，眼睛和鼻子各有兩個孔，牙齒兩排，白森森的，想必是嘴了。這人心想頭顱上應該有金銀珠寶首飾，便把燈火靠近頭部，卻好像有氣從口裡吐出來般吹著燈火，火光搖擺不定，焰色昏黃，屍衣也掀動起來。這人十分害怕，手便顫抖起來，燈一下子就滅了。他回想著來路，急忙往回跑，

不敢用手扶牆，唯恐摸到石頭鬼怪，頭碰到石頭跌倒了，馬上又爬起來；冰冷濕黏的東西流了滿臉，知道是血，卻不覺得疼，也不敢呻吟；一口氣跑到洞口，剛要倒下，似乎有人抓住他的頭髮拉住了，便一下子昏死了過去。

其他的人坐在洞口等了很久，懷疑洞裡出事了，又用繩子放了兩個人下來，探身進洞，發現這人的頭髮掛在石頭間，頭上血流不止，已經昏死過去。兩人大驚失色，不敢進去，坐在那裡發愁，不久上面又放下兩個人，其中有一個比較勇敢的，才大膽地進去把那人拉了出來。把他放在山上，半天後才醒過來，把他的遭

遇詳詳細細地說了出來。遺憾的是沒有在洞裡探到底，探到底一定會有更好的地方。後來，章丘縣令聽說了這件事，下令用泥封住了洞口，再不能進去了。

康熙二十六、七年間，養母峪南面的石崖崩毀了，露出一個洞口。向裡面看，鐘乳石密密麻麻地像竹筍一樣。然而，洞口又深又險，沒有人敢進去。忽然有個道士來了，自稱是鍾離的弟子，說：「師傅派我先去清理洞府。」村民們給他提供了燈火，道士拿著下去了，不小心跌在石筍上，石筍刺穿了肚子而死。有人報告了縣令，縣令封了這個洞。這個洞裡一定有奇異的景觀，可惜道士死了，沒有他探洞的回音了。

【但明倫】洞之幽深奇險，即身入其中，亦不過逐處稱怪，張目吐舌而已。

安期島

長山人劉鴻訓中堂，與武官某出使朝鮮，聽說安期島是神仙住的地方，便想坐船去遊歷一番。朝鮮國中的官員都說不可以去，讓他等候小張。原來安期島與世間沒有來往，只有神仙的弟子小張每年來返一兩次。要去島上的人，必須先向小張說明，如果小張認為可以，那麼就會一帆風順地到達，否則，就會有颶風把船吹翻。

過了一兩天，國王召見劉中堂。入朝，看見一個人佩著劍，戴著棕笠，坐在殿堂上，年紀大約三十，容貌端正整潔。一問，這人就是小張。劉中堂於是向小張說明了想去安期島的心願，小張答應了，只是說：

「你的副官不能去。」又出了大殿，挨個查看他的隨從，只有兩個人可以跟著去。於是，命令船引導劉中堂等和他一起去安期島。

不知行了多少里水路，只覺風聲習習如騰雲駕霧，不久就到了安期島境內。當時正是寒冬，到了島上卻氣候溫暖，野花開滿山谷。小張引導他們進到洞中，見到三位老人盤腿而坐。坐在兩側的老人見到客人來，好像不知道一樣，只有坐在中間的起身迎客，與客人相互施禮。坐定後，叫人送茶。只見有個小僮拿著盤子走出去。洞外石壁上有個鐵錐，刃沒在石頭中。小僮拔起鐵錐，水馬上射了出來，用杯子去接，接滿後，又塞上。然後把水托著送進來，水色淺綠，試著喝了一小口，涼得冰牙，劉中堂怕冷不喝。老頭回頭示意了小僮一眼，小僮把杯子拿去，喝了杯中剩下的水，仍然到原處拔下錐子，裝滿了回來，這杯則香氣四溢，熱氣騰騰，好像剛出鍋一樣。劉中堂心中感到奇怪，便請教自己的富貴禍福，老人笑著說：「世外人連何年何月都不知道，又怎麼能知道人間的事呢？」問他長壽的辦法，他說：「這不是有錢有勢的人所能辦到的。」劉中堂起身告辭，小張仍然送他回到朝鮮。劉中堂詳細敘述了見到的奇人奇事。國王感嘆說：「可惜你沒喝那杯冷茶，這水是先天的玉液，一杯便可延長百年的壽命。」

劉中堂將要回國，國王贈他一件東西，用紙和帛一層一層地包著，囑咐他離海近時不要打開看。已經離海很遠後，他急忙拿出來拆開看，剝去幾百層紙帛，才見到一面鏡子。一看，鏡中龍宮水族歷歷在目。正注視著，忽然發現海潮的水頭已經高過樓臺殿閣，洶湧逼近。劉中堂害怕極了，使勁跑，潮水也追過來，快得如颶風下雨。劉中堂更加害怕，把鏡子投向海潮，潮水才一下子就退掉了。

【何守奇】寫島中景致，飄飄欲仙。

沅俗

李季霖代理沅江縣令，剛上任，看見貓狗擠滿了衙門，很吃驚。屬官說：「這是本地的百姓，來瞻仰您的風采。」不多時，衙門裡已經一半是人，一半是貓狗。再過一會兒，都變回人，紛紛離開了。

一天，李季霖出去拜見客人，轎子走在路上，忽然一個轎夫著急地叫著：「我被人陷害了。」立刻請別人幫他抬轎，跪在地上請假。李季霖生氣地罵他，轎夫不聽，急忙地跑了。李公派人跟著他。只見轎夫跑進市場，找到一個老頭，便求他給看看，老頭看著他說：「你是被人陷害了。」於是用手拽著轎夫的皮肉，從上往下用力推，推到小腿，從皮裡鼓起一個小包，用快刀割破它，取出一枚石子，說：「好了。」轎夫才又跑了回來。

後來又聽說，沅江的風俗中，有身子躺在家中，手卻能飛出去的。飛到別人家裡，偷別人的財物。如果被主人發現，抓住這隻手不讓它回去，那麼這個人的一隻手臂就不中用了。

雲蘿公主

安大業，河北盧龍縣人。他生下後就會說話，母親給他喝狗血才止住。長大後，風流俊秀，無人可以

相比，聰明又愛讀書。名門大家爭著要和他結親。他母親做了個夢，夢中人告訴她：「你兒子命該娶公主為妻。」便相信了。到了十五、六歲，這個夢也沒有應驗，他母親自己也漸漸感到懊悔。

一天，安大業獨自坐在房中，忽然聞到一股奇異的香氣。不一會兒，一個美麗的婢女跑進來說：「公主到。」便立刻把長長的毛毯鋪在地上，自門外一直鋪到床前。安大業正在驚疑之間，只見一個女郎扶著婢女的肩進來了，美麗的容貌和光彩的衣服立即照亮了四壁。婢女把一個繡墊放在床上，扶著女郎坐下。安大業倉皇之間不知該做什麼，鞠躬問道：「是哪裡來的神仙，勞您降臨此地？」女郎微笑著，用衣袖掩著嘴。婢女說：「這是聖后府中的雲蘿公主，聖后看中了你，想把公主下嫁給你，因此讓公主自己來看看住處。」安大業又驚又喜，不知道說什麼好；女郎也低著頭，兩人都默默無語。

安大業一向愛下棋，棋盤、棋子常放在自己座位旁邊。一個婢女用紅手巾拭去灰塵，把棋盤挪到桌子上，說：「公主平日很愛下棋，不知與駙馬下起來誰能贏？」安大業挪到桌子旁邊坐下，公主笑著跟過來，剛剛下了三十多子，婢女竟把棋子攪亂，說：「駙馬輸了。」便收起棋子放在盒中，說：「駙馬應當是人間下棋高手，公主只能讓六個子。」於是把六顆黑子放在棋局中，公主也就依從她。公主坐下，則讓一個婢女趴在座位下，把腳踩在她背上；如果她左腳踩在地上，就換一個婢女趴在右邊承受她的右腳，又有兩個小丫鬟在左右服侍著。每當安大業凝神思考時，公主就曲著肘子放在小丫鬟肩上。棋還沒下完，小丫鬟就笑著說：「駙馬輸了一子。」婢女上前說：「公主累了，該回去了。」公主側身與婢女耳語了幾句，婢女就出去了，不一會兒回來，把一千兩銀子放在床上，告訴安大業說：「剛才公主說，這宅院低小狹窄，麻煩你用這些銀子稍稍整修一番，等修完後再來相會。」另一個婢女說：「這個月犯天刑，不宜建造房屋，下個月才是黃道吉日。」公主站起來，安大業攔住她，關了門不讓她走。只見一個婢女拿出一件很像鼓風皮囊的東西，就地鼓起來，一會就雲氣騰騰，剎那間充滿了四周，昏暗得不見人影，再看公主，已經不見了。母親知道了這件事，懷疑是妖怪，但是安大業卻日思夜想，思念不已。他急於把房子修起來，也不顧什麼禁忌，日夜催促整修，終於把宅院修飾一新。

當初，有位灤州的書生袁大用，僑居在安大業家的鄰街，曾送名帖來拜訪安大業，安大業一向很少與人交往，就推託不在家。但為了禮節的周全，又暗查袁大用不在家時，故意去回訪。後來過了一個多月，兩人恰好在門外遇上了。袁大用是一個二十歲左右的年輕人，穿著一身宮絹做的衣服，頭紮絲帶，腳穿黑鞋，儀態很是風雅。安大業和他略談了幾句，覺得他溫文爾雅，心裡非常高興，就請他進屋坐。兩個人下了幾盤棋，互有輸贏。接著又設酒擺宴，兩人談得十分融洽。第二天，袁大用邀請安大業到他住的地方去，拿出山珍海味，招待得十分周到。袁家有個十二、三歲的小僮，在席前拍板清唱，又跳躍作戲。安大業喝得大醉，自己不能走路，袁大用便叫這個小僮背他回家。安大業看小僮單薄瘦弱，怕他背不動，但袁大用一定要他背。小僮背他起來，力氣還綽綽有餘，安大業非常驚奇。第二天，安大業給他賞錢，小僮推辭再三才接過去。從此，安、袁兩人交往愈加密切，隔三、兩天就來往一次。袁大用為人坦率樸實、沉靜寡言，又為人大方，好施捨。到了集市上有因負債而賣女兒的，他就拿出錢來代為還債，毫不吝嗇，安大業因此更加敬重他。

過了幾天，袁大用到安大業家中來告別，贈給安大業象牙筷子、楠木珠等十幾件貴重禮物，又送他五百兩銀子，用作修繕宅院。安大業接受了禮物，把銀子又還了回去，同時，回贈些絹帛作為謝禮。

過了一個多月，樂亭縣有一個卸職回家的大官，家中藏有大量金錢。一天夜裡，盜賊闖入他家中，抓住這個官員，用燒紅的鐵鉗折磨他，把所有錢財搶劫一空。這家的一個僕人，認出強盜是袁大用，官府便下了通緝令追捕他。安家鄰院一個姓屠的人，與安家向來不和，看到安家大興土木，暗暗懷疑忌妒。這時，恰好安家的一個小僕人偷出象牙筷子，賣給了屠家。姓屠的得知筷子是袁大用所贈，就向官府告了安大業，縣官派兵包圍了安家，正趕上安大業帶著僕人出去了，官兵就抓了他的母親。安母年老，一受驚嚇，便氣息奄奄，兩、三天不吃不喝，縣官就把她放了。安大業在外面聽到母親被捕的凶信，急忙奔回家，但安母已經病得很重，過了一宿就死了。

安大業剛把母親收殮完畢，就被捕役抓了去。縣官見他年輕，溫文爾雅，心中懷疑他是被人誣陷的，就故意嚇唬他，讓他從實招來，安大業如實說了他和袁大用的交往經過。縣官又問：「你們家怎麼突然富了起來？」安大業回答說：「我母親有些積蓄的銀子，因為我要娶親，所以她拿出來給我修整新房。」縣官相信了他的話，準備了公文，把他押送到府裡去。姓屠的鄰居知道他沒事，便用重金買通押送的差人，讓他們在半路上殺了安大業。他們經過一座大山，安大業被差人拉到陡峭的山崖旁準備將他推下去。正在這萬分危急的時候，忽然有一隻老虎從草叢中奔出來，咬死了兩個差人，叼著安大業離開了。到了一個地方，那裡樓閣重重疊疊，老虎走進去，把安大業放在裡面。只見雲蘿公主扶著婢女走出來，悲淒地安慰他說：「我想把你留下，但你母親去世還未安葬，你可以拿著押解你的公文，自己到府裡衙門投送，保你沒事。」於是，取下安大業胸前的帶子，連著結了十多個扣子，囑咐他說：「見官時，拿起這些結把它們解開，就能消除災禍。」安大業按著公主的囑咐，到府衙自首。太守很滿意他的誠實，又查看了他的公文，知道他是冤枉的，便撤銷了他的罪名，放他回家。

安大業在回家的路上，恰好遇到袁大用，就下馬和袁大用握手相見，詳細地敘說了自己不幸的遭遇。袁大用十分氣憤，卻默默不說一句話。安大業說：「以你的儀表才華，為什麼要做這種事玷污自己呢？」袁大用說：「我所殺的都是不義之人，所取的都是不義之財。否則，即便是掉在路上的錢財，我也不會去撿。你對我的指教，當然是好意，但是像你鄰居姓屠的這種人，怎麼能夠讓他留在人間呢？」說完，打馬越過安大業就走了。

安大業回到家中，安葬了母親之後，便閉門謝客。忽然有一天，鄰居家進了盜賊，父子十多口，全都殺光了，只留了一個婢女。盜賊席捲了屠家的財物，與小僮各拿一半，臨走，強盜提著燈對婢女說：「妳認清了，殺人的是我，與別人無干。」說完，並不開門，飛簷走壁地離開了。第二天，婢女告到官府，縣官懷疑安大業知道內情，又把他提了去。縣官十分嚴厲地審訊他。安大業到公堂上後，手裡握著帶子，一邊辯解一邊解帶子上的結。縣官問不出什麼，只好又把他放了。

回到家裡，安大業愈發規規矩矩，閉門勤奮讀書，家中只留了一名跛腳的老太婆給他做飯。母親的喪期滿了之後，他就天天打掃庭院，以等待公主到來的好消息。

一天，一股奇異的香氣充滿庭院，安大業登上閣樓一看，家中裡裡外外的陳設已經煥然一新。他悄悄打開掛簾，見公主盛裝端坐在那裡，急忙上前拜見。公主挽著他的手說：「你不相信天數，偏要興土木，才招來了災禍，又為了給母親守喪，使我們的好事推遲了三年，這是求快反而慢了，世間的事情大多都是這樣的。」安大業準備出錢去置辦酒宴，公主說：「不用麻煩。」只見一個婢女把手伸到櫃子裡端出菜和湯，都熱氣騰騰的像剛煮好的一樣，酒也十分芳香清澈。他們喝了一陣子，太陽落山了，公主腳下踏著的婢女也都漸漸離開了，公主四肢嬌懶，兩腿一會兒曲一會兒伸，好像沒有地方放。安大業親熱地去抱她，公主說：「你先把手放開，現在有兩條路請你選擇。」安大業摟著公主的脖子問是什麼路，公主說：「我們如果做棋酒上的朋友，可以有三十年相聚的日子；如果是床笫之歡，就只有六年的歡聚，你選哪一種？」安大業說：「六年後再商量吧。」公主於是不說話，便與安大業做了夫妻。公主說：「我本來就知道你是難於免俗的，這也是天數啊！」

公主讓安大業蓄養了婢女和老媽子，單獨在南院居住。每天讓她們做飯、紡織，來維持生活。公主住的北院不動煙火，只有棋盤、酒具一類的東西。北院門常關著，安大業來了，一推就自己開了，別人則進不去。然而，南院人做事是勤快還是懶惰，公主都能知道，每次叫安大業過去責備他們，他們沒有不服氣的。公主說話不多，也不大聲嘻笑，安大業與她說些什麼，她總是低著頭微笑。每當肩並肩坐在一起時，喜歡斜倚在安大業身上。安大業把她抱起放在自己膝上，輕得像抱個嬰兒。安大業說：「妳這麼輕，可以跳掌上舞了。」公主說：「這有什麼難的！但這是婢女們做的事，我是不屑做的。飛燕原來是我九姊的侍女，多次以輕佻獲罪，九姊生氣，把她降罰到人間，她又不守女子的貞節；現在，她已經被關起來了。」公主住的閣樓上放滿了錦緞的坐墊，冬天不冷，夏天不熱。公主在寒冬裡也只穿一件薄薄的紗衣。安大業給她做了件鮮豔華麗的衣服，強迫她穿上，過後她就脫下來，說：「這種塵世間不乾不淨的東西，幾乎把我的骨頭都壓痛了。」

一天，安大業把公主抱在膝上，忽然覺得比平時重了一倍，很吃驚。公主笑著指著自己的肚子說：「這裡面有個俗種了。」又過了幾天，公主皺著眉頭，不愛吃東西，說：「我近來厭食，很想吃些人間的東西。」安大業於是為她做了精美的飯菜。從此，公主便和普通人一樣飲食。一天，公主說：「我身體柔弱，負擔不了分娩。婢女樊英很健壯，可以讓她代替我。」於是脫了內衣給樊英穿上，把她關在屋裡。不一會兒，就聽見嬰兒的哭聲。開門一看，生了個男孩。公主高興地說：「這個孩子長得很有福相，將來一定能成大器。」因此，給孩子起名叫大器。公主把孩子包裹好，放到安大業懷裡，叫他交給奶媽，在南院撫養。

公主自分娩以後，腰和以前一樣細，又不再吃人間的食物了。一天，忽然向安大業告別，說想暫時回娘家去看看。問她什麼時候回來，回答說：「三天。」說完，又像以前一樣鼓起皮囊，騰起雲霧不見了，到了歸期也不見她回來。過了一年多，音信全無。安大業已經絕望了，他緊閉家門，認真讀書，最終考中了舉人，但他始終不肯再娶，每晚自己住在北院，回味著與公主在一起的甜蜜日子。一天晚上，安大業正在床上翻來覆去睡不著，忽然看見燈火照射在窗戶上，門也自動打開了，一群婢女擁著公主走了進來。安大業高興地起來，埋怨她失約。公主說：「我沒有失約，天上才過了兩天半呀。」安大業得意洋洋地向公主誇耀，告訴她自己在秋天的鄉試中考中了舉人，心想公主肯定會高興。可是公主卻傷心地說：「你何必追求這種無足輕重的東西，這事談不上什麼榮耀和恥辱，只是減損人的壽命罷了。三天不見，你陷入世俗的泥潭又深了一層。」安大業從此就不再追求功名。過了幾個月，公主又要回娘家，安大業十分悲傷留戀。公主說：「這次去一定早回來，不用你盼望很久，而且人生的離合，都是有定數的，節約著用就長些，隨意著用就短。」公主離去，一個多月就回來了。從此，一年半年就回去一次，往往幾個月才回來，安大業習以為常，也不覺得奇怪。後來又生了一個兒子，公主舉著他說：「這是個豺狼！」馬上叫人扔掉他。安大業不忍心，就留下來撫養，取名叫可棄。可棄剛滿周歲，公主就急著給他定親，很多媒人陸續跑來，公主問了生辰八字，都說不合。公主說：「我想給這個小狼找一個深圈，竟然找不到。該當被他敗家六、七年，這也是天數啊。」公主囑咐安大業說：「你要記住，四年後，有個姓侯的人家生了個女兒，左脅有個小贅疣，她就是可棄的媳婦。一定要把她娶過來，不要計較她家的門第高低。」說完，還讓安大業把這件事寫下來記住。後來，公主又回娘家，從此就沒有再回來。

安大業經常把公主的囑咐告訴親戚朋友。果然有家姓侯的，女兒生下來就有贅疣，姓侯的貧窮低賤，品行不好，大家都看不起他，安大業終於還是定了這門親事。

大器十七歲中了舉人，娶了雲家的女兒。夫妻都對父親孝順，對弟弟友愛，父親非常喜歡他們。可棄漸漸長大，不愛讀書，卻偷偷與一些無賴閒人賭博，常常從家裡偷東西還賭債。父親很生氣，就打他，他也始終不改。家裡人都互相告誡要提防他，不讓他在家裡偷到東西。於是，他便夜裡跑出去，到別人家去偷盜，被主人發覺後，綁起來送到了官府。縣官一審問他的姓名，便用自己的名帖把他送回家去。父親和哥哥一起把他綁起來，痛打一頓，幾乎快斷氣了。兄長代他向父親求饒，父親才放了他。父親因為這件事氣的得了病，飯量大減。於是，便給兩個兒子立下分家的文書，樓房、好田都分給了大器，可棄因此又怨又氣，夜裡拿著刀進哥哥的屋子，準備殺了哥哥，卻誤砍到嫂子身上。先前，公主留下一條褲子，十分輕軟，雲氏拿來做了一件睡衣。可棄一刀砍上去，火星四射，嚇得他跑了出來。父親知道了這件事，病得更重了，過了幾個月就死了。可棄聽說父親死了，才回到家，哥哥對他很好，而他卻愈加放肆。一年多後，他所分的田產差不多花光了，就到官府裡去控告哥哥。縣官一審，認識這個人，就把他責備了一頓，趕出了衙門。而兄弟之間也從此斷絕了往來。

又過了一年，可棄已經二十三歲，侯家的女兒也十五歲了，哥哥記起母親的話，準備趕緊給可棄完婚。便把可棄叫到家裡來，分出一所好房子給他。等新媳婦迎進門，把父親留下的好田，都登記在冊交給她，說：「這幾頃薄田是我拚命留下來的，現在全都交給妳。我弟弟品行不好，就是一寸草給了他，他也會丟光。此後家業的興敗都在妳身上了，妳能讓他改過自新，就不愁吃穿，不然，我這個做哥哥的，也填不滿這個無底洞。」侯氏雖然是小戶人家的女兒，但卻賢慧美麗，可棄對她又愛又怕，從不敢違背她的吩咐。每次可棄外出，都給他限定時間，不按時回來，就大罵一頓才給飯吃，可棄因此行為稍有收斂。婚後一年多，侯氏生了一個兒子，她說：「我以後不用求人了，有幾頃好地，我們母子不愁吃不飽、穿不暖，沒有丈夫也行。」

有一次，可棄偷了糧食出去賭博，侯氏知道了，就拉著弓箭在門口等著不讓他進門。可棄嚇得急忙逃走，偷偷地看老婆進去了，才畏畏縮縮地進了家門。侯氏拿起一把刀，可棄轉身就跑，侯氏追著砍他，一刀劃破衣服，傷了臀部，血都流到了襪子和鞋裡。可棄氣得要命，到哥哥那裡去告狀，哥哥不理他，他只好滿臉羞愧地走了。過了一天，他又來到哥哥家，跪在嫂子面前，傷心地哭起來，請求嫂子為他說合。先讓他回家去，可是侯氏不肯收留他。可棄大怒，要回去殺了侯氏，哥哥也不勸阻。可棄氣得操起矛槍徑直跑出去，嫂子嚇壞了，要去阻攔，哥哥使了個眼色，讓她別管。等他走了，哥哥才說：「他是故意做樣子給我們看，其實他不敢回家。」嫂子不放心，派人偷偷去看，說他已經進了家門，哥哥才有些害怕，準備馬上過去，這時，可棄卻灰溜溜地回來了。原來可棄進了家門，侯氏正在逗兒子玩，一看見他，就把孩子扔到床上，找了把廚刀，可棄一看，嚇得拖著矛槍轉身就逃。侯氏一直把他趕出門外才回去。兄長已經知道了事情的經過，又故意問他。可棄不說話，只對著牆角哭，眼睛都哭腫了。哥哥可憐他，親自領著他回家，侯氏才接納了他。等到哥哥一走，侯氏就罰他長跪，逼他發重誓，然後用瓦盆盛飯給他吃。自此以後，可棄改惡向善了。侯氏主持著家務，家業一天比一天興旺，可棄只是坐享其成而已。後來，他活到七十多歲，都兒孫滿堂了，侯氏還時常揪著他的白鬍子讓他跪著。

異史氏說，悍妻、妒婦，遇到她們就如同骨頭上長了毒瘡，只有死了算了，這不是太毒了嗎？然而，砒霜、附子是天下最毒的東西，如果用得恰到好處，雖使人頭暈目眩，但能治好大病，這種效果是人參、伏苓所不能比的。如果不是仙人洞察明白，又怎麼敢把毒藥留給子孫呢？

章丘李孝廉，名善遷，年輕時風流倜儻不拘小節，對彈唱詞曲之類都很精通，他的兩個兄弟都考中了進士，他卻愈加放縱不拘。娶了一位姓謝的夫人，稍稍管了管他，他就從家裡逃了出來，三年不回來。家人四處找也找不到，後來在臨清的妓院中找到他。家人進去後，看見他面南而坐，十幾個年輕女人在左右服侍他，都是向他學習說唱技藝的門徒。臨回家時，他的衣服裝滿了好幾箱，都是這些妓女送給他的。回到家後，謝夫人把他關在一間屋子裡，放了一桌子書，用一條長繩綁在床腿上，另一頭從窗格子拉出去，拴上一個大鈴鐺，繫在廚房裡，他凡有需要，就踩繩子，繩動鈴響，僕人便答應他。夫人親自開設當鋪，在簾子後面對典當的物品進行估價；左手拿著算盤，右手握著筆，老僕人在中間奔走。由此積蓄富有起來，但時常恥於不如妯娌們尊貴。把李善遷關了三年，終於在科舉中考中，謝夫人高興地說：「三個蛋孵化出兩個，我以為你是個孵不成鳥的蛋，今天卻也成了。」

耿崧生進士也是章丘人。夫人常用紡線的燈給他照明讀書——紡織的人不停，讀書的也不敢休息。有朋友到家裡來，夫人就偷偷聽著，若是談論文章，就上茶做飯；若是無事閒談，就惡聲惡氣趕人走。耿生每次考試得了三、四等，就不敢進家門；超過等級之上，夫人才笑著迎他。耿生在外設館教學生，得到的錢都交給夫人，絲毫不敢隱藏。因此東家付錢時，他總是當面算清楚金額。有人笑話他，卻不知道他報帳時的難處。後來，他被岳父請去教授妻弟功課，那一年，妻弟就被錄取進了學官。岳父酬謝他十兩銀子，耿生謝過之後把錢還了回去。夫人知道這件事後，說：「雖然是至親，但我們是靠教書生活的。」趕他回去讓他把錢拿回來。耿生不敢爭辯，但心裡始終感到歉意，便想暗中償還岳父。於是每年教書的報酬，他都向夫人少報一點，積累了兩年多，得了一些錢。忽然夢見一個人告訴他說：「明天去登高，錢數就夠了。」第二天他試著去登高，果然拾到了一筆錢，恰好是他缺的錢數，於是就還給了岳父。後來，耿生成了進士，夫人還是喝斥他。耿生說：「如今我已經做官了，妳怎麼還這樣對我？」夫人說：「俗話說『水漲船高』，就是你做了宰相，難道就大過我不成？」

【何守奇】子可使婢代生，又能逆知未生之婦可制其子，甚異。使非有此圈，則仙人亦窮於術矣。父名大業，子名大器，豈右軍大令之比乎?

鳥語

河南境內有個道士，在村中化緣，吃完飯後，聽到黃鸝叫，便告訴村人注意防火。問他為什麼？他說：

「鳥兒說：『大火難救，可怕！』」眾人都嘲笑他，而不防備。

第二天，果然著了火，大火蔓延，燒了好幾家。眾人才驚服道士的先知。愛湊熱鬧的人追上他，稱他為神仙。道士說：「我不過是懂得鳥語罷了，哪裡是什麼神仙。」正好有隻黑花雀在樹上叫，眾人問牠說什麼。道士說：「這鳥說：『初六生的，初六生的，十四十六就死。』推想這家生了雙生子。今天是初十，不出五、六日，應當都會死的。」眾人一打聽，果然有一家生了一對男孩；不久又都死了，生死的日子與道士說的一樣。

縣令聽說了道士的神奇，就把他招來，請他做客。這時有一群鴨子走過，縣令就問他，鴨子叫什麼，道士回答：「大人的屋裡人，一定在爭吵。鴨子說：『算了，算了！偏向她！偏向她！』」縣令十分佩服。原來縣令的妻子和妾在吵嘴，他被吵得不耐煩就出來了。於是，縣令就把道士留在衙門中，十分恭敬地招待他。道士不時地辨別鳥語，多數都說中了。然而，道士直率，說話隨便無所顧忌。這個縣令最貪財，一切地方上供給衙門的物品，他都折算成錢裝入自己腰包。一天，縣令和道士剛坐下，一群鴨子又走過來，縣令又問牠們說什麼，道士回答說：「今天說的，和以前不一樣，牠們是在替您算帳。」問：「算什麼？」答：「牠們說：『蠟燭一百八，鐵珠一千八。』」縣令一聽很羞慚，疑心是道士故意譏笑他。道士就請求離開這裡，縣令不同意。過了幾天，縣令請客，忽然聽見杜鵑鳥叫，客人問鳥叫什麼，道士回答說：「鳥說：『丟官而去。』」眾人大驚失色。縣令大怒，立刻把道士趕了出去。過了不多久，縣令果然因為貪污被罷了官。唉！這些都是仙人的警告，可惜那些心中迷亂的人不肯醒悟啊！

山東人把蟬叫做「稍遷」，其中有一種綠色的叫「都了」。縣裡有父子倆，都是讀書人，兩個人將要去參加歲考，忽然有蟬落在衣襟上，父親高興地說：「稍遷，是好兆頭。」一個書僮看了看，說：「什麼稍遷，是都了罷了。」父子倆很不高興，後來，果然都沒考中。

天宮

郭生，京都人，二十多歲，容貌俊美，一表人才。

一天，剛近黃昏，有一個老婆婆送來一杯酒。郭生感到奇怪，不知為什麼無緣無故送酒來。老婆婆笑著說：「不用問，喝了它，自然會到好地方。」說完就走了，郭生端起酒杯輕輕一聞，酒香四溢，於是就喝了。

郭生喝完酒，忽然就醉了，不省人事。等他醒來，正和一個人並排躺著，他用手一摸，那人皮膚如油脂一般光滑，一陣蘭麝香氣飄過來，原來是個女人。郭生問她是誰，她不回答，便和她交合，交合完畢，郭生用手摸摸牆壁，牆壁都是石頭砌的，陰森森的有泥土味，很像墳墓。郭生大吃一驚，疑心自己被女鬼迷惑了，於是問女子：「妳是什麼神明呀？」女子說：「我不是神，是仙。這是洞府，我與你前世有緣。請不要吃驚，只要安心住下就行了。再進一道門，有一個透光的地方，可以方便。」然後女子就起身，關了門離開了。

過了很久，郭生肚子餓了，便有小女僕來，送來麵餅、鴨肉，讓他摸索著吃下去。洞裡黑漆漆的，分不清晝夜。不久，女子來睡覺，才知道是晚上了。郭生說：「白天不見天日，晚上沒有燈火，吃東西不知道嘴在何處。常常這樣，嫦娥和羅剎有什麼區別，天堂和地獄有什麼不同！」女子笑著說：「因為你是塵世中的人，愛說話又喜歡洩露事情，所以不想讓你見到我的樣子。而且暗中摸索，也能區分出美醜，何必一定要點燈！」

住了幾天，郭生覺得非常煩悶，幾次請求讓他暫時回去，女子說：「明天與你一起去遊覽天宮，然後就和你分別。」

第二天，忽然有個小丫鬟打著燈籠進來，說：「夫人等先生很久了。」郭生隨著她出來。夜空星光之下，只見樓閣無數，經過幾道畫廊，才到了一處地方，堂上垂著珠簾，點著巨大的蠟燭，照得如同白晝。進去之後，就見到一位美人，穿著華麗的衣服，面向南坐著，年紀約二十歲左右。錦緞袍子耀人眼目，明珠綴在頭上顫動著。地面上都放著短蠟燭，連女人的裙襬都照亮了，真是天上的仙女啊！

郭生眼花撩亂，不知所措，不覺要跪下行禮。女子讓婢女扶起，拉著他坐下。不久，珍饈美味擺滿桌子。女子勸酒說：「喝了這杯酒來為你送行。」郭生鞠躬說：「以前相會不識仙人的真面目，實在惶恐不安。如果仙人容我以贖前罪，願意做妳的忠實臣子。」女子回頭望著婢女微笑，便命人把酒席移到臥室去。臥室裡掛著流蘇繡花帳子，被褥又香又軟，女子讓郭生坐在床上。飲酒時，女子幾次說：「你離開家很久了，暫時回去也沒關係。」又喝了一陣子酒，郭生也不說告別。女子叫婢女打著燈籠送他走，郭生不說話，假裝酒醉睡倒在床上，搖他也不動。女子叫幾個婢女扶著他，給他脫了衣服。一個婢女握著他私處說：「這個男子看起來溫文爾雅，這個東西為什麼如此粗鄙呢？」扶著他到床上，大笑著離開了。女子也上了床，郭生才轉過身來，女子問：「醉了？」郭生說：「小生如何能醉！剛見仙人，神魂顛倒罷了。」女子說：「這是天宮，天還沒亮，你該早點離開，如果嫌洞中煩悶，不如早些回去。」郭生說：「如今有人夜裡得到了名花，聞著它的香氣，摸弄它的枝幹，卻苦於沒有燈火看不著它，這叫人如何受得了呢？」女子笑了，答應給他燈火。

到了四更，女子叫婢女點上燈籠，抱著衣服送郭生出去。進了洞中，看見紅色的石壁，作工十分精巧，睡覺的地方鋪的棕革氈墊有一尺多厚。郭生脫了鞋進了被窩，婢女轉來轉去不肯離開。郭生仔細一看，這婢女風致美好，就開玩笑說：「說我粗鄙的，是妳嗎？」婢女笑了，用腳踢踢枕頭說：「你該睡倒了，別再多說了。」郭生見她鞋端嵌著的珠子有如大豆。抓住她一拉，婢女撲倒在他懷裡，於是相交合，而婢女呻吟著好像不勝痛楚。郭生問：「妳多大了？」答：「十七。」問：「處女也知道男女之情嗎？」答道：「我不是處女，只是有三年沒做此事了。」郭生追問仙人的姓名及籍貫、排行。婢女說：「不要問了，既不是天上，也與人間不同，如果一定要知道她的真實情況，恐怕你要死無葬身之地了。」郭生於是不敢再問。第二天晚上，女子果然帶著燈燭來，和郭生一起吃住。以後，常常如此。一天晚上，女子進來說：「本想與你長久相好，不料人情多變，今天要清掃天宮，不能再留你了，請以這杯酒作別。」郭生哭了，請求女子留件身上的東西作為紀念，女子不答應，送了他一斤黃金，一百顆珍珠。

郭生喝了三杯酒後，突然醉倒了，再醒來覺得四肢像被捆住了一樣，纏得很緊，腿伸不了，頭也伸不出來。郭生使勁兒轉來轉去，迷迷糊糊掉到了床下，伸手一摸，全身被錦被裹著，細繩捆綁。郭生坐起來後細回想，抬頭看看床榻和窗戶，才明白是在自己的書房裡。

這時，郭生離開家已經三個月了，家人以為他已經死了。郭生開始不敢說出自己的經歷，害怕被仙人責罰，然而心中有很多懷疑。暗中告訴給他的好朋友，也沒有人能猜出其中的奧妙，錦被放在他的床頭，香氣滿屋，拆開一看，是湖棉摻雜香料做成的，於是珍藏起來。

後來，有一位大官聽到這件事，就向郭生詢問了經過，然後，笑著說：「這是漢朝賈皇后用過的辦法，仙人怎麼能這樣做呢？雖然如此，這件事也應該嚴守秘密，洩露出去會株連家族的！」有個巫婆常常進出顯貴之家，說那樓閣的形狀，非常像嚴嵩的兒子嚴東樓家。郭生一聽，非常恐慌，帶著家屬逃走了。不久，聽說嚴氏被朝廷處決，郭生一家才回來。

異史氏說，高高的樓閣朦朦朧朧，芬芳的氣味充滿繡花帳；年輕的奴僕小步徘徊，鞋子上綴著珍珠；不是權勢顯赫的奸臣淫逸放縱，豪家大族的驕奢，哪能有這樣的排場呢？看淫巾一擲，金屋嬌妻變為長門怨婦；唾壺還沒有乾，情感的田地已經長滿了野草。空曠的床使人傷心，暗淡的燈光使人銷魂。含笑鏡臺前，凝神繡帳裡，於是使酒臺之上，路通天宮；溫柔鄉里，使人疑心是仙女。嚴氏的家醜不足為恥，而荒疏了自己的田地的人，足以以此為戒！

【何守奇】讚語五色迷目，亦可謂趙子龍一身是膽矣。恰可與後土作對。

喬女

山東平原縣有個姓喬的讀書人，他有個女兒，又黑又醜，塌鼻子，還瘸了一條腿。二十五、六歲了，也沒人來聘娶。城裡有個姓穆的書生，四十多歲，妻子死了，家裡貧窮，無力續娶，就娶了喬家女兒。喬女過門三年，生了一個兒子。不久，穆生便故去了，家裡更加貧窮，生活十分困難。喬女向自己母親請求幫助，母親很不耐煩。喬女也很生氣，不再回娘家，就靠紡線、織布來維持生活。有個姓孟的書生，死了妻子，留下一個兒子叫烏頭，才滿周歲，因為孩子沒有奶吃，急著要續娶，但媒人向他提了幾個，他都不滿意。忽然見到喬女，非常高興，暗中讓人向喬女示意，喬女拒絕了，說：「我現在窮困到這個地步，嫁給官人可以得到溫飽，哪能不願意呢？然而我又殘又醜，比不上別人，所能自信的只有品德了，但如果嫁了兩個丈夫，連德也有虧了。那麼，官人您為什麼想娶我呢？」孟生愈發看重她，思慕之情更深，便讓媒人送上禮物和金錢去說服喬女的母親。她的母親很高興，親自到女兒家，堅持要女兒答應下來，喬女堅決不嫁。母親很羞愧，表示願意把小女兒嫁給孟生，孟家人都很高興，而孟生卻不同意。

過了不久，孟生突然得急病死了，喬女到孟家去弔喪，極盡哀思。孟生本來就沒有什麼親戚、族人，死後，村中無賴都乘機欺負孟家，把家具掠取一空，正商量著瓜分孟家的田產。家裡的僕人也都偷了東西跑了，只有一個老媽子抱著烏頭在帳子裡哭。喬女問明原委，非常不平。聽說林生與孟生生前友好，就登門告訴林生說：「夫婦、朋友是人生最重要的關係，我因為很醜陋，被世人瞧不起，只有孟生看重我。從前雖然堅決拒絕了他，然而心已經許給他了。如今孟生死了，孩子年幼，我自己覺得應當做些事來報答孟生的知己之恩。可是收養孤兒容易，防止外人欺負很難。如果沒有兄弟父母，就等著看他子死家亡，倘若又不去救，那麼五倫之中可以用不著朋友這一項了。我沒有更多的事麻煩您，只是請您寫一張狀子告到縣裡。撫養孤兒的事，我也不敢推辭。」林生說：「好。」喬女告別他回了家。林生準備按喬女所說的去辦，村中的無賴們火了，都威脅他要白刀子進紅刀子出。林生十分害怕，關了門不敢再出去。喬女等了幾天，毫無音信，等到一打聽，孟家的田產已經被分光了。喬女非常氣憤，挺身自己到官中去告狀。縣令問喬女是孟生的什麼人，喬女說：「您管理一個縣，所憑的只是公理罷了，如果說的話是假的，就是至親也逃脫不了罪名；如果不假，就是路人的話也該聽。」縣令不高興她說話太直，把她趕了出去。喬女氣憤得無處申辯，就到當地大戶人家去哭訴。有一位先生聽到這件事，為她的義氣而感動，代她向縣令說明原委，縣令一查，喬女說的果然是真的。追究了那些無賴的罪行，把他們奪去的產業都追了回來。

有人提議讓喬女留在孟家，撫養孤兒。喬女不肯，她鎖了孟家的門，讓老媽子抱著烏頭和她一起回家，另找房子安排她們住下。凡是烏頭日常需要的東西，就和老媽子打開門拿出糧食換錢，為他置辦。自己則分文不取，帶著孩子過窮日子，和從前一樣。過了幾年，烏頭漸漸長大，便為他請老師，教他讀書；自己的兒子則叫他學幹活。老媽子勸她讓兩孩子一起讀，喬女說：「烏頭的費用，是他自己的。我消耗別人的錢財來教育自己的兒子，這怎能證明自己的心意呢？」又過了幾年，喬女替烏頭積累了幾百石糧食，為他聘娶了名門的女兒，修葺了宅院，把產業給他，讓他自己回去過生活。烏頭哭著要和喬女一起住，喬女才答應了。但是依然像往常一樣紡線、織布。烏頭夫婦奪走了她的工具，喬女說：「我們母子坐著白吃，心裡怎麼能安穩呢？」於是整天替烏頭經營家業，讓他的兒子去田裡監工，好像雇工一樣。烏頭夫婦有小過失，就責備他們不肯輕饒；稍不悔改，喬女就生氣地要離開。直到夫妻倆跪著道歉才行。不久，烏頭入學宮讀書，喬女又要離開他們回家，烏頭不同意，拿出錢給穆生的兒子娶了親。喬女便讓兒子回家過活，烏頭留不住，便暗中讓人在附近村子為穆子買了百畝地，才讓他回去。

後來，喬女得了病要回家去，烏頭不同意。病加重了，喬女囑咐說：「一定要把我歸葬穆家。」烏頭同意了。喬女死後，烏頭暗中送些錢給穆子，要將喬女與孟生合葬。到了出殯那天，棺材重得三十個人也抬不起來。穆子忽然倒在地上，七竅流血，自己說：「不肖兒子，怎麼能賣了你的母親呢！」烏頭害怕了，連忙拜倒祝告，這才沒事。於是，棺材又停了幾天，把穆生的墓地修治好，才把他們合葬了。

異史氏說，感激別人以自己為知己，就以性命來報答，這是剛烈男子的作為。這個女人有什麼智慧，卻如此了不起？如果遇到善識良馬的九方皋，也會把她看作男人。

【何守奇】女為穆守，孟生欲娶之，矢志不移，是也。厥後之所為，雖曰憤於義，似非婦之所宜矣。故但謂之喬女而不謂之穆婦。

【但明倫】美哉喬女！其德之全矣乎：不事二夫，節也；圖報知己，義也；銳身詣官，勇也；哭訴縉紳，智也；食貧不染，廉也；幼而撫之，長而教之，仁也，禮也。

蛤

東海有一種蛤，飢餓時便浮到岸邊，兩殼張開，從裡面爬出小螃蟹，用紅線繫著牠，小蟹離蛤殼幾尺遠，獵取食物，吃飽了才回到殼裡，殼也開始闔起來。有人偷偷扯斷牠們之間的紅線，蛤和小蟹就都死了，真是物中奇觀啊！

劉夫人

有位姓廉的書生，是河南彰德人。從小好學，但很早就失去了父親，家裡非常貧困。

有一天，廉生外出，傍晚回來時迷了路。進了一個村子，有個老婦過來說：「廉公子去哪裡？天不是黑了嗎？」廉生正在著急，也顧不上問老婦是誰，便求借宿。老婦帶著他進了一間大宅。只見兩個丫鬟提著燈籠，引導著一位夫人出來。夫人四十多歲，舉止有大家風度。老婦迎上去說：「廉公子到了。」廉生急忙上前拜見。夫人高興地說：「公子這麼清秀俊雅，何止是做個富家翁啊！」隨即擺上酒宴，夫人坐在一邊，頻頻勸酒，而自己舉杯卻不曾喝，拿起筷子也沒有吃。廉生很疑惑，再三打聽她的家世。夫人笑著說：「再喝三杯就告訴你。」廉生依命喝了三杯。夫人說：「亡夫姓劉，客居江西時，突然遭到意外亡故了。我獨自住在這荒丘野嶺，家境日益敗落，雖有兩個孫子，但不是敗家子，就是無用之才。公子雖然不與我們同姓，按佛家說法也是三生的親骨肉，而且你秉性純樸忠厚，所以才來相見。我沒有別的事麻煩你，我藏了一點錢，想請公子拿到外面做個買賣，分點餘利，也勝過你案頭苦讀。」廉生推辭說自己年輕，又是書呆子，恐怕有負重托。夫人說：「讀書的道理，比謀生難得多，以公子的聰明，為什麼不行？」於是派婢女拿出錢來，當面交付了八百多兩銀子。廉生誠惶誠恐地堅持推辭。夫人說：「我也知道公子不習慣跑買賣，只是試著做，一定不會不順的。」廉生考慮這麼多銀子，不是一個人能承擔得了，商議找合夥人。夫人說：「不用。只找一個誠實能幹的僕人給公子幹活就夠了。」於是她扳著纖細的手指算了一下，說：「姓伍的吉利。」命家人備馬、裝銀子送廉生出去，說：「臘月底一定洗刷杯盤，恭候為公子洗塵。」又回頭對家人說：「這匹馬已經馴服了，可以騎乘，就送給公子，不用牽回來了。」廉生回到家，才四更天，家人拴了馬就自己回去了。

第二天，廉生到處找僕人，果然找到一個姓伍的，就用大價錢把他雇來了。姓伍的熟悉販運買賣的事，為人又憨厚耿直，廉生把錢財都交付給他。他們到湖北一帶去做買賣，到了年底才回來。計算一下得了三倍的利錢，廉生因為姓伍的僕人很得力，在工錢之外，又給他些報酬。廉生與僕人商量，將額外給姓伍的錢記在別的專案中，不讓夫人知道。剛到家，夫人已經派人來迎接了，於是一起進去，只見堂上已經擺好了豐盛的宴席。夫人出來，再三表示慰勞。廉生交納了錢財，便把財簿送上，夫人接過放在一邊。不一會兒，大家入席了，歌舞演奏，熱鬧非凡，姓伍的也在外間被賜了酒席，喝醉了才回家去。因為廉生沒有家室，便留下來過年。第二年，廉生又求夫人查帳。夫人笑著說：「以後不用這樣了，我早已算好了。」於是拿出帳本給廉生看，上面記載的很詳細，連給僕人的，也記在上面。廉生吃驚地說：「夫人真是神人！」住了幾天，夫人招待得十分周到，像對待自家的侄子一樣。

一天，堂上擺了酒席，一桌朝東，一桌朝南，堂下有桌向西。夫人對廉生說：「明天財星照臨，適合出遠門做生意，今天我為你們主僕二人擺酒送行。」不一會兒，把姓伍的也叫來了，請他坐在堂下，一時鼓樂齊鳴。女戲子送上劇碼，廉生點唱一曲「陶朱富」。夫人笑著說：「這是先兆，你一定會得到西施做內助的。」酒宴結束，夫人便把所有的錢都交給了廉生，說：「這次出門不要限定日期，不獲上萬利錢不要回來。我和公子所靠的是福氣和命運，所信託的是心腹之人。你們也不用費心計算，遠方的盈虧，我自會知道。」廉生連連答應著退出來。

他們到兩淮一帶去做買賣，當了鹽商。過了一年，盈利數倍。然而廉生酷愛讀書，做生意也不忘記書本，交往的都是文人。生意盈利之後，他暗想停下不做了，漸漸全部交給姓伍的去管理。

湖南桃源薛生與廉生最好。一次恰好經過薛家，便去拜訪。不巧薛家全家去鄉下別墅了。天已經黑了，廉生無處可去。門人請廉生進屋，掃床做飯招待他，廉生向他詳細地打聽薛生的情況。原來此時正訛傳朝廷要挑選良家婦女送去慰勞邊關軍人，百姓慌亂，聽說有年輕人沒媳婦的，也不請媒人，就直接把姑娘送到那家，甚至有人家一晚上得到兩個媳婦的。薛生也是剛剛和一戶大家女兒結親，恐怕車馬喧騰驚動官府，因此暫時遷居到鄉下去了。

初更未盡，廉生剛要掃床就寢，忽然聽到許多人推開大門進來。門人不知說著什麼，只聽見一人說：「官人既然不在家，拿著蠟燭的是什麼人？」門人答道：「是廉公子，遠方來的客人。」一會兒問話的人已經進來了，衣帽整潔華麗，略一拱手施禮，便問廉生的家世，廉生告訴了他。他高興地說：「是我同鄉，岳父是哪位？」答道：「沒有。」那人更高興，急忙出去，招呼一個年輕人進來，恭恭敬敬地見禮。又突然說：「實話告訴您，我姓慕，今夜到這來，是準備把妹妹嫁給薛官人，到這才知道辦不成了，正進退兩難時，遇到了公子，這不是天意嗎！」廉生因為和這人素不相識，所以猶豫著不敢答應。姓慕的竟然不聽廉生回答，急忙招呼送親的人。一會兒兩個老太婆扶著姑娘進來，坐在廉生的床上。廉生斜眼一看，姑娘十五、六歲，美貌無比。廉生很高興，才開始整衣正帽向姓慕的致謝。又讓門人去買酒，款待他們。姓慕的說：「先祖是彰德人，母族也是大家，如今敗落了。聽說外祖父留下兩個孫子，不知家境怎麼樣？」廉生問：「您外祖父是誰？」答道：「外祖父姓劉，字暉若，聽說在城北三十里。」廉生說：「我住在城東南，離北面很遠，年紀輕，交遊的人很少。郡中劉姓最多，只知道郡北有個劉荊卿，也是文學之士，不知是不是，但是這家很貧窮。」姓慕的說：「我祖父的墳墓還在彰郡，常想把父母的棺梓歸葬故鄉，因為盤費不足，一直沒辦成，如今妹妹跟你去了，我回去的打算更堅決了。」廉生一聽，便爽快地表示願意幫他移葬，慕家兄弟都很高興。喝了一會兒酒後，慕家人便告辭去了。廉生打發走僕人，移過燈燭，夫妻恩愛，無法描述。

第二天，薛生知道了這件事，急忙進城，選了一所宅院安置廉生夫婦。廉生回到淮上，處理了生意上的事務，留下姓伍的在那裡，然後裝上貨物，返回桃源。他同慕家兄弟一起啟出岳父母的骸骨，帶著兩家老小，一起回到故鄉。

廉生回到家裡安頓好了，就拿著錢去見夫人，先前送他的僕人已經等在路上。廉生隨他前去，夫人迎出來，滿臉喜色地說：「陶朱公帶西施回來了，先前是客人，今天是我外甥女婿了。」擺酒洗塵，更加親熱。廉生佩服夫人的先見之明，於是問道：「夫人與岳母什麼關係？」夫人說：「不要問，時間一長你就知道了。」於是把銀子堆在桌上，分成五份，自己取兩份，說：「我沒用處，只是留給長孫。」廉生覺得分給他太多，推辭不肯接受。夫人悲傷地說：「我家敗落，院中的大樹被人砍作燒柴。孫子離這裡很遠，門戶蕭條，麻煩公子幫忙收拾收拾。」廉生答應了，而只拿一半銀子。夫人強塞給他，送他出來，揮淚回去了。廉生正奇怪，回頭看宅院，卻是一片墳地，才明白夫人就是妻子的外祖母。他回到家，買了一塊墳地，封土植樹，修建得非常壯觀。

劉氏有兩個孫子，大的就是劉荊卿，小的劉玉卿是個飲酒賭博的無賴，兩人都很窮。兄弟倆到廉生那裡感謝他修整了他們家的祖墳，廉生送給他們很多錢，從此兩家來往密切。廉生對他們講了夫人讓自己經商的過程，玉卿暗想墓裡一定有很多錢，晚上勾結了幾個賭友，挖開祖墳找尋，打開棺材，露出屍體，竟什麼也沒找到，只好失望地散了。廉生知道墓被盜了，告訴了荊卿。荊卿和廉生一塊去查看，進了墓坑，見桌上堆著先前所分的兩份銀子。荊卿想與廉生一起分了。廉生說：「夫人本來留在這就是等著給你的。」荊卿於是裝起來運回家中，然後向官府報告祖墳被盜，官府追查很嚴，後來有一個人賣墳中的玉簪被抓到了。追查他的同黨·才知道以玉卿為首。縣令將對玉卿處以極刑，荊卿代他求情，僅僅是免了死刑。兩家合力修繕墳墓內外，比以前更加堅固、壯麗。從此廉、劉兩家都富裕了起來，只有玉卿還和從前一樣。廉生和荊卿常常資助他，但始終不夠供他賭博。

一天晚上，盜賊進了廉生家，抓住他索要錢財。廉生所藏的銀子，都以一千五百兩為一捆，拿出來給強盜看，強盜只拿了兩捆。只有馬拴在馬廄裡，強盜用它運銀子，押著廉生走到野外才放了他。村民們看見強盜的火把沒走遠，喊叫著追上去，盜賊驚慌地逃跑了。村人一起到了那個地方，看見銀子掉在路邊，馬已經倒在地上變成灰了，才知道馬也是鬼。這天晚上只丟了一枚金釧。

最初，盜賊抓住廉生的妻子，見她漂亮，打算非禮她。另一個盜賊戴著面具，大聲喝止了他，聲音很像玉卿。盜賊放了廉生的妻子，只是把手腕上的金釧拿走了。廉生因此懷疑那個人是玉卿，然而心中暗暗感激他。後來，強盜用金釧押賭，被捕役抓獲，審問他的同黨，果然是玉卿。縣令大怒，抓來玉卿，用盡五種毒刑。荊卿與廉生商量，要用重金賄賂縣令，使玉卿逃脫司法審判，還沒疏通了，玉卿已經死了。廉生仍時常周濟玉卿的妻兒。廉生後來考中了舉人，幾代都是富貴人家。唉！「貪」字的樣子，和「貧」字很接近。像玉卿這樣的人，是可以引為借鑒的。

【何守奇】死無需金，何庸商販？無亦以墓田零落，貽厥長孫，因並為三生骨肉締此良姻耳。乃知世情惓惓，鬼亦猶人。

【但明倫】鬼借人謀，人資鬼力，雖云福命，亦由至性純篤所致耳。

陵縣狐

陵縣李太史家，常常發現屋中的瓶、鼎、古玩之類的東西，被移放到桌邊，樣子很危險，好像馬上就要掉下來了。剛開始，太史懷疑是家中奴僕幹的，就生氣地責罰他們。可是奴僕們都喊冤，卻又不知道原因。於是把書房的門窗鎖緊，天亮後，古玩等仍然這樣放著。太史心中明白這件事不尋常，便在暗中觀察。

一天晚上，滿室通亮，李太史大吃一驚，以為是盜賊。兩個僕人靠近窗戶偷看。只見一隻狐狸臥在匣子上，光亮是從牠的兩隻眼睛中射出的，晶瑩四射。僕人怕牠跑了，急忙跑進去抓。狐狸一口咬住僕人的手腕，肉都要咬掉了。僕人抓得更緊，其他僕人一起上前抓住這隻狐狸綁了起來。舉起這隻狐狸一看，只見牠的四條腿都沒有骨頭，隨手搖搖晃晃的，像帶子一樣垂著。太史想到這隻狐狸通了靈氣，不忍心殺牠，就用柳筐扣上牠。狐狸跑不出來，便戴著柳筐到處跑。太史列數了牠的罪過，才放了牠。從此，怪事不再出現。

【卷十】

王貨郎

濟南有個賣酒的老頭，派他的兒子小二到齊河去收取賒欠的酒錢。小二出了西門，遇到了哥哥阿大，這時阿大已經死了很久。小二驚訝地問道：「哥哥，你怎麼會到這來呢？」阿大回答道：「陰間有一樁疑案，需要你前往作證。」小二變了臉色，責怪兄長。阿大指著身後一個差役打扮的人說：「這位是官府的差役，豈是我能自作主張呢？」於是，他抬手招呼小二，小二便不由自主地跟著走了。

他們狂奔了一整夜，來到泰山腳下。忽然看見一座官府衙門，他們正要一齊進去，卻見一群人紛紛走了出來。差役上前拱手問道：「那件案子怎麼樣了呢？」其中一個人回答說：「不必再進去了，已經結案。」差役於是放了小二，讓他回家。

阿大擔心弟弟沒有回去的路費。差役考慮了很久，便領著小二走了。走了二、三十里地，他們進了一個村莊，來到一戶人家的屋簷下。差役囑咐說：「如果有人出來，你就讓他送你回家；他如果不同意，你就說是王貨郎讓他這麼做的。」說完，差役就走了。

小二昏沉沉地睡死過去。天亮以後，房屋的主人出來，見一個人死在門外，大為驚駭。他在身旁守候了一陣子，小二漸漸醒了過來，於是將他扶進屋裡，餵了他一些東西。小二這才告訴他自己的居處，然後就求主人出錢送他回去。主人一臉為難，小二就按照差役教的說了一遍。主人聽了，驚慌失色，急忙租了車馬送小二回家。小二要還給他錢，主人不肯接受。問他其中的原因，他也不肯說，只是告辭而去。

疲龍

膠州有位王侍御，奉旨出使琉球國。船正行進在海上，忽然從雲間掉下一條巨龍，將海水激起幾丈高。龍的身子一半浮在水面上，一半沉在水裡，昂著腦袋，把下巴擱在船上，眼睛半睜半閉，好像要死了一樣。全船的人都大為驚恐，停止了划槳，一動也不敢動。船夫說：「這是一條在天上行雨的疲龍。」王侍御便將聖旨懸掛在船上，點上香，與眾人一起祈禱。過了一陣子，那龍便悠然消失了。

船剛剛行進，又有一條龍掉了下來，情況和先前一模一樣。一天裡竟發生了三、四次這種情況。又過了一天，船夫讓大家多多準備白米，並且告誡說：「這裡離清水潭已經不遠了，如果看到些什麼，只管把米撒到水中，千萬要安靜，不可大聲喧嘩。」

不一會兒，船來到一處地方，海水清澈見底。只見水下有一群龍，五顏六色，有的像盆一樣粗，有的則像甕一樣粗，一條條都蜷伏著。有的龍蜿蜒曲折，身上的鱗、鬣、爪、牙，都看得清清楚楚。大家嚇得魂飛魄散，屏住呼吸，閉上眼睛，不只是不敢偷看，連動也不敢動，只有船夫抓起白米向水中拋撒。過了很久，見到海水變成深黑色了，才有人敢哼出聲來。於是便問船夫為什麼要往水中撒米，船夫回答道：「龍害怕蛆，唯恐蛆爬進它的鱗甲，白米的形狀像蛆，所以龍一見就會趴伏在那裡，船在上面行進，就可以不受傷害了。」

真生

長安有一個讀書人，名叫賈子龍。一天，他偶然經過鄰近的一條巷子，見到一位風度瀟灑自如的客人，上前一問，原來他叫真生，是咸陽人，旅居長安，賈子龍心中頗為敬慕。第二天，他便前往拜見，不巧真生正好出去了。賈子龍一共去了三次，都沒有見到人。他便暗中派人探看，等他在家，再前往拜訪。真生故意躲著不出來，賈子龍進去搜尋，真生才出來相見。兩人促膝而坐，傾心相談，兩人引為知己，心中都很高興。

賈子龍到旅店，派了小書僮去買酒，真生很能喝酒，而且擅長說風雅的笑話，兩人很是開心。酒快要喝光時，真生從竹箱裡搜出了一個酒器，是個沒有底的白玉杯。真生往裡面倒了一杯酒，一下子就滿了，然後再用小酒杯從中舀酒倒進酒壺，但玉杯中的酒卻絲毫沒有減少。賈子龍看了，覺得很神奇，一定要真生將這個法術教給他。真生說：「我之所以不願與你相見，就因為你沒有別的短處，但是貪心還沒除淨呀。這是仙家的秘密法術，怎麼能夠傳授給你呢？」賈子龍說：「冤枉啊！我哪有什麼貪心呀，只不過偶然萌生一點奢望，也是因為貧窮的緣故罷了。」兩人相視一笑，便分手了。

從此，兩人來往頻繁，親密無間，無拘無束。每到賈子龍沒錢窘困的時候，真生就拿出一塊黑石頭，往上面吹一口氣，再念幾句咒語，然後用它去磨瓦礫，瓦礫馬上就會變成銀子。真生就將銀子送給賈子龍，但僅僅是夠賈子龍用的，從來不會有盈餘。賈子龍每次想多要一點，真生就說：「看吧，我就說你貪心吧，怎麼樣！」賈子龍想，明著跟他要，肯定要不到，不如趁他喝醉了睡著時，把黑石偷來要脅他。一天，兩人喝完酒以後睡覺，賈子龍悄悄地起身，在真生的衣服底下搜尋黑石。真生一下子驚醒，說道：「你真是沒良心，我不能再和你相處了。」於是真生辭別，搬到別的地方去住了。

後來，過了一年多，賈子龍在河邊遊玩，看到一塊晶瑩潔淨的石頭，極像真生的那塊，他便撿起來，像寶貝似的珍藏起來。過了幾天，真生忽然來了，一副神情恍惚、若有所失的樣子。賈子龍上前一面安慰一面問他發生了什麼事。真生說：「你從前見到的那塊石頭，就是仙人的點金石。當年我跟隨抱真子遊學，他喜愛我的耿直，把那塊石頭送給了我。不久前我喝醉酒將它丟失了，暗自一算，發現它應該在你這裡。如果你能將它還給我，我絕不敢忘恩不報。」賈子龍說：「我平生從來不敢欺騙朋友，確實如你所算，石頭在我這裡。但是知道管仲非常貧窮的，莫過於他的好友鮑叔，你打算怎麼對待我呢？」真生便答應送他一百兩銀子。賈子龍說：「一百兩銀子確實不算少，但是希望你教給我口訣，讓我親自一試，也就沒有遺憾了。」真生擔心他不守信用，賈子龍說：「你是個仙人，難道還不知道賈某從來不對朋友失信嗎？」真生便將口訣傳授給他。賈子龍見臺階上有一塊大石頭，便想用它來試。真生拉住他的胳膊，不讓他上前去點。賈子龍於是彎腰撿起半塊磚頭，放在大石頭上，說：「像這麼大一塊，不算多吧？」真生於是同意了。沒想到，賈子龍不去磨磚而是磨大石頭，真生臉色大變，剛想上前爭奪，那大石頭已經變成一塊白金了。賈子龍把點金石還給真生，真生嘆息道：「事已至此，還有什麼話可說呢？但是我隨便賜人福祿，一定會受到天帝的懲罰。如果你肯幫我解脫這個罪過，你就施捨一百具棺材，一百件棉衣，你肯答應嗎？」賈子龍說：「我之所以想要這麼多錢，本來就不是要將它們藏在地窖裡的。你難道把我看成一個守財奴嗎？」真生這才高興地離去了。

賈子龍得了這麼一大筆錢，一邊施捨一邊做生意，不到三年的時間，施捨的數位就滿了。一天，真生忽然來了，他握著賈子龍的手說：「你真是個守信用的人啊！上次一別後，我被福神向天帝參奏，削去了仙籍。幸好蒙您廣為布施，到今天才得以功德抵消了罪過。希望你繼續自我勉勵，不要有所懈怠。」賈子龍問真生，「你是天上的什麼官員？」真生說：「我是得道的狐狸，出身低微，不堪承受罪孽，所以生平自重自愛，不敢有一絲一毫的妄為。」賈子龍便為他擺酒設宴，兩個人又像從前一樣快樂地喝起酒來。

賈子龍活到九十多歲時，狐仙還常常到他家裡來做客。

長山有一個人，專賣能解砒霜的藥。即使是已經喝了砒霜、生命垂危的病人，只要服下他的解藥，沒有活不過來的，但他秘藏藥方，從來不傳給別人。

一天，這人受到株連被捕入獄，他的妻弟到獄中送飯，悄悄地在飯裡放了砒霜，他的妻弟在一旁坐著，等他吃完了，才把實情告訴他，這人不相信。過了一會兒，肚子裡鬧騰起來，他這才大驚失色，罵道：「畜生！快到城裡去找薛荔爪，磨成粉末，還有一盞清水，快點弄來！」他的妻弟按照他說的將東西弄來，這時他已經連吐帶瀉，快要死去了，急忙取過解藥服下，一下子就好了。從此以後，他的解毒秘方也就傳開了。

這個故事和狐仙秘藏他的點金石是一樣的。

【但明倫】乃搜之不得者，竟以無心得之，或者福祿本其所應有者乎？

布商

有一個賣布的商人來到青州境內，偶然走進一座荒廢的寺廟，只見廟堂零落破敗，他不由得心中十分感慨。一個和尚在旁邊說：「你如果能發善心，哪怕只是修建山門，也是為佛門增光的義舉啊！」布商很爽快地答應了下來。

和尚大喜，便邀請布商進入方丈，對他的款待很是殷勤。然後，和尚又一一列舉內外的殿堂樓閣，請布商一併裝修，布商推辭說力不能及。和尚強硬地讓他同意，言辭凶悍，神色憤怒。布商很是害怕，只得同意，馬上將身上的財物全都拿出來交給和尚，他剛起身要走，和尚攔住他說：「你傾囊而出，其實心裡並不願意，你會就此甘心嗎？不如先把你殺了。」說完，和尚握刀逼上前來。布商苦苦地哀求，和尚也不答應。布商只好要求自殺，和尚答應了，便將他逼到一間暗室中，催促他趕緊自盡。

這時，正好有一位防海將軍從寺外經過，遠遠地從斷牆外看到一位穿紅衣的女子走進僧舍，心中生疑。將軍於是下馬走進寺中，到處搜尋了一番，卻沒有找到。來到那間暗室前，只見雙門緊鎖，和尚不肯開門，推說裡面有妖怪，將軍發怒，砍開鎖衝進去，只見布商吊在房梁上，急忙上前搶救。過了一會兒，布商甦醒過來，將軍查明了實情，又給和尚上刑，問那紅衣女子在什麼地方，原來並沒有什麼紅衣女子，而是神佛顯靈要救布商。

將軍殺了和尚，把財物仍舊歸還給布商，布商更加籌募錢財，修建廟宇。從此，這座寺廟的香火大盛。

趙豐原孝廉講這件事最為詳盡。

【何守奇】古人戒不遊寺院，有以也，未必處處有神。

【但明倫】假佛營私，持刀惡募。將軍何由而至？女子奚自而來？菩薩化身，真有不可稱量、不可思議者。

彭二掙

禹城的韓甫公說，有一次，我和同鄉彭二掙一起在路上行走，忽然，一回頭卻不見他的蹤影，只剩那頭驢還在跟著走。只聽見呼喊救命的聲音非常急迫，仔細一聽，原來是從行李中傳出來的。我走近一看，行李裡面脹得鼓鼓的，雖然重得偏在一邊，倒也不會掉下來。我想把他救出來，但行李的口縫得很細密，只好用刀割斷線，這才看見彭二掙像條狗似地趴在裡面。等他出來以後，我問他怎麼會進去的，他也一臉茫然，不知是怎麼回事。大概是他家有狐狸作祟，類似這樣的事情發生過很多次。

【何守奇】此狐亦惡作劇。

何仙

長山的王瑞亭公子，能夠扶乩占卜。那乩神自稱為何仙，是呂洞賓的弟子，也有說是呂洞賓所騎的仙鶴。他每次降臨人間，就和別人討論文章，寫作詩賦。李質君太史以他為師，諸如詩文之事，倒也論說得明明白白。李太史能夠舉業成功，依靠何仙的幫助實在不少。所以，許多讀書人都歸到他的門下。但何仙替別人解疑排難，大多根據事理推斷，並不太講吉凶禍福。

何仙辛未年間，朱文宗到濟南主持科考。考試後，一幫生員請求何仙判定各人的等第。何仙便要來各人的試卷，一一加以評判。在座的有一位是樂陵人李忭的好朋友——李忭是一位好學深思的學生，大家都很推崇他——拿出李忭的文章，替他請何仙評判。何仙評道：「一等。」過了一會兒，又寫道：「剛才所評的李生，是根據他的文章作的評判。但這個書生運氣實在不好，命中注定要觸犯刑罰，真是奇怪啊！文章和運數正好不符，難道是朱文宗不評判文章嗎？諸位稍等片刻，我前往探看一番。」

過了一會兒，何仙又寫道：「我剛才到了提學署中，只見朱文宗公事繁忙，他所焦慮的事情根本不在文章上，這一切事務全都交給六、七個幕客處理，一些靠捐錢取得監生資格的人也在其中。這些人前世全無根基，大半是餓鬼道中的遊魂，在四面八方討食的乞丐。他們曾在黑暗獄中待了八百年，眼睛裡的精氣已經損傷了，就好比人長時間在暗洞中，突然走出來，會覺得天地的顏色都變了，沒有了正常的視力，他們當中雖有一、兩個是人身轉世，但評判試卷分別進行，恐怕不一定正好讓他們評判李生的試卷。」眾人詢問可有挽回的辦法，何仙寫道：「這個辦法已經很清楚了，是大家都知道的，又何必問呢？」

眾人明白了他的意思，就把這事告訴了李忭。李忭很害怕，就拿著自己的文章請孫子未太史審閱，並且告訴他扶乩的內容。孫太史稱讚他的文章，於是解除了他心中的疑惑。李忭認為孫太史是海內的文章大家，膽氣也就更壯了，也就不再把扶乩的話放在心上了。

等到放榜時，李忭竟然只列在四等。孫太史大為驚駭，取來他的文章又讀了一遍，確實挑不出一點毛病。他於是評論道：「石門公祖素來享有文名，一定不會有此謬誤。這一定是幕僚中的醉漢、不懂得文章的人幹的好事。」於是眾人更加佩服何仙的神明，一起焚香禱告致謝。何仙又寫道：「李生不要因為暫時受的委屈便慚愧起來，還應當多寫文章，更加努力，顯示自己的才華，明年可得優等。」

第二年，李忭果然名列優等。何仙的靈驗就是如此。

異史氏說，官府的幕中多有這樣的人，難怪京城醜婦巷中，到晚上沒有空閒的床鋪。嗚呼！

牛同人

（上缺）牛同人走過父親的臥室，只見父親躺在床上還沒有醒來，因此知道這是狐狸幹的好事。他生氣地說：「狐狸所為如何可以忍受，為什麼要敗壞我家人倫！關聖號稱『伏魔』，如今在哪裡，卻聽任這類妖怪橫行！」於是他作表上奏玉帝，表中也暗暗指責關帝不稱職。

過了很久，一天，牛同人忽然聽到空中有喊叫聲，原來是關帝。關帝生氣地叱責道：「書生怎麼能如此無禮！我難道是專門為你一家驅趕狐妖的嗎？如果你稟告申訴不行，我又何辭埋怨呢？」於是關帝下令杖打牛同人二十下，打得他大腿上的肉幾乎脫落。過了一會兒，有一位黑臉將軍綁來一隻狐狸，將牠牽走了，牛家的怪異也就消失了。

此後三年，濟南府游擊將軍的女兒被狐狸迷惑，什麼法術都不能將牠趕走。狐狸對女兒說：「我平生害怕的，只有一個牛同人。」游擊將軍也不知道牛同人是什麼地方的人，無法找尋。恰好提學來到濟南主持科考，牛同人前來參加考試，在省城被軍兵欺侮，他憤怒地來到游擊將軍的衙門告狀。游擊將軍一聽到他的名字，不勝驚喜，對他非常地恭敬，馬上將那名軍兵抓來，依照軍法捆綁責打。

事情結束後，游擊將軍便將狐狸作祟的事情如實告訴了牛同人。牛同人迫不得已，便替他向關帝呈表稟告。一會兒工夫，只見一位金甲神降臨游擊將軍家。這時，狐狸正好在家，臉色突然一變，現出原形，樣子像一條狗，繞著屋子一邊嚎叫一邊亂竄。不久，牠跑了出來，自己投在臺階下。金甲神說：「上一次關帝不忍心殺你，現在你又犯祟，罪無可赦了！」說完，將狐狸綁在馬脖子下帶走了。

神女

米生是福建人，講這個故事的人忘了他的名字和籍貫。一次，米生偶然進城，喝醉了酒經過鬧市，聽到高門大院裡傳來幽遠的簫聲。他向附近人家打聽，說是正在舉行祝壽宴會，然而這家大門前卻十分的冷清。

米生聽著嘹喨的笙歌，醉意朦朧中倒是非常喜愛。他也不問這是一戶什麼人家，就在街頭買了祝壽的禮物，以晚生的名義投進一張名片。有人見他穿著很是簡陋，便問：「你是這老翁的什麼親戚？」米生答道：「沒有親戚關係。」又有人說：「這家是從外地來僑居此地的，不知道是個什麼官，看上去很尊貴傲慢，你既然不是親戚，又有什麼可求的呢？」米生聽了很是懊悔，但名片已經遞進去了。

不一會兒，兩個少年出來迎接客人。只見他們穿著炫目的華麗衣裳，丰采高雅，向米生行禮後請他進去。米生進了門，只見一位老者面南而坐，東西兩側排列幾桌筵席，有六、七位客人，看上去都是貴族子弟。他們一見米生來到，都起立向他行禮，老者也拄著拐杖站起來。米生站了很久，準備與老者應酬，但老者卻不離開座位。兩位少年上前說道：「家父年老體衰，起身答禮很是艱難，我們兄弟兩人代他感謝大駕屈尊光臨。」米生謙遜地回了禮。於是又增加了一桌筵席，與老者的座席緊挨著。

不久堂下表演伎樂。座席後面設有琉璃屏風，用來遮住內眷。一時間，鼓樂之聲大作，座中客人不再傾談。酒宴將要結束時，兩位少年起身，各自用大杯來向客人勸酒，一杯可以容納三斗。米生面有難色，但是見別的客人都接受了，也只好接受。頃刻間，米生四下環顧，只見主人和客人都已經一飲而盡，迫不得已，他也只得勉強喝乾了。兩少年又來斟酒，米生覺得十分疲憊，便起身告退，少年強行拉著他的衣襟。米生大醉，癱倒在地上，只覺得有人往臉上灑冷水，他恍恍惚惚的醒了過來，站起身一看，賓客都已經走光了，只有一個少年扶著他的手臂送他，米生便告辭回家了。後來，米生再經過這家門前，發現他們已經搬走了。

米生從郡城回來，偶然經過集市，有一個人從店鋪出來，邀請他一起喝酒。米生一看，並不認識，姑且跟著他進了店鋪。進去才發現，同鄉鮑莊已經坐在席間。米生問鮑莊那人是誰，原來那人姓諸，是集市上的磨鏡者。米生問諸某：「你怎麼會認識我呢？」諸某反問道：「前日去給拜壽的人，你認識嗎？」米生回答說：「不認識。」諸生說：「我經常出入他家，對他家最熟了，那位老者姓傅，不知道他是哪個省的人、做什麼官？你去給他拜壽時，我正坐在堂下，所以我認得你。」

眼看天色已晚，他們喝完酒就散去了。這天夜裡，鮑莊在路上被人殺死。鮑莊的父親不認識諸某，便寫了狀子告米生，官府驗屍後發現鮑莊身有重傷，米生被以謀殺罪判處死刑，受盡了各種刑具的拷打。因為諸某未被抓獲，沒有人作為旁證，於是米生就被關了起來。過了一年多，一位直指巡方來此地巡察，深知米生是被冤枉的，將他釋放了。

米生回到家中，田產已經蕩然無存，秀才的身分也被革除。他希望將來能洗清罪名，恢復身分，便打點行囊進了郡城。這時天色將晚，米生走得很累，在路旁休息。他遠遠地看見一輛小車行來，還有兩個青衣女子在車旁隨行。車子已經過去，車中人忽然命令停車，不知說了些什麼。一會兒工夫，一位青衣女子問米生道：「你不是姓米嗎？」米生吃驚地起身回答說是。女子又問道：「到什麼地方去呀？」米生又告訴了她。青衣女子走到車旁，向車中人說了幾句話，又轉身回來，請米生走到車前。車中伸出一隻纖細的手撩起簾子，米生微微一看，竟是一位絕代佳人。這女子對米生說：「你不幸遭受飛來橫禍，令人嘆息不已。當今的學使署，不是空著手可以隨便進出的。路途之中也沒有什麼好送給你的……」說著，她從髮髻上摘下一朵珠花，遞給米生說：「這東西能賣百兩銀子，請妥善收藏。」米生行禮致謝，剛想問問女子出自何門，不料馬車走得很快，已經走得很遠，最後還是不知道她是什麼人。米生拿著珠花，細細思量，珠花上鑲嵌著明珠，絕非普通物件。他將珠花小心藏好，繼續前行。到了郡中，他上官府投遞訴狀，府裡的官吏向他苦苦勒索。米生取出珠花端詳，不忍心拿它去換財物，只好回家去了。他回到家鄉，但家已經沒了，只得寄居在哥嫂家。幸好哥哥很賢良，替他打點生計，雖然很貧窮，倒也沒讓他荒廢學業。

過了一年，米生到郡裡參加秀才考試，卻迷路走進了深山。此時正值清明節，遊玩的人很多，只見幾位女子騎馬而來，其中一位女郎正是當年車中的那個女子。她一見米生，便停住馬，問他到哪裡去？米生如實告訴了她，女子驚訝地說：「你的功名還沒有恢復嗎？」米生心中淒涼，從衣服裡取出珠花，說：「我不忍心拿它換錢，所以到現在還是童生。」女子臉上顯出紅暈，囑咐米生坐在路邊等候，緩緩地騎馬走了。過了好久，一個丫鬟騎馬奔來，交給米生一個包裹，說：「我們家娘子說：今日學使署門前就好比市場一樣，沒有錢辦不成事。贈送給你二百兩銀子，作為你參加考試的資費。」米生推辭說：「妳家給我的恩惠太多了！我自認考取功名不是難事，這筆重金我萬不敢接受，只請妳告訴我妳家娘子的芳名，我回家畫一幅小像，焚香供奉，也就心滿意足了。」丫鬟不理他這些話，將包裹扔在地上就走了。自此，米生的生活頗為充裕，但是終究不屑於花錢買功名的事情。後來，他在郡學考取第一，把錢都給了他哥哥。哥哥善於積聚財富，只三年時間，原先的家業全都恢復了。

恰好這時閩中巡撫是米生祖父的門生，對米生家的撫恤很是豐厚，米家因此成為巨富人家。但是米生向來清高耿直，雖然和大官有世交，卻從來沒有上門拜訪過。

一天，有位穿著華服的客人騎馬來到米家，但府上沒有人認識他。米生出來一看，原來是傅公子。米生行禮請他入內，兩人互相寒暄一番。米生設酒宴款待，傅公子推辭說事務繁忙，但也不告辭離去。一會兒工夫，酒菜端了上來，傅公子起身，請求米生到另一間屋子商談。兩人先後入內，傅公子忽然倒地叩拜，米生吃驚地問是怎麼回事。傅公子悲傷地說：「我父親正遭受大禍，想有求於撫臺大人，這件事非您不可。」米生推辭說：「他和我家雖然是世交，但為了私事去求人，是我平生不願做的事情。」傅公子趴在地上哀聲痛哭。米生板著臉說：「小生和公子不過是喝過一次酒的朋友罷了，為什麼強迫人喪失節操呢？」傅公子非常慚愧，起身告辭而去。

第二天，米生正一個人坐著，一位青衣女子走了進來，米生一看，正是在山裡贈送白銀的那個丫鬟。米生吃驚地站起來，那丫鬟說：「您忘記珠花了嗎？」米生說：「哪裡哪裡，不敢忘記。」那丫鬟說：「昨天來的公子就是我家娘子的親哥哥。」米生聽了，暗自高興，假裝說：「此話實難相信，如果能讓妳家娘子親自前來，說明此事，即使前面有油鍋我也敢跳下去，否則的話，我還是不敢奉命。」那丫鬟出了門，飛馳而去。

到了半夜，那丫鬟又回來了，敲開門走進來，說：「我家娘子來了。」話音未落，女子神色慘然地進來，面對著牆壁哭泣，一句話也不說。米生行禮說道：「小生如果不是小姐照顧，就不會有今天。不管小姐有什麼指示，我怎敢不遵命。」女子說：「被人求的人常常對人很傲慢，求人的人常常很畏懼。連夜奔波，我平生哪裡受過這樣的苦，只是為了求人的原因，又有什麼話可說呢？」米生安慰她道：「小生之所以不馬上答應，是擔心失去這次機會，以後再見小姐就很難了，讓妳連夜奔波，遭受霜露，確實是我的過錯。」說完，上前拉著小姐的袖口，暗暗地摸弄著。女子生氣地說：「您真是個薄情之人！您不念當日對您的幫助，卻想乘人之危，是我自己的錯啊！是我自己的錯啊！」說完，忿忿不平地出門，登上車就要離去。米生急忙追出來賠禮道歉，挺直身子跪在地上攔住她，那個丫鬟也為他說情。女子的怒氣稍微有所消解，在車裡對米生說：「實話告訴您吧，我不是人，而是神女。我的父親是南嶽都理司，因為偶然對土地失禮，土地將他上告到天帝那裡，如果沒有人間地方長官的官印，就不能消除此難。您如果不忘舊日的情義，用一張黃紙替我求大人蓋上官印。」說完，車子便離去了。

米生回家後，心中恐懼不已。於是他假裝驅趕妖祟，向巡撫請求蓋上官印。巡撫認為這事近似於巫師弄蠱，不肯答應。米生便用重金賄賂巡撫的心腹，心腹答應了，但是找不到機會下手，等他回家一看，那丫鬟已在門口等候了，米生告訴她實際情況，丫鬟沒有說一句話就走了，看她的樣子好像很怨恨他不誠心。米生追上去送她，說：「回家告訴妳家娘子，如果辦不成這件事，我會以死來報答。」米生回到家中，整夜翻來覆去睡不著，卻也想不出什麼好辦法。

恰好巡撫寵愛的小妾購買珠寶，米生便把那朵珠花獻給了她。小妾大為高興，便偷出官印替他蓋上了。米生將蓋了印的黃紙揣在懷裡帶回家，那丫鬟正好也到了，米生笑著說：「幸不辱命，但我幾年來甘受貧賤、乞討食物也不忍心賣掉的寶貝，今天為了它的主人還是失去了。」於是把情況告訴了丫鬟，接著又說：「把黃金扔掉，我倒是一點兒也不可惜，不過請轉告妳家娘子，珠花卻是要她償還的。」

過了幾天，傅公子來到米府表示感謝，並且獻上一百兩黃金。米生臉色一變，說：「我之所以這麼做，是因為你妹妹曾給我無私的幫助；否則的話，即使萬兩黃金又何足讓我改變名節！」傅公子再三請他收下，米生的聲色更加嚴厲。傅公子慚愧地離去，說：「這件事還沒有完。」

第二天，丫鬟奉女子的命令，送上一百顆明珠，問道：「這足以償還那顆珠花了吧？」米生說：「我看重的是那顆珠花，並不看重明珠。假如當日贈送我的是價值萬金的寶物，我只要賣掉做個富翁就行了。但我寧可將珠花珍藏起來而自甘貧賤，為的是什麼啊？娘子是神人，小生哪敢有什麼奢望，只是希望能報答大恩的萬分之一，也就死而無憾了。」丫鬟將明珠放在桌子上，米生對明珠拜了拜，又還給了丫鬟。

過了幾天，傅公子又來了。米生命人準備酒宴，傅公子便命令隨從到廚房自行烹調。兩人相對縱情飲酒，歡樂得好像一家人。有客人贈送給米生苦糯酒，傅公子喝了覺得很甘美，一下子喝了上百杯，臉上微微顯出紅暈，便對米生說：「您是一位忠貞正直的君子，我們兄弟不能早認識您，比起我妹妹還差得很多。家父感謝您的大恩大德，沒有什麼可報答您，想把妹子許配給您，只怕您因為人神兩世而有所嫌棄。」米生聽了，既高興又惶恐，不知道怎麼回答。傅公子告辭出門，說：「明天晚上是七月初九，新月初升的時候，是織女的小女兒下嫁凡塵的良辰，您可以準備迎娶新娘的洞房。」

第二天晚上，傅小姐果然被送來了，一切和正常人沒什麼不同。三天後，自兄嫂以及僕婦下人，傅小姐一一給予饋贈。傅小姐又最為賢慧，像對待婆婆一樣侍奉嫂子。

過了幾年，傅小姐沒有生育，便勸米生納妾，米生不肯答應。恰好米生的哥哥到江淮一帶做生意，替他買回一個年輕女子。女子姓顧，小名博士，相貌也清雅秀麗，米生夫婦都很喜歡。只見博士的髮髻上插著一朵珠花，極像當年的那朵，摘下來一看，果然就是此物。米生夫婦覺得很奇怪，問她是怎麼回事？博士回答說：「從前，有個巡撫的愛妾死了，她的丫鬟偷出珠花，拿到集市上賣，我的先父見價錢便宜，就買回來了。我很喜歡它，由於先父沒有兒子，只生了我一個女兒，所以凡是我想要的沒有得不到的。後來家父去世，家道中落，我被寄養在顧媽媽家裡。顧媽媽是我的遠房姨娘，見到珠花後，好幾次都想拿出去賣了，我投井尋死也不肯賣掉，所以能將它保存到現在。」米生夫婦嘆息著說：「十年前的舊物，今日又復歸舊主，這難道不是天意嗎？」傅小姐又拿出另一朵珠花，說：「這朵花很早就沒有夥伴了！」說完，一併送給了博士，而且親自替她簪在髮髻上。

博士離開房間後，很詳細地打聽傅小姐的家世，但是家人們都不肯明說。博士私下對米生說：「我看大娘子絕不是凡間的人，因為她的眉宇間有一股神氣，昨天她給我簪花時，我就近觀察。發現她的美麗是出自肌膚內部，不像一般人只是外表長得好看罷了。」米生聽了，只是笑。博士說：「您不必笑話，我倒要試一試，如果她真是神女，只要你有所需求，找個沒人的地方焚香向她請求，她一定會知道的。」

傅小姐繡的襪子非常精美，博士很喜歡，但不敢明說，於是就在她自己的屋裡焚香向她禱告。傅小姐早上起來，忽然翻找竹箱，找出襪子，派丫鬟送給博士。米生見了，不由笑了起來。傅小姐問他為什麼笑，米生便將實情告訴她。傅小姐說：「這丫頭真是狡猾啊！」她看博士很聰慧，於是更加喜愛她。而博士對她也更加恭敬，每天早上起床，必定沐浴一番再去向她行禮問候。後來，博士生了一對雙胞胎男孩，分別由傅小姐和博士兩人撫養。

米生八十歲的時候，傅小姐的容貌還像個年輕女子，米生得了病，傅小姐找來好些工匠做棺材，要求做得比普通的棺材大一倍。米生死後，傅小姐並不流淚，等到別人走了以後，她也跳進棺材死了。於是，人們就將他們合葬在一起，至今還有人傳說那是一座大棺材墳。

異史氏說，傅小姐確實是一位神女，不過博士居然能夠知道，用的是什麼法術呢？由此可見，凡人的智慧也有比神仙更靈異的！

【何守奇】女既神矣，烏得又死乎？

湘裙

晏仲是陝西延安人，和兄長晏伯住在一起，兄弟兩人友愛和睦。晏伯三十歲時去世，沒有留下後代，妻子也隨後死去了。晏仲傷心地懷念兄嫂，常常想能生兩個兒子的話，就讓一個作為兄長的後代。但他剛生下一個兒子，妻子卻又死了。晏仲擔心繼室不能照顧好這個兒子，便想再買一個妾。

鄰村有人賣使女，晏仲前往相看，但不是很滿意，心裡覺得很無聊，恰好又被朋友留住喝酒，喝得醉醺醺地回家了。途中遇到原來的同學梁生，兩人熱情地握手，梁生邀請晏仲到他家做客，晏仲還在醉酒中，忘記梁生已經去世，就跟著他去了。一進梁生家的門，晏仲就發現這不是他原來的家，便疑惑地問他。梁生回答道：「剛搬到這來的。」進屋後，梁生就找酒，但家中釀的酒已經喝完了，便囑咐晏仲坐著等會兒，自己拿著瓶子去打酒。

晏仲走出來，站在門外等候，只見一位婦人騎著驢打他面前經過，後面跟著個小孩。小孩大約八、九歲，面貌神情極像晏仲的哥哥，晏仲心中怦然一動，急忙跟在他們後面，問小孩姓什麼，小孩答道：「姓晏。」晏仲更加驚奇，又問：「你父親叫什麼名字？」小孩答道：「不知道。」

說著話的工夫，已經來到了小孩家門前，婦人下了驢走進門。晏仲接著小孩問道：「你父親在家嗎？」小孩答應著就進了家門。過了一會兒，一個婦人出來探看，晏仲一看，正是他的嫂子。她也驚訝地問叔叔怎麼會到這裡來。晏仲非常悲痛，跟著嫂子進了屋，只見院落已整理收拾好了，於是問道：「哥哥在什麼地方？」嫂子回答說：「出去收債還沒回來。」又問：「騎驢的婦人是什麼人？」嫂子答道：「是你哥哥的妾甘氏，已經生了兩個男孩。大的叫阿大，去集市上還沒有回來，你見到的這個是阿小。」

晏仲坐了好一會兒，酒也慢慢地醒了，這才明白過來，自己見到的原來都是鬼。不過因為兄弟感情深厚，心中倒也不害怕。嫂子溫上酒，擺好餐具，晏仲急於見到哥哥，便催促阿小去找。過了好久，阿小哭著跑回來說：「李家欠債不還，反而和爸爸吵鬧起來。」晏仲一聽，便和阿小飛奔前去，只見有兩個人正把哥哥推倒在地。晏仲大怒，握著拳頭直撲上前，來阻擋的人都被他打翻在地。晏仲急忙救起哥哥，那些壞人都已跑了，他追上去捉住一個，痛打了一頓才罷手。晏仲拉住哥哥的手，跺著腳傷心地哭泣，哥哥也流下了眼淚。

他們回到家裡，全家都上前慰問，於是準備好酒食，兄弟飲酒相慶。過了不一會兒，一個年輕人走進來，大約十六、七歲的樣子。晏伯叫他阿大，讓他拜見叔叔。晏仲扶起阿大，哭著對哥哥說：「大哥在地下有兩個男孩，但地上的墳墓卻無人打掃；弟弟的孩子還小，而且現在還是一個人，怎麼辦呢？」晏伯聽了，也覺得淒涼。嫂子對晏伯說：「讓阿小跟叔叔去吧，也算是個辦法。」阿小聽了，便依附在叔叔的肘下，一副戀戀不捨的樣子。晏仲撫摸著阿小，心中更加覺得辛酸，問道：「你願意跟我去嗎？」阿小答道：「願意去。」晏仲想雖然阿小是鬼不是人，畢竟是哥哥的兒子，有總比沒有好，想到這裡，也就開心起來。晏伯說：「可以跟著去，但是不可嬌慣，要吃些血肉的食物，而且讓他在中午的太陽下曝曬，過了中午才可以停止。他現在六、七歲，經過春天和夏天，骨肉可以重新長出來，日後也可以娶妻生子，只怕不會長壽。」

他們正說著話，門外有個少女在偷聽，看上去文靜溫柔。晏仲疑心是哥哥的女兒，便向哥哥打聽。哥哥說：「這個女孩叫湘裙，是妾的妹妹。孤身一人，無家可歸，寄養在這裡十年了。」晏仲問：「已經訂親了嗎？」哥哥答道：「還沒有。最近跟媒人商量嫁給東村的田家。」那女孩在窗外小聲地說：「我才不嫁給田家的放牛娃呢。」晏仲聽了有點動心，但不便開口明說。

過了一會兒，晏伯起身，在書房中安好床鋪，留弟弟過夜。晏仲並不願意留下來，但心中戀著湘裙，打算設法窺探一下哥哥的意思，便向哥哥告辭上床睡覺。這時正值初春時節，天氣還比較寒冷，書齋中從來沒有生過火，晏仲覺得陰森森的，身上直起雞皮疙瘩，他只好對著燭火冷清地坐著，想著能喝點酒就好了。一小會兒工夫，阿小推開門進來，把酒杯等酒具放在桌上。晏仲高興極了，問：「是誰準備的？」阿小答道：「是湘姨。」酒快喝完時，阿小又將炭灰蓋在火盆上，放到床底下。晏仲問他：「你爸媽睡了嗎？」阿小說：「已經睡了很久了。」又問：「那麼你睡在哪裡呢？」阿小答道：「我和湘姨睡在一起。」阿小等叔叔上床後，才關上門離去。晏仲想，湘裙不僅賢慧，而且善解人意，心中更加愛慕她；又覺得她還能照顧阿小，便更加堅定了娶她的想法。他在床上翻來覆去，一整夜也沒有睡著。

第二天早上起來，晏仲對哥哥說：「小弟孤身一人，沒有配偶，欲請大哥替我留意。」晏伯說：「我家不是窮苦人家，想要物色當然能找著合適的。不過就算地下有漂亮的女子，只怕會對弟弟有所不利。」晏仲說：「古代人也有鬼妻，有什麼不好的呢？」晏伯好像明白了弟弟的意思，便說道：「湘裙是個好姑娘，只要用一根大針刺她的人迎穴，如果出血不止，才可以做活人的妻子，但不能草率行事。」晏仲又說：「如果能娶湘裙照顧阿小，也是挺好的嘛。」晏伯只是搖頭。晏仲不住地請求，嫂子說：「試著把湘裙抓來，強行用針刺試驗一下，如果不行也就斷了念頭吧。」說完，握著針出門了，正好遇上湘裙，急忙捉住她的手腕，只見手上的血痕還是濕的。原來，湘裙聽到晏伯的話以後，自己早就試過了。嫂子放開湘裙的手，笑著回來告訴晏伯說：「原來這鬼丫頭早就有這份心意了，我們還替她擔心什麼？」

晏伯的妾甘氏聽說後很憤怒，趕到湘裙面前，用手指著她罵道：「不要臉的丫頭，真是不害羞！想跟阿叔私奔嗎？我一定不會讓妳如願的！」湘裙聽了，又羞愧又氣憤，哭著就要尋死，鬧得全家都沸騰起來。晏仲也覺得很不好意思，便向兄嫂告別，帶著阿小出門了。哥哥說：「弟弟，你先回家去，阿小不要讓他再回來，恐怕會傷了他的生氣。」晏仲答應了。

晏仲回到家，把阿小的年齡加了些，假稱說他是哥哥賣掉的丫鬟生下的遺腹子，鄰居們見阿小的相貌酷似晏伯，也都相信他是晏伯的遺腹子。

晏仲教阿小讀書，讓他抱著一卷書在太陽下誦讀。起初阿小覺得很辛苦，久而久之，也就習慣了。六月的暑天裡，桌子熱得燙人，而阿小一邊玩一邊讀書，倒是沒有一點怨言。阿小非常聰明，白天裡能讀完半卷書，晚上和叔叔抵足而臥，常常能背誦出來，晏仲心裡感到很安慰。又因為忘不掉湘裙，所以他也不再想續弦的事了。

一天，兩個媒人來為阿小商議娶妻的事情，但晏仲家卻沒有女子主持家務，因此心中焦躁不安。忽然，她的小嫂甘氏從外面走進來說：「阿叔不要怪我，我把湘裙送來了。當初因為這丫頭不知羞恥，我才故意羞辱她一番。阿叔如此儀表堂堂，她不嫁給你，還想嫁給什麼樣的人呢？」晏仲見湘裙站在小嫂身後，心中非常高興。他恭請小嫂坐下，說明還有客人在堂上，然後急忙走了出去，等他過一會兒再進來時，小嫂甘氏已經走了，而湘裙卸了妝進去廚房，只聽見一陣陣刀板聲，很快地，桌上就擺滿了菜肴，烹飪的水準很是不錯。

客人走了以後，晏仲回到屋裡只見湘裙又梳妝打扮坐在那裡，於是兩人交拜成禮。到了晚上，湘裙還是想和阿小一起睡覺，晏仲說：「我想用陽氣來溫暖他，他還不能離開我。」說完，就把湘裙安置在別的屋裡，只是晚上吃飯時與湘裙喝酒歡會而已。湘裙像對待自己的孩子一樣撫養晏仲前妻生的孩子，晏仲越發覺得她賢慧。

一天晚上，晏仲夫妻親熱的時候，晏仲開玩笑地問：「陰間有美人嗎？」湘裙想了很久，回答道：「我沒有見過。只是鄰家女子葳靈仙，大家認為她很美。看她的容貌和常人差不多，倒是善於打扮自己。她和我交往的時間最長，但我心中暗自看不起她的淫蕩。你如果想見她，馬上就可以把她叫來。但她這樣的人，最好不要招惹。」晏仲急於見葳靈仙一面，湘裙提起筆好像要寫信，但還是扔下筆說：「不行，不行！」晏仲再三強求，湘裙只好說：「你可不要被她迷惑了。」晏仲答應了。湘裙於是撕開紙，作了幾張像符一樣的畫，拿到門外燒了。

只一會兒工夫，門簾響動，傳來一陣吃吃的笑聲。湘裙起身拉進一個人來，只見她梳著高高的髮髻，像是畫中的美人。湘裙扶著她坐在床頭，一邊飲酒一邊談論別後的情況。開始時，葳靈仙見到晏仲，還用紅袖子掩著嘴巴，話說得不是很多；喝了幾杯酒以後，她也就無所顧忌地嬉笑起來，漸漸地伸出一隻腳踩住晏仲的衣服。晏仲意亂情迷，魂都不知飛到哪裡去了。只是礙於湘裙在眼前，而且湘裙又有意提防著他，一刻也不離開他的身邊。葳靈仙忽然站起身來，掀開簾子走了出去，湘裙跟了出去，晏仲也跟在她的後面。葳靈仙一下子握住晏仲的手，快速跑到另一間屋子裡。湘裙雖然很氣憤，但也無可奈何，只得憤憤地回到自己的屋中，聽任他們胡為了。過了一會兒，晏仲走進來，湘裙責備他道：「你不聽我的話，只怕以後你想擺脫她也不可能了。」晏仲認為是湘裙嫉妒，兩人不歡而散。

第二天，葳靈仙不等召喚就自己來了，湘裙很厭惡見到她，對她不是很客氣。葳靈仙竟然和晏仲一起出去。這樣過了幾個晚上，湘裙一見到葳靈仙來，就辱罵她，但是也不能阻止她來。

過了一個多月，晏仲一病不起，這才深深地懊悔，叫來湘裙和他住在一起，希望這樣就能避開葳靈仙了。雖然晝夜提防，但稍一鬆懈，葳靈仙又與晏仲糾纏在一起，湘裙拿起棍子趕葳靈仙，她卻忿忿地和湘裙爭鬥起來。湘裙身體弱小，手腳都被她打傷了，晏仲的病漸漸沉重起來，湘裙哭著說：「我怎麼去見我的姊姊呀！」

又過了幾天，晏仲昏沉沉地死去了。開始，只見兩個差役拿著文書進來，晏仲不知不覺地跟著他們走了。走到半路，晏仲擔心沒有路費，便邀請差役順路到他哥哥家。哥哥一見晏仲，不由地大驚失色，問道：「弟弟近來做了什麼事？」晏仲說：「沒有別的，只是染上鬼病罷了。」便把實情告訴了哥哥。晏伯說：「我知道了。」說著，拿出一包白銀，對差役說：「且請笑納，我弟弟罪不至死，請求放他回去，我叫犬子跟著去。不會有什麼不妥的。」說完，叫來阿大陪差役飲酒，自己轉身進了裡屋，把情況告訴了家人，然後讓甘氏到隔壁去把葳靈仙叫來。

不一會兒，葳靈仙來了，一見晏伯就想逃走。晏伯一把將她揪回來，罵道：「妳這個淫賤的女人！活著的時候是個蕩婦，死了變成賤鬼，被眾人看不起已經很長時間了，竟敢又去禍害我弟弟！」說完就打她，直打得葳靈仙頭髮蓬散，容顏頓改。過了好久，來了一個老婦人，趴在地上苦苦懇求。晏伯又斥責老婦人放縱女兒淫蕩，痛罵了好一陣子，才讓她帶著女兒離開。

晏伯於是送晏仲出門，飄然之間已經到了家門，徑直抵達臥室。晏仲一下子醒了過來，才知道剛才自己已經死了。晏伯責怪湘裙說：「我和妳姊姊覺得妳賢慧能幹，才讓妳跟從我弟弟，沒想到妳反而想催我弟弟早死！假如不是有名分之嫌，真該打妳一頓！」湘裙又羞愧又害怕，低聲地哭泣，向晏伯下跪謝罪。晏伯轉身看到阿小，高興地說：「我兒居然已經成為活人了！」湘裙要出去做飯，晏伯推辭說：「弟弟的事情還沒有辦妥，我沒時間多待了。」阿小已經十三歲了，漸漸知道留戀父親，見父親出來，流著眼淚跟在後面。晏伯說：「跟著叔叔最開心了，我走了以後還會再來的。」說完，一轉身就不見了，從此以後再也沒有消息往來。

後來，阿小娶了媳婦，生了一個兒子，自己活到三十歲時死了。晏仲撫養他的孤兒，就像侄子生前一樣。晏仲八十歲時，阿小的兒子也二十多歲了，晏仲就把家產分給他，讓他獨立。

湘裙沒有生孩子。一天，她對晏仲說：「我先到地下去驅趕狐狸，可以嗎？」說完，她換了盛裝，上床死去了。晏仲也不悲傷，過了半年也死去了。

異史氏說，天下像晏仲這樣對兄長如此友愛的，有幾個人啊！難怪他命不該死反而增添了陽壽。陽間斷後，陰間卻給續上，這都是由於他不忍兄長亡死的誠心感動了上天。在人世間沒有這個道理，在天上難道就有這個命數嗎？在地下生的兒子，願意繼承前代家業，想來也為數不少，只怕那些繼承了沒有後代之人產業的好兄弟，不肯收養撫恤這些孤兒吧！

【何守奇】葳靈仙一招，未免多事。

三生

湖南某人，能記得自己前生三世經歷的事情。第一世他做了地方長官，參與科舉考試的評判工作。當時有一位名士叫興于唐。考試沒有得中，心中忿忿不平，鬱悶而死。他到了陰間就寫了狀子告某人，這份狀子一遞上去，那些因為考試不中而病死的鬼，以千萬計數，推舉興于唐為首，聚集在一起。某人的魂魄被攝到陰間，與這些告狀的鬼當面對質。

閻王問道：「你既然負責審閱文章，為什麼黜退有水準的人，而讓平庸之人得以錄取？」

某人辯解道：「我上面還有主考官，我不過是奉命行事罷了。」

閻王馬上發下一支籤，派人去抓主考官。過了很久，主考官被抓來了，閻王便把某人說的話告訴主考官。

主考官說：「我只不過負責總其大成，即使有好的文章，但同考官不推薦上來，我又怎麼看得見呢？」閻王說：「這件事你們不可互相推諉，兩個人同樣是失職，按照規矩要一起打板子。」

正要對兩人施刑，興于唐對這一判罰很不滿意，放聲大哭起來，站在兩邊階下的冤鬼們也齊聲回應。閻王問怎麼回事，興于唐爭辯道：「打板子太輕了，一定要把他們的兩隻眼睛挖掉，作為他們不識文章好壞的報應。」閻王不肯答應，眾鬼越發厲害地喊叫。閻王說：「他們並不是不想得到好文章，只是他們的水準太差罷了。」眾鬼又請求挖出他們的心來。閻王迫不得已，讓人脫去他們的官服，用雪亮的刀剖開胸膛，兩人鮮血直流，嘶聲慘叫。眾鬼這才覺得大快，都說：「我們這些人在九泉之下含冤受屈，沒有人能替我們出這口氣，如今全靠興先生，讓我們的怨氣都消了。」說完，一哄而散。

某人被剖心以後，差役將他押往陝西，投生到一個普通人家當兒子。他二十多歲時，正值當地鬧土匪，他又陷身在土匪群中，有位將軍前往平定賊寇，抓住很多土匪，某人也在其中。某人心裡還想，反正自己不是賊，希望能夠說明情況，獲得釋放。等他見了堂上坐著的官員，也是二十多歲的年紀，再仔細一看，原來就是興于唐，他不由大吃一驚，說：「我命該絕了！」過了一會兒，俘虜全都被釋放了，只剩下某人，興于唐不容他辯解，竟然就將他斬了首。

某人到了陰間，投狀子告興于唐。閻王不馬上拘捕興于唐，要等他的祿命盡了。這樣，推遲了三十年，興于唐才來到，與某人當面對質。興于唐以草菅人命罪，被罰作畜牲。閻王又檢查某人的所作所為，發現他曾打過父母，罪孽和興于唐差不多。某人唯恐來生再有什麼報應，請求轉世做大牲畜。閻王便將他判為大狗，而興于唐為小狗。

某人出生在北順天府的集市上。一天，他正臥在街頭，有個客人從南方來，帶著一條金毛犬，和狸貓差不多大。某人一看，原來是興于唐。某人見牠很小，好欺負，便撲上去咬牠。那小狗反過來咬在某人的喉下，像是繫在牠脖子上的鈴鐺，直咬得大狗左右亂擺，嗥叫著到處亂竄，集市上的人想把牠們分開也不行。一會兒工夫，兩隻狗都死了。

兩人一起來到陰曹地府告狀，各執一詞，爭論不休。閻王說：「你們這樣冤冤相報，什麼時候才能結束呢？我今天替你們化解了吧。」於是判定興于唐來世做某人的女婿。

某人投生到慶雲府，二十八歲時中了舉人，他生有一個女兒，性情嫻淑文靜，容貌姣好，當地的世族爭相和某人訂親，某人全都不答應。偶然有一次，他經過鄰近郡城，正碰上學使在為考生評判試卷，取在第一卷的考生姓李，實際上就是興于唐。某人便將他拉到旅舍，給他優厚的招待，並問他成家沒有，而他恰好沒有結婚，於是兩人訂了婚事。旁人都認為某人是愛惜人才，卻不知他們有一段宿緣。興于唐將某人的女兒娶回去，夫妻倆相得甚歡。

但是女婿自恃有才，動不動就欺侮岳父，常常一、兩年不到某人家拜望。某人也能夠容忍他。後來，女婿中年時命運窘迫，苦於不能夠中第，岳父為他千方百計地打點，這才使他在名利場上得志。從此以後，兩人和好，如同父子一般。

異史氏說，一世被黜，竟然使得三世都不能和解，怨毒之情竟然厲害到如此地步！閻王調停的方法雖然妥善，但是殿階下千萬大眾，如此紛紛不安，不也是天下人的愛婿，卻都在陰曹地府中悲憤號叫嗎？

【何守奇】此亦不得志於時者之言。

【但明倫】譏仙似過刻，然君子必取之而常以為鑒。

長亭

石太璞是泰山人，喜歡用畫符來驅趕鬼神的法術。有一個道士碰到他，很賞識他的聰慧，將他收做徒弟。道士打開書匣，從中取出兩卷書，上卷專門講驅狐，下卷專門講驅鬼。道士便將下卷交給他，說：「只要你能虔誠地學好這本書上講的法術，你一生的衣食美女就都有了。」石太璞問他的姓名，道士說：「我是汴城北村玄帝觀的王赤城。」石太璞留道士住了幾天，道士把驅除鬼神的秘訣全都傳授給他。石太璞從此以後精通了驅鬼的法術，上門給他送禮的人接踵而至。

一天，來了個老頭，自稱姓翁，炫耀地擺開許多錢財，說他的女兒被鬼纏身，已經病得快死了，一定要請石太璞親自上門解救。石太璞聽說他女兒病危，堅決不肯接受錢財，就和老頭一起上路了。

走了十幾里路，他們進入一座山村，來到翁老頭家，只見他家房屋很華麗美觀。石太璞進到室內，見一個少女躺在紗帳裡，丫鬟用帳鉤把帳子掛起來，石太璞向裡一看，那少女十四、五歲的樣子，精神委靡地躺在床上，面容枯槁，身體消瘦。石太璞剛走近前，少女忽然睜開眼睛，說道：「良醫來啦。」全家人都很高興，說她已經好幾天不說話了，石太璞於是走出屋子，詢問少女的病情。

翁老頭說：「白天能見到一個少年前來，跟她在一起睡覺，要捉他時已經不見了。但不一會兒他又回來，

我們猜他可能是鬼。」

石太璞說：「要真是鬼，趕走他並不困難，只怕他是狐狸，那可不是我能解決的問題了。」

翁老頭說：「肯定不是狐狸，肯定不是。」

石太璞把一道符交給翁老頭，當天晚上就住在了他家。到了半夜，有一個少年進來，穿戴得很是齊整。石太璞以為是主人的家屬，便起身詢問。那少年說：「我是鬼，翁老頭一家都是狐狸。我偶然間喜歡上他的女兒紅亭，才停留在他家。鬼迷惑狐狸，並不傷陰德，您又何必離間我們的姻緣而袒護她家呢？紅亭的姊姊長亭，長得更加豔光照人，我一直虔誠地保全她的身體，等待高明賢良的人。他家如果答應將長亭許配給您，您才可以替紅亭治病，到那時我自然會離去。」石太璞答應了他。這一夜，少年沒有再來，紅亭頓時醒過來了。

天亮以後，翁老頭很高興，來告訴石太璞，請他進去診視。石太璞將原來那道符燒掉，才坐下來為紅亭診斷。只見繡幕後面有一位女郎，美得像是仙女，石太璞心裡知道她就是長亭。診斷完畢，石太璞索要清水灑帳，那女郎急忙端來一碗水交給他。只見她輕舉蓮步，風韻動人，眉目傳情，到了這個時候，石太璞的心思已經全不在鬼上了。他出了內室，向翁老頭告辭，假稱要去製藥，好幾天都不回來。

那鬼趁石太璞不在，更加放肆，除了長亭以外，翁家的媳婦丫鬟，全都被他迷惑姦淫了。翁老頭又讓僕人騎著馬去請石太璞，他卻推說有病，不肯前往。第二天，翁老頭又親自趕來。石太璞故意裝作腿上有病的樣子，拄著拐杖走出來。翁老頭行完禮，問他怎麼得的病。

石太璞說：「這就是獨身一人的難處啊！昨天晚上丫鬟上床時，不留神跌倒，把湯婆子打翻，把我兩隻腳燙傷了。」

翁老頭問：「那你為什麼這麼久不續娶一房呢？」

石太璞說：「只恨碰不上像您家這樣清高的門第呀。」

翁老頭聽了，默默地走出了門。石太璞趕出來相送，說道：「等我病好了自然會去，就不勞您再跑了。」

又過了幾天，翁老頭又來了，石太璞跛著腳見他。翁老頭慰問了幾句，接著說：「我來之前和老伴商量過了，你如果能將鬼趕走，讓我們全家恢復安寧，我家女兒長亭今年十七歲了，願意讓她做您的妻子。」石太璞聽了，十分高興，趴在地上叩頭，並對翁老頭說：「您有如此美意，我又怎麼敢顧惜病體？」說完立刻出門，和翁老頭一同上馬而去。

石太璞來到翁家，看完病人，生怕翁家會背叛信約，便請求和老太太簽訂婚約。老太太急忙出來說：「先生怎麼懷疑我們呢？」說完，就將長亭頭上插的一支金簪交給石太璞作為信物。石太璞高興地接了過來，然後又將翁家人全都叫來，替她們驅除了邪氣。家中只有長亭一個人深藏不露蹤跡。石太璞於是寫了一道佩符，派人拿去送給她。這天夜裡，寂靜無聲，鬼的蹤影全無，只聽見紅亭還在呻吟，石太璞往她身上灑了法水，病一下子就好了。

第二天早上，石太璞準備辭行，翁老頭懇切地挽留他。到了晚上，擺上豐盛的酒席，極為殷勤地請他喝酒。直到二更天時，主人才向客人告辭去了。石太璞剛剛上床，就聽到急促的敲門聲。他起來一看，只見長亭閃身進來，說話的口氣非常急迫，說：「我家人想拿刀殺你，你趕緊逃跑吧！」說完，就轉身走了。石太璞戰戰兢兢，嚇得面無人色，急忙跳過牆逃竄。遠遠地看見有火光，他迅速地奔過去，原來是他村裡夜間打獵的人，石太璞很高興，等他們打獵完畢，就跟著一起回家了。他心中滿含怨憤，卻也無處發洩；想要到汴城去找王赤城，無奈家中還有老父，臥病在床已經很久了。他日夜籌畫思量，也不知道怎麼辦才好。

忽然有一天，兩輛車子來到門前，原來是翁家老太太送長亭來了，她對石太璞說：「那天夜裡回來以後，怎麼再也不上我家來呢？」石太璞一見長亭，心中的怨恨全都消了，所以也就忍住不發作了。老太太催促兩人就在庭院裡拜了天地。石太璞準備設宴招待，老太太說：「我不是清閒的人，不能在這享受美食了。

我家老頭子是個老糊塗，如果有什麼不妥的地方，請郎君為了長亭，念在老身的份上，不要計較，我也就深感榮幸了。」說完，便上車走了。

原來，殺女婿的想法，老太太並不知情，等到老頭追殺不成回到家中，老太太才知道這事，心中很是不高興，天天和老頭吵架。長亭也流淚，不肯吃飯。老太太硬是將女兒送來，並不是老頭的主意。長亭進門以後，石太璞盤問她，才知道其中的實情。

過了兩、三個月，翁家將女兒接回去省親。石太璞料想長亭去了就不會回來，便阻止她不讓走，長亭從此不時地傷心流淚。過了一年多，長亭生下一個兒子，名叫慧兒，雇了一個奶媽餵著她。但慧兒愛哭，夜裡一定要跟媽媽睡。

一天，翁家又派車來接長亭，說是老太太想女兒想得很厲害。長亭聽了，更加悲傷，石太璞也就不忍心再留她了。長亭想帶兒子回家，石太璞不同意，長亭只好一個人回去了。臨別的時候，說好一個月就回來，但過了半年，卻沒有一點音訊。石太璞派人去打聽，翁家原來租住的房子早就沒人住了。又過了兩年多，石太璞的希望和幻想都破滅了，而慧兒還是整夜啼哭，石太璞的心像刀割一樣。不久父親病逝，他更是悲傷不已，自己也病倒了，居喪時病情加重，連賓客朋友來弔唁也不能接待。

石太璞正在昏昏沉沉之際，忽然聽見有婦人哭著進來，他抬頭一看，原來是穿著一身孝服的長亭，他心中大為悲傷，大哭一聲就昏死過去。丫鬟嚇得驚叫起來，長亭這才停止哭泣，輕輕地撫弄了好久，石太璞才漸漸地甦醒過來。他懷疑自己已經死了，以為大家是在陰間相聚。長亭說：「不是。是我不孝，不能討得老父的歡心。回家三年，他也不讓我回來，確實辜負了你，恰好家人從海東經過這裡，這才得知公公去世的消息，我遵照父親的指示，雖然斷絕了兒女私情，但也不敢聽他不合理的命令，喪失身為兒媳的禮節。我來的時候，我母親知道但父親不知道。」說話之間，慧兒已經鑽到母親的懷中。長亭說完，才撫摸著慧兒，哭著說道：「我倒有父親，可憐我兒卻沒有媽媽啊！」慧兒也嚎啕大哭起來，一屋子的人都掩面而泣。

長亭站起身來，開始料理家務，在靈柩前擺下完備乾淨的祭品，石太璞心中大感安慰。但由於他病了很久，一下子也不能起床。長亭於是請石太璞的表兄代為接待前來弔唁的賓客。喪禮結束以後，石太璞才拄著拐杖能起床了，與長亭一起商量下葬老父的事情。安葬完畢，長亭準備告辭回家，去接受父親對她違抗父命的譴責。石太璞拉著她不放，慧兒大哭不止，她只好暫時忍著不回去了。過了不久，有人來告訴長亭說她母親病了。長亭於是對石太璞說：「我是為你父親而來的，夫君難道不能為了我的母親放我回去嗎？」石太璞答應了她的要求。長亭於是讓奶媽抱著慧兒到別的地方去玩，她自己流著眼淚出門而去。長亭走了以後，好幾年都沒有回來，石太璞父子漸漸地已經把她忘了。

一天，天剛亮，石太璞打開窗戶，長亭飄然而至。石太璞大為驚駭，剛要發問，長亭滿臉憂愁地坐在床上，嘆息著說：「我從小在閨閣中長大，一里地都覺得很遙遠，如今一天一夜就奔行上千里，真是累死了！」石太璞細細地盤問她，長亭欲言又止。石太璞堅持要她說出來，長亭才哭著說：「今天我要對你說的事，恐怕是令我傷悲，卻讓你感到痛快的事。近年來，我家搬到山西境內，借居在趙員外的家中。主客兩家交往十分友善，父親就把紅亭嫁給了趙公子，不料趙公子散漫放蕩，弄得家庭很不和睦。妹妹回家告訴父親，父親把她留在家中，過了半年也不讓她回去。趙公子又氣又恨，不知從什麼地方請來一個惡人，叫來神仙將父親連捆帶鎖地抓走了。全家人都很害怕，頃刻間就四處逃散了。」石太璞聽完，情不自禁地笑了起來。長亭生氣地說：「他雖然不夠仁慈，畢竟還是我的父親。我和你結婚幾年，只有相好，並無互相怨恨。今天我人亡家破，上百口人流離失所，你縱然不替我父親傷心，難道不為我表示一點同情嗎？聽了以後，你竟然高興得手舞足蹈，更沒有說一兩句安慰我的話，真是何等沒有情義啊！」說完，長亭拂袖而去。石太璞急忙追出去賠禮道歉，長亭已經消失得無影無蹤了。石太璞心中悵然若失，很是後悔，豁出去了要和長亭徹底分手。

過了兩、三天，翁老太和女兒一起來了，石太璞見了，高興地上前慰問。翁家母女突然一起跪在地上，石太璞大吃一驚，忙問是怎麼回事，母女兩人都哭了起來。

長亭說：「那天我賭氣走掉了，現在卻又不能堅持，還是想來求你，又有什麼臉面呢？」

石太璞說：「岳父雖然不是個人，但是岳母大人的恩惠，妳的情意，我是不會忘記的。不過，聽到他遇到禍事就高興起來，這也是人之常情，妳當時為什麼不能稍微忍一下呢？」

長亭說：「剛才我在路上遇到母親，才知道抓走我父親的，原來就是你的師父。」

石太璞說：「果真如此的話，那就太容易了，但是，如果妳父親回不來，就是你們父女離散；只恐怕他回來以後，會讓妳的丈夫哭泣、兒子悲傷啊！」

翁老太聽完，發誓表明心跡，長亭也發誓說要報答。石太璞於是立即準備行裝前往汴城，找到了玄帝觀，王赤城剛回來不久。石太璞進門參見師父，王赤城便問他，「你來幹什麼？」石太璞見灶下有一隻老狐狸，前腿被繩子穿透綁著，便笑著說：「弟子此次前來，就是為了這隻老妖精。」王赤城問他是怎麼回事，石太璞答道：「牠是我的岳父。」接著便將實情告訴了師父。王赤城說這隻狐狸陰險狡詐，不肯輕易就放了牠。石太璞再三請求，這才答應了。石太璞於是詳細敘述了他岳父狡詐的行為，狐狸聽了，將自己的身子塞到灶膛裡，好像心中有愧的樣子。王赤城笑著說：「看來牠的羞恥之心倒還沒有全部喪失。」石太璞站起來，牽著狐狸出了門，用刀割斷繩索並往外抽。狐狸疼死了，牙齒咬得格格作響。石太璞不一下子就抽出來，而是一停一頓地往外抽，還笑著問：「岳父大人疼嗎？不抽可以嗎？」狐狸的眼睛裡閃著光，好像生氣的樣子。等繩子解開了，狐狸就搖著尾巴出觀而去。

石太璞向師父辭別回家。三天前，已經有人報信說老頭被釋放了，翁老太便一個人先走了，留下長亭等石太璞。石太璞剛一到家，長亭就迎上前跪倒在地。

石太璞將她拉起來，說：「妳如果不忘我們的夫妻之情，倒不必如此的感激我。」

長亭說：「現在我家又搬回原來的地方住了，離這也不遠，音訊也不至於困阻了。我想回家看望一下我父親，三天後就回來，你能相信我嗎？」

石太璞說：「慧兒生下來就沒有母親的照顧，也沒有夭折；我長時間一個人住，已經習慣了。如今我不像趙公子，反而以德相報，對妳可以說做到仁至義盡了。如果妳不回來，就是負義。兩個村子雖然離得很近，我也不會再去找妳了，何必信不信妳呢？」

長亭第二天離去，只兩天就回來了。石太璞問道：「為什麼這麼快就回來？」長亭說：「父親因為你在汴城時曾經戲弄他，一直不能忘懷，整天絮絮叨叨的，我不想再聽下去，就早回來了。」從此以後，長亭和她母親的往來倒是不斷，但翁老頭和石太璞之間還是互不問候。

異史氏說，狐狸生性反覆無常、陰險狡詐到極點。在悔婚這件事上，兩個女兒簡直如出一轍，牠的狡猾也就可想而知了。但是，石太璞用要脅的方法娶了長亭，使得翁老頭一開始就有悔婚的想法。而且身為女婿，既然因為愛長亭而去救她父親，只應該將往日的仇怨擱在一邊，用仁義來感化牠，不應該在危急的時候還戲弄牠，難怪翁老頭沒齒不忘這個恥辱啊！天底下岳父女婿不能和睦相處，情況和這個故事很相似。

【何守奇】有挾而求，石固未是；以怨報德，翁斯忍矣。至狐仍畏鬼，似亦創聞。

席方平

席方平是湖南東安人。他的父親名叫席廉，生性迂直誠實，因而與街坊上姓羊的富戶人家有仇冤。姓

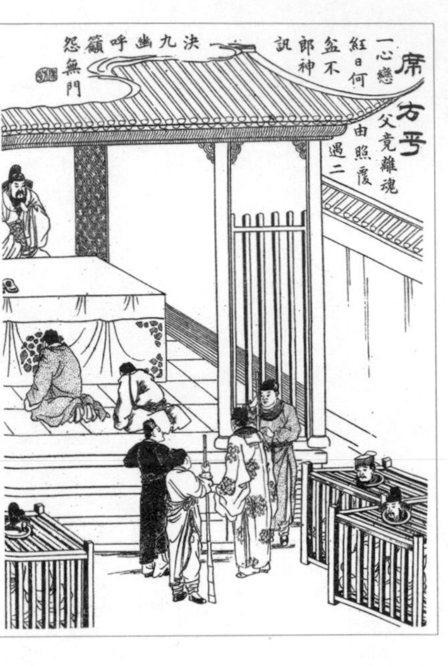

羊的先死了，過了幾年，席廉病重，臨終前對家人說：「羊某現在買通了陰間差役鞭打我呢。」過了不久，就渾身紅腫，大聲慘叫著死去了。

席方平悲痛得吃不下飯，他說：「我父親是個老實人，不善言詞，如今被強橫的鬼欺凌，我要到陰曹地府，代我父親去伸冤。」從此以後，他時而坐著，時而站著，樣子像是癡呆了，原來他的靈魂已經出竅了。

他覺得自己剛出家門，不知道上哪能找到他父親，只要在路上看見行人，就詢問縣城在什麼地方。沒多久他進了城，知道父親已經被關在獄中。於是來到牢房門口，遠遠看見父親躺在屋簷下，看上去疲憊不堪。席廉抬眼看見兒子，一下子流出眼淚，對他說：「獄吏都被買通了，沒日沒夜地拷打我，兩腿已經被摧殘得很厲害了！」

席方平聽完大怒，大罵那些獄吏，「父親如果有罪，自然有王法，哪裡能容你們這些死鬼任意操縱！」然後他出了監獄，抽出筆來寫了份狀子。

寫完後，正碰上縣城隍早上升堂，席方平便口喊冤枉，將狀子投進去。那姓羊的得知後心裡害怕，又裡裡外外賄賂打點以後，才出來和他對質。縣城隍認為席方平控告沒有證據，說他沒道理。

他一腔怨氣無處發洩，連夜走了一百多里黑路。到了郡城，將縣城隍差役的種種劣跡，向府城隍告了一狀。拖了半個月，狀子才得到審理。府城隍將他打了一頓板子，仍舊將案子交回縣城隍複審。席方平被押到縣衙，受盡了各種刑罰，悲慘的冤情得不到申訴。縣城隍唯恐他再上訴，就派差役將他押送回家。差役送到門口，就離去了。

席方平不甘心就這樣回家，又偷偷地跑到閻王府去，控訴郡縣城隍的殘酷貪婪。閻王馬上將郡、縣城隍拘來對質。這兩個地隍秘密派遣心腹，來和席方平說情，答應給他一千兩金子，席方平不予理會。

過了幾天，旅店的主人對他說：「您賭氣得太過分了，連官府來跟您講和都堅決不答應。我聽說他們在閻王面前都送了成箱的禮物，恐怕這事不太妙了。」席方平只把他的話當作風言風語，並不是很相信。

不多會兒，有個穿著黑衣的差役來傳他過堂。他一上堂，只見閻王臉露怒色，不容他爭辯，就命令打他二十大板，席方平大聲問道：「小人有什麼罪。」閻王面無表情，好像沒有聽見。席方平挨著板子，喊道：「這板子應該打，誰叫我沒有錢啊！」閻王更加惱怒，命人擺上火床。

兩個小鬼將席方平揪下堂，只見東邊臺階上放了一張鐵床，下面烈火熊熊，床面上被燒得通紅。小鬼脫掉席方平的衣服，將他扔到床上，反覆地揉捺他。他痛徹心肺，骨頭皮肉都給烤得焦黑了，只恨不能一下子死掉。約莫過了一個時辰，小鬼說：「可以了。」就把他扶起來，催他下床穿上衣服，幸好還能一跛一跛地走路。

他又被帶到堂上，閻王問道：「你還敢再告狀嗎？」他說：「這麼大的冤枉還沒有昭雪，我的心就不會死。如果我說不告了，那就是欺騙您，我一定要告！」閻王又問：「你要告什麼？」席方平說：「我親身經歷的事情都要說出來。」閻王又發怒，命令用鋸子鋸他的身體。兩個小鬼把他拉出去，只見一根八、九尺高的木柱，有兩塊木板在柱子上立著，上下都是血跡模糊。剛要將他捆起來，忽然堂上高喊「席方平」，兩個小鬼把他重新押回去。閻王又問他：「你還敢告狀嗎？」他回答說：「我一定要告！」閻王命令將他捉下去馬上鋸開。

等下了殿堂，小鬼就用兩塊木板將席方平夾住，將他捆在木柱上。鋸子才拉下來，他就覺得腦殼漸漸鋸開了，痛得實在忍不住，但是他也硬忍住不喊出聲來，只聽小鬼說：「這真是條漢子啊！」鋸子呼隆呼隆地一會兒就鋸到了胸口。又聽一個小鬼說：「這個人很孝順，又沒有罪，鋸得稍微偏一點，不要弄壞他的心。」他就覺得鋸鋒歪斜著往下走，更感到痛苦不堪。過了一會兒，人就被鋸成了兩半。繩子一解開，兩半身子都跌落在地上。

小鬼上堂去大聲報告，堂上傳下話來，叫人將席方平的身子合起來拉上堂去。兩個小鬼就把他的身子推起來合上，拖著他往上走。席方平覺得從上到下一條鋸縫，疼得像要重新裂開，剛走了半步就摔倒了。一個小鬼從腰間抽出一條絲帶遞給他說：「送給你這條絲帶，來表彰你的孝心。」他接過帶子往腰上一繫，全身頓時覺得很舒服，一點也不痛苦了。他走上堂去，趴倒在地。閻王還用剛才的話問他，他深怕再遭毒手，便答道：「不告了。」閻王馬上下令將他送回陽界。差役們帶著他出了北門，指點他回去的路，然後轉身離去了。

席方平想，陰曹地府比陽間官府還要黑暗，無奈沒有辦法讓玉皇大帝知道這些。世人傳說灌口的二郎神是玉皇大帝的親戚，為神聰明正直，上他那告狀，應該能達到目的。他暗自高興那兩個差役已經離去了，便轉身向南走。正匆匆地趕路，有兩個人追了上來，說：「大王懷疑你不會回去，如今果然不錯！」便將他抓回去見閻王。

席方平暗暗想，這次閻王會更加發怒，受到的禍害會更慘。不料，閻王一點怒容也沒有，對他說：「你確實很孝順。但是你父親的冤屈，我已經替他昭雪了。如今已經到富貴人家投胎了，哪裡還要你到處鳴冤呢？現在送你回家，賜你千金的家產、百歲的壽命，能滿足你的願望嗎？」說完，便寫在生死簿上，蓋上了大印，讓他親自過目。席方平道謝以後，下了堂。

小鬼跟他一起出門，一到路上，便趕他往前走，罵道：「你這個奸猾的賊！頻頻地生出事端，害得我們跟著奔波，累得要死。如果再犯，我們就把你捉進大磨子裡，細細地磨你！」席方平圓瞪雙眼，喝斥道：「你們這些小鬼想幹什麼！我天生就喜刀砍鋸扯，不耐煩打板子。咱們一塊回去見閻王，他如果讓我自己回家，又何必煩勞你們送我！」說完，就往回跑。那兩個小鬼很害怕，就好言好語勸他回去。席方平故意裝作腳不便，走得很慢，走幾步，就停在路邊休息。小鬼心中發火，但也不敢再說什麼了。

大概走了半天，到了一個村莊。有一家門半開著，小鬼拉他一塊坐下，他就坐在門檻上，小鬼趁他不備，把他推到門裡去了。他驚魂甫定，一看，自己已經變成了一個嬰兒。他生氣地放聲啼哭，不吃奶，才三天就死掉了。

他的靈魂飄飄搖搖，念念不忘要去灌口。約莫跑了有幾十里地，忽然見一輛五彩裝飾的車子過來，旗子和長槍橫在路上。他穿過道路想避開車隊，不料還是沖犯了儀仗隊，被前導的馬隊抓住，捆起來後送到那車子前面。

席方平抬頭一看，只見車裡坐了一個青年，儀表堂堂，很是魁偉。那人問席方平：「你是什麼人？」席方平滿腔冤屈、憤怒正無處發洩，而且猜測他一定是個大官，或許能夠行使權力，於是詳細地控訴了自己所遭受的苦難。車裡的青年命令給他鬆綁，讓他跟在車隊後面走。

不一會兒，來到一個地方，路邊上有十幾個官員前來迎接，那青年跟他們一一打招呼。然後，他指著席方平對一個官員說：「這個是下方的人，正要到你那去告狀，應該馬上替他明斷是非。」席方平向侍從一問，才知道車子裡面坐的是玉皇大帝的皇子九王爺，他囑咐的官員就是二郎神。席方平看那二郎神，身軀修長，長著絡腮鬍，並不像世間傳說的那樣。

九王爺離開後，席方平跟著二郎神來到一處衙門，只見他父親和那姓羊的，以及那些陰曹地府的差役都在。過了一會兒，從囚車裡又走出來幾個人，卻是閻王以及郡城隍和縣城隍。經過當堂的對質，席方平所說的都不假。那三個官員嚇得戰戰兢兢，像是趴在地上的老鼠。二郎神提起筆，馬上作了判決。

沒多久，堂上傳下判詞，命令涉及此案的人一同來看，判決如下：

查得閻王：擔任地府的王爵，身受玉皇大帝的恩賜。本來應該廉潔奉公，作為官僚們的表率，不應當貪贓枉法，招來非議。耀武揚威，徒然誇耀自己官爵的尊貴，狠毒貪妄，竟然玷辱人臣的操守。斧砍刀削，剝削敲詐，弱小的百姓的皮骨都被榨盡了；像鯨吞魚食一樣，恃強凌弱，百姓的生命像螻蟻一樣可憐。只當引來西江的水，為你洗腸子；就應燒紅東牆的鐵床，請你嘗嘗作法自斃的滋味。

郡城隍、縣城隍：身為百姓的父母官，奉上帝的命令來管理民眾。雖然官職低微，但是鞠躬盡瘁的人不避折腰；即使有時被上司的勢力逼迫，但有志氣的人不應該屈服。但你們上下勾結，像凶惡的鷹鷙，不顧念百姓的貧困；又飛揚跋扈，像狡猾的猴子，連瘦弱的餓鬼也不放過。只會貪贓枉法，真是人面獸心！就應該將你們剔骨髓，刮毛髮，暫且處以陰間死刑；應該剝去人皮，換上獸皮，轉世投胎成畜牲。

差役：既然在陰曹地府當差，就不是人類。只應該在衙門裡做善事，或許還能再生為人；怎麼可以在苦海中興風作浪，更加犯下彌天大罪？恃強橫暴，臉上像蒙上了霜一樣冷酷無情；橫衝直撞，瘋狂號叫，像猛虎一樣堵住了大道。在陰間大發淫威，使人們都知道獄吏的尊貴；助長昏官的殘酷暴虐，使大家都像怕屠伯一樣害怕昏官。應當在法場上，剁掉你們的四肢，更扔到大鍋裡熬煮，撈出你們的筋骨。

羊某：為富不仁，狡猾多詐。用金錢的閃光籠罩整個地府，使閻羅殿上盡是陰暗的風沙；銅臭熏天，使枉死城中全無日月的光華。殘餘的銅臭還能夠驅使小鬼，力大簡直可以通神。應該查抄沒收羊氏的家產，來獎賞孝順的席方平。以上罪犯馬上押赴東嶽大帝那裡施行刑罰。

二郎神又對席廉說：「念你兒子孝順，有義氣，你生性善良而懦弱，再賜給你陽間壽命三十六年。」然後，就派兩個人送他們回家。席方平便抄下判決書，一路上父子倆共同誦讀。

到了家，席方平先甦醒過來，讓家人打開父親的棺材來看，僵冷的屍體還像冰一樣，等了整整一天，身體漸漸溫暖，復活過來了，等再找那份判決書，卻已經沒有了。

從此以後，席家日益富裕起來，三年的工夫，良田遍地都是。而羊家的子孫後代卻衰敗了，樓房田產都被席家擁有。鄉里的人有的想買他家的田產，夜裡夢見神人喝斥道：「這是席家的東西，你怎麼能夠擁有！」一開始，並不很相信，等到耕種以後，一年下來卻顆粒無收，只好又賣給席方平家。席方平的父親活到九十多歲才去世。

異史氏說，人人都說有西方極樂世界，卻不知道生和死是兩個世界，意識知覺都模糊了，而且不知道從什麼地方來，又不知道到什麼地方去，何況還有死而又死、生而又生的變化呢？忠誠孝順的志向確定了，就永遠也不會改變。奇特啊，席方平，是多麼的偉大！

【何守奇】人言冥府無私者妄也。冥府無私，寧尚有埋憂地下者哉！千金期頤，皆可以為賄祝之具，以是知陽世顛倒，皆冥府之憒憒有以致之也。

【但明倫】赴地下而訴，至冥王力已竭矣，冤可伸矣；乃關說不通，而私函密進，錢神當道，木偶登堂，甚且臥以焦肉之床，辟以解身之鋸。壯哉此漢！毒矣斯刑！

素秋

俞慎，字謹庵，是順天府的世家子弟。一次，他赴京趕考，住在城外，時常見到對面人家的一個年輕人，丰姿俊拔，面如美玉。俞慎心裡很喜歡他，漸漸地與他接近交談，更覺得他風流高雅，談吐不俗。俞慎大為高興，便拉著他的手，邀請到自己的住所，擺下酒宴款待他，問起姓名，年輕人自稱是金陵人，姓俞，名士忱，字恂九。俞慎一聽他和自己同姓，更加覺得親近，於是和他結拜為兄弟，那年輕人於是把「士」字去掉，單名俞忱。

第二天，俞慎來到俞忱家拜望，只見他家書齋房舍很是整潔，但是門庭頗為冷落，連個僕人也沒有。俞忱領著俞慎進到內室，叫妹妹出來拜見，只見她大約十三、四歲的年紀，肌膚晶瑩潔白，就連粉玉也無法相比。過了一會兒，她端上茶來遞給俞慎，可見家裡也沒有丫鬟僕婦。俞慎感到很奇怪，說了幾句話就告辭走了。

從此以後，俞慎和俞忱便像親兄弟一樣友愛。俞忱沒有哪一天不到俞慎的住所，有時要留他一起睡覺，俞忱就推辭說妹妹還小沒有人照顧。俞慎說：「我弟離家千里，流落至此，竟然沒有一個應門的童僕，你們兄妹二人又很柔弱，要以什麼為生呢？我想，你們不如跟我回去，我倒是有間房可以讓你們兄妹一起居住，怎麼樣？」俞忱聽了很高興，約定考試後前往。

考試結束後，俞忱邀請俞慎去他那，說：「時值中秋佳節，月光亮如白晝，我妹妹素秋已經準備好酒菜，希望不要辜負了她的好意。」說著，就拉著俞慎進了內室。素秋出來，略微寒暄了幾句，便走進套間，放下簾子，準備酒席。不一會兒，她親自出來端上酒菜。俞慎起身說道：「讓妹子如此操勞，我怎麼忍心呢？」素秋笑著進去了。一會兒工夫，門簾撩起，卻見一個身穿青衣的丫鬟捧著酒壺走出來，又有一個老婦人托著一盤魚端上來。

俞慎驚訝地說：「這些人從哪裡來的？為什麼不早點幹活，勞煩妹子親自動手？」

俞忱微笑著說：「素秋又在作怪了。」

只聽見簾子裡傳來吃吃的笑聲，俞慎弄不明白是怎麼回事。等到酒宴結束，丫鬟僕婦來撤席，恰好俞慎咳嗽，唾液不小心沾到丫鬟的衣服上。那丫鬟唾液一上身就倒下了，碗砸得粉碎，湯流了一地。再看那丫鬟，原來是用帛剪的小人，只有四寸大小，俞忱大笑。素秋笑著走出來，拾起小人走了。過了一會兒，丫鬟又走出來，像剛才一樣行走自如。俞慎大為驚異，俞忱說：「這不過是妹子小時候向紫姑神學的一些雕蟲小技罷了。」

俞慎於是問道：「你們兄妹都已經長大成人，為什麼還沒有婚嫁呢？」

俞忱答道：「父母去世以後，我們連個固定的住所都沒有，所以遲遲不能決定婚事。」

俞慎便和他商定出發的日子，俞忱賣掉房子，帶上妹妹和俞慎一起西行來到順天府。到了家，俞慎打掃好房間讓他們住下，又派了一個丫鬟服侍他們兄妹。俞慎的妻子是韓侍郎的侄女，特別喜歡素秋，常和她一起吃飯，俞慎和俞忱也是這樣。

俞忱非常聰明，讀書一目十行，試著做一篇文章，就連老學究也比不上他。俞慎勸他去考秀才，俞忱說：「我姑且做這些事，只不過是看你讀書很累，替你分擔一點罷了，我自知福氣很淺，不會在仕途上有什麼進展。而且一旦走上這條路，就不能不為了一點得失而憂心忡忡，所以我不想去考。」

過了三年，俞慎考試又落了榜。俞忱很是為他不平，激奮他說：「在榜上占據一席，怎麼會艱難到如此地步呢！起初我不想為成敗所迷惑，所以寧願默默無聞，今日見大哥不能高中揚名，心中不覺發熱。我這個十九歲的老童生，也要像馬駒一樣馳騁考場了。」

俞慎很高興，到了考試的日子便送他去考場，在縣、郡、道的考試中，他都考了第一名。於是，俞忱越發和俞慎一起刻苦攻讀。第二年，兩人一起參加考試，並列為郡縣冠軍。俞忱於是聲名大噪，遠近的許多人家都想和他結親，俞忱一一拒絕了。俞慎竭力勸他答應，他才推託說等考試結束後再商量。過了不久，考試結束，傾慕俞忱文采的人爭相抄錄他的文章，互相傳頌，連俞忱自己也覺得考個第二名他都不屑一顧。等到放榜，俞氏兄弟兩人卻都落榜了。

當時兩人正在對飲，聽到這個消息，俞慎還能強顏歡笑，但俞忱卻大驚失色，手中的酒杯打翻掉在地上，身子也撲倒在桌子下面。俞慎將他扶到床上躺下，他的病情已經很危急了。俞慎急忙把素秋叫來，俞忱睜開眼睛，對俞慎說：「我們兩人雖然親如手足，實際上並非同族。我自己感覺已經上了閻王的鬼簿了，多年來一直受你的恩惠，無法報答，素秋已經長大成人，承蒙嫂夫人撫愛有加，就讓她做你的妾吧。」俞慎臉色一變，說道：「弟弟真是胡言亂語！難道要讓人罵我是衣冠禽獸嗎？」俞忱感動得流下眼淚。

俞慎馬上重金替他買來上好的棺材，俞忱讓人抬到床前，竭盡全力爬進去，囑咐素秋說：「我死後，馬上將棺材蓋上，不要讓人打開來看。」俞慎還想再說點什麼，俞忱的眼睛已經閉上了。俞慎十分哀傷，就像死了親兄弟一樣。但他暗自懷疑俞忱的遺言有些奇怪，便趁素秋外出的機會，打開棺材來看，只見棺材裡的袍服好像蛇蛻下來的皮，掀起來一看，卻是一條一尺左右的書蟲，僵臥在那裡。俞慎正在驚異之間，素秋急促地走進來，神色淒慘地說：「兄弟之間有什麼好隱瞞的？之所以這樣做，並不是有意迴避兄長，只是怕這件事張揚出去，我也不能長久地住下去了。」俞慎說：「禮法是根據人的感情制定的，只要有了感情，即使是異類，又有什麼不一樣呢？妹妹難道不明白我的心嗎？即使對我夫人，也不會透露半點的，請不要擔心。」於是，俞慎趕快選好吉日，厚葬了俞忱。

起初，俞慎想把素秋嫁給當地的名門望族，俞忱不同意。俞忱死了以後，俞慎又拿這事和素秋商量，素秋還是不答應。俞慎說：「妹子今年已經二十歲了，該嫁的時候卻不出嫁，人家會怎麼看我呢？」素秋回答道：「如果是這樣，就聽憑兄長的吩咐了。但我自認為沒有福相，不願高攀名門大戶，找個貧寒書生就可以了。」俞慎說：「好吧。」

沒幾天，媒人們接踵而至，但素秋一個也沒看上。此前，俞慎妻子的弟弟韓荃來弔唁俞忱時，得以見到素秋，心中非常喜愛她，便想把她買回去做小妾。他和姊姊商量此事，姊姊急忙告誡他不要再提，生怕被俞慎知道。韓荃走了以後，心中終究放不下，便托媒人來暗示俞慎，如果答應這門親事，他就替俞慎去打通鄉試主考官的關節。俞慎聽說以後，十分憤怒，狠狠地罵了韓荃一頓，並將帶話的人趕出了家門。自此，兩人的交往就斷絕了。

恰好這時有一位已故尚書的孫子某甲，將要娶親時未婚妻忽然死去，也派媒人前來提親。某甲家高宅大院，非常富有，俞慎一直都知道，但他很想見一見某甲本人，便和媒人約定，讓某甲親自上門拜訪。到了約定的日期，俞慎讓素秋在內室放下簾子，由她自己相看。某甲來時，身穿裘袍，騎著大馬，後面跟著一幫隨從，故意在街上炫耀。某甲本人長得也很俊秀文雅，像個姑娘。俞慎一見，大為高興，見到某甲的人也都讚美他，唯獨素秋很不高興。俞慎便不聽素秋的意見，竟然答應將素秋許配給某甲。他又準備了豐盛的嫁妝，花了不少的錢財。素秋竭力制止，說只要一個老婢女供她使喚就可以了。俞慎也不聽她的，終於還是陪送了一大筆嫁妝。

素秋嫁過去以後，夫妻感情很好。但是兄嫂時常掛念她，所以她每個月都要回來看望一次。來的時候，素秋都要將梳妝盒裡的首飾帶幾件回來，交給嫂子收藏起來。嫂子不明白她的用意，也就暫且代她保存。

某甲小時候就沒了父親，因此母親對他十分溺愛。他經常和壞人接近，那些人漸漸地引誘他嫖賭，家中的書畫、古玩都被他拿去賣了，償還那些風流債。韓荃和某甲素來有交往，有一次請他喝酒，暗中探聽他的口風，願意用兩個小妾和五百兩銀子交換素秋。某甲剛開始不肯答應，韓荃再三請求，某甲心中似乎有些動搖，但是他擔心俞慎不會善罷干休。韓荃說：「我和他是至親，再說素秋又不是他的親妹妹，等到事情辦成了，他也就沒辦法了。萬一有什麼事，由我一人承擔。有我父親在，還怕他一個俞謹庵嗎？」說完，他讓兩個盛裝打扮的侍妾出來陪某甲喝酒，並且說：「這事果然辦成的話，這兩個侍妾就歸你了。」某甲被韓荃迷惑，約定好日期回家去了。

到了那一天，某甲還擔心韓荃有詐，夜裡就守候在路邊，果然有車子前來，某甲打開車簾查驗，發現果然不假，便將她們引回家去，暫且安置在書房裡。韓荃的僕人又當面交給他五百兩銀子。某甲清點完畢，便奔到內室，假裝告訴素秋說：「妳哥哥得了暴病，叫妳趕緊回去。」素秋來不及梳妝打扮，便急急忙忙出了門。

車子上了路，走了不久就因為夜色而迷路，不知到了什麼地方，一直走了很遠，還是沒有到韓府。忽然，前面有兩只巨燭迎來，韓府的僕人心中暗喜，以為可以上前問路了。不一會兒，兩隻大蠟燭來到跟前，原來是一條目光如炬的大蟒蛇，眾人大為驚恐，嚇得四下逃竄，把車子丟在路邊。等到天快亮的時候，他們又聚到一起，發現只剩下一輛空車，他們猜想素秋一定是被蛇吃了，便回去告訴主人，韓荃也只能垂頭喪氣。

幾天以後，俞慎派人去看望妹妹，這才知道被惡人騙走了，起初他也沒有懷疑是某甲從中搞鬼，俞慎把素秋的婢女叫回家，細細地盤問事情的經過，才發現其中的變故。他十分氣憤，跑到州縣衙門去告狀。某甲心中害怕，向韓荃求救，韓荃正在因為人財兩空，懊喪不已，便斥責某甲，不肯替他出力。某甲又呆又蠢，再也無計可施。各處衙門發來傳票，他都送上賄賂，請求不要執行。過了一個多月，家裡的金銀、珠寶和服飾，已經變賣一空了。

俞慎又告到省裡，省衙追查得很是緊急，郡縣官員只能服從上面的指示。某甲知道再也隱藏不下去了，這才出庭，在公堂上把所有的實情都招供出來。省衙發出傳票，要將韓荃拘來當庭對質。韓荃害怕了，便將實情告訴了父親。他父親當時已經辭官在家，對他所做的違法行為十分震怒，將他抓起來交給差役帶走。到了公堂上，韓荃說到遇到蟒蛇的變故，審判官員都認為荒誕不經，純屬胡言。韓家幾乎所有的僕人都被拷問，某甲也屢屢受刑。幸虧某甲的母親每天變賣田產，上下打點營救，所受的刑不重，沒被打死，而韓家的僕人卻已經在獄中病死了。

韓荃長時間困在獄中，情願拿出一千兩銀子幫助某甲賄賂俞慎，哀求他撤銷訴訟，俞慎拒不答應。某甲的母親又請求加上兩名侍妾，只求他姑且將此案當作疑案放棄訴訟，也讓人去尋找素秋的下落。俞慎的妻子也受嬸嬸的囑託，每天求俞慎撤回狀子，俞慎便答應了。某甲家已經很貧窮了，想賣掉房產，籌辦銀兩，但急切之間又賣不出去，於是先將侍妾送過來，乞求俞慎寬限時日。

過了幾天，俞慎夜裡正在書房坐著，素秋忽然帶著一個老婦人走了進來。俞慎驚訝地問道：「妹妹一直安然無恙嗎？」素秋笑著說：「那條大蟒蛇只不過是我玩的一個小法術。那天夜裡，我逃到一個秀才的家裡，和他母親住在一起，秀才說他認識哥哥你，現在就在門外等候，請讓他進來吧。」俞慎一聽，急忙趿著鞋子迎出門，用燈一照，果然不是別人，正是周生，乃是宛平的名士。兩人平時就很意氣相投，於是俞慎拉著周生的胳膊進入書房，極為熱情地款待他，兩人傾心地談了很久，這才知道素秋失蹤後的經歷。

原來素秋在天剛亮時去敲周生的家門，他母親開門讓素秋進來。在問明情況以後，他們知道素秋是俞慎的妹妹，便要趕緊來通知他。素秋阻止了他們，便和周母住在一起。素秋不僅聰慧，而且善解人意。周母非常喜歡他，因為兒子還沒有媳婦，便暗暗地把素秋看作未來的兒媳，並且探聽素秋的意思，素秋推辭說沒有得到哥哥的同意，不敢擅自做主。周生也因為和俞慎交情不錯，所以也不肯在沒有媒人提親的情況下就和素秋結合，只是頻頻地打聽案子的進展情況。當知道案子已經有了結論以後，素秋便向周母告辭回家。周母便讓周生帶一個老婦人送素秋回家，而且囑咐老婦人代為說媒。俞慎因為素秋住在周家這麼長時間，心中早有此意但又不便明言，等聽到老婦人來為周生說媒，不由大喜，就和周生當面訂下婚約。

此前，素秋趁著夜色回家，是想讓俞慎得到某甲的那筆銀子以後再將此事公開。俞慎認為不可，說：「原來是因為心中的憤怒無從發洩，才索要錢財好讓他家敗落，如今見到了妹妹，豈是萬兩黃金能換得來的呢？」於是他派人告訴某甲、韓荃兩家，這場官司也就結束了。俞慎又想到周生家本來就不很富裕，路途又遙遠，前來迎親很困難，便將周生的母親接來，住在原來俞忱住的舊屋，他又準備好嫁妝，找來鼓樂，為周生和素秋舉行了婚禮。

一天，嫂子對素秋開玩笑地說：「如今妳有了新女婿，從前的夫妻之樂還記得嗎？」素秋笑了笑，便回頭問丫鬟道：「妳還記得嗎？」嫂子不明白，便追問究竟。原來那三年的夫妻生活，素秋都是讓丫鬟代替的。每天晚上，素秋用筆替丫鬟畫眉，讓她替自己去臥室，即使丫鬟在燈下和某甲面對面坐著，某甲也分辨不出來，嫂子越發感到神奇，想讓素秋教她法術，素秋只是笑著不肯說。

第二年朝廷舉行考試，周生打算和俞慎一同前往。素秋說：「你不必去了。」俞慎強拉著周生走了。果然這一科考試，俞慎考中了，而周生落榜而歸，心中漸漸產生了不再考取功名的想法。第二年周生的母親去世，周生於是再也不提進京趕考的事了。

一天，素秋對嫂子說：「從前妳問我法術，我不肯答應，是怕它會嚇著別人。今天我就要遠行了，一去將會很久，所以想悄悄地將法術教給妳，將來也可以靠它逃避戰亂。」嫂子驚訝地問是怎麼回事。素秋回答道：「三年以後，這裡將會荒無人煙，我很孱弱，受不了驚慌恐懼，所以要逃到海濱隱居起來。大哥是富貴中人，不能帶他一起走，所以就此告別。」說完，便將法術全都傳授給嫂子。過了幾天，素秋又把想法告訴了俞慎，俞慎挽留不成，傷心得流下眼淚，問素秋道：「妳要到哪裡去呢？」素秋也不肯說明。

第二天雞叫的時候，素秋早早起床，帶著一個留著白鬍子的奴僕，騎著兩頭驢子走了。俞慎暗中派人尾隨在後面相送。走到膠萊地界時，突然天空中布滿了塵霧，等到天晴了以後，已經不知道素秋他們到哪裡去了。

三年後，李自成的軍隊打到順天府，村莊房舍都化為廢墟，俞慎的妻子剪了一塊帛放在門內，流寇來的時候，只見雲霧繚繞著有一丈多高的守護神韋馱，就嚇得逃跑了。因此，俞家得以保全，安然無恙。

後來，村子裡有商人來到海上，遇到一個老頭很像白鬍子老奴，但是鬍子和頭髮全都是黑的，一下子倒認不出來。老頭停住腳，笑著問道：「我們家的公子還健康嗎？麻煩你回去帶個信，就說素秋姑娘也很安樂。」商人問他住在什麼地方？他回答道：「太遠了，太遠了。」說完就匆匆離去了。俞慎聽說以後，派人在老頭出現的地方找了個遍，竟然沒有發現一點素秋的蹤跡。

異史氏說，讀書人本來就沒有做大官的福相，規律早就如此。開始的想法倒很明確，但究竟還是沒能堅持下去。他們哪裡知道那些瞎了眼的主考官們，本來就是以命為取士的標準，哪裡會根據文章的好壞呢？一次考試沒能中第，便昏昏然死去，書蛀蟲的癡情，真是可憐啊！悲傷啊，男子漢大丈夫與其去爭取揚名立功，倒不如甘於貧寒，反而能長保安樂！

【何守奇】蠹魚至死，何艱於一第？彼尚書之孫，侍郎之子，烏能結文字緣哉！

【但明倫】童子束髮受書，蒙師經師，皆以進取之方，口講指畫，傳授心法，而沾沾焉計其何以得，何以失，且計其何以必得而必無或失，於是執經請業者，只知所學為得失之一途，於立身行己之道，耳不曾聞，目不曾睹，而黃卷青燈，殘編斷簡，餖飣糟粕，神似蠹魚。卒之戚戚終身，名場老死，乃謂讀書誤我，文章無憑。豈知非書誤我，而我實自誤；文本有憑，而我自無憑乎！

賈奉雉

賈奉雉是平涼人。他的才名冠於一時，但一到考試卻屢次不中。有一天，他在路上遇到一個自稱姓郎的秀才，風度瀟灑，言談精微，頗有見地。賈奉雉於是邀請他一同回家，並拿出自己的文章請他指導。

郎秀才讀完，不是很讚賞，說：「足下的文章，參加小考拿個第一名已經綽綽有餘，但如果參加鄉試，只怕連排在榜尾也不能。」賈奉雉問：「那我該怎麼辦呢？」郎秀才回答道：「天下的事情仰著頭踮著腳去做很難辨到，但低下身子屈從就很容易做到了，又何必讓我來講這些道理呢？」說著，便舉出一兩個人、一兩篇文章作為標準，而這些大都是賈奉雉平時鄙棄，不值一提的。賈奉雉聽了，不由笑著說：「學者寫文章，貴在流傳不朽，這樣即使享受山珍海味，也不會讓世人覺得過於奢侈。但是像你說的那樣獵取功名，即使能夠做上大官，還是讓人覺得低賤。」郎秀才說：「並非如此。文章寫得雖好，但如果作者地位卑賤，就不會廣為流傳。你如果想抱著文章了此一生倒也就罷了，不然的話，那些主考官們可都是通過這種文章才做上大官的，他們恐怕不會因為要閱讀你的文章，而另外換一副眼睛和肝腸吧。」賈奉雉聽了，默默不語。郎秀才站起身來，笑著說：「真是年輕氣盛啊！」說完，便告別而去。

這年秋天賈奉雉參加科考又落了榜，鬱鬱不得志。他突然想起郎秀才的話，便取出郎秀才讓他當標準的那些文章，強迫自己往下讀，但是還沒有讀完，就已經昏睡了。因此，他心中更加惶恐迷惑，不能自主。

又過了三年，眼看考期將至，郎秀才忽然來了，兩人見面都很高興。郎秀才出示他擬的七個題目，讓

賈奉雉作文。第二天要來文章一看，認為寫得不行，又讓賈奉雉重新來做；等賈奉雉做完了，又是一番指責。賈奉雉便開玩笑地從落榜生的試卷中，摘了一些又臭又長、空洞無物、見不得人的句子，七拼八湊成七篇文章，等郎秀才來了以後交給他看。郎秀才看完後高興地說：「總算讓你找到寫文章的竅門了！」於是讓他熟記這些文章，一再叮囑他不可忘記。賈奉雉笑著說：「實話告訴你吧，這些文字都是言不由衷的東西，一眨眼的工夫就會忘記，你即便是打我一頓，我也記不起來。」郎秀才坐在書桌一邊，強迫賈奉雉把這些文章背誦一

遍，然後又讓他脫去上衣，露出後背，用筆在上面畫了幾道符，臨行前說：「只要有這幾篇文章就足夠了，其他的書可以束之高閣了。」等郎秀才走後，賈奉雉檢查背上的符，洗也洗不掉，原來已經深深印到皮肉裡面去了。

賈奉雉來到考場，發現郎秀才擬的那七道題無一遺漏。他回想自己寫的其他文章，卻一點兒也想不起來，只有那幾篇開玩笑拼湊成的文章，倒是歷歷在目，揮之不去。但他寫完以後，還是覺得羞恥，想稍稍加以改動，但他反來覆去，苦思冥想，竟然不能更改一個字。眼看太陽就要下山，他只好直接抄錄下那七篇文章，然後走出考場。

郎秀才已經等了他很久，見他出來，就問道：「怎麼這麼晚才出來？」賈奉雉便如實相告，並且要求將背上的符擦掉。等他脫下衣服一看，符已經消失了。再回憶在考場上寫的文章，卻恍如隔世，再也想不起來。賈奉雉大感奇怪，問道：「你自己為什麼不用這方法謀取功名呢？」郎秀才笑著說：「我正是因為沒有做官的想法，所以才能不讀此等文章。」說完，便與賈奉雉約好明天到他的住所，賈奉雉答應了。郎秀才走了以後，賈奉雉取出那七篇文章，自己閱讀了一遍，全不是發自內心的作品，快快不樂起來，第二天也沒有去拜訪郎秀才，耷拉著腦袋回家了。

過了不久，放榜了，賈奉雉竟然得了第一名。他又讀原來的稿子，讀一篇就出一身汗，等到全部讀完，身上的衣服全都濕透了。他自言自語地說：「這樣的文章一公布，我還有什麼臉面去見天下的文人啊！」他正在悔恨交加，忽然郎秀才來了，問道：「你想高中已經高中了，為什麼悶悶不樂呢？」賈奉雉說：「我剛才在想，寫出那樣的東西好比用金盆玉碗裝狗屎，真是沒有臉面出去見同輩讀書人了。我打算到山林去隱居，永遠與凡世隔絕。」郎秀才說：「這麼做倒也很高雅，就怕你做不到呀。你果真能這麼去做，我可以代你引見一個人，能使你長生不老。如此的話，即使是千載留名，也不值得貪戀，何況是僥倖得來的富貴呢！」賈奉雉聽了很高興，留郎秀才過夜，並且說：「讓我再想一想。」等到天亮，他對郎秀才說：「我已經下決心了！」於是他也不告訴妻子，便和郎秀才飄然而去。

兩個人漸漸走進深山，來到了一座洞府，洞中別有一番天地。一位老者坐在堂上，郎秀才讓賈奉雉上前參拜，並稱老者為師父。老者問道：「為什麼來得這麼早呀？」郎秀才稟告說：「這個人學道的意念已經堅定，望請師父加以收錄。」老者說：「你既然來了，就要把自己的一身都置之度外，這樣才能得道。」賈奉雉小心謹慎地答應了。

郎秀才將他送到一座院子裡，替他安頓住處，又弄來些吃的，這才告別走了。賈奉雉一看，只見房間倒也精緻整潔，但是門沒有門板，窗沒有窗櫺，屋裡只有一張茶几、一張床鋪。他脫下鞋子上了床，月光照了進來，他覺得肚子有點餓，便取了點心來吃，只覺得味道甘美而且一下子就飽了。他想著郎秀才可能還會再來，便坐了很久，四下裡寂靜無聲，只覺得滿屋飄著一股清香，五臟六腑都感到空明，連身上的脈絡都能看得清清楚楚。

忽然，他聽到一陣很刺耳的聲音，像是貓在抓癢。他從窗戶往外一看，原來是一隻老虎蹲在屋簷下。賈奉雉乍一見，很是吃驚，但他很快想起師父的話，便收起心神，正襟危坐。老虎似乎知道屋子裡有人，一會兒就走進來，來到床前呼哧呼哧地喘著氣，把賈奉雉的腿和腳都嗅遍了。過了一小會兒，只聽庭院中傳來一陣響動，好像是雞被捆住了，老虎馬上趕了出去。

賈奉雉又坐了一會兒，從外面進來一個美人，身上的香氣襲人。她悄悄地上了床，貼著賈奉雉的耳朵小聲說道：「我來了。」她一開口說話，嘴唇的胭脂就散發出馥郁的香味。賈奉雉閉著眼睛，一動也不動。美人又低聲問道：「睡著了嗎？」聽聲音很像是他的妻子，他的心中不由一動，轉念一想：「這些都是師父用幻術來試驗呢。」於是他依舊閉著眼睛，美人笑著說：「小老鼠動了！」

原來，賈奉雉夫妻與丫鬟住在一間房裡，行房事時唯恐被丫鬟聽到，便私下約定一個暗號：「小老鼠動了。」然後就可以行房事。因此，賈奉雉突然聽到這句話，心中不覺大動，睜開眼睛凝神一看，真是他的妻子，便問道：「妳怎麼會到這兒來？」妻子答道：「郎生怕您一個人寂寞，想回家，便派了一個老婦人領我前來。」言語之間，因為賈奉雉出門時沒有告訴她，因此一邊依偎在賈奉雉的懷裡，一邊流露出哀怨的神色。賈奉雉安慰了很久，兩人才嬉笑為歡，等到歡樂完畢，已經快到早晨了，就聽見老者的喝斥聲漸漸地接近了院子。妻子急忙起來，發現沒有地方可以躲藏，便翻過短牆走了。

不一會兒，郎秀才跟著老者走了進來。老者當著賈奉雉的面用拐杖打郎秀才，並且讓他把客人趕走。郎秀才也只好領著賈奉雉從短牆出去了，對他說：「我對你的要求太高了，不免急躁冒進；沒想到你的情緣還沒有斷，連累我受到責罰。你就先走吧，將來有一天我們還會再見面的。」說完，便指點了回去的路，拱拱手告別了。

賈奉雉低頭看著自家的村莊，依然在眼前。他心想，妻子體弱走不快，肯定還在路上，便急忙走了一里多路，卻已經到了家門口。只是房屋牆壁零落，原來的景象全無，村中的老老少少，竟然沒有一個認識的，心中這才害怕驚異起來。忽然，他想起東漢的劉晨、阮肇在天臺山遇上神仙，後來返回家鄉時的情景，與眼前倒很相似。他不敢進門，在對面人家前坐下來休息，坐了好久，才有一個老頭拄著拐杖走出來。

賈奉雉向他行了個禮，問道：「請問賈奉雉家在什麼地方？」

老頭指著他家說：「這就是呀。你大概也是想問這件奇怪的事吧？我倒是都知道。傳說這位賈相公考試中了頭名後就消失了，他走的時候，兒子才七、八歲。後來，兒子長到十四、五歲時，母親忽然大睡不醒。他兒子在世時，不論寒暑都替她換衣服。等兒子死了以後，兩個孫子很窮困，房屋也都拆毀了，只好用木架鋪上草將她蓋上。一個月前，老夫人忽然醒過來了，屈指一算，已經一百多年了，遠近的人們聽說這件奇事，都來訪問探看，近來稍微少了一些。」

賈奉雉恍然大悟，說：「老人家不認識賈奉雉吧，我就是呀。」

老頭大為驚駭，趕緊到賈家報信去了。這時長孫已經死了，二孫子賈祥，今年已經五十多了，因為覺得賈奉雉顯得年輕，懷疑其中有詐。過了一會兒，賈奉雉的夫人出來，這才認出了自己的丈夫。夫妻倆涕淚漣漣，互相招呼著進了屋，但苦於沒有房屋，只好暫時住進孫子的屋子，家裡的大大小小、男男女女全都跑來看望，一大幫人圍在他們的身邊。這些人都是他們的曾孫、玄孫，都顯得醜陋粗俗，沒有文化。長孫媳婦吳氏打來酒，做了些粗茶淡飯招待他們，又讓小兒子賈杲和他的媳婦來跟自己住在一起，騰出房子打掃乾淨給祖爺爺和祖奶奶住。賈奉雉進了屋子，只覺得到處都是煙氣塵土，夾雜著小孩的尿臊味，一股臭氣撲鼻而來。才住了幾天，他就很是懊悔，實在無法忍受。

賈奉雉夫妻的一日三餐由兩個孫子輪流供應，烹飪的技術特別差。鄉里的人們因為賈奉雉剛剛回來，天天請他喝酒吃飯，但他夫人常常吃不到一頓飽飯。長孫媳婦吳氏出自讀書人家，很懂得做媳婦的禮數，一直很好供奉，不敢懈怠。但賈祥家的供奉日漸稀少，有時甚至呼喝著給他們吃的。賈奉雉非常氣憤，帶著夫人離開家，到東村教書去了。他常常對夫人說：「我很後悔這一次回家，但是已經來不及了，迫不得已，我只好重操舊業，如果心中不感到羞愧恥辱，富貴是不難得到的。」過了一年多，吳氏還時不時送些吃的來，而賈祥父子卻再也不上門看他們了。

這一年，賈奉雉通過考試進了縣學。縣令很看重他的文章，贈給他不少錢財。因此，家境稍稍富裕起來，賈祥也漸漸地來走近乎。賈奉雉把他叫進屋，算了算當年他供養自己的花費，取出銀子償還給他，喝令他從此不許再上門來。然後他又買了一所新住宅，將吳氏接來一起住，吳氏有兩個兒子，大的留下守著原來的家業；二兒子賈杲很聰慧，賈奉雉便讓他和自己的學生一起讀書。

賈奉雉從山中回來以後，頭腦更加聰明，連考連中，一舉考中了進士。又過了幾年，他以侍御的身分出巡兩浙，聲名顯赫，極盡富貴風流，一時間稱為盛事。賈奉雉為人耿直，不怕觸怒權貴，朝中的一些大官都想找機會中傷他。賈奉雉屢屢上書請求辭官還鄉，但皇上都不肯答應。過了不久，災禍就降臨了。

原來，賈祥的六個兒子都是無賴，賈奉雉雖然和他們早斷了往來，但是他們卻借著他的名望作威作福，強行霸占他人的田產房屋，鄉里都把他們視為禍患。村中某乙娶了新媳婦，賈祥的三兒子竟然強奪回來做妾。某乙原本就是一個狡猾奸詐的人，鄉里百姓捐錢幫助他打官司，這件事一直傳到京城，朝中的大官紛紛上奏攻擊賈奉雉，賈奉雉實在沒有辦法替自己辯解，被投進監獄關了一年。賈祥和他的三兒子也都在獄中病死了，賈奉雉被判到遼陽充軍。

這時，賈杲入學已經很長時間了。為人很是仁厚，名聲不錯。賈奉雉夫人生了一個兒子，已經十六歲，他們便將兒子托給賈杲收養，然後帶著一個男僕和一個僕婦出發了。賈奉雉說：「十幾年的富貴，還不如一場夢的時間長。如今才知道所謂榮華富貴的地方，都是地獄境界。我真後悔，比起劉晨、阮肇，還多造了一重罪孽。」

幾天後，他們抵達海岸，遠遠地看見有大船前來，鼓樂大作，侍衛都像天神一般。船靠近後，一個人從艙內走出，笑著請賈奉雉到船上休息片刻。賈奉雉一見此人，十分驚喜，便一縱身跳上船去，押解他的差役也不敢阻攔。賈夫人急忙也想跟過去，但船已經走遠了，便憤恨地跳進海裡。她在水中漂泊了幾步，只見一個人從大船上放下一條白練，將她救上船去。押解的差役急忙命令船夫划船去追，一邊追一邊呼喊，但是只聽鼓聲如雷，與波濤的轟鳴聲相呼應，一眨眼的工夫，船就消失得無影無蹤了。賈奉雉的僕人認得船上的那個人，原來就是郎秀才。

異史氏說，世人傳說陳大士在考場上，文章寫好以後，吟誦了好幾遍，嘆息道：「也不知道什麼人能認得這樣的好文章！」說完，將文章扔掉，又重新作了一篇。因此，他在考場上寫的文章不如他平時的文章。賈奉雉因為寫了那樣的文章害羞逃走，說明他也是個有仙骨的人。但是等他再到人間時，為了生計，只好貶低自己的身分，可見貧賤對人的傷害是多麼的厲害啊！

【何守奇】姓名假借，要亦異史氏寓言，作此狡獪。

胭脂

東昌府有個姓卞的牛醫，生得一個女兒，小名叫做胭脂。這胭脂姑娘才貌雙全，既聰慧又美麗。她的父親很是珍愛她，想把她許配給書香門第。但是那些名家世族卻嫌他家出身低賤，不屑結這門親。所以胭脂已經長大成人，卻還守在閨房中。

卞家對門住著龔家，妻子叫王氏，生性輕佻，喜歡開玩笑，是胭脂閨房中一塊聊天的女伴。有一天，胭脂送王氏到門口，只見一個少年從門前走過。那少年身穿白色衣服，頭戴白帽，丰采動人。胭脂一見就動了心，一雙水汪汪的大眼睛盯著那少年，上下打量。那少年低下頭，急忙走了過去。他已經走得很遠了，胭脂還在凝神眺望。

王氏看出了她的心思，開玩笑地說：「憑姑娘的才華美貌，能配上這樣的人，才不覺得遺憾。」胭脂一片紅雲飛上臉頰，羞怯地一句話不說。王氏問：「妳可認識這位少年嗎？」胭脂答道：「不認識。」王氏告訴她：「他是住在南巷的鄂秋隼，是個秀才，他父親生前是個舉人。我從前和他們家是鄰居，所以我認得他。世上的男子沒有比他更溫柔體貼的了。他穿著一身白衣，是因為他老婆死了，喪期還沒有結束。姑娘如果真有這份心，我可以捎個信叫他請人來說媒。」胭脂不說話，王氏笑著離去了。

過了幾天，一直沒有消息，胭脂心中懷疑王氏沒空前去，又疑心是官宦人家的後代，不一定肯俯身低就。於是胭脂鬱鬱寡歡，終日徘徊，心中思念，頗為淒苦。漸漸地就不思茶飯，病倒在床上，有氣無力了。

一天，王氏恰好前來看望，見她這樣便追問為什麼得病。胭脂回答道：「我自己也不知道。但自從那天與妳分別以後，我就覺得悶悶不樂，現在就是苟延殘喘，早晚性命不保了。」王氏想起此事，小聲對她說道：「我家老公出門做生意，還沒有回來，所以還沒有人傳話給鄂秀才。姑娘的身體不適，莫非就是為了這件事？」胭脂紅著臉，半天不說話。王氏開玩笑說：「要真是為了這件事，妳都已經病成這樣了，還有什麼好顧忌的？先叫他今天晚上來聚一聚，他怎麼會不肯呢？」胭脂嘆了口氣，說：「事已至此，已經不能怕什麼害羞了。只要他不嫌棄我家門第低賤，馬上派媒人前來，我的病自然會痊癒；如果是偷偷地約會，那可萬萬使不得！」王氏點點頭就走了。

王氏年輕時就和鄰居的學生宿介私通。她出嫁以後，宿介只要聽說她男人不在家，就來重敘舊好。這天夜裡，宿介正好來到王氏家。王氏就把胭脂說的話當作笑話講給宿介聽，並且開玩笑地囑咐他帶信給鄂秀才。宿介早就聽說胭脂長得很漂亮，聽王氏說完，心裡暗暗高興，認為有機可乘實在很幸運。他本想與王氏商議一番，又怕她嫉妒，於是假裝說些無心的話，藉機打聽胭脂家的門徑，問得一清二楚。

第二天夜裡，宿介翻牆進入卞家，一直走到胭脂的閨房，用手指輕叩窗戶。只聽裡面問道：「誰呀？」宿介答：「是鄂生。」胭脂說：「我之所以想念你，是為了百年好合，並不是為了這一夜。你如果真心愛我，只應該趕緊請媒人來提親，如果要私下相會，我不敢從命。」

宿介假裝答應，卻又苦苦請求握一握她的手，作為信約。胭脂不忍心過分拒絕他，就勉強撐起身來，開了房門。宿介馬上進了門，就抱住胭脂求歡。胭脂無力阻擋，跌倒在地上，累得上氣不接下氣，宿介趕緊將她拉起來。

胭脂說：「你是哪裡來的惡少！肯定不是鄂郎。如果真是鄂郎，他長得溫柔文靜，知道我是為他才病成這樣，怎麼會這樣的粗暴！要是再這樣，我就要叫喊起來，結果壞了品行，對你我都沒有好處。」

宿介擔心自己冒名頂替的行跡敗露，便不敢再勉強，只是請求下一次會面，胭脂約定要在結親的那一天。宿介認為太遠，再三請求。胭脂討厭他這樣糾纏，就只好說等她病好以後。宿介又要討求信物，胭脂不答應。他就將胭脂的腳捉住，脫下一隻繡鞋，轉身就走。

胭脂把他叫回來，說：「我已經以身相許，還有什麼捨不得的呢？只怕『畫虎不成反類犬』，事情不成被人家恥笑。如今這花鞋已經落在你手裡，料想也收不回來了。你如果負心，我只有一死！」

宿介從卞家出來，又投宿到王氏家。他雖然已經躺下了，但心裡還記掛著那隻繡鞋，暗地裡摸了摸衣角，卻不見了那繡鞋。他急忙起身，點了燈籠，抖動衣服，四處尋找。王氏問他找什麼，他也不回答，疑心是王氏把繡鞋藏起來了。王氏故意笑笑，讓他更加猜疑不定。宿介知道隱瞞不過去，就把實情告訴了她。說完以後，他又打著燈籠到門處尋找，找遍了也沒有找到，他只得懊恨地回到床上睡下。心中還希望半夜裡不會有人走動，即使丟掉了也應該還在路上。第二天一早就去尋找，卻還是杳然無蹤。

在這以前，巷子裡有個叫毛大的人，遊手好閒，沒有固定的職業，曾經想挑逗王氏卻沒有得手。他知道宿介跟王氏相好，總想能撞上一次，好以此來脅迫王氏。那天夜裡，毛大走過王氏家門前，一推門，發現沒上閂，便悄悄地摸進去。剛到窗下，忽然腳下踩著一件東西，軟綿綿的好像是棉布一樣的東西，撿起來一看，卻是一條汗巾裹著一隻繡鞋。他伏在窗臺上聽了聽，將宿介所說的經過聽了個一清二楚，大為高興，便抽身走了出來。

過了幾天，毛大翻過牆頭，進到胭脂家，但他不熟悉卞家的門徑，竟然撞到了卞老漢的屋前。卞老漢從窗裡看見是一個男人，看他那副鬼鬼祟祟的樣子，知道是為女兒而來。卞老漢心裡冒火，拿起一把刀就衝出來。毛大一見，大為害怕，轉身就走。剛要爬上牆頭，卞老漢已經追到跟前，毛大急得無路可逃，便轉身去奪卞老漢手中的刀。這時，卞氏也起床，大聲喊叫起來。毛大脫不了身，便殺死了卞老漢。胭脂的病剛有好轉，聽到院子裡的吵鬧聲，才起了床，母女二人點上蠟燭，出來一看，發現卞老漢的腦殼已被劈開，說不出話來，很快就氣絕身亡。兩人在牆根下找到一隻繡鞋，胭脂娘一看，認出是胭脂的，便逼問女兒，胭脂哭著將實情告訴了母親，只是不忍心連累王氏，便說是鄂秀才為自己前來的。

天亮以後，母女告到縣裡去。縣官於是派人將鄂秋隼抓來。這鄂秋隼為人謹慎，不太愛說話，今年十九歲，但見了生人還像個小孩子一樣羞怯，一被抓便嚇得要死。他走上公堂，卻不知說什麼是好，只是戰戰兢兢。縣官看他這個模樣，越發相信案情是真，便對他重刑相加。這書生忍受不了痛苦，只得屈打成招。

鄂秋隼被解送到州衙，又像在縣裡一樣被嚴刑拷打。鄂秀才滿腔冤氣，每次都想和胭脂當面對質；但一見了面，胭脂就痛罵不已，他只能張口結舌，無法為自己辯解。因此，他被判了死刑。這樣反反覆覆地被審訊，經過好幾個官員審問，都沒有不同的招供。

後來這個案子交由濟南府複審。當時吳南岱正擔任濟南太守，他一見鄂秀才，就懷疑他不是殺人犯，暗中派人慢慢地盤問他，讓他能夠把實情都說出來。吳太守於是更加堅信鄂秀才是被冤枉的。他認真考慮了幾天，才開堂審問。

吳太守先問胭脂說：「妳和鄂秋隼訂約以後，有沒有別人知道？」胭脂答道：「沒有。」「遇到鄂秀才時，還有別人在場嗎？」胭脂還是回答沒有。

吳太守再傳鄂秀才上堂，用好言好語安慰他。鄂秀才說：「我曾有一次經過她家門口，只見舊鄰居王氏和一個女子從裡邊出來，我急忙避開，並沒有說過一句話。」吳太守一聽就喝斥胭脂說：「剛才妳說旁邊沒有別人，怎麼又有一個鄰居婦人呢？」說完，就要對胭脂動刑。胭脂一害怕，忙說：「雖然王氏在旁邊，但跟她實在沒有關係。」

吳太守馬上停止訊問，命令將王氏拘捕到堂。幾天後，王氏就被拘到。吳太守又不許她和胭脂見面，防止串通，立刻升堂提審，便問王氏說：「誰是殺人凶手？」

王氏答道：「不知道。」吳太守騙她說：「胭脂都已經招供了，殺卞老漢的事情妳都知道，妳還想隱瞞嗎？」王氏大喊道：「冤枉啊！那小淫婦自己想男人，我雖然跟她說過要給她做媒，但只不過是開玩笑罷了，她自己勾引姦夫進家，我哪裡知道啊！」

吳太守仔細盤問，王氏才說出前前後後開玩笑的話。吳太守便叫將胭脂傳上來，大怒道：「妳說她不知情，如今她為什麼反而招供給妳做媒的話呢？」胭脂哭著說：「我自己不成器，致使父親慘死，不知道何年何月才能結案，再要連累別人，實在不忍心。」吳太守問王氏：「妳開玩笑後，曾經跟什麼人說過？」王氏供稱，「沒有跟誰說過。」吳太守發怒說：「夫妻倆在床上，應該是無所不言的吧，怎麼能說沒有講過？」王氏供稱，「我丈夫長久在外，還沒回來。」吳太守說：「雖說如此，凡是戲弄別人的人，都要笑話別人的愚蠢來炫耀自己的聰明。妳說再沒有對誰說過，想騙誰啊！」便下令將王氏的十個指頭夾起來。王氏沒辦法，只好如實招供，「曾經跟宿介說過。」

吳太守便釋放了鄂秋隼，而派人拘捕宿介。宿介到案後，招供說：「確實不知道。」吳太守說：「夜晚宿妓的人決不是好人！」便下令大刑伺候。宿介只好招供，「到卞家去騙胭脂是實有其事，但自從繡鞋丟失以後就不敢再去了，殺人的事確實不知道。」吳太守大怒道：「爬人牆頭的人有什麼事幹不出來！」又命人動刑。宿介受不了酷刑，只好承認殺了人。吳太守將招供記成案卷，呈報到上級衙門，沒有人不稱吳太守判案如神。鐵案如山，宿介只有伸著脖子等待秋後處斬了。

但是宿介雖然生性放縱，品行不正，卻是山東一帶有名的才子。他聽說學使施愚山的德才都是最好的，又有憐憫士人的仁德，就寫了一份狀詞申訴自己被冤枉了，措辭非常悲愴沉痛。施學使取來了宿介的案卷，反覆凝神思考，拍著桌子喊道：「這個書生是冤枉的！」他於是向巡撫、按察使請求，將案子移交給他，重新審理。

他問宿介說：「繡鞋丟在什麼地方了？」宿介供道：「忘記了。只是記得在敲王氏家門時，還在袖筒裡。」施學使又轉身問王氏說：「除了宿氏，妳還有幾個姦夫？」王氏供說：「沒有了。」施學使說：「淫亂的女人，怎麼可能只偷一個呢？」王氏供說：「小婦人跟宿介小時候就認識，所以一直沒有斷絕。後來倒不是沒有人來勾引，我實在不敢再跟從了。」施學使於是讓她交代那些男人的姓名，王氏說：「街坊毛大屢次來勾引，我都拒絕了。」施學使問：「怎麼忽然這樣貞潔起來了？」便叫人將王氏摁倒抽打。王氏嚇倒連連磕頭，磕得鮮血直流，竭力辯白再也沒有別人了，施學使才放過她。接著又問：「妳丈夫出遠門，難道就沒人藉口有事上門嗎？」王氏說：「有的，某人和某人都因為借錢、送禮什麼的，來過小婦人家一兩次。」

原來這某人和某人都是街坊的無賴，都是對王氏有意而沒有表現出來的。施學使將這些人的名字都記下來，並且將他們拘捕到案。等人犯到齊後，施學使前往城隍廟，命令他們跪在香案前，對他們說：「前幾天我夢見城隍神告訴我，殺人凶手就在你們四、五個人中。現在對著神明，不許有一句假話。如果肯自首，還可以從輕發落；說假話的，一經查明，絕不寬恕！」眾人齊聲說絕沒有殺人的事。施學使吩咐將三木放在地上，準備動刑，將人犯的頭髮都紮起來，扒光衣服。他們又齊聲喊冤枉。施學使命令先停下來，對他們說：「既然你們不肯自己招供，只好讓神明指出真凶了。」

他讓人用毯子被褥將大殿的窗戶遮嚴實了，不留一點縫隙。又讓那幾個嫌疑犯光著脊背，趕到黑暗中，先給他們一盆水，命令他們一個個洗過手，再把他們用繩子拴在牆下，命令道：「各人面對牆壁不許亂動。是殺人凶手，神靈就會在他的脊背上寫字。」過了一會兒，將他們叫出來，逐個檢查，指著毛大說：「這就是殺人凶手！」

原來，施學使預先讓人把石灰塗在牆上，又用煙煤水讓他們洗手。殺人犯害怕神靈寫字，所以將脊背貼著牆，沾上了白灰，臨出來前又用手遮住脊背，又染上了煤煙色。施學使本來就懷疑毛大是殺人犯，至此更加確信。於是對他施以大刑，毛大全部說出了犯罪實情。

施學使判決道：

宿介：重蹈盆成括（戰國時人）無德被殺的覆轍，釀成登徒子貪好女色的惡名。只因為兩小無猜，便有了偷雞摸狗的私情；只因為洩露了一句話，便有了得隴望蜀的淫心。像將仲子一樣爬過園牆，如鳥一般落在地上；冒充劉郎來到洞口，竟然將閨門騙開。對胭脂粗暴無忌，有臉皮的人怎麼能幹出這種事？攀折花木，身為士人卻沒德行，還能讓人說什麼！幸好聽到病中的胭脂一番婉轉陳述，還能夠憐香惜玉；像憐惜憔悴的細柳枝的鳥兒一樣，不至於過分淫狂。總算放開了落在網中的小鳥，還流露出一點文人的雅意；但卻搶去胭脂的繡鞋作為信物，難道不是無賴的行徑！兩人只顧私下談話，卻沒想到隔窗有耳被毛大聽去；那繡鞋像蓮花花瓣落下，便再沒有了蹤跡。假中之假已經產生了，冤外之冤誰又會相信呢？災禍從天而降，身受酷刑差點死去；自作的罪孽已經滿盈，已被破下的腦袋幾乎接不上去。這種翻牆鑽空的行為，固然有辱讀書人的聲名，但是代人受罪，確實難以消除心中的冤氣。因此稍稍放寬對他的笞打，來折消他已受的酷刑；姑且罰他由藍衫改穿青衫，不准參加今年的科考，給他一條悔過自新的生路。

毛大：刁蠻奸猾，沒有固定職業，是一個流竄在市井中的惡徒。挑逗王氏遭到拒絕，卻淫心不死；趁著宿介到王氏家偷情，忽然產生了邪惡念頭。胭脂本來想著迎來鄂生，卻讓宿介喜得越牆而入的機會；毛大本想到王氏家捉姦卻聽到了胭脂的消息，讓毛大產生了誘姦胭脂的企圖。不料魂被天奪去，魄被天攝走。隨意乘興而至，直奔胭脂的閨房；錯認了胭脂的閨房，卻來到了卞老漢的房前，於是使得情火被撲滅了火焰，慾海掀起了波瀾。卞老漢橫刀向前，毫無顧忌；毛大窮途末路，像被追急的兔子產生了反咬的念頭。翻牆跳到人家裡，只希望能冒充鄂生，誘姦胭脂；毛大奪過卞老漢的刀卻遺下繡履，於是使得真凶漏網，無辜遭禍。風流道上才會產生這樣的惡魔，溫柔鄉中怎麼能讓這樣的鬼怪殘存！馬上砍下他的腦袋，使人心大快。

胭脂：已經長大成人，卻還沒有出嫁。長得像月宮裡的仙女，自然應該有俊美的兒郎相配；本來就是美若天仙，還愁沒有富貴人家來迎娶嗎？聽到鳥兒互相呼應而思念好的配偶，竟然產生了春夢；哀怨落梅而愛慕男子，於是因思念而生病。只因為這一份感情的縈繞，招得群魔紛紛而至。競相爭奪美麗的容顏，唯恐失去「胭脂」；惹得鸞鳥紛飛，都假冒為「秋隼」。繡鞋被宿介脫去，難保自身的貞潔；鐵門被敲響，女兒身差點失去。就因一片思念，竟然招來禍害；卞老漢慘遭砍殺，心愛的女兒真成了禍水！雖然被人挑逗，還能堅守貞節，未被玷污；在監獄中苦苦抗爭，幸喜現在美好的結局可以遮蓋一切過錯。本府嘉獎她能力拒淫徒，還是個潔白的情人；願意成全她傾慕鄂生的心願也是一樁風流雅事。希望該縣縣令做他們的媒人。

這起案子完結以後，遠近都爭相傳頌。

自從吳太守審問以後，胭脂才知道鄂秀才被冤枉了。偶爾在堂下遇到他，胭脂總是滿臉的羞愧，兩眼含著淚水，似乎有好多心裡話想對他說，卻又說不出來。那鄂生被她的癡情感動，也深深地愛慕她。但是鄂生又想到出身寒門，而且每天都上公堂對證，被眾人窺視、指點，擔心娶了她會被人恥笑，所以他日思夜想，拿不定主意。到了判決書下達後，鄂生的心才安定下來。縣令替他們準備了彩禮，又找來樂隊替他們辦了喜事。

異史氏說，確實啊！審理案件不可不慎重啊！縱使能夠知道像鄂秋隼這樣代人受過的人是冤枉的，又有誰會想到像宿介這樣也是代人受過的人是冤屈的呢？但是事情雖然曖昧不清，但其中必有破綻，如果不仔細地思考觀察，是不可能發現的。嗚呼！人們都佩服賢明而有智慧的人斷案如神，卻不知道技藝高明的人如何費盡心思地構思。世間那些做官的人，只知道下棋消遣時光，好逸貪睡荒廢政務，民情再怎麼艱苦，他們也不會費一點心思。至於在百姓的鼓動下開了衙門，官員高高地坐在大堂上，對那些爭辯的人徑直用刑具來使他們安靜下來，難怪百姓多有沉冤得不到昭雪啊！

施愚山先生是我的老師。開始跟他學習的時候，我還是個孩子。我常常看見他稱讚、推薦學生，費盡心力唯恐自己還不夠全心全意，學生有一點委曲，他都心疼地呵護，從來不在學校耍威風，來討好當官的。他真可以說是宣揚聖人思想的護法，不只是一代的宗師，主持科舉考試從來不委屈一個讀書人。他愛才如命，這一點尤其是後世那些敷衍了事，只用表面文章的學使們無法比得了的。

曾經有一位名士下場參加科考，寫了一篇題為「寶藏興焉」的文章，把「山間」兩個字誤記成「水下」了。等他抄錄完畢，才省悟過來自己料定沒有不被黜退的理由。於是，他在後面又作了一首詞道：「寶藏在山間，誤認卻在水邊。山頭蓋起水晶殿。瑚長峰尖，珠結樹顛。這一回崖中跌死撐船漢！告蒼天：留點蒂兒，好與友朋看。」愚山先生看完，和了一首詞：「寶藏將山誇，忽然見在水涯。樵夫漫說漁翁話。題目雖差，文字卻佳，怎肯放在他人下。嘗見他，登高怕險；那曾見，會水淹殺？」這是愚山先生風雅情調的一個趣談，也是他愛惜人才的一件逸事。

【何守奇】宿介之刑？孽由自作；顧鄂秋隼則何罪哉！乃知文人多結夙生冤也。吳、施二公，並斯文之護法。

阿纖

奚山是山東高密人，靠做買賣為生，常常來往於沂蒙一帶，走在半路上被雨耽擱了，等他到平時經常投宿的地方時，夜色已經很深了，他敲遍了所有旅店的門，也沒有人答應，他只好在屋簷下徘徊。忽然，一戶人家的兩扇門打開，出來一個老頭請他進去。

奚山高興地跟他進了門，把驢拴好，走進堂屋，屋子裡沒有床鋪桌椅。老頭說：「我同情客人無處可歸，所以才請你進來住。我並不是賣吃賣喝的人。家裡也沒有什麼人，只有老伴和小女，都已經睡熟了。家裡雖然有些剩餘的飯菜，但也沒法熱了，如果不嫌棄，就吃點冷飯吧。」說完，便進了內室。過了一會兒，他拿出一張小凳子請奚山坐，又拿出一張矮茶几來。這麼來回幾趟，老頭顯得疲累，奚山看了坐立不安，便拉住老頭，讓他暫時休息一會兒。

不久，一位姑娘走出來替奚山倒酒。老頭看著她說：「我家阿纖起來了。」奚山看了看阿纖，只見她約莫十六、七歲，身材窈窕，面容秀麗，頗有可人的風情。奚山有個小弟還沒有結婚，心中暗想為弟弟說上這門親事。於是，他便問起老頭的籍貫、門第。老頭回答說：「我姓古，名叫士虛。子孫早都死了，只剩下這麼一個女兒，剛才不忍心將她從睡夢中驚醒，想來是我的老伴把她叫起來了。」奚山問道：「女婿家是誰呀？」老頭答道：「還沒嫁人。」奚山暗自高興。

過了一會兒，酒菜都端了上來，好像是早就準備好了的。吃完飯後，奚山恭敬地對老頭說：「萍水相逢，承蒙老人家如此恩惠，真令我沒齒難忘。鑒於您的盛德，我才敢唐突地提出一個請求：我有一個小弟三郎，今年十七歲了，正在讀書，生來並不愚劣。想跟您攀上這門親事，您不會嫌棄我貧賤吧？」

老頭高興地說：「老夫也是借居在這裡。假如能把小女託付給您這樣的人家，就請您借一間屋子，讓我把家搬過去，也免得日後掛念。」

奚山滿口答應，便起身道謝。老頭殷勤地替他安頓好床鋪才離開。雞叫的時候，老頭已經起床了，叫奚山起來洗漱。奚山收拾好行裝，要給老頭飯錢。老頭堅決推辭說：「只不過留客人吃了一頓飯，絕沒有收錢的道理，何況我們還結為姻親呢。」

告別之後，奚山又在外逗留了一個多月才返回來。在離村子一里多路的地方，他遇到一個老婦人領著一個女郎，兩人都穿著素服。走到近前，看那女郎像是阿纖。女郎也頻頻地回頭看他，並且拉著老婦人的衣襟，貼著耳朵不知說了什麼話。老婦人便停住腳，向奚山問道：「您是姓奚嗎？」奚山連連答應。老婦人神色淒慘地說：「我家老頭不幸讓倒塌的牆給壓死了，我們正要去給他上墳。家裡現在沒有人，請您在路旁稍等片刻，我們去去就回。」說完，就走到村子裡去了，過了一個時辰才出來。

這時，天色已晚，路上顯得昏暗，奚山便和她們結伴而行。老婦人說起她們孤兒寡母，不覺傷心地哭了起來，奚山也覺得心裡發酸。老婦人說：「這地方的人情不善，孤兒寡母難以活下去。阿纖既然已經是您家的媳婦，過了這時恐怕會耽擱時日，不如趁早連夜跟你走吧。」奚山同意了。

到家以後，老婦人點上燈，等奚山吃完飯，對他說道：「我們料想您也快回來了，家中存的糧食大都已經賣掉，還剩下二十多石，因為路途遠沒有送去。從這裡往北四、五里，村裡第一個門，有個叫談二泉的，是我的買主。麻煩您不辭辛勞，先用您的座騎運一口袋去，敲開門告訴他，只要說南村古老太有幾石糧食，想賣了做路費，請他派牲口來馱了去。」說完，便裝了一口袋糧食給奚山。

奚山趕著驢前去，敲開門，一個大肚子的男人出來。奚山向他說明情況，將糧食倒出來就先回來了。不一會兒，就有兩個僕人趕著五頭騾子來到。老婦人領著奚山來到存放糧食的地方，原來就在一個地窖裡。奚山下到地窖，代為秤量，老婦人負責交糧，阿纖負責收簽，一會兒工夫就裝滿了，讓來人先運走。一共往返了四次，才把糧食運完。談家的僕人把銀子交給老婦人，老婦人留下一個人、兩頭騾子，收拾好行裝向東出發。走了二十里，天才露出曙光。他們來到一個集市，在市頭上租了一頭牲口，這才讓談家的僕人回去。

到家以後，奚山便把情況告訴了父母。父母一見阿纖很是喜歡，馬上找了一處房子讓老婦人住下，又挑選了好日子為三郎、阿纖完婚。老婦人也準備了很豐盛的嫁妝。阿纖寡言少語，很少發火，有人和她說話，她也只是微笑。她不論白天黑夜都在紡織，一刻不停。因此，全家上下都很憐愛她。阿纖囑咐三郎說：「你跟大伯說，再經過西道時，不要提到我們母女。」這樣過了三、四年，奚家日漸富裕起來，三郎也進了縣學。

一次，奚山在古家的舊鄰居家借宿，偶然談到當年無處可歸，投宿到古家的事情。主人說：「客人弄錯了吧，東鄰是我家大伯的一處別墅。三年前，住在裡面的人動不動就看見一些怪異的事情，所以已經空廢了很久，怎麼會有什麼老頭老太太留你住宿呢？」奚山聽了很驚訝，但也不是很相信。主人又說：「這個宅子一直空著，已經有十年了。一天，宅子後面的牆倒了，大伯過去一看，只見石頭下面壓著一隻像貓那麼大的巨鼠，尾巴露在外面，還搖晃著呢。大伯急忙回家，叫了好多人一同去看，老鼠已經不見了。眾人都懷疑那東西是個妖怪。又過了十幾天，人們前去再看，卻沒有一點兒動靜了。又過了一年多，才有人住進去。」奚山聽了，更加覺得奇怪。他回到家中，悄悄地跟家裡人說起這事。大家都懷疑新媳婦不是人，暗暗地替三郎擔心。但三郎還和平時一樣對阿纖恩愛有加。時間一長，家裡人紛紛猜疑議論。

阿纖也漸漸地察覺了，到了晚上對三郎說：「我嫁給你已經好幾年了，從來沒有做過一點有失婦德的事情。現在竟然不把我當人看，就請你賜給我一張休書，聽憑你自己再去找一個好媳婦。」說完，就流下了眼淚。三郎說：「我的一片心意，妳應該是早就知道的。自從妳進門以來，我家日益富裕起來，大家都認為是妳把福氣帶到我們家來的，怎麼會有人說妳的壞話呢？」阿纖說：「你沒有貳心，我難道不知道嗎？但是眾說紛紜，恐怕我還是免不了被遺棄。」三郎再三安慰勸說，阿纖才平靜下來。

但是奚山心中始終放不下，每天都找善於抓鼠的貓，來窺探阿纖的反應。阿纖雖然不害怕，但也緊鎖雙眉，怏怏不樂。一天晚上，阿纖對三郎說母親有點病，並向三郎辭別要去侍候她。天亮以後，三郎前去問候，只見屋子裡已經空無一人了。三郎害怕極了，派人四處打聽她的蹤跡，卻得不到一點消息。三郎心中急躁不安，吃不下也睡不著。而他的父兄都感到很慶幸，輪流來安慰他，準備替他續婚，但是三郎很不高興。等了一年多，阿纖音信全無。父親和兄長動不動就譏笑責罵三郎，不得已，他就花了重金買了一個妾，但心中對阿纖的思念卻絲毫沒有減少。

又過了幾年，奚家漸漸地貧窮下去，於是眾人又都想起了阿纖。三郎有個叔伯弟弟名叫奚嵐，因為有事到膠州，途中繞道去看望表親陸生。夜間，奚嵐聽見鄰居家有人哭得很悲傷，但沒有來得及打聽，等他返回時，又聽見了哭聲，便問主人是怎麼回事。

主人回答說：「幾年前，有一對寡母孤女，到這裡租了房子住下。一個月前，老太太死了，只剩下那個孤女，又沒有一個親人，因此傷心地哭泣。」

奚嵐問道：「她姓什麼？」

主人答道：「姓古。她家經常關著門，不和鄰居往來，所以不知道她的家世。」

奚嵐吃驚地說：「她就是我的嫂子呀！」於是便去敲門。只聽屋裡有人擦著眼淚出來，隔著門應聲說道：「客人是什麼人？我家裡本沒有男人。」奚嵐透過門縫往裡一看，果然就是嫂子，便說：「嫂嫂開門，我是叔叔家的阿遂。」阿纖聽了，拉開門閂請他進來，向他訴說自己的孤苦，看上去十分淒涼悲傷。奚嵐說：「三哥想妳想得很苦，夫妻之間即使有點矛盾，為什麼要遠遠地逃到這裡來呢？」說完，就準備租車子帶阿纖一同回去。阿纖傷感地說：「我因為別人看不起，才和媽媽隱居到這裡來，現在又回去投奔人家，誰還不拿白眼看我？如果一定要回去，就得和大哥分開來過，不然的話，我就服毒自殺。」

奚嵐回去以後，把情況告訴了三郎。三郎連夜趕去，夫妻相見，都傷心地流下眼淚。第二天，又告訴了屋主。屋主謝監生早就覬覦阿纖的美貌，想把他弄到手做小妾，所以好幾年都不收房租，頻頻地向古老太暗示，但是都遭古老太拒絕了。古老太死後，他暗自慶幸可以弄到手了，但是三郎突然到來，破壞了他的陰謀。他便算出這幾年來的房租，讓阿纖一次還清，以此來刁難他們。

三郎家本來就不富裕，聽說要交的房錢很多，臉上露出很憂鬱的神色。阿纖說：「不礙事。」然後就領著三郎去看倉庫中存放的糧食，大約有三十多石，償還房租綽綽有餘，三郎很高興，就去告訴謝監生。謝監生不要糧食，故意索要銀子。

阿纖嘆息著說：「這都是我自己造的罪孽啊！」於是便將謝監生想娶她為妾被拒絕的事情告訴了三郎。三郎很生氣，打算到縣裡去告狀。陸生制止了他，替他將倉庫的糧食分給了鄉親們，聚起一筆錢償還給謝監生，用車子將三郎、阿纖送回家。

三郎把實情告訴了父母，然後就和兄長分家了。阿纖拿出自己的私房錢，每天都忙著建糧倉，但當時家裡連一石糧食也沒有，大家都覺得很奇怪。過了一年多，再去查看，發現倉庫裡已經堆滿了糧食。又過了沒幾年，家中非常富裕，而奚山家卻非常窮困。阿纖將公公婆婆接到自己家供養，還不時地拿錢糧接濟奚山家，漸漸地習以為常了。三郎高興地說：「妳真可以說是不計舊惡的人啊！」阿纖回答道：「他也是為了你這個弟弟好。況且要沒有他的話，我哪裡有機會能跟三郎你相識呢？」

從此以後，三郎家倒也沒再發生什麼怪異的事情。

【何守奇】死喪憂戚，亦猶夫人，特其類異耳。

【但明倫】若阿纖者，秀外慧中，寡言少怒，又勤績織，我見猶憐，奈何以形跡之疑，遂滋猜議？致慮青蠅之聚，早防紈扇之捐，與母偕藏，所謂見幾而作者非耶？幸是郎心無二，妾志靡他，惡障既除，良琴再理。

瑞雲

瑞雲是杭州的一位名妓，無論容貌還是才藝，都可稱得上舉世無雙。十四歲的時候，她的養母蔡媽媽就讓她出來接客。瑞雲告訴她說：「這是我一生發跡的開始，不可草草了事。價格可以由媽媽定，但是客人卻要聽憑我自己選擇。」蔡媽媽說：「可以。」於是定好價格，接一次客為十五兩銀子，瑞雲從此每天接客。來求見的客人必然都得獻上禮物——禮物豐厚的，瑞雲就陪著下棋，或是畫一幅畫表示酬謝；而禮物輕的，瑞雲只是留著喝杯茶而已。瑞雲的豔名流傳已久，從此富商顯貴，接連不斷慕名上門拜見。

餘杭縣有個姓賀的書生，一直享有才名，但是家中只有中等的財產。他素來仰慕瑞雲，雖然不敢奢求能和她同床共枕，但也竭力籌備一份薄禮，希望能夠一睹瑞雲的芳容。賀生心中暗想，瑞雲見過的客人很多，大概不會在意他這個寒酸的書生。等到兩人見面一談，瑞雲對他的款待很是殷勤。兩人坐著聊了很久，瑞雲眉目含情，作了一首詩贈給賀生，詩中寫道：

何事求漿者，藍橋叩曉關？有心尋玉杵，端只在人間。

賀生接過詩來一看，知道瑞雲對自己有意，不由心中狂喜，正要再說幾句心裡話，忽然小丫鬟進來稟告說有客人來了，他只好匆匆告別而去。

賀生回到家中，反覆吟誦玩味這首詩，夢中也縈繞著瑞雲的身影。過了一、兩天，他情不自禁地準備了一份禮物，再次前往。瑞雲見到他時，十分歡喜，把座位移到賀生身邊，悄悄地對他說：「能想辦法和我共度一夜嗎？」賀生說：「我是一個窮酸的讀書人，只有一片癡情可以獻給知己。這點小禮物已經竭盡了綿薄之力。能夠親近妳的芳容，我就已經心滿意足了；至於肌膚之親，我哪裡敢有這樣的夢想。」瑞雲聽了，露出不高興的神情，兩人相對而坐，再也說不出一句話來。賀生長時間坐著不出來，蔡媽媽便頻頻地叫瑞雲，催賀生趕緊走，賀生只好回家。

回到家中，賀生心中怏怏不樂，想著傾家蕩產換來一夜的歡樂，但是天一亮又得告別，這樣的痛苦怎麼可以忍受？他一想到這裡，心中的熱情便全消了。從此以後，他和瑞雲也就斷了往來。

瑞雲挑選情郎挑了幾個月，卻沒有挑著一個合適的。蔡媽媽很生氣，就想強迫她接客，只是還沒有決定。一天，有個秀才送上見面禮，和瑞雲坐著說了一會兒話，便站起身來，用一隻手指按在瑞雲的額頭上，說：「可惜呀，可惜！」然後就離去了，瑞雲送客人回來後，大家一看，見她的額頭上有個像墨一樣黑的指印，越洗越明顯。過了幾天，那塊黑印漸漸變寬；等到一年多以後，已經蔓延到顴骨和鼻子上了。客人們一看見瑞雲就要發笑，漸漸地都不再上門了。

蔡媽媽斥令收回她的妝飾，讓她和丫鬟們一起幹活，瑞雲又天生體弱，幹不了體力活，因此日顯憔悴下去。賀生聽說後，就去看她，只見她蓬頭垢面地在廚房裡幹活，醜得像個鬼一樣。她抬起頭見是賀生，便臉面向牆壁不讓賀生看見。賀生很同情她，就和蔡媽媽商量，願意替瑞雲贖身，娶她為妻，蔡媽媽答應了。

於是，賀生賣掉田產衣服，將瑞雲買回了家。瑞雲進門以後，拉著賀生的衣服，擦著眼淚，不敢以妻子的身分自居，只願意做個小妾，而將妻子的位置留給後來的人。賀生說：「人生最珍重的是知己，妳當初得意的時候尚且看得起我，我怎麼能夠因為妳容顏衰減忘記妳呢？」此後便不再有娶妻的念頭，聽說這事的人都嘲笑他，而他對瑞雲的感情卻更加深厚。

過了一年多，賀生偶然到蘇州去，有個姓和的書生與他住在同一家旅店，忽然問道：「杭州有個叫瑞雲的名妓，近來怎麼樣了？」賀生回答說已嫁人了。和生又問道：「嫁給什麼人了？」賀生答道：「那人和我差不多。」和生說：「如果能像您這樣，她可以說嫁了個好丈夫，不知道花了多少錢替她贖身？」賀生說：「因為她得了一種怪病，所以就賤賣了。不然，像我這樣的人，怎麼可能從妓院買回漂亮的女子呢？」和生又問：「那人果真和您一樣嗎？」賀生因為覺得他問得很怪，便反過來盤問他。和生笑著說：「實不相瞞，當年我也曾一睹她的芳容，對她這樣一位長著絕世姿色的女子流落在妓院感到十分婉惜，就用小法術遮住了她的光采，來保全她的美質，希望留給真正愛惜她的人來鑒賞。」賀生急忙問道：「您既然能點上黑印，也能夠洗掉它嗎？」和生笑了一笑，說：「怎麼不能？只要她的男人真心誠意地來求。」賀生站起身，行禮說道：「瑞雲的夫婿就是我。」和生高興地說：「天下只有真正有才德的人才能夠如此多情，不因為情人的美醜改變自己的想法，讓我跟您一起回去吧，我會還給您一位佳人。」

說完，便和賀生一同回家。來到賀生家，賀生正準備擺酒設宴，和生制止他說：「還是先讓我施行法術吧，應該讓準備酒宴的人先高興才對嘛。」說完，便讓賀生端來一盆水，用手指在盆中劃了幾道，說：「拿這水洗臉就可以痊癒了。不過，得請她親自出來謝謝醫生才行喲。」賀生笑著捧了盆進去，站在旁邊看瑞雲自己洗臉，只見隨手洗到之處，臉上立刻光潔，又像當年那樣豔麗動人了。

夫妻二人對和生感激不已，一起出來向他表示謝意，但和生卻已經不見，到處找也沒有找到，想來他是個神仙吧？

【何守奇】和生殊多事，然固天下有心人也。

【但明倫】前之修贄而後得見者，今且面壁而不敢見之；自知面目可憎，又豈謂舊雨複來，可卜鴛夢哉！幸而知己難忘，才人念舊，雖牽衣而攬涕，卒顧影而懷慚，至不敢以伉儷自居，殆亦謂「抱衾與裯，實命不猶」矣。女之於生也又如此。

仇大娘

仇仲是山西人，忘記他是哪個郡縣的人了。有一年，正碰上大亂，他被強盜抓走了。他的兩個兒子仇福、仇祿年紀都還小，繼室邵氏替他撫養兩個孤兒，所幸他留下的產業還能維持他們的溫飽。後來，連年發生災荒，當地豪門大戶又欺凌他們，以至於到了衣食不保的境地。

仇仲的叔叔仇尚廉想讓邵氏改嫁，自己好從中牟利，便屢屢勸她改嫁，但邵氏立志守志，毫不動搖。仇尚廉暗地裡將她賣給一個大戶人家，打算強搶她，這個陰謀已經談妥，只是外人不知道罷了。村裡有個人叫魏名，素來奸詐狡猾，和仇仲家結有仇怨，所以事事都想著要中傷他家。因為邵氏守寡，他就編造謠言，來敗壞她的名譽。那大戶人家嫌邵氏不守婦道便中止了和仇尚廉的約定。

久而久之，仇尚廉的陰謀和外面流言蜚語，漸漸傳到邵氏的耳朵裡，她的胸中充滿了冤氣，從早到晚流淚不止，身體也漸漸地壞了，病倒在床上。仇福這年剛剛十六歲，因為沒有人操持家務，就匆匆忙忙地娶了媳婦。媳婦是姜屺瞻秀才的女兒，很是賢慧能幹，家裡的大小事情都靠她一個人張羅。從此，家中漸漸寬裕起來，便讓仇福跟著老師讀書。

魏名忌恨仇家的日子漸漸好起來，便假裝對仇家友善，經常邀請仇福去喝酒，仇福便把他當成心腹朋友，魏名乘機對仇福說：「你的母親臥病在床，不能治理家政；你的弟弟坐享其成，什麼也不幹，你們這對賢夫婦何苦做牛做馬啊！況且等你弟弟娶媳婦時，又要花一大筆錢，我替你著想，不如及早分家，這樣你弟弟就會受窮，而你就可以富起來了。」仇福回到家，跟媳婦商量分家的事，被媳婦罵了一頓。無奈魏名天天給仇福灌輸分家的思想，用壞話加以挑撥，仇福被迷了心竅，便徑直跟母親說了心中的想法，邵氏聽了大怒，狠狠地罵了他一頓。仇福心中更加忿忿不平，就將家中的財物看作別人的東西隨意揮霍。魏名乘機引

誘他賭博，家中的糧食漸漸空了，媳婦知道了也不敢明言。等到糧絕的時候，邵氏很吃驚，便追問媳婦，她這才把實情告訴了婆婆。邵氏十分憤怒，卻也沒有辦法，只好同意分家。幸好媳婦很賢慧，每天替婆婆做飯，還像從前一樣侍奉她。

仇福分家以後，越發無所顧忌，大肆揮霍賭博。才幾個月的時間，田產房產都被用來償還賭債，而邵氏和媳婦都還不知道。仇福的錢花光了，再也想不出辦法來了，於是打算用媳婦做抵押來借錢，只是苦於沒人接受。縣裡有個人叫趙閻羅，原來是個漏網的大盜，在鄉里橫行霸道，他不怕仇福食言，慷慨借錢給他。仇福拿錢去賭，沒幾天又輸光了。他心裡惶惶不安，想背棄契約，趙閻羅對他橫眉豎目，他害怕了，便把妻子騙出來交給了趙閻羅。

魏名聽到這事，暗自高興，急忙跑去告訴姜秀才，實際上他是想讓仇家徹底敗落。姜秀才十分憤怒，告到了官府，仇福害怕極了，便逃走了。

姜氏來到趙家，才知道自己已經被丈夫出賣了，不由大哭，只想尋死。趙閻羅開始還勸慰她，姜氏不聽，接著就對她進行威逼，姜氏就破口大罵。趙閻羅於是大怒，用鞭子抽她，但姜氏始終不肯屈服。後來竟拔下頭上的簪子刺自己的喉嚨，眾人急忙去救，已經刺透了食道，血一下子湧了出來。趙閻羅急忙用絹帛裹住她的脖子，還希望慢慢讓姜氏屈服。

第二天，官府發來傳票拘捕趙閻羅，他卻顯出強硬、毫不在意的樣子。縣官驗看姜氏的傷勢，發現傷得很重，就命令杖打趙閻羅。衙役們面面相覷，沒有人敢對他動刑，縣官早就聽到趙閻羅凶橫殘暴，至此更加相信了。他非常震怒，叫出自己的家僕，當場就把趙閻羅給打死了，姜秀才便將女兒抬了回去。

自從姜家到衙門告狀以後，邵氏才知道仇福種種不肖的勾當，放聲大哭，幾乎氣死過去，病得昏沉沉的，而且越來越重。仇祿當時才十五歲，人單力弱，不能自主。

原先仇仲有個前妻生的女兒，叫做仇大娘，嫁到了遠處的一個郡中。她生性剛猛，每次回娘家探望，如果給她的東西不如她意，就頂撞父母，往往氣呼呼地離去。因此仇仲很不喜歡她，再加上路途遙遠，好幾年也沒有回家來。邵氏病危之際，魏名就想把仇大娘招回來，好挑起仇家內部紛爭。恰好有一個做生意的，和仇大娘家在一起，魏名就托他帶信給仇大娘，並且挑撥說這時候回娘家有利可圖。

過了幾年，仇大娘果然帶著小兒子回來了。她進了家門，只見小弟仇祿在侍候病危的母親，景象很是慘澹，不由得一陣心酸。她便問起大弟仇福到哪裡去了，仇祿就把發生的事情全都告訴了她。仇大娘聽完，不由怒火溢滿胸膛，說道：「家裡沒有大人，就聽憑他人欺負到如此地步！我們家的田產憑什麼讓那幫惡賊騙了去！」說完，她進到廚房，生火煮粥，先讓邵氏吃，然後又叫來弟弟和兒子吃。吃完以後，她氣呼呼地出了門，到官府投下狀子，告那些賭徒。

那些賭徒很害怕，聚了一筆錢來賄賂仇大娘。仇大娘收下他們的錢，還是照樣上告。縣官命令拘來幾個賭徒，每個人都施以杖刑，但是詐騙田產的問題卻沒有審問。仇大娘忿忿不平，帶著兒子到郡衙告狀，郡守最痛恨賭博的人。仇大娘極力陳述孤兒寡母的痛苦，以及那些惡賊設局行騙的種種罪狀，說得慷慨激昂。郡守被她的言詞打動了，便判令知縣追回被騙去的田產，還給原主；又懲治了仇福，以警戒不肖。仇大娘回到家，縣令奉命對賭徒嚴刑拷打，限期歸還，於是仇家原來的田產都收回來了。

這時，仇大娘已經守寡很久了，便叫自己的小兒子先回去，並且囑咐他跟著哥哥治理家業，不要再回來了。從此，仇大娘就住在娘家，供養母親，教養兄弟，裡裡外外都處理得井井有條。邵氏感到十分欣慰，病也漸漸好了，把家裡的大小事務都交給仇大娘管理。鄉里的豪門大族只要稍稍欺負仇家，她就帶著刀找上門去，理直氣壯地與人爭論，那些人家沒有不屈服的。

過了一年多，仇家的田產日漸增多。仇大娘還時不時地買一些藥物和好吃的東西，送給姜氏。她見仇祿漸漸長大成人，多次囑託媒人替他訂一門親事。魏名告訴別人說：「仇家的產業全都歸了仇大娘，恐怕將來也不會再分給她的兄弟了。」人們都相信他的話，所以沒有人願意跟仇祿結親。

當地有一位叫范子文的公子，家中的名園，在山西堪稱第一。花園裡有一條兩邊栽種名貴花草、直通內室的小路，有人不知道誤闖入內室，正碰上范公子舉行個人宴會，被范公子憤怒地當成強盜，幾乎活活打死。

一天，正碰上清明節。仇祿從私塾回家，魏名勾引他到處遊玩，便來到了范家花園。魏名和園丁素來就有交情，園丁放他們進去，遊遍了亭臺樓榭。他們來到一處地方，只見溪水洶湧，溪上有一座兩邊是紅色欄杆的畫橋，通向一扇油漆的門；透過門遙遙望去，只見裡面繁華似錦，想來就是范公子的內書房。魏名騙仇祿說：「你先請進去，我正好想方便一下。」

仇祿信了他的話，沿著橋走進門裡，來到了一座院落，聽到裡面傳來女子的笑聲。仇祿剛停下腳步，一個丫鬟走出來，一看見他，便轉身跑回去了。仇祿這才嚇得往回就跑。不一會兒，范公子出來，喝令家人拿著鞭子去追他。仇祿被追急了，自己跳到了溪裡，范公子轉怒為笑，命令家人們把他拉上來。范公子見仇祿的相貌衣著十分雅致，便讓人替他換了衣服鞋子，拉到一個亭子裡，問他姓啥名誰，態度和藹，言語溫和，看上去一副親切的樣子。

不一會兒，范公子進到院子裡，很快又出來，笑著拉住仇祿的手，領著他過橋，漸漸走到剛才他來過的地方。仇祿不明白他的意思，徘徊不敢進去，范公子強行將他拉進去。只見花籬牆內隱隱約約地有美人向外窺探。兩人坐了下來，就有一群丫鬟前來布置酒宴。仇祿推辭說：「學生無知，誤闖入貴府內宅，承蒙您能寬恕，已經出乎我的希望。只求您早點放我回去，我也就受恩不淺了。」范公子不聽。

只一會兒工夫，桌上就擺好了美酒佳餚。仇祿又站起身來，推辭說已經吃飽喝醉了。公子把他按在座位上，笑著說：「我有一個樂拍的名稱，你如果能對上，就放你走。」仇祿便恭恭敬敬地請教。范公子說：「拍名『渾不似』。」仇祿默默思考了許久，對道：「銀成『沒奈何』。」范公子放聲大笑，說道：「真是石崇來了！」仇祿聽了，渾然不解。

原來范公子有個女兒，名叫蕙娘，長得很漂亮，而且知書達禮。范公子天天都在想著替她挑選一個好女婿。昨天夜裡，蕙娘夢見一個人告訴他說：「石崇是你的女婿。」蕙娘就問：「他在哪裡？」那人說：「明天就落水了。」一早上起來，蕙娘就把這個夢告訴了父母，大家都覺得很怪異。仇祿恰好符合夢中顯示的徵兆，所以范公子邀請他來到內室，讓夫人和女兒們一起看看。范公子聽了仇祿的對子，不由大喜，說道：「這個拍名是我家小女所擬，但苦思冥想也想不出對句，今天你能對上，大概是天賜的緣分吧。我打算將小女嫁給你為妻，我家裡也不缺少房子，也就不用麻煩你來迎親了。」仇祿一聽，惶恐不安，連忙謝絕，並且以母親有病在床為由，表示不能入贅為婿。范公子便讓他先回去，和家人商議商議。於是派馬伕替他馱上濕衣服，又用馬送他回去。

仇祿回到家中，便將這事稟告了母親。邵氏聽了很吃驚，認為不吉利。從此，邵氏才知道魏名是個險惡的人，但是畢竟因禍得福，也就不計較了，只是告誡兒子要遠離他。

過了幾天，范公子又派人向邵氏提起這件親事，但邵氏始終不敢答應。最後還是仇大娘做主答應了，並且馬上請了媒人到范家下了聘禮。不久，仇祿就入贅到了范公子家。又過了一年多，仇祿進入縣學，才名很高。後來，他的內弟長大成人，范家對仇祿的禮數漸漸地鬆懈，仇祿很生氣，就帶著蕙娘回家了。母親邵氏這時已經能拄著拐杖走路了。這幾年多虧仇大娘料理家政，家裡的房屋還很完好。新媳婦回家以後，帶來了許多僕人，仇家也顯出了一派大戶人家的風範。

魏名自從仇祿跟他斷絕關係以後，更加深了對仇家的嫉妒，只恨找不到一條縫可鑽。他就勾結了一名從滿人家中逃亡的家奴，誣陷仇家隱藏錢財。清朝初年關於財產的立法很嚴，按照法令，仇祿被判處流放到關外。范公子到處賄賂求人，僅僅讓蕙娘免於跟仇祿一起充軍；而仇家的田產全部被官府沒收。幸虧仇大娘拿著當年分家的文書，挺身到官府據理力爭，才把新增加的若干傾良田都掛在仇福的名下，邵氏母女才得以安居。

仇祿料想自己是再也回不來了，便寫了離婚文書交給岳父家，一個人孤苦伶仃地走了。走了幾天，來到京城以北的一個地方，在一家旅店裡吃飯，他看見一個乞丐惶恐不安地站在門外，相貌極像是他的哥哥仇福，走到跟前一問，果然是哥哥。仇祿於是將家中發生的情況述說了一遍，兄弟倆都很悲傷。仇祿脫下一件夾衣，又分給他幾兩銀子，讓哥哥回家去，仇福流著眼淚接過來，告別而去。

仇祿來到關外，在一個將軍的帳下為奴。將軍看他是個文弱的書生，就讓他做些文書的事情，和其他奴僕們住在一起。僕人們問起他的家世，仇祿一五一十地告訴了他們。其中一個忽然吃驚地說：「你是我的兒子呀！」

原來仇仲當年被強盜抓走後，替他們放馬，後來強盜投誠，便將他賣到滿人家中，這時他正跟隨主人駐紮在關外。剛才仇祿詳細地述說家世，他才知道仇祿是自己的兒子。父子兩人抱頭痛哭，滿屋子的人都為他們感到辛酸。哭完之後，仇仲氣憤地說：「是哪個逃跑的狗奴才，竟然敢去詐騙我兒！」於是他就去向將軍哭訴。將軍馬上任命仇祿代理軍中的書記，又寫了一封給親王的信，交給仇仲，讓他到京城上告。

仇仲來到京城，等著親王的車駕出來，向親王呈上了鳴冤的狀子和將軍的書信。親王替他婉轉求情，仇祿的冤情終於得到昭雪，並且下令地方官將沒收的仇家產業贖回，歸還仇家。仇仲回到將軍帳下，父子兩人都十分歡喜，仇祿詳細問起父親現在的家中有多少人，打算替父親贖身，這才知道仇仲賣到將軍家以後，曾經結過兩次婚，但都沒有孩子，這時還是孤身一人。仇祿於是收拾行裝，先回家鄉去了。

仇福和弟弟分手以後，回到家裡，匍匐在地向母親認錯。仇大娘陪著母親邵氏坐在堂上，拿著棍子問他道：「你如果願意挨打受罰，就姑且留下你；如果不願意的話，你的田產已經被你輸光了，這裡也沒有你吃飯的地方，就請你滾蛋吧。」仇福流著眼淚趴在地上，表示願意接受杖罰。仇大娘扔掉棍子，說：「連老婆都賣掉的人，打也不足以懲罰。但是原來的案子還沒有銷，你要再犯的話，就把你送到官府嚴辦。」於是她派人去告訴姜家。姜氏罵道：「我是仇家的什麼人呀，要來告訴我！」仇大娘不斷地用姜氏說的話來嘲諷仇福，仇福心中慚愧，連大氣也不敢出。

就這樣，仇福在家住了半年，仇大娘雖然在吃穿方面供應得挺周全，但是讓他幹活就像對待僕人一樣。仇福埋頭幹活，沒有怨言，有時讓他辦和錢財有關的事，他也能一絲不苟，沒有差錯。仇大娘看他已經改邪歸正了，便告訴母親，想求姜氏再回來。邵氏認為這件事已經無法挽回了，仇大娘說：「不一定，她如果想改嫁的話，當初又怎麼會刺破喉管，讓自己受那麼大的罪呢？要不是仇福如此對她，她也不會有那樣的怒氣啊！」說完，她就帶著弟弟親自到姜家負荊請罪。

岳父岳母一見到仇福，便狠狠地責備他。仇大娘喝令仇福挺直身子跪下，然後請姜氏出來相見。但是再三請求，姜氏硬是躲著不出來，仇大娘便到裡面找著姜氏，硬把她拉出來。姜氏一出來，便指著仇福連聲唾罵，仇福慚愧不已，汗流滿面，無地自容，姜母這才將他拉起來。

仇大娘問姜氏什麼時候可以回去？姜氏說：「我受到大姊許多的恩惠，今天既然是您吩咐我回家，我還有什麼可說的？只恐怕不能保證他將來不會再賣我啊！況且，我跟他的情義早已斷絕，還有什麼臉面和這樣一個黑心肝的無賴一起生活呢？請大姊另外收拾一間屋子，我當前往侍奉婆婆，只要比出家當尼姑強一點，我也就心滿意足了。」仇大娘又替仇福表達了悔過之情，約好第二天來接姜氏，然後告辭而去。

第二天早上，仇大娘派轎子把姜氏接回來，邵氏跪在門口迎接，姜氏也趴在地上放聲大哭。仇大娘勸住了她們，擺上酒宴慶祝仇福夫妻團聚。她叫仇福坐在桌子的側面，然後端著酒杯說道：「我這些年來苦苦爭回這些家產，並不是為自己牟利。如今弟弟已經悔過，貞節的弟妹也回來了，請讓我把家裡的錢糧帳冊都交還給你們，我空手而來，仍然空手而去。」仇福都離開桌子，感動不已，跪倒在仇大娘面前哭著哀求她不要離開，仇大娘這才留了下來。

過了不久，仇祿冤案得到昭雪的文書下來了，沒幾天，沒收的田地房屋都歸還故主。魏名大為驚駭，不知道發生了什麼變故，只恨沒有什麼法子再陷害仇家。恰好仇家西邊的鄰居發生火災，魏名假裝前往救火，暗中竟用草席點著了仇祿的屋子。這時正巧狂風大作，幾乎將仇家的屋子燒光了，只剩下仇福住的兩、三間房子，於是一家人都擠在裡面住著。

不久，仇祿回來，一家人相見不由得悲喜交加。當初，范公子接到仇祿寫的離婚文書，拿去和蕙娘商量。蕙娘放聲痛哭，將離婚文書撕碎了扔在地上。范公子尊重她的意願，不再強迫她改嫁。仇祿回來後，聽說蕙娘沒有改嫁，歡喜地來到岳父家中。范公子知道仇家遭了火災，就想留他住在家裡，仇祿沒有同意，便辭別回家。

雖然仇家遭了火災，幸好仇大娘還藏有一些銀子，便拿出來修葺房屋。仇福提著鐵鍬挖地基，突然挖到一個藏有銀子的地窖。他連夜和弟弟一起將地窖打開，只見一丈見方的石池裡，裝滿了銀子。於是，仇家請來工匠，大興土木，蓋起了一座座樓房，雄偉壯麗，簡直可以和世家貴族相比美。

仇祿感激將軍的仁義，籌備了一千兩銀子去替父親贖身。仇福要求去接父親，於是就派了能幹的僕人跟他一同前去，而仇祿就將蕙娘接了回來。不久，父親和哥哥一同回來，全家團圓，歡天喜地。

仇大娘自從回娘家以後，禁止自己的兒子前來探望，唯恐別人議論謀私利。現在父親回來了，她堅決要求離去。仇福、仇祿兄弟不忍她離去，仇仲便將家產分為三份，兩個兒子得兩份，女兒也得到一份，仇大娘堅決推辭。兄弟倆都哭著說：「要是沒有姊姊，我們哪裡會有今天啊！」仇大娘這才心安，派人叫兒子把家搬來住在一起。

有人問仇大娘，「妳和仇福、仇祿是異母姊弟，為什麼對他們如此關切呢？」仇大娘說：「只知道有母親，不知道有父親，天底下只有禽獸才會這樣，人怎麼能效仿禽獸呢？」仇福和仇祿聽了都感動得流淚，派工匠替姊姊修建住宅，和他們自己住的一模一樣。

魏名自己反思，這十幾年來越想禍害仇家，越給他家帶來好運，心裡不禁深深地慚愧後悔。他又仰慕仇家的富裕，便想和仇家交好。他就以祝賀仇仲進升為名，準備了禮物前往仇家拜訪。仇福想拒絕他，但仇仲不忍心拂了人家的好意，便收下了他送來的雞和酒。那雞被布條捆住了爪子，卻逃進了灶中，灶火燒著了布條，雞跳到了堆積的柴禾上，家裡的僕人丫鬟看見雞，卻沒注意牠身上帶著火。不一會兒，柴堆燒著了，也引著了屋子，一家人驚惶失措，幸虧人手眾多，一會兒就把火撲滅了，但是廚房裡的東西全被燒光了，仇家兄弟都認為魏名送來的東西不吉利。

後來，仇仲過生日，魏名又牽來一頭羊祝壽，實在推辭不掉，就把牠繫在院子裡的一棵樹上。這天夜裡，有個小僮被僕人毆打，氣呼呼地來到樹下，解開拴羊的繩索上吊自殺了。仇家兄弟嘆息說：「他給我們帶來的福還不如給我們帶來的禍多呢。」從此，雖然魏名殷勤送禮，仇家也不敢接受他一絲一縷，寧可給他豐厚的報酬。後來魏名老了，窮得淪為乞丐，仇家還常常給他吃的、穿的，用恩德來回報他。

異史氏說，噫嘻！命運的不同是由不得人的啊！越是想陷害，就越給人家帶來好運，魏名的陰險狡詐實在無聊極了。但是受他的敬愛，卻反而得禍，不是更奇怪嗎？由此可見，來自盜泉的水，哪怕一捧也是污濁的啊！

【何守奇】《隴西行》云：「健婦持門戶，亦勝一丈夫。」讀仇大娘事，信然。

【但明倫】天下斷無能害人之小人，而小人當知返矣。而凡處境者，亦唯塞翁得馬失馬之意，靜以參觀，失於人乎何尤？得於人乎何德？在我止安於義命，彼小人者，不必疾之已甚，而所謂不惡而嚴者，豈無道哉！

【王芑孫】觀此篇，魏之包藏禍心，屢次設計欲害仲家，其禍之反所以福之。可見造物之不由人算，其奸險亦何用哉？

曹操塚

許昌城外有條大河，水勢洶湧，靠近山崖的地方，河水很深而且發黑。盛夏季節，有人到河中洗澡，忽然像被刀斧砍了一樣，屍體斷裂，浮出水面。後來，又有一個人遭到同樣的命運。一傳十，十傳百，大家都感到驚訝奇怪。

縣令聽說這件事後，派了很多人修閘截住了上流，水排乾以後，只見山崖下有個深洞，洞中裝了一個轉輪，輪子上排著明晃晃的利刃。他們拆掉轉輪，進入洞中，發現有一塊小石碑，上面刻的字都是漢代的篆書，仔細一看，原來是曹操的墓。眾人打破棺材，弄散了屍骨，把所陪葬的金銀珠寶全都取走了。

異史氏說，後人曾經寫過這樣的詩句：「盡掘七十二疑塚，必有一塚葬君屍。」哪裡想到真正的曹操墓竟然在七十二塚之外呢？曹瞞真是奸滑呀！但是千餘年來朽骨還是不保，狡詐又有什麼用處呢？嗚呼，曹瞞的智謀正是曹瞞的愚蠢所在啊！

龍飛相公

安慶有一個姓戴的書生，年輕時行為不檢，不拘小節。一天，他在別處喝醉了酒，回家的路上遇到了已經死去的表兄季生。他酒醉後兩眼昏花，竟忘了他已經死了，便問道：「你一向在什麼地方？」季生說：「我已經到了陰間，難道你忘記了嗎？」戴生這才恍然大悟，但酒醉之中也不感到害怕，問道：「在陰間做什麼呢？」季生回答說：「最近在轉輪王殿下那裡掌管文簿。」戴生說：「那麼人世間的禍福，你一定都知道了？」季生說：「這是我的職責，怎麼會不知道。但是過於繁瑣，不是我很關切的人，不能全部記得。三年前我偶然檢查簿冊，還看見你的名字。」戴生急忙問上面寫了些什麼，季生說：「我不敢騙你，你的大名已經列在黑暗獄中了。」戴生很害怕，酒也醒了，苦苦哀求季生拯救他。季生說：「這不是我替你出力就能辦到的事，只有積善行德才可以改變。但是你已經惡貫滿盈，沒有大的善行是不可能挽回的。但是一個窮秀才能有多大的能力呢？即使每天都能做一件善事，沒有一年多的時間也不能抵償你的罪惡，現在已經太晚了。但是，如果你從現在開始身體力行地做善事，即使進了地獄，以後還會有出來的一天。」

戴生聽完，痛哭流涕，趴在地上向季生苦苦哀求。等他抬起頭來，季生已經無影無蹤了。戴生怏怏不樂地回了家，從此洗心革面，痛改前非，再也不敢有什麼差錯了。

此前，戴生和鄰居的女人有私情，鄰居聽說了這事並不聲張，想找個機會把他當場抓住。但是自從戴生改過自新以後，就和那女人永遠斷絕了往來，鄰居找不到機會抓他，心中很是憤恨。

一天，戴生和鄰居在田間相遇，鄰居假裝和他說話，騙他去看一口廢井，乘機把他推到井裡去了，那口井有好幾丈深，鄰居料想戴生必死無疑，而戴生半夜裡甦醒過來，坐在井中放聲大哭，但是沒有人聽見。鄰居唯恐戴生又活過來，過了一宿就去聽動靜，聽到他的哭聲，急忙往裡面扔石頭，戴生躲到井底的洞裡，再也不敢出聲，鄰居知道他還沒有死，便挖土填井，幾乎把井填滿了。

洞中漆黑一片，真是和地獄沒有什麼區別。洞裡空蕩蕩的，沒有吃的東西，戴生料想自己是活不長了，他匍匐著往前走，但是三步以外都是水，沒法子過去，就又坐回原處。起初他還覺得腹中飢餓，時間一久竟然也就忘了，他於是想，在這地下也沒有善事可做，只有不斷地唸佛而已。不一會兒，只見磷火飄浮，螢光閃閃，飄得滿洞都是，他於是禱告道：「聽說磷火都是冤鬼，我雖然暫時還活著，但是料想也回不到人間了，如果可以一起說說話，也可以安慰一下我寂寞的心。」

只見那些磷火漸漸地順著水面漂過來，每一團磷火中都有一個人，身高只有正常人的一半。戴生便問他們從哪裡來。磷火回答道：「這口井是古代的煤井，當年主人挖煤時，震動了古墓，被龍飛相公引來地海的水，一下子淹死了四十三個人，我們都是鬼。」戴生問道：「那龍飛相公是什麼人？」磷火回答說：「我們也不知道，相公是位讀書人，現在是城隍的幕客，他也可憐我們無辜而死，過三、五天就施捨一次粥給我們。我們天天遭受冷水泡骨的痛苦，想來也沒有超脫苦海的可能，您如果能再回到人間，請撈出我們的殘骨，合葬在一座義塚裡，就是給我們的最大恩惠了。」戴生說：「萬一我能夠回到人間，這件事做起來沒什麼困難。但是我現在身處九泉之下，又怎麼敢指望能夠重見天日啊！」於是他就教眾鬼唸佛，數著煤塊來代替佛珠，記下唸了多少佛。這樣，戴生也不知道時間的早晚，睏了就睡覺，醒了就端坐在那裡。

忽然，洞的深處點起了盞燈籠，眾鬼歡喜地說：「龍飛相公施捨吃的來啦！」便邀請戴生一同前往。戴生擔心有水阻擋過不去，眾鬼便強拉硬拽地往前走，戴生只覺得飄飄然好像腳沒有踏在地上。曲曲折折地走了半里多路，來到一個所在，眾鬼將戴生放下來，讓他自己走。他們踏步向前，好像上了一個幾十尺高的臺階，臺階的盡頭出現了房屋和走廊，大堂上點著像人的胳膊一般粗細的蠟燭。戴生長時間看不見火光，高興極了，急忙跑上前去。

大堂上坐著一位老者，身穿儒服，頭戴儒巾。戴生停住腳步，不敢上前。老頭已經看見了他，驚訝地問道：「這個活人是從哪裡來的？」戴生走上前去，跪在地上述說情況。老者說：「原來你是我的後代呀！」於是讓他起來，並賜他入座，老者自己介紹說：「我叫戴潛，字龍飛。從前因為不肖子孫戴堂，勾結土匪，在墓邊挖井，使得老夫在夜室裡睡不安穩，所以引來海水把井淹沒了。如今，他的後代怎麼樣了？」

原來戴家近宗共有五支，戴堂為長房。起初，縣裡的大戶人家賄賂戴堂，在戴家祖墳的旁邊挖煤。眾兄弟畏懼他的權勢，誰也不敢爭辯。不久，地下水突然沖來，採煤的工人全都淹死在井下。那些死者的家屬，紛紛到官府告狀，戴堂和那大戶人家因此都被弄窮了，戴堂的子孫至今還沒有立錐之地。戴生是戴堂弟弟的後代，曾經聽先人說起這件事，便告訴了老者。

老者說：「這樣的不孝子孫，他的後人怎麼可能昌盛呢？你既然來到這裡，就不應當荒廢了學業。」說完，老者就拿出酒菜給他吃。吃完飯，又在桌上放了一些書卷，都是成化、弘治年間的八股文章，強迫戴生研讀。老者又給他出題作文，好像老師教徒弟一樣。大堂上的蠟燭長明，不剪燭花也不會熄滅。戴生睏倦的時候就睡覺，也分不清早晨和夜晚。老者有時出去，就派一個小僮服侍戴生。這樣過了幾年的時間，所幸的是並不怎麼感到痛苦，但是沒有別的書可讀，只有一百來篇八股文，每一篇都讀了四千多遍。

一天，老者對戴生說：「孩子，你罪孽的報應已經滿了，應該回到人間去了，我的墓靠近煤洞，陰風刺骨，你得志以後，把我的墓遷到東原去。」戴生恭恭敬敬地答應了。老者於是將眾鬼叫來，讓他們仍舊把戴生送到原來坐著的地方去。眾鬼圍著老者行禮，老者再三叮囑，但是戴生也不知道有什麼辦法可以出去。

此前，戴生失蹤以後，他家裡的人到處找遍了也沒找著。他的母親告到官府，縣官抓了好幾個嫌疑犯，但還是沒有查到什麼線索。過了三、四年，這位縣官離任，搜巡工作也就鬆懈下來。戴生的妻子在家中不守婦道，戴家便將她遣嫁出去。恰好鄉里的人重新修治舊井，下到洞中發現了戴生，一摸，發現他還沒死，不由大為驚駭，急忙到他家報信。戴生被人抬回家，過了一天，才開始敘述他在地下的經歷。

自從戴生被鄰居推到井裡以後，鄰居打死了自己的妻子，被他的岳父告到了官府。官府駁問審訊了一年多，把這人折磨得只剩下皮包骨回去了。他聽說戴生死而復活，嚇得要死，就逃走了。戴氏族人商議要追究鄰居的罪過，戴生不同意，並且說以前確實是咎由自取，在井下受的苦是陰間對他的懲罰，和那鄰居沒有什麼關係。鄰居看清戴生確實不再追究，這才猶猶豫豫地回了家。

井水乾了以後，戴生雇人進到井洞中收拾眾鬼的殘骨，按照各人的樣子整理好，買來棺材，找了地方，將眾鬼合葬在一座墳墓裡。他又檢查家譜，確實有一個前輩名叫戴潛，字龍飛。於是他擺上供品，到龍飛相公的墓前拜祭。當地的學使聽說了這件怪事，又欣賞戴生的文章，在科舉考試中以優等生錄取戴生，後來，他又通過了鄉試。戴生回家以後，在東原修建墳墓，遷來龍飛相公的屍骨，給予豐厚的安葬。每年春、秋兩季戴生都來上墳，年年不斷。

異史氏說，我的家鄉有人挖煤，洞被水淹沒了，十幾個人都淹在洞裡。外面的人想把水淘盡尋找屍體，過了兩個多月才把水抽乾，發現十幾個人一個也沒有死掉。原來，水暴漲的時候，他們一起游到地勢高的地方。沒有被淹著。人們用繩子把他們拉上來，這些人見到風才昏倒，過了一晝夜才漸漸甦醒過來。由此可見，人在地下時，就像蛇、鳥冬眠一樣，急切之間倒也死不掉。但是沒有聽過待了幾年都不死的。如果不是心地至善的人，在三年的地獄中，怎麼可能還有活人呢？

【但明倫】願普天下善男子、善女人，生清淨心，自計我身所行，是否名在黑獄，雖有差跌，砥行可挽；雖有修積，懈弛皆隳；慎勿至罔睹天日，而始悔無善可行，急時抱佛腳也！

珊瑚

有個書生名叫安大成，是重慶人。他的父親是個舉人，早已去世，弟弟安二成，年紀還小。大成娶妻陳氏，小名叫珊瑚，生性嫻淑。但是大成的母親沈氏，凶悍荒謬，為母不仁，對珊瑚百般虐待。但珊瑚絲毫沒有怨言，每天早上起來，都打扮得整整齊齊向婆婆請安。

一次，大成生病，沈氏就說是兒媳婦整天盛妝打扮勾引丈夫所至，對她辱罵斥責。珊瑚回到自己屋裡，卸下妝飾後又去見婆婆。沈氏更加發怒，撞自己的腦袋，抽自己的嘴巴。大成素來孝順，用鞭子抽打媳婦，沈氏這才稍稍緩解下來。從此以後，她更加憎恨媳婦。雖然珊瑚小心謹慎地侍候她，但她始終不和珊瑚說一句話。大成知道母親發怒，也就搬出來住到別的房間，表示與妻子斷絕關係。過了很久，沈氏始終不高興，動不動就指桑罵槐地責罵珊瑚。大成說：「娶媳婦回家是為了侍候公婆，弄到今天這個地步，還要媳婦幹什麼！」便休了珊瑚，派一個老婦人送她回家。

出了門不久，珊瑚哭泣著說：「作為一個女子，不能當好媳婦，有什麼臉面回家見我的爹娘？不如死了算了！」她從袖子裡取出剪刀刺向自己的咽喉。老婦急忙來救，鮮血已經染紅了衣襟，便扶著她來到大成的一個嬸娘家。嬸娘姓王，早就成了寡婦，一個人生活，就將珊瑚留下了。

老婦人回到安家，大成囑咐她隱瞞實情，但心裡暗自害怕母親知道這件事。過了幾天，他探聽得知珊瑚的傷口已經漸漸好了，便來到王氏家中，請她不要留下珊瑚。王氏讓大成進門，大成不肯進去，只是氣沖沖地要趕珊瑚走。過了不久，王氏領著珊瑚出來見大成，便問道：「珊瑚有什麼罪？」大成指責她不能侍候母親。珊瑚默默地不說一句話，只是低著頭嗚嗚地哭泣，流出來的眼淚都是紅色的，把白色的衣衫都給染紅了。大成看到這副情景，心中也很淒慘，話還沒有說完就走了。

又過了幾天，沈氏聽說珊瑚在王家，便怒氣沖沖地來到王家，惡語相向，譏諷王氏。王氏生性傲然，也不肯讓步，反過來數落沈氏的惡行，並且說：「兒媳婦已經被妳趕出了門，她還是你們安家的什麼人？我留的是陳家的女兒，並沒有留妳安家的媳婦，何必麻煩來多管別人家的閒事！」沈氏氣極了卻又理屈辭窮，又見王氏一副氣勢洶洶的樣子，又是羞慚，又是沮喪，大哭著回家去了。珊瑚心中感到很不安，就想搬到別的地方去住。

原來大成有個姨娘于老太太，也就是沈氏的姊姊，六十多歲的年紀，兒子死了，只有一個年幼的孫子和守寡的兒媳，她平時就對珊瑚很好。珊瑚就向王氏告辭，前去投靠于老太太。于老太太問明瞭情況，直埋怨妹妹太糊塗凶暴，就想馬上送珊瑚回安家去。珊瑚竭力勸阻于老太太不要這麼做，並且叮囑她不要聲張。於是，珊瑚就和于老太太住在一起，像媳婦和婆婆的關係一樣。

珊瑚有兩個哥哥，聽說這事後很同情妹妹，就想把她接回去重新嫁人。珊瑚堅決不肯同意，還是跟著于老太太紡紗織布度日。大成自從休了妻子以後，沈氏想方設法為他張羅婚事，但是沈氏凶悍的聲名到處傳揚，遠近沒有人家敢和她家結親。過了三、四年，二成漸漸長大了，沈氏就先為他娶了親。

二成的妻子名叫臧姑，十分地驕橫凶悍，渾不講理，比沈氏還要加倍厲害。沈氏如果氣得給她臉色看，臧姑就凶狠地罵出聲來。二成又很懦弱，不敢袒護母親，於是沈氏的威風大減，不敢再頂撞臧姑，反而看她的臉色行事，用笑臉奉承討好她，但這樣還是不能討得她的歡心。臧姑讓沈氏幹活就像對待丫頭一樣，大成也不敢說話，只是代替母親做事，諸如洗碗、掃地之類的事情什麼都做，母子兩人常常在沒人的地方面對面地哭泣。

不久，沈氏因為心中鬱悶生了病，躺倒在床上，動彈不得，大便小便翻身都要大成服侍，弄得大成晝夜不得睡覺，兩隻眼睛都熬紅了。大成叫弟弟替換一下自己，二成才進母親的門，臧姑就把他叫走了。大成於是跑到于老太太家，希望她能夠去照顧他母親。他一進門，就一邊哭一邊訴說。苦還沒訴完，珊瑚就從幃帳後面走出來。大成一見，大感羞慚，立刻閉上嘴就想出門。珊瑚兩手張開擋在門口，大成窘極了，就從珊瑚的胳膊下鑽過去跑回家裡，也不敢告訴母親這件事。

不久，于老太太來了，沈氏高興地留她住下。從此，于老太太家每天都派人過去，每次去都帶了許多好吃的東西。于老太太便讓人帶話給守寡的兒媳說：「這裡餓不著我，以後不要再送了。」但是她家裡還是不間斷地送來吃的。于老太太自己一點也不吃，全都留下來給生病的沈氏吃，沈氏的病也漸漸地好轉。于老太太的小孫子又奉他媽媽的命令前來探望沈氏的病情。沈氏感嘆地說：「多賢慧的兒媳婦啊！姊姊是怎麼修來的呀！」于老太太說：「妹妹覺得被妳趕走的兒媳婦為人怎麼樣呀？」沈氏說：「唉！確實不像二媳婦那麼壞！但又怎麼比得上外甥媳婦的賢慧呢？」于老太太說：「媳婦在的時候，妳不知道什麼叫辛勞；妳發火的時候，媳婦不會埋怨，這麼好的媳婦，怎麼能說不如人呢？」沈氏於是流下了眼淚，並且告訴姊姊自己已經後悔了，並且問：「珊瑚嫁人了沒有？」于老太太回答說：「不知道，我去打聽打聽。」

又過了幾天，沈氏的病已經全好了，于老太太打算告別。沈氏哭著說：「只怕姊姊走了，我還是免不了一死。」于老太太便和人成商量，跟二成分開來過。二成把分家的事告訴臧姑，臧姑不樂意，對大成說了些難聽話，而且連帶罵了于老太太。大成願意把家中的良田全部給二成，臧姑這才高興地同意了。等到分家的文書辦妥以後，于老太太才回了家。

第二天，于老太太派車來接沈氏，沈氏來到她家，先要求見外甥媳婦，並且極口稱讚外甥媳婦的賢慧。于老太太說：「小女人縱然百樣都好，難道就沒有一點小毛病嗎？我當然能夠容忍，不過，如果有像我兒媳婦這樣的媳婦，恐怕妳也享不到這個福。」沈氏說：「唉呀，太冤枉了！妳把我說成是木石、鹿豬呀！我也有口有鼻，難道說我分不出香和臭嗎？」于老太太說：「被妳趕出家門的珊瑚，不知道現在想起妳時會說些什麼？」沈氏說：「肯定是罵我吧。」于老太太說：「妳好好反思自己，要是沒有可罵的，她為什麼要罵你呢？」沈氏說：「缺點是人人都會有的，只是因為她不賢慧，所以知道她會罵我。」于老太太說：「該怨恨的不怨恨，那麼她的德行就可想而知了；該離開時卻不離開，那麼她對人的撫慰也就可想而知了。前一段時間給妳送吃的、來孝敬妳的，並不是我的兒媳婦，而是妳的兒媳婦珊瑚呀！」沈氏吃驚地問道：「這是怎麼回事？」于老太太回答道：「珊瑚寄居在這裡已經很久了。那些給妳吃的東西，都是她用夜裡紡織掙來的錢買的。」

沈氏聽完，眼淚像斷了線的珍珠嘩嘩往下淌，說：「我還有什麼臉面見我的媳婦啊！」于老太太於是招呼珊瑚。珊瑚眼中含淚走了出來，拜伏在地下。沈氏羞愧無比，狠狠地抽打自己，于老太太竭力阻止，她才停住手，於是婆媳兩人和好如初。

過了十幾天，婆媳兩人一起回家。家中只有幾畝薄田，不足以維持生活，只有靠大成替人家抄抄寫寫，珊瑚做些針線活來貼補家用。二成家雖然很富裕，但大成不去求他，二成也不照顧哥哥。臧姑因為嫂子曾經被休而看不起她，珊瑚也厭惡她的凶悍，不屑理睬她，兄弟兩人隔著院牆居住。臧姑不時地破口大罵，而大成一家都捂著耳朵，並不理會。臧姑無處施展她的淫威，就虐待她的丈夫和丫鬟。

一天，丫鬟受不了折磨上吊自殺了。丫鬟的父親就到衙門告臧姑的狀，二成代替媳婦去過堂，挨了不少打，但衙門還是將臧姑拘捕到堂。大成為他們上下打點，希望能解脫罪名，但最終還是不能免除。臧姑受到夾手指的酷刑，十根指頭上的肉都脫落了。縣官非常貪婪殘暴，想勒索大筆錢財。二成只好把田產抵押出去換錢，如數交給縣官，縣官這才將他們放回家。

但是債主一天比一天急迫地逼二成還債，二成迫不得已，便想把良田全部賣給村裡的任老頭。但是任老頭認為這些田的一半是大成讓給二成的，就要大成簽署文書。

大成到了任家，忽然任老頭著急地自言自語道：「我是安舉人，任老頭是什麼人，竟然敢買我的產業！」又看著大成說：「地府感念你們夫妻孝順，所以讓我暫時回來見你們一面。」大成流著眼淚說：「父親地下有靈，趕緊救我弟弟！」回答道：「這兩個不孝子、潑婦，死了也不值得可惜！你回家趕快籌錢，把我的血汗產業贖回來。」大成說：「我們母子僅僅能夠維持生計，哪裡有那麼多的錢呢？」回答道：「紫薇樹下埋有銀子，可以取出來用。」大成還想再問，任老頭已經不說話了，過了一會兒，他醒了過來，卻茫然不知剛才說了些什麼。

大成回到家裡，把這件事告訴母親，沈氏也不是很相信。臧姑聽說後，已經領著人去挖銀窖了，往地下挖了四、五尺，只看見磚塊石頭，並沒有安舉人說的銀子，便很失望地走了。大成聽說臧姑已經挖銀子去了，便告誡母親和妻子不要去看。後來知道他們一無所獲，沈氏就偷偷地去看，只見一些磚塊石頭夾雜在泥土中，就回去了。珊瑚接著來到樹下，卻看見土裡面都是白花花的銀子，就叫大成一起去查驗，果然是銀子。

大成認為這是父親的遺產，不忍心一個人獨吞。便叫來二成和他平分。銀子的數量正好可以分成平均的兩份，兄弟二人各自用口袋裝回去了。二成和臧姑一同查驗銀子，打開口袋一看，卻見裡面都是瓦塊石頭，不由大為驚駭。臧姑懷疑二成被他哥哥騙了，便讓二成去窺視哥哥那邊的動靜。二成一看，哥哥正把銀子放在桌上和母親一起慶祝呢。二成便把自己的情況照實跟哥哥說了，大成也很吃驚，而且心裡很同情弟弟，便把自己的銀子都給了弟弟。二成這才歡天喜地的回家，把欠債主的錢都還清了，心裡很感激哥哥。臧姑說：「從這件事上更可以知道你哥哥的狡詐，如果不是自己心裡有愧，誰會願意把自己到手的那一份再讓給別人呢？」二成聽了，半信半疑。

第二天，債主派僕人到二成家，說二成還的銀子全是假的，要把二成抓到官府去告狀，二成夫妻聽了都大驚失色。臧姑說：「怎麼樣啊！我本來就說你哥哥不至於對你那麼好吧，他是想害死你呀！」二成害怕了，就去哀求債主，但是債主很生氣，不肯罷手。二成於是把田契交給債主，聽任他把土地賣掉，這樣才把原來交的銀子拿了回來。

二成回到家，仔細察看了那些銀子，其中有兩錠已經剪斷的銀子，外面只裹了一層像韭菜葉那麼薄的銀，裡面都是銅。臧姑於是和二成商量，把已經剪斷的銀子留下，其餘的全還給大成，看他有什麼動靜。她還教二成應該這麼說：「好幾次承蒙哥哥仁德，把銀子給我，做兄弟的實在不忍心。我只留下其中的兩錠，以顯示哥哥推恩施德的情義。現在我所剩下的物產和哥哥一樣多，那多餘的田地我也不要了，反正都交給了債主，贖不贖就看哥哥你。」大成不明白他的用意，堅決地要讓給他。但是二成堅決不肯接受，大成只好收下了。

大成一秤銀子，發現少了五兩多，就讓珊瑚拿首飾出去當了，湊夠了原來的數量，然後拿去交給債主，債主懷疑還是原來的假銀子，用剪刀夾斷銀子一驗，發現成色很好，一點也不差，便收下了銀子，把田契還給了大成。

二成把銀子還給哥哥以後，心想哥哥肯定會遇到麻煩，等他聽說哥哥已經把田產都贖回來了，不由得大感奇怪。臧姑懷疑上次挖銀窖時，大成已經先把真銀子藏起來，便氣憤地來到大成家，對他們夫妻厲聲責罵。大成這才明白二成為什麼要把銀子還給他了。珊瑚迎上前笑著說：「田產都已經贖回來了，田契就在這裡，有什麼好發火的呢？」說著，就讓大成拿出田契交給臧姑。

一天夜裡，二成夢見父親斥責他說：「你不孝順父母，不友愛兄嫂，死期已經臨近了，到時候連一寸土地也不是你的，你強行耍賴搶了去又有什麼用！」二成驚醒，便告訴了臧姑，打算把田契還給哥哥。臧姑譏笑他太愚蠢。這時，二成有兩個兒子，大的七歲，小的三歲。不久，大兒子出水痘死了。臧姑這才害怕起來，讓二成把田契還給哥哥，但是說了好幾次，大成也不肯接受。又過了不久，二兒子又死了，臧姑更加恐懼，自己上門把田契放到嫂子的屋子裡。眼看春天就過去，田都荒蕪了沒有耕種。大成沒辦法，只好接手過來耕種。

從此以後，臧姑改變了往日的行為。每天早晚都給婆婆請安，像一個孝順的兒媳婦，對嫂子珊瑚也尊敬有加。過了不到半年，沈氏就病死了。臧姑哭得非常傷心，甚至連一口食物都不吃，她對別人說：「婆婆這麼早就死了，讓我不能盡孝，這是上天不給我贖罪的機會呀！」臧姑後來生了十胎，都沒能養大成人，只好過繼了大成的一個兒子做兒子，夫妻倆都長壽而終。大成夫婦有三個兒子，其中兩個中了進士，人們都說這是他們孝順母親、友愛兄弟的善報。

異史氏說，不遭到飛揚跋扈的惡臣的欺凌，就不知道守誠盡責的忠臣的忠心，就算小至家庭，也和國家一樣有相同的情況。凶悍的媳婦變好了而婆婆卻死了，這是因為全家人都很孝順她，但是她沒有應有的德行來承受啊！臧姑自我譴責，說上天不讓她自己贖罪，不是悟出道理的人怎麼可能說出這樣的話呢？但是她本來應該早死，卻能夠長壽而終，說明上天已經原諒了她。古人說：生於憂患，確實如此啊！

【何守奇】前序沈之悍，大成之孝，珊瑚之賢，王詰沈，于責沈，色色精工；後序二成之懦，臧姑之虐，並皆佳妙。

【但明倫】非沈之繆，不足見珊瑚之賢；非珊瑚之賢，不足見安生之孝。

【王芑孫】觀此篇，善惡之報固不爽也，人之孝友豈可不自盡哉！

五通

南方有所謂的五通神，就像北方有狐狸一樣。但是北方的狐狸作祟，人們還可以千方百計地驅逐牠；至於江浙一帶的五通，百姓家有漂亮的女子，常常會被它姦淫，而她們的父親兄弟，都不敢聲張，因此五通對人的禍害尤其厲害。

有一個叫趙弘的商人，在吳地從事典當業。他的妻子叫閻氏，很有些風韻。一天夜裡，有個男人從外面傲然地走進來，一手握著佩劍，四下察看，丫鬟和老媽子都嚇得跑掉了。閻氏也想出去，那男人攔住了她的去路說：「妳不要害怕，我是五通神四郎。我喜歡妳，不會害妳的。」說完，像舉起嬰兒一樣，將閻氏抱起來，放到床上，閻氏的衣服裙帶就自己解開了，那男人便姦淫了她。他的陽具很粗大，令閻氏難以承受，昏迷之中呻吟得要死。那男人倒也憐惜她，並不十分盡興。過了一會兒，他下床說：「我五天後還會再來。」說完，就走了。

趙弘在門外開了間當鋪，這天夜裡，丫鬟跑去告訴他這事，他知道是五通神，也不敢過問。天亮以後，趙弘去看妻子，見她疲憊不堪地躺在床上起不來，他心裡感到十分羞恥，告誡家裡人不要對外傳出此事。閻氏過了三、四天身體才恢復過來，但是十分害怕四郎還會再來。丫鬟、老媽子都嚇得不敢住在內室，躲到外面的屋子去了，只剩下閻氏一個人對著蠟燭，眼中帶著憂愁，靜候其變。

不一會兒，四郎帶著兩個人走了進來，那兩人都是年輕英俊的男子。童僕擺上酒菜，他們便和閻氏一起喝酒。閻氏羞愧得縮著身子低著頭，他們強迫她喝也不肯喝，她的心裡惶恐不安，唯恐他們會輪姦她，這樣她的命也就完了。那三個人互相勸酒，或是叫大哥，或是叫三弟，一直喝到半夜，那兩個客人一起站起身來說：「今天四郎以美人來招待我們，以後一定要邀請二郎、五郎湊錢辦酒替他祝賀。」說完，就告辭而去。

四郎摟著閻氏進了幃帳，閻氏苦苦哀求他饒了自己，而四郎強行與她交合，弄得她鮮血直流，昏絕過去，不省人事，四郎才起身離去。閻氏奄奄一息地躺在床上，不勝羞愧憤怒，想要上吊自殺，但她剛把繩子掛上去，繩子就自己斷了，試了好幾次都是這樣。閻氏求死不能，十分痛苦，幸虧四郎並不常來，等閻氏的身體恢復得差不多了才來一次。這樣過了兩、三個月，趙弘一家都過得生不如死。

會稽有個人叫萬生，是趙弘的表弟，剛毅勇猛，擅長射箭。一天，他路過趙家，這時天色已晚，趙弘因為家中的客房都住著家人，便領著萬生住到內室。萬生很長時間睡不著覺，就聽見院子裡傳來腳步聲，他趴在窗戶上往外一看，見一個男子走進了閻氏的房間。萬生覺得可疑，便提著刀偷偷地去窺探究竟，只見那個男子與閻氏並肩而坐，桌子上還放著酒菜。萬生不由怒火中燒，衝了進去。男子驚慌地站起來，急忙尋找自己的劍，但萬生的刀已經砍中了他的腦袋。腦袋裂開來，掉在地上。萬生一看，原來是一頭驢一般大小的小馬，便驚愕地問閻氏是怎麼回事。閻氏就把前後經過詳細地說了一遍，並且說：「其他的神馬上就要到了，該如何是好呢？」萬生擺擺手，讓她不要出聲，自己將燈燭吹滅，取來弓箭，埋伏在黑暗中。

不一會兒，有四、五個人從空中飛落下來。萬生急忙射出一箭，走在前面的人中箭死去。另外三個人怒吼起來，拔出寶劍搜尋射箭的人。萬生握著刀靠在門板後面，不露一點動靜，一個人走進屋來，萬生一刀砍在他的脖子上，將他砍死，自己仍然躲在門後面，過了好久直到聽不見外面的聲音，才走出來敲門告訴趙弘。

趙弘大吃一驚，一齊點上蠟燭前去察看，只見一匹馬、兩隻豬死在屋裡。全家歡慶打死了怪物，但是又害怕剩下的兩個怪物會來復仇，便留萬生住在家裡，把殺死的豬、馬煮熟了請他吃。那豬肉、馬肉味道鮮美，和一般的菜肴味道不一樣。萬生因此聲名大噪。過了一個多月，怪物竟然絕跡了。萬生便向趙弘告辭要離去，但是有個木商苦苦邀請萬生前去。

原來木商有個女兒還沒有出嫁。一天白天，忽然有個五通神降臨他家，是個二十多歲的美男子。他聲稱要娶木商的女兒為妻，拿出一百兩銀子作為聘禮，約定好迎親的日子就離去了。算一算他來迎親的日子已經迫近，木商全家都惶恐不安。他們聽說萬生的大名，便堅決請萬生到他家做客，但是又怕萬生不願意去，便隱瞞了五通神要來的實情，沒有告訴他。豐盛的酒宴結束以後，木商讓女兒梳妝打扮出來拜見客人。那女兒大約十六、七歲，是個漂亮的姑娘。萬生一看，驚訝地不明白其中的緣故，便離開座位，向姑娘行禮。木商把萬生按坐下來，告訴他實情，萬生剛一聽，覺得吃驚，但他生平勇敢豪邁，所以也就不再推辭了。

到了那天，木商仍舊在門上張燈結綵，讓萬生坐在屋裡。一直等到日頭偏西，那五通神還沒有來，萬生想這個新郎已經在劫難逃了。不一會兒，只見屋簷旁邊忽然好像有隻鳥落了下來，再一看，卻是一個身著華麗服裝的年輕人走了進來。他一見到萬生，轉身就跑。萬生追了出去，只見那人放出一團黑氣就要飛走，萬生一躍而起，揮刀砍去，那怪物被砍斷了一隻腳，大聲嗥叫著逃走了。萬生低頭一看，那隻大爪子像人的手一般大，看不出這是一隻什麼怪物，沿著怪物的血跡找去，發現它掉進了江裡。

木商大喜，聽說萬生還沒有娶親，就在當天晚上用已經準備好的新床，讓萬生和女兒成了夫妻。於是，平時害怕五通的人家，都來請萬生去家裡住上一宿。過了一年多，萬生才帶著妻子回家去。從此，吳中只剩下一通，再也不敢公然為害百姓了。

異史氏說，五通、青蛙這些怪物惑亂民間已經很久了，以至於人們聽任它淫亂婦女，沒有人敢私下裡議論一句，萬生真是天下的痛快人啊！

【何守奇】萬生豪氣，自是可人。

又

金生，字王孫，是蘇州人。他在淮地設帳教書，住在一個士大夫的園子裡。園子裡房屋不多，花草樹木叢生。每天夜深以後，童僕們就走光了，他孤身一人，心神不寧，頗為淒苦。

一天夜裡，三更將盡，忽然有人用手指敲門。金生忙問是什麼人，回答說是「借火」，聽聲音好像是學館裡的書僮。金生打開門請他進來，原來是一位十六、七歲的美麗女子，身後還跟著一個丫鬟。金生懷疑她是妖怪，盤問得非常詳細。那女子說：「我因為先生是一位文雅風流的人士，一個人寂寞可憐，所以我才不怕拋頭露面，來和您共度這美好的夜晚。恐怕我說了來此的理由，不僅我不敢來，先生也不敢接納我。」金生又以為她是鄰家私奔的女子，害怕因此有失檢點，所以恭敬地謝絕了她的好意。

女子秋波一轉，金生頓時覺得魂魄都被迷惑了，不能自主。那丫鬟知道好事將成，便對女子說道：「霞姑，我先走了。」女子點了點頭，接著喝斥道：「走就走了，還說什麼雲呀霞的！」丫鬟離開後，女子笑著說：「剛才屋裡沒有人，所以才帶著她一起來，沒想到這丫頭無知，倒讓您知道了我的小名。」金生說：「妳如此的精明，令我擔心背後隱藏著災禍。」霞姑說：「時間長了您就會知道，保證不會敗壞您的德行，不要擔心。」

兩人上了床，霞姑脫去身上的裝束，只見她手臂上帶著一個鐲子，用金子打造而成，上面鑲著寶石，還嵌著兩顆明珠。燈燭一滅，那手鐲的光芒就照亮了屋子。金生一見，心中更加駭異，始終猜不出她是從哪裡來的。兩人交歡結束，那丫鬟就來敲窗戶。霞姑起床，用鐲子照亮，進入樹叢走了。從此以後，霞姑沒有哪個晚上不來。在霞姑離去的時候，金生曾經遠遠地尾隨在她的後面。霞姑似乎有所察覺，馬上遮住鐲子的光芒，樹林茂密，黑得伸手不見五指，金生只好回來。

一天，金生到河北去，斗笠的帶子突然斷了，風吹將落，他就在馬上用手按住斗笠。到了河邊，他坐上一葉小船，一陣風吹來，把斗笠吹到河裡，隨流漂去，金生心中頗不高興。等他過了河，只見大風吹著斗笠，在天空中盤旋，漸漸地落下來。金生用手接住，發現斷了的帶子已經接上了，他感到非常驚異。

回到家中，金生向霞姑詳細講述了這件事，霞姑不說話，只是微微地笑著。金生懷疑是霞姑的所為，說：「妳果真是神仙的話，就應該明白地告訴我，來驅除我心中的煩惱疑惑。」霞姑說：「在你孤獨寂寞的時候，有我這樣癡情的人來為你解悶，我自認為做的不是壞事。縱然我能做出那樣的事，也是因為愛你。你這麼苦苦地追問我，難道是想斷絕我們的關係嗎？」金生也就不敢再問了。

此前，金生有個外甥女，出嫁以後被五通神所迷惑。金生為此心中憂慮了很久，但從來沒告訴過別人，因為和霞姑親熱的時間很長了，所以心裡的話沒有不說的。霞姑說：「這種東西我父親就能夠驅除。但是我怎麼敢把情人的私事告訴父親呢？」金生苦苦地求她想個辦法。霞姑沉思了一會兒，說：「這個東西倒也好驅除，但必須我親自走一趟。那些五通都是我家的奴隸，但是如果他們的手指碰著我的肌膚，那麼這個恥辱就是用西江水也無法洗清。」金生還是苦苦哀求。霞姑說：「容我想個辦法。」

第二天晚上，霞姑告訴金生說：「我已經為您派丫鬟南下了。她身體弱，恐怕不能馬上除掉它。」第二天晚上他們剛剛睡下，丫鬟就來敲門，金生急忙讓她進來。霞姑問：「辦得怎麼樣？」丫鬟回答說：「我沒法抓住它，但已經將它閹了。」霞姑笑著問當時的情況。丫鬟說：「起初我還以為是郎君家，等到了以後，才知道弄錯了。等我趕到郎君的外甥女家，已經是掌燈時分，我進去一看，只見一個小娘子坐在燈下，靠著桌子好像睡著了，我就把她的魂收起來藏在瓶子裡。不久，那怪物來了，一進屋就急忙退出去，說：『屋子裡怎麼會有生人！』他仔細察看了一番，沒有發現什麼情況，才又進來。我裝作昏迷的樣子，他掀開被子鑽進來，又吃驚地問：『怎麼會有兵器的味道！』我本來不想被髒東西污了手指，無奈只怕時間長了會生出變故，便急忙抓住那髒東西割掉了。那怪物大驚，嗥叫著逃走了。我這才打開瓶子，小娘子醒了過來，我也就回來了。」金生高興地向丫鬟道謝，霞姑就和丫鬟一起走了。

此後半個多月，霞姑再也沒有來，金生也已經絕望了。到了年底，金生解散學館，準備回家，霞姑忽然來了。金生高興地迎上前去，說：「妳這麼長時間的拋棄我，想必是我什麼地方做錯得罪妳了，所幸的是還沒有徹底斷絕情義。」霞姑說：「我們好了一年，分手時沒有一句話，終究是件遺憾的事。聽說您打算離去，我才偷偷地來向您告別。」金生請霞姑和自己一起回去。霞姑嘆息著說：「一言難盡啊！今天就要分別，憑我們的情義實在不忍心欺瞞。我其實是金龍大王的女兒，因為和您有一段緣分，所以才來和您歡聚。我不該派丫鬟下江南，致使江湖上流傳，說我是為你才閹割了五通。家父聽說以後，認為是奇恥大辱，氣得要賜我一死。幸好丫鬟挺身而出，說是她自己做的，父親的怒氣才有所緩解，打了丫鬟幾百下。此後，我每走半步，都有人跟在後面看著。我今天是偷空才溜出來的，不能盡述我的衷腸，又有什麼辦法呢？」說完，就要告別。

金生挽著霞姑流淚，霞姑說：「您不要這樣，三十年後我們就可以再相聚了。」金生說：「我今年已經三十歲了，再過三十年，我就是一個白髮老頭了，還有什麼顏面再見妳？」霞姑說：「其實不然。龍宮中是不會有白髮老頭的，況且人是長壽還是早夭，並不在於容貌；如果只想容顏不老，倒也是很容易的事。」說完，她在書的封皮上寫了一個藥方，就走了。

金生回到家鄉，外甥女才說起那件奇怪的事情，說：「那天晚上，我好像做了一個夢，感到有一個人捉住我塞到了瓶子裡。等我醒來一看，只見鮮血染紅了床褥，而怪物從此絕跡了。」金生說：「那是從前我向河伯祈禱，請他幫忙的。」眾人的疑慮才消除了。

後來，金生活到六十多歲，樣子還像三十幾歲的人。一天，他渡河時遠遠看見上游漂來一片蓮葉，像蓆子那麼大，一個美麗的女子坐在上面，靠近一看，原來是霞姑。金生就跳了過去，人隨著蓮葉一起變小，漸漸變成銅錢那麼大，然後就消失了。

此事和上面講的趙弘的故事，都是發生在明朝末年的事情，不知道哪件在前，哪件在後。如果是在萬生動武，驅除五通之後，那麼吳地只剩下半個五通神，難怪它不足為害呢。

【但明倫】明珠果是成雙，笠帶無煩再續，可知東床坦腹，獻替龍宮；宮中多一椽兒，南方少一五通矣。

申氏

在涇河的邊上，住著一戶姓申的人家，家裡很窮，常常一整天都不能生火做飯。夫妻倆相對而坐，想不出什麼好辦法來。妻子說：「沒辦法，你去搶吧！」申氏說：「我一個讀書人的後代，不能光宗耀祖，反而有辱門戶、先人。與其像大盜賊盜蹠那樣靠搶劫活著，還不如像伯夷那樣寧願餓死，也不失節。」妻子說：「你是既想活著又怕羞辱嗎？世界上不靠種田就能吃飯的人，只有兩條路。你既然不能去搶，那我只好去當妓女了！」

申氏聽了大怒，和妻子吵了起來，妻子生著氣睡覺去了。申氏想，自己身為男子漢，竟然一天兩頓飯都弄不來，害得妻子想去當妓女，真不如死了算了！他悄悄地起床，用繩子在院子裡的樹上打了個結，上吊了。就在這時，他忽然看見父親走來，吃驚地說：「傻兒子，怎麼會走這一步呢！」便把繩子割斷了，囑咐他說：「強盜還是可以做的，但要選擇莊稼茂盛的地方藏好。你幹一次就可以富起來了，以後不要就再做了。」

妻子睡夢中聽到有東西掉在地上的聲音，一下子驚醒過來，呼叫丈夫卻沒有答應，就起來點上燈去找，發現樹上的繩子斷了，申氏死在樹下。妻子大吃一驚，急忙撫弄他，過了一會兒，申氏醒了過來，妻子就把他扶到床上躺下，對他的怨氣也就漸漸消了。

第二天早上，妻子假稱丈夫生病，到鄰居家討了點兒稀粥給申氏喝了。申氏喝完，就出門去了。到中午，他扛著一口袋米回來了。妻子問米是從哪裡來的，申氏說：「我父親的朋友都是世家大族，以前我以向人乞討為羞恥，所以不屑去求他們。古人說，人窮困潦倒的時候什麼都可以做。我已經準備做強盜了，還顧什麼廉恥！妳趕快做飯，我打算照妳的吩咐，去打劫。」妻子懷疑他是沒忘記自己先前的話，故意說的氣話，也就忍住了沒說話，出去淘米做飯了。

申氏吃完飯，急忙找了一根堅硬的木頭，用斧子削成一根棍棒，拿著就要出門。妻子看出他像是真的要去，就拽住他不讓去。申氏說：「是妳叫我這麼做的，如果事情敗露連累到妳，可不要後悔！」說完，扯斷衣襟就走了。

日暮時分，申氏來到了鄰近的一個村子，在離村一里多遠的地方埋伏下來。忽然，天下起了暴雨，他渾身都被淋濕了。遠遠望去，前面有一片濃密的樹林，他就想到那裡去躲雨。這時電光一閃，他發現已經接近了人家的院牆了，遠處好像還有行人。他唯恐被人發現，見牆下有一片茂盛的莊稼地，就急忙鑽進去，蹲在裡面躲藏。

不一會兒，一個男子走了過去，身材很是魁梧，也鑽進莊稼地。申氏很害怕，一動也不敢動。幸好那男子斜著走過去，申氏偷偷一看，見他已經進了院牆。他一想，牆裡是一戶姓亢的富翁，這個男子一定是個小偷，等他偷了東西出來，自己應該能分上一份。但轉念一想，這個人長得這麼健壯，如果好言向他索取不成的話，必然會動武。他想自己應該不是那人的對手，決定不如趁他不防備時把他打翻。

申氏計議已定，便趴在牆下耐心地等待。一直等到快雞叫時，那人才翻牆出來。他的腳還沒有著地，申氏就突然跳了起來，揮起木棍打中他的腰骨，那人一下子被打倒在地，原來是一隻大烏龜，嘴巴像一只大盆。申氏大吃一驚，又連著打了幾棍，把牠打死了。

原來亢老頭有個女兒，非常的賢慧美麗，父母都很憐愛她。一天夜裡，有個男人闖入她的屋子，對她猥褻、逼迫求歡。她剛想喊叫，那男人的舌頭已經伸進她的嘴裡。她一下昏過去不省人事，聽憑那男人姦污了自己而去。女兒羞於告訴別人，只有叫來許多丫鬟僕婦，把門窗關嚴而已。但是晚上睡覺以後，不知為什麼門卻自己開了，那男人進了屋子，所有的人都昏迷過去，那些丫鬟僕婦也都被他姦污遍了。於是眾人互相訴說，都很驚駭，便告訴了亢老頭。

亢老頭讓家丁拿著兵刃守衛在小姐繡樓的周圍，屋裡的人點上蠟燭坐著守夜。約莫快到半夜時，屋裡屋外的人忽然同時都睡著了。忽然間又像夢醒了一般，只見小姐赤條條地躺在床上，像癡呆了一樣，過了好久才清醒過來。亢老頭非常惱火，但又沒有什麼辦法。過了幾個月，女兒骨瘦如柴，已經奄奄一息。亢老頭常常對人說：「有誰能把那怪物趕走，就給他三百兩銀子的酬金。」

申氏平時也聽說過亢老頭懸賞驅怪的事，這天夜裡他打死了大烏龜，想起來禍祟亢家小姐的一定是這個東西，便去敲門求賞。亢老頭大喜，將他奉為上賓，又讓人把死烏龜抬到院子裡，一刀一刀地割碎了。亢老頭挽留申氏在他家過夜，妖怪果然絕跡了，於是便如數將賞金給了申氏。

申氏扛著銀子回到家，妻子正因為他隔夜不回，擔心地盼著呢。一見申氏進門，便急忙問他怎麼回事。申氏不說話，只是把銀子放在床上，妻子打開一看，差點嚇暈過去，問：「你真的去做強盜啦！」申氏說：「妳逼我這麼做的，還說這樣的話！」妻子哭著說：「上次我只不過是和你開玩笑。現在你犯了殺頭的罪，我不能受你這個搶劫犯的牽累，讓我先去死吧！」說完，妻子就往外跑。申氏追了出去，笑著把妻子拉回屋裡，把事情的先後經過告訴了她，妻子這才高興起來。從此以後，申氏夫妻謀畫生意，日子漸漸富裕起來。

異史氏說，人不怕貧窮，就怕沒有德行。那些行得端走得正的人，即使挨餓也死不掉；即使不被其他人同情，也有鬼神保佑。世上的有些窮人，見利就會忘義，見食就會忘恥，其他人尚且不敢拿一文錢托他辦事，又怎麼可能得到鬼神的原諒呢？

縣裡有個貧民某乙，臘月將盡的時候，身上還沒有一件完整的衣服。他心想，這種情況如何能過年關呢？他不敢和妻子明言，悄悄地拿著一個白木棒，出去埋伏在墓地裡，希望能有孤身路過這裡的人，好搶劫他的財物。

某乙盼望得很苦，卻見不到一個人影，松林中寒風刺骨，凍得他實在受不了。他心中漸漸絕望了，忽然看見一個人彎腰駝背地走過來。某乙心中暗喜，手持木棒突然衝出，見是位老頭背著一個袋子在路邊走著。老頭哀求道：「我身上確實沒有什麼值錢的東西。家裡斷了炊，我剛到女婿家討來五升米。」某乙一把將米奪過來，又想剝老頭身上的棉襖。老頭苦苦哀求，某乙可憐他是個老頭，就把他放了，背著米回家去了。妻子追問他米是從哪裡來的，某乙假稱是別人還給他的「賭債」。他心中暗想，這個方法挺好。

第二天夜裡，某乙又去了。等了不久，就看見一個人扛著木棍走來，也走進了墓地，蹲在那裡向外眺望，看起來他和某乙是同行。某乙於是徘徊著從墓後走出來。那人驚慌地問：「你是什麼人？」某乙答道：「過路的人。」那人又問：「為什麼還不走？」某乙說：「等你呀！」那人不由啞然失笑。兩人都明白了對方的意圖，並且互道飢寒交迫的痛苦。夜已經很深了，兩人一無所獲。某乙想回家去，那人說：「你雖然幹這一行，但還是個新手。前村有戶人家嫁女兒，一直籌辦到半夜，全家肯定都累了，你跟我一起去，得到東西咱們平分。」某乙很高興，就跟著他走了。

兩人來到一家門前，隔著牆壁聽到裡面傳來做燒餅的聲音，知道這家人還沒有睡覺，便趴在牆外等待時機。不一會兒，一個人打開門，扛著扁擔出去打水，兩人乘機鑽了進去。只見北屋還亮著燈，其他屋子都已經黑了。就聽一個老婦人說：「大姊，妳到東屋去看一眼，妳的嫁妝全在櫃子裡，看看有沒有忘了上鎖。」裡面傳來少女撒嬌不肯去的聲音。兩人暗自高興，悄悄地來到東屋，暗中摸到了一只臥櫃，打開櫃蓋一摸，深不見底。那人對某乙說：「進去！」某乙果然鑽進去，找到一個包裹，送了出去。那人問道：「還有沒有？」某乙答道：「沒有了。」那人又騙他說：「再找找。」說完，就把櫃子關上了，加上鎖後逃走了。某乙在櫃子裡，窘迫著急，但又沒辦法出來。

不一會兒，有燈火進到屋裡來，先照了照櫃子，只聽老婦人說：「看來已經有人鎖上了。」於是母女兩人上了床，吹滅了蠟燭。某乙很著急，便裝出老鼠咬衣物的聲音。少女說：「櫃子裡有老鼠！」老婦人說：「別讓牠把妳的衣服咬壞了，我已經很累了，妳自己起來去看看吧。」少女穿上衣服起床，打開鎖，掀起櫃蓋。某乙突然跳出來，少女嚇得倒在地上。某乙打開門逃了出去，雖然一無所獲，但暗自慶幸沒有被人抓住。

嫁女兒的人家被盜的消息傳到四面八方，有人懷疑是某乙幹的。某乙很害怕，向東逃出了一百里地，給一家旅店的主人當傭人。過了一年多，人們的議論漸漸平息。某乙這才將妻子接出來住在一起，再也不幹搶劫的勾當了。這個故事就是某乙自己講的，因為和申氏的故事相似，所以把它附在這裡。

恒娘

洪大業是京城人士，妻子朱氏容貌舉止都不錯，兩個人相親相愛。後來洪大業又娶了婢女寶帶做妾。她的相貌遠遠不如朱氏，但是洪大業寵愛她，朱氏心中忿忿不平，夫妻倆因此反目成仇。洪大業雖然不敢公然睡在寶帶的屋子裡，但卻更加寵愛寶帶而疏遠朱氏。

後來，他們搬了家，與一個姓狄的布商家做鄰居，狄妻恒娘，先到洪家來看望朱氏。恒娘三十多歲的年紀，中等姿色，說起話來輕快動聽，朱氏很喜歡她。第二天，朱氏到狄家答謝恒娘，見他家也有小老婆，二十多歲的樣子，容貌很不錯。洪狄兩家做了差不多有半年的鄰居，從來沒有聽見狄家有一句吵鬧聲。而狄生獨獨鍾愛恒娘，小妾倒像是個擺設而已。

一天，朱氏見到恒娘，說：「我以前一直以為丈夫喜歡妾，就是因為她是妾，所以常常想把妻的名分改換成妾，今天我才知道不是這麼回事。夫人用的是什麼辦法？如果可以教我的話，我願意拜妳為師。」

恒娘說：「嘻嘻！是妳自己疏遠丈夫的，這能怪妳丈夫嗎？整天在人家面前嘮嘮叨叨，等於是為叢林驅趕麻雀，他只會離妳更遠！等他回來，妳就更加放縱他，即使他自己前來，你也不要接納他。一個月以後，我會再給妳出主意。」

朱氏照她的吩咐去做，更加替寶帶化妝打扮，讓她跟丈夫一起睡覺。洪大業每次吃飯，也必定讓寶帶一起陪著。洪大業偶爾來和朱氏親近，朱氏就更加拒絕，於是大家都稱讚朱氏賢慧。

這樣過了一個多月，朱氏又去見恒娘，恒娘高興地說：「已經有效果了！回家以後，妳就把妝卸了，不要穿漂亮的衣服，不要塗脂抹粉，故意蓬頭垢面，穿上壞鞋子，夾在下人中幹活。一個月以後，可以再來找我。」

什麼事都不過問。洪大業很可憐她，就讓寶帶替她分擔一部分勞動。朱氏堅決不同意，每次都把寶帶喝斥走了。

朱氏又照她的指示去做，穿上補丁的破衣服，故意把自己搞得不乾淨的樣子，除了紡紗織布以外，其他什麼事都不過問。洪大業很可憐她，就讓寶帶替她分擔一部分勞動。朱氏堅決不同意，每次都把寶帶喝斥走了。

這樣過了一個月，朱氏又去見恒娘。恒娘說：「真是孺子可教啊！後天就是上巳節，我想帶妳一塊去遊園踏青。妳應該脫掉所有的破衣服，袍褲鞋襪要煥然一新，早上到我這裡來。」朱氏說：「好吧。」

到了上巳節那天，朱氏對著鏡子仔細地化妝打扮，全都按照恒娘教的去做。化完妝，她就去見恒娘。恒娘一看，高興地說：「可以了！」又替她梳了個鳳髻，更顯得光彩照人。朱氏的袍袖不太時髦，恒娘就拆開線，重新縫製；又覺得她的鞋子式樣很笨拙，便從箱子裡取出一雙還沒做完的鞋，兩個人一起做好後，就讓朱氏換上。臨別的時候，恒娘請她喝酒，囑咐說：「妳回家一見過丈夫，就早早關上門睡覺，他如果來敲門，不要開門。敲三次，可以開一次門讓他進來。如果他要親妳、摸妳，都不要輕易答應。半個月後，妳再來見我。」

朱氏回到家，打扮得光彩照人去見洪大業，洪大業上上下下盯著她看，歡聲笑語和往日有所不同，朱氏沒說幾句春遊的話，就用手托腮，做出疲倦的樣子來。天還沒有黑下來，她就起身回自己的房間，關上門睡覺了。不一會兒，洪大業果然來敲門，朱氏堅決躺著就是不起來。洪大業只好離去。第二天晚上還是這樣。到了第三天，洪大業責備朱氏不肯開門。朱氏說：「我已經習慣一個人睡覺了，受不了別人再來打擾。」日頭偏西，洪大業來到朱氏房中守著她。於是夫妻倆滅了燈上床，就像新婚之夜一樣，如膠似漆，非常快樂。洪大業便和朱氏相約明天再來，朱氏不同意，和他約定三天來一次。

過了半個多月，朱氏又去見恒娘。恒娘關上門，對朱氏說：「從此以後，妳就獨占夫君了。不過，妳雖然長得很美，卻不夠嬌媚。憑妳的姿色，一旦嬌媚起來，連西施都不敢專寵，更何況那不如西施的人呢！」於是就讓朱氏試著學拋媚眼。恒娘看了說：「不對！毛病出在外眼眶。」試著讓朱氏笑一笑，恒娘又說：

「不對！毛病出在左頰。」說完，她就向朱氏示範如何目送秋波，又做出微露皓齒而笑的樣子，讓朱氏一一效仿。做了幾十次以後，朱氏才學得有些像樣。恒娘說：「妳回家以後，照著鏡子把它練熟了，別的也就沒什麼方法了。至於床上的事情，隨機應變，投其所好，這些是只可意會，不可言傳的。」

朱氏回到家裡，一切都照恒娘的吩咐行事。洪大業十分高興，身體和精神全被她迷惑了，就怕被朱氏拒絕。眼看天色將晚，兩人相對調笑，半步也離不開閨房。每天都是如此，洪大業竟然到了推之推不走的地步。從此，朱氏更加善待寶帶，每次在房間裡吃飯，都要把她叫來一起吃。但是洪大業越看越覺得寶帶醜，不等飯吃完，就把她趕走了。有時朱氏把洪大業騙到寶帶的房中，從外面鎖上門，但是洪大業竟然整夜也不碰寶帶一下。於是寶帶怨恨洪大業，動不動就對人說一些怨恨誹謗的話。洪大業更加討厭她，漸漸地還用鞭子抽她。寶帶心中憤恨，從此不再修飾自己，穿著破衣，拖著破鞋，頭髮亂糟糟的像蓬草，更沒有什麼讓丈夫喜歡的了。

一天，恒娘來對朱氏說：「我的方法怎麼樣呀？」朱氏說：「方法確實是妙極了，但是我只能照著去做，卻始終不明白其中的道理。一開始放縱他，是為什麼呢？」恒娘答道：「妳沒有聽過嗎？人之常情都是喜新厭舊，重視難以得到的，輕視容易得到的。丈夫之所以寵愛小老婆，並不一定是她長得美，而是因為剛剛到手覺得新鮮，而且又慶幸難以弄到手。故意放縱他，讓他吃個飽，那麼，即使是珍饈美味，也會有吃膩的時候，何況是普通的菜湯呢？」「先讓我卸妝，又讓我盛妝打扮，這是為什麼呢？」恒娘答道：「故意收起來，不讓別人注目，就好像是久別一樣；忽然看見豔麗的妝扮，就好像是新人剛剛來到。這就像窮人家一下子得到美味佳餚，肯定會覺得米飯沒有味道。不輕易給他，那麼妾就是舊的，我就是新的；她是容易到手的，而我卻不容易到手，這就是妳能把妻變成妾的方法。」朱氏聽了，十分高興，兩個人便成了閨房中的密友。

過了幾年，恒娘突然對朱氏說：「我們兩人感情好得像一個人似的，我自然不應該隱瞞自己的身世。以前就想和妳說，又怕妳會懷疑我。現在我要走了，就把實情告訴妳吧。我是狐狸，小時候受到繼母的迫害，被賣到了京城，丈夫對我很好，所以我不忍心突然和他分手，戀戀不捨直到現在。明天，我的老父親就要歸天，我得回家探望，不會再回來了。」朱氏握著她的手，流淚不已。第二天早上，她去狄家看望，只見全家都驚恐不安，原來恒娘已經消失了。

異史氏說，買珠子的人不看重珠子卻看重裝珠子的盒子。新與舊、易與難之間的關係，千百年來不能解除其中的疑惑，因此，變恨為愛的方法，就得以在人間大行其道了。古代那些巧言諂媚的臣子侍奉國君時，不讓他見人，不讓他看書。由此可見，為了保住自己的位子，集寵愛於自己，用的都是相通的辦法。

【何守奇】恒娘之術，乃退一步法。老氏知雄守雌之訓正如此。

【方舒岩】觀恒娘教朱氏只是人情爛熟，極得以縱為擒之法，無怪乎大業之入其彀中也。

葛巾

常大用是洛陽人，他愛好牡丹成癖，聽說曹州的牡丹名冠齊魯，心中很是嚮往。正好因為有事到曹州去，他便在一個官紳的花園中借住下來。

當時才是三月，牡丹還沒有開花，他只能在花園中徘徊，注視著花枝上的嫩芽，期待著花蕊的綻放。他作了〈懷牡丹詩〉絕句一百首。不久，花兒漸漸含苞待放，而他的旅費也快用完了，他便將春衣典當了，流連忘返。

一天凌晨，他前往花圃，只見一個女子和一個老婦人在那裡。他疑心是富貴人家的家眷，便急忙轉身離去。到傍晚他再去時，又見到她們，他慢慢地躲到一邊。偷偷一看，只見那女子穿著華麗的衣服，美豔絕人。正在暈眩迷茫之際，他忽然轉念一想，這肯定是個仙女，凡間怎麼會有這樣的女子呢！便急忙返身去搜尋她們，剛一轉過假山，正好跟老婦人迎面碰上。那女子正坐在石頭上，一看之下，大驚失色。老婦人用身體擋住那女子，喝斥道：「狂生想幹什麼！」常大用挺直身子跪著說：「娘子一定是個神仙。」老婦人責罵他道：「說出如此妄言，就該將你捆了送到衙門！」常大用很是驚恐，那女子微笑著說：「讓他去吧！」說完，繞過假山而去。

常大用返回時，幾乎邁不開步子，想著那女子回去後如果稟告父親兄長，他們肯定會來辱罵自己。他一個人躺在空蕩蕩的書齋裡，悔恨自己太冒失了。又暗自慶幸那女子並沒有做出生氣的樣子，或許她並不把這事放在心上呢。悔恨和害怕交織在一起，一夜下來竟病倒了。天亮以後，幸好人家沒有前來問罪，他心裡漸漸安定下來。而回憶起那女子的音容笑貌，恐懼又轉化為思念。這樣過了三天，他憔悴得幾乎要死了一樣。

一天夜裡，燈還亮著，僕人已經熟睡，老婦人進來了，端著一只碗，近前說道：「我家葛巾姑娘親手調製了一碗毒藥湯，趕緊把它喝下去！」常大用一聽，大為驚駭，過了一會兒說道：「我與妳家娘子素無怨仇，何至於賜我一死呢？既然是娘子親手調製的，與其相思得病，倒不如喝下這碗毒藥死了還痛快！」說完，一仰脖子喝了下去，老婦人笑著接過碗離開了。

常大用覺得藥氣又香又冷，看起來不像是毒藥。一會兒只覺得肺腑寬闊舒暢，腦袋清爽，酣然入睡，一覺醒來，已經是豔陽高照。他試著坐起身來，病好像已經沒了，他心裡越發相信那女子是神仙。因為沒有接觸到她的機會，常大用只好在沒人的時候，想像著那女子站著、坐著，虔誠地跪拜，默默地祈禱。

一天，他到花園中散步，忽然在深樹叢中迎面撞上那女子，幸好還沒有旁人。他大喜過望，拜倒在地。葛巾近前將他拉起來，常大用忽然聞到她身上有一股奇異的香味，馬上用手握住葛巾白嫩的手腕站起身來，手指觸到她的肌膚，只覺得柔軟細膩，讓人骨頭都要酥了。他正要說話，那老婦人忽然來了。葛巾讓他躲到石頭後面，向南邊一指，說：「夜裡你用花梯翻過牆去，那四面都是紅窗的，就是我住的地方。」說完，就匆匆走開了。常大用好一陣惆悵不已，竟好像迷魂奪魄般，不知道上哪裡去才好。

到了夜裡，他搬來梯子，登上南牆一看，牆那邊已經放好梯子了，他狂喜著下了牆，果然看見一個四面紅窗的屋子。只聽到屋裡傳來下棋聲，他站了一會兒不敢上前，只好又翻牆回來。過了一小會兒，他又翻過牆去，那下棋聲依然頻繁。他悄悄走近一看，只見葛巾與一個穿素色衣服的女郎面對面坐著下棋，老婦人也坐在旁邊，還有一個丫鬟在一邊侍候著。他又回到牆這邊來。來回折騰了三次，已經到了三更天。常大用伏在梯子上，就聽見老婦人出來說道：「梯子是誰放在這的呀？」便叫來丫鬟一起把梯子挪走了。常大用爬上牆，想下去又沒有梯子，只好悶悶不樂地回去了。

第二天晚上，他又去了，梯子已經預先架好了。幸好四周寂靜無人，他進了屋子，只見葛巾一個人坐著，一副若有所思的樣子，一見常大用，驚慌地站起來，側過身子，滿面含羞。常大用作了一揖，說：「我自認為福分淺薄，恐怕仙人和凡人沒有緣分，沒想到也有今夜呀！」說完就親熱地要抱葛巾，只覺得她腰肢纖細，只夠一握，口中吐氣如同蘭花的芬芳。葛巾推阻道：「幹麼這麼著急！」常大用說：「好事多磨，遲了怕連鬼也要嫉妒了。」話還沒說完，就聽到遠遠傳來說話的聲音。葛巾急忙說道：「玉版妹妹來了，您趕緊鑽到床下吧。」常大用急忙鑽到了床下。

沒一會兒，只聽一個女子進來，笑著說：「手下敗將，還敢再和我戰上一盤嗎？我已經煮好了茶，特地來請妳共盡長夜之歡。」葛巾推辭說自己已經睏倦了。玉版堅決請她去，葛巾堅決坐著不肯走，玉版說：「妳這麼戀戀不捨，莫非是藏了男人在屋裡？」便把她強行拉出門。

常大用爬出床底，怨恨至極，便搜尋葛巾的枕席，希望能找到一件她丟下的東西。但屋內並沒有梳妝盒，只在床頭放著一個水晶做的如意，上面扣著一條紫色的手巾，芬芳潔淨可愛。他便將如意揣在懷中，翻牆回去了。他整理了一下衣服，只覺得葛巾身上的香氣還在，心中越發傾慕。然而因為有了鑽床底的恐懼，心中便產生了被送官查辦的擔憂，反覆思量，不敢再去了，只是將如意珍藏好，希望葛巾能來找尋。

隔了一個晚上，葛巾果然來了，笑著說：「我一直以為您是個君子，不料卻是個小偷。」常大用說：「確實有這麼回事！我之所以偶爾做了一回小偷，只是希望能夠如意罷了。」說完，就將葛巾攬入懷中，替她解開裙子上的結扣。白嫩的肌膚一下子露出來，溫熱的香氣四溢，依偎摟抱著她，只覺得鼻息汗氣，無不馥郁芬芳。常大用於是說：「我本來就猜妳是個仙女，現在更知道不假了。有幸蒙您錯愛，真是三生有緣呀。只恐怕仙女下嫁，終究只是一場離愁別恨。」葛巾笑著說：「你擔心得太過了，我不過是那離魂的倩女，偶然為情所動罷了。這件事一定要慎重保密，恐怕會有搬弄是非的人顛倒黑白，弄得你不能長上翅膀逃走，我也不能乘風而去，到那時，因禍分離可比好離好散要更慘呀！」常大用答應了她，但終究還是懷疑她是仙女，所以再三詢問她姓什麼。葛巾說：「你既然認為我是仙女，仙人又何必要把姓名告訴別人呢？」常大用又問：「那老婦人是誰？」葛巾說：「她是桑姥姥，我小時候受到她的照顧，所以對她不和丫鬟們同等看待。」說完就起身要走，說道：「我那裡耳目眾多，不能在這裡久留，有空我會再來的。」臨別時，她向常大用索要如意，說：「這不是我的東西，是玉版丟在那裡的。」常大用問：「玉版是誰？」葛巾答道：「是我的堂妹。」常大用將如意交給葛巾，她就走了。

葛巾走後，被子和枕頭上都留著奇異的香味。從此，隔個三兩夜，葛巾就來一次。常大用迷戀葛巾，不想回去了。但行囊已經空空如也，所以他打算賣馬。葛巾知道後，對他說：「您為了我，用盡了錢財，還典當了衣服，我實在不忍心。現在又要將馬賣掉，一千多里的路程，以後怎麼回家呢？我倒有些積蓄，可以幫你應付開銷。」常大用推辭道：「我很感激妳的好意，就是摀住胸口，拿身上的肉來起誓，也不足以報答妳對我的感情。如果再貪婪卑鄙地耗費妳的錢財，我還是個人嗎？」葛巾堅持己見，說：「就算是我借給你的吧。」說完，她就拉著常生的胳膊，來到一棵桑樹下，指著一塊石頭，說：「把它挪開！」常大用照她說的做了，葛巾又拔下頭上的簪子，往土裡刺了幾十下，又說：「把土扒開！」常大用又照她說的做了，只見土下露出一個甕口。葛巾伸手進去，取出五十多兩白銀，常大用拉住她的胳膊不讓她再拿，葛巾不聽，又取出十幾錠，常大用強迫她放回去一半，又將土蓋上。

一天晚上，葛巾對常大用說：「近來稍有些閒話，我們不能再這麼長久下來了，這不能不預先商量商量。」常大用吃驚地說：「應該怎麼辦呢？小生素來迂腐拘謹，如今因為妳的緣故，才像寡婦一樣失去操守，不再能自己做主了。全聽妳的安排，任憑刀鋸斧鉞架在脖子上，也無暇顧及了！」

葛巾計畫一起逃亡，讓常大用先回去，兩人約好在洛陽會面。常大用收拾好行裝回家，他打算先到家然後再來接葛巾，誰想他一到家，葛巾的車子恰巧也到了家門口。他們便登堂拜見家親，左鄰右舍聽說常大用帶回一個媳婦很是驚奇，都來祝賀，但並不知道他們是偷偷逃回來的。常大用有些害怕，而葛巾卻很坦然，對他說：「且不說千里之外他們查不到這，就是被人知道了，我是官宦人家的女兒，想當初卓王孫也沒對司馬相如怎麼樣嘛。」

常大用有個弟弟叫常大器，年方十七歲，葛巾看見他，對常大用說：「這是個有慧根的人，他的前程比你還遠大。」就在大器完婚的日子快到時，他的未婚妻突然夭折了。葛巾說：「我的堂妹玉版，你以前曾經見過，相貌不差，年歲也相當，他們倆做夫妻真可以說是天造的一對。」常大用聽了就笑，開玩笑要請葛巾做媒。葛巾說：「如果真想叫她來，也不是什麼難事。」常大用高興地問：「有什麼辦法？」葛巾說：「妹妹跟我最要好，只要用兩匹馬拉上一輛小車，派一個老婦人往返一趟就行了。」常大用害怕連同他們私奔的事也一併暴露，不敢同意葛巾的計謀，葛巾堅持說：「不妨事。」便派桑姥姥前去。

過了幾天，車子到了曹州，桑姥姥在門口下了車，讓車夫停在路邊等候，自己則趁著夜色進了花園。過了好久，她帶了一個女子回來，上車出發了。她們晚上就睡在車裡，到五更天時再上路。葛巾估了一下時間，讓大器穿著禮服前去迎接，走了五十多里路才遇上，大器便上了車回家。家中鼓樂齊鳴，花燭明亮，新郎新娘拜堂成親。從此，常家兄弟都娶了美麗的媳婦，而家中的日子也越來越富裕。

一天，幾十個騎馬的強盜突然衝進常宅。常大用知道發生了事情，讓全家都上了樓，強盜闖進院子，圍住樓房。常大用俯身向下問道：「我們之間有仇嗎？」強盜答道：「沒有仇。只是有兩件事相求：一是聽說兩位夫人是凡間沒有的美人，請求一見；二是我們兄弟五十八人，請賜給每人五百兩銀子。」強盜們在樓下堆上柴禾，用放火燒樓來威脅他們。常大用答應他們勒索錢財的要求，強盜們還是不滿意，仍要燒樓，家裡的人大為恐慌。

葛巾要和玉版一道下樓，別人阻止她們也不聽。她們濃妝豔抹走下樓，到離地三級的臺階上站定，對強盜們說：「我們姊妹都是仙女，暫時下凡人間，如何會怕你們這些強盜！倒想賜你們白銀萬兩，只怕你們還不敢接受。」強盜們一起仰頭跪拜，齊聲說：「不敢。」姊妹剛要回身，一個強盜說：「這是在騙我們！」葛巾一聽，轉過身來站定，說：「你們想幹什麼，趕緊想好了，還不算太晚。」眾強盜面面相覷，悄無一言，姊妹從容地登樓而去。強盜仰頭一直看得不見了蹤影，才一哄而散。

過了兩年，姊妹各生了一個兒子，才漸漸說出她們姓魏，母親被封為曹國夫人。常大用懷疑曹州並沒有姓魏的世家大族，而且大族人家丟了兩個女兒，怎麼會置之不問呢？他雖不敢追問，但心裡暗自覺得奇怪。他便找了個藉口又前往曹州，在境內四處訪問，發現世家大族中並沒有姓魏的。

於是他仍舊借住原來的那個花園中，他忽然看見牆壁上有一首〈贈曹國夫人〉詩，內容頗有些怪異，便向主人詢問。主人一笑，就請他去觀賞曹國夫人，到面前一看，卻是一棵牡丹，跟屋簷一樣高。常大用問起名字的由來，卻是因為這株牡丹在曹州名列第一，所以朋友們就戲封它為曹國夫人。常大用問這是什麼品種，主人笑道：「這叫葛巾紫。」常大用心中更加驚駭，便疑心葛巾她們是花妖。

他回到洛陽後，也不敢當面質問，只是敘述那首〈贈曹國夫人〉詩來察言觀色。葛巾馬上一皺眉頭，變了臉色，迅速出了門，叫玉版抱著兒子來到常大用面前，對他說：「三年前，我被你對我的思念感動，才顯出人形，以身相報，現在你既然猜疑了，又怎麼能繼續生活在一起呢？」說完，她和玉版一起舉起孩子遠遠地扔出去，孩子一落地就消失。常大用正吃驚地看著，那兩個女子也都渺無蹤影了。

常大用懊悔不已，過了幾天，孩子落下的地方長出兩株牡丹，一夜之間莖粗就長到一尺，當年就開了花，一株是紫花，一株是白花，花朵像盤子那麼大，與一般的葛巾、玉版相比，花瓣更加繁複。過了幾年，兩株牡丹枝繁葉茂，形成了花叢。一移到別的地方，就變了品種，沒人知道它們的名字，從此洛陽的牡丹就名列天下第一了。

異史氏說，心懷專一的人，就能與鬼神溝通，那葛巾也不能說是無情了。當年白居易寂寞時，還將花比作夫人，何況那牡丹真的能瞭解人意，甘為人妻，又何必要竭力探明根底呢？可惜常大用沒能明白這一點啊！

【何守奇】五十八人，乃五十八字。贈曹國夫人詩，遂欲鉤魂攝魄，恐未必然。人各五百金，五五二十五，五八成四，乃貪花不滿三十之類；其人一除而五乘之，幾於一字值千金矣。固知是遊戲之言。

【但明倫】金可求，盜可退，而浮言終不可滅，猜疑究不可消。遂使玉碎香消，誰能解語？花移木接，莫識稱名。事則反覆離奇，文則縱橫詭變。

【卷十一】

馮木匠

山東巡撫周有德把前明藩王的王宮改建為巡撫衙門。當時正在招集工匠，有個叫馮明寰的木匠在裡面值班。一天晚上，他剛要睡覺，忽然看見一扇花窗開了一半，皎潔的月光亮如白晝，他遠遠望去，只見短牆上站著一隻紅雞。正在凝神觀看，那紅雞已經飛落到地上，過了一會兒，一位少女從窗外露出半個身子向屋裡窺視，馮木匠以為是同伴的相好，就靜靜地細聽，發現同伴已經睡熟了。他心裡不安起來，暗自希望那少女會誤入他的房間。不一會兒，少女果然跳窗進來，徑直撲到他的懷中。馮木匠大喜，一句話也不說，兩人交歡完畢，少女也就走開了。從此以後，那少女每天晚上都來，剛開始馮木匠還躲躲閃閃，後來就把心中的想法告訴了她，少女說：「我不是誤入你的房間，是真心誠意

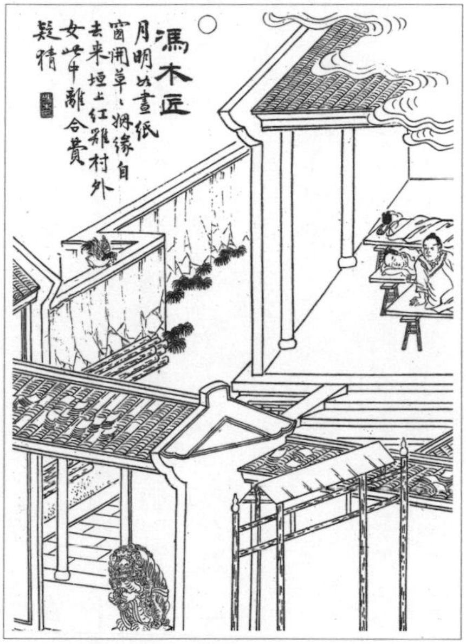

地來投奔你。」兩個人的關係日益密切。

後來，工期滿了，馮木匠準備回家，少女已經在曠野等候他了。馮木匠住的村子離府城本來就不是很遠，少女就跟他一起回去了。少女進到屋子裡，馮木匠的家人們都看不見，他這才知道這少女不是人。又過了幾個月，馮木匠的精神日漸衰減，心中更加害怕起來，便請來法師鎮妖驅鬼，但是一點效果也沒有。一天夜裡，那少女濃妝豔抹地來了，對馮木匠說：「世上的緣分都有定數，該來的推辭不掉，該走的想留也留不住，我今天就是來和你告別的。」說完，就走了。

【何守奇】鬼緣。

黃英

馬子才是順天人。馬家世代愛好菊花，到馬子才尤其喜愛。一聽到有好的品種，就一定要買來，即使奔波千里也不畏難。一天，有位金陵來的客人住在他家，自稱他的表親家中有一、兩種北方沒有的菊花，馬子才怦然心動，馬上整治行裝，跟那客人一同去了金陵。客人多方設法為他尋找到兩棵嫩芽，馬子才如獲至寶，包藏好便往家趕。

黃英走在半路上，遇到一個年輕人騎著驢子，跟在一輛掛著簾子的車後面，顯得丰姿瀟脫。馬子才漸漸走近和他搭話，那年輕人自稱姓陶，談吐很是風雅，便問起馬子才從什麼地方來，馬子才如實相告。陶生說：「花的品種沒有不好的，關鍵在於養花人的培植澆灌。」馬子才於是跟他討論養植菊花的方法，談得十分高興，他便問道：「你要到哪裡去？」陶生笑道：「姊姊厭倦了金陵，想遷居北方河朔一帶。」馬子才欣然說道：「我家雖然很窮，倒還有房舍可以讓你們下榻，如果不嫌寒舍簡陋，就不必麻煩找別的房子了。」

陶生走到車前，跟姊姊商量。車裡的人推開簾子說話，原來是一位二十多歲的絕代美女，她看著弟弟說：「屋子倒不怕小，只是希望院子能大一點。」馬子才答應了她的請求，於是姊弟倆便跟他回家了。

馬子才家的南面有一個荒廢的花圃，只有三、四間小屋子，陶生很喜歡，就住在那裡。每天他們就到北院來，替馬子才培育菊花，已經枯死的菊花，連根拔掉重新種上，沒有不活的。但是陶生很清貧，每天都跟馬家一塊吃飯，看起來陶家好像不生火做飯，馬子才的妻子呂氏也喜愛陶姊，不時地接濟他們一些糧食。陶姊小名叫黃英，很善於與人交談，常常到呂氏的屋裡跟她一塊紡織。

一天，陶生對馬子才說：「您家也不是太富裕，我們每天還在你們家吃飯拖累朋友，怎麼能就此長久下去呢？為今之計，賣菊花也足以謀生。」馬子才素來耿直，聽了陶生的話，很是看不起他，說：「我一直以為您是風流高雅的人，應該能安於貧窮；今天竟然說出這番話，這是把種菊花的地方當作集市，真是對菊花的侮辱。」陶生笑著說：「自食其力不能說是貪鄙，以賣花為業不能算是庸俗。人當然不可苟且求取富貴，但也不必固守貧窮。」馬子才不說話了，陶生起身離去。

從此以後，凡是馬子才丟棄的殘枝劣種，陶生都拾起來拿走，而且從此陶家也不再到馬家來吃飯，偶爾才來一次。

不久，菊花就要開放了，就聽見陶家門前像集市一樣喧鬧。馬子才很奇怪，就過來窺探，只見集市上買花的人，用車裝、用肩扛，絡繹不絕。那些菊花都是些奇特的品種，從來沒見過。馬子才心裡厭惡陶生貪鄙，想跟他斷絕往來，又恨他私藏良種菊花，便敲開陶家的門，想當面譏諷他一番。

陶生出來，拉著他的手進了園子。只見原來荒廢的庭院約半畝大的地方都種上了一畦畦的菊花，除了那幾間小屋以外沒有空閒的土地。挖掉菊花的地方就折來別的枝條補上，那些在畦中含苞待放的菊花無不絕妙，而仔細一辨認，都是馬子才以前拔了扔掉的。陶生進屋取出酒菜，就在菊畦旁邊擺上宴席，說道：「我因為貧窮，不能恪守清高的風節，幸而每天能夠得到一些錢財，倒足以供醉飲一番。」一會兒工夫，房中有人喊「三郎」，陶生答應著進去，很快又端出美味佳餚，烹飪得很精良。馬子才乘機問道：「你姊姊為什麼還不出嫁？」陶生答道：「時候未到。」馬子才問：「什麼時候？」陶生說：「四十三月。」馬子才又追問：「這是什麼意思？」陶生只是笑，不說話了。兩人痛飲盡歡，這才散去。

過了一夜，馬子才又來到陶家，只見昨天新插的菊苗已經超過了一尺。他大感驚奇，苦苦請求陶生傳授他技術。陶生說：「這事當然不可言傳，況且您又不以此謀生，學它又有什麼用呢？」又過了幾天，陶家門前漸漸安靜下來，陶生便用蒲蓆包好菊花成捆，裝了幾輛車遠走了。

過了一年，春天將近一半時，陶生才載著南方奇異花卉回來了，在城裡開了家花店，十天就把帶回來的花都賣光了，又回家種菊花。去年到陶家買花的人，留下的根到今年都變成劣種，只好再到陶家購買。

陶家從此一天天富起來，一年增蓋了屋子，兩年蓋起了大屋。一應興造製作，都自己做主，再不跟馬子才商量了。漸漸地，原來種菊花的地方都建起了房屋。又在牆外買了一塊田地，四周都築起了大牆，裡面都種上了菊花。到了秋天，將花全部運走，第二年春天過去了也沒回來。

馬子才的妻子病死了，他想娶黃英，便悄悄請人去探聽她的意思。黃英只是微笑，看上去像是同意了，但要等陶生回來。過了一年多，陶生還沒回來。黃英教僕人種菊花，就像陶生在家時一樣，得了錢就跟商人盤算，又在村外買了二十頃肥沃的土地，陶家的宅院越發壯大起來。

一天，忽然有個客人從東粵來，帶來一封陶生寫的信，馬子才打開一看，原來是陶生囑咐姊姊嫁給馬子才。核對一下發信的日子，正是馬子才妻子死的那天。回想起兩人在園中喝酒的時間，到今天正好四十三個月，馬子才大感奇怪。他把信交給黃英，問她「聘禮送到什麼地方」，黃英堅決不受彩禮。黃英又覺得馬子才家太簡陋了，就想讓他到南邊陶家居住，像招女婿入贅一樣，馬子才不同意，選擇吉日舉行了迎親的禮儀。

黃英嫁給馬子才後，在牆上開了一個門通到南院，每天過去督促僕人，馬子才為妻子比自己富裕感到羞恥，常常囑咐黃英將南北的財產分開來登記，以防混淆。而家中所需要的東西，黃英就從南院拿來。不到半年，家中觸目可見的都是陶家的東西。馬子才立即派人一一送回去，並告誡他們不要再取了。但不到十天，家中又夾雜了陶家的東西。這麼來回折騰了幾次，馬子才並不嫌麻煩。黃英笑著說：「戰國的陳仲子再清高也不像你這麼辛勞吧？」馬子才覺得羞慚，不再查核，一切都聽從黃英的安排。黃英便招來工匠，準備材料，大興土木，馬子才並不能禁止。過了幾個月，兩家的樓舍便連接在一起，兩家終於合成了一家，分不出界限來了。

但黃英遵從馬子才的意思，關上門不再以賣菊花為業，但家中享用還是超過了世家大族。馬子才心裡感到不安，說：「我三十年養成的清高德行，被妳拖累了。我活在世界上，只會依靠妻子存活，真是沒有一點大丈夫的氣概。人們都祈求能富起來，我只願意貧窮！」黃英說：「我並不是貪財的人，但如果稍微使家境豐裕一點兒，就不會使千年以後的人們認為陶淵明天生具有貧賤骨，一百世也不能發跡，我只是想讓我家祖宗彭澤縣令不致被後人嘲笑。但是貧窮的人想富裕很難，富裕的人想貧窮卻很容易。床頭的錢財任你揮霍，我不會吝惜。」馬子才說：「捐棄他人的錢財，也是很醜陋的事情。」黃英說：「你不願意富，我也不想貧窮。沒有別的辦法，只好跟你分開來住；清高的人自己清高，混濁的人自己混濁，互相又有什麼妨害呢？」黃英便在園中蓋了一間茅屋，挑了一個美麗的丫鬟去侍候馬子才，馬子才安然處之。但過了幾天，他又苦苦思念黃英。派人去請她，她卻不肯來，不得已，他只好自己去找黃英。隔一個晚上就去一次，倒也習以為常了。黃英笑話他說：「你像那齊國女子一樣，在東家吃飯，到西家睡覺，清廉的人不應該這樣。」馬子才自己也笑了，無言以對，於是兩人又和以前一樣住在一起。

後來，馬子才因為有事到金陵，正逢菊花盛開的秋季，早上他經過一家花店，見店中擺放的菊花很多，款款朵朵菊花都是上品，他心中一動，懷疑是陶生種的。過了一會兒，店主人出來，果然是陶生。馬子才大喜，述說久別的情懷，於是住在陶生這裡。

馬子才邀請陶生回北方去，陶生說：「金陵是我的故鄉，我想在這裡結婚。我已經積攢了一點財物，麻煩你帶給我姊姊，年底我就回家去。」馬子才不聽，更加苦苦地請求，並且說：「家裡已經很富裕了，盡可坐享其成，不必再行商了。」馬子才坐在店中，讓僕人代為論定價格，降價售花，幾天時間就賣光了，然後催促陶生收拾行裝，租了船回北方。一進門，只見黃英已將屋子打掃乾淨，床鋪被褥都擺放好了，好像預先就知道弟弟要回來似的。

自從陶生回來以後，他就解下行裝，督促工役，大修亭園，每天都跟馬子才一起下棋飲酒，不再結交一個客人。為他擇女成婚，他推辭不願意。黃英就派兩個丫鬟侍候他起居，過了三年，生下一個女兒。

陶生飲酒素來豪爽，從來不曾見他大醉。馬子才有個朋友叫曾生，酒量也大得沒有對手，恰好一天經過馬家，馬子才讓他跟陶生較量一番，看誰的酒量大。兩人狂歡縱飲，只恨相見太晚，自辰時一直喝到四更天，算下來每人都喝乾了上百壺。曾生爛醉如泥，就在座中昏沉沉睡去。陶生起身回去睡覺，一出門就踩在菊畦裡，身子倒下去，衣服落在地上，一著地就變成了菊花，像人一樣高，開了十幾朵花，每朵都比拳頭要大。

馬子才嚇壞了，回去告訴黃英，黃英急忙趕來，將菊花拔起放在地上，說道：「怎麼能醉成這樣！」將衣服蓋在他身上，要馬子才跟她一塊走，告誡他不要再看。

天亮後，馬子才前去看視，只見陶生躺在菊畦邊，馬子才於是醒悟到陶家姐弟都是菊花精，因此更加敬愛他們。而陶生自從顯露真形以後，飲酒越發豪放，常常自己用請柬招來曾生，因此兩人成為莫逆之交。

正值花朝節，曾生前來拜訪，帶了兩個僕人抬著用藥浸過的白酒，約定要跟陶生把這罈酒喝完，罈中酒快喝乾了，兩人還不是很醉。馬子才悄悄又加了一罈酒進去，兩人又喝乾了。曾生醉得很疲憊了，僕人們就把他背回家去了。陶生躺在地上，又變成了菊花。

馬子才已經見慣了，並不驚慌，按照黃英的辦法將菊花拔出來，守在旁邊觀察他的變化。時間一長，葉子更加枯黃了，他很是害怕，才趕緊去告訴黃英。黃英一聽，驚駭萬分，說：「你殺死我弟弟了！」急忙奔過去一看，根已經枯死了。黃英悲痛欲絕，便掐下菊花的莖杆，埋在花盆中，帶進自己的屋子，每天澆水。馬子才悔恨欲絕，很怨恨曾生。過了幾天，聽說曾生已經醉死了。盆裡的菊花漸漸發芽，九月份就開了花，花杆短小，花朵粉色，聞著一股酒的香氣，馬子才為它起名為「醉陶」。用酒澆灌它就會茂盛。後來陶生的女兒長大了，嫁給一個世家子弟。黃英直到老死，並沒有什麼異常。

異史氏說，陶生像那自稱「青山白雲人」的傅奕一樣，因為醉酒而死，世上的人都替他惋惜，而他自己未必不覺得快樂。將這樣的菊花種在庭院中，就像見著好朋友，就像見著美人一樣，不可不尋找這樣的菊花啊！

【何守奇】菊堪偕隱，計亦誠良。但必以列花成肆，甲第連雲者為俗，則幾於固矣。陶弟托命寒香，寄情麴蘗，彭澤二致，兼而有之。乃至順化委形，猶存酒氣，是菊是人，幾不可辨，名曰「醉陶」，風斯遠矣。

【但明倫】玉山傾頹，以醉而死，實以醉而生。嗅之而有酒香，此為黃花真品。倘非種秫仙人，不可以村醪妄澆之也。

書癡

彭城人郎玉柱，祖上官至太守，為官清廉，所得俸祿不用來治辦產業，而是都買了書，堆了滿滿一屋子。到了郎玉柱，更是個書癡，家裡貧窮，什麼東西都賣掉了，但是父親傳下的藏書，一卷也捨不得賣掉。父親在世的時候，曾經抄錄宋真宗所編的《勸學文》，貼在他的書桌右邊，郎玉柱天天誦讀，他又用白紗將座右銘蓋上，唯恐磨壞了。郎玉柱讀書不是為了做官，而是確實相信書中真有所謂的「黃金屋」、「千鍾粟」。他不分晝夜地刻苦攻讀，全然不管寒暑易時。已經二十多歲了，也不考慮婚事，希望書中的美人會自己前來。見到賓客親朋來，也不知道問寒問暖，聊了幾句以後，就大聲地誦讀起來，客人覺得無趣，只好自己走了。每到學政主持考試時，總是首先選擇他，但就是不能錄取。

一天，郎玉柱正在讀書，忽然一陣大風吹來，把書颳跑了。他急忙去追，腳一踏在地上就陷下去了，往下一探，發現洞裡面有腐爛的草，再扒開來一看，原來是一個古代人用來藏穀物的地窖，而糧食已經腐敗成糞土了。雖然糧食已經不能吃了，而郎玉柱更加相信「書中自有千鍾粟」的說法不假，讀書也更加努力。

又有一天，他爬上梯子來到書架的上面，從一堆亂七八糟的書中發現一架尺把長的金車。他大為高興，認為這就是「書中自有黃金屋」的應驗。他拿出來給別人看，卻發現只是鍍金而不是真金，心裡暗暗埋怨古人欺騙了自己。過了不久，有個與他父親同一年參加科考的人到這個道府來做視察。這人很信佛，有人勸郎玉柱把金車獻給觀察做佛龕。觀察十分高興，送給他三百兩銀子和兩匹馬。郎玉柱大喜，認為「書中自有黃金屋」、「書中車馬多如簇」這些話都應驗了，因此更加刻苦讀書。

但是，郎玉柱這時已經三十歲了，有人勸他娶妻，他說：「『書中自有顏如玉』，我又何必擔心沒有美麗的妻子呢？」他又讀了兩、三年，終於沒有應驗，周圍的人都嘲笑他。當時，民間謠傳天上的織女私自逃到人間來了，有人就對郎玉柱開玩笑地說：「織女私奔，大概是衝著你來的吧。」郎玉柱知道別人拿他開玩笑，也不跟人理論。

一天晚上，郎玉柱讀《漢書》讀到第八卷將近一半的地方，發現一個用紗剪成的美人夾在書頁中，他驚駭地說：「『書中自有顏如玉』，難道就是以此來應驗嗎？」心中不由悵然若失。但他仔細觀看美人，覺得眉眼就像活人一樣，而且背後隱隱約約寫有兩個小字——織女。郎玉柱大感驚異，每天都把美人放在書上，反覆觀賞把玩，甚至到了廢寢忘食的地步。

一天，郎玉柱正盯著美人看，美人忽然彎腰起身，坐在書上衝著他微笑，郎玉柱大驚失色，拜伏在書桌下，等他立起身來，美人已經有一尺多高了。他越發驚駭，又趕緊叩頭，美人走下桌子，亭亭玉立，簡直就是一個絕代美女。郎玉柱向她行禮，問道：「妳是何方神仙？」美人笑著說：「我姓顏，叫如玉，你很早就知道了。你每天都在盼著我，我如果不來一下，恐怕以後人們再也不會相信古人的話了。」郎玉柱很高興，便和她住在一起。郎玉柱雖然和顏如玉在床上親親熱熱，卻並不懂得如何才是真正的夫妻生活。

郎玉柱每次讀書，必定要讓顏如玉坐在他身邊。顏如玉勸他不要讀了，他不聽。顏如玉說：「你之所以不能飛黃騰達，就是因為你只知道讀書，你看看那些榜上題名的人，有幾個人是像你這樣讀書的？你如果不聽我的話，我就要離開了。」郎玉柱暫時聽從了她。但過不了一會兒，就忘記了她的吩咐，又開始吟誦起來。過了一會兒，他再找顏如玉，卻不知她到哪裡去了。郎玉柱失魂落魄，連聲禱告，卻絲毫不見顏如玉的蹤影。他忽然回憶起顏如玉原來藏身的地方，急忙取來《漢書》細細翻檢，一直翻到原來的地方，果然找到了顏如玉。郎玉柱叫她卻不動，只好趴在地上苦苦禱告。顏如玉這才從書中走下來，說：「你再不聽我的話，就和你永遠不相見了！」於是她讓郎玉柱準備棋盤、賭博的器具，每天和他一起遊戲。但是郎玉柱對這些東西一點都不感興趣，一看顏如玉不在，就偷偷地看書。他恐怕被顏如玉發覺，就悄悄地取出《漢書》第八卷，混雜在其他書裡，讓她找不到回去的路。

一天，郎玉柱讀書太投入了，顏如玉到了，他竟然都沒有察覺，忽然看見她時，急忙把書闔上，但是顏如玉已經不見了。郎玉柱十分害怕，暗自在每本書中尋找，但就是找不到。最後，還是在《漢書》第八卷中找到了，還是在那一頁裡。於是，他又行禮禱告，發誓不再讀書了。顏如玉這才下來，和他下棋，說：「三天之內如果學不好的話，我還是要離去。」到了第三天，郎玉柱忽然一局贏了顏如玉兩子。顏如玉於是很高興，又教他彈琴，限五天之內要學會彈一首曲子。郎玉柱手撥琴弦，眼盯琴譜，根本沒有時間想別的；時間一長，他的手指也能符合音樂的節拍了，他自己也不覺受到鼓舞。顏如玉每天和他飲酒遊戲，郎玉柱於是高興得忘了讀書。顏如玉又讓他出門去結交朋友，從此，郎玉柱風流倜儻的名聲大起。顏如玉說：「現在你可以去參加考試了。」

一天晚上，郎玉柱對顏如玉說：「在人間男女住在一起就會生孩子，我和妳住在一起這麼長時間，為什麼沒有孩子呢？」顏如玉笑著說：「你每天只知道讀書，我本來就說沒有好處，就是關於夫妻生活這一章，你到現在還沒弄懂，『枕席』這兩個字裡其實大有學問。」郎玉柱問：「什麼學問？」顏如玉只是笑，並不回答。過了一會兒，她暗中迎合挑逗他。郎玉柱快樂極了，說：「我沒想到夫妻之間還有這樣不可言傳的快樂。」於是他見人就講，聽到的人沒有不捂著嘴笑的。顏如玉知道後就責備他，郎玉柱卻說：「那些苟且偷歡的人，才不可以告訴別人；天倫之樂，人人都有，有什麼可避諱的。」過了八、九個月，顏如玉果然生了一個男孩，郎玉柱買了一個老婦人撫養孩子。

一天，顏如玉對郎玉柱說：「我跟你兩年，已經為你生了個兒子，可以就此告別了。時間拖久了，恐怕會給你帶來災禍，到時候後悔可就晚了。」郎玉柱聽了，流下眼淚，趴在地上不起來，說：「妳難道不顧念咱們這剛會啼哭的兒子？」顏如玉也很淒然，過了好久，才說：「如果你一定要我留下，那麼你就得把書架上的書全部扔掉。」郎玉柱說：「書是妳的故鄉，又是我的生命，妳怎麼會說出這樣的話呢？」顏如玉也不勉強他，說：「我也只知道會有惡運，不得不預先告訴你。」

原來，郎玉柱的親戚中有人見過顏如玉，無不驚駭，而且又從來沒有聽說郎玉柱和誰家訂過親事，所以都來盤問他。郎玉柱不會說謊話，只是沉默不語。眾人更加懷疑，這件事很快就傳開了，一直傳到了縣令史公的耳朵裡。史縣令是福建人，年紀輕輕就中了進士。他聽說這件事不由動心，暗自想一睹顏如玉的美貌，於是傳令拘捕郎玉柱和顏如玉。

顏如玉聽說以後，就藏了起來，不見蹤影，史縣令發了火，將郎玉柱收進監獄，革去了他的秀才功名，對他嚴刑拷打，逼他說出顏如玉逃到哪裡去了。郎玉柱幾乎被打死，也沒有說出一個字。史縣令又將他家的丫鬟抓來，才知道了事情的大概。史縣令認為這是妖人作怪，便親自乘車來到郎玉柱家。只見屋子堆得滿滿的都是書，多得搜都沒法搜，於是下令把書都燒了，院子裡的煙在空中凝結不散，陰沉灰暗。

郎玉柱被釋放以後，遠道去找父親的學生替他上書求情，得以平反昭雪，恢復了秀才的資格。這一年秋天他科考一舉中第，第二年又中了進士。而郎玉柱對那個史縣令恨之入骨。他為顏如玉立了個牌位，早晚都祈禱說：「妳如果在天有靈，就應該保佑我到福建做官。」後來，郎玉柱果然以巡案的身分被派往福建。過了三個月，他查出史縣令種種劣跡，將他抄了家。當時郎玉柱有個表親擔任司理官，逼郎玉柱收了一個小妾，假稱是買了個婢女寄住在官衙裡。等這個案子完結以後，郎玉柱當天就上書自我彈劾辭了官職，然後帶著小妾回家去了。

異史氏說，天下的東西積聚得多了，就會招來他人的嫉妒；而過分的愛好就會生出妖魔之類的事。顏如玉這個妖女就是書魔。這件事情近乎怪誕，治辦它未嘗不可以，但是像秦始皇那樣，一把火將書全部燒掉，不是太殘酷了嗎？就因為那縣令出於私心，所以日後才會得到狠毒的報應。唉！有什麼好奇怪的呀！

【何守奇】合「千鍾粟」、「黃金屋」、「顏如玉」三語，苦於書中求之，烏得不癡？即枕席功夫尚未曉，知其於書有所不通也。使非教之輟讀，烏能中鄉選、捷南宮哉？故知不汲汲於讀，乃為真能善書者。

齊天大聖

許盛是兗州人，跟著哥哥許成到福建做生意，貨物沒有備齊。有客人說大聖很靈驗，準備到祠廟去祈禱。許盛不知道大聖是何方神聖，便和哥哥一同前往。到了祠廟，只見殿閣相連，極其汲宏大壯麗。他們進殿瞻仰，見神像長著猴頭人身，原來是齊天大聖孫悟空。眾客人都肅然起敬，沒人敢流露出委靡不振的神情。許盛生性剛直，暗自笑話世俗之人的淺陋。眾人焚香祭拜禱告，而許盛卻悄悄地溜走了。

回來以後，哥哥責怪他輕慢了神靈。許盛說：「孫悟空是丘處機寫的寓言，為什麼要對他如此忠誠信仰呢？如果他真有神靈，不管是刀砍雷劈，我都心甘情願地接受。」旅店的主人聽他直呼大聖的名字，都嚇得變了臉色，連連擺手，好像生怕大聖聽到似的。許盛一見他們這副樣子，更加大聲地辯論起來，聽的人都捂著耳朵走開了。

到了半夜，許盛果然生病了，頭疼得很厲害，有人勸他到齊天大聖廟去謝罪，許盛不聽。不一會兒，頭疼好些了，但大腿又疼了起來，一夜過去，竟然生了一個大毒瘡，連腳都腫了，吃不下飯，睡不下覺。哥哥代他去禱告，但沒有效果。有人說，如果遭受責罰，必須親自去禱告才行，許盛始終不相信。過了一個多月，毒瘡漸漸收斂了，但又長出一個來，而且更加痛苦，醫生來用刀割掉腐爛的肉，血流了滿滿一碗，他怕人家再誇大說他不敬神惹出病來，就故意忍著不大聲呻吟。

又過了一個多月，瘡才平復下去，但是他哥哥生了大病。許盛說：「為什麼要這樣！對神恭敬的人也會得病，這足以證明我的病並不是因孫悟空而起。」哥哥聽他這麼說，更加生氣，責怪弟弟不替他去向神禱告。許盛說：「兄弟如同手足，前段時間我肢體糜爛都沒有去禱告，怎麼能因為現在『手足』有病，而去改變我的操守呢？」於是，他只是替哥哥請來醫生開了藥，而沒有聽他的話去祈禱，哥哥服下藥卻突然死掉了。

許盛心中十分慘痛，買口棺材安葬了哥哥，然後他就前往祠廟，指著齊天大聖像數落道：「我的哥哥生病，說是你遷怒於我，弄得我不能辯白。如果你真有神靈，應該能讓他死而復生，到時候我就拜你為師，絕不說假話。不然的話，就用你在車遲國懲處三清的方法來對付你，把你的神像推翻，也好解除我哥哥在地下的疑惑。」

到了夜裡，許盛夢見一個人招呼他，來到了大聖祠，他抬頭看見大聖臉上有怒色。大聖斥責他道：「因為你不像話，所以用菩薩刀穿透你的大腿，但是你不僅不幡然悔悟，還說出許多閒話，本來應該將你送到拔舌地獄去，但念你一直剛直不阿，姑且寬恕了你。你哥哥生病，是你自己請來庸醫，使他折壽而死，與別人有什麼關係？今天不施展一點法力讓你看看，只怕更會讓那些狂妄的人引為口實。」於是命令青衣使者去閻羅府請命，青衣使者稟告說：「人死了三天後，鬼籍就上報到了天庭，恐怕難以做到。」齊天大聖取過一塊方板，在上面寫字，不知寫了些什麼，讓青衣使者拿著去了。

過了好久，青衣使者才回來。許成和他一起來到，雙雙跪倒在大堂上。齊天大聖問道：「為什麼回來晚了？」青衣使者稟告道：「閻羅也不敢擅自做主，又拿著大聖的聖旨上天去向南斗、北斗請示，所以回來晚了。」許盛急忙上前行禮，感謝大聖的恩德。齊天大聖說：「趕快和你哥哥回去吧，如果你能一心向善，我會賜福給你的。」兄弟倆悲喜交加，互相攙扶著回去了。

許盛一覺醒來，感到很奇怪。他急忙起身，打開棺材一看，只見哥哥果然已經甦醒了，便將他扶出來，心中深深感到大聖的法力無邊。從此，許盛對大聖心悅誠服，比平常人還要信奉大聖。但是兄弟兩人做生意的本錢因為生病已經損耗了一半，而且哥哥的病還沒有痊癒，因此兩人常常面對面地發愁。

一天，許盛偶然到城外遊玩，忽然一個穿著褐色衣服的人看著他說：「你有什麼憂愁呀？」許盛正苦於無處訴說，便詳細地敘述了一番自己的遭遇。褐衣人說：「有一處好地方，你可以暫且去看看，倒也足以解悶。」許盛問道：「是什麼地方？」褐衣人只是說：「不遠。」許盛便跟著他走，出城大約半里多地，褐衣人說：「我會點小法術，頃刻之間就能到。」於是讓許盛用兩手抱住他的腰，稍微一點頭，只覺得腳下生雲，騰躍而上，不知道飛出去幾千里地，許盛十分害怕，閉著眼睛一點也不敢睜開。

不一會兒，褐衣人說：「到了。」許盛睜開眼睛，忽然看見一片琉璃世界，到處發出神奇的光彩，不由驚訝地說：「這是什麼地方？」褐衣人說：「是天宮。」兩人信步走去，只覺得越走越高。遠遠看見一位老者，褐衣人高興地說：「恰好遇上這位老者，真是你的福氣啊！」便舉手向老者行禮。老者邀請他們前往他的住處，煮茶獻客。但是只端上來兩盞茶，竟然沒有許盛的。褐衣人說：「這是我的弟子，不遠千里來做買賣，誠心誠意地來仙署拜訪，請求給他少許饋贈。」老者讓小僮取出一盤白石，樣子像鳥蛋，晶瑩透徹如冰，讓許盛自已拿。許盛想帶回去可以當酒籌，便拿了六個。褐衣人認為許盛過於客氣，就替他又取了六個，交給許盛一併裹起來，囑咐他放到腰包裡，然後拱拱手說：「足夠了。」說完，向老者告辭出來，仍舊讓許盛抱著他的腰，不一會兒就落到了地上。

許盛向他行禮，請教他的仙號。褐衣人笑著說：「剛才翻的就是所謂的筋斗雲啊！」許盛這才恍然大悟，原來褐衣人就是齊天大聖。他又請求大聖保佑他，大聖說：「剛才見到的是財星，已經賜給你十二分的利，你還要求什麼？」許盛又向他行禮，起身再看，大聖已經無影無蹤了。

許盛回到店裡，高興地把這事告訴了哥哥。他解下腰包和哥哥一起觀看，發現白石已經融入腰包了。後來，他們用車拉著貨回到家鄉，果然獲得了好幾倍的利。從此以後，許盛每次到福建，必定要去向大聖祈禱，別的人祈禱時常不怎麼靈驗，而許盛所求的無不應驗。

異史氏說，從前有個書生經過一座寺廟，在牆上畫了一只琵琶後離去了，等他回來時，發現人們都說琵琶特別靈驗，寺廟的香火非常旺盛。天下的事情，本來就不必確有其人，人們認為他靈驗，他就是靈驗的。為什麼會這樣呢？人們心裡都這麼想，就會產生寄託的神靈了。像許盛這樣方正剛直的人，本來就應該得到神明的保佑。但是齊天大聖難道真的能耳朵裡藏繡花針，拔根毫毛就可以變化，腳下翻個跟頭就能飛上青雲嗎？都是被邪術迷惑，看到的也就不是真實的了。

【但明倫】前之死，將誰尤？後之生，又將誰德乎？至於行善有福，自古云然，幾見有剛方友愛之人，而不獲天佑者？

【方舒岩】空，心也。心空則靈也。悟，我也。孫生也。我所受於天之理於心也。大聖者何？心之精神謂聖。能入風雲變態之中，能通天地有形之外，故謂之大。齊天者何？心參三才也。然則盛之得禍，固因放心而不知求其獲福，猶徇利而失其本心，皆無足論焉。

青蛙神

在長江漢水之間，民間對青蛙神的侍奉最虔誠。祠堂裡的青蛙不知道有幾千幾百萬隻，大的竟然有蒸籠那麼大。有的人觸犯了神怒，家裡面就會出現異常現象——青蛙在桌子、床鋪之間遊蕩，甚至有的能夠爬上光滑的牆壁卻掉不下來，各個狀態都不一樣，這戶人家就要發生災禍了。家裡的人就會十分恐慌，宰殺牲畜，向青蛙神進供禱告。如果青蛙神高興，這戶人家就不會有災禍了。

湖北有一個叫薛昆生的人，年幼時就很聰明，長得也很俊美。六、七歲的時候，有一位身穿青衣的老婦人來到他家，自稱是青蛙神派來的使者，坐下來傳達了神的旨意，願意將女兒下嫁給薛昆生。薛昆生的父親生性質樸率真，很不願意答應這門親事，便推辭說自己的兒子還小。但是薛家雖然拒絕了青蛙神，倒也不敢和別的人家訂親。

過了幾年，薛昆生漸漸長大了，和一戶姓姜的人家訂了親。青蛙神告訴姜家說：「薛昆生是我的女婿，你家怎麼敢親近他！」姜家很害怕，就把聘禮退給了薛家。薛昆生的父親很犯愁，便帶著潔淨的供品到廟裡向青蛙神禱告，聲稱不敢和神仙結為婚姻。他禱告完畢，就發現酒菜中都有大蛆浮出來在那裡蠕動，他把酒菜全都倒了，向神謝罪後就回家了，他心裡更加恐懼，也就姑且聽之任之了。

一天，薛昆生正在路上走著，一個使者迎上前來傳達青蛙神的旨意，苦苦邀請他去一趟。薛昆生迫不得已，跟著他一同前往。他走進一道朱漆大門，只見樓閣華美，一位老者坐在堂上，看上去七、八十歲的樣子。薛昆生上前拜倒行禮，老者命人將他扶起來，讓他在桌子旁邊坐下。不一會兒，丫鬟、僕婦都來看他，亂哄哄地站滿了大堂的兩側。老者轉過頭說：「進去通報一下，就說薛郎來了。」幾個丫鬟跑了出去。

過了一會兒，一個老婦人領著一位女郎出來，只見她十六、七歲的樣子，容貌豔麗無雙。老者指著女郎對薛昆生說：「這是我家小女十娘，自稱和你是天生的一對，但是你父親以不是同類為理由拒絕了。婚姻是百年大事，父母只能做一半的主，所以這事得你自己拿。」薛昆生注視著十娘，心裡十分喜歡，但卻默默不語。老婦人說：「我早就知道薛郎會滿意的，請先回去，我們馬上就送十娘前往。」薛昆生說：「好。」

薛昆生急忙趕回家告訴父親，倉促之間，父親也想不出什麼好辦法，便教給他一套話，讓他回去謝絕這門親事，薛昆生不肯去，父親正在指責他，送親的車子已經停在門口了。在成群的丫鬟們的簇擁下，十娘走了進來，她走上堂，拜見公婆，薛昆生的父母見到她都很喜歡，當天晚上就舉行了婚禮，夫妻倆感情非常好。

從此以後，十娘的父母時不時地光臨薛家。從他們穿的衣服來看，紅色的代表喜事，白色的代表錢財，每次都很靈驗。因此，薛家一天天地興旺起來。

自從與青蛙神結親以來，薛家的門口、大堂、籬笆和廁所到處都是青蛙，家裡沒有人敢叫罵，也沒有人敢用腳踩。唯獨昆生少年任性，高興的時候還有所忌諱，生氣的時候就用腳亂踩，不是十分愛惜。十娘雖然謙和溫順，但也會生氣，對昆生的所作所為很不滿意，而昆生也不因為十娘不喜歡他這麼做就有所收斂。十娘一次言語冒犯了昆生，昆生發怒道：「難道就因為你父親能禍害人嗎？男子漢大丈夫還會怕青蛙！」十娘很忌諱「蛙」字，聽他這麼說，不由大為惱火，說：「自從我進了你薛家門，替你家田裡增了產，買賣加了價，也有不少功勞了。現在老老少少都已經溫飽，就想像貓頭鷹長出了翅膀，要啄母鷹的眼睛嗎？」薛昆生更加氣憤地說：「我正嫌妳給我家增加的這些東西污穢，不堪留給子孫呢，不如請妳早早離開吧。」於是就把十娘趕走了。

等到薛昆生的父母聽說以後，十娘已經走掉了。他們把薛昆生罵了一頓，讓他趕緊去把十娘追回來。薛昆生正在氣頭上，不聽父母的話。到了晚上，薛昆生母子都生病了，頭昏腦脹，吃不下飯。薛昆生的父親害了怕，就到青蛙祠去請罪，言語十分的懇切。過了三天，他們的病就好了，十娘也自己回來了，夫妻倆和好如初。

十娘每天總是打扮得好好地坐在那裡，並不做針線活，薛昆生的衣服鞋子，都由母親來做。一天，母親忿忿地說：「兒子已經娶媳婦了，還要累死我這個老太婆！人家是媳婦侍候婆婆，我們家是婆婆侍候媳婦！」這話恰好被十娘聽見，她生氣地來到堂上說：「我這個兒媳婦早上服侍您吃飯，晚上侍候您睡覺，侍奉婆婆的禮數還有什麼呢？我所缺的就是不會自己幹活，省下給傭人的錢，自討苦吃罷了。」薛昆生的母親無言以對，神情沮喪，一個人流淚。薛昆生走進屋子，看見母親臉上的淚痕，問明瞭情況以後，生氣地斥責十娘，十娘據理強辯，不肯屈服。薛昆生說：「娶了妻子卻不能讓父母高興，還不如沒有媳婦！就是觸犯老青蛙發火，也不過是遇上橫禍一死罷了！」又將十娘趕出家門，十娘也大怒，出門徑直離去。

第二天，薛家的住宅著了火，火勢蔓延，燒著了幾間屋子，屋裡的桌子、椅子、床等家具全都化為灰燼。薛昆生大怒，來到青蛙祠指責數落道：「生的女兒不能侍奉公婆，沒有一點兒家教，倒反而袒護她的短處！神應該是極其公正的，哪裡有教人畏懼媳婦的道理！況且我們兩口子吵架，都是我一人幹的，跟父母沒有任何關係。即使有什麼懲罰，也應該加在我身上。如果祢不這樣，我也把祢家給燒了，算是對祢的報復。」說完，他就在殿下堆上木柴，舉著火就要去點。住在這一帶的人都趕來苦苦哀求他，薛昆生才住手，忿忿不平地回家去了，他父母聽說他的舉動，不由大驚失色。

到了夜裡，青蛙神托夢給鄰近的村子，讓村民為他的女婿修建房屋。天亮以後，村民們備足材料，聚集工匠，一起來替薛昆生家建造新屋。薛家怎麼勸也攔不住，每天都有好幾百人絡繹不絕地前來幫忙。沒過幾天，薛家的住宅煥然一新，床鋪、帷帳等器具也都備齊了。薛家的屋子剛剛收拾停當，十娘就回來了。她來到堂上向公婆謝罪，言語溫順婉轉，又轉過身衝著薛昆生露出笑臉，全家轉怒為喜。從此以後，十娘的性情更加溫和，過了兩年，也沒有鬧過矛盾。

十娘最害怕蛇。一次，薛昆生開玩笑地用盒子裝了一條，騙她打開。十娘一看，就神色大變，痛罵薛昆生，薛昆生也從開玩笑變成真的生氣，兩人惡語相對。十娘說：「這一次我不用你趕，我們就此一刀兩斷吧。」說完，就出門離去。薛昆生的父親很害怕，就用棍子打昆生，向青蛙神請罪，幸好這次青蛙神沒有降禍，但也沒有一點兒動靜。

過了一年多，薛昆生懷念起十娘，自己很懊悔，悄悄到蛙神祠哀求十娘回來，但是沒有回音。不久，聽說青蛙神已經將十娘許配給袁家，薛昆生心裡很失望，於是也就向別的人家求婚，但是看了好幾個人家，沒有一個比得上十娘，於是薛昆生更加思念十娘。他到袁家去探聽消息，發現人家已經開始粉刷牆壁，打掃庭院，只等著迎接娘子的車轎。薛昆生心中又慚愧又氣憤，飯也吃不下，就病倒了。父母憂心忡忡，不知道怎麼辦才好。

忽然，薛昆生在昏迷中感到有人撫摸他，並且說：「大丈夫屢屢要和我斷絕關係，又何必惺惺作態！」他睜開眼睛一看，原來是十娘。薛昆生高興極了，一躍而起，問：「妳是從哪裡來的？」十娘說：「要是以你這個輕薄之人對待我的禮數，我就應該聽從父母之命，另嫁他人。本來早就收了袁家送來的聘禮，但我千思萬想還是不忍心離開你。今天晚上就是成親的日子，父親又沒有臉面退回聘禮，我就親自提著聘禮退給了袁家。臨出門時，父親跑出來送我，說：『傻丫頭！不聽我的話，以後再受薛家的欺負，就是死也不要回家來！』」薛昆生被十娘的情義深深打動，流下了眼淚。家人都很高興，急忙跑去告訴薛昆生的父母。薛母一聽，也不等十娘來拜見她，就奔到兒子的屋裡，拉著十娘的手痛哭流涕。

從此以後，薛昆生也老成持重起來，不再惡作劇了，於是兩人的感情更加深厚。十娘說：「我一向以為你很輕薄，未必就能和你白頭到老，所以也不想生下孩子留在世上，現在已經沒有後顧之憂了，我打算生孩子了。」過了不久，蛙神夫婦穿著紅袍，來到薛家。第二天，十娘就臨產了，生下兩個男孩。從此，薛家和蛙神常來常往，沒有阻礙。居民有時觸犯了神怒，就先來求薛昆生說情；薛昆生就讓婦女穿著漂亮的衣服到裡屋朝拜十娘，十娘一笑，災禍也就免除了。薛家的後代繁衍昌盛，人們稱他家為「薛蛙子家」。不過住在附近的人不敢叫，只有住得遠的人才敢這麼稱呼。

【何守奇】神雖異類，既附之為婚姻，復待之以輕薄，宜十娘之不安其室也。父命再醮，千思萬想，而終不忍，孰謂十娘非貞婦哉？

【方舒岩】利不疚，威不惕。崑生其磊落人歟？不然，何以能使其妻去其驕，翁悔其禍耶！然函蛇相謔，則虐甚。幸而妻義不二夫；脫從改醮，豈不鑄成大錯。

又青蛙神往往托巫師的口說話。巫師能觀察青蛙神的喜怒，告訴信神的人說「神高興了」，福氣就會降臨；說「神生氣了」，這戶人家的妻兒就會發愁嘆息，飯也吃不下。這是一種流俗呢，還是青蛙神真有靈驗，並不全是虛妄呢？

有一個姓周的富商，生性吝嗇。當時恰巧居民聚集錢財修關聖祠，不論貧富都出了力，唯獨周某像鐵公雞一毛不拔。修了很長時間，還是無法完工，為首的人也沒有辦法弄來錢。恰好有一天眾人祭青蛙神，巫師忽然說：「周倉將軍命令小神負責募捐，把帳本拿來。」眾人取來了帳本。巫師說：「已經捐過錢的人，不再勉強；還沒有捐的人，量力而行，自行認捐。」大家都恭恭敬敬地聽著，各自捐了錢。巫師看著眾人，說：「周某在不在這裡？」周某當時正躲在人群的後面，唯恐神知道他在，一聽到叫他的名字，驚慌失色，猶猶豫豫地走到前面。巫師指著帳本說：「你捐一百兩吧。」周某越發窘困。巫師生氣地說：「淫債你還交了兩百，何況這是好事情！」原來，周某曾經和一個女人私通，被女人的丈夫抓住了，周某交了二百兩銀子了事，所以巫師揭了他的隱私。周某一聽，又羞又怕，迫不得已，就在帳本上寫上認捐一百兩。他回到家，告訴了妻子。妻子說：「這是巫師在詐你。」巫師多次要錢，周某始終不肯交。

一天，周某剛要睡午覺，忽然聽到門外像有牛在喘氣。他打開門一看，原來是一隻巨蛙，房門剛剛容得下牠的身子，步履緩慢，硬是擠進了屋子。巨蛙進屋以後，轉身臥著，把下巴擱在門檻上，周家全家都很驚慌。周某說：「這一定是討認捐的錢來了。」便燒香禱告，願先交三十兩，剩下的分幾次送上，那巨蛙一動不動；請求交五十兩，巨蛙身體忽然一縮，小了一尺多；又加了二十兩，巨蛙更縮成斗一般大；請求全部交納，巨蛙縮成拳頭大小，慢慢地走出去，鑽入牆縫就不見了。周某急忙拿出五十兩銀子送到了監造所，人們都感到奇怪，周某也不說明原因。

過了幾天，巫師又說：「周某還欠五十兩銀子，為什麼不去催討？」周某一聽，很害怕，又送去十兩銀子，想分幾次交完剩下的。一天，周某夫婦正在吃飯，那隻巨蛙又來了，還和上次一樣，眼中露出怒火。一會兒巨蛙上了床，床被壓得搖搖欲墜，然後牠就把嘴巴放在枕頭上睡起覺來，肚子鼓起來好像一條臥著的牛，把床的四角都給占滿了。周某害了怕，急忙拿出錢補齊一百兩的數字交給牠。再一看，巨蛙還是一動不動，半天的時間裡，小青蛙漸漸聚集而來。第二天來得更多，紛紛鑽進糧倉，登上床鋪，無處不去。大青蛙有碗口那麼大，爬上灶臺捉蒼蠅吃，有的腐爛在鍋裡，以至於臭得沒法吃飯。到了第三天，院子裡到處都是青蛙，更是一點空隙都沒有了。周某全家都惶恐驚駭，想不出一點辦法，萬不得已，只好向巫師請教，巫師說：「這一定是因為你交的錢不如牠的意。」周某於是向青蛙神禱告，加了二十兩銀子，巨蛙的頭才抬了起來；又加了些錢，巨蛙抬起了一隻腳。直到加足了一百兩，巨蛙才抬起兩隻腳，下床出門，踉踉蹌蹌走了幾步，突然又轉身臥在門裡，周某又怕起來，問巫師怎麼回事，巫師猜測蛙神的意思是讓周某馬上就拿出錢來。周某無奈，把錢如數交給了巫師，巨蛙這才起步。走了幾步，巨蛙的身子猛地一縮，夾雜在眾多的小青蛙中，辨認不出來，青蛙們也就亂哄哄地漸漸散去。

關聖祠建成後，要進行開光祭拜活動，又需要錢。巫師忽然指著帶頭的人說：「某某還應該再交多少多少錢。」一共舉了五個人，只漏了兩個人。眾人禱告說：「我們和某人一樣，已經一同捐過錢了。」巫師說：「我不是根據你們的貧富來決定交不交錢，而是根據你們侵吞修祠錢財的多少來決定的。這種錢財是不可以塞到自己腰包的，否則恐怕會飛來橫禍，念在你們領頭操辦此事也挺勤勞，所以替你們消除了災禍。除了某某廉潔正直，沒有幹出見不得人的事以外，即使是我家巫師，我也不會偏袒他一點。就讓他先拿錢，給大家起個頭吧。」巫師說完，就跑回家翻箱倒櫃。妻子問他話，他也不回答，把家裡的所有積蓄全都取了出來，他告訴眾人說：「巫師私自克扣了八兩銀子，今天讓他全都交出來。」巫師和眾人一起秤銀子，發現只有六兩多，便讓人記下他欠的數目。眾人都驚呆了，不敢再狡辯，全都如數交了錢。這事辦完以後，巫師卻茫然不知，有人告訴了他，他大為羞愧，就把衣服當了補足了欠款，只有兩個人虧欠該交的錢，事情結束以後，其中一個人病了一個多月，另一個腳上長了腳瘡，所花的醫藥費比他們該交的欠款還要多，人們都認為這是對他們私下克扣錢財的報應。

異史氏說，老青蛙主持募捐事宜，就沒有人敢不做善事，比起官府用酷刑來催討久債不是強很多嗎？而且祂又能揭發利用工作之便盜取錢財的人，同時又消除他們的災禍，這不僅表現出祂威猛的一面，又展示了祂慈悲為懷的心腸。

【何守奇】神巫甚異。然使不吝不貪，神應正直是與耳。

【但明倫】嗚呼！當其時，設有老蛙司募，能即時而摘發之，何至以此受冥譴乎？雖然，世之類此侵漁者，比比皆是，老蛙雖神，又安能一一摘發之乎！

任秀

任建之是山東魚臺人，以販賣毛氈皮裘為業。一次，他帶著所有資金到陝西，途中遇到一個人，自稱：「我叫申竹亭，是宿遷人。」兩人談得很投機，結拜為把兄弟，行走住宿都在一起。到了陝西，任建之病得起不來床，申竹亭很妥貼地照顧他。

過了十幾天，任建之病危。他對申竹亭說：「我家本來就沒有什麼固定資產，一家八口人的衣食都靠我一個人在外面辛辛苦苦地做生意掙錢，今天我不幸要死在異地他鄉，你是我的好兄弟，離家兩千里外，還有誰是我的親人呢？我身上帶有二百多兩銀子，一半你拿去，替我準備好棺材，剩下的你拿去做盤纏；另一半寄給我的妻子女兒，讓他們能夠雇車子把我的棺材運回家去。如果有人肯將我的殘骸帶回故鄉，花多少路費就不必計較了。」說完，任建之就趴在枕頭上寫了封遺書，交給申竹亭。到了晚上，任建之就死了。申竹亭用五、六兩銀子替任建之買了口薄棺材，將他入殮了。店主人催促他趕緊把棺材移走，申竹亭藉口去尋找寺廟安放，竟然逃走不回來了。

任家一年多以後才得到任建之死亡的確切消息，他的兒子任秀這時十七歲，正跟著老師讀書，從此中止了學業，打算去尋找父親的靈柩。母親可憐他年紀尚小，不想讓他去，任秀痛哭流涕，傷心欲絕。母親只好典當家產，替他準備好行裝，並派一個老僕人跟他一塊去。

半年以後他們才回家，任建之入葬以後，家裡一貧如洗。幸好任秀天資聰穎，喪期滿後，他進入魚臺縣學讀書，但是任秀輕薄放蕩，喜歡賭博，他母親儘管嚴加管教，但他就是不改。

一天，主考官來到縣學主持考試，任秀只考了四等。母親氣得流淚，吃不下飯，任秀又是慚愧，又是害怕，對母親發誓要好好讀書。於是，任秀閉門讀書一年多，終於以優等生的身分領到了朝廷供給的銀兩。母親勸他開了個學館教學生，但是人們終究因為他放蕩不檢點，都譏諷輕視他。

任秀有個表叔張某，在京城做生意，勸任秀到京城去，並且願意帶他一起走，不用他花錢。任秀很高興，就跟著走了。他們來到臨清縣，在臨清關外停了船，這時，有不少鹽船停靠在河邊，帆檣如林。任秀躺下以後，只聽水聲人聲嘈雜，吵得他不能入睡。等到更深夜靜以後，忽然旁邊的船上傳來清脆的擲骰子的聲音，通過耳朵傳到任秀的心裡，他不由得舊癮發作。他悄悄聽了聽，同船的客人都已經睡熟了。任秀的口袋裡有一千文錢，就想到那船上玩一玩，他悄悄起來解開錢袋，拿著錢卻猶豫起來，不由回想起母親的教訓，就又把錢放了回去。他雖然睡下了，但心卻劇烈地跳個不停，翻來覆去睡不著，他又爬起來，又解開錢袋，重複了三次。到後來，他賭興大發，再也忍不住了，便帶著錢徑直到了旁邊的船上。

任秀到了船上，只見兩個人正在賭博，下的賭注很大。他把錢放在桌子要求入局，那兩人很高興，就和他一起擲骰子，任秀大獲勝利。其中一個客人把錢輸光了，就拿了巨額銀子交給船主做抵押換了零錢，漸漸地，一把拿出十幾貫錢下賭注。他們正賭在興頭上，又有一個人乘船過來，站在旁邊看了很久，也傾囊而出，將一百兩銀子交給船主作抵押，加入賭局一起玩起來。

張某半夜醒了過來，發現任秀不在船上，聽到擲骰子的聲音。就知道任秀去賭錢了，便來到那條船上，想制止任秀再玩下去。他來到賭桌前，只見任秀旁邊的錢已經堆得像山一樣高，便不再開口說話，背了幾千錢回到自己的船上，他又招呼同船的客人都起來，來來往往的搬運，還剩下十幾貫錢。

不一會兒，三個客人都輸掉了，一船的錢都用光了。客人想用銀子來賭，但是任秀的欲望已經滿足了，聲稱不用銅錢就不賭，故意刁難他們。張某站在一邊，又催逼任秀回去。三個客人急躁起來，船主看到有利可圖，就從其他船上借來了一百多貫錢。客人拿到錢，賭得更大了，沒過多久，錢又輸給了任秀。天空放亮以後，要放早關了，任秀和表叔一起把錢運回船上，三個客人也走掉了。

船主一看那三個客人抵押的二百多兩銀子，全都變成了紙箔灰。他大驚失色，找到了任秀的船，告訴他這個情況，想讓任秀賠償。等到問起任秀的姓名、籍貫，船主才知道他就是任建之的兒子，便縮起脖子，羞得流著汗走掉了。任秀問划船的人，才知道船主就是申竹亭。

原來，任秀到陝西的時候，也常常聽到申竹亭的姓名，事情至此，鬼已經報復了他，所以不再追究以前的過錯。任秀於是用這筆錢和張某合夥到北邊做生意，到了年底賺了幾倍的利。於是，任秀按照慣例捐錢買了一個監生的身分，此後，他更加會做生意，在十年的時間裡，他的財富雄霸一方。

【何守奇】鬼報甚巧。

晚霞

五月五日，在吳越一帶有鬥龍舟的遊戲，將木頭從中剖開挖空，做成龍的形狀，畫上鱗甲，塗上金黃的顏色。上面是雕花的屋脊，紅色的欄杆，帆和旗都用錦繡做成。船尾做成龍尾的樣子，有一丈多高，用布繩牽著木板垂下來。有小孩坐在木板上，翻滾摔跤，做出各種巧妙的遊戲。但是木板下面就是江水，很是危

險，弄不好就會掉下來。所以在選購這種小孩時，先用金錢堵住他們父母的口，預先訓練小孩，如果小孩落水而死，不得反悔。蘇州則是在龍舟上載上美麗的歌妓，兩者有所不同。

鎮江有個叫蔣阿端的小孩，才七歲就靈便敏捷，奇異機巧，沒人能超過他，名聲身價日益上漲，到了十六歲時還用他。一天，船到金山下，落水而死。蔣老太太只有這麼一個兒子，也只有痛哭而已。

阿端還不知道自己已經死了，有兩個人引導他前行。他一看，水中倒別有一番天地，回頭再看，只見四面環繞水流波浪，像牆壁一樣屹立著。過了一會兒，眼前出現一座宮殿，有一個戴著頭盔的人坐著。那兩人說：「這就是龍窩君。」便讓阿端向他行禮。龍窩君和顏悅色地說：「依阿端的技藝可以進入柳條部。」於是將阿端帶到一個地方，是一座四面圍攏的大殿。

阿端走上東廊，便有一些少年走出來與他見禮，這些少年大約是十三、四歲的樣子。很快就有一個老婦人走來，眾人都稱她「解姥」。解姥坐下來，讓阿端表演技藝，等他演完了，便教他「錢塘飛霆」的舞蹈、「洞庭和風」的樂曲，只聽得鑼鼓陣陣，各院都傳來響聲。過了一會兒，各院的聲音都平息了，解姥唯恐阿端不能馬上就練純熟，獨自絮絮叨叨地調撥他一個人，而阿端一過場，就已經很明白了。解姥高興地說：「我得到這個孩子，真是不比晚霞差了。」

第二天，龍窩君考察各部，各部都彙集在一起。首先考察的是夜叉部。夜叉們面部像鬼，穿著魚皮服裝。他們敲響周長四尺多的大鑼，又擂響四個人才抱得過來的大鼓，聲音就像打雷一樣，喧鬧得讓人聽不下去。等他們跳起舞來，只見波濤洶湧，在空中橫流，不時落下一點兒星光，一著地就熄滅了。

龍窩君急忙讓他們停下來，命令乳鶯部上前表演。乳鶯部都是些十六、七歲的漂亮女子，她們演奏的笙樂精美細緻，一時間，習習清風吹來，波濤都安靜了下來，水漸漸凝結起來，宛如水晶世界，上下通明，考察完畢，都退到西面的臺階下站立。

接下來考察燕子部，都是一些未成年的女子。其中有個女郎，年紀在十四、五歲上下，揮動衣袖，傾側著腦袋，跳起了「天女散花舞」。只見她輕盈地飛舞起來，從衣襟、袖子、襪子和鞋子裡，都落下五色的花朵，隨風飄蕩下來，落滿了庭院。跳完以後，隨著燕子部也到西面臺階下站立。阿端在旁邊偷眼觀瞧，心裡很是喜歡她，向同部的人一問，原來她就是晚霞。

過了不久，龍窩君點到柳條部。他特別考察了阿端，阿端在前面跳舞，只見他喜怒隨著樂腔變化，舞姿合著節拍表演。龍窩君誇獎他聰慧有悟性，賜給他一件五色花紋的連衣褲和嵌著夜明珠、魚鬚形狀的金色束髮帶。阿端拜謝龍窩君的恩賜，也走到西面的臺階下，站在自己的隊伍中。阿端在人群中遠遠地注視晚霞，晚霞也遠遠地注視著他。

過了一會兒，阿端慢慢離開本部向北走，晚霞也漸漸出了本部向南走，兩個人相隔幾步，但法令嚴明不敢亂了部伍，他們互相注視，只能心神嚮往罷了。過一會兒又考察蛺蝶部，童男童女雙雙起舞，他們的身材高矮、年紀大小和衣服的顏色，都是一樣的。

等各部都考察以後，各部一個接一個地出來。柳條部排在燕子部後，阿端急忙走到部前面，而晚霞已經慢慢走在了後面，她回頭看望阿端，故意丟下一支珊瑚釵，阿端急忙把它放在袖子裡。

阿端回去以後，因為思念而得了病，寢食不安。解姥給他送來美味的食物，每天探望三、四次，殷切地撫愛照料他，但病沒有一點好轉。解姥很是憂慮，但又沒有辦法，說：「吳江王的壽日近在眼前，這可怎麼辦啊！」

傍晚時分，一個童男前來，坐在床上跟阿端說話，自稱：「我是蛺蝶部的。」然後又慢慢地問道：「您的病是為了晚霞吧？」阿端驚訝地問：「你怎麼知道？」那童男笑著說：「晚霞也跟您一樣。」阿端淒然地坐起身來，向童男問計。童男問道：「還能走路嗎？」阿端答道：「勉強還能自己走一走。」童男扶著他出來，向南穿過一道門，轉彎又向西，又打開兩扇門，只見幾十畝的蓮花，都長在平地上，葉片像蓆子一樣寬闊，花朵像傘蓋一樣大，落下來的花瓣堆在花梗下有一尺多厚。童男領他進到蓮花叢中，說：「就坐在這兒吧。」然後就離去了。

等了一會兒，只見一個美女撥開蓮花走了進來，原來就是晚霞。兩人相見，分外驚喜，各自述說相思，大致說了自己的情況。然後他們用石頭壓住荷葉讓它們側過來，尚可作為屏障，又將蓮花瓣均勻地鋪在地上，兩人欣然親熱地睡在一起。然後兩人訂好今後的約會時間為每天太陽西下以後，便分手了。阿端回去後，病也很快痊癒了，從此兩人每天在蓮花地見一次面。

過了幾天，他們隨龍窩君一起去給吳江王祝壽。祝壽後，各部都回去了，唯獨留下晚霞和乳鶯部的一個人在宮中教舞。過了幾個月還沒有消息，阿端悵惘若失。倒是解姥每天來往吳江府之間，阿端假稱晚霞是表妹，請解姥帶他一塊兒去，希望能見晚霞一面，阿端留在吳江王門下幾天，但是宮中禁規很森嚴，晚霞苦於不能出來，阿端只有怏怏地回去了，又過一個多月，阿端呆呆地思念，幾乎要死去了。

一天，解姥走進屋來，傷感地說道：「可惜啊！晚霞投江自殺了！」阿端大為驚駭，流下眼淚，控制不住自己。他於是毀壞帽子，撕裂衣服，在身上藏了金珠出來，想要跟阿霞一起去死。只見江水像牆壁一樣，用頭使勁撞也進不去。阿端想再回去，又害怕被問起帽子衣服的事，罪名將會加重。他計策用盡，汗水直淌，濕透腳跟。

忽然，他看見牆壁下有一棵大樹，於是像猴子一樣攀援而上，漸漸地爬到樹梢，他猛力跳下去，幸好沒有沾濕，但卻浮在水面上了。不經意之間，好像看見了人世，於是輕捷地遊過去。過了一會兒，到了岸邊，在江邊稍微坐了坐，突然想起了老母，便乘舟離去了。

他到了家鄉，四顧周圍的房舍，好像隔世一樣。他艱難地走到家，忽然聽到窗戶裡有個女子說：「您兒子回來了。」聲音聽起來像是晚霞。一會兒與阿端母親一塊兒出來的，果然就是晚霞。這時兩人的喜悅勝過悲傷，而他母親則既悲傷又懷疑，既驚訝又高興，極盡各種情態。

原來晚霞在吳江王府裡，覺得腹中有東西蠕動，龍宮中法規森嚴，她唯恐早晚就要分娩會招來橫禍，身受刑罰，又不能夠見阿端一面，所以只想一死，便跳到了江中，身子漂起來，在波濤中沉浮。正好有艘客船經過將她救起來，問她住在什麼地方。晚霞原來是蘇州的名妓，溺水而死，找不到屍體，她想妓院不能再去了，便說：「鎮江蔣家，是我婆家。」客船上的人於是代她租了隻小船，將她送到蔣家。

蔣媽媽懷疑是個錯誤，晚霞自己說不錯，便把實情詳細告訴了蔣媽媽。蔣媽媽因為見她風姿美妙，很是喜歡她，只是擔心她年紀太小，肯定不會終身守寡。但晚霞孝順恭敬，看家裡面貧窮，硬脫下身上的珍貴首飾賣了幾萬錢。蔣媽媽發現她確無二心，很是高興。但是兒子不在家，唯恐晚霞一旦臨產，不能被親戚鄉里相信，便跟晚霞商量。晚霞說：「媽媽只要能有真正的孫子，又何必要人知道。」蔣媽媽也就安心了。

正好阿端回來了，晚霞喜不自禁。蔣媽媽也懷疑兒子沒死，暗中挖開了兒子的墳墓，屍骨還都在，便拿這事追問阿端，阿端這才醒悟過來。但是唯恐晚霞厭惡他不是人，囑咐媽媽不要再說了。媽媽答應了，便告訴鄉里鄉親，說是當時找到的並不是兒子的屍體，但她始終擔心晚霞不能生孩子。不久，晚霞竟生下一個男孩，看起來跟一般孩子沒什麼不同，媽媽才高興起來。

時間長了，晚霞漸漸覺出阿端不是人，便說：「你為什麼不早說呢？凡是鬼穿上龍宮的衣服，經過七七四十九天，魂魄就會凝固起來，和活人就沒什麼兩樣了。如果能得到宮中的龍角膠，就可以接上骨節，生出肌膚，可惜沒能早點買到。」阿端出賣他的珠子，有個外國商人出資百萬，蔣家因此變得極為富有。

後來給蔣媽媽祝壽，夫妻倆一起載歌載舞，向母親敬酒祝壽，這事傳到淮王的耳朵裡。他想強行搶奪晚霞。阿端很害怕，去見淮王，自我陳述道：「我們夫婦都是鬼。」一查驗，果然沒有影子，淮王便相信了，不再搶奪。只是派宮人到別院由晚霞傳授技藝。晚霞用龜尿毀了容，然後再去見淮王，教了三個月，終究沒有全部傳授完技藝就離去了。

【何守奇】晚霞、阿端，皆以技死者也。吳江王、龍窩君失晚霞、阿端，並不追究，豈所謂鬼死為聻者耶？不然，則昔者所進，今日不知其亡也？

白秋練

直隸有個姓慕的書生，小名叫蟾宮，是商人慕小寰的兒子。他很聰明，喜歡讀書，十六歲時，他父親認為讀書科考太過迂腐，便讓他棄文從商，學做生意，他便跟著父親來到楚地。每當在船上沒事時，他就吟詩讀書。到達武昌後，父親將他留在旅店中看管貨物，慕生趁著父親外出，便拿出書本吟詩，音節鏗鏘。有時他看見窗外有人影晃動，像是有人在偷聽，但也沒覺得有什麼奇怪的。

一天晚上，父親出去赴宴，好久也不回來，他吟詩越發勤苦。他看見有個人在窗外徘徊，在月光的映照下，看得很清楚。他感到奇怪，急忙出來察看，原來是一個十五、六歲、傾國傾城的美麗女子。她一看見慕生，就急忙躲開了。

又過了兩、三天，他們裝好貨北上回家，晚上停泊在湖濱，父親恰好有事外出，一個老婦人進來說道：

「你要害死我女兒了！」慕生驚奇地問她怎麼回事，那老婦人回答道：「我姓白，有個親生女兒，名叫秋練，很通文墨。她說在郡城時，聽過你吟誦詩書，到現在還記在心裡，不能忘懷，以至於廢寢忘食。我想讓她與你結為夫妻，希望你不要拒絕。」

慕生心裡倒真是喜歡那女孩，但是擔心父親會責怪，所以便對老婦人實情相告。老婦人不相信，一定要他應下這門婚事。老婦人發怒說：「人世間的婚姻，有的上門求親都求不到。現在我自己做媒，反而不被接受，還有比這更丟臉的嗎？你別想乘船回到北方去！」說完，就走了。

過了一會兒，父親回來了，慕生便好言好語將這事告訴了他，暗自希望他能夠答應。但是他父親認為離家遠行，又看不起這個女孩對男人的思念，便一笑了之。停船的地方，水深沒過了船槳，晚上忽然湧出沙堆，將船陷住移動不得。

湖裡每年客船都肯定有船留住在小洲上，到第二年桃花水上漲時，其他的貨船還沒到，船裡的貨物就比原來的價錢能貴出一百倍，因此慕生的父親並不太憂愁，只是想明年到南方來，還需要籌集資金，於是他將兒子留下，自己回去了。慕生暗中高興，只是後悔沒有問老婦人住在哪裡。

天黑以後，那老婦人和一個丫鬟扶著那女孩前來，鋪開衣服讓女孩躺在床上，對慕生說：「人已經病成這樣了，你可別像沒事人似的高枕無憂！」說完就離開了。慕生剛聽到時很驚奇，等拿燈一看，只見那女孩雖在病中，但依然嬌美，一雙烏黑的大眼睛顧盼動人。慕生略微問了幾句，那女孩只是嫣然一笑。慕生非讓女孩說一句話，女孩說：「『為郎憔悴卻羞郎』，這可以說是為我吟詠的詩句。」慕生大喜，便想親近她，但又可憐她身體虛弱，就將手伸到她懷裡，與她接吻親熱。

那女孩不覺快樂起來，笑著說：「你為我吟上三遍王建的『羅衣葉葉』那首詩，我的病就會好了。」慕生按照她說的開始吟詩。才吟了兩遍，那女孩便攬過衣服起身說道：「我已經好了！」再吟時，女孩也用嬌滴滴、顫巍巍的聲音跟他一塊兒吟誦，慕生不由神采飛揚，便滅了燈，兩人一塊兒睡下。

天還沒亮，那女孩就起床了，說：「我母親就要來了。」沒一會兒，老婦人果然到了。見女孩穿戴得好好的，很快樂地坐在那裡，不覺很是欣慰，便要女兒跟她回去，女孩低下頭不說話。老婦人便起身自己走了，說：「妳喜歡和慕生玩樂，我也就不管妳了。」於是慕生問起那女孩住在哪兒。那女孩說：「我和你只不過是剛剛結識的朋友，還不一定能談婚論嫁，何必要知道我家住在哪裡。」但是兩個人互相愛慕，海誓山盟。

一天夜裡，女孩早早起來點燈，忽然打開書，淒然地流下眼淚，慕生急忙起來問她怎麼回事。女孩說：「你爸爸快來了，我們兩個人的未來我剛才卜了一卦，打開書一看，是李益的〈江南曲〉，詩的意思不太吉利。」慕生安慰她說：「第一句『嫁得瞿塘賈』就已經是大吉大利，有什麼不吉祥的呢！」女孩於是稍微高興了一點，起身告別道：「咱們暫時分手吧，等天亮了會有好多人對我們指指點點的。」慕生抓住她的胳膊，哽咽著說：「如果我父親同意這門親事，我到哪裡去告訴妳呢？」女孩說：「我常常派人打聽，同意不同意我都會知道。」慕生想下船送她，女孩竭力推辭而去。

沒過多久，慕生的父親果然到了，慕生漸漸地吐出實情，父親懷疑他招來妓女，生氣地責罵他，仔細檢查了船裡面的貨物並沒有減少，罵完也就算了。一天晚上，父親不在船上，那女孩忽然來了，兩人依依不捨，但也想不出辦法來，女孩說：「成敗自有天定，先圖眼前的快樂，我再留你兩個月，然後商量該怎麼辦。」臨別時兩人商定以吟詩作為約會的暗號。從此，每當父親外出，慕生就高聲吟詩，那女孩就來了。

四月份快過去時，物價錯過了良機，商人們沒有辦法，便籌錢到湖神廟求神保佑。端午節後下起了大雨，船開始通航了。慕生回家後，因為思念過度病倒了，他父親很憂慮，便請來巫師和醫生給他治病。慕生私下告訴母親說：「我這個病不是藥能治好的，只有秋練來了才會好。」他父親開始很生氣，但久而久之，慕生更加瘦弱，疲倦無力，他父親才害怕起來，租了車子，帶上兒子，又來到楚地，又將船停在原來的地方，他們走訪當地居民，並沒有人知道誰是白老婦人。

正好有個老婦人在湖邊划船，她走出來自稱是白老太太，慕生父親登上她的船，看見秋練，心中暗暗高興，再詢問她們的家族情況，原來是水上人家。他便如實告訴了兒子生病的原因，希望秋練到船上去，為他兒子治好病。老婦人認為，還沒有正式訂婚，不讓秋練去，秋練露出半邊臉來，認真地聽著他們兩人的對話，淚水在眼眶中打轉。老婦人看見女兒的表情，再加上慕生父親的苦苦哀求，也就同意了。

到了夜裡，慕生的父親出去了，秋練果然來到船上，伏在床邊嗚咽著說：「當年我相思成病的樣子，如今轉到你身上了！此中甘苦，不可不讓你也嘗嘗。但是這麼瘦削困頓，一下子怎麼可能治好呢？我為你吟一首詩吧。」慕生也很高興，秋練吟的也是王建的那首詩。慕生說：「這詩詠的是妳的心事，怎麼可能對兩個人都有效呢？但是聽到了妳的聲音，我的精神已經爽快多了。妳試著為我吟一首『楊柳千條盡向西』。」秋練便吟誦了一遍。慕生讚嘆道：「痛快啊！妳以前吟詠的詩詞中，有一首〈採蓮子〉寫道：『菡萏香蓮十頃陂。』我心裡還沒有忘記，煩請妳再用長聲吟誦一遍。」秋練又吟了這首詞。剛吟完，慕生就一躍而起，說道：「我又何嘗生過病呢？」說完，兩人親熱地擁抱在一起，大病好像一下子就好了。過了一會兒，慕生問：「我父親見妳母親時說了些什麼？咱們的婚事能談成嗎？」秋練已經覺察出慕生父親的意思，便直率地說「沒談成」。

過了一會兒，秋練走了，父親回來了，見慕生已經起床了，很是歡喜，只是安慰他。接著又說：「那女孩好是好，但她從小就在船上把舵唱歌，且不說她出身低賤，恐怕也不一定貞潔。」慕生不說話。父親出去後，秋練又回來了，慕生對她說了父親的意思。秋練說：「我已經看得很清楚了，天下的事情你越著急它就離你越遠，你越想迎合它就越拒絕你，應該讓你父親回心轉意，反過來求你。」慕生問她有什麼計策。秋練說：「但凡商人想的都是謀利。我有辦法知道物價，剛才我看了艙裡的貨物，都不是能賺錢的，你替我告訴你父親，囤積某種貨物就可以獲利三倍，囤積另一種貨物可以獲利十倍。等回家後，如果我的話應驗了，就讓我做你們家的媳婦。你再來的時候，你十八歲，我十七歲，自然有相好的日子，有什麼好憂愁的呢！」

慕生將秋練說的物價告訴父親，他父親很不相信，只拿出剩餘資金的一半按秋練教的去做。等回家後一看，自己買的貨物，大大虧了本，幸好稍微聽了點兒秋練的主意，賺了一大筆錢，兩個大致抵銷。從此，他便信服秋練的神明。慕生更是在父親面前誇獎秋練，說秋練自己說，能讓我們家致富，他父親又籌集了資金南下了。

到了湖中，好多天也沒見著白老婦人。又過了幾天，才看見她的船停在柳樹下，慕生的父親便送去聘禮。白老婦人全都不肯接受，只是挑了良辰吉日將女兒送過船來。慕生的父親又租了條船，為兒子舉行了婚禮。秋練讓慕生的父親再往南去，將應該採辦的貨物，全都登記在冊交給他。

老婦人於是邀請慕生住到她的船上去，慕生的父親三個月回來了，貨物運到楚地，價格已經漲了好幾倍，要回老家時，秋練要求帶點湖水回去。回家後，每次吃飯時，都要加上一點，就像放調料一樣。此後，每次慕生的父親去南方，都要為她帶幾罈湖水回來。

過了三、四年，秋練生了個兒子。一天，她哭著想回家去，慕生的父親便帶著兒子和兒媳一起來到了楚地。到了湖中，也不知道老婦人在什麼地方。秋練敲打船舷呼喊母親，精神和肉體上都很痛苦，她催慕生沿著湖邊去詢問，正好碰上一個釣鱘魚的人，釣上來一條白鱀豚。慕生走近前一看，原來是個龐然大物，樣子跟人一模一樣，乳房、生殖器具備。他覺得很奇怪，回來就告訴秋練。

秋練大為驚駭，說是平生有放生的願望，囑咐慕生把牠買回來放掉。慕生去找釣魚者商量，釣魚者開出高價，秋練說：「我在你家，幫你們掙下的錢不下萬萬，這麼一點錢就捨不得啊！你如果不聽我的，我就跳湖自殺！」慕生害怕了，不敢告訴父親，偷了錢買了那魚放掉了。

回來後，秋練卻不見了，找也沒找到，一直到五更天後才回來。慕生問：「妳到哪裡去了？」秋練說：「上我母親那裡去了。」慕生問：「妳母親在哪裡？」秋練害羞地說：「現在我不得不如實相告了，你今天買來放生的那條魚就是我的母親。以前在洞庭湖時，龍君命令她管理行旅，近來宮中要挑選嬪妃，一些無聊的人誇我長得漂亮，龍君聽了，就命令我母親將我交出去。我母親將實情稟告了龍君。龍君不聽我母親的解釋，將她流放到南泊，她餓得快要死了，所以才遭受了前面的災難。現在災難雖已解脫，但是懲罰卻沒有免除。你如果愛我的話，請你代向真君祈求，就可以免除對我母親的懲罰。你如果嫌棄我不是同類，我就把兒子還給你，我自己就回去，龍宮的供奉未必比不上你家。」

慕生大吃一驚，擔心不能夠見到真君。秋練說：「明天未時，真君應該會來。你如果見到一個跛道士，就趕緊向他下拜，即使他下水，你也要跟下去。真君喜歡文士，他一定會同情你，答應你的要求。」說著，她又拿出一塊魚腹綾來，說道：「如果他問你求什麼事，你就拿出這東西，求他在上面寫一個『免』字。」

慕生照秋練說的去等候真君，果然有一個道士跛著腳走過來，慕生上前跪倒參拜。道士急忙走開，慕生緊跟在他後面。道士將拐杖扔到水中，自己跳了上去。慕生竟然也跟著跳去，一看原來不是拐杖，而是一條船。慕生又向他下拜。道士問：「你求什麼事？」慕生拿出那塊魚腹綾，求他寫字。道士展開一看，說：「這是白鱀豚的鰭，你是怎麼拿到的？」慕生不敢隱瞞，詳細地陳述了事情的經過。道士笑著說：「這東西很是風流，那老龍怎麼能如此荒淫呢？」他便取出筆來，草寫了個「免」字，字形像個符咒，然後將船划到岸邊讓慕生下去。只見那道士踏杖在水中行走，頃刻間就不見了。慕生回到船上，秋練高興極了，只是囑咐慕生不要告訴他父母這件事。

他們回到家兩、三年後，慕生的父親又到南方去了，幾個月都不回來。

家裡的湖水都用光了，等了很久也不見他回來。秋練於是病了，日夜喘個不停，她囑咐慕生說：「如果我死了，先不要埋葬，就在每天的卯、午、酉三個時辰，吟誦杜甫的〈夢李白〉詩，這樣我的屍體就不會腐爛。等湖水來了以後，就倒進盆裡，關上門，將我的衣服鬆開，將我抱到盆裡，浸泡在水中，我就能活過來了。」秋練喘息了幾天後，就斷氣死掉了。

半個月後，慕生的父親回來了，慕生急忙按照秋練教的方法，將她浸泡在湖水中，過了一個多時辰，秋練就甦醒過來了。從此，秋練常常想回到南方去。後來，慕生的父親死了，慕生就順從秋練的心願，遷家到了楚地。

【何守奇】秋練耽愛清吟，所謂雅以魚者。

【方舒岩】傳曰：「伯牙鼓琴，鱘魚出聽。」不圖白鱀又能知詩，且因詩而病者可癒，死者可生，較癒頭風更奇。魚乎？其癖性耽於佳句者乎？

王者

湖南巡撫某公，派遣州佐押解六十萬兩餉銀前往京城。途中遇到下雨，到天黑時耽誤了路程，已經找不到投宿的地方，遠遠地看見一座古剎，於是就到那裡休息。等到天亮，一看押解的銀兩，已經蕩然無存。眾人驚駭奇怪，但也找不到什麼蛛絲馬跡。州佐回去稟告巡撫，巡撫認為他撒謊，要對他實行懲罰。等到問那些差役時，他們也沒有不同的說法。巡撫責令州佐還回到丟銀子的地方，搜查線索。

州佐來到廟前，見一個盲人，形貌很是奇特，自吹自擂說：「能知道別人的心事。」於是州佐就請他給自己算一卦。那盲人說：「你來是為了丟失銀子的事吧。」州佐回答道：「是。」接著就訴說丟失餉銀的經過。盲人便讓他弄來一頂轎子，說：「你只要跟著我走，到時候你就知道了。」於是州佐按照他的吩咐做了，其他官役都跟在後面。盲人說：「向東。」他們就向東。盲人說：「向北。」他們就向北。這樣走了五天，進入深山，忽然看見一座城，居民很多。他們進了城，走了一小會兒，盲人說：「停下。」說完就下了車，用手向南一指：「看見有一個向西的高門，可以敲門自己問去吧。」說完，他拱拱手就走了。

州佐按照他的指點，果然看見一個高大的門樓，慢慢地走進去，一個人走出來，穿戴著漢朝的衣帽，不說自己姓啥名誰。州佐說明了自己的來意。那人說：「請留下住幾天，我一定引你去見當事者。」說完，就領著州佐進去，讓他一個人住一間屋子，給他提供飲食。

州佐閒暇時散步，來到宅子的後面，看見一座帶著亭臺的花園，便走了進去。花園內巷老的松樹遮天蔽日，地上的小草細如毛氈。他轉過幾處廊榭，眼前又是一座高亭，沿著臺階走進去，只見牆壁上掛著幾張人皮，五官都在，一股血腥味熏人。州佐不由得毛骨悚然，急忙退出園子，回到住處。他料想留在這掛人皮的異地他鄉，已經沒有生存的希望了，但轉念一想，不管進退都是死，也就姑且聽之任之吧。

第二天，那人召他前去，說：「今天可以見了。」州佐唯唯聽命。那人騎著快馬跑得飛快，州佐跑步跟在後面。過了一會兒，來到一座衙門外，看上去像是總督衙門，身穿皂衣的衙役站列兩邊，顯得莊嚴肅穆。那人下了馬，領著州佐進去，又穿過一道門，只見一位王者，頭戴珠冠，身穿繡袍，面南背北而坐。州佐急忙上前，跪倒叩頭。王者問道：「你就是湖南的那個押銀官吧？」州佐回答說是。王者說：「銀子都在這裡，這麼一點點銀子，你家巡撫既然慷慨相贈，要收下也不是不可以。」州佐哭訴道：「我的期限已滿，回去肯定會被殺死，我向他稟告時要拿什麼證明呢？」王者說：「這倒不難。」於是交給一個大信函，說：

「你拿這個回覆他，可保你安然無恙。」然後又派了一個力士送他出去。州佐恐懼得屏住呼吸，不敢聲辯，接過信函就回去了。山川道路，全部不是來的時候走的路，把他送出山後，送他的力士就回去了。

幾天以後，州佐回到長沙恭敬地向巡撫稟告，巡撫更加認為他是說謊，憤怒得不容他爭辯，就命令左右用繩子套住他。州佐解下頭巾，取出那份信函，交給巡撫，巡撫拆開來，沒等看完，就已經面如灰土，命人替他鬆綁，只是說道：「銀子也只是小事，你先出去吧。」於是巡撫急忙命令下屬官員，讓他們設法補齊丟失的銀兩，幾天以後，巡撫生了病，不久就死了。

原來巡撫和他的愛妾一起睡覺，醒來後卻發現愛妾的頭髮全沒了。全衙門都感到吃驚奇怪，卻猜不出其中的緣由，原來那封信函裡裝的就是愛妾的頭髮，另外還寫道：「你從做縣令太守起家，現在已經做上了大官，個性貪婪無比，收受的賄賂已經數不勝數。前次的六十萬兩銀子，已經驗收完畢，存在庫裡，你應該打開自己貪贓的錢袋，拿錢出來補充舊額。押銀官沒有罪，你不許加以譴責。上次割取你愛妾的頭髮，只是略微向你表示點警告，如果你還不遵從教令，早晚會來取你的首級。愛妾的頭髮附在信裡送還，以作為明證。」巡撫死後，家人才將這封信傳了出來。後來，巡撫的下屬派人去尋找那個地方，只見都是懸崖峭壁，根本沒有路可走。

異史氏說，當年紅線盜走田承嗣枕邊的金盒，是為了警告田承嗣不許再貪婪，確實也很痛快，但桃花源中的仙人，不從事劫掠，即使劍客聚集的地方，又怎麼會有城廓衙門呢？嗚呼！他是個什麼神呢？如果真能找到這個地方，恐怕前去告狀的人就會絡繹不絕了。

【何守奇】不無少異，要是劍客之流。

【方舒岩】異史以王者為神，誠神於懲貪矣。

某甲

某甲和他僕人的妻子通姦，就殺死了僕人，納他的妻子為妾，生下兩個兒子和一個女兒。過了十九年，大批賊寇攻破城池，把整座城劫掠一空。一個年輕的賊拿著刀闖入某甲家，某甲一看，覺得特別像那死去的僕人，他不由嘆息道：「我今天該死了！」便拿出所有的錢求他饒自己一條命，但那賊始終不理他，也不說一句話，只是找到人就殺，一共將某甲全家二十七人全部殺死才離開。某甲的頭還沒有斷，等賊寇走了以後稍稍甦醒過來，還能夠開口說話，三天以後才死去。嗚呼！報應果然是沒有差錯，真是可怕啊！

衢州三怪

張握仲曾經去衢州當過兵，他說：「衢州更深夜靜的時候，沒有人敢獨自行走，鐘樓上有個鬼，頭上長著一個角，相貌猙獰凶惡。聽到人走路的聲音就會下來。人嚇得逃跑，鬼也就走掉了。但是只要見過他的人就會生病，而且大多數人都死了。另外，城裡有一個池塘，夜裡會出現一匹白布，像緞子鋪在地上一樣。路過的人如果拾起白布，就會被它捲入水中。還有所謂的鴨鬼，更深夜靜的時候，池塘邊靜悄悄的什麼東西也沒有，如果聽到鴨子的叫聲，人就會生病。」

拆樓人

何冏卿是山東平陰縣人。起初在秦中做縣令時，有一個賣油郎犯了不大的罪，但他說話很蠢笨，何冏卿一怒之下就把他打死了。後來何冏卿到吏部文選清吏司做官，家中資產很是豐饒。家中新建一座樓，上梁的那天，親戚朋友都來喝酒，向他祝賀。忽然，他看見賣油郎走了進來，心中暗暗感到疑惑，過了一會兒，有人來報告說他的妾生了一個兒子。何冏卿悶悶不樂地說：「新樓還沒有建成，拆樓的人已經來了！」別人都以為他是開玩笑，卻不知道他真的看見了。後來，他的兒子長大了，個性最頑劣，把家產都敗光了。他到人家裡去做傭人，每次得到幾文錢，就會買香油吃。

異史氏說，常常可以見到富貴人家的宅院連綿不斷，但等他們死後，再經過時發現已經成了一片廢墟。這一定是有拆樓的人降生到他們家了。身為人上人，怎麼可以不提早自我警惕啊！

大蠍

明朝有一位叫彭宏的將軍，為了征剿賊寇來到蜀地。他來到深山中，見到一座大禪院，據說已經有上百年沒有和尚了。他向當地人打聽，人們告訴他：「寺裡有妖怪，進去的人就會死掉。」彭宏怕裡面埋伏著賊寇，就命令士兵砍斷茅草進去。走到前殿時，一隻黑鵰奪門而出；到中殿，沒有什麼異常現象；他們又往裡走，就看見一座佛閣，四處巡視也沒有發現什麼，但是進去的人都頭痛不已，彭宏親自進去也是這樣。過了一小會兒，一隻有琵琶那麼大的蠍子，從樓板上慢慢地爬下來，所有的士兵都被嚇跑了，彭宏於是放火將這座禪院燒了。

陳雲棲

真毓生是湖北宜昌人，是舉人的兒子。他擅長寫文章，長得英俊瀟灑，二十歲時就已經很出名了。小的時候，曾經有相面的人說：「日後將以女道士為妻。」父母都認為這是玩笑話，但是為他談婚論嫁，不論高低就是不肯答應。

真毓生的母親臧夫人，祖籍在黃岡。真毓生有事到外祖母家，聽當時的人告訴他說：「黃州有所謂的『四雲』，年輕女子沒有能比得上的。」原來黃岡有一座呂祖庵，庵裡的女道士都長得很美，所以有這個說法。呂祖庵離臧家村只有十幾里地，真毓生便偷偷去了。他一敲庵門，果然就有三、四個女道士，謙恭喜悅地迎上前來，儀表風度都很高雅純潔。其中最年輕的一個，更是世上無雙的絕色美女，真毓生心裡喜愛，就盯著她看。那女子卻用手托著下巴，眼睛看著別處。女道士們找茶杯給真毓生煮茶，他趁這機會問那美女的姓名，她答道：「我姓陳，名雲棲。」真毓生就用宋代尼姑陳妙常與書生潘必正的戀愛故事對她開玩笑地說：「太奇妙了！小生恰好姓潘。」陳雲棲滿臉通紅，低頭不語，起身走了。

不一會兒，女道士端上煮好的茶和果品，分別作了自我介紹：一個叫白雲深，三十多歲的年紀；一個叫盛雲眠，二十多歲的樣子；一個叫梁雲棟，約有二十四、五歲，卻自稱為師弟，而陳雲棲卻沒有來。真毓生很是悵然，便問她為什麼沒來。白雲深說：「這丫頭怕見生人。」真毓生便起身告別，白雲深竭力挽留他，他沒有停留就出了門。白雲深說：「你如果想見雲棲的話，可以明天再來。」

真毓生回到外祖母家，對雲棲的思念更加深切。第二天，他又來到呂祖庵。其他女道士都在，唯獨少了雲棲，真毓生也不好意思馬上就問。女道士們準備好酒菜留真毓生吃飯，他竭力推辭，但就是推不掉。白雲深替真毓生撕餅、遞筷子，十分殷勤地勸他吃。吃完飯，真毓生問：「雲棲在哪裡？」白雲深答道：「她自然會來。」

過了很久，天色已晚，真毓生想回去。白雲深捉住他的手腕挽留他說：「你暫且在這裡等一下，我去捉那丫頭來見你。」真毓生就不走了。一會兒點上燈擺好酒，盛雲眠也走了。酒過數巡，真毓生推辭說已經喝醉了。白雲深說：「再飲三杯，雲棲就會出來了。」真毓生果然飲了三杯。梁雲棟也如法炮製，真毓生又乾了三杯，把酒杯扣在桌上就要告辭。白雲深對梁雲棟說：「我們的面子薄，不能勸酒，妳去把雲棲拉來，就說潘郎等妙常已經很久了。」梁雲棟去了，不一會兒回來說道：「雲棲不來。」真毓生想要離去，但是夜色已深，他便假裝喝醉躺倒了。白、梁兩人替他脫去衣服，輪番和他做愛。真毓生整夜受不了她們的騷擾，天亮以後，真毓生不睡覺就走了。一連幾天都不好再去，但心裡還是對雲棲念念不忘，不時地到呂祖庵附近探聽消息。

一天，天色已晚，白雲深出門和一個年輕人走了。真毓生很高興，他不太怕梁雲棟，急忙上前敲門。盛雲眠出來開門，一問，原來梁雲棟也出去了，真毓生便問起雲棲，盛雲眠領他前去，又進了一個院子，喊道：「雲棲！有客來了。」只見房門砰的一聲關上了。盛雲眠笑著說：「關門了。」真毓生站在窗外，似乎有話要說，盛雲眠一見就先出去了。雲棲隔著窗戶說：「她們是拿我做誘餌，來釣您這條魚。您要是常來，命就差不多完了。我不能終身恪守清規，但也不敢隨便胡來，應當顧廉恥，希望能嫁給一個像潘必正那樣的人。」真毓生於是和她相約白頭到老。雲棲說：「我的師傅撫養我，也是很不容易。你如果真的愛我，就拿二十兩銀子替我贖身，我在這裡等你三年，如果你想私下幽會，這我是不能做的。」真毓生答應了，剛想再有所表白，盛雲眠又來了，他只好跟著出了院子，告別回家去了。真毓生內心惆悵，想著找個什麼藉口再去一趟，好一見雲棲的芳容。不料，家人來報告說他父親病了，他只好連夜趕回去了。

不久，真舉人死了。臧夫人家教最嚴，真毓生不敢讓她知道自己的心事，只是削減開支，一天一天地攢錢，有人來給他說媒，他就以服喪為理由拒絕。母親不同意，他就婉轉地告訴母親說：「當初在黃岡時，外祖母想讓我和陳家訂婚，我也很願意，現在家裡遇到這麼大的變故，音訊也斷了，好久沒有去黃岡打聽，希望母親讓我去一趟，如果不合適，就全聽母親的吩咐。」臧夫人答應了，真毓生便帶著積攢的錢出發了。

到了黃岡，他來到呂祖庵，只見庭院樓宇荒涼，和以前大不一樣。他慢慢地往裡走，只有一個老尼姑在做飯，便上前詢問情況。老尼姑說：「前年老道士死了，『四雲』就散掉了。」真毓生又問：「到哪裡去了？」老尼姑說：「雲深、雲棟跟著惡少走了，以前聽說雲棲住在郡北，雲眠的消息就不知道了。」真毓生聽完，悲嘆不已，便命令車馬立即前往郡北，遇到寺觀就打聽，但沒有查到一點蹤跡。

真毓生惆悵怨恨地回了家，假裝告訴母親說：「舅舅說，陳家父親去岳州了，等他回來以後，就會派媒人前來。」過了半年，臧夫人回娘家探親，向母親提起這件事，母親一副茫然不知的樣子。臧夫人很生氣兒子撒謊，但外祖母以為是外甥和舅舅商量的事，所以自己沒有聽說。幸好舅舅出遠門去了，也沒辦法查清是真是假。

臧夫人到蓮峰進香還願，住在山下的旅店，齋戒獨宿。她躺下以後，旅店主人來敲門，送來一個女道士和她同住。那女道士自稱叫陳雲棲，聽說臧夫人家在宜昌，就過來坐在她的床邊，向她訴說自己的坎坷經歷，言語很是悲慘。最後說道：「我有一個表兄潘生，和夫人是同鄉，麻煩您囑咐您的孩子們替我傳個口信，就說我暫時寄居在鶴棲觀師叔王道成那裡，從早到晚都很困苦，度日如年，叫他早一點來看我。否則怕過了這段時間，就沒有人知道了。」臧夫人問她表兄叫什麼名字，她又不知道，只是說：「既然他在學校上學，想來秀才們不會不知道。」第二天，雲棲天沒亮就早早告別了，臨走時一再誠懇地囑託這件事。

臧夫人回家後，跟真毓生提到這件事。真毓生跪下來說道：「實話對母親說，所謂的潘生就是孩兒。」臧夫人知道了情況，生氣地說：「你這個不孝的東西！在寺觀裡淫亂，娶道士做老婆，還有什麼臉面見親戚賓朋！」真毓生低下頭，不敢開口說話。恰好真毓生到郡裡參加考試，私下乘船去找王道成。等到了一問，才知道雲棲半個月前出遊，沒有回來，他回到家，抑鬱而病。

正巧臧老太太去世，臧夫人回去奔喪，安葬後迷了路，來到了京氏家，一問，原來是自己的族妹。京氏便邀請她進到家中，只見一位少女在堂上，大約十八、九歲的年紀，姿態容貌很是柔美，從來沒見過如此美麗的姑娘。臧夫人常常想給兒子娶回一個好媳婦，讓他不至於恨自己，一看這位少女，不由動了心，便問起她的情況。族妹說：「這是王家的女兒，是京家的外甥女，父母都已經去世了，暫時寄居在這裡。」臧夫人問：「她的夫家是誰呀？」族妹回答說：「還沒有嫁呢。」臧夫人握著少女的手和她說話，少女的表情嬌美柔婉，臧夫人大喜，為了她在京家住了下來，並且私下把自己的心思告訴了族妹，族妹說：「很好，但是她自視很高，不然的話，也不會拖到現在還不嫁人，容我跟她商量一下。」臧夫人便招呼少女跟她同床睡覺，兩個人說說笑笑，十分愉快，少女自願認臧夫人為乾媽。臧夫人很開心，邀請她一同回荊州，少女也很高興。

第二天，臧夫人和少女同船而歸，回到家裡，見真毓生還病著沒有起床，母親想安慰重病的兒子，就讓丫鬟暗暗告訴他說：「夫人為公子帶來天下最美麗的姑娘。」真毓生不相信，就趴在窗戶上窺視，見那少女比雲棲還要豔麗動人。他於是心想：當初和雲棲約定以三年為期，現在已經過了，她出遊不歸，想必已經嫁人了，能得到眼前這位美麗的姑娘，心裡倒也很安慰。於是他高興地笑了，病也很快就好了，母親於是讓兩個人互相見面。

真毓生一出來，臧夫人對少女說：「這下妳知道我帶妳一起回來的用意了吧？」少女微笑著說：「我已經知道了，但是當初我同意和您一同回來的用意，乾媽卻不知道。我小時候就和宜昌潘家訂了親，音訊已經斷了很久，想必他家已經另娶了兒媳婦，果真如此的話，我就做乾媽的兒媳婦；如果不是，我則終身做您的女兒，以後再報答您。」臧夫人說：「既然早就有婚約，我也就不勉強你，但是從前在五祖山時，有個女道士向我問起潘家，今天妳又提起潘家，但我知道宜昌世族中沒有姓潘的呀。」少女吃驚地說：「在蓮峰下住宿的就是您嗎？那個打聽潘郎的人就是我呀。」臧夫人這才恍然大悟，笑著說：「要是這樣，那潘郎早就在這裡了。」少女問道：「在哪裡？」臧夫人讓丫鬟領著她去見真毓生，真毓生驚訝地問道：「妳就是雲棲嗎？」少女反問道：「你怎麼知道的？」真毓生就把事情的經過說了一遍，雲棲這才知道所謂潘郎原來是他開的玩笑。雲棲知道真相後，不好意思和他再談下去，急忙回去告訴臧夫人，臧夫人問她為什麼又姓王，雲棲回答道：「我本來就姓王，因為師傅喜歡我，認我做女兒，我就跟著她姓陳了。」臧夫人也很高興，便選了個吉日替他們舉行了婚禮。

原來，雲棲和雲眠都依在王道成門下做道士。王道成的寺觀太小，雲眠就離開去了漢口，雲棲嬌弱不懂事，又羞於出來做道士，王道成很不喜歡她，恰好京氏到黃岡，雲棲見到她痛哭流涕。京氏就把她帶回家，讓她改穿女子的服裝，打算將她許配給名門大戶，所以就隱瞞了她當過道士的事。但是有人來提親，她總是不願意，舅舅和舅母都不知道她有什麼打算，心裡厭煩她。這一天，她跟著臧夫人回來，有了依靠，覺得如釋重負。結婚以後，真毓生和雲棲各自述說自己的遭遇，喜極而泣，雲棲孝順謹慎，臧夫人很喜歡她。但是雲棲只會彈琴下棋，不知道操持家務，臧夫人為此感到很擔心。

過了一個多月，臧夫人讓兩人去京氏家拜訪，住了幾天就回來了，他們乘船行進在江上忽然一條船過來，船上有一個女道士，近前一看，原來是雲眠。雲眠原來就和雲棲特別好，雲棲很高興，讓雲眠到自己的船上來，兩人相對而坐，不由辛酸。雲棲問：「妳打算到哪裡去？」雲眠說：「很久以來我一直掛念妳，我老遠地到鶴棲觀找妳，才聽說妳已經投靠了姓京的舅舅家，所以打算到黃岡去看望妳，真是想不到你們這一對意中人已經相聚。現在看見你真像仙人一般，只剩下我這個漂泊不定的人，不知何時才有歸宿啊！」說著，傷心地哭了起來。雲棲想出一個主意，讓雲眠換下道裝，假裝成雲棲的姊姊，一起回去陪伴夫人，慢慢地替她找個好丈夫，雲眠同意了。

回家以後，雲棲先向臧夫人稟明情況，雲眠才進去，她的舉止很有大家風範，談笑之間很是老練明理，臧夫人久已守寡，苦於寂寞，見到雲眠很高興，生怕她會離去。雲眠每天早上起來替臧夫人操勞家事，不把自己當客人。臧夫人更加高興，暗自想讓真毓生納雲眠為妾，也好掩蓋雲棲女道士的名聲，但不敢明說。一天，臧夫人忘了有件事沒做，急忙去問，發現雲眠早就替她做好了，臧夫人於是對雲棲說：「妳這個畫中美人不能操持家務，又有什麼用呢！如果新媳婦能像妳大姊這樣，我就不擔心了。」不料雲棲早就有這個想法，只是怕母親生氣，現在聽母親這麼一說，便笑著答道：「母親既然喜歡她，兒媳願意效仿女英、娥皇共同嫁給舜帝的做法，和姊姊共嫁一夫，怎麼樣？」臧夫人不說話，也笑了起來。雲棲回到房間，告訴真毓生說：「母親答應了。」然後另外收拾乾淨一間屋子。

雲棲對雲眠說：「當年在觀裡我們同床共枕時，姊姊曾說過：『如果能找到一個懂得親愛的男人，我們兩人一起嫁給他。』你還記得嗎？」

雲眠不覺兩眼含淚，說：「我所說的親愛的人，沒有別的意思，像從前每天操勞，但沒有一個人知道我的辛苦。這幾天來，我剛做了一點事，就讓老夫人體恤掛念，我內心感受到的冷暖頓時就不同了。如果不下逐客令趕我走，讓我長期陪伴老夫人，我的願望也就滿足了，倒也不希望實現以前的諾言。」

雲棲把這番話告訴臧夫人。臧夫人便讓她們姊妹焚香發誓絕不反悔，然後又讓真毓生和雲眠行了夫婦禮，準備睡覺時，雲眠告訴真毓生說：「我今年二十三歲，還是個處女。」真毓生還不相信，後來發現鮮血染紅了床褥，這才感到驚奇。雲眠說：「我之所以想嫁個好人家，並不是不能甘於寂寞，確實因為以處女的身體，像妓女一樣厚著臉皮應酬，是我不堪忍受的。借此一夜，名義上成了你的妻子，就應該為你侍奉母親，做一個好管家。至於床笫間的樂事，你還是和別人探討吧。」

三天以後，雲眠就抱著被子跟臧夫人去睡了，趕她也不走。雲棲就早早地來到臧夫人的房裡，占住雲眠的床鋪睡覺，雲眠迫不得已，只好回去跟真毓生睡。從此以後，雲棲、雲眠三兩天就更換一次，習以為常。

臧夫人原來喜歡下棋，自從丈夫死後，就沒有閒暇時間下了，自從有了雲眠以後，將一切都處理得井井有條，白天沒事，就和雲棲下棋。晚上就挑燈品茶，聽兩個媳婦彈琴，到半夜時分才散去。她常常對人說：「孩子他爸在世時，也沒能有這樣的快樂。」雲眠負責家裡的出納，經常記帳向母親彙報，母親懷疑地問：「你們兩個常說小時候是孤兒，寫字下棋是誰教給你們的？」雲棲笑著把實情告訴她，母親也笑著說：「當初我不想給兒子娶一個女道士，現在竟有了兩個。」她忽然想起兒子小時候算命，這才相信人逃不過命運的安排。

真毓生再次參加考試，還是沒有考中。母親說：「我家雖然不是很富裕，但也有三百畝田，幸好又有雲眠打理，日子一天比一天好。我兒只要在我的面前，帶著兩個媳婦和我一同快樂，不希望你再去求什麼富貴了。」真毓生聽從了母親的安排。

後來，雲眠生下一男一女，雲棲生下三男一女，臧夫人活到八十多歲才去世。孫子們都進了學校，其中長孫是雲眠生的，已經中了舉人。

【何守奇】潘既為假，陳亦非真，兩相假託，以成此一段姻緣。乃知世事真假假真，正復無庸深論耳。

【但明倫】雲棲，女中之傑也，而得之女冠中，則更異。

司札吏

有一個游擊官，妻妾成群。他最忌諱別人叫她們的名字，因此把「年」稱作「歲」，「生」稱作「硬」，「馬」稱作「大驢」，又把「敗」稱作「勝」，「安」稱作「放」。雖然書信往來，不是很忌諱，但如果家人說了該忌諱的字，他就會發火。

一天，主管書信的小吏報告事情時，無意中犯了忌諱，游擊官大怒，用硯臺打小吏，一下子將他打死了。三天以後，游擊官喝醉了酒睡覺，只見那個小吏拿著拜帖進來，游擊官便問道：「有什麼事？」小吏說：「『馬子安』前來拜訪。」游擊官忽然醒悟過來，知道小吏是鬼，急忙起身，拔刀向他砍去，小吏微笑著把拜帖扔到桌子上後就突然消失了。游擊官取過拜帖一看，見上面寫道：「歲家眷硬大驢子放勝（年家眷生馬子安拜）。」這種凶暴荒謬的人，被鬼嘲弄，真是可笑極了！

牛首山有個和尚，自己起名叫鐵漢，又叫鐵屎。他寫了四十首詩，讀過的人無不大笑，不能自持。他自己刻了兩方印章，一方刻的是「混帳行子」，另一方刻的是「老實潑皮」。秀水人王司直將他的詩刻印出來，題名為「牛山四十屁」，落款則是「混帳行子、老實潑皮放」。不用讀裡面的詩，光是這題名和落款就足以讓人開懷大笑了。

【何守奇】武夫忌諱，故鬼吏戲之。

【但明倫】以此等狂謬暴戾之夫而為官，吾不能辨其驢乎，牛乎，犬乎，抑豺狼乎，虎豹乎？即以刺中之名贈之亦可。

蚰蜒

學使朱鬍三家的門檻下有一條大蚰蜒，有幾尺長。每當颳風下雨的時候就會出來，在地上盤旋，如同一條白緞。蚰蜒的形狀很像蜈蚣，白天見不到，夜晚則出來，聞到腥味就會聚集起來。有人說，蜈蚣雖然沒有眼睛卻很貪婪。

司訓

有一個教官耳朵聾得厲害，但他和一隻狐狸很好。這狐狸在他耳邊小聲說話，他也能聽得見。每當去見上司時，他就帶著狐狸一起去，因此人們都不知道他耳朵聾。

這樣過了五、六年，狐狸向他告別，臨行前，囑咐他說：「你就像傀儡一樣，沒有人操縱，你的五官就都沒用，與其因為耳聾得罪上司，不如趁早辭官而去。」但教官貪戀俸祿，沒能聽狐狸的話，在回答上司時常常出錯。學使想趕他走，他又求主事的官員替他說情。

一天，他主持考場，點名以後，學使下來和教官們閒坐。教官們各自從靴子裡取出想為之說情的考生名單，呈獻給學使來說人情、通關節。過了一會兒，學使笑著問他道：「這位先生為什麼獨獨沒有遞上名單來呢？」他沒有聽清學使說的話，一臉茫然。坐在他旁邊的人用胳膊肘碰了他一下，將手伸靴子裡，向他示意。這位教官教親戚寄賣夫妻房事用具，就藏在靴子裡，隨時向人兜售，因為見學使笑著對他說話，他誤認為學使是要這個東西，便鞠個躬站起來說道：「有一種八錢的最好，下官不敢呈上。」在座的教官都偷偷地笑，學使大聲喝斥他出去，於是他被免了職。

異史氏說，後漢平原相史弼在別人舉報鉤黨時，獨獨沒有舉報，這個教官也和他一樣，沒有求學使通關節，也可以算是中流砥柱了。學使索要下屬的呈進，本來就該把那玩意兒送給他，因為這個被免職，冤枉啊！

朱子青在《耳錄》一書中寫道：「東萊一個姓遲的貢生，到沂水縣當學官。他生性癡癲，凡是同僚聚會時，他都沉默不語。遲某坐一會兒，不知不覺五官都會動起來，又哭又笑，旁若無人，如果聽到人的笑聲，就會馬上停止。

遲某每天都省吃儉用，存了一百多兩銀子，自己埋在書房裡，連妻子都不讓知道。一天，他一個人坐著，忽然手腳動了起來，過了一會兒說：『做了惡事，結了仇怨，忍饑受凍，好不容易積蓄起來的錢，現在就在書房裡。如果有人知道了，如何是好呢？』這話他反覆說了好幾遍。一個僕人站在旁邊，他一點也沒感覺到。第二天，遲某出門，那僕人進了他的書房，將銀子挖出來取走了。過了兩、三天，遲某心中不能安寧，打開錢洞一看，已經空空如也，他不由得捶胸頓足，嘆氣後悔得要死。」

司訓教官中的事情，真可以說是千姿百態。

黑鬼

膠州的李總兵，買了兩個黑鬼，黑得像漆一樣。他們腳底的皮又粗又厚，用尖刀排成道，他們在上面來來往往，一點損傷也沒有。李總兵把娼妓配給他們，生下的孩子皮膚是好的，其他的僕人拿他們開玩笑，說孩子不是他們親生的。黑鬼也覺得可疑，便殺了孩子，一檢查，發現骨頭全是黑的，這才懊悔不已。李總兵每次讓兩個黑鬼相對跳舞，神情也十分可觀。

織成

洞庭湖中，往往有水神借船。遇到有空船，纜繩會忽然自己解開，飄飄然遊行。只聽空中音樂齊鳴，船夫蹲在角落裡，閉上眼睛聽著，不敢抬頭張望，任憑船遊蕩，等遊完了，船仍舊停在原處。

有個姓柳的書生，落榜回家，喝醉了酒躺在船上，忽然間笙樂大作，船夫搖晃柳生，沒把他叫醒，只好自己躲到了船下。過了一會兒，有人來拽柳生，柳生醉得很厲害，隨意就倒在地上，還是睡著不醒，那人也就不管他了。不一會兒，鼓樂聲震耳，柳生微微醒來，聞到滿船都是蘭麝的香氣，他斜眼一看，只見滿船都是漂亮的女子，柳生心裡知道碰上奇事了，便假裝閉上眼睛。

過了一小會兒，就聽傳喚「織成」，馬上就有一個侍女走來，站在柳生的臉頰旁，穿著翠色的襪子和紫色的鞋子，腳細小得像手指。柳生心中很喜歡，就暗暗地用牙齒咬她的襪子。不一會兒，侍女挪動腳步，被柳生拖著摔倒在船上，坐在上面的人問是怎麼回事，她就說了原因。上面的那人很生氣，下令馬上將柳生斬了。於是武士進來，把柳生捆綁起來，柳生抬頭一看，只見座北朝南坐著一個人，穿戴看上去像君王，他便一邊走一邊說：「聽說那洞庭君姓柳，我也姓柳；當年洞庭君落第不中，現在我也沒中；洞庭君遇到龍女成了仙，今天我喝醉了戲弄一個女子卻要被處死，為什麼幸和不幸竟有這麼大的懸殊啊！」

王者聽他這麼一說，就把他叫回來，問道：「你是落榜的秀才嗎？」柳生說是。王者便遞給紙筆，命他以「風鬟霧鬢」為題作一篇賦，柳生本來是襄陽名士，但是構思比較緩慢，提筆停了很久。王者譏笑他說：「名士怎麼會這樣呢？」柳生放下筆，陳述道：「當年左思寫〈三都賦〉，十年才完成，因此可見文章貴在寫得好，不在寫得快。」王者聽了，一笑了之。柳生從早上寫到中午才脫稿。王者讀完，大為高興，說：「真是名士啊！」便賜柳生喝酒。一會兒工夫，桌上就堆滿了美酒佳餚。

正在談話之間，一個小吏捧著簿冊進來稟告道：「該淹死的人的名單已經準備好了。」王者問：「一共是多少人？」小吏答道：「一百二十八人。」王者又問：「派誰去執行？」小吏答道：「是毛、南二位都尉。」

柳生起身告辭，王者贈給他十斤黃金，還有一把水晶界方，說：「湖中將發生的災禍，拿著這個就可以避免。」忽然，只見車蓋人馬紛紛站立在水面上，王者下船登上車子，便不見了，過了許久，湖上恢復了平靜。

船夫這才從船下面鑽出來，划著船向北進發，因為頂風難以向前。忽然，只見水中浮出來一支大鐵錨，船夫驚駭地說：「毛將軍出現了！」各船的商人都趴下了。又過了不久，湖中又直著冒出一根木頭，上上下下地搖動。船夫更加恐懼，說：「南將軍又出來了！」不一會兒，湖上波濤大作，遮天蔽日，再看湖上的船隻，傾刻之間全翻了。柳生手舉水晶界方，正襟危坐在船中，萬丈波濤湧到他的船邊就平息，因此柳生得以保全了生命。

柳生回到家，常常向別人說起這件奇事，並且說：「船上的那個侍女，雖然沒有看清她的容貌，但她裙下的那雙小腳，也可以說是人世間所沒有的。」

後來，柳生因為有事去武昌，有一位崔老婦人賣女兒，就是給一千兩銀子也不賣。她家裡藏有一把水晶界方，聲稱如果有人能拿來與她家的界方可以配成一對的，就把女兒嫁給他。柳生很驚訝，便懷揣界方前去。老婦人高興地迎接柳生，叫女兒出來與柳生相見，只見她十五、六歲的年紀，生得嫵媚風流，美貌無與倫比。她微微地向柳生行了個禮，就轉身進了幃帳。柳生一見，不禁心旌搖盪，神魂顛倒，說：「小生也藏有一把界方，不知與姥姥家藏的是否能夠相配？」於是雙方都取出界方，互相比較，果然長短不差一分一毫。老婦人很高興，便問柳生住在哪裡，請柳生馬上回去準備車來迎接，界方留下當作信物。柳生不肯留下界方，老婦人笑著說：「官人也太小心了！我難道還會因為一把界方就抽身逃跑嗎？」柳生沒辦法，只好留下了界方。

柳生從老婦人家出來，租了一輛車急急忙忙趕回去，卻發現老婦人家中已經空無一人，柳生大為驚駭，問遍了住在附近的人家，都沒有一個人知道。這時日頭已經偏西，柳生神情懊喪，鬱鬱不樂地往回走，走在半路上，碰上一輛車子迎面駛來，忽然，有人掀開簾子，說：「柳郎怎麼來遲了？」柳生一看，原來是崔老婦人，便高興地問：「您去哪兒？」老婦人笑著說：「你肯定以為我是個騙子吧。剛才分別以後，恰好有輛便車，我馬上想到你也是從外地來的，操辦起來一定很麻煩，所以就把女兒給你送回船上去了。」柳生邀請老婦人掉轉車頭一同回去，老婦人死活也不同意。

柳生心中不寧，不敢確信老婦人說的是真是假，急忙跑回船上，果然看見崔家女兒和一個丫鬟已經在那裡了。那女子一見崔生，就笑著迎上前。柳生見她穿的翠綠的襪子和紫色的鞋子，和上次船上見到洞庭君侍女的打扮沒有一點區別。他心中奇怪，徘徊著凝視那女子，女子笑著說：「這麼直勾勾地盯著看，難道從來沒有見過嗎？」柳生又俯身細看，發現襪子後面他咬過的齒印還在，便吃驚地說：「妳就是織成嗎？」那女子掩嘴微笑。柳生朝她深施一禮，說：「妳果然是仙女，請妳趕快直說，也好驅除我心中的煩憂疑惑。」織成說：「實話對您說：上次您在船上遇到的就是洞庭君，他仰慕您的大才，就想把我贈送您；但我深受王妃的喜愛，所以先回去和她商量，我這次前來，就是遵照王妃的命令。」柳生大喜，趕忙洗手燒香，向湖中朝拜，然後才歸去。

後來柳生去武昌，織成要求一起去，順便回娘家探親。到了洞庭湖，織成拔下頭釵扔到水裡，忽然看見一條小船從湖裡出來，織成一躍而上，像鳥兒飛到樹上一樣，轉眼之間就消失了，柳生坐在船頭，盯著織成消失的地方看，只見遠遠地一隻大遊船划來，開到近前窗戶開了，忽然好像一隻五彩的鳥兒飛過，原來是織成回來了。有一個人從窗戶裡遞出很多的金銀珠寶，都是王妃賜的。從此以後，柳生和織成每年都要去朝拜一兩次，習以為常。所以柳生家有許多珠寶，每拿出一件，都是那些世家大族的人沒有見過的。

相傳唐代書生柳毅遇到龍女，洞庭君就認他做女婿，後來又把王位讓給了他。洞庭君又因為柳毅相貌文靜，不能鎮服那些水怪，就交給他一副鬼面具，白天戴上，晚上摘下。久而久之，也就習以為常，忘了摘下來，終於面具和臉就合而為一，柳毅照鏡子時就感到很羞愧，所以來往的行人在船上，如果有人用手指一件東西，柳毅就會懷疑是在指自己；把手擋在額頭上，柳毅就懷疑是在看自己。這時湖上就會興風作浪，大多數船隻會沉沒。所以第一次上船的人，船夫就會告訴他這些禁忌。否則的話，就要宰殺牲口拜祭湖君，才能夠渡過湖去。

許真君偶然來到洞庭湖，被風浪阻礙，不能前進。真君很生氣，就命人將柳毅抓住，送到郡裡的監獄關押。獄吏檢查囚犯時，常常會多出一個人，但不明白是什麼緣故。一天晚上，柳毅托夢給郡守，苦苦哀求他救自己出獄。郡守以人神不屬同一世界為理由，婉言拒絕。柳毅說：「真君將在某日來到貴地，只要你向他懇求，就一定能救我。」不久，真君果然來了，郡守便代柳毅向他求情，柳毅就被釋放了。從此以後，湖上的禁忌才解除了，風浪也平靜了不少。

【何守奇】其怪處即脫胎龍女，但生未嘗入水府，及錢塘破陣許多怪事耳。洞庭君姓柳，生豈其苗裔耶？何遭際皆出於洞庭也？

【方舒岩】河上歌云：「同病相憐，同憂相救。」柳生若無落第數語，早亦劫中一鬼耳，焉前沉後揚哉？甚矣；詞之不可已也如是夫？

竹青

魚客是湖南人，忘了是哪個郡縣的了。他家中貧窮，落榜後回家，但盤纏已經用光了。他不好意思去乞討，餓得很厲害，就暫時在吳王廟中休息。他向神像行禮禱告以後，就出來躺在廊下。

忽然，來了一個人將他領去見吳王。那人跪倒稟告說：「黑衣隊還缺一個人，可以讓他補缺。」吳王說：「好吧。」就命人給魚客一件黑衣，黑衣剛穿上身，魚客就變成了一隻烏鴉，拍著翅膀飛了出去。只見同伴們已經聚在一起，他便跟著一同飛去，分別落在船的桅杆上。船上的旅客，爭著把肉向上扔，烏鴉就在空中接著吃，魚客便學著他們的樣子，不一會兒就吃飽了，他飛落到樹梢上，倒也是一副很滿足的樣子。

過了兩、三天，吳王可憐他沒有配偶，就配他一隻叫做竹青的雌鴉。他們相親相愛，很是快樂。魚客每次找食物吃時，都很馴服，一點戒備心也沒有。竹青常常勸告他，但他始終不聽。一天，有滿兵打這裡經過，用彈弓打中了魚客的胸膛，幸虧竹青將他銜走，才沒有被捉住。烏鴉們很生氣，就一起鼓動翅膀，扇動波浪，一下子就把船都打翻了。竹青叼來食物餵魚客，但他傷勢太重，過了一天就死了。

魚客忽然像從夢裡醒過來一樣，發現自己已經躺在吳王廟裡了。原來，住在附近的人看見魚客死了，不知道他是什麼人，一摸他的身體，還沒有涼，所以時不時讓人來察看他。至此，大家問明他的情況，湊了些錢送他回了家。

三年以後，魚客又經過那個地方，就去吳王廟拜見。他擺上食物，叫烏鴉一起下來吃，並且禱告說：「竹青如果在這裡，請留下來。」烏鴉們吃完，一齊都飛走了。後來，魚客考中回來，又去吳王廟拜祭，供上豬羊祭品。祭祀完畢，他擺上許多吃的招待當年的烏鴉夥伴，又向竹青禱告。

這天夜裡，魚客在湖邊的村子住下，他正端坐在燈下，忽然桌前像有一隻飛鳥飄落下來。魚客一看，卻是一位二十幾歲的美麗女子。她笑著說：「別來無恙呀？」魚客吃驚地問她是誰？她說：「您不認識竹青了嗎？」魚客很高興，問她從哪裡來。竹青說：「我現在是漢江的神女，返回故鄉的機會很少。此前烏鴉使者兩次轉達您的情意，所以特地來和您相聚。」魚客更加喜悅感激。兩人就像久別重逢的夫妻一樣，不勝歡喜熱戀。魚客打算帶她一同回南方去，竹青則想邀請他一起向西，兩人商量許久，還沒確定。

第二天早上，魚客一覺醒來，發現竹青已經起來了。他睜開眼睛，只見高堂上巨大的蠟燭輝煌燦爛，自己竟然已不在船上。魚客一驚而起，問道：「這是什麼地方？」竹青笑著說：「這裡是漢陽，我的家就是您的家，何必要到南方！」天漸漸亮了起來，丫鬟僕婦紛紛趕來，酒菜已經端了上來。他們就在大床上擺了矮腳桌子，夫妻倆相對飲酒。魚客問：「我的僕人現在哪裡？」竹青回答說：「在船上。」魚客擔心船夫不能夠久等。竹青說：「不礙事，我會替你告訴他的。」於是他們日夜笑談歡宴，高興得忘了回家。

船夫從夢中醒來，忽然發現到了漢陽，驚訝極了。魚客的僕人尋訪主人，也杳無音信。船夫想到別的地方去，但船纜怎麼也解不開，只好和僕人在船上守候。

過了兩個多月，魚客忽然想要回家，對竹青說：「我在這裡，和親戚都斷絕了來往。況且妳和我名義上是夫妻，卻不去一認家門，這是為什麼呢？」竹青說：「甭說我不能前往，就是去了，您家裡已經有媳婦了，打算如何安置我呢？不如把我安頓在這裡，做您的妾罷了。」魚客只恨路途遙遠，不能時時前來，竹青取出黑衣服，說：「您以前穿過的舊衣服還在，如果您想念我的話，穿上這衣服就可以到，等到的時候，我再為您解開。」於是大擺酒宴，為魚客餞行。

魚客喝醉酒就睡著了，一覺醒來發現自己已經在船上了。一看，是在洞庭湖原來停泊的地方。船夫和僕人都在，他們互相一見，大為驚駭，便問魚客到哪裡去了。魚客自己也很悵然驚奇，枕頭邊有一個包袱，打開一看，裡面是竹青送給他的衣服鞋襪，那件黑衣服也折疊好了放在裡邊。又有一個繡花口袋綁在腰上，用手一摸，裡面裝得滿滿的都是錢，於是魚客向南進發，抵達對岸，厚厚地酬謝了船夫就離開了。

魚客回到家幾個月，苦苦地思念竹青，於是悄悄地取出黑衣服穿上，頓時兩肋長出了翅膀，忽地一下飛上了天空。大約兩個時辰，就飛到了漢水。他在空中盤旋著往下看，在孤島上有一簇樓房，便飛落下去，有個丫鬟已經看見了他，高聲喊道：「官人回來了！」一會兒，竹青出來，讓眾人幫魚客脫下黑衣服，魚客覺得羽毛一下子都脫光了。

竹青拉著他進了屋，說：「您來得正好，我就要臨產了。」魚客開玩笑地說：「是胎生還是卵生呢？」竹青說：「我現在是神，皮肉骨頭都換過了，和過去已經不一樣了。」

過了幾天，竹青果然生了，孩子包裹在一層厚厚的胎衣裡，像一顆大蛋，打開一看，是一個男孩。魚客很高興，給他取名為「漢產」。三天以後，漢水的神女們都來了，帶來許多衣服、食物和珍寶表示祝賀。她們都是些美麗的女子，年紀都在三十歲以下。她們進了屋來到床邊，用拇指按一下孩子的鼻子，這叫做「增壽」。等神女們走了以後，魚客問：「剛才來的是些什麼人？」竹青說：「她們都是我的同輩，最後那個身穿藕白色衣服的，就是傳說中鄭交甫在漢皋遇見的解珮相贈的仙女。」

過了幾個月，竹青用船送魚客回去，船上不用帆槳，飄飄然自己就會行走。到了岸上，已經有人牽著馬在路邊等候了，魚客就回到家中，從此以後，兩邊往來不絕。

又過了幾年，漢產長得越發秀美，魚客很珍愛他。妻子和氏，苦於不能生育，常常想見漢產一面。魚客把這情況告訴竹青，竹青便準備行裝，送兒子和父親一同回家，約好以三個月為期。漢產來到魚客家裡，和氏比對自己親生的孩子還要疼愛他，過了十幾個月，還是不想讓他回去。一天，漢產突然得了急病死了，和氏悲痛欲絕。魚客於是趕到漢水告訴竹青，一進門，就看見漢產光著腳躺在床上，便高興地問竹青是怎麼回事。竹青說：「您違背約定的時間太久了，我也很想念他，就把他招回來了。」

魚客於是說明了和氏不能生產因而喜愛孩子的原因。竹青說：「等我再生了孩子，就讓漢產回去。」又過了一年多，竹青生下一對雙胞胎，一男一女，男的取名叫「漢生」，女的取名叫「玉珮」。魚客就帶著漢產回家去了，但是一年裡常常要跑三、四趟，魚客覺得很不方便，就把家搬到了漢陽。漢產十二歲的時候，進了郡學。竹青認為人間沒有美麗的女子可以做她的兒媳婦，就把漢產叫回去，為他娶了個媳婦，才讓他回家。媳婦的名字叫「卮娘」，也是神女的女兒。後來，和氏死了，漢生和妹妹玉珮都趕來送葬。安葬完畢，漢生就留了下來，魚客帶著玉珮走了，從此再也沒有回來。

【方舒岩】烏亦為神，神亦生子，男婚女嫁。此其所以為慈烏。

段氏

段瑞環是大名府的富翁，四十歲了還沒有兒子，他的妻子連氏嫉妒心最強，所以他想買個小妾也不敢。他和一個丫鬟私通，被連氏發覺了，將這丫鬟鞭打了幾百下，然後賣給了河間府一戶姓欒的人家。

段瑞環越來越老，他的侄子們一天到晚上門來借錢，一句話說得不合適，他們就會對他狠聲惡氣。段瑞環想既然不能滿足他們所有人的要求，不如過繼一個侄子當兒子，但是侄子們從中阻擾。連氏雖然凶悍，即也無計可施，這才十分後悔當初沒讓丈夫娶妾，她憤憤地說：「老頭六十多歲了，怎麼就不能生出個男孩！」便買了兩個妾，聽任丈夫和她們生活，不加過問。過了一年多，兩個妾都有了身孕，全家都很高興。於是，家的氣氛漸漸舒緩，凡是侄子們再來強取豪奪，就叫罵著將他們拒之門外。不久，一個妾生了女兒，一個妾生了男孩卻死了，段家夫妻都很失望。

又過了一年多，段瑞環中風癱瘓，臥床不起。侄子們更加放肆，爭著把家裡的牛馬家具拿走了。連氏責罵他們，他們就反唇相譏。她無計可施，整天嗚嗚哭泣。段瑞環的病情日益加劇，不久就死了。侄子們聚集在他的靈柩前，商議分他的遺產。連氏雖然有切膚之痛，但也不能禁止他們，只想留下一所莊園，用來贍養老幼，但侄子們也不肯答應。連氏說：「你們連一寸土地都不留，是想要我這個老太婆和呱呱啼哭的孩子餓死嗎？」一天也沒能決定下來，連氏只能忿忿地哭泣，打自己的臉。

忽然，一個客人進來弔唁，直奔靈堂，前俯後仰地哭泣，竭盡哀思。他哀悼完畢，就坐在女子守靈堂的草席上，眾人問他是誰，客人說：「死者是我的父親。」眾人更加驚駭，客人便慢慢地述說起來。

原來，那個被連氏賣到欒家的丫鬟，五、六個月以後生下一個男孩，名叫懷，欒家像對自己的親生兒子一樣撫養他。十八歲時，欒懷進了縣學，後來欒氏死了，他的兒子們分家產，卻不把欒懷當成欒家的後代看待。欒懷問母親是怎麼回事，才知道其中的緣故，說：「既然我和欒家沒有關係，我有自己的宗廟，何必在這裡瓜分別人家的財產！」於是騎馬來到段家，而段瑞環已經死了，欒懷說的有理有據，確實令人信服。

連氏正在憤怒痛恨之中，聽欒懷這麼一番敘述，不由大喜，徑直走出去說：「我現在也有兒子了！你們借去的牛馬和其他東西，都好好地給我送回來，不然的話，我就到官府告你們！」那些侄子們互相看了看，都變了臉色，慢慢地散去了。

欒懷於是把妻子帶回來，一起給父親服喪。那些侄子們心中不平，一起商量要把欒懷趕走。欒懷知道以後說道：「欒家不拿我當欒家的人，段家不拿我當段家的人，我該到哪裡去呢？」說完，就氣憤地要到官府對質。親戚們替他從中調解，侄子們也就不再鬧事了。但是連氏因為侄子們搶走的牛馬還沒有送回來，不肯甘休，欒懷勸她算了，連氏說：「我倒不是為了那些牛馬，而是我的胸中充滿了怨氣，你父親被他們氣死了，我之所以忍氣吞聲，是因為沒有兒子。現在我有兒子了，有什麼可怕的呢！以前發生的事你不瞭解情況，讓我自己到官府與他們當堂對質。」欒懷堅決阻止她，連氏不聽，寫好狀詞到縣衙告狀。縣官將段家的侄子拘捕到庭，審問案情。連氏理直氣壯，言詞悲切，話如泉湧。縣令被她感動了，懲罰了段家的侄子們，追回了那些被搶的財物。

連氏回到家中，將那些沒有參與謀奪財物的侄子們叫來，把追討回來的財物都分給了他們。連氏活到七十多歲，臨死前，她將女兒和孫媳婦叫來，囑咐道：「你們記住，如果到三十歲還不能生下兒子，就應該典當首飾，替丈夫納妾。沒有兒子的苦處，實在是難以忍受啊！」

異史氏說，連氏雖然生性好嫉妒，但能夠迅速改變，難怪老天讓她有了後代，替她伸張了正氣，看她慷慨激昂的樣子，唉，也可以算是個女中豪傑了！

濟南人蔣稼，他的妻子毛氏不能生育，卻妒忌心很重。嫂嫂常常勸她替丈夫納妾，她都不聽，說：「我寧可絕了後，也不能讓小狐狸精來給我氣受！」

蔣稼快到四十歲時，因為沒有兒子傳宗接代，很是憂愁。他想過繼哥哥的兒子，哥哥嫂子都答應了，但是故意拖著不辦。他們的兒子每次到叔叔家，蔣稼夫妻都給他好吃的，問他：「願意來我家嗎？」孩子也答應他們。蔣稼的哥哥私下囑咐兒子說：「如果他們再問的話，你就回答說不肯。如果再問你為什麼不肯？你就回答說：『等您死了以後，還愁你們的田產不歸我所有嗎？』」

一天，蔣稼出遠門做生意，哥哥的孩子又來了。毛氏又拿原來的話問他，孩子就用他父親教的話回答。毛氏聽了，大怒道：「原來你們母子在家，天天都在盤算我家的田產啊！你們打錯主意了！」說完，就把孩子趕出門，馬上叫來媒婆，替丈夫買妾。

恰好這時有人賣丫鬟，但價錢很高，毛氏就算把家裡所有的錢都拿出來也不夠，眼看就要買不成了，蔣稼的哥哥生怕耽擱了毛氏又會變卦，就暗中把錢交給媒婆，假裝是媒婆借來錢促成這件好事。毛氏十分高興，就把丫鬟買回了家。毛氏又把哥哥一家盤算他家田產的事告訴丈夫，蔣稼很生氣，和哥哥斷絕了來往。

過了一年多，小妾生了個兒子，蔣稼夫妻十分高興。毛氏說：「媒婆不知道跟什麼人借的錢，過了一年多也不來討還。這個大恩大德不可忘記。現在兒子已經生了，還不趕緊把錢還給人家！」蔣稼便帶著錢到媒婆家。媒婆笑著說：「你應當好好謝謝你哥哥。我老太婆一貧如洗，誰敢借給我一分錢呀。」然後就把實情告訴了蔣稼。蔣稼恍然大悟，回家告訴毛氏，夫妻倆都感動得流下眼淚。於是擺設酒宴邀請哥哥嫂子前來，夫妻倆又以膝當步，走到兄嫂面前，拿出錢還給哥哥，哥哥不肯要。一家人高高興興地喝完酒才散去。後來，蔣稼有了三個兒子。

【何守奇】妒情可哂，豈倉庚肉所能已耶？唯投之以所惡，庶幾知所反耳。

【但明倫】嘗謂婦人無德者有三：曰獨，曰妒，曰毒。未有獨而不妒，妒而不毒者。

狐女

伊衮是江西九江人。一天夜裡，有個女子前來，和他一起睡覺。他心裡知道她是狐女，但喜愛她的美貌，所以保守這個秘密不告訴別人，連他的父母也不知道。時間一長，他的身體日漸消瘦下去，父母追問不止，伊衮才說出了實情，父母很是擔憂，讓人輪流陪著他睡覺，但始終禁止不了。父親親自和伊衮同床睡覺，狐女就不來了；一換別人，狐女就又來了。伊衮問狐女為什麼這樣？狐女說：「世間的那些符咒，怎麼可能治得了我？但是都有倫理道德的，哪有當著父親的面行淫的呢！」父親聽說以後，更加陪兒子睡覺不離去，狐女也就不來了。

後來，碰上叛賊橫行肆虐，村裡的人全都逃跑了，伊衮也和家人走散了。他逃進崑崙山，四面望去，滿目蒼涼。這時天色已晚，伊衮心裡很害怕，忽然見一個女子走來，近前一看，原來是狐女。在離亂之中相見，兩人都很欣慰。狐女說：「太陽已經西下，你暫且在這裡等著，我去找一個好地方，臨時建個屋子，好躲避虎狼侵害。」說完，她向北走了幾步，蹲在荒草叢中，不知道幹了些什麼。過了一會兒，狐女回來，拉著伊衮往南走。走了約有十幾步，又把他拽回來，伊衮忽然看見一片高大的樹林，圍繞著一座高高的亭子，銅牆鐵柱，屋頂好像貼著金箔。近前一看，只見牆與肩膀齊高，四周並沒有門，倒是牆上密密麻麻排著小洞。狐女就踩著

小洞過了牆，伊袞也學著她的樣子過去。進了屋子，伊袞懷疑這座金屋不是人工可以造出來的，就問是從哪裡來的。狐女笑著說：「你就住在這裡，明天就把它送給你。這屋子各用金鐵千萬斤造成，你一輩子也用不完。」說完，就要告別。伊袞苦苦地挽留她，狐女才留下了。狐女說：「我遭人厭惡拋棄，已經發誓永遠斷絕往來，今天卻又不能堅持了。」伊袞一覺醒來，狐狸不知道什麼時候已經走了。天亮以後，伊袞翻牆而出，回頭一看睡覺的地方，並沒有什麼亭屋，只有四根針插在指環裡，上面蓋著個胭脂盒，那一處大樹林，原來是叢叢荊棘。

張氏婦

凡是大兵所到之處，他們的危害比盜賊還要厲害，因為盜賊人們還可以怨恨，但是大兵人們卻不敢怨恨。大兵和盜賊稍有一點區別，就是他們不敢輕易殺人。

甲寅年，吳三桂、尚可喜和耿仲明等三個藩王發動叛亂，南征的大兵駐紮在兗州，城裡的雞犬廬舍被搶劫一空，婦女都被姦污。當時陰雨連綿，莊稼地積水變成湖泊，老百姓無處躲藏，就划著筏子鑽進高粱叢中。大兵知道以後，就光著身子騎著馬，到水裡去搜尋姦淫婦女，很少有婦女能倖免。

只有一個張氏婦沒有躲藏，公然留在家裡。她家有一間廚房，夜裡她和丈夫一起挖了一個幾尺深的坑，裡面堆上茅草，坑口蓋上一層簾子，上面又加上一床草席，好像是可以睡覺的地方。張氏婦自己在灶前做飯。有大兵來到，就出門應酬他們。兩個蒙古兵想要強姦她，張氏婦說：「這種事情，怎麼可以當著別人的面做！」其中一個微笑著，說了些聽不懂的話走出來。張氏婦和他一起進了廚房，指著草席讓他先上去，那蒙古兵剛上去，簾子就折斷了，蒙古兵掉了下去，張氏婦又另外取來草席和簾子蓋在坑口，故意站在坑邊，引誘另一個蒙古兵。過了一會兒，那個兵進來，聽到坑裡有人呼號，卻不知在什麼地方。張氏婦笑著招手對他說：「在這裡。」那個兵一踏上席子，也掉進了坑裡。張氏婦於是又往坑裡扔進柴禾，點著火扔進坑裡。火越燒越旺，連屋子都燒著了，張氏婦這才呼喊救火，等火撲滅以後，被燒焦的屍體發出臭味。有人問是怎麼回事，張氏婦說：「有兩頭豬怕被大兵搶走，所以藏在坑裡被燒死了。」

從此以後，張氏婦就到離村子幾里的大路旁沒有樹木的地方，坐在烈日下做針線活。村子離郡城很遠，大兵來時多騎著馬，頃刻間就來了幾個，他們笑著說一些聽不懂的話，雖然很多聽不懂，但無非是一些調戲的話。但是這裡離大路不遠，又沒有東西可以遮蓋身體，他們只好走了，這樣過了幾天，張氏婦都沒有受到禍害。

一天，一個大兵來了，是個極其無恥的人，就想在光天化日之下強姦張氏婦。張氏婦面含微笑，不是很拒絕，悄悄地用針去刺他的馬，馬就大聲地呼氣嘶叫，大兵就把馬韁繩繫在大腿上，然後過來擁抱張氏婦。張氏婦拿出大錐子猛地刺向馬的脖子，馬疼得立刻狂奔起來。大兵因為韁繩繫在大腿上，解不下來，被馬拖著跑了幾十里以後，才被其他大兵把馬捉住。再看那大兵的頭和身軀已經不知到哪裡去了，只有韁繩上還綁著一條大腿。

異史氏說，漢代的陳平六出奇計輔助漢高祖取得天下，張氏婦妙計迭出，沒有失身於凶悍的大兵。張氏婦真是賢良，聰明機智地保持了自己的貞節！

于子遊

住在海邊上的人說：「一天，海上突然冒出來一座高山，人們大為驚駭。一個秀才寄宿在漁船上，打來酒獨自一個人喝著。夜深時分，一個年輕人走了進來，一副讀書人的穿戴，自稱叫于子遊，言詞非常風雅。秀才很高興，便和他一起愉快地對飲起來，喝到半夜，于子游離開座位，向秀才告別。秀才說：『您家在什麼地方？黑夜茫茫，也太苦自己了。』于子遊回答道：『我不是當地人，因為清明節快到了，要跟大王去上墓。家眷已經先走了，大王暫且留下來休息，明天一大早就要出發。我該回去早點準備行裝。』秀才也不知道大王是什麼人，就把于子遊送到船頭，只見于子遊縱身跳入海中游走了，於是知道他原來是魚妖。第二天，只見那座高山浮動，一會兒工夫就不見了。秀才這才知道那座高山原來是條大魚，也就是于子遊所說的大王。」民間傳說清明前，海裡的大魚會帶著兒女去掃墓，真有這回事嗎？

康熙初年，萊州海水漲潮時，出現了一條大魚，號叫了幾天，聲音像牛叫。魚死了以後，挑著擔子去割肉的人絡繹不絕。那魚的身體比一畝地還大，鰭、尾都有，只是沒有眼珠。眼眶深得像一口井，裡面裝滿了水。割肉的人不小心掉進去，就會被淹死。有人說：「海裡被貶職的大魚，眼睛會被割掉，因為牠的眼睛是夜明珠。」

男妾

一個官紳到揚州買妾，連看了好幾家都不滿意。倒是一個老婦人寄賣的女孩，年紀十四、五歲，丰姿綽約，容貌姣好，又擅長各種技藝。官紳十分高興，花大錢把她買了下來，到了晚上，兩人上床睡覺，官紳摸那少女的肌膚，好像油脂一般細膩。他高興地去摸少女的私處，卻發現是個男的。他大為驚駭，便追問是怎麼回事。原來老婦人買來俊美的男孩，刻意裝飾打扮成少女，設下圈套來騙人。黎明時分，官紳派家人去找老婦人，她早已經逃得無影無蹤。官紳心中很懊喪，不知道如何是好。恰好一個浙江的同學來拜訪，官紳便告訴他此事。同學便要求看一看，不料一見面，十分高興，就用原價贖下帶走了。

異史氏說，如果能遇到知音，即使拿像南威那樣的美女也不會換。那個老婆子實在無知，何必多此一舉把男的裝成女的呢！

【何守奇】駭之者直駭其為男耳，贖之者而以為妾乎？

汪可受

湖北黃梅縣有個叫汪可受的人，能記住他前三生做過的事。一世他是個秀才，在寺廟裡讀書。寺裡的和尚有匹母馬，生下一頭小騾子，汪可受很喜歡，就把牠搶走了。他死了以後，閻王爺檢查簿冊，對他如此貪婪的做法很生氣，就罰他轉生為騾子，償還給寺裡的和尚。他出生為騾子後，和尚很愛護他，他想尋死但找不到機會。等他長大以後，就想跳到深谷，又恐怕辜負了和尚豢養他的恩情，到陰間懲罰會更厲害，便安下

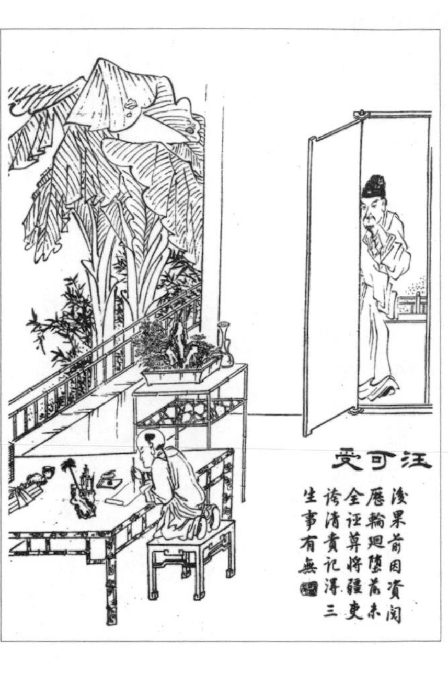

心來好好幹活。過了幾年，他的罪孽償還完了就死了。他又投生在一個農民的家裡，他一掉在床褥上就會說話，父母以為他是個怪物，就把他殺死了。

他又轉生到了汪秀才家，汪秀才年近五十，生下個男孩非常高興。汪可受一生下來就聰明懂事，但想起前生因為太早會說話被殺，便不敢說話。長到三、四歲時，人們還以為他是啞巴。一天，父親正在做文章，恰好有個朋友前來拜訪，父親放下筆出去接待客人。汪可受進書房見到父親未做完的文章，不由得手癢，就代父親做完了文章，父親回來發現文章已經寫好，便問：「什麼人來過？」家人說：「沒有人來。」父親十分疑惑。第二天，父親故意寫了個題目放在書桌上，隨即就出去了。過了一小會兒就回來，躡手躡腳地走進書房。他發現兒子正伏在書桌上，文章已經寫了幾行。兒子忽然看見父親，不覺叫出聲來，跪倒在地，求父親免他一死。父親高興地握著他的手說：「我家只有你這麼一個兒子，既然你會寫文章，這是家門大幸呀，為什麼要躲躲藏藏的呢？」從此，汪秀才更加認真地教兒子讀書，汪可受少年時就中了進士，官做到大同巡撫。

【何守奇】不敢言而敢作，是欲掩之而益揚之也。跪求免究，一何愚！

牛犢

楚中一個農夫趕完集回來，在途中暫且休息。有個算命先生從後面走來，停下和農夫交談起來。他忽然看著農夫說：「你臉上的氣色不祥，三天之內要破財，而且還會受到官府的懲罰。」農夫說：「我的官稅已經交完了，平生從來不喜歡與人爭鬥，這處罰從何而來呢？」算命先生說：「我也不知道，但你臉上的氣色如此，不可不慎重啊！」農夫很不相信，向他拱拱手，告別回家了。

第二天，農夫到野外放牛犢，有匹驛站的馬經過，牛犢看見馬，誤以為是老虎，衝上前用犄角頂馬，把馬給頂死了。差役把農夫告到官府，官長從輕發落，只讓賠償馬錢。

原來水牛一看見老虎就要和牠鬥，所以牛販子露地宿營，就用牛來自衛，如果遠遠地看見馬過來，就會急忙把牛趕走避開，唯恐牠會誤把馬撞死了。

王大

李信是個賭徒。一天，他白天睡覺，忽然看見當年的賭友王大、馮九來了，邀請他一起去賭錢。李信也忘了他們已經是鬼，便高興地跟著去了。出了門，王大去邀請村裡的周子明，馮九便領著李信先走，來到村東的廟中。

不一會兒，周子明果然和王大一起來了。馮九拿出紙牌，約好玩一種叫「撩零」的賭博。李信說：「匆匆忙忙出來沒有帶賭本，辜負你們的盛情邀請，怎麼辦呢？」周子明也說沒帶錢。王大說：「燕子谷的黃八官人放高利貸，我們一起去向他借錢，他一定會借的。」於是四個人一同前往。

飄飄忽忽之間，他們來到一個大村子。村子高宅大院接連不斷，王大指著一扇門說：「這就是黃公子家。」門裡走出一個老僕人，王大說明來意。僕人馬上進去稟告，很快就出來，說是奉公子的命令，請王大、李信二人相會。王、李二人進到裡面，只見黃公子十八、九歲的樣子，笑著說話，態度和藹。黃公子拿出一串大錢交給李信，說：「我知道你是個誠實正直的人，不妨借給你，但是周子明我不能信任他。」王大婉轉地代周子明求情，黃公子要求李信替他擔保，李信不肯。王大在旁邊慫恿他，李信就答應了。於是黃公子也借給周子明一千錢，兩個人出來，把錢交給周子明，並且複述了黃公子的話，來激周子明一定要還錢。

他們出了燕子谷，見一個婦人走來，原來是村中趙某的妻子，平時喜歡爭吵罵人。馮九說：「這裡沒有人，咱們給這個潑婦一點苦頭吃。」於是四人上前捉住趙氏婦，返回谷中。趙氏婦放聲大嚎，馮九捧了把土塞住她的嘴。周子明加油添醋道：「這樣的潑婦還應該把木樁塞進她的陰道裡！」馮九於是脫下她的褲子，把一根長條的石頭硬塞進去。趙氏婦昏死過去，眾人於是散去，又回到廟裡，開始賭博。

從中午一直玩到半夜，李信大獲全勝，馮九、周子明都輸光了。李信便拿出很多錢加上利息都給了王大，請他代為還給黃公子。王大又把錢分給周子明、馮九，重新開始賭博。過了不一會兒，就聽到人聲嘈雜，一個人跑進來喊道：「城隍老爺親自捉拿賭博的人，現在已經到了！」眾人大驚失色，李信丟下錢翻牆逃跑了，其他人顧錢，都被抓住捆起來。

出了廟門，果然看見一個神人坐在馬上，馬後面一連捆著二十幾個賭徒。天還沒有亮，已經來到縣城，打開城門進了城。來到衙門，城隍面南背北坐下，傳喚犯人上堂，拿著簿籍點名。點完名後，就命人用鋒利的斧子砍去他們的中指，然後再用黑紅兩種顏色分別塗在兩隻眼睛上，押他們遊街三周。押送的人索要賄賂後，就替他們去掉黑紅顏色，眾賭徒都拿出錢行賄。唯獨周子明不肯，藉口說身上沒錢。押送的人跟他約好送到家再付錢，周子明也不肯。押送的人指著他罵道：「你真是個鐵豆子，炒都炒不爆！」便拱手告別而去。周子明出了城，用唾沫沾濕袖子，一邊走一邊擦眼睛。走到河邊一照，黑紅顏色沒能去掉，捧水來洗，也洗不掉，他只好又悔又恨地回家了。

先前，趙氏婦因為有事回娘家，天晚了還不回來，她丈夫去接她，走到谷口，發現媳婦躺在路邊，看她的樣子，知道她是遇到鬼了，便去掉她嘴裡的泥巴，把她背回家。趙氏婦漸漸地醒過來能說話了，這才知道陰道裡還有東西，便婉轉地替她抽拔出來。趙氏婦這才敘述了自己的遭遇。趙氏大怒，馬上就趕到縣衙告李信和周子明。官府發下傳票，李信剛剛睡醒，周子明還在沉睡，像死了一樣。縣令認為趙氏誣告，便將趙氏打了一頓，還給他媳婦戴上刑具。趙氏夫妻都拿不出理由為自己申辯。

第二天，周子明醒過來，眼眶忽然變成一紅一黑，而且大喊手指疼，一看，中指的筋骨已經斷了，只有皮還連著，過了幾天就掉了。眼睛上的黑紅顏色深入到肌膚裡面，見到的人無不捂著嘴笑。

一天，王大來索要欠款，周子明惡聲惡氣地說沒錢，王大忿忿地走了。家裡的人問他怎麼回事，這才知道事情的經過。大家都認為神鬼是不講情面的，勸他還錢。周子明爭辯著就是不給，並且說：「現在當官的都袒護賴債的，人世和陰間應該是一樣的，何況是賭債呢？」第二天，有兩個鬼前來，說黃公子已經在縣裡把他告下了，要將他拘捕到堂對質審問。李信也看見鬼差前來，讓他去當旁證。於是周子明和李信同時都死了。他們來到村外相見，王大、馮九兩人都在。李信對周子明說：「你還帶著紅黑眼，敢去見官嗎？」周子明還是用前面說過的話回答他。李信知道他吝嗇，便說：「你既然沒有良心，那我就去見黃八官人，替你把帳還了。」於是眾人一起前往黃公子家。李信進去對黃公子說明自己的意思，黃公子不同意，說：「欠錢的是誰，憑什麼要你來還呢？」李信出來告訴周子明，於是大家商量湊出一筆錢，假稱是周子明的錢還給黃公子，周子明更加忿忿不平，言語冒犯黃公子，鬼就押著他們一起走了。不一會兒到了縣城，去見城隍老爺。

城隍老爺喝斥道：「你這個無賴賊！眼睛上塗的顏色還在，又想賴債！」周子明說：「黃公子放高利貸，引誘我參加賭博，這才受到了懲罰。」城隍老爺傳喚黃家的僕人上堂，憤怒地說：「你家主人開賭場誘人賭博，還想討債嗎？」僕人說：「取錢的時候，黃公子並不知道他是要賭博。我們公子的家在燕子谷，抓獲賭徒是在觀音廟，兩地相距十幾里，我們公子從來沒有幹過開設賭場的事情。」城隍老爺看著周子明說：「借了別人的錢耍賴不還，反而捏造事實，誣陷好人！要說沒有良心，你可算是到了極點！」說著就要動刑。周子明又說黃公子的利息太重。城隍老爺問：「你還了幾分？」周子明說：「確實一分錢也沒有還。」城隍老爺氣憤地說：「本錢還沒有償還，還說什麼利息？」然後下令打了周子明三十下，立即押回陽間償還債主。兩個鬼把周子明押送到家，向他索要賄賂，不讓他馬上活過來，把他綁在廁所裡，命令他托夢給家裡人。家裡人燒了二十提紙做的銀錠，火滅了以後，化成二兩銀子和兩千錢。周子明就用二兩銀子還了債，兩千錢賄賂押送的鬼，這才將他釋放回家。周子明甦醒過來，屁股上長了好多瘡，膿血潰爛，過了幾個月才好。後來，趙氏婦不敢再罵人，而周子明雖然只有四個指頭，眼睛還是紅黑色，照樣賭博。由此可見，賭徒真不是人啊！

異史氏說，世上之所以有不公平的事情，都是因為做官的矯枉過正的緣故。從前，富豪們用放一收二的高利貸來搶奪良家女子，人們都不敢說話。如果有人不滿，富豪就會給官府寫信通關節，官府便用法律來袒護他們。所以從前的地方官，都是有錢有勢人家的差役。後來，一些賢明的人發現了其中的弊病，又全部反了過來。有的人向別人借了一大筆錢做生意成了富商，穿著錦繡衣服，吃厭了美味佳餚，家裡蓋起了樓閣，買了良田，卻忘了錢是從哪裡來的。一向他討債，就怒目相向。等告到衙門，官長就會說：「我不是他人的奴役。」這跟懶殘和尚沒工夫替俗人擦眼淚有什麼區別？我曾經說過，從前的官員諂媚，現在的官員荒謬，諂媚的人固然可殺，荒謬的人也很可恨。讓人放債卻讓他收很少的利息，難道只會對富人有利嗎？

張石年擔任淄川縣令時，最討厭賭博。像給賭徒塗面，拉他們遊城，和陰間的做法一樣，不過沒有到砍手指這種程度，因此賭博被禁止了。張石年做官，很善於反覆調查。當他處理公事很繁忙的時候，每有一個人上堂，他就抽空將這人的住處、年紀、家中人口、職業都詳詳細細地問個遍。問完以後，才勸勉一番讓人離去。有一個人納完稅繳單子，自己以為無事，遞上單子就要下堂，張石年讓他停下，細細地問了他一遍，問：「你為什麼要賭博？」那人竭力爭辯，說是一輩子都沒有賭過。張石年笑著說：「你腰裡還有賭博的器具。」讓人一搜，果然如此，人們都認為他很神，但不知道他用的是什麼方法。

【何守奇】賭兒眼帶赤黑圈，比比皆然，仍有截指而不悛者。

樂仲

樂仲是西安人。他父親死得早，母親遺腹生下了樂仲。母親信佛，從來不沾酒肉。樂仲長大以後，嗜好吃喝，暗自對母親不吃酒肉感到很可笑，常常拿來好吃的勸母親吃，母親就呵責他。後來母親生了病，彌留之際，苦苦要求吃肉。樂仲一下子找不到肉，情急之下，就割下左大腿的肉請母親吃。母親的病稍微好點以後，又後悔破了戒，絕食而死。樂仲更加悲傷地悼念母親，又用鋒利的刀子割右大腿上的肉，連骨頭都露出來了。家裡的人一齊救他，替他敷上藥，裹好傷口，不久就好了。樂仲想母親一生苦苦守節，又對母親信佛這種愚昧的做法而感到悲痛，於是燒掉了母親原來供奉的佛像，立了牌位祭祀母親。每次喝醉了酒，就對著母親的牌位哀聲痛哭。

樂仲到二十歲時才娶妻，身子還像童子。娶妻三天，他對別人說：「男女住在一間屋裡，是天下最污穢的事情，我實在不覺得快樂！」於是他就休了妻子。他的岳父顧文淵央求親戚代為請樂仲同意他女兒回去，儘管再三請求，樂仲堅決不同意。過了半年，顧文淵只好讓女兒改嫁了。

樂仲獨身生活了二十年，行為更加無拘無束，無論是僕人還是戲子，都和他們一起飲酒。鄉里的鄰居朋友有所乞求，他都毫不吝嗇地解囊相助。有人說嫁女兒沒有鍋，他就把自家灶臺上的鍋拿去送給別人，而自己卻從鄰居家借鍋來做飯。那些品行不端的人知道了他這種習性，常常來騙他的東西。有的因為賭博沒有本錢，在他面前哀聲哭泣，說是官府催他還債很急迫，打算賣了兒子還債。樂仲就把自己要去交的稅錢拿出來，全部給了那個人。等到催租的官吏上門向他要錢時，他才自己典當東西籌集銀兩交稅。因此，樂仲家越來越敗落。

原來，樂仲家富裕的時候，同族的子弟們爭先恐後地侍奉他。凡是家裡有的東西，樂仲都隨他們拿走，不和他們計較，等到樂仲家道敗落，那些子弟就很少來問候他了。樂仲為人曠達，並不是很在意。一天，正值母親的忌日，樂仲恰巧生病，不能上墳，就想請同族子弟代為祭掃，但那些人都推託有事不願去。樂仲只好在家裡灑酒拜祭，對著母親的牌位號啕大哭，沒有後嗣的悲傷，在他的心中久久縈繞，因此他的病情更加重了。就在他心緒煩亂之中，忽然覺得有人撫摸他，他微微睜開眼睛一看，原來是母親。樂仲吃驚地問道：

「您怎麼來了？」母親說：「只因為家裡沒有人上墳，所以到家裡來享受祭奠，順便也看一下你的病。」樂仲又問：「母親一向住在什麼地方？」母親回答說：「南海。」

等母親撫摸完畢，樂仲感到全身生出涼意，睜開眼睛一看，周圍竟然一個人也沒有，他的病也就好了。他起來以後，就想著要去南海朝拜。正好鄰村有人結成香社，要集體去南海朝神。樂仲就賣掉十畝田，帶著錢請求與他們一同前往。香社人嫌他不潔淨，一起拒絕他加入，樂仲便跟在他們後面隨行。

途中，樂仲照樣吃肉喝酒，葷腥不戒，那些人更加厭惡他，趁他喝醉酒睡著了，便不告而別，樂仲只好獨自上路。到了福建，樂仲碰到朋友請他喝酒，有位名妓瓊華也在座。剛好說到南海之行，瓊華願意跟樂仲一同前往。樂仲很高興，就等收拾行裝以後，便一同出發了。兩個人雖然吃住在一起，卻毫無私情發生。

等樂仲到了南海，香社的人看他帶著妓女前來，更是嘲笑他，不屑和他一起朝拜。樂仲和瓊華明白他們的意思，就等他們先拜祭完了再朝拜。那些人朝拜的時候，只恨佛沒有顯示徵兆，等到樂仲、瓊華兩人朝拜的時候，他們剛跪倒在地，忽然看見遍海都是蓮花，花上掛著成串的珠子。瓊華見到蓮花中是菩薩，而樂仲看見花朵上都是他的母親。他便急忙呼喊著奔向母親，跳進花中跟著母親。眾人看見萬朵蓮花全都變成了彩霞，像錦緞一樣遮住大海。一會兒工夫，雲靜波澄，剛才的一切都消失了，而樂仲還身在海岸，他自己也不知道是怎麼從海中出來的，身上的衣服鞋子一點也沒有打濕。樂仲望著大海放聲大哭，哭聲震動了島嶼，瓊華挽著他的胳膊加以勸慰，然後神情淒涼地離開廟宇，叫了船北上。

途中有個富豪人家將瓊華招去，樂仲便一個人住在旅店裡，有個剛八、九歲的小孩在店裡乞討，但樣子並不像乞丐。樂仲細細地詢問他，原來是被繼母趕出來的，樂仲很可憐他，小孩依戀地靠在他的左右，苦苦地請求樂仲救他脫離苦海，樂仲就帶著他一起回家，問起他的姓氏，小孩說：「我叫阿辛，姓雍，母親姓顧。曾經聽母親說過，她嫁到雍家六個月，就生下了我，我本來姓樂。」樂仲大驚，自己懷疑平生就那麼一次三天的婚姻，不應該有兒子的，便問那姓樂的住在什麼地方。小孩回答道：「我也不知道，但母親去世前，交給我一封信，囑咐我不要遺失。」樂仲急忙要來信，打開一看，正是當年他寫給顧家的離婚文書。他吃驚地說：「真是我的兒子啊！」再一算孩子的出生年月確實符合，他也感到很欣慰。但是家裡的錢日漸減少，過了兩年，田地漸漸賣光了，竟然連僕人也雇不起了。

一天，父子倆正在自己做飯，忽然有個美麗的女子進來，一看，原來是瓊華。樂仲吃驚地問道：「妳怎麼來了？」瓊華笑著說：「我們已經做過假夫妻了，怎麼又問呢？當初沒有馬上跟你回來，只是因為老媽媽還在，現在她已經死了，我想如果不嫁個男人，無法保護自己；如果嫁人，又無從保持自己的貞潔，而兩全之計，就是不如跟著你，所以我不遠千里趕來了。」說完，她就換身裝扮替孩子做飯。樂仲十分高興，到了晚上，父子倆像平時一樣睡在一屋，又另外收拾了一間屋子給瓊華住，兒子把瓊華當作母親，瓊華也很照顧兒子。親戚朋友聽說以後，都給樂仲送來吃的，兩人很高興地接受了。有客人來訪，瓊華都做好接待，而樂仲也不問她東西是從哪裡來的，漸漸地，瓊華拿出金銀珠寶替樂仲贖回原來的產業，廣為購買婢女、僕人、牛馬，家業日益繁盛起來。

樂仲每每對瓊華說：「我喝醉的時候，妳就要避開，不要讓我看見妳。」瓊華笑著答應了他。一天，樂仲喝得大醉，急忙呼喚瓊華。瓊華身穿豔裝出來，樂仲斜眼看了她很久，忽然大喜，手舞足蹈，像發狂一樣，喊道：「我醒悟了！」酒一下子就醒了，他只覺得眼前的世界一片光明，所住的房舍都變成了瓊樓玉宇，過了一段時間幻景才消失。從此以後，樂仲不再到集市上喝酒，只是和瓊華對坐飲酒，瓊華吃素，以茶代酒相陪。

一天，樂仲喝得有點醉，讓瓊華替他按摩大腿，只見腿上當年刀割的傷痕，已經化為兩朵紅蓮花，隱隱約約地在肉裡突起。瓊華很好奇，樂仲笑著說：「等妳看見這兩朵花開放以後，我們這對二十年的假夫妻就該分手了。」瓊華相信了他的話，他們替阿辛完婚以後，瓊華就漸漸地把家中事務交給新媳婦管理，自己和樂仲住到別的院子裡。兒媳婦三天拜見瓊華一次，不是什麼疑難的事情也就不報告了。樂仲和瓊華只用兩個婢女，一個負責溫酒，一個負責煮茶。

一天，瓊華來到兒子住的地方，新媳婦和她說了很久，然後一同去見樂仲。一進門，就看見樂仲光著腳坐在床上。聽到她們的聲音，樂仲睜開眼睛，微笑著說：「你們母子來得太好了！」說完又閉上了眼睛，瓊華大驚，問道：「你要幹什麼？」看他的大腿上兩朵蓮花已經完全綻放，用手一試，樂仲已經氣絕。瓊華就用兩手將紅蓮花合上，並且禱告說：「我不遠千里來跟著你，實在是不容易，替你教導兒子媳婦，也算有一點功勞，就差兩、三年的時間，為什麼不能再等一會兒呢？」過了一會兒，樂仲忽然睜開眼睛笑著說：「妳自有妳自己的事，何必又要拉一個人作伴呢？沒辦法，姑且為妳再留一段時間吧。」瓊華放開手，只見那兩朵紅蓮花又合上了。於是兩人又像平常一樣說笑起來。

又過了三年多，瓊華將近四十歲，但還像二十多歲的人。她忽然對樂仲說：「人死了以後，都要被人抬頭抬腳，很不雅觀。」於是讓工匠打造兩口棺材。阿辛驚訝地問怎麼回事，瓊華回答說：「這事你不明白。」棺材打好以後，瓊華沐浴梳妝完畢，告訴兒子和媳婦說：「我就要死了。」阿辛哭泣著說：「這麼多年來全靠母親操持，才不至於挨餓受凍。母親還沒有享受到一點安逸，為什麼就要捨下孩兒離去呢？」瓊華說：「父親種下福種由兒子享受，那些奴婢牛馬，都是騙債的人拿來償還你父親的，我並沒有什麼功勞。我原本是散花天女，因為偶然動了凡念，於是被貶到人間三十多年，到今天期限已經滿了。」說完就蹬著木頭，進了棺材。阿辛再叫她時，瓊華已經閉上雙眼。

阿辛哭著去告訴父親，父親不知什麼時候已經僵硬了，衣冠穿戴得整整齊齊，阿辛號啕大哭，傷心欲絕。他把父親裝進棺材，和瓊華的棺材一併停放在大堂上，幾天沒有入殮，希望他們還能醒過來。只見一道亮光從樂仲的大腿間射出，照亮了四壁；而瓊華的棺材裡，則散發出濃濃的香霧，附近的人家都能聞到，等棺材闔上以後，香霧和亮光才漸漸減弱。

樂仲、瓊華下葬以後，樂家的本族子弟們覬覦他家的財產，一起商量趕走阿辛，就到官府去告狀。縣官不能分辨真偽，打算將一半的田產分給那些本族子弟，阿辛不服，又到郡裡去告狀，很長時間沒有判決。

當初，顧家把女兒嫁給雍家，過了一年多，雍氏流落到福建，音訊就斷絕了。顧翁老年無子，苦苦地思念女兒，就到女婿家去，才知道女兒已經死了，外孫也被趕走了。顧翁告到官府，雍家害怕了，就想拿錢收買顧翁，但顧翁不肯接受，一定要得到外孫，到處尋找也找不到阿辛。一天，顧翁偶然走在路上，看見一輛車經過，他便避開在路邊，車裡的一個美人喊道：「您不是顧翁嗎？」顧翁回答說是。那女子說：「您的外孫就是我的兒子，現在樂家，您不要告狀了，您的外孫現在有難，應該馬上趕去。」顧翁還想問個究竟，車子已經走遠了。

顧翁於是拿了雍家收買他的錢啟程去西安，他到的時候，樂家關於財產的官司正打得熱鬧，顧翁自己到公堂投案，講述了女兒被休回家的時間、再嫁的日子，以及生孩子的年月，詳詳細細地說個清楚。那些樂家的本族子弟都被打了一頓逐出去，案子就結了。等到他們回到家，說起見到美人的日子，原來就是瓊華去世的那一天。阿辛替顧翁搬了家，給他房子，還送給他婢女，顧翁六十多歲生了一個兒子，阿辛照顧撫養他。

異史氏說，不沾葷腥，遠離妻室，與佛相似；天真爛漫，是佛的真性。樂仲對於美人，只是把她看作是芳香純潔的求道同伴，而不是同床共枕的情侶，兩人共同居住三十年，好像是有情，又好像是無情，這就是菩薩的真面目，世上的人們怎麼可能猜測出來呢？

【馮鎮巒】此篇直可作一部《圓覺經》讀。

【何守奇】樂仲，瓊華，皆過來人。瓊華已於樂仲大醉日現菩薩身矣。或以吾儒之規矩準繩較樂仲，似未必然。

香玉

勞山的下清宮裡，耐冬樹有兩丈多高，幾十圍粗；牡丹有一丈多高，每當花開的時候，花兒璀璨奪目，光彩似錦，膠州的黃生住在宮裡讀書。

一天，黃生從窗子裡看見一個女郎，一身白色的衣服在花叢中若隱若現。黃生心中奇怪道觀裡怎麼會有這樣的女子，就急忙出去，那女子已經走開了。從此以後，黃生經常能看見她，他就藏身在樹叢裡，等候女子的到來。不久，那女子又和一位穿紅衣的姑娘一同前來，遠遠望去，真是兩位絕色美女。兩個女子越走越靠近，紅衣女子忽然往後退去，說：「這裡有生人！」黃生一下子站起身來。兩個女子驚慌奔逃，裙子飄舞起來，送來一股迷人的香氣。黃生追過短牆，卻已經不見了她們的蹤影，他心中非常愛慕，便在樹下題詩道：

> 無限相思苦，含情對短窗。恐歸沙吒利，何處覓無雙。

寫完，他回到書房苦思冥想。

白衣女子忽然走了進來，黃生驚喜地迎上前去。白衣女子笑著說：「您剛才氣勢洶洶地像個強盜，真是令人恐怖，卻不知原來您是一位風雅的讀書人，所以不妨與您相見。」黃生詢問她的生平，她回答道：「我小名叫做香玉，原來是個妓女，後來被道士關在山裡，實在不是我心甘情願的。」黃生問：「那道士叫什麼名字？我會為妳洗刷這一恥辱的。」香玉說：「不必了，他倒也不敢逼我，借此機會能與您這位風流人士長期幽會，倒也是件好事。」黃生問：「穿紅衣服的是誰呀？」香玉回答道：「她名叫絳雪，是我的乾姊姊。」說完，兩個人便親熱起來。

等到醒來時，東方已經出現了曙光。香玉急忙起身，說：「只顧貪圖快樂，忘記天亮了。」她一邊穿衣換鞋一邊說：「我酬答您一首詩，可不要笑話：『良夜更易盡，朝暾已上窗。願如梁上燕，棲處自成雙。』」黃生握住她的手腕說：「妳外表秀美，內心賢慧，真是令人愛得要死。但是離開一天，就像是分別千里，妳有時間就來，不要等到晚上。」香玉答應了。

從此以後，黃生和香玉無論早晚必在一起。黃生常常讓香玉邀請絳雪一起來，但她就是不來，黃生感到很遺憾。香玉說：「絳姊的性格特別孤僻，不像我這樣癡情，我會慢慢地勸她，您不必過於著急。」

一天，香玉神情淒慘地進來說：「您連我都守不住，還想絳雪嗎？我今天就是來和您告別的。」黃生問：「妳要到哪裡去？」香玉用袖子擦眼淚，說：「這是命中注定的，難以跟您說清楚。當初作的詩今天應驗了。『佳人已屬沙吒利，義士今無古押衙』，可以算是為我作的。」

黃生追問她是怎麼回事，香玉也不說，只是嗚咽不止，整夜沒有睡覺，一大早就離去了，黃生覺得很奇怪。

第二天，有個即墨縣姓藍的人，來到下清宮遊覽，見到白牡丹，十分喜愛，就將它挖出來逕自拿走了。黃生這才醒悟原來香玉是花妖，心中悵恨惋惜不止。過了幾天，聽說姓藍的把花移回家後，花兒一天天枯萎憔悴。黃生恨極了，寫了五十首哭花詩，天天對著樹坑哭泣。

一天，黃生憑弔完剛剛返回，遠遠看見絳雪在樹坑邊擦眼淚。他慢慢地走到近前，絳雪也不回避。黃生於是上前拉住她的衣袖，兩人相對涕泣。過了一會兒，黃生拉著絳雪邀請她到自己的屋裡，絳雪也就跟著去了。

絳雪嘆息著說：「從小長大的姊妹，突然間就斷絕了音訊！聽說您很哀傷，更加增添了我的悲痛。眼淚流到九泉之下，或許她會被我們的誠意打動而復活，但是死者的神氣已經散掉，倉促之間怎麼可能和我們兩人一起談笑呢！」

黃生說：「是我的命薄，害了情人，自然也沒有福氣可以消受兩位美人，以前我多次請香玉代為轉達我心中的誠意，為什麼妳再也不來了呢？」

絳雪說：「我一直認為年輕的書生，十個就有九個輕薄無行，卻不知道你竟然這麼癡情。但是我和你交往，只講感情，不可淫亂，如果要晝夜親熱，這是我不能做到的。」說完，就向黃生告別。

黃生說：「香玉已經離去，讓我吃不下飯，睡不著覺，就指望妳多停留一會兒，來安慰我思念的情懷，為什麼要如此絕情呢？」絳雪便留了下來，住了一夜就走了。

這以後一連幾天絳雪都沒有再來。在一個清冷的雨夜，黃生望著幽暗的窗戶，苦苦地思念香玉，在床頭輾轉反側，眼淚打濕了枕席。他披上衣服又起床，點上燈，按照上首詩的韻又寫了一首詩：

山院黃昏雨，垂簾坐小窗。相思人不見，中夜淚雙雙。

寫完以後，自己吟誦起來，忽聽窗外有人說道：「有詩不可沒人相和。」黃生一聽，是絳雪，便開門讓她進來。絳雪看完他的詩，就在後面續了一首：

連袂人何處？孤燈照晚窗。空山人一個，對影自成雙。

黃生讀完，流下了眼淚，於是埋怨相見的機會太少。絳雪說：「我不可能像香玉那樣熱情，但也可以稍稍安慰您心中的寂寞。」黃生想和她親熱，絳雪說：「我們相見的快樂，何必非要如此呢？」

從此以後，每當黃生無聊的時候，絳雪就會前來，來了就一起飲酒作詩，有時不睡覺就走了，黃生也隨她的意。黃生對她說：「香玉是我的愛妻，而絳雪是我的好友。」黃生常常問絳雪，「妳是院裡的第幾棵花？請妳早點告訴我，我打算把妳抱到家裡種植，免得像香玉那樣被惡人抱走，讓我抱恨終生。」絳雪說：「我難以離開故土，告訴您也沒用。妻子尚且不能終生相伴，何況朋友呢？」黃生不聽她的話，拉著她的胳膊出來，每到一株牡丹花下，就問：「這是妳嗎？」絳雪不說話，只是捂著嘴笑他。

不久，時間到了臘月，黃生回家過年。到了二月間，他忽然夢見絳雪來了，悶悶不樂地說：「我有大難！您趕快回去，還能見上一面，遲的話，就來不及了。」黃生醒來覺得很驚異，急忙命令僕人備馬，連夜趕到山裡，原來是道士打算建房子，有一棵耐冬樹妨礙施工，工匠正要用斧子砍，黃生急忙阻止他們。

到了晚上，絳雪來道謝。黃生笑著說：「從前妳不告訴我實話，難怪會遭到這樣的厄運！現在我已經知道妳了，以後妳如果不來，我就點著艾炷去燒妳。」絳雪說：「我早就知道您會這樣，所以以前不敢告訴您。」

坐了一會兒，黃生說：「現在面對妳這個好朋友，更加思念我那愛妻，好久沒有哭香玉了，妳能跟我一起哭嗎？」兩個人便一同前往香玉的坑穴前流淚拜祭，哭到半夜，絳雪止住眼淚，勸黃生不要再傷心了。

又過了幾個晚上，黃生正一個人寂寞地坐著，絳雪笑著走進來，說：「報告您一個好消息，花神被您的純真感情打動，讓香玉又降生在宮裡。」黃生問：「什麼時候？」絳雪回答說：「不知道，大概不遠了。」

天亮時絳雪下床，黃生囑咐她說：「我是為妳而來的，不要讓我長時間孤獨寂寞。」絳雪笑著答應了，但又是兩個晚上絳雪沒有來。黃生就去抱住那棵耐冬樹，搖動撫摸，連聲呼喚，但沒有回聲。他便回到屋裡，在燈下盤好艾繩，就要去灼樹。絳雪一下子衝進來，奪過艾繩扔掉說：「您玩這種惡作劇，讓我受傷留下疤痕，我真要和您斷絕關係了！」黃生笑著抱住了她。兩個人還沒有坐穩，香玉步履輕盈地走了進來，黃生一看見她，止不住眼淚嘩嘩地流下來，急忙起身握住她的手，香玉用另一隻手握住絳雪，相對悲咽，泣不成聲。等坐下來以後，黃生覺得自己握香玉的手是虛著的，像手自己握著一樣，便驚奇地問是怎麼回事。香玉流著眼淚說：「從前的我是花神，所以是凝聚的；現在的我只是花的鬼魂，所以是分散的。今天雖然相聚，但不要當真，只看成是夢裡相會就行了。」絳雪說：「妹妹來得太好了！我被妳家男人糾纏死了。」說完就走了。

香玉還和從前一樣歡聲笑語，但兩個人依偎在一起時，黃生感到像是靠著一個影子似的，因此悶悶不樂，香玉也十分怨恨自己，於是說：「你用白蘞草的粉末，稍微摻雜點琉璜，每天給我澆上一杯這樣的水，明年的今天我就來報答你對我的恩情。」說完告別而去。

第二天，黃生去看原來的花坑，只見那白牡丹又萌發了。黃生於是每天加以培植，又做了柵欄來保護她。香玉前來，對黃生感激備至，黃生打算把她移植到自己家去，香玉說不行。她說：「我體質很弱，不能忍受再被殘害。而且萬物生長都有一定的地方，我這次前來原本就沒有打算生在你家，違背了反而會減少壽命。只要你愛憐我，總會有那一天的。」

黃生埋怨絳雪不經常來，香玉說：「如果你一定要強迫她來，我倒有辦法。」便和黃生打著燈來到耐冬樹下，摘了一根草，用手掌當尺，來量這棵樹的高度，從下往上，到四尺六寸的地方，便用手按住，叫黃生用雙手一起撓。不一會兒，只見絳雪從樹後走出來，笑著罵道：「死丫頭，來助紂為虐啊！」便互相挽著手走進屋子。香玉說：「姊姊不要責怪！麻煩妳暫且陪侍郎君，一年後我就不打擾妳了。」從此以後，就習以為常了。

黃生看那白牡丹花芽，一天天地肥壯茂盛起來，春天結束的時候，已經長到二尺多高了。黃生回家後，把銀子留給道士，囑咐他早晚好好培育這棵花。

第二年四月，黃生又來到下清宮，發現已經長出一朵花，含苞待放。他正在花前流連忘返，就見那花苞搖搖晃晃地好像要開，不一會兒，就已經開放了。花有盤子那麼大，儼然有一位小美人坐在花蕊裡，只有三、四指長。轉眼之間，她就飄飄然要下來，一看，果然是香玉。她笑著說：「我在這裡忍受風雨等著你，你怎麼來得這麼遲！」說完就進了屋子。絳雪也來了，笑著說：「天天替別人當媳婦，今天總算可以撤身當朋友了。」於是三個人笑談歡宴。到了半夜，絳雪就走了。黃生、香玉一起上床，還和以前一樣歡愛。

後來，黃生的妻子死了，他就進山不回去了。這時，那白牡丹花已經有胳膊粗細了。黃生常常指著牡丹說：「我死後就要埋葬在這裡，好生在妳的身旁。」二女笑著說：「你別忘了自己說過的話。」

十幾年以後，黃生忽然病了，他的兒子趕來，在他面前傷心地哭泣。黃生笑著說：「這是我新生的日子，不是我死的日子，有什麼可悲哀的呢？」他對道士說：「日後牡丹花下如果有紅色的花芽怒放，一下子長出五片葉子的，那就是我。」說完，就不再說話。他的兒子用車子把他送回家，黃生就死了。

第二年，牡丹花下果然有肥壯的花芽冒出來，葉子正如黃生所說的五片。道士感到很神異，更加悉心地澆灌它。三年以後，這花長到幾尺高，有兩手合抱那麼粗，只是不開花。老道士死後，他的弟子不知道愛惜，把它砍掉了，白牡丹花也枯萎而死，不久，耐冬樹也死掉了。

異史氏說，感情到了極點，就可以和鬼神溝通。花死了以後化成鬼來陪伴，而人死以後又將魂魄寄託在花的旁邊，難道不是因為他們之間結成的深厚感情嗎？黃生一死，香玉、絳雪也殉情而死，即使不說是堅貞，也是為了愛情而死。人不能守貞，也是因為他的感情不深厚。孔子讀完〈唐棣〉之詩說「沒有思念，又有什麼遠不遠的呢？」確實如此啊！

【何守奇】妻友名色，亦從古人得來。

【方舒岩】愛妻良友，不獨秀色可救饑，抑亦詩什可酬興，宜黃生死亦寄魂於此。

三仙

一個讀書人到金陵參加考試，經過宿遷的時候，遇到三個秀才，談論超凡曠達。他便打來酒，和他們一起飲酒，態度親密。三個人各自作了介紹：一個叫介秋衡，一個叫常豐林，一個叫麻西池。他們放縱飲酒，十分快樂，不知不覺天已經黑了。介秋衡說：「我們還沒有盡地主之誼，就承蒙您用這麼豐盛的酒席招待，道理上說不過去。我家離這裡不遠，可以就近住下。」常豐林、麻西池一起站起來，拉著讀書人的衣襟，又叫他的僕人跟著一塊去。

他們來到縣城北山，忽然看見一座庭院，門前環繞著一條清流。進了庭院，只見房屋非常清潔，他們叫來童僕點上燈，又讓安頓好讀書人的僕人。麻西池說：「從前是以文會友，如今考試的日子就快到了，請擬出四個題目做鬮，我們各抓一下，文章寫成才可以飲酒。」大家都答應了。各人擬定一個題目，寫好放在桌上，抓到題目就在桌邊構思。二更天還沒結束，大家都寫完了，互相傳閱一番。讀書人讀完那三個秀才的文章，深深地折服，便草草地抄錄下來，收藏在懷裡。主人端上來美酒，用大杯子勸大家乾杯，讀書人不覺喝得大醉。主人於是引著客人到別的院子就寢。讀書人醉得無暇脫掉鞋子，穿著衣服就睡了。

等到他一覺醒來，太陽已經很高了，四面望去，並沒有什麼庭院，主僕兩人都躺在山谷裡，讀書人大為驚駭。只見旁邊有一個小洞，水涓涓地流著。他很是驚訝迷惘，往懷裡一摸，只見三篇文章都在。下山一問當地人，才知道這是「三仙洞」。洞裡有蟹、蛇、蛤蟆三種神物，最有靈性，時不時會出遊，人們常常可以看見他們。

讀書人進入考場參加考試，三個題目就是那三位仙人作的，讀書人憑著他們的文章，考中了舉人。

【但明倫】擢解之文，而出之於怪，已奇。怪而為蟹，為蛇，為蝦蟆，則更奇。恨未睹其文，不知其氣味果居何等耳。

鬼隸

歷城縣有兩個差役，奉縣令韓承宜的命令，到別的郡去辦公事，到了年底才回來。途中遇到兩個人，穿著打扮也像是公門裡的差役。這兩人自稱是郡裡的差役。縣差問道：「濟南府的捕快皂隸，十有八九我都認識，但兩位好像從來沒有見過。」郡役說：「實話對你們說，我們是城隍的鬼隸，現在要到東嶽大帝那裡去送公文。」縣差問道：「公文上說的是什麼事？」鬼隸回答說：「濟南將要有一場浩劫，公文上報的就是殺人的數目。」

縣差吃驚地問有多少，鬼隸說：「我們也不太清楚，大約近一百萬。」縣差又問是什麼時間，鬼隸回答說是「正月初一」。兩個縣差吃驚地互相看了看，算了一下行程，趕到濟南府正好是除夕，恐怕會碰上這場大難，但如果停留拖延又會受到譴責。鬼隸說：「違誤期限罪小，趕上大難可是大禍。應該躲到別處去，暫時先不要回家。」兩個縣差聽從了他們的話。

不久，清兵蜂擁而至，在濟南屠城，屍橫百萬，兩個縣差逃亡在外倖免於難。

王十

高苑縣有個叫王十的百姓，一次從博興背鹽回家，夜裡被兩個人抓住。王十以為他們是當地商人雇用的巡邏卒子，丟下鹽就想逃走，但是苦於腳不能向前，就被綁了起來。他哀求兩人放了他，兩人說：「我們不是鹽市上的人，是鬼卒。」王十很害怕，乞求讓他回家一趟，向妻子兒女告別。

兩人不同意，說：「這次去也不見得馬上就死，不過暫時服役罷了。」王十問道：「做什麼事情？」兩人回答說：「陰間新閻王上任，看見奈河被淤泥填平了，十八獄的茅廁都滿了，所以要捉小偷、私鑄錢幣的、販賣私鹽的三種人去淘河；另外官妓等人讓她們去洗廁所。」

王十跟著他們前去，進了城廓，來到一座官府，只見閻羅王坐在上面，正在查驗名冊。小鬼稟告說：「抓到一個私鹽販子王十。」閻羅往下一看，大怒道：「所謂私鹽販子，對上偷漏國稅，對下殘害百姓。像人世間凶暴的官吏、奸詐的商人所指責為私鹽販子的，都是天下的良民。這些窮苦人拿出一點點本錢，只求掙上買糧食的錢，如何能稱為私鹽販子呢！」說完，就罰兩鬼背上四斗鹽，加上王十原來背的，代他送回家去。閻王留下王十，授予他一把帶刺的長棍，讓他和眾鬼一道去監督河工。

鬼領著王十出去，來到奈河邊，只見河裡的民夫，一個一個用繩子連著，多得像螞蟻一樣。再看那河水渾濁赤紅，臭不可聞。淘河的人都赤身露體，拿著竹筐和鐵鍬，在河水中出沒，把腐朽的屍骨裝滿筐再抬出來，水深的地方就鑽到水裡去挖。對偷懶的人就用帶刺的長棍戳他們的後背大腿。和王十同時監工的鬼給他一粒豆大的香綿丸，讓他含在嘴裡，這才走近岸邊。

王十發現一個高苑的鹽商，也夾在民夫中間。王十唯獨對他苛責——下河就打他的後背，上岸就敲他的大腿。鹽商害怕了，常常把身子沉到水裡去，王十這才罷手。經過三天三夜，挖河的民夫死了一半，工程也結束了，先前的那兩個鬼仍舊送他回家，他一下子就甦醒過來。

原來，王十去背鹽沒有回家，這天天亮以後，他的妻子打開門一看，只見兩袋鹽放在院子裡，但過了好久王十也沒到，就請人到處去找，發現他死在途中，眾人把他抬回家中，還有一點兒氣息，妻子不明白是怎麼回事，等王十醒過來以後，才說起了事情的經過。

那鹽商也是前天死後，至此也醒了過來，被王十用帶刺長棍打過的地方，都長成巨大的毒瘡，渾身腐臭潰爛，臭得讓人無法靠近。王十故意去看他，那鹽商看見王十，還把頭縮在被子裡，和在奈河裡的情形一樣，過了一年，他的病才好，從此不再做鹽商了。

異史氏說，販運鹽這件事，朝廷所說的私鹽，就是不依照國家法律制度的行為；而官吏和鹽商所說的私鹽，是指不符合他們的個人利益的行為。近來齊魯一帶新規定，當地的鹽商可以到處設店，各自限定地盤。不僅僅是這個縣的百姓不能到別的縣買鹽，就連屬於這個鹽店地盤上的百姓也不得去別的鹽店買鹽。而店家則暗中設下誘餌引使其他縣的百姓來買鹽，賣給其他縣的鹽，價錢就便宜，而賣給當地人的鹽，價錢就高出一倍。而且又在路上設人巡邏，使自己境內的百姓，都逃不脫我設定的圈套。如果境內有人冒充其他縣的人來買鹽，就依法予以嚴懲。鹽商之間互相引誘，而到其他店買鹽和假冒別處的百姓也就越來越多。一旦被巡邏的人抓獲，就先用刀杖打殘他們的腿，然後再送到官府，官府就把他們關押起來，這就叫做「私鹽」。真是冤枉啊！逃漏好幾萬稅的人不叫私鹽販子，而背一升一斗鹽的人倒叫做私鹽販子；在本境內賣鹽給別的地方的人不叫私鹽，而本境內的人買本境的鹽倒反而叫做私鹽，真是冤枉啊！

國家的法律中以「鹽法」最為嚴厲，而唯獨對貧困艱難的軍民戶、背鹽換糧的人，並不加以禁止，現在卻是對別的私鹽販子不加禁止，而專門殺這些貧困艱難的軍民戶！況且這些貧困艱難的軍民戶，妻子兒女嗷嗷待哺，對上能遵守國法而不偷盜，對下能知廉恥不去當娼妓，迫不得已的情況下，才會做這種持十本求一利的事情。如果城市裡都是這樣的百姓，就可以「夜不閉戶」了。這些人難道不是天下的良民嗎！那些鹽商不但應該讓他們去淘挖奈河，更應該讓他們去刷洗地獄的廁所！但那些官吏每逢過年過節時，都會接受鹽商的一點好處，於是就用法律幫助鹽商殺害我們良民。那麼我為貧苦百姓考慮，不如去做強盜和私自鑄錢。強盜大白天搶劫殺人，而官吏卻像聾子一樣聽不見；私自鑄錢的爐火照耀天空，而官吏卻像瞎子一樣看不見。即使日後下地獄去淘奈河，還不至於像背負販鹽的人那些所得無幾，卻立刻遭到官府的嚴懲。唉！朝廷沒有仁慈恩惠的人，聽任奸商害民的方法，一天天變得詭計多端，如何能夠不使刁頑的人越來越多，而善良的人越來越少呢！

各城鎮的鹽商，依照慣例，每年都要拿出若干石的鹽資，來供奉本縣的縣官，這稱作「食鹽」。另外逢年過節時，還要送上豐厚的禮物。鹽商有事要拜見縣官，縣官就很禮貌地接見他，坐著和他說話，有時還給端上茶，而送來鹽販子，則嚴加懲處，不敢怠慢。

張石年擔任淄川縣令時，有個鹽商前來拜見，按照以前的規矩，只是作揖，不行拜禮。張石年大怒道：「前任縣令接受你的賄賂，所以不得不用隆重的禮節接待你。我自己買鹽吃，你這個商人是什麼東西，竟然敢在公堂上抗禮嗎？」說完，就命人脫掉鹽商的褲子要打，鹽商趕緊叩頭謝罪，張石年才放了他。

後來，市裡抓了兩個私自販鹽的人，其中一個逃走了，另一個被押送到官府。張石年問道：「販鹽的有兩個人，另一個哪裡去了？」販鹽的人說：「逃走了。」張石年問：「你的腿有病不能跑嗎？」那人回答：「能跑。」張石年說：「既然被抓住，一定不能跑；果真能夠跑的話，可以起身試著跑跑，看看你是不是能。」那人跑了幾步要停下來。張石年說：「跑，不要停下來！」那人快跑起來，竟然出了衙門跑掉了，看見的人都笑了。

張公愛護百姓的事蹟不止這一件，這是他的閒情逸致，縣裡的人很喜歡傳頌這些好事。

【何守奇】肆商之弊宛然。

【但明倫】治私鹽當自奸商始，商無有不夾帶私鹽者。若准綱則於商私之外，又有船戶夾帶，名為「腳私」，則又宜先治船戶矣。然余以為商私、腳私者皆不足治也；正其本，清其源，請治商私、腳私之所從出者。

大男

奚成列是成都的讀書人，有一妻一妾。妾姓何，小名叫昭容。妻子早死了，續娶了申氏，申氏生性好妒，虐待何氏，而且牽涉到奚成列。申氏整天吵吵鬧鬧，常常不能夠安生。奚成列大怒，就離家出走了。

奚成列出走以後，何氏生下一個兒子叫大男。奚成列一去不回，申氏就排擠何氏，不讓何氏和她一起吃飯，算計日子給她糧食。大男漸漸長大了，錢不夠用，何氏就紡線來補助家用。大男見私塾裡的孩子們吟誦，也想去讀書，母親因為他太小，姑且送去試讀。大男很聰穎，讀的書是其他孩子的幾倍，老師很驚奇他的才能，願意不收他的學費，何氏便讓大男跟著老師讀書，給一點點酬金。

這樣過了兩、三年，大男就讀通了經書。一天放學回家，對母親說：「私塾裡的五、六個人，都跟父親要錢買餅吃，為什麼我一個人沒有呢？」母親說：「等你長大了，就告訴你。」大男說：「我現在才七、八歲，什麼時候才能長大呀？」母親說：「你到私塾上學，路上經過關帝廟時，應該進去拜關帝，求他保佑你快點長大。」

大男相信了，每次經過關帝廟都要進去拜關帝。母親知道了，就問他：「你禱告的是些什麼話呀？」大男笑著說：「我只是祈禱他讓我明年就長到十六、七歲。」母親笑話他，但是大男的學業和身體一齊迅速增長，長到十歲時，就像十三、四歲的孩子，寫的文章也很有文采。

一天，大男對母親說：「從前您說我長大了，就告訴我父親在哪裡，現在可以了嗎？」母親說：「還不到時候，還不到時候。」又過了一年多，大男已經長大成人，越發頻繁地追問母親，何氏便詳詳細細地敘述了事情的經過。大男不勝傷悲，就要去尋找父親。何氏說：「你還太小，你父親生死未卜，哪能一下子就找到呢？」大男不說話就走了，到了中午沒有回來。何氏到私塾去問老師，知道他吃完早飯就沒有回來。何氏大驚，花錢雇人到處尋找，但是杳無蹤跡。

大男出門以後，就順著大道跑去，但卻茫然不知到什麼地方去。恰好碰到一個人要去夔州，自稱姓錢，大男一路要飯跟在他後面。錢某嫌他走得太慢，就替他雇了匹馬，錢都給花光了。到了夔州，兩人一起吃飯，錢某暗中在食物裡下毒，大男一點也沒有察覺。錢某把他送到一座大廟，假稱說是自己的兒子，偶然生了病但沒錢救治，想賣給廟裡的和尚。和尚見大男長得手姿秀異，爭著花錢買他，錢某拿到錢就走了。和尚餵他喝水，大男稍微清醒過來。長老知道這個情況後前來探視，發現他的長相奇特，便慢慢盤問，才瞭解了事情的真相。長老很同情他，給了他一些錢讓他走了。

有個瀘州的秀才姓蔣，考試落榜回家，途中問明瞭大男的情況，誇獎他的孝心，便帶著他一起走。到了瀘州，大男就在蔣家當僕人。一個多月的時間裡，他到處打聽，有人說起福建有個姓奚的商人，大男便向蔣秀才辭行，要到福建去。蔣秀才送他衣服鞋子，周圍鄰居都聚錢資助他。

在途中，大男遇到兩個布商，要到福建去，邀請他結伴同行。走了一段路程，布商窺探到大男口袋裡有錢，就將他誘到沒人的地方，把他的手腳捆起來，解下他的錢袋就跑掉了。恰巧永福的陳翁路過這裡，替他鬆了綁，用車子帶他回家，陳翁十分富有，各路商人多是他的門下。陳翁囑咐南來北往的商人代為查訪奚成列的消息，留下大男陪他的兒子們讀書，大男便住在陳翁家，不再到處尋找，但是離家越遠，音訊也就更加閉塞了。

何昭容一個人生活了兩、三年，申氏克扣她的費用，逼迫她改嫁，何氏的意志決不動搖。申氏就強行把她賣給重慶的商人，商人把何氏強行帶走了。到了晚上，何氏用刀自割，商人也不敢逼迫她，等她的傷口癒合了，又把她轉賣給鹽亭的鹽人。到了鹽亭，何氏一刀刺向心窩，連臟腑都露出來了。商人很恐懼，替她敷上藥，傷口長好後，何氏要求出家為尼，商人說：「我有個經商的朋友，沒有性生活能力，常常想找個人替他做做家務，這和當尼姑沒有什麼不同，而且也可以稍微賠償我買妳的費用。」何氏答應了，商人用車將何氏送去。一進門，主人迎了出來，竟然是奚成列。

原來奚成列已經棄學經商，那個商人見他沒有媳婦，所以把何氏贈送給他。兩人見面，又驚又喜，各自述說分別的痛苦，奚成列這才知道有個兒子尋找父親還沒有回來。奚成列便囑託各位旅客，幫助打聽大男的消息。而何昭容便由妾變成妻。但是何氏歷經艱難困苦，身體多病，不能操持家務，便勸奚成列納妾。奚成列鑒於前面的災禍，不答應她的請求。何氏說：「我如果是爭奪床笫之歡的人，幾年來早已經嫁人生子了，怎麼可能和你有今天呢？況且別人加在我身上的痛苦，使我心裡隱隱作痛，怎麼會把痛苦加在她身上而自蹈覆轍呢？」奚成列於是囑咐夥伴，替他買了一個三十多歲的老妾。過了半年，夥伴果然為他買回一個妾，進門一看，原來是妻子申氏，雙方都很驚異。此前，申氏一個人生活了一年多，哥哥申苞勸她改嫁，申氏答應了，只是家裡的田產因為奚家子侄的阻攔，不能夠出售。申氏便把屬於自己的東西賣了，積攢了幾百兩銀子，帶回了哥哥家。有個保寧的商人，聽說申氏的嫁妝很富有，便用很多錢賄賂申苞，把申氏娶回家。但是這商人年老體廢，不能過正常夫妻生活。申氏埋怨哥哥，在家裡不安心，便鬧著又是上吊又是跳井，商人不堪忍受她的胡鬧，把她的錢財搜刮一空，將她賣給別人當妾。但人們都嫌她歲數太大了，商人要去夔州，便帶著她一同前往，遇到奚成列的夥伴，申氏恰好中他的意，便買了她回去。

申氏見到奚成列，又是慚愧又是害怕，說不出一句話來。奚成列詢問夥伴，知道事情的大概，於是說：「假如妳遇到一個健壯的男子，就會留在保寧，我們也就不會有再見的日子，這也是命吧。不過今天我是買妾，不是娶妻，妳先去見昭容，作為妾向妻子行禮。」申氏覺得很羞恥。奚成列說：「當初妳做正室的時候又如何啊！」何氏勸說奚成列，但是奚成列不同意，手持棍子逼迫申氏，申氏迫不得已，向何氏行了禮。但是申氏始終不屑於侍奉何氏，只在別的屋裡做事情。何氏全都寬容她，也不忍心責罰她懶惰。奚成列常常和昭容一起談話飲酒，就讓申氏站在旁邊服侍，何氏就用婢女代替申氏，不讓她前來。

正好陳嗣宗到鹽亭當縣令，奚成列和鄉民發生小的爭執，鄉人就以逼妻為妾為由告奚成列的狀。陳嗣宗不予受理，把鄉人叱責走了。奚成列很高興，正在和何氏暗暗稱頌陳縣令的恩德。一更天以後，突然僕人前來敲門，進來報告說：「縣太爺來了。」奚成列驚訝極了，急忙尋找衣服鞋子，而縣令已經來到臥室門前，奚成列更加驚慌，不知怎麼辦才好。何氏仔細一看，急忙迎出來說：「是我的兒子啊！」說完就痛哭起來，陳縣令也趴在地上悲傷地哭泣。

原來大男跟隨陳翁姓陳，已經當上官了。起初，陳公前往做官的州郡，繞道經過故鄉，才知道兩位母親都改嫁了，不由撫胸哀聲痛哭。奚家族人知道大男已經顯貴，就把他該得的田地房屋還給他，陳公便留下僕人經常打理，希望父親還能回來。不久，他接受任命到鹽亭為官，又想放棄官職去尋找父親，陳翁苦苦相勸，才制止了他。

恰好有個算卦的，陳公就叫他給算一算。算卦的說：「小的做了大的，年輕的做了長者；找男的得到女的，找一個人得到兩個人——好官吉利。」陳公於是上任了。因為找不到親人，做官時不沾葷酒。這一天接到鄉人的狀子，看見奚成列的名字，心中疑惑。他便暗中派內使細細訪探，果然是自己的父親，他便趁著夜色微服出行，見到母親，他越發相信算卦的靈驗。

陳公離開父親家時，囑咐不要傳揚，拿出二百兩銀子，讓父親置辦行裝回老家去。奚成列回到家，只見門戶煥然一新，家裡有許多牛馬和僕人，已經是一派大家景象。申氏見大男富貴氣盛，更加自我收斂。她的哥哥申苞忿忿不平，告到官府，為妹妹爭奪嫡妻的位置。官長查明實情，憤怒地說：「貪圖財產，勸妹改嫁，已經換過兩個丈夫，還有什麼臉面爭奪當年的嫡庶地位！」便重重地打了申苞一頓。

從此，大小的名分更加確定了。而申氏認何氏當妹妹，何氏也把她當姊姊看待，衣服飲食，都不自私。申氏開始時懼怕何氏復仇，現在更加羞愧後悔。奚成列也忘記了申氏以前的種種劣跡，讓家裡外人都叫她太母，但是官府的封號輪不到她身上。

異史氏說，顛倒眾生，不可思議，造物主做得是何等巧妙啊！奚成列不能在妻妾之間自立，只是一個碌碌無為的庸人罷了。如果不是像大男之類的孝子、何氏這樣的賢母，怎麼可能有這一段奇異的組合，讓他終身坐享富貴啊！

【何守奇】尋父得官，因官護父，委曲湊合，豈曰非天？使奚早能以後之待申者待申，則昭容之賢，大男之孝，或不顯矣。必至於是，以顯母子之賢孝，彼造物者亦何心哉！

【但明倫】大男之孝出於童，昭容之貞出於庶。

【方舒岩】妾以才德兼優若邵氏者為上。何昭容才不及邵，而德自勝之，可稱雙璧。

外國人

己巳年秋天，嶺南從海上飄來一隻人船，船上有十一個人，穿著鳥的羽毛做成的衣服，文采璀璨奪目。他們自稱，「我們是呂宋國人。在海上遇到大風翻了船，幾十個人都死了，只剩下十一個人趴在一根大木頭上，飄到一個大島上，才倖免於難。五年的時間裡，白天靠抓鳥蟲充當食物，晚上就在石洞裡睡覺，用鳥的羽毛編織成帆。忽然又飄來一隻船，船上的櫓、帆都不見了，大概也是在海裡被風颳碎了的，於是就上了這條船。將要返回時，又被大風吹到了澳門。」巡撫把這個情況上奏朝廷，送他們返回自己的國家。

韋公子

韋公子是咸陽的世家子弟，放縱好淫，丫鬟僕婦稍有點姿色，無不被他姦淫。他曾經帶著幾千兩銀子，想要遍覽天下的名妓，凡是繁華的地區，沒有他不到的。對長得不太好的妓女，他住上一宿就走；合他意的，就逗留上百天。

他的叔叔也是一個有名的官員，退休回到家裡，對他的放蕩行為十分憤怒，便為他請來師傅，另外買了房子，讓他和韋家其他公子一起閉門讀書。到了夜裡，韋公子看師傅睡覺了，就翻牆回到家裡，快天亮時再返回來。一天夜裡，他失足摔傷了胳膊，師傅才發現他的秘密，就向他叔叔報告。叔叔又對他加以責打，讓他起不來才給他上藥。等他傷好以後，叔叔和他約定，如果他讀書比其他人強一倍，寫的文章韋公子好，就不禁止他出去；如果私自出逃，還和上次一樣鞭打。但是韋公子最聰明，讀的書常常超過老師的課程。

過了幾年，韋公子考中舉人。他想私自破壞約定，叔叔制止了他。他赴京參加考試，叔叔派一個老僕人跟著他，並且交給他一個日記簿，讓他記錄韋公子的言行，所以幾年裡韋公子沒有犯什麼過錯。後來，韋公子考中進士，叔叔才稍稍放寬了對他的禁令。韋公子有時想要有所舉動，生怕叔叔知道，就在進妓院時，假稱姓魏。

一天，韋公子經過西安，見到年輕的優伶羅惠卿，十六、七歲的年紀，秀麗得像是美貌女子。韋公子很是喜歡他，便留他過夜，贈送給他豐厚的禮物。韋公子聽說羅惠卿新娶的媳婦風韻尤其絕妙，便私下向羅惠卿示意。羅惠卿面無難色，夜裡果然帶著媳婦前來，三個人睡在一張床上，逗留了幾天，韋公子對她更加疼愛，便想帶他們夫婦一同回家，便問起他家還有些什麼人。羅惠卿回答說：「我母親早死，父親還活著。我原來並不姓羅，母親年輕時在咸陽韋家當丫鬟，後來賣到羅家，過了四個月就生下了我。如果能跟公子一同前去，也可以打聽父親的消息。」韋公子吃驚地問他母親姓什麼，羅惠卿說：「姓呂。」韋公子驚駭極了，不禁冷汗涔涔。原來羅惠卿的母親當年就是韋公子家的丫鬟，韋公子說不出話來。這時天已經亮了，韋公子贈給羅惠卿許多禮物，勸他改行，不要做優伶。又假裝說要到別的地方去，約定好回家的時候再來找他，就告別而去了。

後來韋公子擔任蘇州令，有個樂伎名叫沈韋娘，風雅俏麗，無與倫比。韋公子很喜愛她，就留下她親熱，他開玩笑地說：「妳的名字是從『春風一曲杜韋娘』這句詩來的嗎？」沈韋娘答道：「不是，我的母親十七歲時是名妓，有位咸陽來的公子與大人同姓。留住了三個月，和我母親訂立盟約要娶她。韋公子走了以後，母親懷胎八個月生下了我，於是取名為韋，實際上是我的姓。韋公子臨別時，贈我母親一副黃金鴛鴦，現在還在。但韋公子一去就再也沒有消息，我母親因此心中悲憤，鬱鬱而死。三歲的時候，我被一個姓沈的老媽媽收養，所以我就跟她姓沈。」韋公子聽完她的話，又羞愧又悔恨，無地自容。沉默了一陣子，他立刻想出一條計策。他突然站起來點上燈，叫沈韋娘起來飲酒，暗中在杯子裡放了毒藥。沈韋娘一口才咽下去，就神經潰亂，呻吟嘶喊起來。眾人聚到面前一看，發現她已經死了。韋公了把藝人叫來，將屍體交給他，並且給了很多錢賄賂他。但和沈韋娘交好的都是些有權勢的人，聽說沈韋娘慘死都忿忿不平，也給了藝人許多錢，激他到官府去告狀，韋公子害怕了，傾家蕩產來掩蓋自己的罪惡，後來終因浮躁而被罷免了官職。

韋公子回家後才三十八歲，很後悔以前的行為，而他的五、六個妻妾，都沒有生兒子。他想過繼叔叔的孫子為子，但叔叔認為他家沒有德行，唯恐孫子去了會染上不良習氣，雖然同意過繼，卻一定要等到他老了以後才把孫子過繼到他家。韋公子很氣憤，想把羅惠卿招回來，家裡的人都認為不可以，他才作罷。又過了幾年，他忽然生了病，總是拍打心口說：「姦淫丫鬟、夜宿妓院，真不是人幹的事啊！」叔叔聽了，嘆息說：「他就要死了。」於是便將自己二兒子的孩子送到韋公子家，讓他認韋公子為父，過了一個多月，韋公子果然死了。

異史氏說，私通丫鬟，亂嫖娼妓，它們的流弊幾乎就不必問。但是自己的孩子卻叫別人為父親，也已經是很羞恥的事了，而鬼神又侮辱戲弄他，引誘他跟自己的女兒淫亂。他還不自己剖開心臟，割掉腦袋，而只是汗流浹背，甚至下毒殺死自己的女兒，這是長著人頭的畜牲嗎！雖然如此，但風流公子所生的子女，即使在風月場中，也都堪稱高手。

【何守奇】漁色之弊，必至於此，可為殷鑒。有此嚴叔，而尚踰閑若此，豈性果有不善歟？

【但明倫】是篇警人迷途，拯人孽海。防其畜也而人之，憐其絕也而嗣之。真有無量無數無邊功德。

石清虛

邢雲飛是順天人，喜歡收藏石頭，見到好的石頭，不惜花大錢買下。偶然有一次，他在河邊捕魚，感覺到有個東西掛住了魚網，他就潛到水裡將它取出來，原來是一塊一尺多長的石頭，四面玲瓏剔透，山巒疊嶂秀麗。他高興極了，如獲至寶，回到家裡，他用紫檀木雕了一個底座，將石頭供在案頭。每到天要下雨的時候，山石的孔竅裡就會生出雲氣，遠遠望去，好像塞進了新棉花。

有個有權勢的惡霸上門請求觀賞，看完以後，便拿起來交給健壯的僕人，然後騎馬飛奔而去。邢雲飛無可奈何，只能跺著腳表示心中的悲憤罷了。僕人背著石頭來到河邊，忽然失手將它掉入河中，惡霸大怒，用鞭子抽打僕人，然後馬上花錢雇善於游泳的人，千方百計的四處搜尋，竟然找不到，於是他貼出懸賞告示就走了。

從此，搜尋石頭的人每天擠滿了河道，但沒有一個人找到。後來，邢雲飛來到石頭掉落的地方，望著河水傷心地哽咽，只見河水清澈見底，那石頭竟然就在水裡。邢雲飛十分高興，脫下衣服跳到水裡，把石頭抱出了河。他帶著石頭回家，不敢再把它放在客廳上，而是將內室打掃乾淨供奉石頭。

一天，有個老頭敲門進來，請求看那塊石頭，邢雲飛推辭說石頭已經丟了很久。老頭笑著說：「不就在客廳裡嗎？」邢雲飛便請他進了客廳，想證明石頭確實不在，等到進了客廳，發現石頭果然供在桌子上，邢雲飛驚愕得說不出話來。老頭撫摸著石頭說：「這原本就是我家的東西，已經丟了很久，沒想到它就在這裡，既然已經看見了，就請你還給我吧。」邢雲飛窘困極了，便和老頭爭當石頭的主人。

老頭笑著說：「既然說是你家的東西，那麼有什麼證據呢？」邢雲飛不能回答。老頭說：「我倒是早就瞭解它，它前後共有九十二個小孔，其中一孔中刻著五個字：『清虛天石供』。」邢雲飛仔細一看，發現孔裡確實有像米粒大小的字樣，睜大了眼睛才可以辨認。他再數石頭上的孔，果然是老頭說的九十二個。邢雲飛無言以對，就是堅決不把石頭還給老頭，老頭笑著說：「到底是誰家的東西，非得由你做主不成嗎！」說完，向邢雲飛拱拱手就出門而去。

邢雲飛將老頭送到門外，等他回到屋裡一看，石頭已經不見了。邢雲飛急忙追趕老頭，卻見老頭慢慢地走著，還沒有走遠。他奔上前去，拉住老頭的衣襟，苦苦哀求他把石頭還給自己。老頭說：「這倒奇怪了！一尺見方的石頭，怎麼可能拿在手上、藏在袖筒裡呢？」邢雲飛不知道老頭是神仙，便強行把他拉回家，直挺挺地跪在地上請求。老頭於是說：「石頭是你家的還是我家的呢？」邢雲飛回答道：「確實是您家的東西，只請求您割愛相讓。」老頭說：「天下的寶貝當然應該給愛惜它的人，這塊石頭能夠自己選擇主人，我也很高興它選擇了你。但它急於出來表現自己，因為出來得太早，所以它命中的災難還沒有消除。我要把它帶走，等三年以後再把它贈送給你。但既然你要把它留下，就應當減少三年的壽命，這樣才可以讓它陪伴你一輩子，這樣你願意嗎？」邢雲飛說：「願意。」

老頭於是用兩根手指捏一個小孔，小孔軟得像泥一樣，隨著他的手指就閉上了。等他封完三個孔，老頭說：「石頭上小孔的數量就是你的壽命。」說完，就告別要走。邢雲飛苦苦地挽留他，老頭去意非常堅決，問他的姓名，也不肯說就走了。

過了一年多的時間，邢雲飛因為有事外出，有個賊夜裡闖進他家行竊，其他東西都沒有丟，只是將那塊石頭偷走了。邢雲飛回到家，不由悲痛欲絕，他四處尋找，拿錢收買，但沒有一點蹤跡。

過了幾年，邢雲飛偶然到報國寺，見到一個人正在賣石頭，那石頭正是他丟掉的，他便上前要認領，賣石頭的人不服，於是背著石頭和邢雲飛一同來到官府，長官問道：「怎麼證明石頭是你們誰的呢？」賣石頭的能說出石頭上的小孔數，邢雲飛問他還有什麼特徵，他就茫然不知了。邢雲飛於是說出小孔裡的五個字和三個指痕，真相終於大白。長官還要打賣石頭的棍子，他聲稱自己是用二十兩銀子從集市上買回來的，長官便把他釋放了。邢雲飛拿著石頭回家，用錦緞把石頭裹起來，藏在匣子裡，時不時地拿出來欣賞一下，每次都要先燒香，再拿石頭出來。

有一個尚書，想用一百兩銀子買這塊石頭，邢雲飛說：「即使是一萬兩銀子也不賣。」尚書大怒，暗中用別的事情來中傷邢雲飛。邢雲飛被關進監獄，家裡的田產也被抵押。尚書托人向邢雲飛的兒子暗示，要拿那塊石頭換人。兒子告訴邢雲飛，邢雲飛寧死也不肯交出石頭，妻子私下和兒子商量，把石頭獻給了尚書家。邢雲飛出獄以後才知道這事，對妻子兒子又打又罵，好幾次要自殺，都被家裡人發覺救下來，才得以不死。

一天夜裡，他夢見一個男子前來，自稱叫「石清虛」。他告誡邢雲飛不要傷心：「我是特意要和你分別一年多的，明年八月二十日天剛亮的時候，你可以前往海岱門，用兩貫錢把我買回來。」邢雲飛從夢中得到石頭的下落，十分高興，認真記住了這個日子。

再說那塊石頭在尚書家裡，再也沒有出現下雨前小孔往外冒雲氣的奇異景象，時間一長，他也就不把石頭看得很貴重了。第二年，尚書犯了罪，被罷了官，不久就死了。邢雲飛按照夢裡指示的日期來到海岱門，只見尚書的家人把那石頭偷出來賣，他便用兩貫錢把它買回來。

後來，邢雲飛活到八十九歲時，自己準備好棺材，又叮囑兒子一定要用石頭陪葬。他死了以後，兒子遵照他的遺囑，把石頭埋在墓裡，過了半年多，盜賊打開墳墓，把石頭搶走了，兒子知道以後，也無法追究查問。

過了兩、三天，他兒子和僕人一道走在路上，忽然看見兩個人一邊跑一邊摔跟頭，而且滿頭大汗，對著空中下拜說：「邢先生，不要再逼我們了！我們兩人偷了石頭去，只不過賣了四兩銀子罷了。」邢雲飛的兒子便將他們捆送到官府，一審問他們就招供了，問起石頭的下落，原來已經賣給了宮家。長官命人將石頭取來，他也很喜愛這塊石頭，想要占為己有，便下令將它寄放到府庫裡。小吏剛舉起石頭，石頭忽然掉在地上，碎成幾十片，眾人都大驚失色。長官於是對兩名盜賊施以重刑，處以死罪。邢雲飛的兒子把碎石頭撿起來出了衙門，仍舊把它埋在父親的墓裡。

異史氏說，好的東西往往是災禍的根源。邢雲飛甚至想為石頭殉死，也太癡情了！到最後石頭和人相伴終始，誰又能說石頭沒有情呢？古語說：「士為知己者死。」這話一點都不過分，石頭尚且能夠如此，何況人呢！

曾友于

曾翁家是昆陽的世代人家。他剛死的時候，還沒有入殮，兩隻眼眶中流出像汁一樣的眼淚。曾翁有六個兒子，都不明白是怎麼回事。二兒子曾悌，字友于，是當地的名士，認為這種現象是不祥，告誡眾兄弟各自小心謹慎，不要給先人帶來痛苦，但兄弟們多半笑他迂腐。

原來曾翁的正妻生了長子曾成，長到七、八歲的時候，母子被強盜們搶去，曾翁娶了一房繼室，生了三個兒子，分別叫曾孝、曾忠、曾信。他的妾生了三個兒子，分別叫曾悌、曾仁、曾義。曾孝認為曾悌三兄弟出身卑賤，對他們鄙夷不屑，於是和曾忠、曾信結為同黨。即使他們和客人飲酒時，曾悌等人從堂下經過，他們也表現出很傲慢無禮的樣子。曾仁、曾義都很憤怒，就和曾悌商量，要對曾孝三兄弟進行報復。友于用盡千言萬語寬慰勸解他們，不同意他們的計畫，因為曾仁、曾義年紀最小，見兄長這麼一說也就作罷了。

曾孝有個女兒，嫁給城裡的周家，後來病死了。曾孝就糾集曾悌等兄弟去打女兒的婆婆，曾悌不同意。曾孝憤憤然，讓曾忠、曾信集合族裡的一幫無賴子弟，到周家捉住周妻，把她痛打了一頓，又拋撒糧食，搗毀器物，連瓶瓶罐罐都砸光。周家告到官府，長官大怒，就把曾孝等人抓來關進監獄裡，準備報請上司予以懲處。友于很害怕，便去向長官自首，友于的品行素來受到長官的敬重，因此曾家諸兄弟在監獄裡沒有受苦。友于又到周家負荊請罪，周氏也很器重友于，官司也就作罷了，曾孝回到家，始終不感激友于。

不久，友于的母親張夫人病死，曾孝等兄弟不穿喪服，和平常一樣飲酒作樂。曾仁、曾義更加氣憤。友于說：「這說明他們無禮，對我們有什麼損害呢。」等到下葬的時候，曾孝等人又把住墓門，不讓張夫人和曾翁合葬在一起，友于便將母親安葬在隧道裡。

過了不久，曾孝的妻子死了，友于招呼曾仁、曾義一同前往奔喪。兩人說：「我們的母親去世了他們都不奔喪，他的老婆死了我們憑什麼去！」友于還想再勸，他們已經一哄而散了。友于於是一個人前去弔喪，哭得十分哀痛。隔著牆聽到曾仁、曾義在那裡奏樂，曾孝大怒，糾集弟弟們就要去打他們，友于拿起棍子率先跟從，一進他們的家，曾仁覺察到而先逃走了，曾義剛要爬牆，友于就從後面將他擊倒，曾孝等人拳頭、棍子一起上，打個不停。友于挺身橫在前面攔阻，曾孝很憤怒，指責友于。友于說：「我之所以要責罰曾仁、曾義，是因為他們無禮，但是他們的罪還不至於打死。我不袒護弟弟為惡，也不幫助兄長施暴，如果你的怒氣不解，我願意以身相代。」曾孝於是反過來用棍子打友于，曾忠、曾信也幫助曾孝打他們的哥哥，打罵聲震動了鄰里，眾人聚集來勸解，曾孝兄弟才散去。

友于馬上拄著拐杖去向兄長曾孝請罪。曾孝將他趕走了，不讓他加入守喪的行列。而曾義的傷很重，不能進食。曾仁就代他寫了狀詞告到官府，告曾孝等人不替庶母服喪。長官發文將曾孝、曾忠、曾信拘捕到官府，而讓友于來陳述狀詞。友于因為臉面被打傷，不能前往衙門，就寫了份證詞稟明情況，哀求長官平息這件事，長官也就取消了這個案子。

曾義的傷不久也好了，從此以後，雙方的仇怨也就更深了。曾仁、曾義都年幼體弱，動不動就被曾孝等人打一頓，他們怨恨友于說：「人人都有兄弟，唯獨我們沒有！」友于說：「這兩句話，應該是我說的，兩位弟弟怎麼能說呢！」於是苦苦勸告他們，但他們始終不聽。友于便鎖了自家的門，帶著妻子借住到別的地方，離家五十多里地，希望不再聽到那些煩心的事情。

友于在家時，雖然不幫助自己的弟弟，但曾孝等人好歹還有所顧忌；他走了以後，曾孝兄弟一不稱心，就到曾仁、曾義家門前叫罵，而且還直呼友于兄弟母親的名諱。曾仁、曾義考慮自己不能與他們相對抗，只是關上門想著找機會刺殺他們，出門的時候，身上都揣著刀。

一天，當年被強盜擄走的長兄曾成，忽然帶著媳婦逃回來了。曾家兄弟因為家分了很久，聚在一起商量了三天，竟然沒有地方可以安頓曾成。曾仁、曾義暗自高興，就將曾成夫婦招去，由他們一起來供養，並且去告訴友于。友于很高興，回到家裡和曾仁、曾義一起拿出田地房屋給曾成。曾孝兄弟很生氣友于兄弟對曾成施以恩惠，便上門來羞辱他們。而曾成長期生活在強盜中，習慣了威武凶猛的氣勢，勃然大怒道：「我回到家，竟沒有一個人肯給我安置一間房子；幸好三弟念在兄弟的情分上讓我住下來，你們卻又責罵他，是想趕我走嗎？」說完，便用石頭砸曾孝，把他打倒在地。曾仁、曾義分別拿著棍棒殺出，捉住曾忠、曾信，打了無數下。

曾成於是到縣衙告狀，縣令又派人來向友于請教。友于來到縣衙，低頭不說話，只是流眼淚。縣令問他應該怎麼辦，他說：「只求公正判決。」縣令於是判定曾孝等人各自拿出田產給曾成，使兄弟七人的田產相等。

從此以後，曾仁、曾義與曾成之間更加互相敬愛，他們談到安葬母親的事時，都流下了眼淚。曾成生氣地說：「這樣不仁愛，真是和禽獸一模一樣！」於是想打開墓穴，重新安葬張夫人。曾仁跑去告訴友于，友于急忙趕回家勸阻。曾成不聽，定好了日期打開墓穴，在墓地舉行祭祀。曾成拿刀砍在樹上，對眾兄弟說：「如果有人敢不和我一起服喪，這棵樹就是他的榜樣！」眾兄弟連連答應。於是，曾家全家都到墳前哭喪，按照禮節安葬好張夫人。

至此，兄弟之間相安無事，但曾成性情剛烈，動不動地打眾兄弟，對曾孝尤其厲害。唯獨尊重友于，即使盛怒之下，只要友于前來，一句話就可以化解。只要曾孝有所行為，曾成就不公平地對待他。所以曾孝沒有哪一天不到友于家，暗中對友于詛咒曾成。友于好言勸諫，但曾孝始終不聽他的意見，友于不堪忍受曾孝的騷擾，又搬家去了三泊，離家就更遠了，來往也就漸漸減少了。

又過了兩年，曾家兄弟都害怕曾成，久而久之就成了習慣。這時曾孝四十六歲，生下五個兒子：老大繼業、老三繼德，是長妻生的；老二繼功、老四繼績，是小老婆生的；還有一個是丫鬟生的，名叫繼祖。五個兒子都長大成人，效仿父親從前的行為，各自結為一派，每天互相爭鬥，曾孝也不能制止他們，只有繼祖沒有兄弟，年紀又最小，那些兄長都可以喝斥辱罵他。

繼祖的岳父家臨近三泊，一次他去岳父家，繞道去看叔叔友于。他一進門，就看見叔叔家的兩個哥哥和一個弟弟，正在弦歌誦讀，非常融洽快樂。繼祖很是喜歡，在友于家住了很久也不說要回去。友于催促他，他苦苦哀求要寄居在這裡。友于說：「你的父母都不知道這件事，並不是我捨不得供你吃喝啊。」繼祖就回家去了。

過了幾個月，繼祖夫妻去給岳母拜壽。他告訴父親說：「兒這次一走就不回來了。」父親問他怎麼回事？繼祖便把想住到叔叔友于家的想法說了出來。曾孝擔心自己和友于有夙怨，怕繼祖難以在友于家長住。繼祖說：「父親顧慮得太多了，二叔是個聖賢人。」說完便走了，帶著妻子來到三泊，友于收拾屋子讓他們居住，將他當作自己的兒子看待，讓他跟自己的長子繼善一起讀書。繼祖最聰慧，在三泊住了一年多，進了雲南府學讀書。他和繼善閉門苦讀，繼祖讀書又最刻苦，友于很喜愛他。

自從繼祖搬到三泊居住以後，留在家裡的兄弟更加不能友善相待。一天，稍微話不投機，繼業就辱罵庶母。繼功大怒，將繼業殺死了。官府把繼功抓了起來，對他施以重刑，幾天後，繼功就死在監獄裡，繼業的妻子馮氏還是每天以罵代哭，繼功的妻子劉氏聽了，大怒說：「你家的男人死了，誰家的男人活著呢？」說完，持刀衝進去把馮氏殺死了，自己也跳井而死。

馮氏的父親馮大立，痛悼女兒死得淒慘，便帶領馮家子弟，將兵刃藏在衣服裡面，到曾家去捉曾孝的妾，把她拖到道上脫光衣服打她，羞辱她。曾成大怒道：「我家死人如麻，馮家為什麼還要來鬧事！」大吼一聲，殺了出去。曾家子弟都跟在他後面，馮家的人都被嚇跑了。曾成首先捉住馮大立，割掉了他的雙耳，他的兒子上來救護，曾繼續用鐵棍橫掃，打斷了他的雙腿。馮家的人個個都被打傷，一哄而散。只有馮大立的兒子還躺在路邊，曾成用胳膊夾著他，送到馮村就回來了。然後，曾成就叫繼續到官府自首，馮家的狀子也到了。於是，曾家的人都被收進監獄。

只有曾忠一個人逃走。他來到三泊，在友于家門外徘徊。恰好友于帶著一個兒子一個侄子參加鄉試回來，看見曾忠，吃驚地說：「弟弟怎麼會來了？」曾忠還沒說話就先流淚，挺直身子跪在路邊。友于握著他的手把他拉進屋，問明情況，大驚說：「這可如何是好！一家人不和睦，我早就知道會有大禍臨頭；不然的話，我怎麼會逃到這裡來呢？但是我離開家很久了，與縣令沒有交往，現在即使匍匐在地前去求情，也只是自取其辱罷了。不過，只要馮家父子傷重不至於死，我們三個人中有人幸運地考中科舉，或許這場災禍可以稍有緩解。」友于便留曾忠住下，白天和他一起吃飯，晚上和他一起睡覺，曾忠很感動又很羞愧。在友于家住了十幾天，他見友于叔侄親如父子，堂兄弟間像親兄弟一樣和睦，不由淒慘地流下眼淚說：「今天我才知道，以前真不是人啊！」友于很高興他能幡然悔悟，兄弟相對，不由心酸。

不久，報喜的來報友于父子同時登第，繼祖也中了副榜。一家人歡天喜地。友于第二天沒有去參加慶祝高中的鹿鳴宴，而是先回家掃墓。明代後期最重視科舉，馮家人知道曾家一門三中都有所收斂。友于便找親戚朋友贈送給馮家錢財糧食，又出錢幫他們治傷，那場官司也就平息了。

全家人都流著眼淚感激友于，懇求他再回家來，友于便和兄弟們焚香發誓，讓他們各人反省自我，改過自新，然後就搬回家來。繼祖想跟著友于，不願回自己的家。曾孝於是對友于說：「我沒有德行，不應該有光宗耀祖的兒子，兄弟你又善於教人，讓他暫且做你的兒子吧。日後他有了一點進步，可以再賜還給我。」友于答應了他。

又過了三年，繼祖果然中了舉人。友于讓他搬回自己的家，繼祖夫妻痛哭流涕而去。沒幾天，繼祖才三歲的兒子，逃回了友于家，藏在伯父繼善的屋裡，不肯回家，捉回去就又逃出來。曾孝就讓繼祖搬出來住，和友于家做鄰居。繼祖在院牆上開了門通到叔叔家，兩家互相來往像一家人似的。這時曾成漸漸老了，家裡的事情都由友于決定。從此，曾家一家和睦，稱得上是孝悌友愛。

異史氏說，天下唯有禽獸才只知道母親不知道父親，怎麼知書達禮的人家往往會犯這樣的錯誤呢！一家已形成的品行，就會漸漸影響到後代子孫，一直滲透到骨髓裡。古人說：父親是強盜，他的兒子一定會行劫，這是由弊病流傳造成的結果。曾孝雖然不仁，他得到的報應也夠慘的；最後他自己也能知道缺乏德行，把自己的兒子託付給弟弟友于，是因為他害怕會給兒子帶來禍患。如果要說起因果報應，又好像有點迂腐。

【何守奇】友于孝友，遂使兄弟鬩牆，化為雍睦。人特患處己者有未至耳，孰謂兄弟而卒不可化哉？

【但明倫】忠能感泣，自謂非人；孝亦湔除，悔其乏德。雍雍穆穆，門庭一新。《詩》曰：「孝子不匱，永錫爾類。」《書》曰：「唯孝友於兄弟，施於有政。」其是之謂乎？

嘉平公子

嘉平有一位公子，風度儀態秀美，十七、八歲的時候，到郡裡參加郡學的入學考試。偶然經過姓許的妓院門前，見到裡面有一位十六、七歲的美麗女子，便直盯著她看，女子微笑著向他點頭，公子走到近前和她說話。

女子問道：「你住在哪裡呀？」公子詳細地告訴她。女子又問：「屋裡還有別人嗎？」公子答道：「沒有。」女子說：「我晚上去拜訪你，不要讓別人知道。」

公子回到旅店，到了晚上，讓僕人退下。女子果然前來，自稱小名叫溫姬，而且說：「我敬慕公子風流倜儻，所以背著媽媽前來，我的意思是想終身侍奉你。」公子也很高興，從此以後，溫姬每隔兩、三夜就來一次。

一天晚上，溫姬冒雨前來，進門脫去濕衣服，掛在衣架上，又脫下腳上的小靴子，求公子替她除去上面的污泥，自己就上了床，拉過被子蓋上，公子看她的靴子，是用新的五彩錦緞做的，幾乎被泥水浸透了，他感到很可惜。溫姬說：「我並不敢讓你替我做擦乾鞋子這樣的事，只是想讓公子知道我對你的一片癡情。」溫姬聽著窗外雨聲不停，便隨口吟道：「淒風冷雨滿江城。」請公子替她續下去。公子推辭說不懂詩。溫姬說：「公子這樣一個人，怎麼會不懂詩呢！把我的詩興都給打消了！」於是勸公子好好學習，公子答應了她。

兩人的往來頻繁，僕人們就都知道了。公子的姊夫姓宋，也是個世家大族的子弟，聽說以後，就私下求公子讓他見一見溫姬。公子對溫姬一說，溫姬堅決不同意。宋某就藏在僕人的屋裡，等溫姬來時趴在窗戶上窺視她，看了之後不由得神魂顛倒，想要發狂。他急急地推開門，溫姬站起來，翻過牆走了。宋某十分殷切地嚮往溫姬，於是準備好禮物去見許媽媽，點名要溫姬。許媽媽說：「倒真有溫姬這麼個人，但已經死了很久了。」宋某驚愕地離開，回來告訴公子，公子這才知道溫姬是鬼。到了夜裡，公子就把宋某的話告訴溫姬，溫姬說：「我確實是鬼，但是你想得到的是美貌女子，我也想得到美丈夫，各自都能滿足心願，人和鬼又何必分得那麼清楚呢？」公子認為她說得對。

公子考試完畢回家，溫姬也跟他回去。別人見不著她，只有公子能看見。回家以後，公子把溫姬安頓在書房裡。公子一個人睡在書房不回臥室，他的父母很懷疑。等到溫姬回娘家探親，公子才悄悄地告訴母親。

母親聽了大驚，告誡公子和溫姬斷絕關係。公子聽不進母親的話，父母很為公子擔憂，用盡了辦法也趕不走溫姬。

一天，公子給僕人寫了張條子，放在桌上，裡面有好多錯字：「椒」錯寫成「菽」，「薑」錯寫成「江」，「可恨」則錯寫成「可浪」。溫姬看了，在後面寫道：「什麼事情『可浪』？『花菽生江』。與其有這樣的丈夫，倒不如去做娼妓！」於是，溫姬對公子說：「我起初以為公子是讀書世家，也是個文人，所以不顧羞恥自願上門，沒想到你是一個圖有虛表的人！我根據相貌選擇人，不是被天下人恥笑嗎？」說完，她就消失了。公子雖然又愧又恨，還不懂溫姬寫的是什麼意思，折好條子交給僕人，聽說的人都把這件事引為笑談。

異史氏說，溫姬真是可愛的人兒！風度翩翩的公子，怎麼能夠苛求他胸中有東西呢！至於讓溫姬後悔還不如做娼妓，那麼公子的妻妾也要羞愧得哭泣。千方百計地趕她也趕不走，但一見那張條子卻使溫姬去意堅決。可見「花菽生江」這四個字，和杜甫「子章髑髏血模糊」這句詩一樣，也有驅鬼避邪的作用啊！

《耳錄》一說，有個在路邊賣茶的人，招牌上寫道：施「恭」結緣。把「茶」字錯寫成「恭」字，也值得一笑。

有個世家子弟，家裡貧窮後，在門上寫道：賣古淫器。把「窯」字錯寫成「淫」字。還寫道：「有要宣淫、定淫的人，大小都有，到門裡看貨論價。」這些世家子弟寫錯別字的情況很多，何止一個「花菽生江」啊！

【但明倫】明知其鬼而兩相愛好，從以寄齋，至於親命戒絕而不能從，百術驅遣而不得去：在女一邊真寫到十二分快足。

【卷十二】

二班

殷元禮是雲南人，擅長針灸。一次，他遇上強盜作亂，逃到了深山裡。天已經晚了，離村莊還很遠，他害怕會碰上虎狼，遠遠地看見前面路上有兩個人，就急忙追了上去。

追上以後，那兩人就問殷元禮是從哪裡來的？殷元禮就自我介紹了姓名、籍貫。兩個人聽了，向他行禮，恭敬地說：「原來是名醫殷先生，久仰！久仰！」殷元禮轉而問他們的姓名。兩人自稱姓班，一個叫班爪，一個叫班牙。兩個人說：「殷先生，我們也是來避難的，有間石室幸而可以住下，就請您上我們家去吧，而且我們也有事求您。」殷元禮高興地跟他們走了。

不一會兒來到一處地方，只見一間石室座落在懸崖深谷旁邊。他們點上木柴權當蠟燭，殷元禮這才發現二班相貌身軀都很威猛，好像不是什麼善良的人，殷元禮想也無處可去，也就只好聽之任之了。他又聽到床上有人呻吟，仔細一看，原來是一個老婦人直挺挺地躺在那裡，好像痛苦的樣子。他便問道：「是什麼病？」班牙說：「正是因為這事，所以敬求先生看治。」說完，就點了火把照著床鋪，請殷元禮就近診視，只見老婦人鼻子下、口角兩邊有兩個瘤子，都像碗那麼大，並且說：「疼得不敢觸摸，而且妨礙吃飯。」殷元禮說：「這個病好治。」說著，就取出艾絨團起來，替她灸了幾十下，然後說：「隔一夜就會好了。」

二班很高興，燒了鹿肉來招待殷元禮，沒有酒飯，只有這一種鹿肉。班爪說：「倉促間不知道客人光臨，希望先生不要見怪。」殷元禮吃飽鹿肉就睡覺了，用石塊當作枕頭，二班雖然坦誠樸實，但是粗野魯莽，讓人害怕，殷元禮輾轉反側，不敢熟睡，天還沒有亮，殷元禮就叫醒老婦人，問她的病怎麼樣了。老婦人剛剛醒來，自己用手一摸，發現瘤子已經破了，變成兩個創口。殷元禮催促二班起床，拿火把照看，給創口抹上藥屑，說：「好了。」說完，他拱拱手，就要告別。二班又送給他一隻燒好的鹿腿。

此後三年沒有音訊，殷元禮一次因為有事進山，遇到兩隻狼擋住去路，讓他無法前進。日頭已經偏西，又來了一群狼，殷元禮腹背受敵。狼向他撲來，將他撲倒在地，幾隻狼爭著咬他，把衣服都給咬碎了。殷元禮想自己一定會被咬死。忽然，兩隻老虎殺到，把狼群嚇得四散奔逃。老虎發怒，大聲吼叫，群狼嚇得全部趴在地上，老虎把群狼全部咬死，就走了。

殷元禮狼狽地往前走，害怕沒有地方可以投宿，迎面遇到一個老婦人前來，看他這副樣子，開口說：「殷先生吃苦了！」殷元禮神情淒慘地訴說了自己的經歷，問老婦人怎麼會認識自己。老婦人說：「我就是你在石室裡用針灸治瘤子的那個病老太太。」殷元禮這才恍然大悟，便要求到老婦人家借住一宿。老婦人領他前去，進了一座院落，屋裡已經點上了燈。老婦人說：「老身等候先生已經很久了。」說完，就拿出一身袍褲，讓殷元禮把身上破爛衣服換下來。然後又擺上酒菜，殷切誠懇地勸殷元禮飲酒。老婦人自己也用陶碗自斟自飲，說話喝酒都很豪邁，不像普通的女子。殷元禮問：「上次的兩個男子是老太太的什麼人？為什麼沒有看見呢？」老婦人說：「我派兩個兒子去迎接先生，還沒有回來，一定是迷路了。」

殷元禮被老婦人的情義打動，開懷暢飲，不知不覺就喝醉了，就在座位上呼呼大睡。二班等殷元禮一覺醒來，天已經亮了，他往四周一看，房子竟然已經沒有了，自己孤零零地坐在岩石上。他聽見岩下傳來牛一樣的喘息聲，走近一看，原來是一隻老虎正睡著還沒有醒，在牠的嘴角邊有兩道瘢痕，都有拳頭那麼大。殷元禮驚駭極了，唯恐被老虎發覺，就悄悄地逃走了。這時，他才醒悟兩隻老虎原來就是二班。

【何守奇】凡人與物，同生而異類，故虎之報德亦猶人，但不免粗莽耳。

【但明倫】蓋虎而人，則力求為人，故皮毛虎，而心腸人；人而虎，則力學為虎，故皮毛人而心腸虎。虎不皆具有人心之虎，然人咸以其虎也而遠之、避之，其受害猶少；人或為具有虎心之人，則人尚以其人也，而近之、親之，其受害可勝言哉！

車夫

有個車夫拉著很重的東西上坡，正在用盡全力時，一隻狼跑來咬他的屁股，他如果一鬆手，貨物就會摔壞，身子也會被壓在車下，所以他只好忍著疼痛繼續推車。等車子推上坡後，那狼已經咬下一片肉跑掉了。狼乘車夫無能為力的時候，偷了他身上一塊肉吃，倒也狡猾可笑。

乩仙

章丘的米步雲，善於通過扶乩占卜。每當朋友們舉行風雅的聚會，米步雲就召來仙人來與大家唱和。一天，一位朋友見到天上淡淡的雲彩，想出一句上聯：「羊脂白玉天。」就請仙人對下聯。米步雲扶乩求仙，批語寫的是：「問城南老董。」眾人懷疑仙人是胡說。

後來，米步雲因為有事偶然到城南去，來到一個地方，土的顏色像朱砂一樣，他覺得很奇怪，又看見一個老頭在旁邊放豬，便問他是怎麼回事？老頭回答說：「這裡是『豬血紅泥地』。」米步雲忽然想起那扶乩得來的批語，大為驚駭。他問老頭姓什麼，老頭回答道：「我是老董。」仙人能對出下聯並不神奇，而能夠預先知道米步雲會遇到城南的老董，這可真是神奇的事了！

苗生

龔生是岷州人。一次，他到西安去趕考，在旅店休息片刻，買來酒自斟自飲。一個魁梧的男子走了進來，坐下來和他說話。龔生舉起酒杯邀請他喝酒，客人並不推辭。他自稱姓苗，言談粗獷豪放。龔生認為不是個文人，所以對他很傲慢。酒喝完了，龔生就不再去打。苗生說：「跟窮酸秀才喝酒，真要把人悶死！」

說完就站起身來到櫃檯上打酒，提了一大罈酒回來。龔生推辭說不喝了，苗生抓住他的胳膊勸他喝，龔生胳膊疼得像要斷了一樣。他迫不得已，又陪著喝了幾杯。苗生用盛湯的大碗自飲，笑著說：「我不善勸客人飲酒，是去是留，你請自便吧。」龔生立刻收拾行裝上路了。

走了幾里地，龔生的馬病了，趴倒在路上，龔生只好坐在路邊等待。他的行李很重，正在他無計可施的時候，苗生正好趕到了。他問明瞭情況，就把馬上的行李卸下來，讓龔生的僕人背上，自己則用肩膀托著馬的肚子把馬扛了起來，跑了二十多里地，才找到一家旅店，把馬放下來，牽到馬槽邊。過了一會兒，龔生主僕才趕到。龔生驚異極了，把苗生看成神，對待他非常優厚，又是打酒又是買飯，要和苗生一起吃飯喝酒。苗生說：「我的飯量大，不是你能供得飽的，我們喝一通酒就行了。」等他們喝乾了一罈酒，他站起來告辭說：「你要治馬，還需要一段時間，我不能等了，就此告別。」說完就走了。

苗生

龍吟獅舞氣豪雄
偕子何堪濶乃公滿
座衣冠驚一吼不
須更試劍光紅

後來，龔生參加考試完畢，有三、四位朋友邀請他一起登華山，眾人在地上擺好酒菜，正在一起歡宴談笑，苗生忽然來了，只見他左手提著一個大酒杯，右手拿著一隻豬肘子，往地上一扔，說：「聽說諸君登臨華山，所以我也來湊個數。」眾人起身行禮，然後混雜著坐下，開懷暢飲，十分快樂。大家想聯句作詩，苗生爭論說：「開懷痛飲很快樂，何苦費腦子想那些東西呢？」大家不聽，定下規矩：如果作不成詩，就罰酒三杯。苗生說：「如果詩作得不好，就要以軍法從事！」眾人笑著說：「罪過還不至於到殺頭的地步。」苗生說：「如果不殺頭的話，我這個武夫也能湊上兩句。」首座靳生吟道：「絕憑臨眼界空。」苗生隨口接道：

「睡壺擊缺劍光紅。」下座的人沉吟了好久，苗生就拿過壺來自己倒酒喝。

過了一會兒，眾人又依次聯句作詩，詩句越來越粗俗。苗生說：「就這些已經足夠了，如果饒了我的話，別再作了！」眾人不聽他的話。苗生實在忍無可忍，便學著龍一樣長嘯起來，山谷中發出迴響，他又站起來昂首低胸地跳起了獅子舞，大家作詩的思路被打亂了，也就停止作詩，又傳杯換盞喝起酒來。

酒喝到半醉的時候，大家又互相誦讀在考場上作的文章，互相吹捧。苗生不想聽，就拉著龔生划拳。他們划了好幾遍拳，互有勝負，但那些人互相誦讀吹捧還沒有結束。苗生厲聲喝道：「你們的文章我都已經聽到了，這樣的文章只配在床頭讀給自己的老婆聽，大庭廣眾中你們嘮嘮叨叨的，實在可惡！」眾人臉上露出慚愧的神色，更加厭惡苗生粗莽，就越發高聲吟誦，苗生十分憤怒，趴在地上大吼一聲，立即變成一隻老虎，撲向眾人將他們咬死，然後咆哮著走掉了，眾人中倖存的只有龔生和靳生。

靳生這一年中了舉人。過了三年，靳生再次經過華陰，忽然看見嵇生，也是三年前在山上被老虎吃掉的人之一。靳生大為恐懼，就要飛馬逃走，嵇生捉住他的韁繩不讓他走。靳生於是下馬，問他想幹什麼？嵇生回答說：「我現在是姓苗的倀鬼，幫助他吃人，從事的差役十分辛苦。一定要再殺死一個讀書人，才可以代替我。三天以後，應該有一個穿儒服、戴儒冠的人被老虎吃掉，但是地點必須在蒼龍嶺下，才是代替我的人。如果您能在那一天，多邀請讀書人來到這裡，就算是為老朋友著想了。」靳生不敢爭辯，只能答應下來告別而去。他回到寓所，左思右想了一整夜，也不知道有什麼好主意，他打算豁出去背叛約定，聽憑嵇生的責罰。

恰好有一個他的表親蔣生前來，靳生就向他述說了這件奇事。蔣生在當地有點名氣，但縣裡的尤生考試的名次位居其上，蔣生心中暗暗嫉妒。他聽靳生這麼一說，就想暗害尤生。他寫了封書信邀請尤生，與他一同登山遊玩。自己則身穿白色衣服前往，尤生也不明白他的用意，上到半山腰時，蔣生準備了酒菜，對尤生十分恭敬有禮。正好郡守也登上嶺來，他和蔣生家是世家通好，聽說蔣生在下面，就派人去叫他，蔣生不敢穿著白色衣服去，就和尤生互換了衣服，他們衣服還沒有換完，老虎突然跑到，將蔣生叼走了。

異史氏說，得意洋洋的人喜歡侃侃而談，拉住別人的衣袖，強迫別人聽他說話；聽的人不斷地打呵欠、伸懶腰，又想睡覺又想逃走，而講的人手舞足蹈，一點兒都不自覺。知己的朋友也應當從旁邊用胳膊肘撞他，或用腳踩他，唯恐座中有像苗生一樣不耐煩的人在。然而嫉妒的人因為交換衣服而死，由此可知苗生也是無心的，所以對那些酸人厭惡憤怒的，是苗生呢？亦或不是苗生？

【何守奇】讀至後幅，可為陷人者戒。

蠍客

有個南方販賣蠍子的商人，每年都要到臨朐收買大量的蠍子。當地人拿著木鉗進山，挖洞穴，翻石頭，搜索捕捉蠍子。

這一年蠍客又來了，住在客店裡。他忽然感覺心悸動起來，毛髮悚然，急忙告訴客店主人說：「我殺生太多，今天觸怒了蠆鬼，他要來殺我了！求您趕緊救救我！」店主人四下看看，屋子裡有一只大甕，就讓他蹲在地上，然後把大甕蓋在上面。不一會兒，一個人跑了進來，長著黃色的頭髮，相貌猙獰醜陋。他問店主說：「南方來的客商在哪裡？」店主回答道：「到別處去了。」那人走進屋子，四處看了看，鼻子嗅了三下，就出門走了。店主說：「可算幸運，平安無事了。」等他揭開大甕，再看那個蠍客，已經化成一灘血水。

【雪亭評】「傷生既多」一語，所謂人之將死，其言也善。天地之大德曰「生」。殺人以生人，猶遲飛升；況殺物以取利乎？

杜小雷

杜小雷是益都西山人。母親雙目失明，杜小雷很孝順地侍奉母親，家裡雖然貧窮，但給母親好吃的東西倒是從來不缺。

一天，杜小雷要到外面去，就買了肉交給妻子，讓她給母親做湯餅吃。他的妻子最為大逆不道，不孝敬老人，切肉的時候故意把蜣螂夾雜在裡面，母親覺得湯餅有股惡臭，吃不下去，就藏了起來等兒子回來看。杜小雷回家後，問道：「湯餅好吃嗎？」母親搖搖頭，拿出湯餅給兒子看。杜小雷掰開餅一看，發現裡面有蜣螂，不由大怒。他回到臥室，就想打老婆一頓，但又擔心母

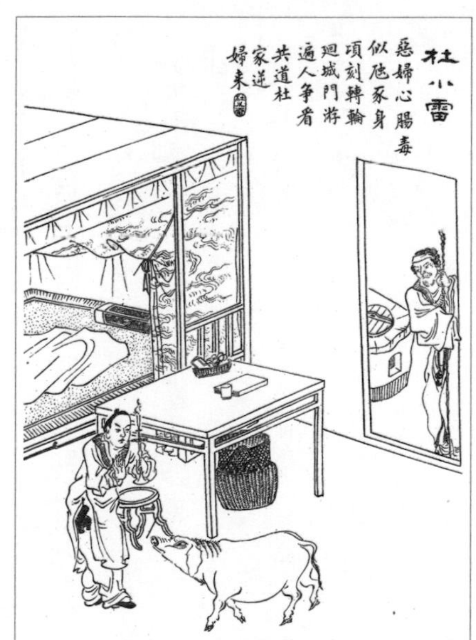

親聽見，便上床琢磨這事。妻子問他怎麼回事，他不說話。妻子自己泄了氣，在床下徘徊。過了好久，就聽見床下傳來喘息聲。杜小雷喝斥她道：「還不睡覺，等著挨打嗎？」也還是沒有回答。他坐起身來，點上燈，只見到地下有一隻豬，再仔細一看，牠的兩隻腳還是人腳，這才知道牠是妻子變的。

縣令聽說以後，就把豬捆了去，押著牠到處遊街，以警戒那些不孝的人。譚薇臣曾經親眼看見過。

【何守奇】逆婦化豕，恐此類繁矣。

【何守奇】肉雜蜣蜋，即與他人食之，已有豕心；況以進雙盲之姑，非豕而何！人之所欲，天必從之。彼既甘心為豕，則豕之而已。立地化形，留其兩足以示眾，其嚴乎！

毛大福

太行山有個毛大福，是個專治瘡傷的外科醫生。一天，他外出行醫回家，路上遇到一隻狼。那狼把嘴裡含著的一包東西吐出來，然後蹲在路邊。毛大福撿起來一看，原來是用布包著的幾件黃金首飾，他正感到怪異，狼歡快地跳到他面前，輕輕地拽他的衣服，就走了。毛大福要走，狼又來拽他，毛大福察覺狼沒有什麼惡意，便跟著牠走了。

不一會兒，他們來到一處洞穴，見一隻狼生病躺在床上，仔細一看，它的頭頂上有一個大瘡，已經潰爛，長出蛆來。毛大福明白了狼的用意，就給那隻狼把瘡上的膿血蛆蟲都刮乾淨，像對人一樣替牠敷上藥，然後走了。這時天色已經晚了，狼在後面遠遠地跟著他。走了三、四里地，又遇到幾隻狼，咆哮著要侵害毛大福，他害怕極了。那只狼急忙趕到那些狼面前，好像告訴牠們什麼話，那些狼就都跑掉了，毛大福這才安全地回家了。

此前，縣裡有個叫寧泰的銀商，在路上被強盜殺死，一直也沒能查出凶手是誰。正好毛大福賣首飾，被寧家人認了出來，便把毛大福扭送到衙門，毛大福敘述了首飾的由來，縣官不相信，把他關進了監獄，毛大福冤枉極了，但又不能替自己申辯，只希望能夠寬釋幾天，好讓他去向狼問個清楚。

縣官就派了兩個差役押著毛大福進山，一直來到狼窩，恰好狼外出沒有回來，天黑了也沒有到。三個人只好往回走，走到半路上，遇到兩隻狼，其中一隻頭上的瘡痕還在。毛大福認出這隻狼，就上前作揖，禱告說：「上次承蒙你們饋贈，現在我卻因為那些首飾被冤枉殺人。你們如果不能替我昭雪，回去我就會被活活打死了！」狼一見毛大福被捆著，就憤怒地撲向差役。差役拔出刀來，和狼對峙。狼便用嘴拄著地，大聲地嚎叫起來。剛嚎了兩、三聲，就看見有上百隻狼從山裡的四面八方蜂擁而來，將差役層層地包圍起來。差役大為窘困，那兩隻狼撲上前咬捆著毛大福的繩子，差役明白了牠們的意思，替毛大福鬆綁，狼這才一起散去。

差役回到衙門，敘述了他們見到狼的經過，縣官感到很驚異，但也沒有馬上釋放毛大福。過了幾天，縣官外出，一隻狼叼著一隻破鞋子放在路上，縣官徑直過去，狼又叼著破鞋子跑到前面，放在路上，縣官命人收起鞋子，狼這才走了。

縣官回到衙門，暗中派人查訪破鞋子的主人。有人傳說某村有個叫叢薪的人，被兩隻狼追趕，狼叼走了他的鞋子。縣官命人將叢薪拘捕到官來認，果然是他的鞋子。縣官便懷疑殺死寧泰的人肯定是叢薪，一審問，果然他就是凶手。原來，叢薪殺死寧泰以後，偷走了他許多銀子，而寧泰藏在衣服裡面的首飾，他沒有來得及搜刮，後來被狼叼走了。

從前有一個接生婆外出歸來，遇到一隻狼擋住了去路，牽著她的衣服，好像要請她去什麼地方，接生婆便跟著牠去了。到了地方一看，原來是一隻母狼正在分娩，但生不下來。接生婆便替牠用力按捺，幫著牠生下了小狼，狼就放她回家了。第二天，那隻狼叼著鹿肉放在接生婆的家裡，作為對她的報答。

由此可見，這樣的事情從來就很多。

【何守奇】狼能獲盜，孰謂狼也而不可為政乎？但無猛於狼可耳。

【但明倫】世之目惡人者必曰狼，狼固無不惡於人也。若此狼也者，銜金聘醫則禮，解其侵陵則忠，圍隸翻索則義，銜履雪冤則智，且勇而仁在焉。匪特薪也，人之不愧此狼者與有幾！

雹神

有個太史名叫唐濟武，某天去日照參加安氏的葬禮。他途徑雹神李左車的祠廟，便進去遊覽。在祠堂前面有一座養魚池，池水清澈見底，有幾條紅魚在水中嬉戲，其中一條長著斜尾巴，在水面上吃食，見到人也沒有驚走。

唐濟武拾起一塊小石頭，就要開玩笑地扔過去，道士急忙勸止他不要扔，唐濟武問道士為什麼不可以？道士回答說：「這個池子裡的魚都是屬於龍族的，觸犯牠必然導致風雹災害。」唐濟武笑話道士牽強附會，說話沒有根據，還是把手裡的石頭扔了過去。

遊覽完畢，唐濟武上了車，繼續向東走，就有一片像傘蓋一樣的黑雲，跟著他的車子走，一會兒就撲簌簌地下起了雹子，有棉子那麼大，又過了一里多地，天才放晴。唐濟武的弟弟涼武跟在後面，追上來和他說起這事，唐濟武竟然不知道剛才下過雹子，再問走在前面的人，也說不知道下過雹子。唐濟武笑著說：「這難道是廣武君在作怪嗎？」還是沒有很懷疑。

安村外有一座關聖祠，剛好有一個賣稗子的商人，在廟門外放下擔子休息。他忽然撇下兩個箱子，跑到廟裡面，拔出架上的大刀旋轉揮舞起來，還說道：「我是李左車，明天要陪同淄川的唐太史一起前來送葬，特此先來告訴主人。」說完這幾句話，他就醒了過來，但自己不知道剛才說過的話，也不認識唐太史是什麼人。

安村的人們聽到他這番話，大為恐懼。安村離雹神祠有四十多里地，他們恭敬地準備好香燭等祭品，前往雹神祠苦苦禱告，只求雹神憐憫，不敢勞動神仙大駕光臨。唐濟武奇怪他們怎麼會如此深切地敬畏篤信雹神，便問他們是怎麼回事。安村人說：「雹神顯靈的情況最顯著，常常托生人的嘴說話，每次都會應驗，沒有一次失言。如果不虔誠地禱告來阻擋他前行，到了明天風雹肯定會來。」

異史氏說，想當年，廣武君也是屬於老謀深算、能辦大事的人物，他接任東方雹神一職，或許也是因為他不可磨滅的氣概，才被上天任命的吧。但是既然已經是神了，又何必張揚個性，有別於其他神仙呢！唐太史的道德文章，為上天和世人欽仰矚目已經很久了，這就是鬼神之所以一定要求信於君子的緣故吧。

【何守奇】前後不雹，而中間獨雹，廣武君似亦可以不必。

李八缸

太學生李月生是李升宇老先生的二兒子。李升宇最為富有，用大缸來貯存錢財，鄉里的人稱為「李八缸」。

李升宇臨終前，把兒子們叫來分發錢財，哥哥分得八成，弟弟分得兩成。月生心中怨恨不滿。李升宇說：「我不是偏心，只喜歡他而不喜歡你。家裡還有一窖銀子，一定要等到沒有多少人時，才能夠拿出來給你，你不要著急。」過了幾天，李升宇病情更加沉重，月生擔心父親一旦發生意外，自己就得不到錢財。趁著沒人的時候，在床頭悄悄地問父親錢在哪裡？李升宇說：「人的苦樂都是上天排定的。你正在享妻子賢慧的福，所以不應該再給你太多錢來增添你的罪過。」原來，月生的妻子最是賢慧，像古代著名的賢妻桓少君、孟光一樣，所以父親才這麼說，月生還是苦苦地哀求。李升宇惱怒地說：「你還有二十多年的坎坷沒有經歷，即使給你這麼多錢，也會一下子被你花光了。不到山窮水盡的時候，你不要指望會把錢給你！」

月生對父親孝敬，對兄長友愛，是個忠厚老實的人，聽父親這麼一說，也就不敢再提了。不久，李升宇病得更厲害了，不久就死了。幸好哥哥賢良，關於喪葬方面的事情，也不和月生計較。月生又天真爛漫，不計較金錢的得失，而且很好客，喜歡飲酒，每天都要催促妻子做三、四次飯來開辦酒宴，不怎麼管家裡的生計。鄉里的無賴看他很軟弱無能，就經常欺負他。

過了幾年，家道漸漸中落，生活窘困緊張的時候，幸好兄長還能給點貼補，不至於窮困到極點。不久，哥哥又年老病死了，月生更加沒人幫助了，甚至到了家中斷糧的地步。他只好春天向人借貸，到秋天就償還，田裡打下來的糧食，一登場就全部沒了。他只好靠賣土地來維持生計，家業日漸消減。又過了幾年，他的妻子和長子也相繼死去，月生更加感到無聊。不久，他買了一個羊販子的妻子徐氏，希望她能帶來一點財富，但是徐氏生性剛烈，每天凌辱欺壓月生，以至於他不敢和親戚朋友互通往來。

忽然在一個晚上，月生夢見父親說：「現在你的遭遇，可以說是山窮水盡了，當年我答應給你一窖銀子，現在是給你的時候了。」月生問：「在哪裡呢？」父親說：「明天就給你。」月生一覺醒來，很是奇怪，還以為窮困之中想起當年的往事。第二天他挖土砌牆，挖出許多銀子，他這才醒悟，當初父親說的「沒有多少人」，是說家裡死了一半人的意思。

異史氏說，月生是我不計貧賤而結交的朋友，為人樸實誠懇，一點也不虛偽，我們像兄弟一樣交往，同甘共苦。幾年來，村子相隔十幾里，好久沒有來往。我偶然經過他的村子，也不敢去看望他，這是因為月生的苦處，有不可明說的地方呀。忽然聽說他一下子得到許多錢，也不覺為他歡欣鼓舞。啊！升宇老人臨終遺訓，早年也常聽，沒想到他的話都是讖語，一一應驗了，怎麼會這麼神呢！

【何守奇】月生所遭，其翁早已知之，殊不可解。豈翁之將終，其人固已鬼歟！

老龍舡戶

朱徽蔭先生擔任廣東巡撫時，常常會有來來往往的商人來告無頭的冤案。有的是千里出行的人，死不見屍；有的是幾個人一同外出，結果全無音信。這樣的案子堆積得很多，無法查明。開始上告時，官府還發出公文捉拿凶手，到後來類似的案子越來越多，官府也就置之不理了。

朱徽蔭上任之後，一一查核原來的案子，發現狀子裡報稱死掉的人已經不下一百多了，至於千里之外前來卻不知下落的，更不知道有多少人。朱徽蔭十分震驚，心中很是憂傷，百般思索，到了廢寢忘食的地步。他問遍了所有的同僚下屬，也找不到一點好辦法。於是朱徽蔭虔誠地沐浴齋戒，向城隍神乞求破案的良策。他祭祀完畢，就在齋房中睡下，恍恍惚惚看見一個官員，手捧笏板走了進來。朱徽蔭問道：「您是什麼官？」那人答道：「我是劉城隍。」「您有什麼話要說？」劉城隍答道：「鬢邊垂雪，天際生雲，水中漂木，壁上安門。」說完，劉城隍就不見了。

朱徽蔭一覺醒來，知道這四句是隱語但怎麼也解不開。他輾轉反側，想了一整夜，忽然醒悟，「垂雪」，是個「老」字；能夠生出雲來的，是個「龍」呀；水上漂的木頭，是個「船」字；壁上開門，是個「戶」字，豈不是「老龍船戶」四個字嗎？

原來在廣東省的東北部，有兩條河分別叫小嶺和藍關，由老龍津發源，流到南海，北方的客人常常從這裡進入廣東。朱徽蔭於是派遣一些武官，秘密地教給他們一些計謀，捉拿龍津駕船的船夫，先生捉拿了五十多名，都不用上刑就供認不諱。原來這些水賊以撐船擺渡為名，騙客人上船，或是下蒙汗藥，或是燒悶香，使客人昏迷不醒，然後剖開他們的肚子，塞進石頭，將他們沉到水底。真是悲慘到極點！自從這些無頭冤案昭雪以後，遠近一片歡騰，讚頌朱徽蔭的詩文都編成了文集。

異史氏說，剖開肚子，塞進石頭，將人沉到河底，實在是太過淒慘冤屈了。但是那些像木頭人一樣的官員，卻一點也不關心百姓，難道只是廣東才這樣暗無天日嗎？朱徽蔭先生一來，鬼神就顯靈，冤案得以昭雪，這是何等的神奇啊！但朱先生並沒有四隻眼睛，兩張嘴，不過是他的胸中充滿了對百姓疾苦的無比關心罷了。那些高高在上的大官們，出門的時候有荷刀扛戟的衛兵保護，在家的時候有蘭麝的香味薰染，雖然尊貴到了極點，究其本質，和老龍船戶又有什麼不同啊！

【何守奇】鬼能通神，此自朱公精誠所格；而猶不以正告者，豈非使公自竭其精誠歟？

【但明倫】鄉使於苛癢不相關之有司，而早以告公之言告之，亦以為恍惚無憑耳，鬼神雖靈，安能起憒憒者而使之悟哉！

青城婦

費縣人高夢說擔任成都太守時，發生了一樁奇案。

此前，有個從西邊來的客商居住在成都，娶了青城山的一個寡婦。不久，客商因為有事回去了，過了一年多又返回來，夫妻倆一團聚，客商就突然死了。客商的夥伴很懷疑，就告到官府去。高夢說也懷疑是這個寡婦有私情，便嚴加審訊，對寡婦用盡了酷刑，但寡婦始終不肯招認。高夢說就把這件案子移交上司審理，但還是因為實際證據不足無法審結，這案子就拖延下來，寡婦也被關在監獄裡很長的時間。

後來，高夢說的衙門裡有人生病，請來一個老醫生，恰好說到寡婦的這件案子。醫生聽了，脫口問道：

「寡婦的嘴巴尖嗎？」高夢說問：「什麼意思？」起初醫生不肯說，高夢說再三追問，他才說：「這裡環繞青城山有幾個村落，村裡的婦女大多和蛇性交過，她們生下來的女兒就是尖嘴，陰道裡有像蛇舌頭一樣的東西，她們進行房事的時候，有時那蛇舌就會伸出來，一進入陰管，男人就會陽脫，馬上死掉。」高夢說聽了以後十分驚駭，但還是不很相信。醫生說：「這裡有個巫婆，能夠通過服藥讓婦人心迷意蕩，舌頭就會自己伸出來，到底是真是假，一試驗就可以知道。」

高夢說便按照醫生教給的方法，讓巫婆給婦人服藥，舌頭果然伸了出來，這個疑團才得以解開。高夢說將情況報告到上司，上司也如法檢驗，這才將寡婦無罪釋放。

鴞鳥

長山縣的縣令楊某，生性特別貪婪。康熙乙亥年間，西部邊塞發生戰爭，朝廷徵收民間騾馬運輸糧食。楊某借此機會搜刮財物，地方的牲畜被搶劫一空。

周村是商人聚集的地方，每逢趕集的日子，許多商人的車馬都雲集而來。楊某率領手下將騾馬全部搶來，不下幾百多頭。四面八方的商人也沒有地方控告。

當時，各縣令都因為有公務來到省城。恰好益都縣令董某、萊蕪縣令范某、新城縣令孫某，會集到旅舍裡。有兩個山西來的商人，找上門來號哭上訴。訴說他們有四頭健壯的騾子，全部被搶奪走了。他們離家遙遠，又丟了騾子，不能回家，就哀求各位縣令去替他們求情。三位縣令很同情他們的遭遇，就答應了他們的請求。於是一同來見楊某。

楊某擺下酒宴款待他們，喝了一會兒酒，眾人說明了來意。楊某不聽，眾人越發懇切地勸說他。楊某舉起酒杯催大家喝酒，來攪亂大家的思路，說：「我有一個酒令，對不上來的就要罰酒。酒令要說一個天上的東西，一個地下的東西，還有一位古人，左右要問手裡拿著什麼東西，嘴裡說什麼話，而且要隨問隨答。」

楊某首先說道：「天上有月輪，地下有崑崙，有一個古人名叫劉伯倫。左邊的問手上拿著什麼，回答是：『手執酒杯。』右邊的問口中說什麼，回答是：『酒杯之外的事情不須提。』」

范縣令說：「天上有廣寒宮，地下有乾清宮，有一個古人名叫姜太公。手上拿著釣魚竿，口中說的是『願者上鉤』。」

孫縣令說：「天上有天河，地下有黃河，有一個古人名字叫蕭何。手上拿著一本《大清律》，口中說的是『贓官贓吏』。」

楊某臉上露出羞慚的神色，沉吟了很久，說道：「我又有了一條。天上有靈山，地下有泰山，有一個古人名字叫寒山，手上拿著一把掃帚，口中說的是『各人自掃門前雪』。」眾人聽了，面面相覷，無言以對。

這時，忽然一位年輕人高傲地走了進來，身上的衣服很是華麗齊整，舉手向眾人行禮。眾縣令邀請他入座，給他斟上一大杯酒，年輕人笑著說：「酒倒不著急喝，剛才聽諸公行的酒令，我也想獻上一條。」眾人請他說。年輕人說：「天上有玉帝，地下有皇帝，有一個古人叫洪武朱皇帝。手上拿著三尺劍，口中說的是『貪官剝皮』。」

眾人聽了大笑，楊某惱羞成怒，罵道：「哪裡來的狂妄小子，竟然如此無禮！」就命令差役捉拿他。年輕人一下跑到桌子上，變成一隻貓頭鷹，衝開簾子飛了出去，停在院子裡的樹上，回過頭來看著屋裡，發出笑聲。楊某用東西打牠，牠就一邊飛一邊笑著走了。

異史氏說，在買馬的差役中，那些縣令中十個有七個家裡的庭院擠滿了牲畜，但是像這樣成百上千，能夠做起騾子生意的人，除了長山的這位楊縣令，其他倒並不多見。聖明的天子愛惜民力，拿百姓一件東西也要按價付錢，他哪裡知道下面奉命行事的官吏流毒竟會如此大啊！貓頭鷹所到之處，人們最討厭聽到牠笑，連孩子們也一起唾棄牠，認為不吉利。這一次貓頭鷹的笑聲，和鳳凰的鳴叫又有什麼兩樣呢！

古瓶

在臨淄縣北村，有一口井乾枯了，村民甲、乙兩個人縋到底部去淘井。他們挖了一尺多深時，挖到了一個骷髏。一不小心把它打破了，發現口中含著黃金，他們高興地放進了腰包，又繼續挖，找到了六、七具骷髏。他們把骷髏全部打破，卻沒有再發現金子。在骷髏旁邊還有兩只瓷瓶，一只銅器。銅器很大，有兩臂合抱那麼大，重幾十斤，兩側還有兩只杯，不知道有什麼用，色彩斑斕，光怪陸離。瓷瓶也很老舊，不是近時的款式。

從井裡上來以後，甲、乙兩人都昏死過去。過了一會兒，乙甦醒過來說：「我是漢朝人。遇到王莽篡政，天下荒亂，全家人都跳到井裡，恰好有少量的黃金，於是放在口中，確實不是死人入殮時放在嘴裡的東西，不是人人都有的。為什麼要把所有人的頭顱都打碎呢？實在是太可恨了！」村民焚香燒紙錢一起禱告，答應替他們重新下葬，乙才痊癒，而甲卻再也沒有復活。

顏鎮的孫生聽說這件事後很驚異，把那件銅器買回去。袁宣四舉人得到其中一只瓷瓶，可以用來檢驗天氣的陰晴：天陰時，就可以看見有一點濕潤的地方，起初像是一粒米那麼大，漸漸地寬闊圓滿起來，不一會兒雨就會下來了；等到濕潤消失，就會雲開天晴。另一只古瓶到了張秀才家，可以用來顯示朔望：初一這天，瓶上就會出現像豆子大小的黑點，隨著時間長大；到了十五這一天，整個瓶子上都布滿了黑點；過了十五，又會漸漸地退去，到三十，就會恢復到原來的樣子。因為埋在土裡的時間很長，瓶口上黏了一塊小石頭，怎麼刷、剔也弄不下來。等到敲它時，小石頭掉了，但瓶口也有了一個小缺口，倒也是件令人遺憾的事情。把花浸在瓶子裡，花落後可以結果，和在樹上長著的沒有什麼不同。

【何守奇】敲石缺口，秀才殊不解事。

【但明倫】自漢至此遠矣，乃因少金納口中，而累及他人遍碎頭顱，固村人之貪愚，亦足以見懷璧者之足以賈害，而用寶器以殉葬者，適以自詒伊戚也。

元少先生

韓元少先生當秀才的時候，突然有個小吏來到他家，說他的主人想聘請元少先生去做老師，但是沒有帶來名片。韓元少問起他主人的門第情況，他也含含糊糊地回答。但這個小吏隨身帶來許多布帛、銀子，聘請老師的禮儀很豐厚。元少答應了，約定好日期，那人就告辭而去。

到了那一天，果然有車子來接，車子曲曲折折地往前走，道路都是韓元少以前沒有走過的。忽然眼前出現一座殿閣，韓元少下車走進去，覺得它的氣派很像是王府。他到館以後，擺上了豐盛的酒席，但只是勸他自斟自飲，並沒有主人出來作陪。等到撤了宴席，公子出來拜見老師。只見那公子十五、六歲的年紀，姿態秀美，儀表不凡。他向老師行完禮，就到別的屋子去了，只是在學習上課時才到老師的住所。公子十分聰慧，韓元少只要一講，他就能完全明白那些深文大意了。

韓元少因為不知道這家人的家世，心中很是懷疑納悶。學館裡有兩個學僮服侍他，他就私下向他們問起，但都不肯回答。韓元少問：「主人在什麼地方？」回答說是他很忙。韓元少就請學僮領著他偷偷地看上一眼，學僮也不同意。韓元少屢屢請求，學僮就帶他來到一處地方，只聽裡面傳來拷打人的聲音，韓元少透過門縫往裡面一看，只見一位君王坐在大殿上，臺階下是刀山劍樹，都是陰曹地府的東西。韓元少看了十分害怕，他剛要往後退，殿裡已經知道了。君王於是停止辦公，將諸鬼喝退，厲聲傳喚學僮。學僮嚇得變了臉色，說：「我為了先生您惹禍上身了！」說完，戰戰兢兢地跑了進去。君王發怒地說：「你怎麼膽敢帶人來偷看！」就用巨鞭將學僮狠狠地打了一頓。然後，君王叫元少進來，對他說：「我之所以不見你，是因為人間和地府不是一個世界，現在你已經知道了實情，我們也就很難再聚在一起了。」於是贈送給他銀兩當作學費，讓他回去，說：「先生是天下第一人，但該遭受的坎坷還沒有完。」君王命令手下牽來馬送韓元少上路。韓元少懷疑自己已經死了，送他的人說：「那有這麼容易就死的啊！先生的一切吃穿用度，都是從人世間置辦來的，不是陰間的東西。」

韓元少回到家裡，又經歷了幾年的坎坷，果然連中會元、狀元，君王說的話全都應驗了。

薛慰娘

豐玉桂是山東聊城的一個儒生。家裡很窮，沒有賴以生活的職業。萬曆年間，發生了大災荒，豐玉桂一個人逃向南方。等他回來的時候，走到沂水就病倒了。他竭力又走了幾里路，到了城南的一處亂葬崗，覺得更加疲憊，實在走不了，就靠著一座墳墓躺下了。

忽然像做夢一樣，他來到一座村莊，有個老頭從門裡面走出來，邀請他進去。到裡面一看，只見有兩間屋子，也顯得很簡陋。屋裡有一個女子，十六、七歲的年紀，儀態俊美，文雅賢慧。老頭讓女子煮柏枝湯，用陶器盛上來招待客人。然後就問豐玉桂的籍貫、歲數，問完了，就對他說：「我叫李洪都，是平陽人，流落到這裡居住已經三十二年了，請你記住我家門戶，如果我家的子孫要來探訪，就麻煩你幫他們指點一下，老夫不敢忘記你的情義。她是我的義女，叫慰娘，長得倒不醜，可以許配給你為妻，等我的三兒子來時，就讓他替你們主持婚禮。」

豐玉桂聽了很高興，向老頭行禮道：「我今年二十二歲，還沒有娶親，承蒙您把女兒下嫁給我，當然很好，但是哪裡可以找到您的家人，告訴他們呢？」老頭說：「你只管住在村子裡，等上一個多月，自然會有人來，只是希望你不會等得不耐煩。」豐玉桂唯恐他說話不算數，就要脅他說：「實話對您老說吧，我很窮，家徒四壁，只怕日後不能如您所願，到時候您女兒中途將我拋棄，實在是很難堪的事情。即使沒有這層婚姻關係，我也不會不信守諾言的，你又何妨直言相告呢？」老頭笑著說：「你是想讓老夫發誓嗎？我早就知道你家很窮。這次和你訂親並非全都為你，慰娘孤苦伶仃沒有依靠，我們互相依託已經很久了，我不忍心讓她跟我一起流落下去，所以把她許配給你，你又何必懷疑呢？」說完，老頭就拉著豐玉桂的胳膊送他出門，向他拱拱手，就關上門回去了。

豐玉桂一覺醒來，發現自己躺在墳墓邊，天已經快到中午了，他慢慢地爬起身來，猶猶豫豫地進了村子。村民們一看見他都很吃驚，說是以為他已經死在路邊一天了。豐玉桂一下子明白過來，那老頭是墳墓裡的死人，他隱瞞著不說，只求村裡人讓他借宿，但村民們唯恐他又死過去，都不敢收留他。

村裡有個秀才，和豐玉桂同姓，聽說他來後，就趕來詢問他的家世，原來豐秀才是豐玉桂的遠房叔叔。他高興地把豐玉桂領回家，給他治病。沒幾天，豐玉桂的病就好了，他便向叔叔敘述了自己的遭遇，叔叔聽了也很驚異，便坐在家裡等候，看看會有什麼事情發生。

過了不久，果然有個客人來到村裡，查找父親的墓址，他自稱是平陽的進士，名叫李叔向。原來，李叔向的父親李洪都和同鄉某甲一起做生意，死在沂水，某甲就把他埋在了亂葬崗。回家以後，某甲也死了。這時，李洪都的三個兒子歲數還小。長子李伯仁中了進士，擔任淮南縣令。幾次派人尋找父親的墳墓，都沒有人知道。二兒子仲道中了舉人。叔向最小，也考中了。於是他親自尋找父親的骸骨，來到沂水四處打聽。

這一天，李叔向來到村裡，村民都不知道。豐玉桂就把他領到墓地，指點他父親的墳墓。李叔向不敢相信，豐玉桂就向他敘述了自己的遭遇。李叔向覺得很驚奇，他們仔細觀察，發現兩座墳連接在一起，有人說三年前有個做官的，把他的小妾葬在這裡。李叔向唯恐錯挖了別人的墳墓，豐玉桂便把自己躺下的地方指給他看。李叔向命人把棺材抬來放在旁邊，這才開始挖墳。

墳墓一打開，卻見裡面是一具女屍，衣服妝飾已經黯淡破敗了，但容顏還像活人一樣。李叔向知道是挖錯了墳，驚駭極了，不知道怎麼辦才好。而那女子已經一下子坐了起來，四面看看說：「是三哥來了嗎？」

李叔向大驚，就近問她話，原來她就是慰娘。於是他脫下自己的衣服給慰娘披上，讓人把她抬回旅店。他又急忙打開旁邊的墳墓，希望父親也能夠復活，打開墓穴一看，父親的皮膚還在，但摸上去已經僵硬乾燥了，他悲傷得哭個不停，李叔向把父親裝進棺材，請來和尚道士誦經七天，超度亡靈，慰娘也像親生女兒一樣披麻戴孝。

一天，慰娘忽然對叔向說：「從前，爹有兩錠黃金，曾經分給我一錠作為嫁妝，我因為孤苦體弱，無處收藏，就用絲線把它繫在腰上，並沒有拿走，兄長可曾找到了？」叔向不知道這件事，就讓豐玉桂回去到墓穴裡找，果然找到了，正如慰娘所言，叔向便仍舊把繫有絲線的那錠黃金給慰娘。

空閒的時候，叔向就打聽慰娘的身世。原來慰娘的父親薛寅侯沒有兒子，只生了慰娘一個女兒，十分地疼愛她。一天，慰娘從金陵的舅舅家回來，帶著一個老媽子要雇船。划船的是金陵的一個媒人，恰好有個做官的，任滿進京，派這個媒人給他挑個美妾。媒人找了好幾家，都沒有合意的，他正打算划船到揚州挑選，忽然遇到了慰娘，他心中暗生詭計，急忙招手讓她們上船。老媽子認識這個媒人，就和慰娘上了船。走到半路上，媒人在食物裡下了藥，慰娘、老媽子都被迷倒了。媒人把老媽子推到江裡，帶著慰娘回到金陵，用大價錢把她賣給了那個當官的。慰娘進門後，當官的大老婆才知道買妾這件事。慰娘這時還有點迷迷糊糊，不知道向大老婆行禮，大老婆就把她打了一頓，然後關了起來。等到他們渡河向北走了三天，慰娘才醒過來。丫鬟告訴她事情的前後經過，慰娘聽了放聲大哭，一天晚上，他們在沂水住宿，慰娘上吊自殺，當官的就把她埋在亂葬崗上。

慰娘在墳墓裡被群鬼欺凌，而李洪都時時呵護她，她也就認李洪都為父親。李洪都說：「妳命不該死，應該為妳找一個女婿。」上一次豐玉桂前來見過面後，李洪都回來對慰娘說：「這個書生的品行情誼值得終身相托，等妳三哥來了，就讓他為妳主婚。」有一天，他說：「妳可以回到墓裡等候，妳三哥就要來了。」那一天正是叔向開挖墳墓的日子。

慰娘在服喪期間，對叔向詳細敘述了這段往事。叔向嘆息了許久，就認慰娘為妹妹，讓她跟自己姓李。他又略微置辦了一些嫁妝，讓她和豐玉桂結了婚，並且說：「我身上帶的盤纏不多，不能為妹妹置辦豐厚的嫁妝，我打算帶你們一同回去，也好讓母親開心，妳覺得如何？」慰娘也很高興。

於是慰娘夫妻跟著叔向，用車子裝著靈柩一起出發，回到家後，母親問明慰娘的情況，對她的疼愛超過了親生女兒，讓她和丈夫住在別的院落裡。在為李洪都服喪期間，慰娘的哀悼比他的親生子孫還要沉痛。母親更加憐愛她，不讓他們回聊城，囑咐兒子給他們購買住宅。

恰好有個姓馮的賣宅子，要價六百兩銀子，倉促之間銀子沒能湊齊，就暫且收入房契，約好了日期交兌。到了日子，馮某早早地就到了，恰好慰娘也從別的院子前來向母親問安，突然看見馮某，極像當年那個划船的媒人。馮某一見慰娘，也大吃一驚，慰娘趕緊走過了他。兩個哥哥也因為母親有點不適，都來到母親的屋裡。慰娘問道：「在廳前徘徊的是什麼人？」仲道說：「一定是前日賣宅子的那個人。」說完起身就要出去。慰娘攔住他，告訴他自己心中的疑惑，讓仲道去盤問他。仲道答應著就出去了，而馮某已經走了，只有巷南的私塾老師薛先生坐在那裡，仲道問道：「你怎麼來了？」薛先生說：「昨天晚上馮某請我早上來貴府，簽署文書並做保人。剛才在路上碰見他，他說突然忘了一件事，先回家一趟再回來，讓我坐在這裡等他。」

過了一會兒，豐玉桂和叔向都來了，於是互相攀談起來，慰娘因為馮某的緣故，悄悄地來到屏風後面窺視客人。她仔細一看，原來這薛先生就是她的父親！她突然跑了出來，抱住父親放聲大哭。薛先生也吃驚地流下眼淚說：「我兒怎麼會到這裡來的？」大家這才知道薛先生就是薛寅侯。仲道雖然常常在街頭遇見他，但並不清楚他叫什麼名字。至此，大家都很高興，向薛寅侯敘述了前面的故事，並且設下酒宴表示慶祝。晚上，薛寅侯又留宿在李家，敘述了自己的行蹤。原來自從慰娘失蹤以後，他的妻子悲傷而死，他一個人生活，無依無靠，所以到處給人教書，流落到此地。豐玉桂和薛寅侯約好，等買了房子，把他接來和他們夫妻同住。

薛寅侯第二天到馮家探聽消息，馮家已經帶著全家逃走了，這才知道當年殺死老媽子、賣掉慰娘的，就是這個馮某。馮某剛到平陽的時候，靠做生意發了家，後來他連年賭博，家產漸漸地消滅了，所以只好賣掉住宅；當年賣掉慰娘的錢，也已經快花光了。慰娘得到了宅子，也不是很仇視馮某，只是選了個好日子搬進去，更不追究馮某逃到哪裡去了。

李母不斷地送給慰娘東西，一切生活用度都由李家供應。豐玉桂就在平陽定居下來，但他要回聊城參加考試，來往很是辛苦，幸好豐玉桂這一科就中了舉人。

慰娘富貴以後，常常想著當年老媽子是為自己死的，就想報答她的兒子。老媽子的夫家姓殷，一個兒子名叫富，喜歡賭博，家裡窮得沒有立錐之地。一天，殷富賭博時爭著下注，打死了人，逃回平陽，遠遠地投奔慰娘。豐玉桂就把他留在門下，問起殷富殺死的人的姓名，正是那個划船的馮某。豐玉桂驚駭嘆息了許久，便對殷富說了實情，殷富這才知道馮某原來就是他的殺母仇人。他聽了更加高興，就在豐玉桂家當僕人。薛寅侯也搬到女婿家來住，豐玉桂替他買了媳婦，生育子女各一人。

【何守奇】馮某之誘賣慰娘，實為豐生作合耳。叔向之獲父，寅侯之遇女，莫不曲曲引出。乃知小人無往不福君子；至嫗子之顯報，所不待言。

田子成

江寧人田子成，乘船過洞庭湖時，船翻了落水而死。他的兒子田良耜是明朝末年的進士，當時還在母親的懷抱中。妻子杜氏聽說丈夫的死訊，服毒藥而死。田良耜在庶祖母的撫養下長大成人，還到湖北去做官。過了一年多，他奉上級的命令到湖南辦理公務。到洞庭湖時，他痛哭一場返回湖北。他自己向上級報告說才能不夠，於是降為縣丞，分派到漢陽縣，他推辭不願上任，上級強行督促他前往，他只好去上任。但他總是在江湖間遊玩放蕩，不以官員的職責要求自己。

一天晚上，他的船停泊在江邊，忽然傳來洞簫聲，抑揚頓挫，非常動聽，他乘著月色信步而去。大約走了半里路，只見曠野中有幾間茅屋，屋子裡燈火閃爍。田良耜走到窗前往裡窺視，發現裡面有三個人在對飲。上座是一個秀才，大約三十多歲的樣子，下座是一個老頭，側座吹簫的，年紀最小。一曲吹完，老頭擊節叫好，而秀才卻面對牆壁沉思，好像沒有聽到一樣。

老頭說：「盧十兄必定是有了佳作，請放聲吟誦出來，好讓我們共同欣賞。」秀才於是吟道：

滿江風月冷淒淒，瘦草零花化作泥。千里雲山飛不到，夢魂夜夜竹橋西。

吟誦聲悲愴淒涼。老頭笑著說：「盧十兄故態又犯了。」於是倒了一大杯酒，說：「老夫不能和詩，就唱一首歌助酒興吧。」於是唱了一首「蘭陵美酒」。一曲唱罷，座中人都開懷大笑。

年輕人站起身來說：「我看看現在是什麼時辰了。」他走出門突然看見田良耜，拍著手說：「窗外有人，我們的狂態全都暴露了！」說完就拉著田良耜進屋，眾人一起拱手行禮。

老頭讓田良耜坐在年輕人的對面，田良耜一試杯子，都是冷酒，便推辭說不飲。年輕人站起身來，用蘆葦做成火把給酒壺加熱，然後遞給田良耜。田良耜也命令隨從拿出錢去打酒，老頭堅決攔住。於是問起客人的家鄉姓名，田良耜便敘述了自己的生平，老頭向他致敬說：「您原來是我們的父母官呀。我姓江，是當地人。」指著年輕人介紹說：「這位是江西的杜野侯。」又指著秀才說：「這位是盧十兄，跟您是同鄉。」

盧十兄自從見了田良耜，很是傲慢，不以禮相待。田良耜於是問道：「你家住在哪裡？如此清高有才，為什麼一直沒有聽說過？」盧十兄回答道：「我在外面已經流落很久了，親戚們都已經不認識了。真是可嘆啊！」言語哀傷淒楚。

老頭搖搖手制止他道：「好朋友相逢，不喝酒行令，倒囉囉嗦嗦說這些話，讓人不愛聽！」於是端起酒杯自己喝了，說：「我這有個酒令，大家一起來行，不能做的人罰酒。這個酒令要每個人每次擲三個骰子，以兩個擲得的點數之和等於另一個骰子的點數為標準，還必須說一個跟點數相合的典故。」

老頭先擲，擲了一個么二三，便喝道：「三加么二點相同，雞黍三年約范公——朋友喜相逢。」下一個輪到年輕人，擲了個雙二單四，他說道：「我不是個讀書人，只知道些俚語典故，說不好請不要見笑。四加雙二點相同，四人聚義古城中——兄弟喜相逢。」盧十兄擲了個雙么單二，便唱道：「二加雙么點相同，呂向兩手抱老翁——父子喜相逢。」田良耜擲的點數和盧十兄擲的一樣，便唱道：「二加雙么點相同，茅容二簋款林宗——主客喜相逢。」酒令行完，田良耜就起身告辭。

盧十兄這才站起來說：「同鄉的情誼，還沒有來得及傾吐，為什麼這麼匆忙就要告別呢？我還有話要問你，請你再留一會兒。」田良耜又坐下來問：「你有什麼事要問？」盧十兄說：「我有一個好朋友某某，在洞庭湖淹死了，和你是同族嗎？」田良耜說：「他就是先父，你們怎麼會認識的呢？」盧十兄回答道：「我們小時候就是好朋友。他死的那一天，只有我一個人看見，就收拾了他的屍骨，埋在了江邊。」田良耜流著眼淚向盧十兄下拜，求他指點父親的墳墓在哪裡。盧十兄說：「明天你來這裡，我就指給你看，其實倒也不難辨認，離這裡幾步路的地方，只要看見墳上有一叢蘆葦，共有十根的就是了。」

田良耜淚流滿面，向眾人拱手告別。他回到船上，一整夜都睡不著覺，覺得盧十兄的神情話語好像都有原因。第二天，天剛亮田良耜就去找盧十兄，一到地方，卻發現昨天的房屋全都沒人，他更加驚駭。於是按照盧十兄指點的地方尋找墳墓，果然找到了。有一叢蘆葦在墳上，一數恰好就和盧十兄說的數目一樣。他恍然大悟，原來盧十兄說的話，都是有寓意的。昨天晚上見到的，就是他父親的鬼魂。他又詳細地向當地人打聽，原來二十年前，有一位高翁很富有，好做善事，凡是有人溺水而死，他都將屍體打撈上來埋好，所以有幾座墳在這裡。

他便打開墳墓，取出父親的屍骨，然後辭官回到家鄉。他回到家就把情況告訴了祖母，兩相對照下，盧十兄的相貌形體都和田子成一樣。江西杜野侯是田良耜的表兄，十九歲那一年，淹死在江裡，後來他父親流落到江西。田良耜又明白了杜夫人死後，葬在竹橋的西邊，所以盧十兄的詩裡提到了「夢魂夜夜竹橋西」。但是不知道那老頭是什麼人。

【何守奇】獲父骸骨，皆孝所感，有不知其所以然而然者。母節子賢，田氏之清風遠矣。

王桂庵

王樨，字桂庵，是大名府的世家子弟。

一次，王桂庵到南方遊歷，船停靠在江邊。鄰船有一位船家的姑娘，坐在船裡繡鞋子。風姿綽約，堪稱絕世美人。王桂庵偷看她很久，姑娘好像沒有察覺他在偷看一樣，王桂庵便大聲吟起「洛陽女兒對門居」的

詩句，故意讓那姑娘聽見。姑娘似乎明白他這麼做是為了吸引自己注意，略微抬起頭，斜瞟了他一眼，又低下頭繼續繡鞋子。王桂庵越發心旌搖盪，便把一錠銀子扔過去，正掉在姑娘的衣襟上。姑娘撿起銀子扔掉，落在了岸邊，王桂庵把銀子撿回來，心中更加覺得奇怪；又扔過一枚金釧，掉在姑娘的腳下，那姑娘繼續手裡的工作，毫不理睬。不一會兒，船家從別處回來。王桂庵唯恐他發現金釧會追究，心裡十分著急，姑娘從容地用兩隻腳把金釧蓋了起來。

船家解開纜繩，把船開走了。王桂庵的心情十分沮喪，呆呆坐在那裡凝想。王桂庵的妻子剛剛去世，他後悔沒有馬上托媒人定下這門婚事，便向船夫們打聽這姑娘是誰，但沒人知道姑娘的姓名。王桂庵回到自己的船上，急忙去追趕姑娘的船，卻已經消失得無影無蹤，不知開向哪裡去了。王桂庵沒有辦法，只好掉轉船頭南下。事情辦完以後，他返回北方，途中又沿著江邊細細地尋訪，還是沒有一點音訊，他回到家裡，無論吃飯還是睡覺，腦海中總縈繞著那個姑娘的身影。

過了一年，他又到南方去，在江邊雇了條船，把船當成家一樣。每天細細地檢查過往的船隻，對來來往往的船隻上的槳、帆都熟悉了，卻連去年見到的那只船的影子都見不著。過了半年，他的盤纏用光了，只好回家。他不論是走還是坐的時候，都在思念姑娘，心裡放不下來。

一天晚上，他做夢來到江邊的一個村子，走過幾道門，看見一戶人家，柴門朝南開，門裡用稀疏的竹子做籬笆。他想這是一座亭園，就徑直走了進去。到園中一看，有一棵合歡樹，滿樹開的都是紅花。他暗自想，古詩提到的「門前一樹馬櫻花」，就是眼前的景象。又走了幾步，一道用蘆葦編成的籬笆很是光潔。又過了這道籬笆，只見有三座北房，兩扇門都關著。南邊有一間小屋子，開著紅花的芭蕉樹擋著窗戶。王桂庵探身往裡一看，發現門口有個衣架，上面掛著一條花裙子，知道這是女子的閨房，驚慌地就要往後退，但裡面的人已經發覺了，有人跑出來看是什麼客人，微微地露出臉來，原來就是船上的那位姑娘。王桂庵喜出望外地說：「我們也有相逢的日子啊！」他剛要上前和姑娘親熱，姑娘的父親正好回來了，把他一下子驚醒過來，才知道這是一場夢，但是夢中的景物都很清晰，好像就在眼前。他嚴守這個秘密，恐怕跟別人說了，會破壞這個好夢。

又過了一年多，他再次來到鎮江，城南有一位徐太僕，和王桂庵家是世交，叫王桂庵到他家喝酒。王桂庵騎著馬前去，馬不知不覺帶他誤入了一個小村子，道路景象好像是他平生見過的一樣。一道門內有一棵馬櫻花樹，和他夢中的景色一模一樣。他驚駭極了，跳下馬就進了院子。眼前的種種景物和夢裡見到的沒有什麼區別。再往裡面走，只見房間的數目也和夢中見到的一樣。夢既然得到應驗，王桂庵也就不再疑慮，直奔南面的那間小屋子，船上的姑娘果然在裡面。她遠遠地看見王桂庵，吃驚地站起身來，躲在門後面，大聲斥問道：「哪裡來的男人？」王桂庵懷疑自己仍在夢中。姑娘見他已經走得很近了，便呼的一聲把門關上。王桂庵說：「妳難道不記得那個扔金釧的人嗎？」便詳細地敘述了對她的相思之苦，並且講了做的那個夢。姑娘隔著窗戶審問他的家世，王桂庵也一一回答。

姑娘說：「你既然是官宦子弟，家裡肯定已有嬌妻，哪裡還用得著我呢？」王桂庵說：「要不是為了找妳，我早就結婚了。」姑娘說：「果真如你所說的話，也就足以知道你的心了。我的這份心事難以告訴父母，但也因此違抗父母之命拒絕了幾家的求婚。金釧還在我身邊，我料想鍾情的人一定會有消息的。父母恰好看親戚去了，不久就會回來，你暫且回去，請媒人前來提親，相信一定會成功的。如果你想用非禮的手段強行成親，那你可就想錯了。」

王桂庵倉猝地就要出去。姑娘遠遠地叫著「王郎」，說：「我叫芸娘，姓孟，父親名字叫江蘺。」王桂庵記下姑娘的話就走了。他早早在徐太僕家吃完飯就返回來，求見孟江蘺。孟江蘺將他迎進屋，兩人在籬笆邊坐下。王桂庵自我介紹了家庭情況後，就說明了來意，並且拿出一百兩銀子作為聘禮。孟江蘺說：「小女已經許配人了。」王桂庵說：「我打聽得很清楚，令千金確實待字閨中呀，為什麼您要這樣一口回絕呢？」孟江蘺說：「剛才我說的話都是實話，決不敢欺騙你。」

王桂庵聽了，神情十分沮喪，向孟江蘺拱拱手就告別了。當天夜裡，他輾轉反側，難以入睡，想著沒有人能替他說媒。他原來想把自己的心事告訴徐太僕，但又怕娶船家的姑娘會被徐太僕恥笑，現在情勢急迫，沒有人可以做媒，所以天一亮，王桂庵去找徐太僕，把情況如實告訴了他。徐太僕說：「這個老頭和我是親戚關係，他是我祖母的嫡孫，你為什麼不早說呢？」王桂庵這才吐露了心中的隱情。徐太僕疑惑地說：「江蘺固然貧窮，但從來不以划船為職業。不會是你搞錯了吧？」於是，他讓兒子大郎去見孟江蘺，孟江蘺說：「我家雖然很窮，但不會拿婚事來做買賣。上次公子拿著銀子來給自己做媒，猜我肯定會被金錢打動，所以我不敢高攀高宦人家，現在承蒙先生前來做媒，想來肯定不會有什麼差錯。但我那頑皮的女兒很是嬌縱任性，明明是好人家，她也動不動就拒絕，所以不能不和她商量，以免日後她會埋怨這樁婚事。」說完起身進去，不一會兒就出來了，向大郎拱手，說是遵從徐太僕的意思。兩人約定好婚期，大郎就告辭了。大郎向父親覆命，王桂庵就開始置辦豐厚的聘禮，前往孟家送上聘禮，就借了徐太僕的家，迎接芸娘，舉行婚禮。

婚後三天，王桂庵就向岳父辭行，帶著芸娘乘船北上回家，夜晚他們住在船上，桂庵問芸娘道：「當年在這裡遇見妳，本來就懷疑妳不像船家的姑娘，那一天妳打算上哪裡去？」芸娘回答說：「叔叔家在江北，偶然借了一隻小船，要去探望叔叔。我家雖然只能自給自足，但是對於意外之財卻看得不重。可笑你卻目光如豆，屢屢想用金銀錢財來勾引人，起初聽你吟誦詩句，知道你是風雅人士，但又疑心是輕薄弟子，把我當成蕩婦來挑逗，假如父親見到那只金釧，你可就死無葬身之地了，我是不是憐才心切呀？」王桂庵笑著說：「妳真是太狡猾了，但妳也中了我的圈套！」芸娘問道：「什麼事？」王桂庵閉口不言。芸娘又緊緊追問，王桂庵才說：「離家越來越近，這個秘密也不能始終不告訴妳。實話對妳說吧，我家裡早就有妻子了，是吳尚書的女兒。」

芸娘不相信，王桂庵故意誇大其詞說得跟真的似的。芸娘變了臉色，沉默了一會兒，突然站起身來，跑了出去。王桂庵穿上鞋追出去，芸娘已經跳到江裡了。王桂庵大聲呼叫，其他船隻都被驚動起來。然而夜色昏濛濛的，只有滿江的星光點點閃爍。

王桂庵悲悼哀痛了一整夜，沿江而下，想用重金請人尋找芸娘的屍體，但也沒有人見到。他心情抑鬱地回到家，憂痛交集，又擔心岳父來看望女兒，到時候無言以對。他的姊夫在河南做官，他便命人駕著馬車，前往河南看望姊夫。

過了一年多，王桂庵才回來。半路上碰到下雨，他就到一家民宅去躲雨。只見這戶人家房屋清潔，有個老媽媽正在屋裡撫弄一個男孩。男孩一見王桂庵進來，就撲上來要他抱，王桂庵感到很奇怪。他再看那孩子眉清目秀，十分可愛，就把他抱起來，放在膝蓋上，老媽媽又叫孩子，但孩子不肯離去。

不一會兒雨過天晴，王桂庵抱起孩子遞給老媽媽，然後走到堂下讓僕人收拾行裝。孩子哭著說：「阿爹走了！」老媽媽覺得孩子說的可羞，便不停地喝斥他不許這麼叫，強行抱著他走了。王桂庵坐著等僕人收拾行裝，忽然有個美麗女子從屏風後面抱著孩子走出來，原來正是芸娘。他正感到詫異，芸娘罵道：「你這個負心郎！留下這一塊肉，怎麼安置他呀？」王桂庵這才知道孩子原來是自己的兒子，不由得一陣辛酸湧上心頭。他來不及問芸娘這一陣子是怎麼過的，趕緊對天發誓說從前的那番話都是開玩笑，不是真的。芸娘這才反怒為悲，對著王桂庵痛哭起來。

原來這所宅子的主人叫莫翁，六十歲了還沒有兒子，帶著老伴到南海去朝拜觀音菩薩。回來的途中船停靠在江邊，芸娘隨波而下，恰好撞在莫翁的船上。莫翁命令僕人把芸娘從水裡救出來，急著搶救忙了一整夜，芸娘才漸漸甦醒過來。莫翁夫婦一看，是一個很漂亮的女子，心裡十分高興，把她認作自己的女兒帶回家去。過了幾個月，他們想替芸娘挑選女婿，芸娘不同意。過了十個月，她生下一個兒子，取名叫寄生。王桂庵來到莫家避雨時，寄生剛好一周歲。

王桂庵於是解下行裝，進到裡屋拜見莫翁夫婦，雙方認了岳父女婿。過了幾天，王桂庵才帶著家人回到家鄉。一到家，發現孟翁正坐著等候，已經等了兩個月了。孟翁剛到的時候，見僕人們神情言語閃爍，心裡很是疑惑奇怪，等見了女兒女婿，才高興地放下心來。聽完他們敘述完這些年來的遭遇，孟翁這才明白原來僕人們支支吾吾是有原因的。

【何守奇】夢中歷歷，固疑赤繩早繫矣。乃先訂後聘，無乃作法於涼？

【但明倫】積數載之相思，成三日之好合，一句戲言猶未了，滿江星點共含悲，此一縮出人意表。

寄生

王寄生，字王孫，是大名府的名士。父母因為他在襁褓裡就能認出父親，認為他天生聰慧，對他十分鍾愛。長大以後，越發秀美，八、九歲的時候就能寫文章，十四歲就進了府學。

王寄生常常想自己選擇配偶。他的父親王桂庵有個妹妹二娘，嫁給秀才鄭子僑，生了一個女兒名叫閨秀，長得豔麗，生得聰明，是舉世無雙的女子。王寄生見到她以後，心中十分愛慕。時間一長，就到了廢寢忘食的地步。父母萬分憂慮，苦苦地追問他是怎麼回事，王寄生就說出了實情。父親請媒人到鄭家提親，但鄭子僑生性固執嚴謹，認為表親不可通婚，便拒絕了這門親事。王寄生病得更重了，他母親芸娘想不出什麼好辦法，就暗中托人委婉地跟二娘商量，只求閨秀能到王家來看一看寄生。鄭子僑聽說後，更加憤怒，便說了些很不好聽的話，寄生父母已經絕望了，只好聽之任之了。

郡裡有個姓張的大戶人家，生的五個女兒都很美麗，最小的叫五可，比她的姊姊們還要美豔，正在挑選女婿，還沒有許人。一天，五可在上墳的路上遇到寄生，從車子裡窺見他的樣子，回家告訴了母親。母親探明了五可的心思，就見了媒婆于氏，暗中示意她去說媒，于氏便來到王家。這時寄生還病著，于氏一聽到他的病情，便笑著說：「這個病我老婆子能治好。」芸娘問是怎麼回事？于氏便敘述了張家的意思，極力稱讚五可的美貌。芸娘很高興，讓于氏去見寄生。

于氏進了屋子，撫摸著寄生，並且告訴他自己來的意思。寄生搖搖頭說：「醫不對症，又有什麼用啊！」于氏笑著說：「看病是只問醫生的醫術是否高明嗎？如果醫術高明，即使想請來的是名醫和而來的卻是名醫緩（和與緩是春秋時代秦國名醫），還不都一樣；如果固執地只要一個人為他治病，即使死守也要等他，這不是太傻了嗎？」寄生抽泣著說：「不過天下的醫生，沒有人能超過名醫和。」于氏說：「你的見識怎麼這麼淺薄啊？」接著，她就把五可的容顏、皮膚和神情態度，連說帶比地給寄生描繪了一番。寄生又搖搖頭說：「媽媽不必再說了！這個人不是我心裡想念的。」說完，轉過身對著牆壁，不再聽于氏說了。于氏見寄生的想法不可動搖，只好走了。

一天，寄生病得昏沉沉的，忽然一個丫鬟走進來說：「你思念的人到了！」寄生高興極了，一下子就從床上跳了起來，急忙跑出了屋子，發現一個美人已經站在庭院裡。寄生細細地辨認，卻不是閨秀，只見她身穿松花色細褶繡裙，微微露出雙腳，真是不亞於神仙下凡。寄生上前施禮，請問姓名。姑娘回答說：「我是五可，你的一片深情都只在閨秀的身上，讓人心中不平。」寄生謝罪道：「我生平從未見過妳的容貌，所以眼睛裡只有一個閨秀，今天我才知罪了！」說完，就和五可定了誓約。

寄生正親熱地握著五可的手，恰好母親來撫摸他，把他一下子驚醒過來，這才發現剛才是一場夢。他回想五可的音容笑貌，好像還在眼前，不由心中暗想，五可果真像夢中見到的一樣，又何必去追求那難於求到的閨秀呢？於是，他就把夢見五可的經過告訴了母親。芸娘很高興兒子的念頭已經有所改變，急忙找人去張家說媒。寄生唯恐夢中所見不真，便托一位平素和張家相識的鄰居老媽媽，假裝有事到張家去，囑咐她暗中相看五可。

老媽媽來到張家時，五可正在生病，頭靠在枕頭上，手托著香腮，一副婀娜動人的姿態，真是傾國傾城的美貌。老媽媽走近前問道：「是什麼病呀？」五可默默地玩弄著衣帶，一句話也不說。母親代她回答說：「不是生病，是這幾天在跟爹娘嘔氣呢！」老媽媽問是什麼原因。母親說：「好多人家來提親，她都不願意，一定要王家的寄生才肯嫁。因為我這個當媽的勸她勸得急了，她就發脾氣，好幾天不吃飯。」老媽媽笑著說：「姑娘如果配王郎，真是天生的一對玉人。他如果見了五娘，恐怕又要憔悴死了！我回去告訴王家，就讓他家請媒人來提親怎麼樣？」五可制止她說：「媽媽別這麼做！只怕人家不同意，更會招人笑話！」

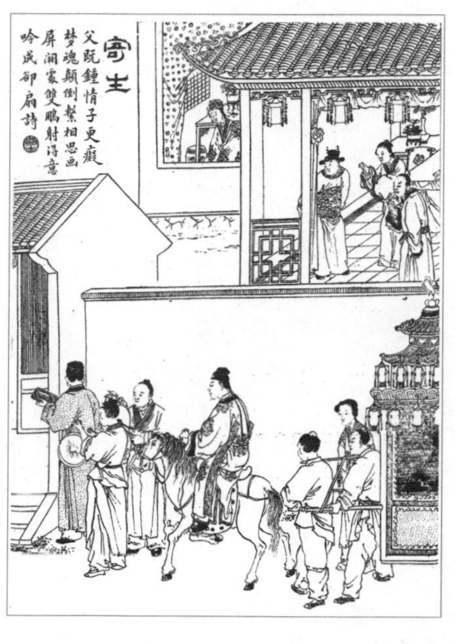

老媽媽毅然表示一定辦成這事，五可這才微笑著答應了。老媽媽回到王家覆命，講得和媒婆說的一樣。寄生詳細地詢問著五可的衣著，和夢中見到的一樣。他大為高興，寄生的心情雖然稍稍舒緩了一些，但是始終不敢全信別人說的話。

過了幾天，寄生的病漸漸好了，他秘密地把媒婆于氏招來，和她商量要親眼見一見五可。于氏覺得很為難，姑且答應下來就走了。過了好久，于氏也沒有來。

寄生正要找人去問，于氏忽然高高興興地來了，說：「幸好有機可圖了。五娘一直都有小病，就讓丫鬟扶著，到對面院子散步。公子先去埋伏在一邊等候，五娘行動緩慢，你就可以把她看個清清楚楚了。」寄生很高興。

第二天，寄生早早地讓人備馬前往，于氏已經先等在那裡了，就讓他把馬繫在村外的樹上，然後領他進了臨街的一間屋子，讓他坐下，關上門就走了。過了一會兒，五可果然扶著丫鬟出來了，寄生從門縫中注視著五可。五可從門外走過，于氏故意指點著雲呀樹的，來放緩五可的腳步。寄生把五可看了個清清楚楚，不禁心中發顫，不能自持。不一會兒，于氏來了，問道：「可以代替閨秀嗎？」寄生向于氏道謝後就回家了。

寄生回家後，才把相看五可的事告訴父母，派媒人去張家訂親。等媒人前往張家一說，卻發現五可已經許給別人了。寄生大失所望，後悔鬱悶得要死，一下子又病倒了，父親很是憂慮，怪他自己誤了好事。寄生無言以對，每天只飲一碗米湯，過了幾天，已經瘦得皮包骨，躺在床上，比上一次病得還要厲害。

這一天于氏忽然來了，吃驚地問：「你怎麼病成這樣呢？」寄生流下眼淚，把實情告訴她。于氏笑著說：「真是個癡公子！前些日子是人家來追你，你卻故意拒絕人家；現在是你求人家，哪能說成就成呢？雖然如此，倒還可以想想辦法。早點和我老婆子商量，即使嫁給了京城的皇子，也能夠替你奪回來。」寄生大為高興，便請教有何計策。于氏便讓他寫好一封書信，派人送往張家，並約好第二天在張家等候。王桂庵擔心會因為唐突行事而被張家拒絕。于氏說：「前些日子我和張公已經有約在先，延遲了幾天，是他們忽然反悔的。況且當時說五娘已經許給別人，卻沒有看到什麼書信帖子。俗語說：『先做飯的人先吃。』有什麼好懷疑的！」桂庵聽從了她的意見。第二天，兩個僕人前往張家下聘，張家沒說什麼二話，厚厚地犒賞了他們。寄生的病也一下子好了，從此他再也不去想閨秀了。

起初，鄭子僑拒絕了王家的聘禮，閨秀很不高興。等到聽說王家和張家結成婚姻，心情更加抑鬱，就病倒了，一天比一天憔悴。父母問她是怎麼回事，她也不肯說。丫鬟窺探出閨秀的心思，悄悄地告訴她的父母。鄭子僑聽說後非常生氣，不給閨秀請醫生看病，聽任她病死。二娘埋怨道：「我侄子也不差，何必死守那些陳腐的清規戒律，害死我們的女兒呢！」鄭子僑惱羞成怒地說：「就妳生的這種女兒，不如早點死掉，免得被人家當成笑柄。」從此以後，夫妻倆反目成仇。二娘跟女兒商量，還讓她嫁給寄生，但是只能做小老婆了。閨秀低下頭不說話，看上去好像還很願意。二娘又跟鄭子僑商量，鄭子僑更加憤怒，把這事全都交給二娘處理，將女兒置之度外，不再干涉這樁婚事。二娘愛女心切，就想把她的話變成現實，閨秀於是高興起來，病也漸漸好了。

二娘暗中探聽到寄生迎親的日期已經確定。到了那一天，二娘因為侄子要結婚，假裝要回娘家探望。天剛亮，她就派人到哥哥家借車馬。王桂庵對妹妹最為友愛，又因為兩個村子靠得很近，就派準備用來迎親的車馬先去迎接二娘。車馬一到，二娘就為女兒妝扮好送上車，派兩個僕人和兩個僕婦護送。車馬來到王家，便用紅毯鋪地，將閨秀接了進去。這時鼓樂已經準備好，僕人便喝令開始吹打起來，一時間人聲鼎沸，鼓樂齊鳴。寄生跑出來一看，只見女子用紅帕蒙著頭，不由十分驚駭，轉身就要跑。鄭家的兩個僕人上前將寄生夾扶在中間，就讓他和新人拜堂。寄生不知道是怎麼回事，就已經拜完了天地。兩個僕婦扶著女子，徑直進了洞房，這才知道她竟是閨秀。一時間全家慌亂起來，不知道怎麼辦才好。漸漸地到了傍晚，寄生也不敢再去張家迎接新人了。

王桂庵派僕人把這個情況告訴張家，張家聽了非常氣憤，就想斷絕這門親事，五可不同意，說：「她雖然先到了，但是沒有下聘禮，不如仍舊讓王家來迎親。」父親採納了她的意見，並且告訴了來送信的僕人。僕人回來報告了情況，但王桂庵終究不敢按張家的意思辦。一家人坐在一起籌畫商量，都被弄得高興不是，發火也不是。張家等了很久，知道王家不會來迎親了，便也派車馬將五可送到王家。王家就在另外的房間也設了洞房，寄生在兩個洞房之間往來周旋，不知怎麼辦才好。

於是，芸娘從中調解，讓五可和閨秀兩人根據歲數排列長次，兩個姑娘都同意了。等到五可聽說閨秀稍微大一點，就不是很願意叫她姊姊，芸娘很是擔憂。等到結婚第三天，兩人在公婆面前見面，五可見閨秀很有風致，舉止大方，不自覺地尊她為姊姊，從此兩位新娘才定了長次。但是桂庵夫婦擔心時間長了她們不能和睦共處，兩個媳婦卻從來沒有鬧過矛盾，互相交換衣服，相親相愛像姊妹一樣。

這時寄生才問起五可為什麼當初要拒絕婚事。五可笑著說：「沒有別的原因，只是為了報復你拒絕于媒婆的提親。還沒有見到我的時候，你的心中只有一個閨秀；即使見了我以後，我也要莊重一點，來看你對待我的態度和對待閨秀是不是一樣。假使你為了她生病，卻不為我生病，我也就不會強求你一定要娶我了。」寄生笑著說：「報復得也夠慘的！要不是于媒婆，我又怎麼能一睹妳的芳容呢？」五可說：「是我自己想見你，于媒婆她怎麼能辦得到呢！經過那家門前時，我難道不知道裡面有個人直勾勾地盯著我看嗎？夢裡都已經和你約定了，你為什麼還不相信呢！」寄生吃驚地問：「妳怎麼會知道我做的夢？」五可說：「我生病的時候做夢到了你家，以為很荒唐，後來聽說你也做了個夢，這才知道我的魂魄真的到過這裡。」寄生覺得很神奇，便講述了自己做的那個夢，和五可做夢的時辰日期都符合。

王桂庵父子的良緣都是通過夢而成的，這也可以稱得上是神奇的愛情了，所以一併記載下來。

異史氏說，父親癡迷於愛情，兒子也幾乎為情而死。所謂的情种，說的就是王孫這樣的人嗎？如果沒有一個善於做夢的父親，又怎麼會生出一個為愛離魂的兒子呢！

【何守奇】父之奇緣以夢成，其子遂至於同夢，可謂突過黃初。

【但明倫】此幅以「情種」二字為根，「離魂」二字為線。事固離奇變幻，疑鬼疑神；文亦詭譎縱橫，若離若即。

周生

周生是淄川縣衙門裡的一個幕客。縣令因為公事外出，他的夫人徐氏，一直就有朝見碧霞元君的心願，因為道路遠的緣故，打算派遣僕人帶著祭禮，替她前往還願，她請周生替她寫了一篇祝文。周生寫了一篇四六對偶的駢文，一一敘述了徐氏的平生，語言很輕佻詼諧。其中寫道：「栽般陽滿縣之花，偏憐斷袖；置夾谷彌山之草，唯愛餘桃。」這兩句表達了徐氏心中的憤恨，像這樣的句子還有很多，周生脫稿以後，就拿給同幕的凌生看。凌生認為寫得太過輕浮，告誡他不要用這篇文章，但周生不聽勸告，把祝文交給僕人就離去了。

不久，周生在衙門裡死了，不久僕人也死了，而徐夫人生孩子以後也病死了，旁人還沒有感到詫異。周生的兒子從京城趕來迎接父親的靈柩，晚上和凌生睡在一起，他就聽父親告誡他說：「寫文章不可不謹慎啊！我不聽凌先生的勸告，便因為用詞輕浮而冒犯了鬼神，讓鬼神發怒，馬上就短命早死；而且還連累了徐夫人，又殃及焚燒祝文的僕人；只恐怕在陰間受罰是不能免除的！」周生的兒子醒來告訴凌生，凌生也做了同樣的夢，便把周生的那篇駢文說給他聽，周生的兒子聽了也覺得有所警悟。

異史氏說，放縱感情，隨意揮灑，就覺得洋洋灑灑的，很是得意，這是文人的常情。但是淫穢輕慢的詞句，怎麼敢用來敬告神明呢！狂生無知，受到陰間的懲罰是理所應當的。但是讓賢慧的徐夫人和奔波千里的僕人也一併死去，卻不知犯了什麼罪過。刑律中還分首犯和從犯，這樣一來，不是反而讓人們感到太糊塗了嗎？真是太冤枉了！

【何守奇】文豈可褻？況代閨閣立言乎？而又益之以慢，死固其所自取。周雖有才，要亦未識文體耳。

褚遂良

長山縣有個姓趙的，租了一個大戶人家的屋子居住。他生了一種腹中結塊的病，又孤苦貧窮，奄奄一息地等死。

一天，他竭力掙扎著要找一個涼快的地方，便挪到屋簷下睡著了，等他醒過來時，發現一位絕代佳人正坐在他的身邊，他便問女子來幹什麼？女子說：「我是特地來給你做老婆的。」趙某吃驚地說：「且不說我這樣的窮人不敢有這樣的妄想，何況我已經奄奄一息，要老婆有什麼用！」女子說：「我能治你的病。」趙某說：「我的病不是一下子就能消除的。縱然有好的藥方，我沒錢買藥，還不是一樣！」女子說：「我治病不需要用藥。」

說完，她就用手按趙某的腹部，用力地按摩，趙某就覺得她的手掌像火一樣熱。過了一會兒，就覺得腹中的硬塊隱隱約約地發出破裂的聲音。又過了一會兒，他想去上廁所，便急忙起身，剛走了幾步，就解開衣服大便，排泄出許多的黏液，結塊也都排泄出來，只覺得渾身一下子舒爽起來。

他返回剛才的地方躺下，對女子說：「娘子是什麼人？請妳告訴我姓名，好讓我為妳立個神位，向妳拜謝。」女子回答說：「我是個狐仙，你的前生是唐朝的褚遂良，曾經對我家有恩，我把它銘記在心，常常想找個機會報答你，每天我都在尋找你，今天才得以相見，總算是實現了我心中的宿願。」

趙某自慚形穢，覺得自己配不上她；又擔心自己住的是茅草屋，燒的是煤煙灶，怕弄髒了女子漂亮的衣裳。女子只是請他帶路回家。趙某便把她帶回自己的家，只見土坑上沒有蓆子，爐灶冰冷沒有生火。趙某說：「不說如此光景，我不忍心讓妳受委屈，就算妳心甘情願，妳看罈子裡空空的，我又能拿什麼來養活妻子呢？」女子說：「不必憂慮。」她的話音剛落，趙某一回頭，只見床上氈席被褥都已鋪好了，他剛要發問，又一轉眼的工夫，只見滿屋都裱貼了銀光紙，亮得像鏡子一樣，其他的器具也都變了個樣，桌子精緻乾淨，已經擺好了酒菜。兩個人便一起高興地飲起酒來。到了晚上，他們一起親熱地睡覺，像夫妻一樣。

趙某的房東聽說這件奇事以後，請求見一見女子。女子就出來相見，沒有一點為難的神色。從此，消息傳遍四面八方，登門觀看的人很多，女子並不拒絕。有人設宴請她去，她一定要和丈夫一起去。

一天她去赴宴，席間有一個舉人，暗中生出淫蕩的念頭。女子已經知道了，忽然對他大聲責問，接著就用手推他的頭，只見舉人的腦袋已經到了窗外，而身子還在屋裡，無論是出入或是轉身，他都無法做到。於是眾人一起苦苦請求女子寬恕他，她這才把舉人拉了出來。

過了一年多，登門拜訪的人日益增多，女子感到很厭煩，而被拒絕的人就罵趙某。到了端午節這一天，他們請來鄰居朋友一起飲酒聚會，忽然有一隻白兔跳了進來，女子起身說：「搗藥翁召我來了！」便對白兔說：「請你先走一步。」兔子急忙出門，徑直去了。女子讓趙某取來梯子，他便到屋後扛來長梯子，有幾丈高。庭院裡有一棵大樹，她就把梯子倚在大樹上，梯子比樹梢還要高。女子先登上梯子，趙某人也跟隨在後，女子回過頭來說：「親戚朋友中有人願意跟隨的，就請上梯子吧！」眾人互相看了看，沒有人敢上。只有房東主人的一個書僮，踴躍地跟在他們背後。他們越走越高，梯子的最後和雲彩連在一起，人也都不見了。大家一起看那梯子，發現是一扇用了多年的破門，只不過是把門板抽掉了。眾人進入趙某的屋子，只見灰牆敗灶依然還在，其他並沒有什麼東西。他們想等那個書僮回來相問，但終究還是杳無音訊。

【馮鎮巒】予讀《新唐書》，褚遂良惡劉洎，誣之至死；又於江夏王道宗有隙，誣其與房遺愛謀反，流象州；又嘗構盧承慶、李乾祐，皆坐貶；及賤買中書譯語人地，為韋思謙所劾。皆遂良生平大不好處。凡此見正史非小說也。今人止知其對「武氏經事先帝」一二語耳。

劉全

鄒平縣有個姓侯的牛醫，挑著擔子去給耕地的人送飯。走到田野上，有股風在他面前旋轉，侯某馬上用勺舀湯來祭奠禱告。灑了好幾勺，旋風才離去。一天，他來到城隍廟，在廊下閒步，見殿內有一座唐代劉全到陰間獻瓜的雕像，眼睛被鳥糞糊住了。侯某說：「劉大哥為什麼受到如此玷污！」說完就用指甲把塑像上的鳥糞摳掉了。

幾年之後，侯某生病躺在床上，被兩個差役帶走。來到官衙門前，他們就惡狠狠地向侯某逼索錢財賄賂。侯某正在無計可施的時候，忽然從門裡走出一個穿綠衣服的人，一見侯某就驚訝地問：「侯翁怎麼會到這兒來的？」侯某便告訴他被抓來的經過。綠衣人斥責兩個差役說：「這是你們侯大爺，怎麼敢無禮！」兩個差役連聲答應，向侯某道歉，說原先並不知道。

過了一會兒，只聽見如雷鳴一般的鼓聲，綠衣人說：「升早堂了。」便和侯某一起走進去，讓他站在臺階下，說：「你先在這裡站一會兒，我替你問問情況。」說完就走上大堂點了點頭，叫下一個小吏，和他簡單地說了幾句話。那小吏見了侯某，就跟他拱拱手說：「侯大哥來啦！你也沒有什麼大事，是一匹馬把你給告了，上堂對質一下就可以回去了。」然後就告辭而去。

不一會兒，堂上呼叫侯某的名字。侯某走上大堂跪下，一匹馬也跪下來。官員問侯某道：「這匹馬說是你將牠藥死的，有這回事嗎？」侯某說：「牠得了瘟病，我用治瘟病的藥方給牠治病，牠服了藥以後沒有好，隔了一天就死了。這和我有什麼關係呢？」那匹馬也像人一樣說話，和侯某爭論得很激烈。官員命人去查生死簿，簿上注明這匹馬的壽命是多少年，應該死於某年某月某日，和實際壽命、死亡日期完全相符。官員於是喝斥說：「這是你的命數已盡，怎麼能隨便控告他人！」便將馬給轟了出去。官員於是對侯某說：「你有心給人方便，可以不死。」仍舊命令那兩個差役送他回家，前面的綠衣人和小吏也跟著他們一起出來，又囑咐兩個差役路上好好照顧侯某。

侯某說：「今天雖然承蒙兩位如此庇護關照，但我們平生從未相識。請兩位告訴我你們的姓名，以後也有機會報答。」綠衣人說：「三年前，我從泰山前來，嗓子眼冒煙，渴得要死。經過你們村外時，承蒙你用勺舀湯給我喝，至今不能忘懷。」小吏說：「我就是劉全。從前我被鳥糞玷污，悶得受不了，蒙您的手替我消除乾淨，所以心中念念不忘。無奈陰間的酒飯，不能拿來敬奉賓客，請就此告別吧。」

侯某這才醒悟過來，就回了家。到家以後，他想款待挽留兩位差役，但他們卻連一杯水也不敢喝就走了。侯某甦醒過來，發現自己已經死了兩天多了。從此以後，侯某更加行善積德。每逢節日，他都要拿酒去祭奠劉全。活到八十二歲的時候，他的身體還很強健，能夠騎馬奔馳。

一天，他在路上看見劉全騎著馬過來，好像要出遠門的樣子。兩個人互相拱手，寒暄一番。劉全說：「你的陽壽已盡，勾魂的文書已經發出來了，勾魂的鬼卒要來帶你走，我想阻止也不行。你可以回家準備後事，三天以後，我來和你一同上路，我在地下替你買了個小官，也不會有什麼困難。」說完就走了。侯某回家告訴妻子，又把親戚朋友請來向他們告別，然後把棺材衣服都準備妥當。到了第四天傍晚時分，侯某對眾人說道：「劉大哥來了。」說著就進入棺材死掉了。

【何守奇】泰山途經，神固無在而無不在。廡下雀糞，神豈必依於土偶乎？萬一城隍廡中，競塑此像，並被糞污，則悶睛無可開之日矣。吏人之言，其偶耶？抑其常耶？

土化兔

靖逆侯張勇鎮守蘭州的時候，經常外出打獵，抓到很多的兔子。這些兔子中有的半截身子或是兩條大腿還是土做的。一時間，在秦中一帶，人們爭相傳說土能變成兔子，這也是普通道理無法解釋的一件事。

鳥使

苑城有個人叫史烏程，住在家裡時，忽然有一隻鳥落在屋頂上，顏色看上去像是烏鴉。史烏程一見這隻鳥，就對家裡人說：「夫人派鳥使來召我去了，趕緊準備後事，某天我就要死了。」

到了那一天，他果然死了，出殯時，烏鴉又來了，跟在棺材後面慢慢地飛著，從苑城一直飛到新城。等到下葬完畢，烏鴉才不見了，長山人吳木欣親眼目睹了這件事。

姬生

南陽鄂家有狐狸為患，家裡的金錢器物動不動就被偷走，如果觸犯牠，受到的禍害更加厲害。鄂氏有個外甥叫姬生，是一個名士，為人豪放不羈，他焚香禱告，代替鄂家請求狐狸不要為患，但沒有作用；他又祈求狐狸捨棄外祖父家而到自己家去作亂，狐狸也不肯答應。大家嘲笑姬生。他說：「狐狸既然能夠變幻人形，就一定具備人心。我一定要引導牠，讓牠修成正果。」此後他隔幾天就去一次，向狐狸禱告。雖然不是很靈驗，但是姬生一來，狐狸就不來騷擾了。因此，鄂家常常邀請姬生留宿。姬生到了夜晚就望著星空請求見狐狸一面，而且邀請得越來越堅決。

一天，姬生回到家裡，一個人坐在書房裡，忽然房門慢慢地自己打開了。姬生站了起來，一邊行禮一邊說道：「是狐兄來了嗎？」但是四下寂靜無聲。又一個晚上，門又自己開了。姬生說：「如果是狐兄大駕光臨，小生本來就禱告要求一見，何妨顯形相見呢？」但是寂靜無聲。案頭上原來有兩百文錢，到天亮時發現丟了。姬生到了晚上，又增加了幾百文錢，半夜時分，就聽見布帳發出響聲。姬生說：「是狐兄來了嗎！我已經準備了幾百文錢供你使用。我雖然不很富裕，但也不是一個吝嗇的人。如果你確實需要用錢，不妨直言相告，何必要盜竊呢？」過了一小會兒，再看那些錢，已經少掉了兩百文。姬生把剩下的錢仍舊放在原處，幾個晚上不再丟失。還有隻熟雞，本來打算給客人吃的，又丟失了。姬生到了晚上，又加上酒，從此以後，狐狸就絕跡了。

但鄂家狐狸還是作祟。姬生又前去禱告說：「我放了錢你不拿，擺了酒你不喝。我的外祖父年邁體衰，不要老是在他家作祟。我準備了一些不成敬意的東西，今天晚上任憑你自己拿走吧。」他便將一萬文錢、一罈酒和兩隻已經切成片的雞放在桌子上。姬生就在桌子旁邊睡覺，但一整夜都沒有動靜，錢和吃的原封不動，狐狸從此絕跡了。

一天，姬生回家晚了，打開書房門一看，桌上放著一壺酒，滿滿一盤烤熟的雞，還有四百文錢，用紅繩子穿在一起，就是前些日子丟掉的東西，他知道這是狐狸報答他的。他一嗅酒壺，覺得很香；倒出來一看，酒是碧綠色的，喝著感覺很醇美。一壺酒喝乾，他有了些醉意，覺得心中頓時產生了貪婪的欲望，突然間就想去做賊，便打開門走了出去，他想起來村裡有一個富人，就前往他家，要翻牆進去，牆雖然很高，但他很輕易地就跳上跳下，好像長了翅膀一樣。他闖入屋內，偷了貂裘、金鼎就跑了出來，回家後放在床頭，這才躺下睡覺。

天亮以後，姬生把東西帶進內室。妻子吃驚地問他是怎麼回事，姬生含含糊糊地告訴了她，而且臉上顯出高興的表情。妻子驚駭地說：「夫君素來剛正，怎麼會忽然做賊去呢！」姬生一副滿不在乎的樣子，不覺得奇怪，還說狐狸很有情義。妻子恍然大悟，說：「這一定是中了酒裡的狐毒了。」於是想起丹砂可以用來驅邪，便找來丹砂研磨成末，摻到酒裡，讓姬生喝下去。

過了一會兒，姬生忽然失聲喊道：「我怎麼會做賊呢！」妻子就向他解釋了做賊的原因。姬生茫然沒有主見，不知怎麼辦是好。又聽說富人家裡被偷的事情，已經傳遍了鄉里。姬生整天吃不下飯，不知如何處置那些東西。妻子替他想了個辦法，讓他趁著夜色把東西扔到富人家牆內。姬生聽從了她的的意見。富人家看被偷的東西自己又回來了，事情也就這麼平息了。

姬生年終考試得了冠軍，又被舉薦為品行優良，應該受到加倍的獎賞。等到放榜的那一天，道署的房梁上貼了一張紙，上面寫道：「姬某曾經做過賊，偷了某某人家的貂裘、金鼎，怎麼能說是品行優良呢？」那道房梁很高，不是普通人踮起腳就可以貼上去的。主考官很懷疑，拿著紙條問姬生是怎麼回事，姬生很驚愕，想這件事除了妻子以外沒有人知道，何況道署衙門森嚴，紙條是從哪裡來的呢？他於是醒悟道：「這一定是狐狸幹的好事。」他便不加隱諱地敘述了事情的詳細經過，主考官仍舊給了他豐厚的獎賞和禮物。姬生常常自己想，我也沒有得罪狐狸，牠之所以屢屢陷害我，大概也是小人恥於他一個人做小人吧。

異史氏說，姬生原本是想引邪入正，卻反而被邪惡的狐狸迷惑。狐狸的本意未必是要幹大壞事，也許是因為姬生用開玩笑的方法引導牠，牠也就用類似的方法戲弄姬生吧。但如果不是姬生天生有慧根，家裡又有賢內助，幾乎就要像西漢原涉所說的，家人、寡婦一旦被強盜姦污，就會自暴自棄呀！唉，可怕啊！

吳木欣講過一個故事，康熙甲戌年間，一個舉人到浙中擔任縣令，清點稽查獄中的犯人。有一個竊盜，已經刺完字了，依照慣例應該將他逐出釋放。但縣令嫌「竊」字減筆從俗，不是官版的正字，便命人把字刮掉。等傷口癒合以後，又依照《字彙》裡的筆劃形象給他重新刺了一個「竊」字。這個竊盜便隨口吟了一首詩道：「手把菱花仔細看，淋漓鮮血舊痕斑。早知面上重為苦，竊物先防識字官。」獄卒笑話他說：「你這個詩人為什麼不去求功名，卻要去做竊盜呢？」竊盜又口誦一詩，回答道：「少年學道志功名，只為家貧誤一生。冀得貲財權子母，囊游燕市博恩榮。」

由此看來，秀才改行做強盜，同樣也是為了求取功名。狐狸教給姬生圖謀進取的資本，而他卻反悔，所以沒能得到，真是迂腐啊！一笑。

【何守奇】姬生飲狐酒，頓易剛正而貪，此與飲貪泉何異？但不知吳隱之飲，當復何如？

【但明倫】小人恥獨為小人，或以利啖，或以勢熏，或以色迷，或以官餌，鬼嚇狐蠱，其術不窮。慎勿懷茲鴆毒，飲若醇醪；移我腳跟，納諸陷阱。

果報

安丘的某生，精通占卜之術。他為人奸邪淫蕩，行為不檢，每次要做偷雞摸狗的事情之前，都要算上一卦。一天，他忽然生病了，服了藥也不見效，說：「我其實早就有所預見。陰間對我狎褻天數很憤怒，要對我重加譴責，光服藥又有什麼用啊！」不久，他的兩眼突然失明，雙手也無緣無故地折斷了。

有個某甲，他的伯父沒有後代。某甲看中伯父家的財富，願意過繼給他當兒子。伯父死了以後，他家的田產都歸某甲所有，於是他就背棄了原來的誓約。他又有個叔叔，家境很富裕，也沒有兒子，某甲又認他作父親，等叔叔死後，他又背叛了叔叔。於是，某甲將三家的財產都據為己有，富甲一鄉。

一天，他突然得病，像發狂一樣，自言自語地說：「你想要享有豐富厚足的財產而活著嗎？」說完，就用利刃割自己的肉，一片片扔在地上。又說：「你絕了人家後嗣，還想有後代嗎？」就剖開肚子，腸子也流了出來，就這樣死去了。不久，他的兒子也死了，產業也歸了別人。因果報應如此靈驗，真是可怕啊！

公孫夏

保定有個國子監學生某生，想進京花錢買個縣官做做。他正收拾行裝時突然病倒了，過了一個多月也不能起床。

這一天，忽然有個書僮跑進來報告說：「有客到。」某生也忘了自己正在生病，就急忙出來迎接客人。客人身著華麗的衣服，看上去像是貴人。某生很恭敬地向客人行禮，把他請進屋，詢問客人是從哪裡來的。客人說：「我叫公孫夏，是十一皇子的幕客。聽說你收拾行裝要進京謀個縣職，既然有這樣的志向，捐個太守當當不是更好嗎？」某生客氣地謝過公孫夏的好意，說：「我的錢不多，不敢有這樣的奢望。」公孫夏表示願意為他效力，而且讓他先拿出一半的錢，另一半可以在到任後再交齊。某生高興地問他有什麼方法，公孫夏說：「總督、巡撫都和我是兄弟之交，只要先拿出五千吊錢來，這事就成了。目前真定府缺一個知府，就可以馬上謀畫這個職位。」某生驚訝地認為真定是本省境內的州，按規定是不能做本省的官的。公孫夏笑著說：「你也太迂腐了！只要有的是錢，誰還管你是本省還是外省的人呢？」某生終究躊躇不定，懷疑公孫夏的這個建議是否荒唐。公孫夏說：「你不必疑惑了。實話告訴你吧，這是陰曹地府中城隍的空缺。你的陽壽已盡，已經在死簿上登記了。抓住這個機會趕緊籌辦，還可以到地下享受富貴。」說完就起身告別，又說：「你自己再琢磨琢磨，三天後我再來找你。」便出門騎上馬走了。

某生忽然睜開眼睛和妻子訣別。他讓妻子拿出家裡存的銀子，買來上萬串的紙錢，把郡裡的紙錢全部買光了。他把這些紙錢堆在院子裡，又夾雜著草人紙馬，白天黑夜地燒個不停，紙灰堆得像山一樣高。

到了第三天，公孫夏果然如約而至，某生拿出錢來交給他。公孫夏就領著他來到一座官署。只見一個大官端坐在殿上，某生便上前跪倒行禮，大官略微問一下姓名，就對他說了一些做官要清廉謹慎之類的話，然後就取來委任書，把他叫到桌前遞給了他。

某生行完禮，就出了官署。他想，自己在陽間做國子監生，地位卑賤，如果不在車馬、衣服上炫耀一番，不足以震懾自己的下屬。於是，他大肆購買車馬，又派遣鬼卒用彩車把他的美妾接來。等這一切忙完，真定府來接他的儀仗隊也已經到了。某生便下令出發，浩浩蕩蕩的車馬拉出去有一里多長，在道上絡繹不絕，某生心中得意極了。

忽然，走在前面的前導隊伍停止敲鑼，放下旗子。某生正在驚疑，只見騎馬的人紛紛下馬，全都趴在路邊，人縮小成一尺左右，馬也變成像狸貓那麼大。車前的馬伕驚駭地說：「關帝來了！」某生害怕了，也下車趴在地上。

遠遠地看見關帝帶著四、五個騎馬的隨從，緩緩地走了過來。關帝的鬍鬚大多繞在臉頰上，不像世上畫的一副長髯飄撒胸前，但是顯得神采奕奕，威猛極了，眼睛很大，幾乎到了耳邊。關帝坐在馬上問道：「這是什麼官？」隨從回答道：「他是真定知府。」關帝說：「區區一個知府，怎麼敢如此的張狂！」某生一聽十分吃驚，嚇得毛骨悚然，身子猛然縮小，自己一看已經縮小得像六、七歲的孩子。關帝命令他站起來，讓他跟在馬後邊走。

在道路旁邊有一座殿宇，關帝走了進去，面朝南坐下，讓人把紙筆遞給某生，讓他自己寫下籍貫、姓名。某生寫完，呈遞上去。關帝看完，發怒地說：「字錯得不成樣子！這樣的市儈小人，怎麼能夠勝任百姓的父母官！」他又讓隨從檢查他的德行簿。旁邊一個人跪下啟奏，不知道說了些什麼。關帝厲聲喝斥道：「想當官罪小，買賣官爵罪重！」不一會兒，就見一位金甲神拿著鎖鏈走來，於是又有兩個人過來捉住某生，剝掉他的官服，打了五十大板，屁股幾乎皮開肉綻了，然後將他趕出門去。

某生四下看看，車馬都不見了，身上疼得走不了路，只好趴在草叢裡休息。他仔細辨認了一下這個地方，發現離家倒不是很遠。幸好身體輕得像樹葉一樣，一晝夜的工夫就回到了家。他一下子醒了過來，躺在床上呻吟，家裡的人圍過來問，他只說大腿疼，原來他昏沉沉的像死了似的，已經有七天了，到現在才醒過來。他便問道：「阿憐怎麼不來？」阿憐，就是某生愛妾的名字。

原來那一天阿憐正坐著和人聊天，忽然說：「他當上了真定知府，派人來接我了。」說完，就回到屋裡梳妝打扮，剛打扮好就死了，不過就是隔夜的事情，家裡人說完這事都覺得奇怪。某生又悔又恨，捶胸頓足，只好先將阿憐停屍在家，不要下葬，希望她還能復活。過了幾天，阿憐還是沒有一點動靜，只好把她埋了。

某生的病漸漸地好了，只是腿上的瘡更加厲害了，躺了半年才能起床。他常常說：「家裡的錢都給折騰光了，卻到地下橫遭酷刑，這些倒還可以忍受。只是不知道愛妾被弄到哪裡去了，漫漫長夜讓人難以忍受啊！」

異史氏說，唉！市儈小人本來就沒資格做官嘛！陰間既然已經有關節，恐怕連關帝的馬跡都難以達到，那些作威作福的人，真是誅不勝誅啊！

我的同鄉郭華野先生，相傳也辦過一件與此類似的事情，也可以說他是人中之神吧。郭先生以他清廉正直的品性深受皇上的賞識，又起用他擔任湖廣總督。他的行李非常簡陋，只有四、五個人相隨，衣服鞋子都很破舊。路上的人竟然都不知道他是一個大官。恰好有一個新任縣令上任，與郭先生在路上遇見。那縣官的車隊有二十幾輛駝車，前面開道的有幾十個騎馬的，隨從也有上百人之多。郭先生也不知道他是個什麼官，一會兒走在他們的前面，一會兒走在他們的後面，還時不時地讓自己的隨從混進他們的隊伍裡。那些開道的人很生氣地認為他們是故意搗亂，就喝斥驅逐他們，郭先生也不過問。

不一會兒，來到一個大鎮上，兩路人馬都停下休息。郭先生便派人暗中查訪這個人的底細，原來這個縣令是一個國子監學生，花錢捐了個知縣，要到湖南去上任，郭先生便讓一個隨從去把縣令叫來。縣令聽說有人傳喚他，又是吃驚又是疑惑，便反過來查問對方的官位，這才知道對方原來是湖廣總督，嚇得毛骨悚然，恐懼到了極點，趕緊整理好衣帽，爬著來到郭先生面前。郭先生問道：「你就是某縣的縣令嗎？」縣令回答：「是。」郭先生說：「小小的一個縣，怎麼能養得起這麼多的隨從？你要是上了任，那一方的百姓可就要遭殃了！不能讓你去殃害百姓，你可以馬上回家，不要再往前走了。」縣令連忙叩頭說：「下官還有委任書呢。」郭先生命他把委任書取來，查驗以後，對他說：「這也是一樁小事，我代你交回去就是了。」縣令跪倒叩頭後就出去了，回家的路上不知他是怎樣的心情，而郭先生已經上路了。

世上有這樣官員沒上任就已經受到考核的事情，實在是聞所未聞的創舉，郭先生大概是位奇人，所以才會做出這樣大快人心的事來。

【何守奇】明陰洞陽。

【但明倫】貴官出身何途，而殿上巍巍，能作「清廉謹慎」勉人之語？鬼臉欺人，是其長矣。

【王芑孫】所謂與其一邑哭，不如使之一人哭、一家哭矣。

韓方

明朝末年，濟南以北的幾個州縣，暴發了大規模的瘟疫，挨家挨戶都有病人。齊東有一個農民叫韓方，天性最為孝順，他的父母都得了病，他就準備了紙錢，到常替人治病的神仙孤石大夫的廟裡痛哭禱告。走在回家的路上，韓方還流淚不止。突然遇到一個人，身穿整潔的衣帽，問韓方道：「為什麼傷悲呀？」韓方就把實情告訴他。那人說：「孤石大夫不在這裡，你向他祈禱有什麼用呢？我倒有一個辦法，你可以試一試。」韓方很高興，便請教他的姓名。那人說：「我又不求你報答我，何必通報籍貫姓名呢？」韓方請他到家裡去。那人說：「不必，你只管回去，把黃紙放在床上，然後厲聲說：『我明天要去鬼都，到嶽帝那裡告狀！』病就會好了。」韓方唯恐這個方法不靈驗，堅決請求他走一趟。那人說：「實話對你說吧，我不是人。巡環使者因為我為人誠實，讓我做了南縣的土地爺。因為你很孝順，所以才傳授給你這個方法。目前，嶽帝正在從枉死的鬼中，推舉對人民有功的，或是生性正直、不作奸弄祟的人，來擔任城隍、土地。現在害人的，都是郡城裡被清兵殺死的冤鬼，急於趕到鬼都投狀自薦，所以沿途索要賄賂，來謀取盤纏。一說要向嶽帝告狀，他們必然會害怕，所以病就會好了。」韓方聽了，肅然起敬，趴在地上叩頭表示感謝。等他站起來時，那人已經消失得無影無蹤了。

韓方回到家裡，遵照土地爺教的方法去做，父母的病就都好了，他又把這個方法傳到鄰近的村子，沒有不靈驗的。

異史氏說，沿途作祟害人，只是為了到鬼都證明自己不是作奸弄祟的人，此和舉子進京趕考，卻宣稱不是為了出人頭地的人又有什麼區別啊？天下的事情大多與此類似。還記得甲戌、乙亥年之間，當官的讓百姓捐糧食，上疏時卻說百姓「樂於捐糧」。於是各州各縣都如數捐夠了糧食，想必是動用了一番刑罰。當時濟南北部的七個縣遭受水災，發生了饑荒，催辦捐糧事宜尤其難以進行。唐濟武太史偶然來到利津，見監獄裡關著十幾個農民，便問道：「為了什麼事情被抓呀？」農民回答道：「官府把我們捉到城裡，是向我們追繳『樂輸』。」這些農民不明白「樂輸」兩個字是什麼意思，就以為和徭役、催征是一樣的意思，豈不是讓人可嘆而又可笑的事嗎？

紉針

虞小思是東昌人，以囤積貨物為業。他的妻子夏氏，一天從娘家探親回來，看見門外有個老婦人領著一位少女，哭得很傷心，夏氏上前詢問，老婦人擦著眼淚把事情告訴了夏氏。

原來，老婦人的丈夫叫王心齋，也是個官宦人家的後代，家道中落，又沒有謀生的職業，他就央求保人向富戶黃某借錢做生意。途中，遭遇到強盜，錢被搶去了，幸好命保住了。他回到家裡，黃某就來索要債務，算下來，本錢加上利息不下三十兩銀子，實在沒有什麼東西可以拿來抵債，黃某看王家的女兒紉針長得很美，就想要她做妾，於是讓保人直接告訴王心齋，如果答應他的要求，除了可以抵債外，還可以再多給二十兩銀子。王心齋和妻子商量，妻子說：「我家雖然貧窮，好歹也是官宦人家的後代。他家靠賤業發的家，怎麼敢娶我的女兒當小老婆！況且紉針本來就有女婿，你怎麼能夠擅自做主呢！」

原先，同城傅舉人的兒子和王心齋很投得來，傅家生了個男孩叫阿卯，兩家在他們還在襁褓時就訂了親。後來傅舉人到福建當官，過了一年多死了。妻兒沒有能力回鄉，從此音訊也就斷絕了，因此紉針長到十五歲時，還沒有許配人家。

妻子提到這件事時，王心齋無言以對，只是想著怎麼能還上這筆債。妻子說：「迫不得已，我去試著和兩個弟弟商量商量吧。」王心齋妻子的娘家姓范，她的祖父曾經在京城做過官，兩個孫子的田產還很多。第二天，范氏就帶著女兒回娘家，把黃某逼債的事情告訴了兩個弟弟。兩個兄弟任憑她涕淚縱橫，也沒有說一句要為她想辦法的話。范氏於是哭哭啼啼地回來，恰好碰到夏氏詢問，就一邊哭一邊訴說。

夏氏很可憐她們，再看這姑娘，丰姿綽約，可愛動人，心中越發為她們感到哀傷悲戚。她便邀請母女倆到了她家，款待她們吃了酒飯，安慰道：「你們母女不要哀傷，我一定竭盡全力幫助你們。」范氏還沒來得及道謝，紉針已經哭著跪倒在地，夏氏對她更感惋惜。她籌畫著說：「我雖然有一點積蓄，但要湊夠三十兩銀子也不是太容易的事，我再去典當一些東西，湊足了錢給你們。」范氏母女再三拜謝，夏氏跟她們約好三天後來取錢。

分手以後，夏氏就千方百計地替她們籌錢，但也沒敢告訴自己的丈夫。三天以後，銀子還沒有湊夠數，她又讓人去向她的母親借。范氏母女已經來了，夏氏如實告訴了她們，又約定明天再來取。到了晚上，跟母親借的銀子到了，夏氏就把所有的銀子合併在一個包裹裡，放在床頭。

到了夜裡，有個強盜在牆上打了洞，舉著燈進來。夏氏驚醒過來，偷偷一看，見這個人胳膊上挎著短刀，樣子很凶惡。她心裡十分恐懼，不敢作聲，假裝睡著了。強盜走近箱子，打算把鎖撬開，回過頭看見夏氏的枕頭邊有一包東西，便探身抓走，拿到燈下，解開看了看，把它放進自己腰間的口袋裡，不再開箱子就走掉了。

夏氏急忙起床呼救。家裡只有一個小丫鬟，隔著牆呼喊鄰居，等鄰居們趕過來時，強盜早已經跑遠了。夏氏於是坐在燈下低聲地哭泣。她見丫鬟睡熟了，就解下帶子在窗櫺間上吊自殺了。天亮以後，丫鬟醒來發現，急忙叫人來解救，夏氏的四肢已經冰涼了。虞小思聽說妻子的死訊急忙趕回來，盤問丫鬟才知道其中的原因，很是吃驚，流著眼淚為夏氏辦理喪事，這時正是夏天，夏氏的屍體既不僵硬，也不腐爛，過了七天，才將她入殮。

夏氏埋葬以後，紉針偷偷地從家裡跑出來，來到她的墓前痛哭。忽然，暴雨傾盆而下，雷聲大作，墳墓被劈開來，紉針也被雷震死了。虞小思聽說以後，跑去查驗，發現棺材已經打開了，妻子正在裡面呻吟，便把她抱了出來。再一看，旁邊還有具女屍，不知道是什麼人。夏氏仔細一看，才辨認出是紉針。夫妻正在驚駭的時候，范氏趕來了，看見女兒已經死了，不由哭著說：「我本來就懷疑她在這裡，現在果然如此！她聽說夫人自殺的消息後，日夜不停地哭泣，今天晚上她對我說，要到墳上來痛哭一場，我沒有答應她。」夏氏被紉針的情意感動，便和丈夫商量，就用埋葬自己的棺材墓穴替紉針下葬。范氏向他們表示感謝。虞小思背著妻子回家，范氏也回家告訴丈夫。

接著，又聽說村北有個人了被雷給劈死在路上，身上還有字，寫道：「偷夏氏錢的賊。」不一會兒，就聽見鄰家婦女的哭聲，這才知道被雷打死的是她的丈夫馬大。鄉民告到官府，縣令將馬大媳婦拘捕到衙門，嚴加審訊。原來，范氏因為夏氏籌集銀子替她女兒贖身，就感動地流著眼淚對別人說起這件事。馬大是個好賭成性的無賴，聽說以後，心中生出偷盜的念頭，到虞家偷了錢。縣令命令押著馬大媳婦搜查贓款，發現只剩下二十兩，又從馬大的屍體上找到四兩。縣令判決將馬大媳婦賣掉，用這筆錢來彌補不足的部分。夏氏更加高興，就把這筆錢都給了范氏，讓她去償還債主。

紉針下葬第三天的晚上，電閃雷鳴，狂風大作，墳墓又被劈開來，紉針也一下子活了過來。她沒有回自己的家，而是去敲夏氏的家門。因為紉針認識夏氏的墳墓，見她不在，疑心她已經復活了。夏氏被敲門聲驚醒，起來隔著門問是誰。紉針說：「夫人果然是復活啦！我是紉針呀。」夏氏害怕她是鬼，便喊來鄰居的老媽媽盤問她，知道紉針復活了，便高興地把她迎進屋裡。紉針說：「我願意在這裡侍候夫人，不再回家去了。」夏氏說：「那麼人家不會說我是花錢買了一個丫鬟嗎？妳下葬以後，我已經替你們家把債還清了，妳大可不必猜疑。」紉針更加感動得流淚，就想把夏氏當作母親來侍奉，夏氏不同意。紉針說：「孩兒能做家務活，不會吃閒飯的。」

天亮以後，夏氏通知了范氏，范氏很高興，急忙趕來。她也遵從女兒的心願，就把紉針托給了夏氏。范氏走了以後，夏氏強行送紉針回家。紉針在家日夜啼哭思念夏氏。王心齋便背著女兒來到虞家，把她放在門裡就走了。夏氏一見紉針，大吃一驚，一問才知道其中的原因，就安心地讓紉針留了下來。紉針見虞小思回來，急忙上前下拜，叫他父親。虞小思本來就沒有子女，又見紉針溫柔可愛，令人愛憐，心中倒也很高興，紉針紡紗織布，縫紉衣服，十分勤勞。夏氏偶然得了重病，紉針日夜不停地服侍她，她看夏氏不吃飯，自己也不肯吃。臉上還時不時地有淚痕，她向人說道：「母親萬一有個好歹，我決不活了！」夏氏病稍微好一點，紉針這才破涕為笑，高興起來。夏氏聽說後，感動得流下眼淚，說：「我四十歲了還沒有子女，如果能生下一個像紉針這樣的女兒也就心滿意足了。」夏氏從來沒有生育過，過了一年，生下一個兒子，人們都認為這是她做善事的回報。

過了兩年，紉針長得更大了。虞小思和王心齋商量，不能再堅守與傅家的婚約。王心齋說：「女兒在你家裡，她的婚姻大事就由你們做主吧。」紉針這時已經十七歲了，賢慧美麗，舉世無雙。這話一傳出，到虞家來提親的人絡繹不絕，虞家夫妻為她挑選。富戶黃某也派媒人來提親，虞小思厭惡他為富不仁，堅決拒絕了，而是為紉針選擇了馮家。馮某是當地的名士，他的兒子聰慧而又有文才。虞小思打算告訴王心齋，恰巧王心齋出去做生意沒有回來，就徑直答應了這門親事。

黃某因為在虞家沒有得逞，也假裝做生意，查到王心齋的住處，先是設宴邀請王心齋，接著又資助他一些錢，漸漸地就和他的關係融洽起來。黃某於是說他的兒子很聰慧，並且自己給兒子提親，王心齋既感激他的情意，又仰慕他家的富有，便和他訂了婚約。

回來以後，王心齋來到虞家，才知道虞小思昨天已經接受了馮家的婚書。虞小思聽王心齋說完，很不高興，就把紉針叫出來，把情況告訴她。紉針生氣地說：「黃家債主是我的仇人，讓我嫁到仇人家，我只有一死！」王心齋聽了覺得很沒有面子，就托人告訴黃家，說女兒已和馮家訂了婚約。黃某憤怒地說：「紉針姓王，不姓虞，我和王家的婚約在先，他和馮家的婚約在後，怎麼能夠背叛婚約呢？」於是就到縣衙去告狀。

縣令打算按照訂婚的先後將紉針判給黃某。馮某說：「王心齋已經把女兒託付給虞家，而且有言在先，紉針的婚事不再過問，而且我有訂婚的文書，他只不過是杯酒之間的交談。」縣令聽了，也不能裁斷，打算根據紉針的意願來判決。黃某又用銀子賄賂縣令，求他偏袒自己，因此這件案子拖了一個多月也不能判決。

一天，有個舉人北上入考應試，路過東昌，派人打聽王心齋。恰好問到了虞家，虞小思反過來問他是誰，原來這個舉人姓傅，就是阿卯。他已經入了福建籍，十八歲就已經中了舉人，因為以前有婚約，所以一直沒有結婚。他的母親囑咐他順道去尋找王家，問問紉針姑娘是否已經另嫁他人。虞小思聽完大喜，邀請阿卯到他家，詳細敘述了這些年的遭遇。然而女婿從幾千里外的地方前來，他擔心沒有憑據可以證明。阿卯打開箱子，取出王心齋當日寫下的允婚文書。虞小思便把王心齋叫來，一驗看，果然是真的，於是大家都很歡喜。這一天，縣令開堂複審，阿卯遞進名片拜見縣令，這個案子就銷掉了，阿卯選好結婚的日期才走。

阿卯會試結束後，買了許多禮物回來，還住在傅家原來的宅子裡，迎親舉行婚禮，阿卯考中進士的喜報已經到了福建，不久又報到了東昌。阿卯又在禮部會試中高中，在京城各部中當了一陣子官才返回來。紉針不願意到南方去，阿卯也因為房產祖墳都在東昌，於是獨自前往福建，帶著父親的靈柩，用車載著母親一同回鄉。又過了幾年，虞小思死了，兒子才七、八歲，紉針對他的撫育超過對自己的弟弟，還讓他讀書，進了縣學，家境也富裕起來，這些都是靠傅阿卯的力量。

異史氏說，神龍中難道也有遊俠嗎？表彰善人，憎恨惡人，讓人生死，用的都是雷電，這可以算是「錢塘破陣舞」。雷電屢屢轟擊，都是為了一個人，哪裡知道紉針不是龍女被貶降到人間來的嗎？

【何守奇】可謂洊雷矣，然而聾者不聞。

桓侯

荊州有個叫彭好士的人，到朋友家喝完酒回來，下馬小便，馬就在路邊吃草，有一叢細草，纖細柔軟，十分可愛，剛剛綻放的黃花，光豔奪目，馬已經把它啃了一半多。彭好士將其餘的草拔了出來，一嗅，覺得有一股異常的香味，於是將它放進懷裡。

他騎上馬又上了路，那馬飛快地向前奔跑。彭好士感覺到十分的痛快，竟然不想走回家的路，任憑馬飛跑。忽然，他發現太陽已經下山了，這才勒轉馬頭打算回家，但他望著眼前的一片大山，並不知道這裡是什麼地方。

一個青衣人走來，見彭好士的馬還在嘶叫，便代他抓住轡頭，說道：「天已經快黑了，我家主人請您去住宿。」彭好士問道：「這裡是什麼地方？」那人答道：「四川閬中。」彭好士大為驚駭，原來這半天的工夫已經跑出一千多里地了，他便問道：「主人是什麼人？」那人說：「到了那裡，你自然就會知道。」彭好士又問：「在哪裡？」那人答道：「不遠。」說完，那人就牽著彭好士的籠頭飛步前進，人和馬都像飛起來一樣。過了一個山頭，只見半山腰有一座府第，屋宇重疊，中間夾雜著屏幔。遠遠地望去，只見有一堆人站在那裡，好像在等什麼人似的。彭好士來到眾人面前，翻身下馬，拱手行禮。

不一會兒，主人走了出來，神氣剛勁威猛，頭巾衣服都和人世間的式樣不一樣。他向客人們拱手施禮，說道：「今天來的客人，沒有比彭先生的路途更遙遠的了。」於是，向彭好士作了一揖，請他先走，彭好士急忙謙讓，不肯先走。主人抓住他的手臂帶著他走。彭好士只覺得被抓住的地方好像上了枷鎖一樣，疼得骨頭都要斷了，便不敢再爭執，乖乖地走了。剩下的客人還想互相推讓，主人有的推了一把，有的拉了一下，客人們都呻吟著跌倒在地，好像不堪承受，只好一一遵照主人的命令進了屋子。

眾人走進大廳，只見廳上的陳設十分華麗，炫人耳目。兩位客人坐一張桌子。彭好士悄悄地問同桌的客人：「主人是什麼人？」客人答道：「他就是張桓侯張飛。」彭好士十分驚愕，嚇得連咳嗽都不敢了，酒席上也都寂靜無聲。

酒宴開始了，張桓侯說：「每年都要打擾各位親戚朋友，今天特意準備了幾桌酒席，盡一點小小的心意。恰好有位遠道而來的客人光臨，也是一件很幸運的事情。我私下裡有一個請求，很是冒昧，如果您心裡有一點捨不得，我也不會勉強您。」彭好士起身問道：「是什麼東西？」桓侯說道：「您的坐騎已經有了仙骨，不是凡間的人能夠驅使的了，我打算買匹馬跟您交換，不知您意下如何？」彭好士說：「我就把牠敬獻給你吧，不敢想用馬交換。」桓侯說：「我一定要送您一匹好馬作為回報，而且要再送您一萬兩銀子。」

彭好士立刻離開座位，趴在地上向桓侯稱謝，桓侯命人把他拉起來。過了一會兒，酒菜紛紛端了上來，一直喝到太陽下山，桓侯命令點起燈燭，眾人起身告辭，彭好士也向桓侯告別。桓侯說：「先生遠道而來，回哪裡去呢？」彭好士看著同桌的客人說：「我已經和這位先生說好，到他家借住一宿。」

桓侯於是又用大酒杯向客人們一一敬了酒，然後對彭好士說：「你懷中的香草，新鮮的服下可以成仙，枯萎的可以用來點化金銀，用七根香草，就能點化一萬兩銀子。」說完，就命令僕人拿出點化金銀的方法交給彭好士，彭好士又向他行禮道謝。桓侯說：「明天到集市上，請你在馬群中隨便挑選一匹良馬，不必和馬販子討論價錢，我自然會付給他。」又轉身對眾人說：「客人遠道回家，請大家少量地資助他一些盤纏。」

眾客人連聲答應。喝完酒以後，眾人道謝告別而出。

途中，彭好士才問起眾人的姓名，知道和自己同桌的叫劉子翬。大家一起走了兩、三里地，翻過一道山嶺，就看見眼前有一座村莊。眾客人陪著彭好士來到劉家，這才說起今天這件事的奇異。

從前，村子裡每年都要在桓侯廟舉行賽社活動，斬殺牲口，請來戲班，漸漸地成為習慣，劉子翬就是這項活動的發起人，三天前，賽社活動剛剛結束。這天中午，各家都有一個人被邀請過山，問到是什麼事情時，來人閃爍其辭，只是敦促得很急迫。眾人過了山，見到一處亭臺樓閣，都很驚駭疑惑。快走到門口時，使者才把實情告訴他們，眾人也不敢往回走。使者說：「大家暫且在此等候，邀請的一位遠方客人馬上就到了。」原來遠方客人就是彭好士。眾人互相述說這件事的奇怪。其中被桓侯握過手的人，都感到胳膊疼，解開衣服在燈下一照，發現皮肉都已經變成青紫色了。彭好士看看自己，也是如此。眾人散去，劉子翬取來被褥請彭好士就寢。

第二天天一亮，村民們就爭相邀請彭好士到家中做客，又陪著他到集市上去相看馬匹。十幾天的工夫，看了十幾匹馬，就是看不到一匹好馬，彭好士也不想將就選一匹。這一天又來到市上，看見一匹馬的骨相似乎很不錯，彭好士騎上去一試，果然神駿無比。他徑直將馬騎回了村子，等著賣馬的人來。但那人始終沒有來，再回集市上找，那人已經走了。彭好士於是向村民告別，準備回家。村民們又資助他盤纏，他就上路回家，那匹馬一天能跑五百里地。

等回到家述說自己的這番經歷時，大家都不相信。彭好士從口袋裡取出蜀地的產物，大家這才感到奇怪。彭好士懷中的香草已經枯萎了很長時間，拿出來一看，恰好是七根。他按照桓侯傳授的方子進行點化，家裡果然暴富起來。彭好士便來到上次去過的地方，只到桓侯廟進行祭祀，而且唱了三天大戲才回家。

異史氏說，看完桓侯宴請賓客這段故事，就會相信武夷山君在山頂上宴請村民們的事情並不是荒誕不經的。但是主人邀請客人，就能把那些他很友愛的人的胳膊幾乎折斷，由此可見，他當初的勇力是何等驚人。

吳木欣說過一個故事，有一個李生，他的嘴唇遮不住他的門牙，露在外面的有一指多長。一天，他和朋友在某處舉行宴會，有兩位客人互相謙讓座位的上下，爭執得非常厲害。一個人拉住對方讓他往前，對方卻竭力往後退，因為力氣太大，胳膊脫了出去。李生正好站在他們的後面，肘部一下子觸到他的牙齒上，把那兩顆門牙給撞掉下來，血一下子湧了出來，眾人十分驚愕，爭執才平息了。

這件事和桓侯握住客人卻弄斷胳膊的事情，可以說是同一類笑話。

【何守奇】為桓侯客不易。

粉蝶

陽曰旦是瓊州的一個讀書人。一次，他返回來，乘船在海上的時候，遭遇到颶風的襲擊，船眼看就要翻了。突然海上飄來一隻空船，他急忙一躍上去，等回過頭一看，剛才的那條船和船上的人都已經沉沒了，風越颳越狂，他閉上眼睛任憑風將船吹得到處漂蕩。

不一會兒風停了，他睜開眼睛一看，忽然看見一座島嶼，島上房屋連成一片。他划著船靠近岸邊，上岸一直走到村莊門口，村子裡靜悄悄的，他走走停停過了好久，連雞犬的聲音都沒有聽到。這時眼前出現一個門朝北開的院子，院子裡松竹茂密繁盛。此時已是初冬，牆內一種不知名的花，開得滿樹都是。陽曰旦的心裡十分喜愛，便慢慢地走進院子。只聽遠處傳來琴聲，他不由地停下了腳步。一個丫鬟從內院走出來，大約

十四、五歲的年紀，飄逸灑脫，長得十分豔麗。她一看見陽曰旦，就急忙轉身回到內院，過了一會兒，琴聲就停止了，一個年輕人走了出來，驚訝地問陽曰旦是從哪裡來的？陽曰旦一五一十地告訴了他，年輕人又詢問他的籍貫、姓氏，陽曰旦也告訴了他。年輕人高興地說：「你是我的親戚呀。」說完，就向陽曰旦拱拱手，請他進內院。

陽曰旦進了院子，只見院中的房屋極為華麗精美，這時又傳來陣陣琴聲，進到屋內，只見一位少婦正襟危坐，正在調撥琴弦。這位少婦大約十八、九歲的樣子，顯得光彩照人。一見有客人進來，她推開琴就要走開。年輕人阻止她說：「不要跑，他正是妳家的親戚。」於是代陽曰旦介紹了他的一番情況。少婦說：「你是我的侄子呀。」接著又問道：「祖母還健在嗎？父母今年多大了？」陽曰旦回答道：「父母四十多歲，都沒有什麼病，只是祖母已經年過六旬，病得很厲害，一舉一動都要由人照顧。侄子實在不知道姑姑屬於哪一房，希望您能明確地告訴我，回家以後好向家人述說。」少婦說：「因為路途遙遠，早已不通音訊了，你回去以後，只要告訴你父親，『十姑向你問好』，他自然就會明白了。」陽曰旦問：「姑父是哪裡的人士呢？」年輕人說：「我姓晏，名叫海嶼。這裡名叫神仙島，離瓊州三千里，我流落到這裡的時間也不很長。」

十娘走到裡面，讓丫鬟端出酒菜來接待客人。陽曰旦只覺得菜蔬的味道非常香美，但也不知道叫什麼名字。吃完飯以後，晏海嶼領著陽曰旦到花園散步，只見園子裡桃杏正含苞待放，陽曰旦感到很奇怪。晏海嶼說：「這個地方夏天沒有酷熱，冬天沒有嚴寒，鮮花四季盛開，從不間斷。」陽曰旦高興地說：「這可真是神仙住的地方呀，我回家稟告父母，就把家搬來跟你們做鄰居。」晏海嶼只是微笑著不說話。

他們回到書房，點上蠟燭，只見一張琴放在桌子上，陽曰旦就請晏海嶼彈奏曲子，以助雅興。晏海嶼便撫弦撚柱，準備彈奏。十娘從內室走出來，晏海嶼便說：「來，來！妳為妳侄子彈奏一曲吧。」十娘便坐了下來，問陽曰旦道：「你想聽什麼曲子？」陽曰旦說：「侄子平時沒有讀過《琴操》，不知道有什麼曲子，實在說不出想聽什麼。」十娘說：「你只管隨意出題，我都可以給你演奏。」陽曰旦笑著說：「海風引導船兒前行，也可以彈出一曲來嗎？」十娘說：「當然可以。」

說完，十娘就手指挑撥琴弦，好像有現成的曲譜一樣，意境奔騰豪邁，如同山崩海嘯一般，靜靜地體會，就好比仍然坐在船上，在颶風中隨著海濤搖擺顛簸。陽曰旦驚嘆不已，非常傾倒，便問：「我可以學這琴嗎！」十娘把琴遞給他，讓他試著勾撥，說：「當然可以教你，你想學什麼？」陽曰旦說：「妳剛才演奏的這曲『颶風操』，不知要用幾天才能學會呢？請先把曲譜抄錄下來，我好吟誦它。」十娘說：「這曲子沒有曲譜，我是用心意來譜成的。」說完，她又取來一張琴，示範一些勾、剔的動作，讓陽曰旦效仿。陽曰旦一直學習到一更天，大致也能使音節合拍了，十娘夫婦才告別而去。

陽曰旦目注心凝，聚精會神地在燈下獨自彈奏。過了好久，他突然得到了奇妙的領悟，不知不覺舞了起來。他一抬頭，忽然看見丫鬟還站在燈下，便驚訝地問：「妳原來還沒有走呀？」丫鬟笑著說：「十姑讓我侍候您就寢，然後關門，拿走燈。」陽曰旦仔細地打量她，只見她的眼睛如一汪秋水，澄靜明亮，神態嬌媚絕倫。陽曰旦不由心動，微微地挑逗她，丫鬟只是低著頭，臉上含著笑容。陽曰旦越發被她迷惑，一下子站起來挽住她的脖子。丫鬟說：「不要這樣！現在已經四更天了，主人就要起床了，要是彼此都有心的話，明天晚上也不算晚呀。」

兩人正親熱地擁抱時，就聽見晏海嶼喊「粉蝶」。丫鬟臉色大變說：「壞了！」便急忙跑了出去。陽曰旦悄悄地跟過去探聽動靜，就聽晏海嶼說：「我早就說過這丫頭的塵緣未絕，妳卻非要收下她不可，現在怎麼樣呢？該罰她三百鞭子！」十娘說：「這種心思一旦萌生，就不能夠再使喚了。不如讓我的侄子把她送走吧。」陽曰旦心中又是慚愧又是害怕，返回書房熄燈睡覺了。

第二天天亮，便有童子來侍候陽曰旦洗漱，沒有再看見粉蝶。陽曰旦惴惴不安，恐怕被十娘責備，趕他走。不一會兒，晏海嶼和十娘一起出來，似乎心裡並沒有什麼不痛快的事情，而且考陽曰旦的琴練得怎麼樣了。陽曰旦彈奏了一曲，十娘說：「雖然還沒有達到出神入化的地步，但也學得八九不離十了，等彈熟了以後，就可以到達神妙的境界。」陽曰旦又請求傳授別的曲子。晏海嶼就傳授一曲「天女謫降」，演奏的手法非常難。陽曰旦練習了三天，才能彈成曲子。晏海嶼說：「曲子的大概你已經掌握了，以後只需要熟練地彈奏就行了。能把這兩支曲子練嫺熟了，就沒有什麼曲子不能彈奏了。」陽曰旦很想家，告訴十娘說：「我住在這裡承受姑姑撫養很是快樂，只是怕家裡會掛念我，這裡離家三千里，什麼時候才能夠到家啊！」十娘說：「這倒也不難，原來那條船還在，我會再助你一帆風的。你還沒有家室，我已經派粉蝶先去了。」說完就把琴贈送給他，又交給他一種藥，說：「回去給祖母服下，這藥不僅能治病，還可以延年益壽。」

於是，十娘將陽曰旦送到海岸，讓他上船。陽曰旦找槳，十娘說：「不要這個東西。」說著就解下裙子當作帆，替他繫好。陽曰旦擔心會迷路，十娘說：「你不必擔心，只要聽任風帆把船帶著在海上漂蕩就行了。」她繫好帆，下了船。陽曰旦心中淒涼，正要和姑姑道謝告別，竟然颳起了南風，船一下子就離岸很遠了。陽曰旦一看，船上已經準備好乾糧，但是只夠一天的吃喝，陽曰旦心中埋怨十娘未免太吝嗇。他肚子餓了也不敢多吃，生怕一下子吃完了，只是吃了一塊芝麻餅，覺得裡外都很香甜，剩下的六、七塊，他當寶貝似的收藏起來，不過肚子也不再感到餓了。過了一會兒，只見夕陽就要西下，陽曰旦正在後悔來的時候沒有要燈燭，轉眼之間就遠遠地看見了人煙，再仔細一看，原來已經到了瓊州，他高興極了。不一會兒，船就靠了岸，他解下裙子，裹上芝麻餅，就回家去了。

陽曰旦一進家門，全家都十分驚喜。原來他離開家已經十六年了，他這才知道自己是遇上了神仙。陽曰旦看祖母的病情更加嚴重了，便拿出藥來給祖母服下，多年的痼疾一下子就好了。大家都感到奇怪地問陽曰旦是怎麼回事？他便把自己的經歷述說了一遍，祖母流下眼淚，說：「她確實是你的姑姑。」

原來老夫人有一個小女兒，名叫十娘，生下來就有仙女的風姿，許配給晏家為妻，女婿十六歲的時候進山修煉，沒有回來。十娘在家等到二十多歲時，忽然就無病而亡，埋葬她至今已經有三十多年了。聽陽曰旦這麼一說，大家都懷疑十娘並沒有死，他取出十娘的裙子，果然就是十娘原先在家時常穿的。陽曰旦又把帶回來的餅分給大家嘗嘗，只要吃一塊就會整天不餓，而且精神倍增。老祖母命人打開十娘的墳墓查驗，果然只剩下一口空棺材。

陽曰旦起初聘的是吳家的閨女，還沒有娶進門，陽曰旦好幾年不回來，姑娘已經另嫁他人了。大家都相信十娘的話，等著粉蝶的到來。但是過了一年多，沒有一點音訊，便開始商議另娶他人。臨縣有個錢秀才，有個女兒名叫荷生，芳名四方遠揚，今年十六歲，還沒有出嫁就已經讓三個未婚女婿死了，陽曰旦便托媒人定了這門親事，選擇良辰吉日舉行了婚禮。荷生進門以後，果然是光彩照人，美豔絕倫。陽曰旦一看，原來她就是粉蝶。驚訝地問她從前的事情，荷生卻一點也不知道，原來當年粉蝶被逐的時候，就是荷生降生的日子。每當陽曰旦給她彈奏「天女謫降」這支曲子時，荷生就會手托下巴，凝神思索，好像心領神會一般。

【何守奇】「海風引舟」、「天女謫降」，兩琴操是其命意處，而文品若仙。

李檀斯

長山李檀斯，是一個太學生。他住的村子裡有一個做無常鬼、勾人性命的老太婆。一次，老太婆對人說：「今天夜裡我和另一個人抬著檀斯老爺投生到淄川縣柏家莊一個新人家中，他的身體重極了，我幾乎被他壓死。」

當時，李檀斯正在和客人歡宴飲酒，眾人都認為老太婆是胡說八道。到了晚上，李檀斯果然無疾而終。天亮以後，人們按照老太婆所說的地址前去一問，果然他家昨天晚上生了一個女兒。

錦瑟

沂水有一個王生，小時候就死了父親，便自成一族。他的家境非常清貧，但他卻是一位修身自好，品格高雅，風度翩翩的年輕人。一個姓藍的富翁，見了他非常喜歡，把女兒嫁給他，答應為他蓋房子、治產業。媳婦娶過門不久，藍老頭就死了，他的妻兄弟們都對他鄙夷不屑，而他的妻子更加傲慢，常常把自己的丈夫當成傭人奴僕一般看待。她自己享受著珍饈美味，而王生回到家裡，她卻只給碗粗米飯、一瓢湯，再折兩根樹枝當筷子，放在他的面前，王生都忍受下來。

王生十九歲的時候，到郡縣參加秀才考試，但沒能考中，他從郡裡回來，恰好媳婦不在屋裡，他看鍋裡燉的羊肉湯已經熟了，就盛了吃起來。媳婦進了門，一句話不說，只是把鍋端走了。王生非常羞慚，把筷子扔在地上說：「人生受到這樣的待遇，我還不如死了算了！」媳婦也很氣惱，就問他什麼時候死，還馬上遞給他繩子，讓他用作上吊的工具。王生氣得把手中的湯碗扔了出去，一下子把媳婦的腦門給砸破了。

王生滿含悲憤地出了家門，自己想想確實是生不如死，便懷揣繩索進了深山。他來到樹叢下，正要選根樹枝來繫繩子，忽然發現在土崖之間，微微地露出一點衣裙，轉眼之間一個丫鬟走出來，看見王生就急忙往回走，像影子似的一下子就沒有了，土崖上也沒有留下一點裂開的痕跡。王生當然知道是妖怪，但他本來就是來尋死的，所以並沒有一點畏懼，而是解下繩子坐著觀察動靜。

過了一會兒，那個丫鬟又露出半張臉來，偷看了一下又縮回去了。王生想這樣一個鬼怪，跟著她必然是個死，便抓起一塊石頭叩打土壁說：「如果可以進去，請指點我一條途徑，我來不是為了求歡，而是來求一死的。」過了好久，也沒有一點聲音。王生又把剛才的話重複了一遍，就聽裡面說道：「如果要求死，請暫且退後，可以晚上再來。」說話的聲音非常清脆，細小得就像蜂子的叫聲一般。王生說：「好吧。」便退了回來，等待夜晚的到來。

不久，天上已是布滿了星星，那土崖忽然變成一座高大的宅第，靜靜地敞開兩扇門。王生沿著臺階走進去。剛走了幾步，就發現有一條河橫在面前，河水湧動，像溫泉一樣冒著熱氣。他用手一摸，覺得水熱得像一鍋沸騰的開水，只是不知道這條河能有多深。他疑心這就是鬼神指點給他求死的地方，便縱身跳了進去，只覺得一股熱氣穿透了層層的衣服，皮膚疼得像腐爛了一樣，幸而能浮在水面上不沉下去。他在水裡游了好一陣子，漸漸地覺得可以忍受熱了，便極力爬抓，好不容易才登上了岸邊，幸好身上沒有被燙傷。

王生又往前走，遠遠地看見一座高大的屋子裡有燈光，他便跑了過去。突然一條凶猛的狗衝了出來，咬破了他衣服、襪子。他撿起石頭扔過去，狗稍稍往後退卻。接著又來了一群狗堵在面前，嗷嗷叫著，都長得有牛犢那麼大。正在危急的時候，丫鬟出來將狗喝退，說：「是求死郎來了嗎？我家娘子憐憫你落到如此窮困的境地，讓我送你到安樂窩去，從此以後就不會有災了。」說完，就挑著燈引導他前去，打開後門，就在黑暗中走去。過了一會兒，來到一戶人家，明亮的燭光照在窗戶上。那丫鬟說：「您自己進去吧，我走了。」

王生進了屋子，四下一看，發現已經到了自己的家，他轉身就跑了出來。恰好遇到服侍他媳婦的老婦人，衝著他說：「整天都在找你，又想到哪裡去！」說著就把他拉回屋裡。他媳婦用手帕裹著頭上的傷口，下床笑著迎上前說：「我們夫妻都一年多了，跟你開個玩笑你還看不出來嗎？我已經知罪了。你受了些譏笑，我的腦門兒可是被你實實在在地打傷了，你的怒氣也可以稍稍緩解了吧。」說完，她又從床頭取過兩大錠銀子放在王生的懷裡，說：「以後家裡吃穿用的，全部聽你的，可以嗎？」王生不說話，拋下銀子，奪門奔跑，還想再回到深山裡去，敲那座宅第的門。

他來到野外，只見那個丫鬟因為體弱，走得很慢，而且時不時挑起燈籠遙遙地望著他。王生一邊快速奔去一邊呼喊，那燈籠便停了下來。跑到眼前，丫鬟說：「您又跟來了，可真辜負了我家娘子的一片苦心。」王生說：「我是來求死的，不是來和妳商量求活路的。妳家娘子是大戶人家，在地下也應該需要傭人，我願意到你們那裡服役，實在不認為活在世上有什麼樂趣可言。」丫鬟說：「好死不如賴活著，你的想法真是何等的荒謬啊！我家也沒有別的活兒，只有淘河、除糞、餵狗、背死人。如果做的不符合要求，還要割耳朵、割鼻子、砍胳膊、砍腳趾，您能做到嗎？」王生答道：「能。」

他們從後門進來，王生問道：「什麼差役都可以做，妳剛才說的背死屍，哪裡會有那麼多的死人呢？」丫鬟說：「娘子以慈悲為懷，專門設了一座『給孤園』，收養陰間橫死無家可歸的鬼魂。鬼以千計數，每

錦瑟
憂患曾經閱歷多受恩深重復如何天魔劫後天緣合真是人間安樂窩

天都有死亡，所以需要背出去埋葬，請一道去看一下。」

不一會兒，他們進了一道門，門上寫著「給孤園」三個字。走到裡面，只見房屋錯雜凌亂，惡臭熏人。園裡的鬼見到燈光便紛紛聚攏過來，都是斷頭缺腳的樣子，不堪入目。他們轉身剛要走，只見一具屍體橫躺在牆下，走近一看，已經是血肉狼藉了。丫鬟說：「就半天的工夫沒有背，已經被狗給吃了。」說著就讓王生馬上把他搬出去。王生面有難色，丫鬟說：「您如果不能背，就請您還是回去享受安樂的生活。」王生迫不得已，只好把屍體背到隱秘的地方放好。他於是求丫鬟代為說情，希望能夠不做這種背死屍的髒活，丫鬟答應了他。

走到一處院落，丫鬟說：「暫且在這裡坐一會兒，我進去通報一下。養狗的活兒比較輕鬆，我自當代您去爭取，如果弄成了，您可要想著報答我。」她去了一小會兒，就跑了出來，說道：「來，來！娘子出來了。」王生跟著她走進去，只見堂上四處懸掛著燈籠，有一位女郎靠近門坐著，看上去是一位二十多歲的天仙。王生跪倒在階下，女郎命人將他拉起來，說：「這是一個書生，怎麼能讓他去養狗？可以讓他到西堂，負責管理文書。」王生很高興，連忙跪倒表示感謝。女郎說：「你看上去是個樸直誠實的人，一定要認真做好你的工作。如果有一點兒差錯，你的罪責可不輕啊！」王生連聲答應。

丫鬟領他來到西堂，只見梁柱牆壁都很清潔。王生很高興，向丫鬟道謝，然後又問起女郎的家世，丫鬟說：「她名叫錦瑟，是東海薛侯的女兒。我名叫春燕，您生活上需要什麼東西，儘管跟我說。」春燕去了一會兒，就抱來了衣服、鞋子、被褥，放在床上。王生很高興有了這樣一份工作。

第二天黎明，王生早早起來開始工作，登錄鬼魂的名冊，他手下的僕役，全都來拜見他，贈送給他許多酒肉。王生怕招人嫌疑，全都拒不接收。他的一日兩餐，全都從府內送出。錦瑟觀察到他廉潔嚴謹，特地賜給他儒巾和華麗的衣服。凡是有什麼賞賜，全都派春燕送來。春燕很有風韻，兩個人熟了以後，常常以眉目傳情，但王生極為嚴謹，保持自己的操守，不敢有一點點差錯，只是裝出一副遲鈍的樣子。這樣過了兩年多，錦瑟給他的獎賞和供給比正常的俸祿要多出一倍，但王生還和從前一樣謹慎自律。

一天晚上，王生剛剛睡下，就聽到內宅傳來一片喊叫聲，他急忙起床，提著刀出來，只見那邊的燈火照亮了天空。他進去偷偷一看，只見院子裡全是強盜，小廝僕人們都嚇得四處奔逃。一個僕人催促王生和他一起逃走，王生不肯，把臉上抹花了，又用帶子束住腰，夾雜在強盜中間，大聲喊道：「不要驚動薛娘子！只管分財物，不要有遺漏的。」這時，強盜們在各間房裡搜尋錦瑟，但沒有找到。王生知道他們還沒有找到錦瑟，便潛入宅子後面，獨自尋找錦瑟，他遇到一個藏著的老婦，才知道錦瑟和春燕已經翻牆逃走了。

王生也翻過牆去，只見錦瑟和春燕正藏在一個黑暗的角落裡。王生說：「這裡怎麼可以藏身呢？」錦瑟說：「我再也走不動了。」王生便扔下刀，背起錦瑟，奔跑了兩、三里地，王生全身已經大汗淋漓了，這才進了深谷。他把錦瑟從肩上放下來，讓她坐下。突然，來了一隻老虎。王生大為驚駭，就想迎上去攔住老虎，但老虎已經把錦瑟叼在嘴裡，王生急忙捉住老虎的耳朵，極力把自己的胳膊伸進虎口，想代替錦瑟。老虎很惱怒，把錦瑟放掉，咬住王生的胳膊，咬得咯吱直響，胳膊被咬斷了掉在地上，老虎也就走了，錦瑟哭著說：「苦了你啦，真是苦了你啦！」王生在驚慌忙亂之中，一下子還沒感到疼痛，只是覺得血像水一樣流了出來，就讓春燕撕下衣襟把傷口裹住。錦瑟連忙阻止，俯身找到斷臂，親自替王生接上，然後才給包紮好。

這時，東方已經露出魚肚白，他們才慢慢地往回走，走進門一看，屋子已經被毀壞得像廢墟一樣。天亮以後，僕人、老媽子們才漸漸地聚攏回來，錦瑟親自來到西堂，慰問王生，解開包紮的東西一看，斷了的臂骨已經接上。她又拿出藥來抹在傷口上，才起身離去，從此以後，錦瑟更加看重王生，讓他的一切享用都和自己的一樣。

王生的胳膊好了以後，錦瑟在內室擺上酒席慰勞王生。錦瑟讓他坐下，王生謙讓了三次以後才在桌子的側面坐下。錦瑟像對待賓客一樣，舉起酒杯向他敬酒。過了很久，錦瑟說：「我已經趴過你的身體上了，所以我想學楚平王的女兒因為被大臣鍾建背過，就要嫁給他，但是沒有媒人，我也不好意思給自己做媒。」

王生誠惶誠恐地說：「我受到妳的恩惠已經很重了，即使為妳去死也不足以報答。如果我做了非分之事，只怕會遭天打雷劈，我實在不敢聽從妳的命令。如果可憐我沒有老婆，把春燕賜給我就已經很足夠了。」

一天，錦瑟的大姐瑤臺來了，也是一位四十多歲的美女。到了晚上，把王生叫進來，瑤臺讓他坐下，說：「我不遠千里而來，是來為妹妹主持婚禮的，今天晚上你們就可以成親。」王生又起身推辭。瑤臺馬上命人端上酒來，讓錦瑟和王生交換酒杯，王生堅決推辭。瑤臺奪過酒杯，替他們交換，王生於是趴在地上謝罪，接過酒杯喝了。

瑤臺走了以後，錦瑟對王生說：「實話對你說，我是天上的仙女，因為犯了罪被貶到人間。我自願住在陰間，是想收養冤死的鬼魂來贖我犯的罪，恰好遭到天魔的劫難，讓我有緣能趴在你的身上。我遠道請大姐前來，不只是讓她主持婚姻大事，也是想請她代為管理家政，以便我能夠跟你一起回家。」王生站起來恭敬地說：「在地下最快樂了！我家有個凶悍的老婆，而且房屋狹小簡陋，當然不能讓妳將就著和她一起過日子。」錦瑟笑著說：「倒也無妨。」兩個人喝醉以後，就回去睡覺，歡愛備至。

過了幾天，錦瑟對王生說：「在陰間住的日子不可太長，請郎君先回去。等你把家裡的事務都處理完畢，我也就到了。」說完，就把馬交給王生，打開門讓他出去，土崖又合上了。王生騎馬進了村子，村裡的人都十分驚駭。他來到家門前一看，只見原來的家已變成一座高大明亮的宅院了。

原來王生走了以後，妻子找來她的兩個哥哥，打算把王生痛打一頓作為報復。但一直等到晚上，王生也沒有回來，他們這才離去。有人在溝裡看見王生的鞋子，懷疑他已經死了，後來，過了一年多也沒有王生的消息，有個陝西的商人，通過媒人和王生的妻子的娘家藍氏勾搭上，便來到王生家和藍氏苟合，半年的時間裡，修建了許多屋子。商人外出經商，又買個小妾回來，從此，家裡面就不太平了，商人也常常幾個月不回家。

王生問明這些情況，不由大怒，拴好馬走進家門，見到原來的那個老媽子，老媽子吃驚地趴在地上，王生痛罵了她好一陣子，就讓她帶路去藍氏的屋子。到屋裡一看，藍氏已經逃走了。不久，在屋後發現她已經上吊自殺了。王生便讓人把她的屍體抬回藍家，他又把小妾叫出來，小妾十八、九歲的年紀，長得也有些風韻，王生就和她住在一起。商人托村裡人向王生要求把小妾還給他，小妾放聲痛哭，不肯離去。王生於是寫好狀子，準備告商人霸占產業和妻子的罪名，商人不敢再囉嗦，只好關了店，回陝西去了，王生很懷疑錦瑟會負約不來。

一天晚上，王生正在和小妾飲酒，就聽見有車馬來到門前，開門一看，原來是錦瑟來了，錦瑟只留下春燕一個人，其他僕從都讓他們回去了。進到屋裡，小妾向錦瑟行禮拜見，錦瑟說：「這姑娘從面相上看能生男孩，可以代替我受苦了。」便賜給錦繡衣服和珠寶首飾。小妾行禮後收下，站在一邊侍候錦瑟。錦瑟拉她坐在身邊，兩個人談笑得很開心。過了很久，錦瑟說：「我喝醉了，想睡覺了。」王生也脫下鞋子上了床。小妾便退出來，回到自己房裡，卻發現王生躺在床上，她覺得很奇怪，又轉身回去窺探，那屋的蠟燭已經滅了。從此，王生每天晚上都住在小妾的屋裡。

一天夜裡，小妾起床，悄悄地來到錦瑟的住處偷看，只聽見裡面傳來王生和錦瑟的歡聲笑語，她感到萬分奇怪，急忙回去想告訴王生，但床上已經沒有人了。天亮以後，小妾悄悄地把這件事告訴王生，王生自己也不知道，只是覺得有時留在錦瑟的屋裡，有時睡在小妾的屋裡，王生囑咐小妾不要把這件怪事聲張出去。

時間一長，春燕也和王生有了私情，錦瑟裝出一副不知道的樣子，春燕在臨盆的時候忽然難產，便大聲地呼喚「娘子」。錦瑟一進門，胎兒就生出來了，舉起來一看，是個男孩。錦瑟為春燕剪斷臍帶，把孩子放在她的懷裡，笑著說：「丫頭不要再生了，生得太多，只怕到時候難以割愛了。」從此以後，春燕不再生孩子了，小妾生下了五男兩女。

這樣過了三十年，錦瑟時常回家，往來都是在夜裡。一天，她帶著春燕離去，便沒有再回來。王生八十歲那一年，忽然帶著一個老僕晚上出去，也沒有回來。

【何守奇】「樂死不如苦生」一語，現示微旨，試思之。

【但明倫】古人云：「死生亦大矣。」是亦不可以思乎？

太原獄

太原有一戶人家，婆媳兩人都是寡婦。婆婆人到中年，不能夠潔身自好，村裡的一個無賴經常去和她勾搭。媳婦不滿婆婆的這種行為，就暗自在門口、牆邊阻止那個無賴到家裡來。婆婆很羞慚，找了個藉口把媳婦轟出家門，媳婦不肯去，兩人爭吵起來。

婆婆更加惱怒，反而誣陷媳婦與人通姦，把她告到官府，縣官詢問姦夫的名字，婆婆說：「夜裡來夜裡走的，實在不知道那人是誰，把我媳婦拘來一審，自然就會知道。」於是將媳婦傳喚到堂。媳婦當然知道姦夫是誰，但她把姦情推到婆婆身上，死活不肯承認有姦情。縣官又把那個無賴抓來，無賴又狡辯說：「我和她們婆媳都沒有姦情，是她們之間互不相容，所以編出這番謊話來互相詆毀。」縣官說：「一個村子上百個人，為什麼獨獨誣陷你？」便下令重重地打他。無賴連忙磕頭，乞求免掉罪責，自己承認和媳婦有姦情。縣官便對媳婦用刑，媳婦始終不肯承認，縣官就同意婆婆把她趕走了。

媳婦憤怒地告到省裡，但還和縣裡一樣，很久也不能裁決。這時，淄川人孫柳下進士在臨晉縣當縣令，大家公認他是斷案的高手。省裡便把這個案子交臨晉縣審理。一干人犯押到，孫柳下略略問了一些情況，就命令將他們押進監獄。隨後，他又命令衙役準備好磚石刀錐，天亮後聽候使用。大家都很疑惑說：「要說嚴刑，自然有一大堆刑具，為什麼要用這些不是刑具的東西來審案子呢？」眾人雖然不明白他的意圖，但也姑且準備妥當。

第二天，孫柳下升堂，問明磚石刀錐都已經準備好了，便命令把東西都搬到堂上來。然後，他叫人犯傳上堂來，又是一一略微審問了一番。孫柳下於是對婆婆和媳婦說：「這件事情也不必要求審得太清楚。淫婦雖然還沒有確定，但姦夫已經是確鑿無疑的了。妳家本來是清白的家庭，只不過一時被壞人誘騙，罪惡全在他一個人身上，這堂上有刀，有石頭，妳們可以自己拿來殺死他。」婆媳兩人聽了都有點猶豫，唯恐萬一把他打死了要償命，孫柳下說：「不必擔心，有我在呢。」於是，婆媳一起起身，撿起石頭扔向那無賴。媳婦心中已經恨了很久了，兩手舉起大石頭，恨不能一下子就把他打死；而婆婆只是用小石子打無賴的屁股和腿。孫柳下命令用刀，媳婦握著刀刺向無賴的胸膛，而婆婆卻畏畏縮縮不肯下手。

孫柳下看到這番情景，制止她們說：「我已經知道誰是淫婦了。」下令將婆婆抓起來嚴刑拷打，於是查明了案情的真相。又打了無賴三十大板，這件案子才結束了。

附記：孫柳下有一天派差役去催討租稅，租戶出門去了，只有媳婦前來應門。差役因為沒有收到賄賂，就把婦人拘到衙門。孫柳下憤怒地說：「他家男人自會有回來的一天，怎麼能騷擾他的家眷呢！」便下令責打差役，讓婦人回家去。他又命令工匠多多準備手銬，用來催討租稅。第二天，全縣都傳頌孫柳下是個仁慈的縣令。那些欠了租稅的人聽說以後，全都讓自己的妻子出來應門，孫柳下便把他們全都抓來，帶上了手銬。

我曾經說過，孫公並不是才智不足，而是要等到查明了實際情況以後，才會對犯法之徒有所處置。

新鄭訟

長山的石宗玉進士，擔任過新鄭縣令。當時，有一位從遠方來的客商張某，在外經商多年，因為生病想回家，不能騎馬，便租了一輛柴草車，隨身帶了五千兩銀子，兩個車夫拉著車就上了路。

走到新鄭時，兩個車夫去買吃的，張某守著錢，一個人躺在車裡。有個某甲從旁邊經過，偷偷看見了錢，一看旁邊沒有人，便搶走了錢袋。張某無力抵抗，竭力爬起來，遠遠地跟在某甲的後面，來到一個村子裡。張某從後面看見某甲進了一個院子，張某不敢直接闖進去，只是從短牆上往裡面偷看，某甲放下背上的錢袋，回頭看見張某在偷看，便惱怒地抓住他，誣陷他是賊，把他綁了來見石縣令，並且敘述了情況。

石縣令審問張某，張某詳詳細細地敘述自己的冤情。石縣令認為這個案子查無實據，便將兩人都罵了出去。兩人出來時，都說這個縣令不分青紅皂白，石縣令假裝沒有聽見。他突然想起來某甲長期拖欠稅賦，便派差役嚴加追討。

第二天，某甲便拿著三兩銀子來交稅，石縣令問他錢是從哪裡來的。某甲說：「是當衣服賣東西得來的。」並且一一報出名稱來加以證實。石縣令讓衙役去查一查納稅人中有沒有和某甲是同村的人。

某甲的鄰居恰好在，石縣令就把他叫上堂，問道：「你既然是某甲的近鄰，他的銀子從哪裡來，你應該知道吧。」鄰居說：「不知道。」石縣令說：「連鄰居家的情況都不知道，這筆錢來得可是不明不白。」某甲害怕了，看著鄰居說：「我當衣服、賣東西的事情，你怎麼會不知道呢？」鄰居急忙說：「是，是有這麼回事。」石縣令大怒道：「你和某甲肯定是同夥，看來不動刑逼供你們是不會說的了！」便命人取來刑具。鄰居恐懼地說：「我因為鄰居的緣故，怕說了實話會招他怨恨，如今既是要對我動刑，我又有什麼好隱瞞的呢？他用來交稅的錢確實是他從張某那裡搶來的。」

石縣令聽完，就把鄰居放了。這時張某因為丟了錢還沒有動身回家，石縣令就責令某甲抵押財物賠給張某。由此可見，石縣令確實能實心實意地處理事務。

異史氏說，石公還是生員的時候，溫恭典雅嚴謹，人們都說他進入翰林院是最好的，而去當地方官則不是他的強項。但是石公一旦為官，就被人視為「神君」，他的名聲在河北一帶十分響亮。誰說有文學才華的人就不懂得經世濟民呢！所以把這段故事記錄下來，來勸諫各位在職的官員。

【但明倫】事有難於驟明者，有得其端倪而不能以口舌爭者，非旁敲側擊，用借賓定主之法，則真無皂白矣。所謂實心為政者，無論事之大小，皆得與民公此是非也。

李象先

李象先是壽光縣的一位知名人士。他的前世是某個寺廟的燒飯和尚，沒有任何疾病就坐化了。他的魂飛出來落在牌坊上，向下看著集市上過往的行人，發現人人都有火光從頭頂上冒出，這大概就是體內的陽氣。這時天色已經昏黑，他想不能老是待在牌坊上，但許多屋子都黑著燈，不知道到哪裡去才好。只有一戶人家的燈還亮著，他的魂就飄著去了這一家。

他剛一進家門，身子已經變成了嬰兒，母親給他餵奶，他見到乳房感到很恐懼，但肚子實在餓得受不了，只好閉上眼睛，強迫自己吮吸奶水。過了三個多月，他就不再喝奶了。要餵他奶時，他就會驚慌恐懼地啼哭起來。母親就用米湯加上棗、粟子來餵他，這才得以長大成人，這個人就是李象先。他小的時候到某寺時，見到寺裡的和尚，還都能叫出他們的名字，他一直到老，還是害怕奶。

異史氏說，李象先的學問非常淵博，是東海和泰山之間這一帶清高的人士。他的兒子早年就做了官，但一生只做到教官這類職位，這大概就是佛家所說的「福業未修」的人吧。李象先的弟弟也是一位知名人士，一生下來體內就有病，幾個月才會勃發一次性欲。每次情欲一動，就會急忙起身，不顧賓客，從外面喊著就往內宅跑，於是丫鬟僕婦全都避開，但是才跑到臥室門口就痿了，他只好不進屋子再返回外面。這李象先兄弟倆都是奇異的人啊！

房文淑

開封府的鄧成德，遊學來到山東兗州，寄居在一座破敗的寺廟裡，受雇於打造戶口名冊的官署，替人抄寫。到了年底，那些官吏、差役都回家去了，鄧成德一個人在廟裡做飯。

這天黎明，有個少婦敲門進來，長得美豔絕倫。她來到佛像前點上香，叩頭朝拜後就走了。第二天，她又和昨天一樣，燒香叩頭。到了夜裡，鄧成德起來點燈，剛想寫點東西，那少婦比平時來得更早了。鄧成德問道：「今天怎麼來得這麼早？」少婦說：「天亮了以後人多眼雜，所以不如夜裡清靜，來得太早又怕攪了你的好夢。剛才看見有燈光，知道你已經起床了，所以就來了。」鄧成德調戲說：「寺裡沒有人，住在寺裡可以不用來回奔波。」少婦笑著說：「寺裡沒有人，難道你是鬼嗎？」

鄧成德見她可以親昵，等她拜完佛，就拉她坐下來求歡。少婦說：「在佛的面前怎麼可以做這樣的事情呢！你自己身無片瓦，還敢作這樣的妄想！」鄧成德堅決請求不止，少婦說：「離這裡三十里地有個村子，村裡有六、七個童子，想為他們請個老師。你可以前去拜訪李前川，就能得到這份工作，再假稱說自己帶有妻室，請他們再給一間屋子，我就可以為你做飯了，這才是長久之計啊！」鄧成德擔心事情被人發現會被治罪。少婦說：「不礙事的。我姓房，名叫文淑，並沒有親屬，常年寄居在舅舅家，有誰能知道呢？」鄧成德聽了很高興。

和文淑分別以後，鄧成德就來到那個村子，拜見了李前川，這個計畫果然成功了。鄧成德跟人約好年前就攜帶家眷前來。他回到廟裡，把情況告訴文淑，文淑跟他約定在途中見面。鄧成德便向同事們告別，借了匹坐騎就走了。文淑果然在半路上等著他，鄧成德便下了馬，把韁繩交給她讓她上馬，然後自己在下面趕著馬往前走。來到書館，兩個人相親相愛，很是快樂。

就這樣過了六、七年，兩個人像夫妻一樣生活得很和諧，並沒有人來追捕他們，文淑忽然生了一個兒子，鄧成德因為妻子不育，現在得了一個兒子，簡直高興極了，給兒子取名叫「兗生」。文淑說：「假夫妻終究難以長久，我準備離你而去，又生下這麼一個累人的東西幹什麼！」鄧成德說：「命好的話，如果再能有點餘錢，我想帶妳回老家去，妳怎麼會說出這樣的話呢？」文淑說：「多謝，多謝！我不會阿諛奉承，看著大老婆的臉色，替他人做奶媽，就是小孩子也覺得難堪！」鄧成德替妻子表明她不是個愛嫉妒的人，文淑也不肯說話。

過了一個多月，鄧成德辭了書館的工作，打算和李前川的兒子外出經商。他告訴文淑道：「我想，當教書先生，開辦學館，必然不會有富有起來的日子。現在我想學習如何經商，這樣就不會沒錢回家了。」文淑也不回答他的話。

到了夜裡，文淑忽然抱著孩子起床。鄧成德問道：「妳要幹什麼？」文淑回答道：「我想走了。」鄧成德急忙起身，追問文淑要到哪裡去？房門還沒有打開，文淑已經消失得無影無蹤了。鄧成德驚駭極了，這才醒悟過來，原來文淑不是人。他因為文淑的行跡可疑，所以也不敢告訴別人真相，假裝說她回娘家去了。

當初，鄧成德離開家時，曾經和妻子婁氏約好，年底一定回家。但是過了幾年也沒有一點音訊，人們傳說他已經死了。兄長因為婁氏還沒有生孩子，就想讓她改嫁。婁氏就提出以三年為期限，每天只是靠紡線來維持生計。

一天，天已經黑了，婁氏去關大門，一個女子忽然走了進來，懷中還抱著一個嬰兒。她對婁氏說：「我從娘家回來，正好走到這裡天黑了，我知道姊姊是一個人住，所以前來求住一宿。」婁氏便請她進屋。來到屋裡，只見是一位二十多歲的美麗女子。婁氏高興地和她睡在一張床上，一同撫弄她的兒子，小孩子白胖胖的，像瓠瓜一樣。

婁氏嘆息著說：「我這個寡婦就沒有這麼一個可愛的小東西！」女子說：「我正嫌他累人呢，就把他過繼給姊姊當後代吧，怎麼樣啊？」婁氏說：「且不說娘子不忍心割愛，即使你忍心，我也沒有奶水來養活他呀。」女子說：「這倒不難。這孩子出生的時候，我也苦於沒有奶水，服了半劑藥就有了，如今剩下的藥還在，我就奉送給姊姊吧。」說完，她取出一個小包，放在窗臺上，婁氏隨口地答應著，沒有懷疑。然後她們就睡下了，等到婁氏一覺醒來叫那女子時，發現孩子還在，而女子已經開門走了，婁氏驚駭極了。

時間到了早晨，孩子餓得啼哭起來，婁氏沒有辦法，只好服用那女子留下的藥，不一會兒，奶水就湧了出來，她便給孩子餵奶。這樣過了一年多，孩子越來越豐滿肥胖，漸漸地也學會了說話，婁氏喜愛不啻於自己的兒子。從此以後，她就斷了再嫁的念頭，只是早上起來就要抱兒子，不能再靠紡織來謀生，日子過得越發窘困起來。

一天，那女子忽然來了，婁氏唯恐她會要回孩子，就先責問她不商量就走掉的罪過，然後又敘述自己撫養孩子的辛苦。女子笑著說：「姊姊告訴我撫養兒子的艱難，難道我就會放棄自己的兒子不要了嗎？」說著就招呼兒子，但孩子卻哭著撲到婁氏的懷裡。女子說：「這小犢子不認自己的媽媽了！這可是一百兩銀子也換不來的，妳想要這孩子，可以拿銀子來，咱們立下字據把孩子過繼給你。」婁氏信以為真，臉色馬上變了。女子笑著說：「姊姊不要害怕，我來正是為了兒子。分手以後，我擔心姊姊沒有錢撫養他，就多方設法籌措了十幾兩銀子來。」說完，就拿出銀子交給婁氏。婁氏唯恐收下她的銀子，更有理由要回孩子，便堅決不肯接受。女子把銀子放在床上，出門就徑直走了。婁氏抱著孩子追出去，女子已經走得很遠了，叫她也不回頭，婁氏懷疑女子是用心不良，但是有了這些銀子，總算可以生點利息，家境得以豐饒富足。

又過了三年，鄧成德做生意掙了些錢，便收拾行裝回到家鄉，他正在和婁氏互相慰問，忽然看見那個孩子，便問是誰家的孩子。妻子告訴他事情的經過，鄧成德就問：「他叫什麼名字？」婁氏答道：「他母親叫他兗生。」鄧成德吃驚地說：「這是我的兒子呀！」問起孩子來的時間，正是鄧成德和文淑夜晚分別的那一天。鄧成德於是一一敘述和房文淑悲歡離合的故事，夫妻倆都感到更加欣慰。鄧成德還希望文淑能來，但終究沒有音訊。

【何守奇】此鄧既有子，婁亦止其再醮之念，可謂一舉兩得者。

秦檜

青州的馮中堂家裡，有一次殺了一頭豬，燙去豬毛以後，發現肉上有字：秦檜七世身。煮熟後一嘗，肉的味道很臭，便把牠扔給狗吃了。嗚呼！秦檜的肉，恐怕連狗也不會吃的！

聽益都人說，馮中堂的祖父，前身在宋朝時被秦檜害死，所以生平最敬重岳飛。他在青州城北的大路旁邊建了一座岳王殿，秦檜和萬俟卨的像跪倒在地，往來的行人前去瞻仰朝拜岳王時，都會用石頭扔向秦檜和萬俟卨，廟裡的香火旺盛不絕。後來在清兵征討于七的那一年，馮氏子孫把岳王像給毀掉了。幾里地以外的地方，有座民間建的「子孫娘娘」祠，人們就把秦檜和萬俟卨的像抬到祠裡，讓他們朝著子孫娘娘跪著。再過上百年，這件事肯定會像有人把杜拾遺寫成杜十姨，伍子胥寫成伍髭鬚一樣，造成誤會，真是太可笑了。

又，青州城裡，原來有一座澹臺子羽祠。在大太監魏忠賢聲勢顯赫的時候，世家大族中有人想向他獻媚，就把子羽像上的帽子、鬍鬚去掉，改成魏忠賢的模樣，這也是駭人聽聞的一件事。

浙東生

浙東有個姓房的書生，客居在陝西，以教授學生為業，他常常自詡膽大有力。

一天夜裡，他光著身子睡覺，忽然有個毛茸茸的東西從空中掉下來，啪的一聲砸在他的胸上，只覺得這東西像狗一般大小，呼呼地喘著氣，四隻腳不停地撓動著。房生大為恐懼，就想起身，那東西用兩隻腳把他撲倒，房生驚恐到極點，一下子昏死過去。

過了一個時辰左右，房生就覺得有人用尖利的東西撓他的鼻孔，不由得打了個大噴嚏，一下子醒了過來。只見屋裡燈火閃爍，床邊坐著一個美人，笑著對他說：「真是個好男人！膽量原來不過如此啊！」房生知道她是狐狸，心裡更加害怕。女子漸漸地和他調情，房生的膽子也變大了起來，便和女子一起親熱。就這樣過了半年，兩個人就像夫妻一樣。

一天，女子臥在床頭，房生悄悄地用獵網蒙住了她。女子醒過來，不敢亂動，只是苦苦地哀求，房生笑著不肯上前。女子忽然化作一股白氣，從床底下走了出來，氣惱地說：「你到底不是個好相識！可以送我走吧。」說完，就伸手來拽，房生的身體不由自主地跟她走了。出了門，女子帶著房生飛上了天空，一頓飯的工夫，女子鬆開手，房生暈乎乎地從天上掉了下來。

恰好某個世家的花園中有個關老虎的陷阱，用木頭做成圓圈，用繩索織成網，覆蓋在阱口。房生一下子砸在網上，網被砸得側向一邊。房生的肚子壓在網上，身體的一半倒懸在半空中，他往下一看，一隻老虎蹲在阱裡。老虎抬頭看見網上趴著一個人，就跳著往上撲，離房生還不到一尺的距離，把房生嚇得心膽都碎了。園丁來餵老虎，見房生趴在網上覺得很奇怪，便把他扶了下來，發現他已經昏死過去了。

過了一段時間，房生才漸漸甦醒過來，詳細地敘述了事情的經過。這個地方在浙江境內，離房生的家只有四百多里的路程，園主送給他一些路費讓他回家。

房生回家以後，對人們說：「雖然嚇死過兩次，但要不是狐狸，我可是窮得回不了家的。」

【何守奇】生以膽力自詡，故狐疊試之。

博興女

博興縣的鄉民王某，有個女兒已經十五歲了。當地一個惡霸看中王女的姿色，便趁他出門的時候把她搶走，沒有人發覺。惡霸將她帶到家中，就要強姦。王女大聲哭喊，拚死抵抗，惡霸就把她給勒死了。他家門外原來有一個深淵，惡霸就把石頭綁在屍體上，沉到了深淵裡。

王某到處尋找女兒，都沒有找到，無計可施。忽然天下起雨來，雷電圍繞在惡霸家的上空，只聽一聲霹靂，一條龍飛下來，奪下惡霸的首級就飛走了。天空放晴以後，深淵中浮起一具女屍，一隻手上還捉著一顆人頭。仔細一看，正是惡霸的人頭，官府知道這事以後，就拘來惡霸的家裡人審問，這才查明了事情的真相。

那條龍難道是王女變成的嗎？不然的話，怎麼會這麼做呢？太奇怪了啊！

【何守奇】勢豪稔惡已極，天道必誅，無俟龍女化身。

【但明倫】每見有無頭冤獄，有司僅以緝凶了事者，恨其不能為博興女之自捉人頭也。然必如博興女而冤乃得雪，將焉用此有司？

一員官

濟南府有一位姓吳的同知，生性剛正不阿。當時有一種惡習，凡是因為貪污而被罷官的官員，上司都會加以庇護，而他們造成的虧空，則要由下屬官吏來平攤，代為償還，也沒有人敢抗拒。上司把這事分派到吳同知的頭上時，他拒不接受。強迫他也不行時，上司就惱怒得加以叱罵。吳同知也狠聲惡氣地回嘴罵上司道：「我的官職雖然卑微，但我也是朝廷的命官。我如果有罪，你可以彈劾處置我，但是不可以對我辱罵！要殺就殺，我是決不會拿朝廷給的俸祿代別人償還那枉法的贓款！」上司見他這樣，只好改變態度，對他和顏悅色地加以安慰。人們都說這個世界上不可以走正道，其實是人自己不肯走正道，又怎麼能反過來怪這世上沒有正道呢！

當時，高苑縣有個叫穆情懷的人，被狐仙附體，動不動慷慨激昂地和人高談闊論，但是人們只能聽到狐仙的聲音，看不見狐仙的樣子。一次，他正好來到濟南，與賓朋一起聊天時，有人問他道：「狐仙當然無所不知，請問濟南府裡共有多少官員？」他應聲答道：「一員。」大家一起笑話他，又問他為什麼這麼說？他回答說：「整個府裡的官吏雖然有七十二個，但是真正可以稱得上官的，只有吳同知一個人而已！」

當時泰安州的知府張某，人們因為他性格強硬不隨和，給他起了個綽號叫「橛子」。凡是達官顯貴前來登臨泰山，所需的民伕、車馬、山轎等等都要當地提供，需求征索過多，州民們苦於供應。張公便把這一切供應全廢除了。有的官員向他索要豬羊，張公說：「我就是一頭羊、一頭豬，請把我殺了犒賞你的隨從吧。」那大官對他也無可奈何。

張公自從到遠離京城的地方做官以來，和妻子兒女分別已有十二年了。他剛到泰安上任的時候，夫人和和兒子從京城來探望他，一家人見面很是歡樂。過了六、七天，夫人跟他聊天時隨口說：「你清寒了一輩子，難道是老糊塗了，不為自己的子孫著想？」張公很生氣，大罵夫人，又叫手下拿來棍子，逼夫人趴在地上挨打。兒子趴在母親身上，放聲痛哭，請求代母親受罰。張公狠狠地打了一頓才罷手。夫人於是帶著兒子乘車回去了，並且發誓說：「他就是死在這裡，我也不會再來了！」第二年，張公就死在任上。

張公不能不說是當今的董宣了，寧死也不肯改變自己的操守。但是離別多年的夫妻，何至於因為一句話而暴躁發怒到如此地步，難道這符合人之常情嗎！張公能把威嚴行使在自己的妻子身上，就這一點來看，比起鬼神還要神奇。

丐仙

高玉成是世家大族的子弟，住在金城的廣里。他擅長針灸，不管是富人還是窮人，他都予以醫治。一次，鄉里來了一個乞丐，小腿上長了個難以醫治的瘡。他躺在路上，腿上流著膿血，又髒又臭，讓人不敢接近他。周圍的人們生怕他死在這裡，每天給他一頓吃的。高玉成看見後很同情他，便派人把他扶回自己家，安置在廂房裡。家裡人都嫌惡他身上的惡臭，捂著鼻子，遠遠地站著看。高玉成取出艾炷，親自給他針灸，每天還給他送去飯菜。

幾天以後，乞丐索要湯餅吃，僕人憤怒地呵責他。高玉成聽說以後，就命令僕人給他湯餅吃。不久，乞丐又要求喝酒吃肉。僕人跑去報告高玉成說：「這乞丐簡直太可笑了！當他躺在路上的時候，每天要吃一頓飯都得不到，如今給他一日三餐，他還嫌粗糙，已經給了他湯餅，他還要吃肉喝酒。像他這樣貪吃的人，就應該還把他扔到路上去！」高玉成問乞丐腿上的瘡怎麼樣，僕人回答道：「瘡痂已經漸漸脫落了，好像能走路了，但他還是假裝哼哼唧唧的，作出一副呻吟痛苦的樣子。」高玉成說：「能花多少錢呀！馬上送給他酒肉，等他恢復健康以後，或許不會把我們當仇人。」僕人假裝答應了，但實際上並沒有給，而且還跟其他僕人小聲地說起事，眾人都笑話主人有點癡呆。

第二天，高玉成親自前去看望乞丐，乞丐跛著腿站起來說：「承蒙先生高尚的情義，讓我這個快死的人復生，白骨上又長出新肉，您的恩慧就像天地一樣深厚寬廣。但是我的身體還沒有復原，所以就妄想吃點好的，過過饞癮。」高玉成知道昨天僕人沒有執行命令，就把那僕人叫來，痛打了一頓，並且命令馬上端來酒菜給乞丐吃。

那僕人懷恨在心，到了半夜，放火燒了廂房，然後又故意大聲喊救火。高玉成起來一看，廂房已經被燒成了灰燼，便嘆氣說：「乞丐的命也完了！」他督促眾人趕緊把火撲滅，卻發現乞丐在火中呼呼大睡，鼾聲像打雷一樣。把他叫醒了，他還故意驚訝地問道：「屋子到哪裡去了？」眾人這才驚訝地發現他不是尋常人。

高玉成更加尊重他，讓他睡到客房去，又給新衣服穿，還每天都和他在一起相處。問起他的姓名，乞丐自稱叫陳九。過了幾天，乞丐的容顏越發顯出光澤，言談也很有風度。他又擅長下棋，高玉成和他對弈都輸掉了。此後，高玉成就每天跟他學下棋，學到了不少奧妙的棋招。這樣過了半年，乞丐不說要走，高玉成也一時半刻少不了他，否則就快樂不起來，即使有貴客前來，他也一定要帶著乞丐一同飲酒。有時擲骰子行令，陳九常常代高玉成呼叫花色，每次他叫什麼花色，沒有不如意的。高玉成感到十分驚異。每次求他變戲法時，陳九就推辭說不會。

一天，陳九對高玉成說：「我要跟你告別了，這一段時間得到你的恩惠實在是太多了，今天我想設薄宴請你參加，不要帶隨從來。」高玉成說：「我們相處得十分快樂，為什麼一下子就說要分別呢？再說你身上也沒有錢，我也不敢勞煩你做東道主呀。」陳九堅決邀請他說：「不過是一杯薄酒，也花不了多少錢。」高玉成問：「在什麼地方呢？」陳九答道：「在花園裡。」

這時正值隆冬，高玉成擔心花園裡太寒冷。陳九卻堅持道：「無妨。」高玉成便跟著他來到花園。他一進花園，就覺得氣候一下子變得暖和起來，好像到了三月初一樣。他們又來到亭子裡，更加感到溫暖。只見奇異的鳥兒成群結隊，爭相鳴叫，聲音清脆，又好像到了暮春時節。亭子裡的几案都鑲上了瑪瑙玉石。有一座水晶屏，晶瑩剔透，可以照見人影，裡面還有一株開滿花兒的樹，在風中搖擺，花朵有開有落，不一相同；又可以看見雪白的飛鳥，在樹上跳來跳去，高聲鳴叫。高玉成用手去摸，卻沒有任何東西，不由得驚愕了許久。

丐僊

歌舞園林各盡歡
叢人忽作夜叉看
若非推解當時意
靈窟何來奉命丹

兩人入座以後，只見一隻八哥站在鳥架上，喊道：「來茶。」不一會兒就見一隻朝陽丹鳳，銜著一個赤玉盤，上面有兩隻玻璃盞，裡面放著香茶，丹鳳伸著脖子站在一邊。高玉成喝完茶，把玻璃盞放在盤子上，丹鳳

又把它銜起來，拍拍翅膀飛走了。八哥又喊道：「來酒！」就有幾隻青鸞、黃鶴從太陽裡翩翩飛來，口裡銜著酒壺、酒杯紛紛放在桌子上。不一會兒，又來了許多鳥敬獻飯菜，來來往往，沒有停住翅膀的。桌上雜陳著山珍海味，一眨眼的工夫都擺滿了。菜肴噴香，美酒清冽，都不是普通的東西。

陳九見高玉成飲酒十分豪爽，便說：「你是海量，應該換大杯子。」八哥又喊道：「取大杯來。」忽然，見太陽邊光芒閃爍，一隻巨大的蝴蝶抱著一只可以裝一斗米酒的鸚鵡杯，飛落在桌子上，高玉成一看那隻蝴蝶比雁還要大，兩隻翅膀綽約，身上的花紋燦爛絢麗，不由地大加讚嘆。陳九喊道：「蝶子勸酒！」就看那蝴蝶展開翅膀一拍，就變成了一個美麗的女人，身上穿著錦繡的衣服，跳起了舞蹈，並上前向高玉成敬酒。陳九又說：「不可以沒有東西助興。」美人於是輕盈地跳起舞來，舞到陶醉的時候，腳離開地面有一尺多高，不時地把頭向後仰，簡直都和雙腳並齊了，倒翻身站起來，身體沒有沾到一點點塵土。她一邊跳舞一邊唱道：

連翩笑語踏芳叢，低亞花枝拂面紅。曲折不知金鈿落，更隨蝴蝶過籬東。

餘音嫋嫋，不亞於繞梁三日不絕的歌聲。高玉成大喜，就把她拉過來一起飲酒，陳九命她坐下，也讓她飲酒。

高玉成喝完酒後，不由得心搖意動，突然起身把她抱住要親熱。仔細一看，她變成了夜叉的模樣，眼睛突在眼眶的外面，牙齒伸到了嘴外面，臉上的黑肉凹凸不平，又怪又醜，簡直無法形容。高玉成驚慌地放開手，伏著桌子戰慄不已。陳九用筷子敲了一下他的嘴，喝斥道：「快走！」這麼一敲之下，夜叉又變化成蝴蝶，飄飄然地飛走了。

高玉成的驚魂安定下來，便向陳九告辭出來。只見月光十分清澈明亮，高玉成對陳九隨口說道：「你的這些美酒佳餚都是來自空中，你的家一定在天上。何不攜帶老朋友前往一遊呢？」陳九說：「當然可以。」說完，就和高玉成攜手一躍而起。高玉成馬上覺得身體騰起，漸漸地和天接近了。只見一座高大的門，門口像井一樣的圓，走進去一看，就覺得光明如同白天一樣。臺階道路都是用蒼石砌成的，十分光滑清潔，沒有一點灰塵。還有一棵幾丈高的大樹，樹上開著紅花，花有蓮花一般大小，紛紛紜紜地開了一樹。樹下有一位女子，正在砧石上用木杵搗著絳紅色的衣服，長得豔麗動人，舉世無雙。高玉成像木頭一樣站著，直勾勾地盯著她看，連走路都忘了。女子一看見他便生氣地說：「哪裡來的狂徒，竟敢亂跑到這裡來！」說著就把手中的木杵扔過來，正打中他的後背。

陳九急忙把他拉到沒有人的地方，狠狠地責備他。高玉成被木杵打中，酒一下子就醒了，心中覺得很慚愧。他跟著陳九走出來，馬上就有兩朵白雲飄來，承在他們的腳下。陳九說：「我們從此就要分別了，我有話要囑咐你，千萬記住，不要忘了。你的壽命已經不長了，明天趕快到西山中躲避，就可免於一死。」高玉成還想挽留他，他已經轉身徑直離去了。

高玉成覺得腳下的雲在漸漸降低，身子落在花園裡，眼前的景象已和剛才的大不相同。他回到家，把這件事和妻子一說，兩個人都覺得很是驚異。再看衣服上被木杵打中的地方，有奇異的紅印，像錦繡一般，散發出奇妙的香味。

第二天早上起來，高玉成按照陳九的吩咐，帶著乾糧進了山。只見大霧遮住了天空，霧茫茫的辨不清道路。高玉成踩著荒草急速奔跑，忽然一失足，掉進了雲窟裡，就覺得深不可測，所幸的是身體沒有受到損傷。等他心定神清以後，抬頭看見雲氣像籠子一樣，不由得嘆息道：「仙人讓我逃避災難，但是天命終究還是不可避免，什麼時候才能出這個雲窟呀？」

又坐了一會兒，只見深處隱隱有光，他便站起來，慢慢地走進去，發現原來別有一番天地。有三個老人正在下棋，看見高玉成過來，也不理睬詢問，照樣下棋不輟。高玉成就蹲在旁邊觀看棋局。一局下完，將棋子收入盒中，三老才問客人怎麼會到這裡來的。高玉成說：「因為迷路掉進了這個雲窟。」老人說：「這裡不是人間，不宜久留。我送你回去吧。」於是領著他來到窟底。高玉成只覺得雲氣擁著他冉冉上升，然後就到了平地。這時，只見山中的樹葉已是深黃色，樹葉紛紛落下，好像已經到了深秋。他大為驚訝地說：「我是冬天來的，怎麼會變成深秋的呢？」

他急忙奔回家中，妻子兒女都很吃驚，抱在一起哭泣。高玉成驚訝地問是怎麼回事，妻子說：「你去了三年沒有回來，我們都以為你早已不在人世了。」高玉成說：「奇怪呀，才一會兒工夫啊！」說著，就從腰裡取出乾糧，發現都已經化成了灰燼。大家相對而視，都感到很詫異。妻子說：「你走了以後，我夢見兩個人穿著皂衣，繫著閃光的腰帶，好像是來催收租稅的，氣勢洶洶地闖進屋子，東張西望，然後問道：『他到哪裡去了？』我斥責他們道：『他已經外出去了，你們既然是官差，怎麼能闖入女子的閨房！』兩個人於是出門，一邊走一邊說什麼『怪事怪事』，然後就走了。」

高玉成這才意識到自己所遇到的原來是神仙；妻子所夢到的是鬼怪。高玉成每次接待客人時，都把被木杵擊中的那件衣服穿在裡面，滿座都能聞到它散發出來的香味，這香味不是麝，也不是蘭，流汗以後，香氣更盛。

【何守奇】神仙變幻，指示處亦復神奇。

人妖

馬萬寶是東昌人，生性疏狂，放蕩不羈，妻子田氏也是個放蕩風流的女人，夫妻感情很好。一天，村子裡來了一個女子，寄居在鄰居老婦家，她自稱是被公公婆婆虐待，暫時逃出來的。她的縫紉技術堪稱絕巧，便替老婦幹些活兒，老婦高興地收留了她。過了幾天，這女子又說她能在夜半時分替人按摩，專門醫治女子的腹脹病。老婦常常到馬萬寶家串門，宣揚女子的醫術高明，田氏倒也沒有很在意。

一天，馬萬寶從牆縫裡看見那個女子，見她有十八、九歲的年紀，頗有幾分風韻，心裡不由暗暗喜歡，他私下裡和妻子商量，假裝生病，把她給招來。老婦先來到馬家，坐在床前慰問了田氏一番，然後說：「承蒙娘子招喚，她這就來，但是她害怕男子，請不要讓妳丈夫進來。」田氏說：「我們家沒有多少屋子，他總是要進進出出的，這可如何是好呢？」說完，她又沉思道：「今天晚上西村的舅舅家請他去喝酒，我就告訴他晚上別回來了，倒也是個好辦法。」老婦答應著去了。田氏便和丈夫商量用拔趙旗換漢旗的計策，來戲弄那個女子。

天色昏黑時分，老婦領著那女子來了，說：「妳丈夫晚上回家嗎？」田氏說：「不回來了。」那女子高興地說：「這樣才好。」說了幾句閒話，老婦告別走了。

田氏點上燈，鋪開被子，讓女子先上床，自己也脫了衣服，吹了蠟燭。田氏忽然說：「我差點兒忘了，廚房的門沒有關，得防著狗來偷吃。」說著，就下床開了門，換了馬生，馬生窸窸窣窣地走進來，上床和女子一起躺下來，女子聲音顫抖著說：「我來替娘子治病吧。」話裡夾雜著一些親昵的言詞。

馬萬寶不說話。女子就撫摩他的腹部，漸漸地摸到臍下。女子停下手不再按摩，猛然把手伸到他的陰部，手觸到的卻是勃起的陽具。女子臉上驚慌恐怖的神色，不亞於誤捉了蛇蠍，急忙起身就想跑。馬萬寶攔住了她，把手伸到她的兩腿之間，不料垂垂累累，握個滿把，也是男人的陰莖，馬萬寶大為驚駭，急忙喊人點燈。田氏以為是事情敗露了，急忙點上燈過來，想替他們調停一下。一進門就看見那「女子」，光著身子跪在地上，請馬萬寶饒命，田氏又羞又怕，跑了出去。

馬萬寶盤問那「女子」，他說是谷城人，名叫王二喜，因為哥哥是擅長男扮女裝桑沖的徒弟，他就跟哥哥學會了這個方法。馬萬寶又問：「你玷污過幾個人了？」王二喜答道：「我出道的時間還不長，只得手了十六個人。」馬萬寶認為他這種卑劣行徑實在可殺，想到府裡去告發他，又憐惜他長得美，於是將他反綁起來，把他給閹割了，血一下子湧了出來，王二喜昏迷過去，一頓飯的工夫，他又甦醒過來。馬萬寶把他放到床上躺下，給他蓋好被子，然後囑咐他說：「我會用藥替你治傷，等傷口長好以後，你就跟著我過一輩子吧，不然等東窗事發了，可就是罪不可赦了。」王二喜答應了。

第二天，老婦來到馬家。馬萬寶騙她說：「她是我的表侄女王二姊，因為天生不會生孩子，被夫家趕了出來。昨天夜裡對我家人說了這個情況，我才知道。今天忽然有點不舒服，正打算替她去買藥。另外，我也要去她家，請求讓她留下來和我妻子做個伴。」老婦進到屋裡，看望王二喜，見他的臉色很難看，灰白得像塵土一樣，就走近床前問候他。王二喜說：「陰部突然腫起來了，恐怕是生了惡疽。」老婦相信了他的話，就走了。馬萬寶給他服湯藥，在傷口上敷上散藥，傷口一天天地平復起來。王二喜晚上就陪馬萬寶睡覺，早上起來就去為田氏打水、縫補、灑掃、做飯，像個婢女一樣幹活。

過了不久，桑沖被抓住了，他的七個同黨也被抓住一起斬首示眾，唯獨王二喜漏網了。官府發公文命令各地嚴加緝拿。村裡的人暗地都懷疑王二喜，便叫來村婦隔著衣裳摸他的私處，沒有什麼異樣，眾人的疑惑才消除了。王二喜從此感激馬萬寶的恩德，便跟著他過了一輩子。後來，他死了，就葬在府西馬氏墓地的旁邊，現在還依稀可見。

異史氏說，馬萬寶可以說是善於用人的人。兒童喜歡螃蟹，可以把玩，但又害怕牠的鉗子，就把牠的鉗子折斷，養著玩。嗚呼，如果能明白這個道理，用來治理天下也是可以的啊！

【附錄】

蟄蛇

我們縣的郭生，在東山的和莊設館授學，有五、六個啟蒙的童子都是剛剛入館的，書房的南面是一個廁所，原來是個牛欄，靠著山石壁，壁上長著很多茂盛的雜草。童子上廁所，大多花好長時間才回來。郭生責備他們，童子就說：「我在廁所裡騰雲駕霧呢。」郭生很懷疑這件事。童子進入廁所，他就躲在一邊偷看，見童子騰到空中有兩、三尺高，一會兒騰起一會兒下落，過了一會兒就不動了。郭生進去仔細搜索，發現牆壁縫裡有一條蛇，昂著比盆還要大的腦袋，吸著氣往上游。郭生便叫來莊上的人一齊來看，用火炬焚燒石壁，蛇燒死了，石壁也裂開了。這條蛇不是很長，但像大桶一般粗。大概是蟄伏在裡面出不來，已經有好多年了。

晉人

有一個山西人，勇猛有力，不屑於格鬥的技術，那些擅長搏鬥的人一跟他交手都被打倒。他路過中州時，有個少林寺的弟子被他欺侮，忿忿地告訴自己的師父。眾人商量擺下酒席邀請山西人前來，打算把他困住。山西人來了以後，先端上香茶果品，胡桃帶著殼，堅硬得無法下口。山西人就拿胡桃放在桌子邊上，伸出食指一敲，殼就碎了。寺僧們大為驚駭，對他很是有禮，然後就散了。

龍

博興縣有個叫王茂才的鄉民，早上起來到田裡幹活，在田邊拾到一個小孩，四、五歲的樣子，相貌豐美，而且言談很巧妙可愛。王茂才就把他帶回家，當成自己的兒子撫養。這個孩子十分的靈通。四、五年以後，一個和尚來到王家。兒子一見到他，就驚慌地躲避，不見了蹤影。和尚告訴鄉民說：「這孩子是華山池中五百小龍之一，偷偷地逃到了這裡。」說完，就拿出一只鉢，往裡面倒上水，只見一條小白蛇在裡面遊玩。和尚把鉢放在袖子裡就走了。

愛才

官員中有個人，他的妹妹被選到宮裡，封為貴人。有位武官代他作啟，其中有警句寫道：「你的弟弟跟隨長輩，一代一代接近真龍天子的光澤，當上朝中的官員，在畫室裡等候皇上的接見；我的妹妹作為夫人，十年陪伴著皇上，穿的霓裳比朝霞還要燦爛。冰冷砧石上的木杵雖然可握，卻不搗夜月的寒霜；御湯的水可以寄託思念，不勞雲英詠嘆。」當事者很驚嘆他的文才，就把他從武官換成文官，後來一直做到通政使。

夢狼

縣宰楊公，生性剛硬耿直，敢觸怒他的人必定被處死。他尤其痛恨皂役，哪怕是一點小過錯也不寬恕。每當他凜然坐在大堂上的時候，胥吏們沒有一個人敢咳嗽，下屬如果有什麼事稟告，他一定反過來採用。

恰好有個人犯了重罪，怕被處死。一個小吏向他索要豐厚的賄賂，答應替他去求情。那人不相信，並且說：「如果真能免於一死，我又怎麼會吝嗇報答你呢。」於是兩個人訂下盟約。過了一會兒，楊公審問這個案子，那人不肯服罪。小吏在旁邊喝斥犯人道：「還不速速從實招供，大人可要對你動刑打死你了！」楊公大怒道：「你怎麼知道我肯定要對他動刑呢？想必是賄賂還沒有到手。」便斥責小吏，釋放了那個犯人。犯人拿出一百兩銀子報答小吏。人人都知道狼狡詐多端，這些人敗壞我們的陰德，甚至喪害我們的身家性命。不知道為官者是怎麼想的，非要把百姓往虎口裡送！

阿寶

家裡藏著銀子卻吃得很差。對客人常常誇讚兒子聰慧。溺愛兒子不忍心教他讀書。忌諱說病恐怕別人知道。自己出錢騙別人嫖妓。偷偷地赴宴賺人賭博。請別人代寫文章來欺騙父兄。父子倆之間帳目太清楚。家人之間互相用計謀。喜歡子弟們好賭博。

豬嘴道人

洛陽人李，少年豪邁，因為有財而雄霸一鄉。他常常在田野間閒遊，遇到讓自己心情愉快、眼睛一亮的女人，只要能買她一笑，即使扔出上百萬的錢也毫不吝惜。

宣和年間，有一位太守從南部解官返回洛陽，家中聲色樂伎很多，內室的一個寵姬，尤其豔麗秀媚。西都的人家都有歌伎美妾，雖然數以百計，但沒有一個人比得上她。寵姬曾經在暮春時節遊覽名園，玩賞牡丹，和同伴們互相攙扶著穿過花徑。李看見她，呆呆地像傻了一樣，目不轉睛地盯著她看。寵姬也看到了他這副樣子，口裡雖然笑著罵他，心裡也很愛慕他。兩人遙遙地互相注目示意，無法說話，心中悵恨地離去了。

第二天，兩人又在別的花園中相遇。李心裡知道沒辦法接近她、與她親熱，不由得方寸大亂，身子也搖搖晃晃，像風中懸掛的旗子。他想哪怕是和她促膝而坐片刻，成就一時歡愉也好，但想盡方法就是不行。

這時，有一位豬嘴道人在人世間兜售奇異方術，據說能顛倒四季的生物，但沒有人賞識他，唯獨李給他優厚的禮遇。這一天，豬嘴道人忽然上門來喝酒，李欣然接待了他，心中沉思，問他想見寵姬這件事，或許他能幫忙成就心願呢。於是，他擺下豐盛的酒宴熱情款待豬嘴道人，並且把實情告訴了他。豬嘴道人起初感到很為難。李一而再再地請求他，他才笑著說：「我就替你試試看吧。」李向他行禮道：「如果能讓我得遂心願，我絕對不敢忘記你的大恩大德。」

第二天，豬嘴道人把李招到城外的禮壇，四顧無人，便拈起一片瓦，低聲禱告了一段時間，然後將瓦片交給李，並且說：「我走了，你拿著這塊瓦片，在庭院的牆壁間上下劃幾下，就會讓你如願了。好好收藏這塊瓦片，每次想起這件事時就揣著它來。」

李恭恭敬敬地接受指教，在牆壁上劃了沒幾下，牆嘩的一聲從中裂開來。李一轉身就走了進去，徑直走到內室，只見屋裡掛著斗帳，擺著畫屏，極其華美。寵姬正躺在床上，昨夜醉酒還沒有醒來。一見來人，她不由驚起，紅著臉，微微怒喝道：「誰家的兒郎，竟然敢到這裡來，是誰領你到房院裡來的？」李站在那裡凝笑，並不敢說話，盯著她看了許久，發現真是自己愛慕的人。寵姬也不由省悟過來，笑了。兩人略微說了說從前的事情，便上床一起躺下，極其地歡樂。過了一陣兒，寵姬說：「太守就要回來了，你該躲一躲，趕緊回去，後會有期吧。」於是，李又沿著原路出來，牆壁又像平時一樣合起來，瓦片還在手裡握著，李把它帶回家，放在盒子裡珍藏起來。此後，他每過三天就去一次，每次見面就更加融洽親熱。過了一個多月，也沒有人知道。

李有一個密友叫賈生，很驚訝李這麼長時間不來，便想他是不是有什麼奇遇，就暗中偵察他到什麼地方去，跟蹤他來到社壇的旁邊。李發覺以後就放棄了約會，賈生隨後追來盤問。李不能再隱瞞了，就把前後經過都告訴了賈生，賈生不相信，說：「果真如此的話，我豈不是也可以去嗎？如果不讓我去，我就揭發你妖幻騙人，到官府告發，而且去告訴太守。」李很害怕，說：「今天已經晚了，等明天我和你一起去見道人再商量吧。」

第二天他們去找豬嘴道人說明此事，豬嘴道人不高興地說：「天機已經洩露，恐怕不再有用了，只能作別的打算了。城西某家有一處園池勝景，能跟我一起去喝酒嗎？」兩人都說：「太榮幸了。」豬嘴道人便備好酒菜，帶著兩人一同前往小飲。一個亭子前有座大假山，豬嘴道人喝到酒酣時，整整衣服站起來，抬起手指在山石上一劃，山石便從中分開。兩人往裡面一看，只見樓臺山水，花木靚麗，漁舟從溪上划來，兩岸碧桃杏花繽紛。他們正在注目觀看，只見豬嘴道人已經登上船，像飛一樣地走了，賈生拉住他的袖子竭力挽留，石縫一下子就合上，傷了他的手指，豬嘴道人已經消失得無影無蹤了。

後來，李、賈生又來到社壇，用以前的方法來試，已經沒有效果了。兩人惘然、怨恨、後悔著回去。後來聽說有個接生的醫生常常出入太守家，就秘密地去拜訪他。聽他說寵姬曾經說過：「夢裡恍恍惚惚地和一個男子有私情，但已經好久沒有來了。」

張牧

張牧經過點蒼山時，揀到一個直徑寸許的圓石子，比水晶還要明亮。在月光下一看，發現裡面有綠樹蔭，樹蔭下有一位女子坐在繩床上，看著白兔搗藥，白兔不停手地搗杵，女子也時不時地用手輕掠鬢髻，有時還微笑。張牧猜她就是嫦娥。一天晚上，他召客人前來賞月，並拿出那個石子來給眾人看，那石子忽然跳到空中，比月亮還要明亮，不知道飛到什麼地方去了。

波斯人

一個波斯人來到福建相看古墓，發現裡面有寶氣。他就去拜見墓地的鄰居，送給他幾萬錢。但是墓地鄰居不許他開墓，波斯人說：「這座墳墓已經五百年沒有主人了。」鄰居這才接過了錢。波斯人挖墓開棺，只見棺中只有一顆心，像石頭一樣堅硬。用鋸子鋸開一看，裡面有美麗的山水，青碧如畫。旁邊還有一個女子，盛妝打扮，正靠著欄杆，凝眸遠眺。原來這個女子有喜愛山水的癖好，一天到晚觀賞美景，吞吐清氣，所以她的心能夠融結成這樣。